Jan Guillou

DIE HEIMKEHRER

Roman

Aus dem Schwedischen von Lotta Rüegger
und Holger Wolandt

WILHELM HEYNE VERLAG
MÜNCHEN

Die Originalausgabe erschien unter dem Titel
Mellan Rött Och Svart bei Piratförlaget, Stockholm

Verlagsgruppe Random House FSC®N001967

4. Auflage
Vollständige deutsche Taschenbuchausgabe 11/2015

Printed in Germany
Published by agreement with Salmonsson Agency
Lektorat: Maike Dörries
Umschlaggestaltung: Johannes Wiebel, punchdesign, München
unter Verwendung von Motiven von © akg-images
und shutterstock.comImages
Satz: Christine Roithner Verlagsservice, Breitenaich
Druck und Bindung: GGP Media GmbH, Pößneck
ISBN: 978-3-453-41920-9

www.heyne.de

I

SALTSJÖBADEN

April 1918

Er sehnte sich nach Deutschland. Als sie in Bergen den Zug über die Hardangervidda bestiegen hatten, war er noch davon ausgegangen, die Heimreise nach Deutschland anzutreten. Stattdessen saß er nun auf einem Steg an einem Fjord, der ebenso weit von Bergen wie von Berlin entfernt war.

In Schweden hieß es im Übrigen nicht Fjord, sondern Fjärd. Schwedisch war eine lustige Sprache, leicht zu verstehen, aber schwer zu schreiben. Er war sich fast wie ein Erstklässler vorgekommen, der das Lesen erst noch lernen musste. Inzwischen hatte er die anderen fast eingeholt und würde im Herbst in der dritten Klasse anfangen, falls Deutschland nicht endlich siegte und die ganze Familie nach Hause zurückkehren konnte.

Wenn er mit seinen Klassenkameraden Schwedisch sprach, gab es immer ein paar Spielverderber, die behaupteten, er klänge eher norwegisch als schwedisch. Aber das spielte keine Rolle. Er hatte geschworen, nie mehr Norwegisch zu sprechen.

Über dem Fjord oder Fjärd stauten sich große, bauschige Wolken, in denen sich die englischen Flieger gerne versteckten, wenn sie zu ihrem großen Entsetzen seinen roten Dreidecker Fokker Dr.I entdeckten. Sie lagen auf Kurs drei Uhr etwa zweihundert Meter unter ihm und hatten die Gefahr noch nicht erkannt. Es handelte sich um sechs in V-Formation fliegende Maschinen. Er zögerte keine Sekunde, rollte nach rechts ab, steuerte im Sturzflug den Anführer an, feuerte drei schnelle Salven mit seinem doppelten Maschinengewehr ab, richtete das Flugzeug auf, vollführte einen Looping nach links und steuerte den Feind von Neuem an. Dieser hatte inzwischen erkannt, wer ihn attackierte, geriet in Panik und nahm augenblicklich Kurs auf die hohen Quellwolken. Sie wussten sehr gut, dass sie gegen Manfred Freiherr von Richthofen keine Chance hatten. Es gelang diesem, noch einen weiteren Engländer abzuschießen, ehe die vier übrigen Flieger in den Wolken verschwanden.

Jetzt gab es nur eine Strategie, da sich die Engländer in den Wolken vermutlich trennen und in verschiedene Richtungen fliehen würden. Er zog seine Maschine steil an, um sich über den Wolken freie Sicht nach unten zu verschaffen. Er musste sich steil von oben fallen lassen, um während des Sturzflugs Tempo zu gewinnen, da ihre Sopwith Camels schneller waren als seine Fokker.

Diesen Preis zahlte er gerne für seine drei Tragflächen: Was er durch sie an Geschwindigkeit einbüßte, gewann er an überlegener Manövrierfähigkeit hinzu.

Er hatte Glück, wie es auch ein guter Torwart brauchte, als er plötzlich tief unter sich auf elf Uhr außer Schussweite zwei Sopwith Camels erblickte, die sich von ihm entfernten. Die Wolkenwand, in die sie verschwinden wollten, war recht dünn, sie würden bald in ein großes wolkenfreies Gebiet gelangen. Er vollführte eine Rolle und tauchte mit Vollgas durch die Wolken.

Seine Berechnungen stimmten punktgenau. Er holte die beiden feindlichen Maschinen in dem Augenblick ein, als sie den wolkenfreien Luftraum erreichten. Der Rest wäre eigentlich Routine gewesen, aber nachdem er die beiden Engländer abgeschossen hatte, tauchte direkt hinter ihm wie aus dem Nichts eine weitere Sopwith Camel auf. Das war ärgerlich, solche Situationen konnten normalen Fliegern, ja, selbst deutschen Kameraden, das Leben kosten.

Er musste rasch handeln und einen kühlen Kopf bewahren. Er wartete ab, bis die Engländer so nahe herangekommen waren und die ersten Kugeln an ihm vorbeipfiffen, dann zog er den Steuerknüppel maximal an sich heran, richtete das Flugzeug steil in die Höhe und ging vom Gas. Er stand eine Sekunde still in der Luft, ehe er rasend schnell abwärtszutrudeln begann und der erstaunte Engländer, der das Vorhaben des Roten noch gar nicht erfasst hatte, an ihm vorbeischoss. Da eröffnete er das Feuer und durchlöcherte die feindliche Maschine der Länge nach, wobei zugegebenermaßen wohl auch ein wenig Glück im Spiel war.

Danach gab er wieder Gas, parierte die Drehung mit den Rudern und steuerte den Heimatflughafen an. Vier Engländer an einem Vormittag mussten reichen. Es war ohnehin Zeit zum Mittagessen. Anschließend konnte er sich mit frischer Kraft, aufgetankter Maschine und vollen Magazinen erneut ins Gefecht begeben. Sein Rekord lag bei elf Abschüssen an einem Tag, aber das würde er heute wohl nicht mehr schaffen, sofern er nicht auf eine Formation amerikanischer Anfänger stieß.

Während des intensiven Luftgefechts waren die Quellwolken über dem Baggensfjärd nach Südwesten getrieben. Es war ein klarer, warmer Tag, der Frühsommer verhieß, obwohl erst April war.

Eigentlich wollte er Stichling angeln, darum hatte er auch den Schlüssel zum Bootssteg mitgenommen. Er legte sich auf den Bauch und schaute zwischen den Brettern hindurch. Das Wasser war klar, und das Sonnenlicht drang bis auf den Grund, fast wie zu Hause, das hieß fast wie auf Osterøya. Sand, einzelne Tangbüschel, winzige Miesmuscheln und vier oder fünf Barsche. Aber nicht ihnen galt dieser Einsatz. Er hatte eine Aufgabe, die mit Präzision und erfolgreich ausgeführt werden musste.

Sein erster Versuch war missglückt, und das durfte sich nicht wiederholen. Seine Mutter Ingeborg hatte ihm seine Fehler erläutert. Der Stichling war ein Nestbauer, daher war es klug, ein großes Einmachglas mit ein wenig Tang auszulegen. Aber das war nicht das Wichtigste. Zur Laichzeit waren die schönsten Fische normalerweise die Männchen, das galt sowohl für Stichlinge als auch für Forellen und Saiblinge. Stichlingsmännchen schimmerten metallisch smaragdgrün oder auch blau und rubinrot.

Sein Fehler war gewesen, nur Männchen zu fangen, sie ohne Tang oder Seegras in einem Glas einzusperren und sich einzubilden, dass sie dort Frieden halten würden. Stattdessen hatten sie sich gegenseitig umgebracht, und kurz darauf hatte auch der Sieger den Bauch nach oben gedreht.

Dieses Mal wollte er ein schönes Männchen und zwei glanzlose Weibchen einfangen. Wenn eines der Weibchen starb, weil es von der Rivalin, dem Männchen oder von beiden getötet wurde, konnten die Überlebenden trotzdem noch eine Ehe eingehen.

Die Weibchen zu fangen war einfach, denn sie zirkulierten vor dem Nest des Männchens. Er spießte einen Regenwurm auf eine gebogene Stecknadel, weil er einen Haken ohne Widerhaken brauchte, damit die Fische, wie seine Mutter ihm erklärt hatte, unverletzt blieben. Wenig später schwammen zwei Weibchen in seinem Einmachglas.

Männchen zu fangen erwies sich als schwieriger. Sie versteckten sich, schienen keinen Appetit zu haben, führten aber überraschende Blitzattacken auf den Regenwurm an der Stecknadel oder auf eines der Weibchen aus, um gleich wieder in ihr Nest zu verschwinden. Ihm war jedoch aufgefallen, dass das Männchen, wenn man mit dem Regenwurm auf das Dach des Stichlingnestes klopfte, wütend hervorschoss und den Regenwurm eher zerbiss und verletzte, statt ihn zu verspeisen. Diesen Augenblick musste man abpassen und es schnell nach oben ziehen, ehe es losließ. Nach vier oder fünf Versuchen hatte er schließlich neben den zwei Weibchen auch ein Männchen in seinem Glas und konnte zufrieden nach Hause gehen. Auftrag ausgeführt, zumindest so weit.

Er schloss das schwarze Schmiedeeisentor des Bootsstegs ordentlich hinter sich ab, wie es ihm sein Vater aufgetragen hatte, denn der Steg war privat.

Der Heimweg führte ein kurzes Stück die Strandpromenade entlang, aber das Einmachglas mit den drei hitzigen Fischen wurde immer schwerer, weil er es mit vor sich gestreckten Armen halten musste, damit das Wasser nicht auf seine Sonntagskleider, das Matrosenhemd mit dem frisch gestärkten blauen Kragen und die marineblauen langen Hosen schwappte. Es würde definitiv einfacher sein, über den Källvägen zum Kücheneingang zu schleichen, statt die große Treppe von der Strandpromenade aus zu nehmen.

Auf dem steilen Källvägen traf er zwei Nachbarsfrauen bei ihrem Sonntagsspaziergang. Er machte einen Diener, wobei er das Einmachglas am ausgestreckten Arm vor sich hielt, als wolle er es ihnen schenken. Neugierig begutachteten die beiden seinen Fang, und er versuchte, ihnen seinen Plan mit der Stichlingsheirat zu erklären. Momentan wirkten die Fische allerdings nicht sehr kooperationswillig. Sie hatten begonnen, sich zu bekämpfen, und eine der Nachbarinnen machte einen Scherz über die Liebe, den er nicht verstand. Dann tätschelten sie ihm den Kopf und setzten ihren Spaziergang, wahrscheinlich zum Grand Hotel, fort.

Als er in die Küche huschte, strömte ihm der Duft von Sonntagsbraten und frisch gebackenem Brot entgegen. Die Köchinnen hasteten hin und her und sprachen über Lebensmittelmarken und Rationierung, verstummten jedoch, als sie ihn sahen. Verlegen machte er einen Diener und eilte an der Mädchenkammer und der Anrichte vorbei.

Das große Esszimmer war leer, und mit dem Tischdecken war noch nicht begonnen worden, was Gutes verhieß. Vielleicht gab es dann nur ein bescheidenes Mahl im Kreis der Familie, obwohl an Wochenenden oft Gäste kamen. Und ganz richtig, als er an dem kleinen Esszimmer vorbeiging, war dort eines der Serviermädchen damit beschäftigt, das Tafelsilber zu putzen. Gut. Also gab es nur ein bescheideneres Abendessen. Bei größeren Veranstaltungen musste er immer mit am Tisch sitzen und langweilte sich, weil die Erwachsenen unendlich lange tafelten und sich unterhielten. Seine kleinen Geschwister hatten es bei solchen Gelegenheiten besser, sie durften mit Marthe im kleinen Esszimmer essen.

Seine Arme waren müde, und er musste die Fische einen Augenblick auf der untersten Treppenstufe unter den beiden Palmen abstellen. Dann erklomm er die Treppe und ging bis ans Ende des Korridors zu seinem Zimmer, wo er sich endlich seiner Bürde auf dem Schreibtisch entledigen konnte. Er holte ein Handtuch aus dem Badezimmer, trocknete das Einmachglas ab und betrachtete es eine Weile, um herauszufinden, welchen Verlauf das Experiment dieses Mal nehmen würde.

Es sah leider nicht sonderlich vielversprechend aus. Die beiden Weibchen versuchten, sich unter einem Seetangbüschel zu verstecken. Das Männchen, dessen schöne Farben zu verblassen begannen, schwamm hektisch im oberen Teil des Behälters herum und stieß immer wieder mit seinem kleinen Maul gegen das Glas, auf der Suche nach einem Weg in die Freiheit.

Er war sich unschlüssig. Immerhin stellte es einen kleinen Fortschritt dar, dass bislang keiner der Stichlinge wie beim letzten Versuch getötet worden war, als er nur Männchen gefangen hatte, was zum sofortigen Krieg mit hundertprozentigen Verlusten geführt hatte.

Mutter kannte sich mit solchen Dingen am besten aus, war aber wie jeden Sonntag nach Neglinge geradelt, um den Arbeiterkindern auf der anderen Seite der Bahngleise, auf der Nordseite, die er nicht betreten durfte, zu helfen. Aber das glich sich aus, denn die Arbeiter und ihre

Kinder durften ohne Genehmigung die Bahngleise auch nicht in der entgegengesetzten Richtung überqueren. Warum das so war, hatte ihm niemand aus seiner Klasse erklären können.

Mutter hatte von einem Aquarium und mehr Platz gesprochen, damit keine Panik unter den Gefangenen ausbrach, die auf eine mangelnde Sauerstoffversorgung in strömungsfreiem Gewässer zurückzuführen sein könnte. Genau wie Menschen benötigten Fische Sauerstoff zum Atmen, obwohl es natürlich viel mühsamer war, Sauerstoff durch die Kiemen aufzunehmen, als die Luft direkt einzuatmen.

Eventuell gab es zwischen dem Gerümpel auf dem Speicher ein altes Aquarium. Aber dort oben durften sich die Kinder nicht alleine aufhalten, weil es so viele Dinge gab, an denen sie sich verletzen konnten. Vielleicht gab es ja noch ganz andere, geheimnisvollere Gründe für dieses Verbot, die aber eigentlich nur seine kleinen Geschwister betrafen und nicht den ältesten Sohn, der im Herbst in die dritte Klasse kam.

Die Bodentreppe begann vor dem Zimmer seines kleinen Bruders Karl und war mit einem dicken grünen Teppich versehen, damit die Familie spätabends und frühmorgens nicht von den Dienstboten geweckt wurde.

Der Dachboden war eine riesige Schatzkammer. Die Dachbalken rochen durchdringend nach Holz und Teer. Leise schlich er an den drei Türen der kleinen Mönchszellen vorbei, wie die Zimmer des Dienstpersonals genannt wurden, ohne dass er recht begriff, warum, schließlich waren alle Bedienstete Frauen.

Er wusste sehr gut, dass es nicht gestattet war, die Zimmer anderer Personen in ihrer Abwesenheit zu betreten, aber seine Neugier war zu groß. Er schlich also zurück und drückte vorsichtig die Klinke der letzten Tür hinunter.

Das Erste, was ihm auffiel, als er über die Schwelle trat, war das überraschend helle Licht und die Aussicht, die so viel schöner war als in seinem eigenen Zimmer. Er konnte das ganze Grundstück, den Hang zur Strandpromenade mit der in den Felsen gehauenen Treppe, den Bambushain, der sich bald in einen Märchenwald verwandeln würde, die Pflanzung mit den Silbertannen in der anderen Richtung, die Beete, die der Gärtner gerade mit roten, blauen und weißen Blumen bepflanzte, sowie die gesamte Bucht, den Hotelviken mit dem Grand Hotel und dem vorgelagerten Restaurangholmen überblicken.

Abgesehen von der Aussicht hatte das Zimmer nicht viel zu bieten. Unter dem schmalen gemachten Bett stand ein Nachttopf. Auf dem kleinen Nachttisch stand eine der Zigarrenkisten, die sein Vater an die Hausangestellten verteilte, damit sie darin ihre Habseligkeiten aufbewahren konnten. Neben der Tür hingen ein paar Kleider, zwei schwarze Kleider, zwei weiße, frisch gestärkte Schürzen und diese weißen Dinger, die wie ein Diadem im Haar getragen wurden.

Er schämte sich. Denn obgleich es in diesem Zimmer sicher nicht viel zum Ausspionieren gab, war es nicht recht, hier einfach so einzudringen. Ein wohlerzogener Junge tat so etwas nicht. Man musste den Dienstboten mit Respekt begegnen.

Verlegen schlich er sich in das große Abenteuer zurück und schloss leise die Türe hinter sich. Die riesige Schatzkammer war nur schwer zu überblicken, da ein heilloses

Durcheinander herrschte, Skier und Schlitten aus Holz mit stahlbeschlagenen Kufen, zwei rote Tretschlitten, ein Fahrrad mit so einem idiotisch riesigen Vorderrad, wie es heutzutage niemand mehr benutzte, altmodische Eiskunstlauf-Schlittschuhe aus schwarzem, rissigem Leder hingen reihenweise an der hinteren Wand, große Truhen mit Messingbeschlägen, alte Nähmaschinen, die mit den Füßen angetrieben wurden, ähnlich wie das Harmonium, auf dem die Lehrerin morgens immer ein Kirchenlied spielte, merkwürdige schwedische Fahnen mit einer kleinen aufgenähten norwegischen Flagge lagen in einem unordentlichen Haufen auf einer Truhe, ausrangierte Wohnzimmermöbel waren aufeinandergestapelt, und in einer versteckten Ecke entdeckte er sogar eine kleine Kanone auf einer richtigen Lafette.

Weiter reichte die Sicht in die eine Richtung nicht. Er machte kehrt, ging zur Speichertür und an dieser vorbei. Es fiel nur ein wenig spärliches Licht durch ein paar kleine Dachfenster in der Höhe. Irgendwo gab es sicher einen Lichtschalter, aber er wusste nicht, wo.

Ein Aquarium war nirgends zu sehen, dafür ein Berg riesiger Laternen, große rote Bälle mit chinesischen Schriftzeichen und längliche Stoffleuchten, die man wunderbarerweise auf allen vieren kriechend wie auf einer Expedition hätte erforschen können. Wovon er jedoch Abstand nahm, da er Sonntagskleidung trug.

Im Übrigen lagerten hier überwiegend Möbel, Schreibtische und Schränke, die höher waren als ein erwachsener Mann, eine Maschine mit einem großen Rad mit Handgriff, deren Funktion er nicht verstand. Es fand sich hier alles Erdenkliche, jedoch kein Aquarium. Aber Aquarien waren zerbrechlich, vielleicht sollte er in den großen schwarzen Truhen nachschauen?

Nein, die waren mit Kleidern vollgepackt, die nach Mottenkugeln rochen.

Seine Enttäuschung nahm weiter zu, als er wieder in sein Zimmer kam. Eines der Stichlingsweibchen war schwer verletzt und würde sicher sterben. Das Männchen rang an der Wasseroberfläche nach Luft und war nun deutlich bleicher als zu Anfang. Das andere Weibchen drückte sich noch immer unter dem Tangbüschel an den Boden des Glases.

Er wollte nicht, dass auch dieses Mal wieder alle Fische starben, aber um das zu verhindern, gab es nur eine Möglichkeit. Resolut begab er sich mit dem Einmachglas in sein Badezimmer, kippte alles in die Toilette und zog die Spülung. Es war nicht sicher, dass sie überleben würden, wenn sie jetzt mit gewaltigem Tempo durch die Abflussrohre in die Bucht vor dem Hotel rauschten. Aber es würde nur eine Minute dauern, bis sie wieder in frischem Wasser atmen konnten.

Er musste sich ein Aquarium zu Weihnachten wünschen, das war die einzige Möglichkeit, da er eben erst seinen achten Geburtstag gefeiert hatte und es bis zu seinem nächsten Geburtstag viel zu lange dauerte.

Trotz besserer Planung und Vorbereitung war er wieder erfolglos gewesen. Aber wie Vater immer sagte, jedes Versagen bedeutete einen Sieg für den, der sich zusammenriss, es erneut versuchte und besser machte.

Beim Essen hatte Vater etwas schlechte Laune, und Johanne stocherte in ihrem Essen herum, obwohl es Kalbsbraten mit Sahnesoße und zum Dessert Baiser gab. Mutter wies sie wie üblich tadelnd darauf hin, dass die Kinder in Neglinge vor Glück weinen würden, wenn man ihnen ein solches Mahl vorsetzte. Ein Jahr zuvor hatte es in Neglinge Hungerkrawalle gegeben, und der Landsturm hatte eingreifen müssen.

Johanne erwiderte schmollend, sie wisse nicht, was Krawalle seien oder der *Lanzwurm*. Da musste Vater dann doch schmunzeln und meinte, genau deshalb habe er sich bislang dem Militär ferngehalten. Er habe Dringlicheres zu tun, als hungrige Arbeiter in Schach zu halten und eine Woche seiner kostbaren Zeit zu verschwenden.

Draußen in der Welt herrschte Krieg, und wäre er eingezogen worden, hätte er zweifellos seine Pflicht getan. Es war ihm recht lange gelungen, der Einberufung mit dem Hinweis auf seine Geschäftsreisen nach Berlin zu entgehen, aber jetzt hatten die Kanaillen gemerkt, dass in der Schlussphase des Krieges alle Wege nach Berlin gesperrt waren.

Trotzdem, ermahnte er Johanne, solle man dankbar für das Essen sein, das einem der Herrgott gebe.

Während des Essens sprachen alle Norwegisch außer Harald, der sich hartnäckig an das Deutsche hielt, solange er nicht sicher war, dass seine schwedische Aussprache gut genug war und er nicht wie ein Norweger klang.

*

Karlsson war mit dem Auto vorgefahren und hatte das Tor geöffnet. Ingeborg und die vier Kinder standen vor der Garage, um Vater, der nun in den Krieg zog, zum Abschied zu winken.

Sie hatte es wie ein Spiel organisiert, aber als er jetzt vor seiner Familie stand, fand Lauritz das Arrangement eher peinlich und melodramatisch als verspielt. Zur Not, aber wahrhaftig nur zur Not, konnte man behaupten, er »zöge in den Krieg«, wobei seine militärischen Einsätze ebenso nichtssagend wie kurz ausfallen würden.

Spiel oder nicht, jetzt war es zu spät für einen Rückzieher. Er nahm Rosa auf den einen und Johanne auf den anderen Arm und küsste sie zum Abschied. Harald und Karl gab er männlich die Hand, und Ingeborg küsste ihn theatralisch und tat so, als müsse sie sich eine Träne aus dem Augenwinkel wischen. Diese Ironie wusste er in diesem Augenblick gar nicht zu schätzen und hatte das Gefühl, dass sie sich über ihn lustig machte.

Er trug einen Wolfspelzmantel über dem Arm, da die Nächte im April noch empfindlich kalt sein konnten und die Einberufenen aufgefordert worden waren, warme Kleidung mitzubringen. Der Landsturm stellte keine Uniformen, nur ein Gewehr mit Bajonett sowie einen Dreispitz im Stil des 18. Jahrhunderts, wie ihn die schwedischen Truppen Karl des XII. getragen hatten, die in Norwegen besiegt worden waren.

Es war jedoch ein schöner Morgen, und Karlsson hatte für ihn das Verdeck heruntergeklappt. Lauritz zog seine Ledermütze auf und klappte seine Schutzbrille herunter, setzte sich hinters Lenkrad, salutierte scherzhaft, legte den ersten Gang ein und beschleunigte Richtung Tor. Auf dem Källvägen blickte er noch einmal zurück. Seine Familie winkte hinter ihm her, als würde er ans andere Ende der Welt reisen. Erst da sah er ein, wie rührend und komisch die Situation eigentlich war. Er lachte und winkte zurück.

Unterhalb des Källvägen öffnete sich der Blick auf die Hotelbucht und das strahlend weiße Grand Hotel zwischen den niedrigen, windgebeugten, für die schwedischen Schären typischen Kiefern, die so anders aussahen als die mächtigen, hohen Tannen auf Osterøya. Er bog nach links auf die Strandpromenade ein und schaltete in einen höheren Gang.

Jetzt war er zumindest auf dem Weg, daran ließ sich nichts ändern. Jeder Mann musste seinen Einsatz für das Vaterland leisten, obwohl es für ihn nicht selbstverständlich war, Schweden als das Vaterland zu betrachten. Aber er war nun einmal gebürtiger Staatsbürger der schwedisch-norwegischen Union und jetzt auf dem Weg, seine Pflicht zu tun, obwohl rein militärisch betrachtet nicht ganz nachvollziehbar war, worin diese Pflicht bestand. Deutschland würde das ihm freundschaftlich verbundene Schweden wohl kaum angreifen, Russland war bereits besiegt und hatte ohnehin genug mit seiner Revolution um die Ohren. Gegen welchen Feind sollte er Saltsjöbaden also überhaupt verteidigen?

In Kürze würde er seinen Dienst beim Landsturm antreten, den er sich als eine Kombination aus Pfadfindern und Heimwehr vorstellte, bei dem die zu Jungen oder zu Alten ihren Militärdienst ableisteten. Er war mit seinen fast 43 Jahren auch bald zu alt für den Landsturm.

Körperliche Arbeit scheute er nicht, im Gegenteil. Das war es nicht. Aber mit Dreispitz, Gewehr und Bajonett Saltsjöbaden gegen einen nicht existierenden Feind zu verteidigen kam ihm geradezu lächerlich vor. Sollten die Russen aller Wahrscheinlichkeit zum Trotz ausgerechnet Saltsjöbaden angreifen, würden sie sich kaputtlachen, wenn sie auf die in die Jahre gekommenen Soldaten aus dem 18. Jahrhundert stießen. Das konnte er im Stillen hoffen, nur war es wenig wahrscheinlich.

Aber hier ging es nicht um Wahrscheinlichkeit, sondern ums Prinzip und um Gerechtigkeit, denn es war die Schuldigkeit aller, die Last mit den Brüdern zu teilen, reichen wie armen. Dagegen ließ sich nichts unternehmen, und er musste sich wie alle anderen zum Dienst einfinden.

Natürlich hatte er gewisse Vorkehrungen getroffen, um sich die kurze Zeit in dieser Witzarmee zu erleichtern. Deswegen saß er auch selbst am Steuer des Wagens, der nun zum »Hauptquartier«, einem Zeltlager am Pålnäsviken, fuhr. Das Normale wäre gewesen, Karlsson mit dieser Aufgabe zu betrauen.

Er hätte auch einen stärkenden Spaziergang dorthin unternehmen können. Von der Strandpromenade nach Neglinge, über die Brücke zum Arbeiterviertel von Saltsjöbaden, hätte er nicht länger als eine halbe Stunde gebraucht. Zügig lange Strecken zurücklegen konnte er immer noch.

Es war natürlich kein Zufall, dass das Quartier im Arbeitergebiet nördlich der Bahn lag. Hätte man einen russischen Angriff von See befürchtet, wäre eine Befestigung weiter östlich, Richtung Algö, sinnvoller gewesen. Aber die Hungerkrawalle im Vorjahr hatten den Ausschlag gegeben. Sie hatten nicht nur in Saltsjöbaden, sondern im ganzen Land stattgefunden. Es war nicht ganz klar, was die Randale in Saltsjöbaden ausgelöst hatte, und Ingeborg und er waren ohnehin erst später zugezogen. Offenbar war es um eine Schiffsladung verrotteter Rüben und um hungrige Kinder gegangen. Die Proteste waren ausgeartet und als Krawalle bezeichnet worden, und man hatte den Landsturm herbeizitiert. Und hier war man also immer noch stationiert, obwohl es hieß, Saltsjöbaden habe die anstelligsten Arbeiter in Schweden, die allesamt für Wallenberg tätig waren.

Als er auf den provisorischen Kasernenhof am Pålnäsviken zwischen den Zeltreihen einbog, fand er dort keinen ausgewiesenen Parkplatz vor und hielt daher vor dem größten Zelt mit der schwedischen Marineflagge und den Fahnen des Landsturms. Er stieg aus und schob seine Schutzbrille in die Stirn.

Da sich schwerlich an eine Stofftür klopfen ließ, betrat er ohne Umschweife das Zelt, das offenbar dem Stab zur Unterbringung diente. An ein paar wackligen Tischen saßen vier Offiziere, zwei davon in ordentlichen Armeeuniformen mit deutlichen Rangabzeichen, die ihm jedoch nichts sagten. Er ging davon aus, dass der dickste in der Mitte das Sagen hatte, weil die zwei anderen nur provisorische Uniformen trugen. Alle vier schauten verstört hoch und starrten ihn feindselig an.

»Was fällt Ihnen ein, hier so nassforsch reinzuplatzen?«, fragte der Dicke in der Mitte. Er trug genau wie ein echter deutscher Offizier ein Monokel.

»Ich bin Direktor Lauritz Lauritzen und melde mich zum Dienst«, entgegnete er. »Mit wem habe ich die Ehre?«

»Ich bin Major von Born. Warten Sie bitte draußen, bis Sie gerufen werden, Direktor Lauritzen!«, befahl der Obermotze.

»Wo kann ich bitte meinen Wagen abstellen?«, erkundigte sich Lauritz so ungerührt, wie er nur konnte. Ein unbehagliches Gefühl beschlich ihn.

»Was wollen Sie damit sagen, Herr Direktor? Sind Sie mit dem Auto gekommen?«

Vor Verblüffung ließ der Major sein Monokel fallen, fing es aber elegant mit der rechten Hand auf.

»Ich muss allerdings nicht nur das Automobil versorgen, im Kofferraum steht außerdem eine Kiste Kognak, die vielleicht an einem passenderen Ort verwahrt werden sollte«, sagte Lauritz, als sei es das Selbstverständlichste der Welt.

Dem war natürlich ganz und gar nicht so. Kognak war wie alle anderen alkoholischen Getränke streng rationiert.

Ungläubig starrten die vier Offiziere ihn an.

»Inspektion!«, befahl der Major, und alle vier erhoben sich und verließen das Zelt. Sie versammelten sich um den Wagen und versuchten, sachkundig auszusehen, einer von ihnen trat sogar vor und versetzte dem Vorderreifen probeweise einen Tritt.

Bei dem Wagen handelte es sich um einen Hispano-Suiza, 1917 gebaut, von dem es, soweit Lauritz wusste, nur drei Exemplare in Schweden gab. Die lange Motorhaube glänzte schwarz, die runden Scheinwerfer aus Messing waren frisch poliert und der Rahmen, der den silbernen Kühlergrill umgab, ebenfalls. Das Innere des Wagens war mit blutrotem Leder ausgekleidet.

Lauritz beantwortete einige Fragen über Pferdestärken und Höchstgeschwindigkeit und öffnete dann den Kofferraum, von dem er annahm, dass er das eigentliche Objekt der Inspektion darstellte. Die vier Offiziere betrachteten andächtig die stabile Holzkiste, in der die mit Holzwolle gepolsterten Kognakflaschen standen.

»Hauptmann Johansson, angenehm!«, stellte sich der

Mann vor, den Lauritz für die Nummer zwei hielt, und streckte seine Hand aus.

Auf dieselbe Art stellten sich die beiden Landsturmoffiziere vor.

»Lauritzen wird zum Dienst im Stab abgestellt!«, befahl Major von Born.

Die Dinge begannen sich in wünschenswerter Weise zu entwickeln, und so ging es auch weiter, nachdem die Kiste mit dem Kognak diskret in das Stabszelt getragen worden war.

Die Abteilung 117 Saltsjöbaden des Landsturms hatte zwei Aufgaben, erfuhr Lauritz, als der Major mit ihm das Quartier und die Bauarbeiten inspizierte, deren Ziel ein langer Schützengraben fünfzig Meter oberhalb des Strandes war. Verschwitzte, grimmige Männer gruben auf einer fast hundert Meter langen Strecke. Als Lauritz nach dem Zweck dieser Baumaßnahme fragte, erhielt er eine vage Antwort, die er dahingehend deutete, dass der Russe, falls er Schweden trotz seiner Revolution angreifen und für die Landung ausgerechnet Saltsjöbaden wählen sollte, und zwar just jenen Strand, an den der Landsturm verlegt worden war, dann würden alle Mann den Schützengraben besetzen, um von dort aus den Feind niederzukämpfen.

Lauritz konnte nicht glauben, dass diese militärische Aufgabe ernst gemeint war. Sie kam ihm eher wie eine Art Placebo vor, wie seine Ehefrau es ausgedrückt hätte, eine Maßnahme, die Männer zu beschäftigen, nachdem sie nun einmal den Regeln und Prinzipien gemäß zu den Fahnen gerufen worden waren, um das Vaterland zu verteidigen.

Die Abteilung 117 Saltsjöbaden des Landsturms erfüllte sicherlich noch eine andere, ernsthaftere Funktion.

In der Tat war ihr die Aufgabe zugefallen, die Kommunisten zu internieren und zu bewachen, und zu diesem Zweck war nach geltendem Recht die Tennishalle neben dem Grand Hotel als Gefangenenlager requiriert worden. Eine gründliche Inventur der Kommunisten Saltsjöbadens hatte ergeben, dass es hier nur ein Exemplar gab, den Tischler Gottfrid Lindau. Dieser Kommunist saß jetzt ordnungsgemäß in der Tennishalle ein, und es oblag dem Landsturm, ihn zu bewachen. In Drei-Stunden-Schichten wurde tagsüber um die Tennishalle patrouilliert. Nachts wurde Gottfrid unter der Bedingung, dass er nicht ausriss, sich selbst, seiner Lektüre und seinem Schlaf überlassen.

Lauritz hatte den Eindruck, dass die bescheidene Präsenz des Kommunismus in Saltsjöbaden geradezu eine Enttäuschung darstellte. Und nicht zuletzt den Tennisspielern der Gemeinde musste unangenehm aufstoßen, dass die Tennishalle auf diese Art blockiert wurde, wenn auch mit Verweis auf die Sicherheit des Reiches. Die Tennisenthusiasten konnten sich jedoch damit trösten, dass man bald wieder im Freien spielen konnte.

Wie auch immer gehörte es zu den angenehmeren Aufgaben, mit einer Mauser M/96 mit aufgepflanztem Bajonett um Gottfrid und die Tennishalle zu patrouillieren.

Daher ergab es sich fast von selbst, dass Lauritz, der zusammen mit seinem Kognakvorrat beim Stab einquartiert worden war, diesen Dienst versah, der überdies dadurch vereinfacht wurde, dass er mit dem eigenen Auto zum Grand Hotel fahren konnte.

Er kam sich ausgesprochen albern vor, als er zum ersten Mal mit Wolfspelz – das schöne Frühlingswetter war Kälte und Schneeregen gewichen –, Gewehr, Bajonett und Dreispitz auf dem ausgetretenen Postenweg seinen Rundgang um die Tennishalle begann. Nicht nur, dass ihm diese Aufgabe vollkommen sinnlos vorkam und von nützlicher Arbeit in seinem Büro in Stockholm abhielt, sondern es war fast schlimmer noch, so lächerlich ausstaffiert gute Miene zu sinnlosem Spiel zu machen und Respekt vor der Landesverteidigung an den Tag zu legen.

Als er sich das nächste Mal zum Dienst einfand, war der Kollege, den er ablösen sollte, unauffindbar, ehe er zu Lauritz' großem Erstaunen durch die angeblich abgeschlossene Haupttür der Tennishalle ins Freie trat, in derselben Aufmachung wie er selbst, jedoch ohne Pelz, und ihm zuwinkte. Lauritz war Architekt Westman nur einmal flüchtig bei einem Frühstück auf dem Stützpunkt begegnet und hatte bei dieser Gelegenheit mit ihm vereinbart, sich bald einmal ausführlicher über den Bau von Eigenheimen zu unterhalten.

Als er Westman nun erstaunt fragte, ob es passend oder überhaupt zulässig sei, den Kommunisten sozusagen von innen zu bewachen, erhielt er erst nur ein wegwerfendes Lachen zur Antwort, gleich darauf aber eine scherzhafte Erläuterung, dass Bewachung aus nächster Nähe noch sicherer für das Reich wäre. Außerdem stelle Gottfrid eine äußerst interessante Bekanntschaft dar, er sei sowohl gebildet als auch höflich, vielleicht ein wenig reserviert, aber das sei im Hinblick auf die Umstände durchaus verständlich. Jedenfalls solle er nur hineingehen und ihm Guten Tag sagen, Gottfrid habe gegen Gesellschaft nichts einzuwenden. Und auch das sei nachvollziehbar, schließlich sei er ein einsamer Kommunist.

Lauritz nutzte diese erste Gelegenheit nicht, den Kommunisten in der Tennishalle kennenzulernen. Er war sich nicht ganz im Klaren, warum, doch irgendwie erschien es ihm noch undenkbarer, als mit Mauser-Gewehr, Dreispitz und ernst patriotischer Miene herumzulaufen. Aber seine Neugier war geweckt und schon bald stärker als seine recht diffusen Vorstellungen von der Etikette beim Bewachungsdienst.

Drei Tage später, als der Stab per Bahn nach Stockholm reiste, um dort an einer geheimen Besprechung der Verbindungsoffiziere teilzunehmen, die vermutlich in einem der besseren Restaurants der Stadt stattfand, versah er den Abenddienst. Es war immer noch kalt, der Frühling ließ auf sich warten.

Der Kommunist saß unter dem Netz des Centre-Courts, vermutlich weil dort die Beleuchtung am besten war. Auf dem Tisch vor dem Internierten waren Bücher aufgestapelt, recht viele davon sogar auf Deutsch. Lauritz stellte sich vor und erklärte, sein Kollege Westman habe gesagt, man dürfe durchaus zu einem kleinen Plausch eintreten. Der Kommunist erhob sich, gab Lauritz die Hand, holte einen Stuhl und schob ihn an den Tisch. Dann bedeutete er Lauritz, Platz zu nehmen. Lauritz wusste nicht recht, wie er das Gespräch beginnen sollte, und versuchte das Eis zu brechen, indem er einen silbernen Flachmann mit Kognak aus der Tasche zog. Der Kommunist erwies sich jedoch als Abstinenzler.

Ein peinliches Schweigen folgte, während sie einander betrachteten. Lauritz hatte sich eher einen grobschlächtigen Mann mit schwarzer Schirmmütze und einem roten Rauschebart vorgestellt, Gottfrid stellte in dieser Hinsicht eine klare Enttäuschung dar. Er war recht groß und schlank und trug einen kleinen, gepflegten Schnurrbart, und sein gewelltes Haar lenkte die Gedanken eher auf Tanzrestaurants als auf brüllende Volksmassen im Winterpalast in Petrograd.

Die Unterhaltung war anfangs recht zäh.

»Es gab also nur einen Kommunisten unter den dreitausend Einwohnern des Ortes?«, fragte Lauritz.

»2826, sofern es seit meiner Internierung keinen Zuwachs gegeben hat«, berichtigte ihn Gottfrid. »Aber im Übrigen stimmt es, dass alle anderen Sozialdemokraten sind, das heißt natürlich nur nördlich der Bahn. Aber dort wirst du ja wohl kaum wohnen?«

»Nein«, gab Lauritz zu und beschloss zu ignorieren, dass ihn der andere duzte. »Ich wohne an der Strandpromenade 2.«

»Dann bist du also ein ganz legaler Rechter?«

»Wie zu hören ist, bin ich eigentlich Norweger.«

»Was ja nun keine politische Zuordnung ist.«

»Meine Gattin Ingeborg ist jedenfalls Sozialdemokratin«, versuchte sich Lauritz aus der Affäre zu ziehen.

Erstaunlicherweise funktionierte seine Taktik. Gottfrids Miene hellte sich auf.

»Ingeborg«, rief der Tischler. »Bist du mit der Doktorin verheiratet? Eine *feine* Frau, das muss ich wirklich sagen. Ich meine nicht fein wie die Damen von der Strandpromenade, sondern ein guter Mensch. Du musst wissen, dass sie für die freiwillige Arbeit, die sie in Neglinge leistet, allgemein sehr geschätzt wird.«

Damit war das Eis gebrochen. Ingeborg hatte zu Hause noch keine Praxis eröffnet und verbrachte viel Zeit damit, sich um die Kinder der Armen in Neglinge zu kümmern.

Der Respekt, den ihr das einbrachte, färbte jetzt unverdient auf ihren Mann ab.

Da Saltsjöbaden ein neu entstandener, von Wallenberg gegründeter Ort ohne Geschichte war, fragten Bewohner, die einander zum ersten Mal begegneten, gerne nach dem Anlass des Zuzugs. Dieses Gesprächsthema ergab sich ebenso selbstverständlich wie andernorts das Wetter.

Nach dem Generalstreik 1909, einem Kampf, den die Arbeiter verloren hatten, war Gottfrid, der genau zehn Jahre jünger war als Lauritz, auf die schwarze Liste geraten und hatte demzufolge keine Arbeit bekommen. Die Polizei hatte den Arbeitgeberverband mit detaillierten Verzeichnissen versorgt. Nach sechs schweren Jahren hatte er von der Möbelfabrik in Moranviken in Saltsjöbaden gehört, die ihn anfänglich nicht interessiert hatte, denn wer wollte sich schon gerne in Wallenbergs Privatzoo niederlassen? Aber ein Arbeitsloser konnte nicht wählerisch sein, und der Besitzer der Möbelfabrik, Axel Andersson, gehörte nicht der Arbeitgebervereinigung an und kümmerte sich nicht um irgendwelche schwarzen Listen, sondern nur darum, ob jemand ein guter Tischler war und nicht trank. Jetzt wohnte Gottfrid mit Frau und Kindern in einer Einzimmerwohnung in Neglinge und beherbergte außerdem noch seinen Bruder auf der Küchenbank, da dieser kein Dach über dem Kopf hatte. Aber das würde sich sicherlich ändern.

Lauritz hatte nur vage von dem Generalstreik 1909 gehört. Damals wohnte er noch in Bergen und wusste nichts von schwarzen Listen. In seiner Funktion als Arbeitgeber, der er zugegebenermaßen war, hatte er noch nie Konflikte mit den Arbeitern gehabt. Es galt, die richtigen Vorarbeiter anzuheuern, ordentliche Kerle, denen sowohl er als auch die Arbeiter vertrauten und die den Akkord aushandelten. Der beste Vormann, den er je gehabt hatte, war ein Bahnarbeiter namens Johan Svenske gewesen, falls er von dem schon mal gehört habe.

Gottfrid kannte ihn nicht, aber Lauritz' Geschichte von dieser bemerkenswerten Form der Klassenzusammenarbeit, wie er es nannte, interessierte ihn außerordentlich, und er stellte eine Menge eifriger Fragen.

Hatten Lauritz' Arbeiter denn nie gestreikt? War es nicht einmal zu einem kleinen spontanen Streik gekommen? Verhandelten die Vormänner oder er selbst mit den Gewerkschaften? Wer entschied über Entlassungen, er selbst oder die Vormänner?

Lauritz fühlte sich peinlich verunsichert, da ihn derartige Fragen bislang überhaupt nicht beschäftigt hatten. Im Baugewerbe passte sich die Zahl der Angestellten stets der Konjunktur und den lokalen Rahmenbedingungen an. Im Augenblick sah es in Schweden recht düster aus, in Norwegen hingegen etwas besser.

Es galt also, eine kleine Zahl monatlich entlohnter Angestellter zu haben, die ihrerseits nach anstehenden oder annullierten Baumaßnahmen weiteres Personal anheuerten oder entließen.

Gottfrid schien skeptisch und entschied sich, das Gesprächsthema zu wechseln.

Wie hatte es Lauritz nach Saltsjöbaden verschlagen, kannte er etwa Wallenberg?

Lauritz räumte ein, dass diese Vermutung zutraf, erklärte aber auch, dass die Familie nach Stockholm gezogen war, da man gezwungen gewesen war, Bergen zu verlassen.

Eine traurige Geschichte, die natürlich auf den Krieg zurückzuführen war. Seine Frau Ingeborg war ja schließlich Deutsche, wie Gottfrid vielleicht bereits wusste, da er ihr in Neglinge begegnet war?

Nein, Gottfrid hatte angenommen, dass sie Norwegerin war, genau wie Lauritz.

Nun, sie war Deutsche, fuhr Lauritz in seiner Geschichte fort, was bedeutete, dass die Kinder halb Norweger, halb Deutsche waren, was zu Beginn des Krieges keine Rolle gespielt hatte. Nach der deutschen Einleitung des totalen U-Bootkrieges waren jedoch immer mehr norwegische Seeleute der Handelsflotte umgekommen. Die Hafenstadt Bergen hatte es besonders hart getroffen. Daraufhin war es für Deutschstämmige wie seine Frau und deren Freunde immer schwieriger dort geworden.

Als Erstes waren die Freunde verschwunden, was erträglich war, weil alle hofften, dass sich das nach dem Krieg wieder einrenken würde.

Aber als ihr Sohn Harald in die Schule gekommen war, hatte sich etwas Schreckliches ereignet. Seine Schulkameraden hatten ihn fast zu Tode geprügelt, und er war auf dem linken Auge fast erblindet. Der Junge war traumatisiert, wie seine Frau Ingeborg es ausdrückte, er hatte einen schweren Schock erlitten, der dazu geführt hatte, dass er kein Norwegisch mehr sprach. Das hatte den Ausschlag gegeben. Die Firma besaß ein Büro und einige Immobilien in Stockholm, daher war man mehr oder weniger Hals über Kopf dorthin aufgebrochen.

Ein weiterer Zwischenfall hatte zwar weniger seiner Familie, aber umso mehr ihm selbst zugesetzt. Seine Rennjacht der größten Klasse, der einzige Gegenstand, den er je geliebt hatte und von dem er sich nie hatte trennen wollen, war von einigen Schuljungen in Brand gesteckt worden. Allein die verkohlte Ruderpinne war ihm geblieben.

In Stockholm war er dann Wallenberg begegnet, der ihm von seinem Projekt, einer modernen utopischen Gemeinde am Meer, erzählt hatte. Lauritz hatte die Idee von Anfang an großartig gefunden und sich diese Ansicht bis in die Gegenwart bewahrt. Den Kindern bot sich hier nur dreißig Bahnminuten von der Stadt entfernt ein viel gesünderes Umfeld.

Tja, auf diese Weise sei er also nach Saltsjöbaden geraten, berichtete Lauritz, aus Gründen, die sich einerseits sehr von jenen des schwarzgelisteten Gottfrid zu unterscheiden schienen, andererseits vielleicht auch nicht. Lauritz und seine Familie waren durch den Hass auf die Deutschen, den es hier nicht gab, hierhergenötigt worden. Im Gegenteil. Schweden stand auf der Seite Deutschlands, und die Königin war Deutsche. Hier hatten die Kinder in der Schule nichts zu fürchten.

Gottfrid Lindau hatte sehr aufmerksam, und ohne Lauritz mit Fragen zu unterbrechen, zugehört. Vielleicht hatte er instinktiv verstanden, dass der aus Bergen geflüchtete Ingenieur noch niemandem seine Geschichte erzählt hatte, jedenfalls nicht so drastisch kurz gefasst. Ihm selbst kam es zumindest so vor, als hätte er sie für sich selbst zusammengefasst, eine überraschende Beichte vor einem ihm vollkommen fremden Tischler, der noch dazu ein internierter Kommunist war.

»Wie kommt der Junge denn jetzt in der Schule zurecht? Ich vermute, dass er die Schule in Tattby und nicht die kostenlose Schule in Neglinge besucht. Und wie steht es mit dem Norwegischen?«, fragte Gottfrid nach einem langen nachdenklichen Schweigen.

»Er spricht jetzt Schwedisch«, erwiderte Lauritz, wobei sich seine Miene aufhellte. »Ich habe den Eindruck, dass er gelegentlich noch norwegische Worte einflicht, aber sein Schwedisch ist in der Schule sehr gelobt worden.«

»Wusstest du, dass hier in Saltsjöbaden Schwedens beste Werft liegt?«, fragte Gottfrid, den es zu erleichtern schien, dass die schwarzen Wolken, die sich über der Unterhaltung zusammengebraut hatten, rasch weitergezogen waren.

»Nein«, erwiderte Lauritz, »das wusste ich nicht. Können Schweden Boote bauen? Aber, Scherz beiseite, was für Boote werden dort gebaut?«

»Segelboote, Rennboote. Plyms Werft in Neglinge, du solltest ihr einen Besuch abstatten. Ich weiß, wovon ich spreche.«

»Woher? Kennst du dich mit Regatten aus?«

»So wenig wie mit Golf und Tennis, aber ich bin Tischler und habe mein ganzes Leben lang mit meinen Händen und mit Holz gearbeitet. Und was ich da unten bei Plym gesehen habe, hat mich überzeugt.«

Aus Höflichkeit versuchte Lauritz seine Skepsis zu verbergen. Der Bau eines modernen Rennsegelbootes erforderte mehr als nur gleichmäßige Leimfugen. Aber einen kurzen Höflichkeitsbesuch könnte er der Werft ja durchaus einmal abstatten. Wenn er einmal nichts Besseres zu tun hatte.

»Wie lange wirst du hier noch einsitzen müssen?«, fragte er, um das Thema ebenso resolut zu wechseln wie vor ihm Gottfrid.

»Bis der Krieg vorbei ist, vermute ich. In ihrer unergründlichen Weisheit glaubt unsere Obrigkeit, dass Frieden auf Erden einkehrt, sobald Deutschland gesiegt hat. Weil Russland es ihrer Meinung dann nicht mehr wagen wird, Schweden anzugreifen, und ein einzelner Kommunist in Saltsjöbaden wieder auf freien Fuß gesetzt werden kann.«

Zum ersten Mal während ihrer Unterhaltung musste Lauritz lachen und hätte dem anderen beinahe wieder die Taschenflasche mit dem Kognak hingehalten, besann sich dann aber und nahm einfach nur selbst einen Schluck.

»Himmel«, erwiderte er. »Wir wollen auf einen raschen deutschen Sieg hoffen, dieses grausige Elend währt nun schon viel zu lange. Könntest du bitte auf mein Gewehr aufpassen, während ich kurz in die Büsche verschwinde?«

*

Mit überraschender Kraft ging der Frühling direkt in den Sommer über. Zu dieser Zeit trauerte Harald, er war untröstlich und weinte sich oft in den Schlaf, wenn er glaubte, dass ihn niemand sah oder hörte. Alles war schwarz. Nicht einmal auf die langen Sommerferien konnte er sich freuen. Manfred von Richthofen, das größte Fliegerass aller Zeiten, war tot.

Die idiotischen Engländer brüsteten sich damit, den Roten Baron in einem ehrlichen Luftgefecht und nach hartem Kampf abgeschossen zu haben, was natürlich nicht stimmte. Eine verirrte Gewehrkugel, ein Zufallstreffer, verdammtes Pech, wie es sich zuvor nur zwei Mal zugetragen hatte.

Seine Mutter Ingeborg versuchte ihn auf jede nur erdenkliche Weise auf andere Gedanken zu bringen. Sie fuhr sogar nach Stockholm und kaufte ihm ein 25-Liter-Aquarium, aber auch das konnte ihn nur ein paar Tage lang ablenken. Die Stichlinge laichten im Frühling, und nur dann war der Unterschied zwischen Männchen und Weibchen zu erkennen. Im Sommer waren sie alle graugrün und hielten sich nicht mehr im seichten Wasser unter dem Steg auf, zumindest hatte er keinen einzigen Fisch mehr entdecken können. Und der eigentliche Auftrag, der ihm missglückt war und den er bis zum Erfolg wiederholen musste, galt den Stichlingen und keiner anderen Art. Es war also ausgeschlossen, die Stichlinge durch kleine Barsche zu ersetzen, obwohl auch die sehr schön waren.

Sein Vater Lauritz versuchte es mit einer eher fliegerromantischen oder vielleicht auch kriegerischen Methode. Er fertigte eine Konstruktionszeichnung von Richthofens Albatros Dr.I auf Millimeterpapier aus der Firma in Stockholm an und besorgte auch alles andere, was dafür nötig war, Balsaholz, Skalpelle, Japanpapier und schwarzen, weißen und roten Lack. Als die erste Tragfläche nach mehreren missglückten Versuchen fertig war, führte er vor, wie man das Japanpapier anfeuchtete, ehe man es auf der Tragfläche festklebte. Dabei galt es, behutsam vorzugehen und nicht zu viel Leim zu verwenden, da dieser Klumpen bilden konnte. Während es trocknete, zog sich das Papier zusammen und lag so gespannt auf der Tragfläche, dass man mit den Fingern vorsichtig darauftrommeln konnte. Dann war der Zeitpunkt für den roten Lack gekommen.

Als Harald glaubte, die Technik zu beherrschen, und an der nächsten Tragfläche arbeitete, rutschte er mit dem

Skalpell ab und schnitt sich tief in das Gelenk des linken Daumens. Seine Mutter brachte ihn schimpfend in ihre Praxis im Erdgeschoss, während er den linken Arm über den Kopf hielt, und ermahnte ihn. Zu seiner Verteidigung bat er sie trotzig, die Verletzung ohne Betäubung zu nähen, da es sich ohnehin nur um *lappri*, eine Lappalie, handelte. Als sie das schwedische Wort nicht verstand, wäre ihm beinahe ein norwegisches herausgerutscht, aber er konnte sich noch in letzter Sekunde beherrschen.

Nachdem seine Mutter die Wunde gereinigt und eine chirurgische Nadel, Faden und kleine Schere bereitgelegt hatte, wiederholte er seinen Wunsch, ohne Betäubung genäht werden zu wollen, wobei er natürlich davon ausging, dass sie sich auf so eine fixe Idee nicht einlassen würde. Aber sie blickte nur nachdenklich drein, als sei der Vorschlag wirklich zu erwägen, zuckte dann mit den Achseln, willigte ein und forderte ihn auf, ihr seinen Daumen entgegenzustrecken.

Da war es zu spät, es sich anders zu überlegen, und ihm blieb nichts anderes übrig, als die Zähne zusammenzubeißen. Zwei Stiche waren nötig, aber kein Laut kam über seine Lippen.

Eine Weile fühlte er sich stolz und gut gelaunt, und sein Vater lobte seine Tapferkeit. Vielleicht war genau das die Absicht seiner Mutter gewesen.

Aber bald war die abgrundtiefe Trauer wieder da. Er begann sogar am deutschen Sieg zu zweifeln, da sich nun auch die Amerikaner auf die Seite der Angreifer geschlagen hatten und der Vater immer nachdenklicher wirkte, wenn er die Kriegsberichte in den schwedischen Zeitungen las. Außerdem durfte er die Skalpelle jetzt nur noch im Beisein des Vaters verwenden, aber dieser hatte sehr viel im Büro in Stockholm zu tun und kam in der Regel immer erst zum Abendessen nach Hause.

An einem regnerischen Tag lag Harald auf seinem Bett und las ein schwedisches Buch über Karl XII. und seine Siege gegen die Russen. Aus diesem Buch hatte er auch das Wort *lappri*, Lappalie, das der Heldenkönig hinsichtlich einer Schussverletzung am Fuß verwendet hatte. Da kam seine Mutter herein und schlug ihm vor, sie auf ihrer wöchentlichen Visite nach Neglinge zu begleiten. Eigentlich wollte er lieber weiterlesen, da er sich mitten in einer sehr spannenden Episode befand, die Kavallerie wollte die Russen gerade in die Knie zwingen. Aber ein Besuch in der verbotenen Zone war auch sehr reizvoll. Endlich würde er sich ein Bild davon machen können, ob der Unterschied zwischen den Arbeiterkindern und seinesgleichen wirklich so groß war, wie einige seiner Klassenkameraden behaupteten.

Der Regen spielte keine Rolle, da seine Mutter nicht mehr mit dem Fahrrad fahren musste. Karlsson pumpte Benzin aus großen Fässern, die unter einer Plane ganz hinten in der Garage standen. Das Benzin war zwar rationiert, aber die Lauritzens erhielten Benzin mit derselben Mühelosigkeit wie Kalbfleisch und Bohnenkaffee.

Als Erstes wollte seine Mutter Patienten im Zimmer der Schulschwester in der Volksschule in Neglinge empfangen. Er durfte im Behandlungsraum bleiben, wenn sie Jungen untersuchte, musste sich aber ins Nebenzimmer begeben, wenn es sich bei den Patienten um Mädchen handelte. Den Müttern der Jungen erzählte sie, sie habe ihren Sohn dabei, da sonst niemand auf ihn aufpassen würde, was alle zu glauben schienen, obwohl es sich um eine doppelte Lüge handelte. Zum einen war er zu groß für ein Kindermädchen, zum anderen war im Haus an der Strandpromenade immer jemand da.

Es war seltsam, mit anzusehen, wie seine Mutter andere Jungen mit derselben Zärtlichkeit behandelte wie ihn. Zu fast allen, die sie untersuchte, genauer gesagt zu ihren Müttern, sagte sie dasselbe: dass Kaffee schädlich sei und in höchstem Grade zur Unterernährung der Kinder beitrage. Einige erhielten ein Rezept, das von umständlichen Erklärungen begleitet war. Die Medizin müsse in der Apotheke in Nacka geholt werden, aber das Rezept sei als Fahrkarte dorthin gültig und die erstandene Medizin als Fahrkarte für den Rückweg. Die Eisenbahngesellschaft sei von dieser Regelung unterrichtet. In der Apotheke müsse dann mitgeteilt werden, dass die Medizin auf das Konto von Lauritzen gehe.

Das konnte nur bedeuten, dass sie Medizin verschenkte. Wusste der Vater davon?

Ein auffälliger Unterschied zwischen ihm, den Klassenkameraden in Tattby und den Arbeiterkindern in Neglinge waren natürlich die Kleider. Hier war man sommerlich und bequem gekleidet, aber ordentlich und mit Stil. Ein weiterer Unterschied bestand darin, dass fast alle Jungen, die seine Mutter untersuchte, sehr mager waren, worauf sie unentwegt hinwies und besonders betonte, es sei besser, nur sehr wenig oder überhaupt nichts zu essen, als Kaffee zu trinken.

Auch das war ein Unterschied. Die Kinder in Neglinge tranken Kaffee, das taten weder er selbst noch seine Klassenkameraden. Zum sonntäglichen Abendessen bekam er Wein, allerdings mit Wasser verdünnt, Kaffee jedoch nie.

Nach der Sprechstunde in der Volksschule wollte Mutter noch Hausbesuche machen, und Karlsson, der sich in Neglinge nicht auskannte, musste immer wieder anhalten und nach dem Weg fragen. Er erhielt gelegentlich recht ungehaltene Antworten, bis man seine Mutter auf dem Rücksitz entdeckte und dann doch freundlich den Weg erklärte.

In den Mietskasernen hinter dem Bahnhof erwartete Harald noch eine weitere Besonderheit. Nicht die Arbeiterkinder und ihre Krankheiten, die sich nicht von der Sprechstunde in der Volksschule unterschieden, auch nicht die Ermahnungen hinsichtlich Kaffee, Rezepten und Bahnfahrt, sondern die Art der Unterbringung der Menschen hier. Es war wie im Gefängnis, zumindest so, wie Harald sich ein Gefängnis vorstellte. Es gab keinen Platz, um sich zurückzuziehen, wenn das kranke Kind ein Mädchen war, denn die ganze Familie wohnte in einem Zimmer. Hatte ein Kind eine ansteckende Krankheit, konnte es nicht in einem eigenen Zimmer liegen. Männer, die noch nicht Mumps gehabt hatten, mussten sich bei einem Arbeitskollegen oder Verwandten einquartieren, bis ihre Kinder genesen waren.

Bei den Arbeitern roch es komisch, das war ein weiterer Unterschied. Nicht unbedingt ekelig, aber sehr anders.

Auf dem Heimweg saß er schweigsam auf dem Rücksitz und hielt die Hand seiner Mutter. Die Gedanken schwirrten auf diese hektische Art in seinem Kopf herum, wie wenn man sich das Hirn zermartert, aber nicht recht weiß, was dabei herauskommt. Es ging immer im Kreis.

Als das Auto über die Neglinge-Brücke fuhr, die die Arbeiter oder Dienstboten nicht ohne Genehmigung überqueren durften, empfand er eine regelrechte Erleichterung, als würde er aus einer fremden Welt zurückkehren. Am Ende der Bucht ragte der hohe Kirchturm auf, und die Häuser, die die Straße säumten, waren vertraut. Im Ringvägspark gingen Erwachsene spazieren, und Kinder vergnügten sich auf Schaukeln und Wippen.

Er hatte tausend Fragen, wusste aber nicht, wo er beginnen sollte. Seine Mutter half ihm nicht, sie lächelte nur sanft und drückte ihm ab und zu die Hand, ein heimliches Signal, das besagte, dass man sich mochte.

»Mutter, ich muss dich etwas fragen!«, bekam er schließlich mit Mühe über die Lippen.

»Ja, mein kleiner Freund, was willst du mich fragen?«

»Waren wir bei armen Leuten?«

»Ja, allerdings.«

»Dann sind wir also reich?«

»Ja, allerdings.«

Diese Erkenntnis traf ihn wie ein Schlag ins Gesicht, hart und vollkommen überraschend. Worte wie reich und arm hatte er bislang nur mit der Welt der Märchen, fern der Wirklichkeit, in Verbindung gebracht. Reich wie ein Troll. Arm wie eine Kirchenmaus.

Dann gab es so etwas also wirklich, obwohl es eine Art Geheimnis darstellte.

Alle seine Klassenkameraden wohnten in ähnlich großen Häusern wie er, aus Holz und rot angestrichen, weiß verputzt wie ihr eigenes oder gelb und braun, manchmal mit einem hohen Turm, manchmal auch ohne. Einige Familien besaßen ein Auto, andere fuhren mit der Bahn. Man besuchte sich gegenseitig und wurde immer zu Kakao und Zimtschnecken eingeladen.

Niemand wäre je auf den Gedanken gekommen zu sagen: »Hurra, wir sind reich.« So etwas wurde auf keinen Fall laut ausgesprochen, das wussten alle. So war es einfach. Über Geld wurde nicht gesprochen.

Er sah nachträglich ein, dass die Bemerkung seiner Mutter, dass die Kinder in Neglinge vor Glück weinen würden, falls sie Kalbsbraten bekämen, tatsächlich zutraf.

Eine große Frage drängte darauf, gestellt zu werden, aber seine Gedanken überschlugen sich, sein Gehirn arbeitete auf Hochtouren, und er konnte sich einfach nicht darauf besinnen.

»Ist das nicht wahnsinnig ungerecht?«, platzte er schließlich heraus.

Seine Mutter, die anderen Gedanken nachzuhängen schien, sah ihn erstaunt an. Sie hielten vor der roten Ampel an der Endstation der Saltsjöbanan am Grand Hotel, und der Zug ratterte gerade vorbei.

»Ja«, bestätigte seine Mutter ernst. »Wenn man das Leben der Neglinge-Kinder mit dem deinen vergleicht, so ist es in der Tat sehr ungerecht.«

»Ist die Armut der Grund dafür, dass die Kinder in Neglinge von dem vielen Kaffee so mager werden?«

»Ja, das könnte man sagen.«

»Warum trinken wir keinen Kaffee?«

»Das tun wir, aber unser Kaffee besteht nicht aus geröstetem Roggen, Baumrinde, geteerten Hanfseilen und was weiß ich noch alles.«

Bei dieser verwirrenden Antwort ging die Schranke bimmelnd hoch, und das Auto fuhr an. Er musste nochmals intensiv nachdenken, bis ihm eine neue Frage einfiel.

»Mutter, dass wir reich sind und die Leute in Neglinge

arm, ist das gottgewollt? Vater sagt doch immer, dass alles in Gottes Hand liegt?«

»In dieser Hinsicht sind dein Vater und ich sehr unterschiedlicher Auffassung. Ich würde eher sagen, dass wir mehr Glück gehabt haben als die Armen.«

Die kurze Fahrt war bald zu Ende, sie waren wieder in der Strandpromenade angelangt. Nie zuvor hatte er darüber nachgedacht, dass das nahe gelegene Neglinge eine ganz andere Welt war als das hier.

Auch das Grundstück, das das Haus umgab, stellte eine Welt für sich dar, wenn nicht gar mehrere. Dort durfte er tun und lassen, was er wollte, solange er sich innerhalb der Betonmauer hielt. Es gab keinen besseren Ort in Saltsjöbaden, um Cowboy und Indianer zu spielen. Die große Höhle im Laubwäldchen, die die Erwachsenen eigentlich für ihre Sommerfeste und auch schwedische Krebsfeste nutzten, für die sicher die großen Lampions auf dem Speicher vorgesehen waren, eignete sich bestens für das Indianerlager.

Auf dem Spielplatz unter den alten Eichen, mit Schaukel, Klettergerüst und Rutschbahn neben dem Haus des Chauffeurs, konnte man Bogenschießen üben. Als fertig ausgebildeter Indianer konnte man dann an der Höhle vorbei den Hang hinunter zu dem Wäldchen aus Silbertannen und Lärchen schleichen und Eichhörnchen jagen, die mit einem Pfeil nur sehr schwer zu treffen waren. Als es ihm einmal gelungen war, tat es ihm einfach nur furchtbar leid, obwohl der Schuss phänomenal gewesen sein musste. Nachdem er das schwer verletzte Eichhörnchen vom Boden aufgehoben hatte, um ihm zu helfen, hatte es keuchend mit mehreren Atemzügen in der Sekunde geatmet, was seine Mutter später als Hyperventilation bezeichnet hatte. Es starb in seinen Händen, und er hatte ein paar Tränen vergossen, obwohl Vater gesagt hatte, in der Familie Lauritzen werde nicht geweint.

Danach wollte er dem Eichhörnchen ein Indianerbegräbnis bereiten und lud seine kleinen Geschwister dazu ein. Es wurde keine sonderlich geglückte Veranstaltung. Das kleine Tier lag auf einem Holzgestell, um seine letzte Reise zu den Geistern der Vorväter anzutreten. Aber das Eichhörnchen stürzte ab, noch ehe alles richtig Feuer gefangen hatte, und bald stank es beißend nach verbrannten Haaren. Das fand Johanne ekelig und fing an zu heulen, was keine große Rolle spielte, weil sie ein Mädchen war.

Man konnte sich hier aber auch auf Himalaja-Expeditionen begeben. Es gab zwei bekannte und erprobte Routen. Die steilere führte vom Silbertannenwald zum Spielhaus. Der Weg war steil und während des eigentlichen Aufstiegs abenteuerlich, endete aber immer mit einer Enttäuschung, da einen oben ein Spielhaus und keine schneebedeckte Hochebene erwartete. Schlimmstenfalls stand auch noch Johanne in Schürze und mit Kopftuch vor dem Spielhaus und wollte ihn zu einer imaginären Tasse Tee einladen.

Die andere Route war besser. Sie begann am Ende des Silbertannenwalds beim Haupttor an der Strandpromenade, wo sich der Wald lichtete und in vereinzelte Eichen und Buchen überging. Dort ignorierte man die Treppe und erklomm die Steigung zur Fahnenstange, die auf dem höchsten Punkt des Grundstücks aufragte.

Dort hatte Vater am 17. Mai die norwegische Flagge

gehisst und damit einige Nachbarn verärgert, was in gewisser Hinsicht nachvollziehbar war. Hier in Schweden sollte man sich vermutlich auf schwedische Fahnen beschränken, obwohl die norwegische schöner war.

Vom Fuß der Fahnenstange konnte der Abstieg zum Bambushain, in dem die hellgrünen Pflanzen jetzt zu Beginn des Sommers noch ganz weich waren, in Angriff genommen werden. Dort konnte er sich mit der Machete, die er im hintersten Winkel des Speichers gefunden hatte, einen Weg durch das frühsommerliche Dickicht bahnen. Er war sich nicht sicher, ob es sich um eine echte Machete handelte, bis sie schließlich beschlagnahmt wurde. Da erfuhr er, dass es sich um ein Haumesser handelte, wie es die schwedische Flotte im 19. Jahrhundert verwendet hatte. Es eignete sich hervorragend, um sich damit durch die schwülen Bambuswälder am Fuße des Himalaja zu kämpfen, da es sowohl schwer als auch scharf war.

Zugegebenermaßen viel zu gut. Es trug ihm ordentlich Schelte ein. Und nicht genug damit, sein Vater verfügte auch noch, dass er an dem Familienausflug, ein Ganztagesausflug in die äußeren Schären, nicht teilnehmen durfte. Der Vater hatte sich ein großes Motorboot aus Mahagoni zugelegt, das sehr schnell war und einen beachtlichen Lastraum hatte, da es vorher einem berühmten Schnapsschmuggler als Transportmittel gedient hatte. Nach seiner Festnahme war das Boot beschlagnahmt und meistbietend verkauft worden. Da kaum jemand Lust verspürte, in einem berühmten Schmugglerboot herumzufahren, hatte der Vater es billig erstanden und in ein Familienboot mit zwei Salons und Schlafzimmern umbauen lassen. Jetzt sollte es mit einem längeren Ausflug eingeweiht werden. Die russischen U-Boote waren mittlerweile aus der Ostsee verschwunden, die nun wieder privaten Bootsausflüglern zugänglich war.

Die Strafe schmerzte sehr, als er in sein Zimmer hinaufgehen musste, während seine kleinen Geschwister lärmend ihre Sachen für den Ausflug zusammenpackten.

Natürlich bereute er es, den Bambushain in Wirklichkeit und nicht nur, was ebenso gut gewesen wäre, in der Fantasie abgeholzt zu haben, aber es war ein gutes Gefühl gewesen, mit dem schweren blanken Stahl die Bambusstämme zu fällen. Geschehen war geschehen und konnte nicht mehr rückgängig gemacht werden, und die Strafe war nicht ungerecht.

Als er glaubte, die anderen seien bereits weggefahren, klopfte es unerwartet an der Tür, und seine Mutter trat ein. Sie sah ganz und gar nicht streng aus.

»Hat mein kleiner dummer Junge seine Tat jetzt genug bereut?«, fragte sie.

Eine Viertelstunde später ging die gesamte Familie vom Privatsteg an der Strandpromenade an Bord der mahagoniglänzenden Motorjacht, wie man bessere Boote nannte. Vater war bester Laune und trug eine Seglermütze mit Schirm und dem Wappen der Königlichen Schwedischen Segelgesellschaft.

Mit einer Geschwindigkeit von 25 Knoten nahmen sie Kurs auf die äußeren Schären, die sie im Handumdrehen erreichen würden, um sich dort eine einsame Insel zum Schwimmen, Picknicken und Sonnen zu suchen.

Er hatte das Gefühl zu fliegen, als er im offenen Teil des Cockpits saß, den Fahrtwind spürte und den Duft des Meeres einsog, der ihn an zu Hause, an Norwegen, erinnerte.

Nein, korrigierte er sich, an die norwegische Westküste, nicht an zu Hause, denn zu Hause, das war Deutschland.

Deutschland hatte gerade die erwartete Schlussoffensive in Frankreich eingeleitet, bald würde Paris fallen, und dann war der Krieg endlich zu Ende. Dann konnte er nach Berlin fahren.

In rasendem Tempo flogen Inseln und Holme vorbei, und die Bugwellen des Bootes schlugen schäumend an die Ufer. Es war ein schwindelndes, unbegreifliches Glücksgefühl, dessen sich Harald nur ein ganz klein wenig schämte, da ja Manfred von Richthofen gefallen war.

II

BERLIN

1923

Vermutlich war er vor allem Afrikaner. Wenn ihn nachts Albträume aus dem Krieg heimsuchten oder ihn die Fieberattacken schüttelten, dann träumte er immer auf Swahili.

Im Übrigen müsste man seine Nationalität errechnen. Achtzehn Jahre hatte er in Tanganjika gelebt, ehe man ihn 1919 als Kriegsgefangenen nach Europa verschifft hatte. Und er war achtzehn Jahre alt gewesen, als er Norwegen verlassen hatte, um in Dresden zu studieren. Die Jahre in Norwegen und in Afrika hielten sich also die Waage. Über die halbe norwegische Zeit seines Lebens war er jedoch ein Kind gewesen, während der Jahre in Afrika hingegen ein erwachsener Mann.

Was Deutschland betraf, konnte er seine fünf Studienjahre in Dresden mit den vier letzten in Berlin addieren und war also fünfzig Prozent so deutsch wie norwegisch oder afrikanisch.

Christa würde diese Überlegungen natürlich von der Hand weisen und erklären, dass es ganz seiner begrenzten Ingenieursseele entspräche, sich das Dasein mittels Rechenschieber zurechtzubiegen. Zweitens, dass die Frage der Nationalität ohne Belang, die momentane nationalistische Gesinnung nur ein Ausdruck der reaktionären Bestrebungen der Rechten und einzig und allein die Klassenzugehörigkeit entscheidend sei.

Der Klassenstandpunkt und nicht die Klassenzugehörigkeit, berichtigte er sich. Christa war dieser Unterschied sehr wichtig. Kein Wunder, schließlich war sie vor ihrem Abstieg zur bürgerlichen Frau Lauritzen, falls sie denn wirklich so bürgerlich waren, Freiherrin gewesen.

Er selbst war in einer Fischerfamilie an der norwegischen Westküste in einem Haus mit Torfdach zur Welt gekommen, und es gab in ganz Deutschland keinen einzigen Kommunisten, der diese noble Abstammung nicht anerkannt hätte. Diesen Standpunkt teilten die Kommunisten gewissermaßen mit den Rechten und den Nationalisten. Sie betrachteten ihn als einen Vorzeigearier, einen Angehörigen der höchsten Kaste innerhalb des germanischen Volksstammes. Es handelte sich um dieselbe abwegige Wikingerverehrung, die seine Brüder und er bereits während ihres Studiums in Dresden kennengelernt hatten.

Jetzt saß er kurz nach der Morgendämmerung auf seiner angestammten Bank im Tiergarten. Er hatte es sich angewöhnt, den Tag auf diese Weise zu beginnen, seit er nach vier Jahren im Feld immer kurz vor Morgengrauen aufstand. Damals war es Überlebensstrategie gewesen, sich nicht von einem englischen oder südafrikanischen Angriff überraschen zu lassen, sobald es für einen Beschuss hell genug war. Jetzt fand Oscar es einfach praktisch, eine Weile lang die anstehenden Entscheidungen des Tages zu überdenken, ehe er sich auf den Weg in sein Büro machte und das Meer klappernder Schreibmaschinen und zischender

Rohrpostsendungen zu seinem Zimmer durchschritt, wo zwei Sekretärinnen und vier Abteilungsleiter seiner harrten, um seine Anweisungen über neue Kürzungen, Entlassungen, Verkäufe, Schließungen, Einkäufe, Bestechungen, strategische Einladungen zum Abendessen, zurückgehaltene Auszahlungen, die Disposition von Währungsreserven und die Hilfe in Not geratener ehemaliger Angestellter in einem mit jedem Tag verrückteren Deutschland, in dem sich die Karussells immer schneller drehten, entgegenzunehmen.

Er nutzte die Dämmerung effizient, insbesondere an diesen ersten kühlen Herbsttagen, in denen das gelbe Laub sachte und ehe die Stadt erwachte, um seine stille, einsame Bank herum zu Boden fiel, was er nicht wahrzunehmen pflegte, während er da saß und rechnete.

Unerklärlicherweise war an diesem Morgen alles anders. Er sah das Laub, hörte es sogar fallen und bemerkte, wie der Atem vor seinem Mund stand und ein früher Reiter auf einem schwarzen Pferd vorbeipreschte. Er wusste nicht recht, weswegen, aber konnte sich nicht konzentrieren. Seine Gedanken sprangen von einer Frage zur anderen, obwohl er im Begriff stand, die drastischsten finanziellen Beschlüsse seit vielen Jahren, um genau zu sein, seit ihm Lauritz die Leitung des deutschen Konglomerats der Familie anvertraut hatte, zu fassen.

War er in dieser Hinsicht also deutsch, deutscher jedenfalls als etwas anderes, ungeachtet seiner Träume und der Sprache, in welcher er träumte?

Eine schwierige, wenn nicht gar sinnlose Frage, wie Christa sicher behauptet hätte. Sie war Deutsche, und sie wohnten in Berlin. Die Kinder waren nur zur Hälfte Deutsche, wenn man von der Rasse ausging, aber dafür doch wohl ganz und gar Germanen? Hans Olaf, Carl Lauritz und Helene Solveig hatten Namen bekommen, die sowohl in Deutschland als auch in Norwegen gangbar waren. Den Rat seiner Schwägerin beherzigend, bemühte er sich um sprachliche Disziplin. Die Kinder mussten mit ihrer Mutter Deutsch und mit ihrem Vater Norwegisch sprechen. Erwiesenermaßen hatte das bei Ingeborg und Lauritz funktioniert, denn ihre Kinder waren zweisprachig.

Aber für sie war es auch einfacher gewesen. Als ihre Kinder klein gewesen waren, hatten sie mit norwegischen Kindermädchen in Bergen gewohnt. Dort war also täglich Norwegisch gesprochen worden, obwohl ihre Mutter während ihres fünfjährigen Medizinstudiums in Kristiania, was wirklich eine beachtliche Leistung gewesen war, nur an den Wochenenden nach Hause gekommen war.

So einfach war es nicht in Berlin, da er seine Kinder nur kurz frühmorgens und an den Wochenenden sah. Vielleicht sollte er einfach ein paar norwegische Kindermädchen einstellen?

Harald bereitete ihnen Mühe. Sein Neffe war dreizehn, bald vierzehn, und saß abends mit an der großen Tafel. Es wäre seltsam gewesen, wenn sich Harald, Sverre und er bei Tisch auf Norwegisch unterhalten und Christa dabei ausgeschlossen hätten. Außerdem hatte Harald gewisse Grillen. Bereits am zweiten Tag in Berlin behauptete er, »im Geiste« durch und durch deutsch zu sein.

Es war nichts dagegen einzuwenden, dass Lauritz und Ingeborg der Meinung waren, ihr Sohn solle eine deutsche Ausbildung statt einer skandinavischen genießen. Vermutlich war dies tatsächlich sinnvoller, als wenn er weiterhin in

Saltsjöbaden zur Schule gegangen wäre. Und in ihrem Haus in Berlin war ohnehin Platz genug.

Der sprachliche Zweikampf hatte bereits begonnen, als er Harald, einen schmächtigen Dreizehnjährigen, der wie ein Erwachsener gekleidet war, am Lehrter Bahnhof abgeholt hatte. Er hatte seinen Neffen auf Norwegisch willkommen geheißen und eine deutsche Antwort erhalten, und auf diese Weise war es weitergegangen. Eines Tages hatte Harald seinen Onkel Oscar schüchtern, vielleicht auch nervös, gefragt, ob dieser ihm nicht das Schießen mit dem Gewehr beibringen könne.

Zu Anfang hatte er gezögert. Schießen war vor dem Krieg und auch während eines großen Teils seines afrikanischen Lebens mit den Jagden sein großes Interesse gewesen. Aber nach der Kapitulation hatte er nie mehr eine Waffe zur Hand genommen. Waffen kamen mittlerweile nur noch in seinen Albträumen auf Swahili vor.

Aber jetzt ging es um Harald, einen unschuldigen und höchst zivilen Dreizehnjährigen.

»Natürlich, junger Mann«, hatte er geantwortet. »Aber der Unterricht findet auf Norwegisch statt.« Sie waren in das beste Waffengeschäft Berlins gegangen und hatten zwei Mausergewehre ausgesucht, eins Kaliber 9,3, wie er es selbst in Afrika verwendet hatte, das andere mit dem kleineren Standardkaliber, und diskret in ausländischer Währung bezahlt.

Schießstände gab es viele in Berlin, aber der schönste lag am Wannsee. Harald erwies sich als ausgesprochen eifriger und gelehriger Schüler und begleitete die Familie stets gerne auf ihrem Sonntagsausflug an den Wannsee, besonders seit der neue Wagen angeschafft worden war.

Ihr Leben war angenehm, da der große Wahnsinn die Familie allein durch den Umstand berührte, dass das Vermögen mit jedem Tag wuchs. Diese Hyperinflation benachteiligte die Armen im selben Grade, wie sie die Reichen begünstigte. Dagegen ließ sich nichts unternehmen, es war wie ein Naturgesetz. Die Entscheidung lag für jene, die wählen konnten, auf der Hand: fressen oder gefressen werden. Diese Regel war für einen Afrikaner sehr einleuchtend.

Er schaute auf die Uhr. Er hatte sich verspätet, musste sofort ins Büro und konnte nicht mehr hoffen, noch vor den Bettlern am Eingang einzutreffen. Die Situation war unerträglich.

Erst hatte nur ein Bettler in Leutnantsuniform und mit Eisernem Kreuz dort gesessen. Er war nicht zu übersehen gewesen, also hatte sich Oscar nicht einfach vorbeischleichen können, schon gar nicht, nachdem der Mann salutiert und ihn mit lauter Stimme als »Hauptmann Lauritzen« begrüßt hatte.

Dem Mann fehlte ein Bein, er war ordentlich rasiert und saß an die Hauswand gelehnt mit den Krücken neben sich auf dem Gehsteig. Vielleicht gab es bereits eine Million Männer wie ihn, wer wusste das schon so genau? Aber dieser saß nun einmal vor seiner Tür und salutierte.

Es blieb Oscar natürlich nichts anderes übrig, als den Gruß zu erwidern, denn schließlich ging aus den Ordensbändern an seinem Revers hervor, dass er selbst im Krieg ausgezeichnet worden war. Christa hatte ihn davon überzeugt, dass Orden in geschäftlichen Zusammenhängen von Vorteil waren, was er wirklich nicht leugnen konnte. Aber angesichts eines Offiziers, der sich erniedrigte und bettelte, sah das alles ganz anders aus.

Der einbeinige Leutnant war zu Beginn der Hyperinflation aufgetaucht. Damals hatte Oscar immer noch Geldscheine in der Brieftasche gehabt und eine halbe Milliarde hervorgekramt.

Am nächsten Tag saßen bereits zwei Bettler dort, dann waren es acht, dann eine kleinere Menschenmenge. So viele Geldscheine konnte Oscar gar nicht bei sich tragen und auch sonst niemand. Er musste sich an ihnen vorbeidrängen, als sähe er sie nicht, die Männer ohne einen Arm, eine Hand oder zwei, ohne ein Bein oder beide, Männer, die in kleinen Kästen mit Kinderwagenrädern saßen. Es gab Männer mit entstellten Gesichtern und solche, die in den Schützengräben wahnsinnig geworden waren und von ihren Kameraden umsorgt wurden. Sie ließen sich unmöglich ignorieren, und es schmerzte ihn, sich an ihnen vorbeizudrängen. Er hatte Seite an Seite mit ihnen gekämpft, und der Unterschied bestand nur darin, dass er Glück und sie Pech gehabt hatten.

Er ließ ganz in der Nähe eine Suppenküche einrichten, um morgens unbehelligt sein Büro betreten zu können, was zumindest zu Anfang funktioniert hatte. Aber jetzt saßen sie wieder vor dem Tor.

Der Verkehr war rege, und der ewige Brikettgeruch vermischte sich mit dem Benzingestank der neuen Zeit. Es hieß, es gebe 120 000 Autos in Berlin, wovon die meisten morgens in die Wilhelmstraße unterwegs zu sein schienen. So auch er, aber er ging lieber zu Fuß und fasste während dieses Spaziergangs in der Regel die Beschlüsse des Tages zusammen.

Heute wollte ihm dies jedoch nicht recht gelingen, da seine Gedanken unentwegt abschweiften. Vielleicht lag es ja daran, dass er fürchtete, den falschen Weg einzuschlagen. Das gesamte Familienvermögen stand auf dem Spiel, eine Wahrheit, der er sich nicht entziehen konnte.

Eine nur mäßige Inflation hätte keine größeren Vorteile gebracht. Alle seine Geschäftsfreunde aus dem Herrenclub gegenüber vom Reichstag waren anfänglich sehr angetan gewesen. Schulden ließen sich vorteilhaft abschreiben, und der Export wurde begünstigt. Aber bald entgleiste alles. Als der Dollar eine Milliarde Mark wert war, wurde ihm mulmig. Als er eine Billiarde kostete, ging Deutschland unter.

Innerhalb der Lauritzen-Gruppe mussten sie Löhne mittels eines Multiplikatorensystems berechnen und außerdem täglich auszahlen. An einem Tag wurde der Lohn mit 27 Billionen multipliziert, am nächsten Tag mit der doppelten Summe und am dritten mit 67 Billionen. Die Angestellten der Firma mobilisierten, sobald der Lohn ausbezahlt wurde, die Verwandtschaft mit Schubkarren und Lastenfahrrädern und setzten das gesamte Einkommen in Kartoffeln, Pökelfleisch und Mehl um.

Es war, als säße man auf einem scheuenden Pferd. Wer abgeworfen wurde und keine alternative Lösung fand, ging unter.

Die erste Idee kam Oscar, als er im Berliner Tageblatt einen Skandalartikel um einen Postinspektor, eine Art Chefbriefträger, las, dem es gelungen war, 1117 Dollar und einige hundert Francs zu unterschlagen und dafür zwei Häuser zu kaufen und in dem einen seine Geliebte unterzubringen. Nicht genug damit, dass der Schurke gut von dem Überschuss lebte, er spendete auch großzügig der Kirche und erntete alle möglichen Segnungen, wenn nicht gar den Sündenerlass.

Die Schlussfolgerungen ergaben sich rasch. Sein Bruder Sverre war mit eingezogenem Schwanz und einigen wertlosen Gemälden auf aufgerollten Leinwänden aus England zurückgekehrt, allerdings auch mit einer dicken Geldbörse mit tausend Fünfpfundscheinen, was bereits zu diesem Zeitpunkt ein beachtliches Vermögen darstellte.

Wie viel Sverre davon seither ausgegeben hatte, war unklar, aber vermutlich nur einen Bruchteil. Sverre leitete die Reklameabteilung des Unternehmens und war einer der meistbeschäftigten und damit auch bestbezahlten Reklamezeichner der Stadt. Das war der Beruf der neuen Zeit.

Solange die Inflationshölle andauerte, war Sverre also unermesslich reich.

Das andere war die ganz offenbare Möglichkeit, legal mit ausländischer Währung zu handeln. Der widerstrebende Bruder Lauritz in Stockholm musste sich dazu herablassen, zumindest einen Teil seiner Zeit dem Schrotthandel zu opfern. Aus den stillgelegten Fabriken des eigenen Firmenimperiums wurde Eisenschrott nach Schweden verschickt und dort in Dollar umgewandelt.

Anfangs sträubte sich Lauritz mit dem Einwand, die Firmen in Norwegen und Schweden widmeten sich ausschließlich dem Bau von Brücken und öffentlichen Gebäuden und nicht dem Schrotthandel. Er nahm jedoch Vernunft an, als er erkannte, wie viel die legal erworbenen Dollar für das Unternehmen in Deutschland bedeuteten. Wirklich berechnen ließ sich das vorteilhafte Geschäft jedoch nicht, weil die Zahlen schwindelerregende Höhen erreicht hatten.

Die Dollarscheine hatten einen konkreten und unmittelbaren Einfluss auf das Familienleben. Die Dienstboten hatten nicht entlassen werden müssen, da sie mit fünf Dollar im Monat gut über die Runden kamen. Die Abteilungsleiter in der Zentrale lebten von zehn Dollar.

Aber eine neue Zeit stand bevor. Heimlich bereiteten die Politiker eine Währungsreform nach dem Goldstandard vor, was allen Spekulationen, also auch der Spekulationswirtschaft ein Ende bereiten und einen Börsencrash herbeiführen würde.

Also musste rasch und kühn gehandelt werden, um zu verhindern, dass sich die Lauritzen-Gruppe in einem Wirbel aus Firmenübernahmen, die den Allerstärksten alles zuschanzte, auflöste. Die Schwäche des eigenen Konzerns bestand darin, dass der Besitz stark gestreut war und fast nur aus Minoritätsbeteiligungen bestand. Laut Lauritz, der das Lauritzen-Konglomerat aufgebaut hatte, lautete die Regel, nicht alle Eier in einen Korb zu legen. In jeder normalen Gesellschaft hätte sich diese Strategie sicherlich bewährt. Aber Deutschland war keine normale Gesellschaft mehr, und bald würden die Größten alle Kleinen und Mittelgroßen überrollen.

In Bezug auf Immobilien lagen die Dinge jedoch anders. Im Augenblick war der Immobilienbestand Deutschlands vollkommen wertlos, noch wertloser als die Industriegewinne. Aber der kleine Unterschied zwischen wertlos und wertloser barg große Möglichkeiten.

Wenn er in den nächsten Wochen den größten Teil der Industriebeteiligungen veräußerte, dafür Immobilien im Zentrum Berlins erwarb und nur einen Teil des ursprünglichen Kerngeschäfts, und zwar den Eisenbahnbau, behielt, wirkte dies auf den ersten Blick wie ein schlechtes Geschäft, allerdings nur kurzfristig.

Deutschland würde wiederauferstehen, davon war er immer noch überzeugt, und Berlin würde wieder Welthauptstadt sein. Der Wert der Immobilien im Zentrum einer solchen Stadt würde sich verhundertfachen. Die Mieteinnahmen wären bescheiden, aber zuverlässig. Außerdem wären Immobilien nicht von Hypotheken belastet, da alle Schulden durch die Inflation getilgt wurden.

Diese Schlüsse konnten nicht falsch sein. Endlich hatte er gründlich nachdenken können. Er war so in Gedanken versunken gewesen, dass ihm erst bewusst wurde, wo er sich befand, als er die Zentrale in der Wilhelmstraße erreicht hatte.

Mit großem Erstaunen stellte er fest, dass alle Bettler verschwunden waren und stattdessen zwei Polizisten vor dem Eingang standen.

»Guten Morgen, Herr Direktor Lauritzen!«, grüßte der ältere. »Bettelei kann im Regierungsviertel nicht geduldet werden, wir haben die Bettler also verscheucht. Die Anweisung erfolgte von höchster Instanz.«

Oscar deutete zum Dank für die Wiederherstellung von Ordnung und Anständigkeit durch die Obrigkeit eine Verbeugung an. Dann trat er rasch ins Haus und erklomm die Treppe in den ersten Stock mit großen Schritten und gesteigerter Entschlossenheit. Ihm blieben nur noch wenige Wochen und vielleicht nicht einmal das, um zu retten, was noch zu retten war.

*

Ihren eigenen zwanghaften Vorstellungen gemäß besaß Christa zweierlei Verkleidungen. Sie war nie nur gekleidet, sondern immer verkleidet. Wenn sie ungeschminkt bei der

Roten Hilfe im Armenviertel am Alexanderplatz arbeitete, trug sie ein Kopftuch und ein einfaches, hochgeschlossenes Baumwollkleid mit einem sittsamen weißen Kragen. Das Kleid reichte bis zu den Waden und den schwarzen Stiefeln. Das war ihre Mittelschicht-Verkleidung.

Wenn sie aufwendig geschminkt auf ihren halbhohen Absätzen auf dem Weg zum Romanischen Café den Kurfürstendamm entlangeilte, trug sie einen modernen Glockenhut mit schickem, kleinem rotem Schirm, der zu ihren Schuhschnallen passte, ein kurzes Pelzjäckchen und ein Seidenkleid, das nur bis knapp über die Knie reichte. Jetzt war sie als jüdische, marxistische, landesverräterische Kommunistin verkleidet, die die antigermanische, zionistische Republik liebte. Oder wie die Rechte und ihre rechten Zeitungen es auch immer ausdrücken mochten.

Sie wollte ihre beste Freundin Poulette treffen und hatte sich ganz gegen ihre Gewohnheit verspätet. Unter anderen Umständen hätte das keine Rolle gespielt, ihre Freundin hätte einfach an einem Tisch Platz genommen, ihre Bestellung getätigt und in aller Ruhe gewartet. Wäre die Verabredung geplatzt, hätte sie selbst bezahlt. Aber falls Poulette nicht gerade ein paar Billionen in der Handtasche bei sich trug, was unwahrscheinlich war, musste sie aus Vorsicht vor dem Lokal warten, damit beim Bezahlen keine Probleme entstanden.

Das Romanische Café war wahrscheinlich eines der letzten Lokale in Berlin, in dem die Peinlichkeit, sich nicht einmal ein Glas Wein leisten zu können, noch erträglich war. Alle Journalisten, Künstler und Schriftsteller, die in der Stadt Rang und Namen hatten oder haben wollten, verkehrten hier regelmäßig.

Poulette, die für das Berliner Tageblatt über Politik schrieb, hieß eigentlich Liza von Huhn, und einige der französischen Korrespondenten in Berlin hatten ihr den Spitznamen »Hühnchen« gegeben. Dieser Spitzname hatte so rasch um sich gegriffen, dass ihn jetzt auch Christa verwendete.

Die beiden Frauen trafen gleichzeitig ein, umarmten sich, küssten sich auf die Wange und beklagten, dass sie sich viel zu selten sähen.

Der Herbst war nach den ersten kurzen Kälteeinbrüchen ungewöhnlich mild gewesen, man sprach von einem goldenen Oktober, und es gab noch Tische im Freien. Sie ergatterten einen Tisch am Zaun zur Straße, von dem aus ihnen nichts entgehen würde. Zuvorkommend ergriff Christa die Initiative und bestellte rasch Kanapees mit Kaviar und eine halbe Flasche Champagner, während sie erklärte, sie müsse leider inzwischen auf die Figur achten, da das Fressen mehr ansetze als noch mit fünfundzwanzig.

»Das Fressen?«, wiederholte Poulette und zog erstaunt die gezupften und mit einem dünnen Stift nachgezogenen Brauen hoch.

»Ja, entschuldige die Wortwahl. Sie entspringt einem familieninternen Scherz. Erst kommt das Fressen, dann kommt die Moral, sagt Oscar immer, wenn wir über Fabrikschließungen und Löhne sprechen. Du kannst es dir ja vorstellen.«

»Aber nach allem, was ich gehört habe und was in der Tat auch in unserer Zeitung nachzulesen war, seid ihr jetzt keine Ausbeuter der Arbeiterklasse mehr, sondern Immobilienhaie.«

»Das klingt aber gar nicht nett.«

»Ich bin Journalistin und außerdem Berlinerin. Wenn es so in unserer Zeitung stand, muss es doch wahr sein?«

»Wahr ist, dass wir, genauer gesagt, Oscar, jetzt achttausend Beschäftigte weniger haben, was in gewissem Maße mein Verdienst oder meine Schuld ist, je nachdem, wie die Sache ausgeht. Ich habe ihn bearbeitet, und wie sich das ausgewirkt hat, kann ich natürlich nicht wissen. Aber Oscar ist nicht unsensibel, das muss man ihm zugutehalten. Er fand die Streiks und Proteste, als die Regierung den Achtstundentag abschaffte, ebenfalls unerträglich. Er wollte weder Polizei noch Militär anfordern, sich aber auch nicht zugrunde richten lassen. Und vermutlich kommt es noch schlimmer.«

Sie wurden von zwei Kellnern unterbrochen, die mit unnötig übertriebenen Gesten die Kanapees und den Champagner servierten.

Poulette pflichtete ihr nachdenklich bei, dass es in der Tat noch schlimmer werden würde, nachdem sie schweigend die ersten Bissen genossen hatten. Deutschland würde nach Ende der Inflation nichts anderes übrig bleiben, als das Arbeitslosengeld und alle Beihilfen zu kürzen und gleichzeitig der Industrie Steuersenkungen zu gewähren. Die Krise musste durch Sparmaßnahmen überwunden werden. Das sei jedenfalls der Plan der rechten Mehrheit. Die Sozialdemokraten wollten hingegen die Hilfszahlungen aufstocken und mit einer Steuererhöhung für die Reichen finanzieren. Es waren die üblichen Gegensätze, und die Sozialdemokraten würden über diese Frage wahrscheinlich die Regierungsmacht verlieren.

Es bahnten sich also noch viel schlimmere Zustände an, allerdings mit richtigem Geld.

Christa stellte fest, dass Oscar diese Entwicklung bereits vor einigen Wochen vorhergesehen hatte, was angesichts seiner »unpolitischen« Haltung recht erstaunlich war. Christa hatte Oscars politischem Urteilsvermögen stets etwas misstraut und schämte sich nun ein wenig, denn kaum ein Berliner Journalist war in politischen Fragen so gut unterrichtet wie Poulette, und was sie zu berichten wusste, stimmte fast immer. Vermutlich verstanden sie sich deshalb so gut, denn beide liebten den politischen Diskurs. Poulette wusste, was geschah und was geschehen würde, Christa verstand sich auf politische Analyse. Wäre eine von ihnen ein Mann gewesen, dann hätten sie einander schon längst geheiratet.

»Und wie läuft es bei der Roten Hilfe?«, fragte Poulette, als sich ihre politische Diskussion zu wiederholen begann.

»Danke der Nachfrage. Ich kann Oscar leider nicht um Geld bitten, da es kein Geld mehr gibt. Ich widme mich also ganz und gar der Sexualaufklärung.«

»Sexualaufklärung? Kann die Arbeiterklasse nicht rammeln?«

»Wie drückst du dich wieder aus! Obwohl du eigentlich recht hast. Überarbeitete Männer in beengten Behausungen drängen sich den Frauen auf, ejakulieren und schlafen ein. Das ist eine heikle Angelegenheit. Die Frauen der Arbeiterklasse haben dieselben sexuellen Rechte wie wir, das ist eine Frage der Demokratie. Der weibliche Orgasmus ist eine Frage der Demokratie, und ausnahmsweise geht es nicht nur um finanzielle Ungleichheit, sondern auch um eine Art politischer Erziehung. Ein einfacheres Thema ist natürlich die Geburtenkontrolle und dass jene, die bereits Kinder haben, ganz einfach Kondome verwenden müssen.«

»Und damit beschäftigst du dich vollen Ernstes?«

»Ja, vollen Ernstes.«

»Das imponiert mir in der Tat, Christa. Aber ist es nicht, wie soll ich sagen, peinlich, Vorträge über den Geschlechtsverkehr zu halten, denn darauf läuft es schließlich hinaus? Hören dir Männer und Frauen übrigens gemeinsam zu?«

»Nein, das würde nicht funktionieren. Dr. Döblin spricht zu den Männern, und ich spreche zu den Frauen. Wir haben diskutiert, später vielleicht einmal gemeinsame Vorlesungsabende abzuhalten, aber das ist noch nicht entschieden.«

So beeindruckt hatte Christa Poulette selten erlebt. Sie schob sich stumm ein Kaviarkörnchen nach dem anderen in den Mund, dann hob sie ihr Champagnerglas.

»Ich möchte hiermit aufrichtig auf die Heldin der Arbeiterklasse anstoßen!«, sagte sie.

Sie prosteten sich zu. Christa schwieg.

»Und wie wohnt es sich im Hotel Esplanade? Ist die Bedienung zur Zufriedenheit?«, fragte Poulette mit übertriebener Betonung, die den Wechsel des Gesprächsthemas markierte.

»Danke, gut. Du kennst es ja. Im Palmengarten haben wir zum ersten Mal Charleston getanzt. Du kannst morgen, wenn du willst, gerne zum Tanztee vorbeikommen.«

»Danke. Aber ist es dort wohnlich? Euer Umzug aus der Wilhelmstraße wirkte sehr übereilt. Was hat euch dazu veranlasst?«

»Wir wohnen in der Kaisersuite, drei Schlafzimmer mit Bädern, ein Wohnzimmer, ein Besprechungszimmer, zwei Arbeitszimmer mit Seidentapeten, du kannst es dir sicher vorstellen. Die Dienstboten wohnen auf derselben Etage.

Die Regierung zahlt, das ist also kein Problem. Unser neues Haus in der Tiergartenstraße ist so gut wie fertig eingerichtet. Das Hotel Esplanade passt Oscar ausgezeichnet, er muss nur ein Stück die Bellevuestraße hinuntergehen, einen Platz überqueren, und schon ist er im Tiergarten. Dort läutet er den Tag ein, noch ehe wir anderen aufgestanden sind. Er hat eine Stammbank, auf der er immer sitzt. Bereits jetzt ist es kürzer als aus der Wilhelmstraße, und wenn wir in die Tiergartenstraße ziehen, ist es noch näher. Es ist also vermutlich alles in Ordnung.«

»Das klingt doch wunderbar. Aber warum gibt man eine so gute Adresse wie die Wilhelmstraße inmitten des politischen Machtzentrums auf? Ist das nicht eine ausgezeichnete Reklame für ein Industrieunternehmen oder meinetwegen auch Immobilienhaie, seinen Hauptsitz genau dort zu haben?«

»Genau das hat Oscar auch gesagt. Er wollte nicht verkaufen. In einer demokratischen Gesellschaft gäbe es keine Veranlassung, sich der politischen Macht zu beugen, sagte er.«

»Aber?«

»Dann habe ich ihm die Vorteile erläutert. Beispielsweise die ausgezeichneten Kontakte zum Ministerium für Handel und Gewerbe, das unser Haus übernommen hat. Politische Kontakte sind immer von Vorteil. Zu Hause kümmere ich mich um die Diplomatie und Sverre um die Garderobe. Sonst würde Oscar immer in Khaki und vorzugsweise unrasiert herumlaufen und nie eins der hohen Tiere zum Essen einladen.«

»Wo sie dann eine Freifrau zu Tisch führen dürfen.«

»Zumindest eine ehemalige Freifrau, die sich ausgezeichnet auf Konversation versteht und ihren Gatten lobt. Das ist Diplomatie.«

»Weißt du, manchmal sprichst du von Oscar wie von einem Kind.«

»Das liegt vermutlich daran, dass er zwischendurch auch ein Kind ist, zumindest so unschuldig wie ein Kind.«

»Aber du liebst ihn?«

»In gutbürgerlichem Sinne durchaus.«

»Und in sozialistischem Sinne?«

»In sozialistischem Sinne lebt man promiskuitiv. Ich habe das einige Jahre lang ausprobiert und kann nicht behaupten, dass ich mich danach zurücksehne. Die Genossen fordern Solidarität beim Beischlaf. Inzwischen, habe ich mir sagen lassen, sind sie modern und verstehen sich auf Psychologie. Wer nicht bereit ist, leidet an *Hemmungen*, die *Hemmungen* werden einem so lange unter die Nase gerieben, bis man aus purer Erschöpfung nachgibt. Davon hast du doch wohl schon gehört?«

Poulettes lautes, etwas zu schrilles Lachen genügte als Antwort. Doch, davon hatte sie gehört, möglicherweise mehr als genug.

»Aber was hat dir an ihm gefallen, als ihr euch kennengelernt habt?«, fuhr Poulette kühn fort, vielleicht verführt durch Christas schamlose Aufrichtigkeit in Fragen, die die meisten Leute, auch in diesen modernen Zeiten, peinlich berührten.

Christa dachte so lange nach, dass Poulette ihre Frage bereits bereute, aber sie konnte sie schließlich nicht zurücknehmen.

»Ich habe einige Jahre lang in der Revolution gelebt«, hob Christa nachdenklich an und verstummte dann erneut.

Poulette ahnte schmerzhafte Erinnerungen und bereute, die Unterhaltung in diese Richtung gelenkt zu haben.

Christa holte tief Luft und erzählte dann zügig ihre Geschichte, als würde sie die Ereignisse für sich und nicht für ihre beste Freundin rekapitulieren.

Mit siebzehn Jahren war sie unter ziemlich aufsehenerregenden Umständen von zu Hause ausgerissen, eine klassische Entführung mit Verkleidung und einem listigen Plan, zu allem Überfluss während der Segelregatta in Kiel, was zu einem beachtlichen Skandal geführt hatte.

Der teuflische Verführer im Drama war ein bolschewistischer Künstler gewesen, der sie davon überzeugt hatte, ein Genie zu sein, das Malerei und Sozialismus miteinander verschmelzen könne und noch dazu kraft seiner politischen Überzeugung ein vollkommen gleichgestellter Mann sei, der seine Genossinnen genauso respektiere wie seine Genossen. Der Genosse Künstler, wie er sich nannte, irrte jedoch in jeder Hinsicht, was nicht dem Sozialismus, sondern dem Genossen Künstler und seinesgleichen anzukreiden war. Die Solidarität in der Bewegung galt nur anderen Frauen.

Hätte es einen Ort gegeben, an den sie zurückkehren konnte, wäre sie sicherlich viel früher ausgestiegen. Dass ihr Vater sie unter traditionell-bombastischen Formen verstoßen hatte, verstand sich von selbst und war vermutlich vor allem auf die Schmach zurückzuführen, die er wegen des von seiner Tochter während der Kieler Woche verursachten Skandals erlitten hatte.

Der Genosse Künstler war während des Aufruhrs 1919 ums Leben gekommen, was weder für den Sozialismus noch für sie selbst einen großen Verlust dargestellt hatte.

Schlimmer war, dass sie im Gefängnis landete, was sie ihr Leben hätte kosten können.

Ihre Freundin Ingeborg hatte jedoch dafür gesorgt, dass sie freigelassen wurde. Sie beschaffte ihr neue Kleider und einen Ausweis, der auf ihren richtigen Namen ausgestellt war, was angesichts der rechten Freikorps, die auf den Straßen Bolschewisten jagten und so viele wie möglich erschossen, einer Lebensversicherung gleichkam.

An einem Frühlingstag 1919 Anfang April, wenn sie sich recht erinnerte, saß sie zusammen mit Ingeborg Unter den Linden auf einer Bank und erzählte ihr von ihren Schwangerschaftsabbrüchen während ihrer Jahre mit den Bolschewisten. Sie befürchtete, nie mehr Kinder bekommen zu können, Ingeborg hingegen schätzte ihre Chancen, sofern sie nicht allzu lange wartete, jedoch als gut ein. »Am besten wäre, wenn du den zukünftigen Kindsvater heute schon kennenlernen würdest«, scherzte sie.

Und genau das geschah dann auch. Die beiden Frauen hatten sich zum Pariser Platz begeben, auf dem eine Parade der zurückkehrenden Helden des Afrikakorps stattfand und wo sie sich mit Lauritz und den Kindern verabredet hatten.

Dort war er auf sie zugekommen, Lauritz' Bruder Oscar, mit zerfurchtem Gesicht, durch Entbehrungen abgemagert, mit einer großen Narbe auf der einen Wange und Eisernen Kreuzen in allen erdenklichen Varianten, ein Held, der definitiv kein Preuße war. Sie sah sich einem Mann mit einer stillen, inneren Würde und guten Augen gegenüber.

Christa verstummte, als sei die Geschichte damit zu Ende oder als ergebe sich die Fortsetzung von selbst. Poulette war sehr beeindruckt.

»Es war also Liebe auf den ersten Blick!«, rief sie.

»Das ist so ein banaler Ausdruck, aber … ungefähr so war es wohl.«

»Was für eine wunderbare Geschichte! Hat es sich wirklich so zugetragen? Dein familiärer Hintergrund war mir nie ganz klar. Das ist ja wie im Kino. Und so leben sie glücklich bis ans Ende ihrer Tage?«

»Das kann man natürlich nie wissen, aber ich kann es mir nicht anders vorstellen. Wir haben drei Kinder, die ich mehr liebe, als ich es je für möglich gehalten hätte. Die Genossen haben diese Art von Liebe als kleinbürgerliche Illusionsromantik abgetan, du weißt schon. Ich kann mir jedenfalls nicht vorstellen, mit einem anderen Mann zu leben. Eine kurze Liebschaft wäre vorstellbar, aber niemand anderes, mit dem ich leben wollte, meinetwegen, bis dass uns der Tod scheidet.«

Christa schaute auf die Uhr und tat so, als sei sie verspätet. Sie wollte nicht noch weiter auf dieses Thema eingehen, zuckte entschuldigend mit den Achseln, rief den Kellner herbei, drückte ihm diskret zwei norwegische Kronen in die Hand und erhob sich.

Sie küssten sich zum Abschied, Christa in gespielter Eile. Dann ging sie mit klappernden Absätzen und ohne sich umzudrehen den Kurfürstendamm entlang davon.

Als sie mit Sicherheit außer Sichtweite war, verlangsamte sie ihre Schritte. Die frisch eingetroffenen norwegischen Kindermädchen kümmerten sich um die Kinder, und Harald war in der Schule. Vor dem Abendessen hatte sie keine besonderen Verpflichtungen. Sie unterdrückte den Impuls, sich in den Tiergarten zu begeben und sich auf einer Bank niederzulassen, vielleicht sogar seiner Bank, um zu überdenken, was sie Poulette erzählt hatte. Sie hatte vieles ausgelassen, das sich nicht in Worte fassen ließ.

Es stimmte, dass Oscar sie bei ihrer ersten Begegnung kolossal beeindruckt hatte. Deutschland war eine besiegte Nation gewesen, aber das Afrikakorps hatte sich trotz seiner Isolierung und einer zehnfachen Übermacht nie geschlagen gegeben. Erst als die sozialdemokratischen Verräter, die ohnehin die Schuld am Krieg trugen, der Armee einen Dolch in den Rücken stießen, hatte Deutschland kapituliert.

Und so hatte Oscar unter dem Brandenburger Tor vor ihr gestanden – mitgenommen, aber nicht geschlagen, mit Orden behängt wie ein General, obgleich er nur Hauptmann war. Sein gesamtes, offenbar beträchtliches afrikanisches Vermögen hatten die Engländer kassiert. Sie hatte also allen Grund zur Annahme gehabt, er sei bettelarm, und dennoch war er mit unglaublicher Würde aufgetreten.

Natürlich war es keine Liebe auf den ersten Blick gewesen, falls es so etwas außerhalb des Kinos überhaupt gab, höchstens für Dummköpfe, denen Aussehen, Geld und Status alles bedeutete.

Während des Essens am selben Abend, das mehr ein Fest als ein Abendessen war, war es dann geschehen. Wie durch ein Wunder Gottes, so die Worte des gläubigen Lauritz, waren sie nur zwanzig Minuten vom Pariser Platz entfernt dem dritten Bruder Sverre mit den Taschen voller englischer Pfund in die Arme gelaufen. Das Ganze hatte mit einem ausgelassenen, champagnerreichen Abend im Kempinski geendet.

Nach anderthalb Stunden war ein eigentlich recht harmloser Negerwitz zum Besten gegeben worden, woraufhin sich ihr eine Seite Oscars offenbarte, die sie bedeutend beeindruckender fand als alle seine Orden.

Oscar war absolut kein Rassist. Absolut nicht. Mit großem Ernst beschrieb er in knappen Worten mit einer gewissen militärischen Autorität, dass die schwarzen Soldaten Deutschlands die wahren Helden in dem afrikanischen Krieg gewesen waren und dass sein schwarzer Leutnant, sie hatte seinen Namen vergessen, auf ewig einer seiner engsten Freunde bleiben würde. Diese Geschichte unterband natürlich alle weiteren Rassenscherze in Oscars Beisein, nicht nur bei diesem Wiedervereinigungsfest, sondern für immer.

In diesem Moment hatte sie vermutlich eingesehen, dass sie ihn lieben könnte.

Dieses Detail hatte sie Poulette vorenthalten, und zwar nicht, weil sie eine gute Geschichte nicht hatte zerstören wollen, denn diese nuanciertere Version hätte der progressiven Journalistin möglicherweise noch besser gefallen, sondern weil es ihr bisher noch nie gelungen war, sie so simpel zu formulieren.

Inzwischen hatte sie die Bellevuestraße erreicht und hatte es nicht mehr weit bis zum Hotel. Der Bürgersteig war von vielen Ständen blockiert, die die Polizei normalerweise eifrig aus den feineren Vierteln der Stadt vertrieben.

Aber wo sonst, wenn nicht in diesen Vierteln, sollte die vollkommen verarmte Mittelklasse sonst Käufer finden? Es wurden Kleider, Wanduhren, einzelne Antiquitäten, Schuhe, Porzellan, Tafelsilber, Gemälde und Nähmaschinen verkauft, alles, was sich in Lebensmittel umsetzen ließ. Die Verkäuferinnen schämten sich und wagten kaum, sie anzusehen, als sie vorbeiging, da sie sicher so aussah, als würde sie sich alles leisten können und auch nicht zögern, den sich ihr bietenden Vorteil auszunutzen, das geerbte Tafelsilber zu einem Spottpreis zu erwerben. Das wiederum beschämte auch Christa, die diese Situation unerträglich menschenunwürdig fand.

Es gab aus dieser Verlegenheit leider keinen anständigen Ausweg. Sie konnte nicht einfach den Blick abwenden, ihren Schritt beschleunigen, vorbeigehen und so tun, als würde sie die verarmten Frauen von Juristen, Beamten, Bankangestellten, Postbeamten, Obsthändlern und anderen nicht sehen. Diese Leute hatten stets bürgerlich gewählt und sich im Traum nicht vorstellen können, einmal zum Proletariat zu gehören.

Christa konnte sich nicht überwinden, freundlich zu sein, ihnen in die Augen zu schauen oder sie anzusprechen, sonst hätten sie womöglich geglaubt, sie wolle sich ihrer erbarmen. Sie mochte auch nicht stehen bleiben und etwas zu einem anständigen Preis erstehen, etwa die ordentlich genähte Waschbärenpelzmütze oder Goethes Gesammelte Werke in Leder.

Sverre hatte einmal ein Kunstwerk entdeckt, eine anschauliche Szene, Schlittschuhläufer vor einem mittelalterlichen Dorf oder eher einer Stadt, der Künstlername fiel ihr nicht mehr ein, das außerhalb Deutschlands sicher hundert englische Pfund wert war, aber in Berlins Wirklichkeit für gerade einmal zwei Pfund feilgeboten wurde. Er hatte das Gemälde von einem frierenden alten Mann erworben, der mit zitternden Händen fünfzig Pfund in Empfang genommen und seinen Augen kaum hatte trauen wollen. Sverre war mit dem Gemälde unter dem Arm davongeeilt, aber nicht sonderlich weit gekommen, ehe er hatte miterleben müssen, wie der alte Mann, vermutlich ein Jude, beraubt und erschlagen wurde.

Die Situation war rettungslos unerträglich, und sie eilte mit zusammengebissenen Zähnen und aufs Pflaster starrend weiter und zwang sich dabei, an etwas anderes zu denken.

Die Mittelschicht würde der Republik nie verzeihen und nie die richtigen politischen Schlüsse aus ihrem Elend ziehen, sondern sich stattdessen, und das war das Allertraurigste, der Rechten in die Arme werfen.

Mit geröteten Wangen betrat sie das säulengeschmückte Foyer des Hotels Esplanade und nahm dort den Schlüssel mit dem schweren Messinganhänger in Empfang. Sie hatten drei zusätzliche Schlüssel anfertigen lassen, da die zahlreichen Familienmitglieder und Bediensteten in die Kaisersuite gelangen können mussten. Der große Fahrstuhl mit den geschliffenen Fenstern fuhr langsam und knarrend in das dritte Stockwerk hinauf.

Sie öffnete die Tür und hörte sofort fröhliches Kinderlachen und die ihr unverständliche Sprache. Als sie das Spielzimmer betrat, lagen die beiden norwegischen Mädchen auf dem Rücken und hielten jede einen Jungen mit ausgestreckten Armen in die Höhe. Die Kinder hatten ihren Spaß, streckten die Arme waagerecht von sich, brummten wie Flugmaschinen und verschluckten sich dabei beinahe vor Lachen.

Als die Kindermädchen bemerkten, dass sie das Zimmer betreten hatte, ließen sie die Zwillinge verschreckt auf den Perserteppich sinken, erhoben sich hastig errötend und knicksten um Entschuldigung heischend, als hätten sie etwas Unanständiges oder zumindest Unpassendes getan. Die Jungen umarmten ihre Mutter. Eines der Kindermädchen bat in unbegreiflichem Deutsch um Entschuldigung.

Unbeschwert winkte Christa ab und meinte, Flugmaschinen nachzuahmen sei nicht nur lustig, sondern im Vergleich zu der Märklin-Eisenbahn wunderbar ungefährlich.

Die Kindermädchen standen mit gesenkten Köpfen da und schienen sie nicht zu verstehen. Sie versuchte, noch einmal mit Gesten zu erklären, wie gefährlich es sei, die Schienen direkt mit der Steckdose in der Wand zu verbinden, und welche Konsequenzen es haben könne, wenn ein Dreijähriger dann seine Hand auf die Schienen legte. Jetzt verstanden sie und nickten zustimmend.

Die strombetriebene Modelleisenbahn, eines von Oscars extravaganten, aber lebensgefährlichen Geburtstagsgeschenken an seine Söhne, war noch schlimmer als Sverres englisches Meccano, das nur ein Ingenieur handhaben konnte.

Helene Solveig hielt sich mit ihrem Kindermädchen im Nebenzimmer auf und beschäftigte sich dort vermutlich mit etwas Unmännlichem und Ungefährlichem, das irgendwie mit Puppen zusammenhing.

»Herr im Haus«, sagte eines der Kindermädchen.

»Wollen Sie damit sagen, dass Direktor Lauritzen zu Hause ist?«, fragte Christa daraufhin langsam und deutlich. Sinn und Zweck der Übung war nicht nur, dass die Kinder tagsüber Norwegisch sprachen, sondern auch, dass die jungen westnorwegischen Frauen Deutsch lernten.

Beide nickten eifrig und deuteten in Richtung des großen Salons.

Wie seltsam, Oscar kam sonst nie so früh nach Hause.

Nun saß er jedoch in Socken und Hemdsärmeln, mit einem großen Stapel Akten neben sich und einem kleineren auf den Knien im größten Ohrensessel. Ihr fielen einige graue Haare in seinem Schnurrbart auf, der bald mal wieder gestutzt werden musste. Oscar war ebenso erstaunt, sie zu sehen, wie sie, ihn zu Hause anzutreffen, wenn man ein Hotel als Zuhause bezeichnen konnte.

»Du bist nicht nur eine schöne Frau, Christa, außerdem bin ich ausgezeichneter Laune. Es ist vollbracht. Setz dich! Willst du ein Glas Champagner?«

»Nein danke. Im Augenblick nicht«, antwortete sie, schob sich einen etwas kleineren Sessel heran und setzte sich. »Was ist vollbracht?«

»Die Umstellung. Die Lauritzen-Gruppe hat sich aus der deutschen Industrie zurückgezogen, wir besitzen noch ein Eisenbahnunternehmen, aber das wird von einem Subunternehmer betrieben. Außerdem haben wir noch die Werbeagentur, die habe ich einerseits Sverres wegen behalten, andererseits, weil sie sich im Augenblick noch mit einem Minimum an Personal selbst trägt. Im Übrigen besitzen wir nur noch Immobilien in Berlin und, womit ich dich überraschen wollte, in Dresden!«

»In Dresden? Berlin verstehe ich ja, aber Dresden?«

»Der Tipp stammt von deinem Vater.«

»Mein Vater? Was versteht der denn von Geschäften?«

»Nicht viel, zugegeben. Aber er verfügt über sehr gute Kontakte, und einer seiner Freunde in Dresden war zahlungsunfähig und wollte verkaufen … und zwar einen nicht unbedeutenden Teil des Dresdner Stadtzentrums, allerdings diskret. Bist du sicher, dass du nicht doch wenigstens ein Schlückchen Champagner trinken möchtest?«

»Nun, wenn du meinst, vielleicht ein Glas.«

Oscar erhob sich, ging zum Telefon und gab seine Bestellung auf. Christa sah ihm seine Erleichterung an, er bewegte sich nicht mehr so schwerfällig, und seine alten Verletzungen schienen ihm keine Schmerzen zu bereiten, außerdem waren seine Blässe und die dunklen Schatten unter den Augen aus seinem Gesicht gewichen.

Drei Minuten später war der Champagner aufgetragen und serviert, und der Kellner hatte sich wieder zurückgezogen.

Nach dem ersten Schluck legte Oscar den Kopf in den Nacken und erklärte, dass die Würfel jetzt gefallen seien. Es bleibe abzuwarten, ob er richtig *spekuliert* habe.

Wenn er die Lage richtig beurteilte, würde sich innerhalb weniger Tage Folgendes in Deutschland ereignen: Zuerst ein gewaltiger Absturz der Börsenkurse, der mit Ausnahme der ganz Großen alle Börsenspekulanten ruinieren würde. Die Großakteure würden gegeneinander um die Macht kämpfen, ein Konkurrenzkampf, der die Unternehmen der Lauritzen-Gruppe weit überfordert hätte. Simba gegenüber musste sich Cheeta ihrer Schnelligkeit bedienen, um zu überleben.

Christa war Oscars afrikanische Metaphern gewöhnt, aber dieses Mal verstand sie nicht ganz, was er meinte, wollte ihn aber auch nicht unterbrechen.

Die deutsche Industrie würde gewissermaßen verstaatlicht werden, ungefähr so, wie sie es immer befürwortet hatte, allerdings mit dem ärgerlichen Unterschied, dass der Besitz in privater Hand bleiben würde.

Bald würden die Aktienkurse wieder steigen, aber nicht die Immobilienpreise. Da könnte der Eindruck entstehen, dass er ein schlechtes Geschäft getätigt hätte. Aber sobald Deutschland wieder erstarkte, würden die Stadtkerne Berlins und natürlich auch Dresdens einen unfassbaren Wertzuwachs erfahren. Diese Werte seien unantastbar. Lauritz würde es natürlich erzürnen und enttäuschen, seiner Flugzeuge und Autos verlustig zu gehen, aber auf längere Sicht würde sich alles einrenken.

»Diese Überlegungen eines unpolitischen Mannes sind doch gar nicht mal so übel, nicht wahr?«, schloss er rhetorisch.

Christa überraschte der abrupte Themenwechsel.

»Du bist alles andere als unpolitisch, mein Lieber«, erwiderte sie und hielt ihm das Glas hin, damit er ihr nachschenkte. »Alles im Leben ist Politik, selbst unsere Sexualität.«

»Das trifft nicht auf mich zu und noch weniger auf meine Sexualität, denn die ist meine Privatangelegenheit.«

Sie verdrehte die Augen, als sei sie dieser hoffnungslosen Diskussion überdrüssig, und nippte an ihrem Champagner. Aber dann überlegte sie es sich anders.

»Du bist wie ein Strauß«, antwortete sie mit ersichtlicher Genugtuung, auch einmal mit einem afrikanischen Gleichnis aufwarten zu können. »Du erlebst Deutschland in einer Zeit großer politischer Wandlung, und alle Beschlüsse, die du hinsichtlich der Firma fasst, sind politisch bedingt, aber trotzdem steckst du den Kopf in den Sand.«

»Das ist nicht wahr«, erwiderte er. »Ich meine die Behauptung, der Strauß stecke den Kopf in den Sand, um die Gefahr nicht sehen zu müssen. Täte er das wirklich, gäbe es keine Strauße mehr. Im Gegenteil, der Strauß ist sehr wachsam, er sieht hervorragend und verlässt sich auf seine

Fähigkeit, im Falle einer Gefahr rasch zu fliehen. Nur in dieser Beziehung bin ich ein Strauß. Ich fliehe jegliche Politik.«

Es ärgerte sie, dass er so zufrieden wirkte und dass es ihm gelungen war, ihre Argumentation umzukehren. Für gewöhnlich verlor er derartige Diskussionen, denn ihrer Meinung nach handelte alles von Politik, selbst Kinderspielzeug.

Aber so leicht gab sie sich natürlich nicht geschlagen, da sie nun wieder bei dem gewohnten Streitthema angelangt waren.

»Darf ich dir ein paar einfache Fragen stellen, die du nur mit Ja oder Nein beantworten musst?«, wollte sie wissen.

»Ja, natürlich.«

»Bist du für die Republik?«

»Ja.«

»Du bist also gegen die Idee, das Kaiserreich wieder zu etablieren?«

»Ja.«

»Bist du für das allgemeine, Frauen umfassende Wahlrecht?«

»Ja!«

»Bist du für den Acht-Stunden-Arbeitstag?«

»Ja, in der Tat. Und Überstunden müssen entlohnt werden.«

»Bist du für unabhängige Gewerkschaften?«

»Das ist eine heikle Frage und lässt sich nur schlecht mit Ja oder Nein beantworten. Gewerkschaften besitzen die einzigartige Gabe, in der Produktion Ärger zu verursachen, und das kommt uns alle teuer zu stehen.«

Er wusste natürlich sehr gut, welche Geschütze sie nun

auffahren würde. Ihre Hochzeit hatte sich verspätet, weil alle Züge nach Dresden eingestellt worden waren, wohlgemerkt nicht nur nach Dresden. Deutschland hatte sich im Generalstreik befunden und war gänzlich zum Stillstand gekommen.

»Der Kapp-Putsch«, sagte sie, als seien weitere Worte überflüssig.

Er nickte und hob die Hände, um zu bedeuten, dass er sich geschlagen gab. Als einige rechte Schläger und Armeeangehörige die Reichskanzlei eingenommen und die verhasste Demokratie für abgeschafft erklärt hatten, war die gewählte Regierung Hals über Kopf geflohen. Die Reichswehr hatte keinen Finger gerührt. Damals hatte der Generalstreik die Republik gerettet, diese Wahrheit ließ sich nicht leugnen.

»Politisch befindest du dich irgendwo im Mittelfeld der Sozialdemokratie«, stellte sie fest.

Widersprechen lohnte nicht, das wusste er. Von Christa als Sozialdemokrat bezeichnet zu werden stellte kein Lob dar. Mehr als alles andere in der Politik verabscheute Christa die Sozialdemokraten, das wusste er auch. Aber war nicht die nationalistische Rechte am schlimmsten? Wie auch immer, ihm war das Thema zu heikel, und außerdem war er für eine derartige Diskussion politisch zu unbewandert.

»Meinst du nicht, man kann mich der Deutschen Demokratischen Partei zuordnen, zumindest stimme ich in vielen Dingen dem Berliner Tageblatt zu«, versuchte er sich scherzend aus der Affäre zu ziehen.

»Ha! Du gestehst!«, erwiderte Christa triumphierend.

»Was?«

»Wie alle anderen ein politischer Mensch zu sein.«

Er seufzte demonstrativ und breitete die Arme aus. Was es zu seiner Verteidigung zu sagen gab, hatte er bereits früher vorgebracht. Er war ein Mann der Praxis und nicht der politischen Theorie. Er versuchte, der Verantwortung gerecht zu werden, die ihm Lauritz übertragen hatte. Er war ein einfacher Geschäftsmann, und was er über Geschäfte wusste, hatte er von seinem Freund Karimjee Jiwanjee in Daressalam und auf Sansibar gelernt, wo alles so geradlinig und unkompliziert und vorzugsweise auch so ehrlich wie möglich gehandhabt werden musste, um zu funktionieren. Mehr als alles andere ging es ihm um seine Kinder, seine Frau und die übrige Familie, besonders jetzt in diesen schweren Zeiten. Was konnte man von einem Mann mehr verlangen?

Auf alle diese Fragen erwartete sie eine Antwort. Und ganz zuletzt würde er wie immer sagen, dass zuerst das Fressen und dann die Moral käme.

Sie wartete ab. Und er unternahm einen letzten Versuch, der immer gleichermaßen unangenehmen Situation zu entrinnen.

»Heute haben sich die Rahmenbedingungen unseres Lebens jedenfalls grundlegend verändert«, hob er feierlich an. »Wir sind keine Arbeitgeber, Ausbeuter und Kapitalisten mehr und brauchen uns auch nicht mehr mit streitsüchtigen Gewerkschaften zu zanken …«

»Stattdessen sind wir Immobilienhaie.«

»Wie bitte? Stimmt, aber wir müssen uns nicht mehr mit den Gewerkschaften streiten.«

»Das werden die Mietervereinigungen übernehmen, da kannst du Gift drauf nehmen.«

»Gut möglich, aber das soll mich heute noch nicht kümmern. Ich finde jedenfalls, dass wir diese Veränderung ordentlich feiern sollten, weil wir schon seit Wochen nicht mehr ausgegangen sind. Horcher, Petzer, Kempinski, Adlon, Ciros mit Negerjazz oder wie wär's mit dem Club auf dem Dach des Hotel Eden?«

»Das Hotel Eden kommt nicht infrage, das weißt du doch!«

»Richtig, entschuldige. Ich habe nicht nachgedacht. Aber eines der anderen Lokale? Wir könnten doch ein paar Freunde mitnehmen? Oder findest du, dass wir nur zu zweit feiern sollten?«

Sie erklärte sich einverstanden, zog es aber vor, den Abend nur zu zweit zu verbringen. Sie wollte gerne ein bodenständigeres Lokal besuchen, statt in einem der eleganten Berliner Restaurants mit den neureichen Börsenspekulanten zu verkehren. Sie sehnte sich geradezu nach einem Lokal der vulgären Sorte, in dem statt leisem Klaviergeklimper gelacht und gejohlt wurde, wie beispielsweise im Haus Vaterland, in dem in der Rheinterrasse einmal in der Stunde ein Gewitter mit Wolkenbruch simuliert wurde. Für dieses Etablissement musste sie sich nicht einmal sonderlich fein anziehen.

Christa erhob sich von ihrem Sessel, trat auf Oscar zu, umarmte ihn und flüsterte ihm ins Ohr, er sei ihr Löwe, obwohl er ein Strauß sei. Löwe heiße doch wohl Cheeta?

»Simba«, berichtigte er sie, zog sie auf seinen Schoß und überrumpelte sie mit einem langen Kuss, der rasch leidenschaftlicher wurde. Seit Wochen hatten sie schon keine Zeit mehr füreinander gefunden, da er sich bis spät in die Nacht abgerackert hatte, um zu retten, was noch zu retten war. Ob ihm das gelungen war, würde die Zukunft zeigen. Nun aber überwand ihre Sehnsucht die Sorge um die Wirtschaft, die Politik und die Zukunft. Mühelos hob er sie hoch, weil er immer noch viel stärker war, als er aussah, und trug sie wie ein Kind ins Schlafzimmer am hinteren Ende der Kaisersuite.

*

Sverre blieb nach dem Abendessen nie zu Hause, weder früher in seiner Wohnung in der Friedrichstraße noch heute in dem neuen Haus in der Tiergartenstraße 27 B.

Er scheute das Alleinsein, weil dann Trauer und Sehnsucht die Oberhand gewannen. In der Stille seiner vier Wände erschien ihm das Gesicht Albies, über dessen Tod er nie hinweggekommen war und nie hinwegkommen würde, dessen war er sich nach fünf Jahren sicher. Niemals würde er einen anderen Mann lieben können. Bis vor Kurzem hatte er sogar geglaubt, nie wieder sexuell mit einem anderen Mann zu verkehren.

Wie einen Umhang hüllte er die Berliner Nacht um seine Trauer und Einsamkeit. Meist war er allein, dabei aber immer von Menschen umgeben, die fröhlich feierten und zechten, bis ihnen die Schminke über die Wangen rann, als wäre das Leben ein einziges Theater, Gestalten mit geröteten Wangen, wie von George Grosz gezeichnet, einem seiner wenigen engen Freunde, berauscht, von Sinnen, voller Leben in einer verzweifelten Aufwallung von Gefühlen und Stimmungen. Das reichte vom Feinsinnig-Schönen wie zwei Charleston tanzenden Frauen aus der Oberschicht bis hin zum Tragisch-Vulgären wie jener misshandelten, betrogenen, in die Jahre gekommenen und auf die Straße geworfenen Hure. In der Berliner Nacht gab es alles.

Er wechselte systematisch und fast zwanghaft zwischen dem sogenannten Gehobenen und Niederen. Genauso wechselte er seine Garderobe, abhängig davon, ob er das eine oder das andere suchte. Jede Nacht versprach ein Abenteuer, alles war möglich.

Drei aufeinanderfolgende Abende hatte er zumindest mit traditioneller Kultur eingeleitet. Im Deutschen Theater hatte er »Trommeln in der Nacht« gesehen, das Stück eines neuen und unbekannten Dramatikers namens Brecht, am Abend darauf im Lessing-Theater »Königin Christina« des Schweden Strindberg und am dritten Abend im Trianon-Theater »Lissi, die Kokotte«, ein Stück, das erst ab achtzehn Jahren erlaubt und so schamlos schlecht, vorurteilsvoll und idiotisch war, dass es, wenn auch unbeabsichtigt, einer Art Satire glich.

Er hatte Oscar und Christa empfohlen, sich »Trommeln in der Nacht« anzusehen, ohne anzudeuten, dass es in diesem Stück gewissermaßen um sie ging.

Ein Mann, von dem alle glaubten, er sei zu Beginn des Krieges gefallen, kehrt nach Hause zurück. Seine Frau, die alle für eine Witwe gehalten haben, hat sich mit einem anderen Mann getröstet. Der erste Konflikt.

Nach Versöhnung der Eheleute will sie an der Revolution teilnehmen, also an der kommunistischen Revolution. Konflikt Nummer zwei.

Der Mann sagt, er habe vom Töten genug, er sei wie Thomas Mann inzwischen ein »Unpolitischer«.

Die interessante Frage lautete natürlich nicht, ob sich

Oscar und Christa im Konflikt Nummer zwei wiedererkennen würden, denn das verstand sich beinahe von selbst, sondern wie die Diskussion anschließend im Café oder Restaurant verlaufen würde.

Natürlich wusste Oscar alles über den Krieg, weil er vier Jahre lang gekämpft und, wie seine Orden bewiesen und wie gemunkelt wurde, eine grässliche Anzahl Engländer getötet hatte.

Sverre wusste über den Krieg nur das, was jede Kriegerwitwe wusste. Er hatte den Versuch unternommen, mittels der Lektüre von Erich Maria Remarque eine gewisse Erkenntnis zu gewinnen, denn das Buch galt bei allen intelligenten Leuten als die definitive Kriegsbeschreibung.

Konzentriert und mit Herzklopfen hatte er das Buch gelesen, aber trotzdem nichts verstanden.

Nach drei ruhigen Theaterabenden wollte er sich nun wieder dem Vulgären hingeben. Er war zu Fuß unterwegs, trug wegen des Überfallrisikos schlichte Kleidung und stellte sich die Nacht in Bildern von fetten Weiberhintern, grölenden Männern im Bierrausch und erstaunlicherweise auch in Gestalt der Tiller-Girls vor, lange Reihen von Blondinen, die in perfekter militärischer Disziplin tanzten, die Beine schwenkten und sogar Uniformmützen trugen. Sie stellten den Krieg als Fest und Kabarett dar, was ihn außerordentlich faszinierte. Zu seinen Zeiten als Maler hätte er sich ganz sicher auf dieses Motiv gestürzt.

Am Potsdamer Platz fand eine Massenveranstaltung statt. Einer der vielen in Büßerhemden gekleideten Erlöser, hier offensichtlich der beste, Häussner, der sogar den Nutzen von Reklame erkannt hatte, hielt eine Rede.

Tausende von Menschen waren erschienen, einige befanden sich bereits in Ekstase, andere verhielten sich zurückhaltender oder waren vielleicht auch nur neugierig. Der Prediger stand auf einer kleinen, provisorischen Bühne und bediente sich elektrischer Lautsprecher.

Die Botschaft des Erlösers Häussner war simpel und klar. Der Untergang war nahe, und wie immer trugen die Juden die größte Schuld daran. Deutschland war verraten worden, und zwar nicht nur von den Juden, sondern auch von den Marxisten und – was überraschender war – von den Plutokraten, also den Reichen, die offenbar, natürlich gemeinsam mit den Juden, hinter der Hyperinflation steckten, die so viele ehrliche Leute arm und so viele Spekulanten, darunter natürlich wieder die Juden, unanständig reich gemacht hatte.

Aber noch gab es Hoffnung, die Erlösung im letzten Augenblick, vorzugsweise mittels einer kleinen Geldspende in die Sammelbüchsen, um das irdische Paradies in Deutschland zu garantieren, wenn Deutschland das Joch der Sklaverei abwarf und erstarkte.

Es handelte sich also, von den Plutokraten abgesehen, um die gewohnte Botschaft der Rechten, gewürzt mit ein wenig Hokuspokus und Bettelei. Seltsam, dass derartige Reklame Erfolg zeitigte, denn Reklame funktionierte den neuen Theorien gemäß eigentlich nur, wenn sie ehrlich und modern war. Hier bot sich jedoch das Gegenteil dar.

Sverre stand in Gedanken versunken da und dachte über die Rolle der Reklame in der modernen Gesellschaft nach, als sich die Versammlung zerstreute. Irgendwie war er von seinem Plan abgekommen, diesen Abend dem anschaulich Vulgären zu widmen. Vielleicht hätte er lieber ins Salomé gehen und sich in einen der kleineren roten oder goldenen

Salons setzen sollen, um in seinem Kopf die provozierenden Kleider der Lesben und Transvestiten, die sich vor den Augen der begeisterten Landbevölkerung und Touristen schamlos in den Armen lagen, zu skizzieren. Das Salomé war zwar nicht das einzige, aber das größte und angesehenste Lokal für Tribaden und Männer in Frauenkleidung. Für normale Homosexuelle gab es etwa fünfzig hochelegante bis vollkommen runtergekommene Lokale. Das Salomé hatte dem neugierigen Beobachter neuer Umgangsformen jedoch am meisten zu bieten. Dort konnte er entspannt in einer Ecke sitzen und sich wie der Toulouse-Lautrec der neuen Zeit fühlen.

Aber die Stimmung, in die er nach der unbehaglichen Begegnung mit dem Erlöser geraten war, raubte ihm alle Lust, sich im Kreis gleichgesinnter Verlorener seiner Melancholie hinzugeben. Ihm stand der Sinn nun eher nach einem künstlerisch ausgereifteren und moderneren Vergnügen, dem Jazz, als nach Hysterie, Charleston und Champagner.

Die Auswahl war groß, aber er suchte echten Jazz und nicht ein deutsches Orchester mit Basstuba als Soloinstrument, dessen Musiker sich die Gesichter mit Schuhcreme geschwärzt hatten, sondern echte Negermusik, und die gab es zufällig ganz in der Nähe, denn im Chat Noir trat eine Acht-Mann-Band aus New Orleans auf.

Er erhielt sofort einen Tisch an der Balustrade, die den höher gelegenen Teil des Lokals von der Tanzfläche und den Tischchen vor dem Orchester trennte. Der Kellner, der ihm diesen Tisch gegeben hatte, verzog keine Miene, als er nur eine Flasche Weißwein bestellte, denn Sverre war Stammgast und zahlte stets in ausländischer Währung.

Das Orchester hatte gerade Pause.

Albie hätte diese Musik geliebt, die wie Strawinsky oder die Ballets Russes ein Ausdruck des Neuen und Modernen war. Hätte Albie hier neben ihm gesessen, wäre das Leben so vollkommen gewesen, wie es sich ein Mensch mit vernünftigen Ansprüchen nur vorstellen konnte. Die Hölle des Krieges war von Rechts wegen für immer vorüber, und die neue Zeit brach sich unaufhaltsam allen Hindernissen zum Trotz eine Bahn wie der Löwenzahn auf den Wegen eines gepflegten englischen Gartens.

Es half nichts, sich ein ums andere Mal vor Augen zu halten, dass er das Schicksal von Millionen anderer Menschen und allen voran all jener Frauen teilte, die ihre Geliebten im Krieg verloren hatten. Trotzdem kam es ihm ganz besonders ungerecht vor, dass ausgerechnet Albie hatte sterben müssen, der nicht einmal mit der Absicht zu töten aufgebrochen war. Er hatte sich die Uniform nur als symbolischen Akt angezogen, um an der Schlussphase des Krieges teilzuhaben, und zwar an einem sicheren Ort, an dem er weder selbst töten musste noch selbst getötet werden würde. In Afrika, wo angeblich alles längst vorüber war, wo die Deutschen als ungefährlich galten und wo nur noch kleinere Säuberungsaktionen anstanden. Dort hatte ihn an einem der allerletzten Kriegstage, als die Kampfhandlungen eigentlich schon vorüber gewesen waren, der Kopfschuss eines deutschen Scharfschützen ereilt.

Die Rückkehr des Orchesters war vor lauter Zigarettenrauch nur schemenhaft zu erkennen und wurde vom Applaus des Publikums begleitet.

Der Trompeter trat an den vorderen Bühnenrand, um offenbar ein Solo einzuleiten. Der Lärmpegel im Lokal sank zu einem erwartungsvollen Gemurmel ab, das sich jedoch rasch in eine Mischung aus entzücktem Gelächter und wütenden Buhrufen verwandelte. Die Trompete hatte glockenklar die ersten Takte von »Deutschland über alles« gespielt, dann vom Kornett mit einer Variation in höherem Tempo begleitet, das Schlagzeug und das Klavier fielen ein, und wie in einem Wirbelwind, und als sei es nur Einbildung gewesen, lösten sich die ersten Melodieausläufer in rasche Synkopen auf, unterbrochen von langsamen Blueselementen in sich steigerndem Tempo als eine Aneinanderreihung intuitiver Variationen, die die Fantasie mal in die eine, mal in die andere Richtung trieben. Einen Augenblick lang sah und hörte man den großen Fluss, den Mississippi, nicht die Spree, im nächsten Augenblick hatte man die lärmende Stadt mit ihrem Verkehr, ihren Straßenbahnen, kreischenden Schienen, dröhnenden Presslufthämmern, Lastwagen, qualmenden Fabrikschornsteinen, allem, was eine Stadt eben ausmachte, vor Augen. Zumindest sah Sverre, wenn er die Augen schloss und die Ohren weit öffnete, Berlin vor sich. Es war natürlich möglich, dass das Orchester das Bild einer Stadt in Amerika malte, wahrscheinlich der Heimatstadt der Musiker, New Orleans, aber es handelte sich zweifellos um Musik als Kunst und nicht nur als einstimmige Huldigung eines Gottes oder die einfachere Begleitung eines Chansons. Der Jazz war keine Ergänzung, sondern in gleichem Maße eine eigene Kunstform wie die klassische sinfonische Musik.

Musik vermochte ihn wie Morphium zu betäuben. An diesem Abend würde er sich ihr nicht auf diese Weise hingeben, da er für den nächsten Morgen mit Christa verabredet war und bei dieser Gelegenheit ausgeschlafen sein wollte. Die Zeit bis zur nächsten Pause, anderthalb Stunden, die genauso gut fünf Minuten hätten sein können, verlor sich in Fantasien und Träumen.

Am Nachbartisch saßen zwei Männer Mitte dreißig, einer von ihnen mit einem Skizzenblock in der Hand. Für Künstler waren sie zu ordentlich und bürgerlich gekleidet, und sie schienen sich auf das Orchester zu konzentrieren und gleichzeitig eine angeregte Unterhaltung zu führen.

Das Bild, das sich ihnen bot, stellte eine interessante künstlerische Herausforderung dar. Die Schwierigkeit war dabei nicht das verqualmte Lokal oder das bunt gemischte, sehr unterschiedlich gekleidete Publikum. Manch einer trug Frack, andere einfache Baumwollkleider, die einen anständige Bürger, andere ganz klar, wie überall im Berliner Nachtleben, zum leichten Gewerbe gehörend. Das Motto lautete, das Geld, das man heute besaß, rasch unter die Leute zu bringen, weil jeder Tag der letzte sein konnte. Diese Lebensart allzu vieler Menschen hatte sein Freund George besser als jeder andere darzustellen gewusst. Seine Illustrationen im Simplicissimus wurden allgemein bejubelt.

Nein, die große Herausforderung bestand darin, und er musste zugeben, dass sie nicht zu bewältigen war, die ganz spezielle Stimmung der Jazzmusik einzufangen.

Schließlich konnte Sverre sich nicht länger beherrschen.

»Entschuldigen Sie bitte die Störung«, sagte er an seine Tischnachbarn gewandt. »Ich interessiere mich sehr für Kunst und würde mir das Bild gerne ansehen.«

Dann streckte er die Hand aus und nahm seinem verblüfften Tischnachbarn, dem es weder in den Sinn kam zu protestieren noch, was er in der Hand hielt, festzuhalten, den Skizzenblock ab.

Er stellte fest, dass es sich gar nicht um einen Skizzenblock handelte. Auf dem Blatt fanden sich keine Zeichnungen, sondern nur ein Durcheinander von Notizen.

Sverre entschuldigte sich natürlich für seine Aufdringlichkeit und bat darum, die Herren auf ein Glas einladen zu dürfen.

Wenig später saßen alle am selben Tisch, und die jungen Männer waren nicht im Geringsten misstrauisch, da Sverres konservative englische Kleidung über seine Neigungen keinerlei Auskunft gab und er sich außerdem nicht schminkte. Nur in gewissen Bars wurde er durchschaut, was aber vor allem an den frequentierten Orten lag.

Die jungen Männer waren Doktoranden der Berliner Universität und schrieben an einer Arbeit über die Natur der Neger. Diese sehr spezielle Musik sei zweifellos ein deutlicher Ausdruck ihrer andersartigen Natur. Der Jazz wie auch der Tanz spiegelte den primitiven, lärmenden, ungestümen und kindischen Charakter der Neger wider. Die Europäer tanzten nur mit ihrem Intellekt, die Neger hingegen mit allen Sinnen, ihr Leben war Sonne, Urwald, Vogelgesang, Erde und das Brüllen eines Leoparden in der Nacht. Sie seien um die Unverdorbenheit ihrer Rasse, die durch den Jazz ausgedrückt werde, zu beneiden. Expressionismus und Primitivismus würden im Jazz verschmelzen.

Sverre wurde von den unzähligen Gegenargumenten, die in seinem Inneren aufstiegen, geradezu überwältigt. Diese jungen Wissenschaftler meinten es ja nicht böse, sie gehörten nicht zur Fraktion der sogenannten »Judenexperten« und unterzogen bloß eine wissenschaftliche These einer persönlichen Prüfung.

Er hätte zustimmend nicken und einfach nach Hause

gehen sollen, konnte sich dann aber nicht beherrschen und begann von den Tänzen der Massai und ihrem konkreten, intellektuell erfassbaren Inhalt zu erzählen. Was das Primitive betreffe, versuchte Sverre einzuwenden, seien die verehrten Herren Doktoranden vermutlich in der Savanne ebenso verloren wie ein Massai in Berlin. Und das beweise doch nur, dass unterschiedliche Kulturen unterschiedliche Anpassungsanforderungen hatten?

Und der Jazz sei nicht afrikanisch, denn diese Musik gebe es in Afrika nicht, sondern amerikanisch.

Das Gegenargument lautete natürlich, dass amerikanische Neger einen intensiveren und besseren Jazz spielten als weiße Amerikaner.

Diese Behauptung wusste Sverre nicht zu widerlegen. Er gab auf, zahlte und ging früh nach Hause.

*

Christa erschien pünktlich im Reklameatelier und, worum er gebeten hatte, nach der letzten Mode gekleidet. Er wollte ihr Konterfei als Vorlage für die Gestaltung der Verpackung und der Plakate für das neue Parfüm Vogue verwenden.

Sie entsprach Sverres Auffassung nach wunderbar der Vorstellung von der neuen mondänen Frau, insbesondere wenn sie nach der absolut letzten Mode gekleidet war. Das war interessant, wenn man bedachte, dass ihre politische Einstellung eher eine Lederjacke mit eng geschnürtem Gürtel sowie Schirmmütze für Männer oder Schiffermütze für Frauen vorgeschrieben hätte.

Ihre Erscheinung war jedenfalls perfekt. Nackte Schultern, ein Glockenhut mit schwarzem Keil in der Mitte, ein rotes Kleid, ebenfalls mit Keil, allerdings weiß, schmale Armreifen aus Gold und weißen Perlen an dem einen sowie ein einzelner Reif aus schwarzem Lack und rotem Emaille am anderen Handgelenk. Ihr momentan dunkelrotes, kurz geschnittenes Haar schaute unter ihrem Hut hervor, und ihr Lippenstift passte zur Farbe ihres Haares und des roten Kleides.

»Du solltest erwägen, ebenfalls in die Reklamebranche einzusteigen«, lobte er sie.

»Keinesfalls!« Christa schnaubte verächtlich. »Ich habe Wichtigeres zu tun, einmal ganz abgesehen von den Kindern.«

»Verstehe«, erwiderte Sverre, obwohl das nicht stimmte. Er hatte schon immer Mühe gehabt, seine Schwägerin zu begreifen.

Sie schien sich nicht bewusst zu sein, dass nun Arbeit zu verrichten war, da sie sich in dem neu eingerichteten Atelier umsah, als führe sie eine Inspektion durch. Sie strich mit der Hand über die glänzend schwarzen, weißen oder pastellfarbenen Tischplatten und öffnete hier und da einen Unterschrank, um ihn eingehender zu betrachten.

»Dieser Stil ist wohl extrem modern?«, fragte sie. »Entsprechen eure Bilder den Möbeln?«

»Ja, das könnte man sagen. Klare Farben, große Flächen, Deutlichkeit, Sachlichkeit.«

»Kannst du mir nicht ein paar Frauenbilder zeigen, vorzugsweise in der Art, wie du auch mich darstellen willst?«

Er ging zu einem der Schränke mit den großen, flachen Schubladen, zog eine heraus und legte dann einige große Blätter auf eine leere Tischplatte.

»Werde ich auch so aussehen?«, fragte Christa, nachdem sie die Blätter eine Weile aufmerksam betrachtet hatte. Sverre wusste nicht recht, ob da nicht eine gewisse Distanz in ihrer Stimme mitklang.

»Eher so, das ist der Entwurf eines ähnlichen Werbebildes«, sagte er und legte ein noch nicht fertig koloriertes Bild vor sie hin.

»Und wie würdest du diese Frau beschreiben?«, fragte sie, immer noch mit vollkommen neutraler Stimme.

»Eine Frau wie du, zumindest in der Hinsicht, dass sie sich eine Flasche Parfüm leisten kann.«

»Und die kostet?«

»Zwölf Billionen zum heutigen Kurs, also drei Dollar.«

»Den Wochenlohn eines Arbeiters?«

»Ja, sofern er gut verdient.«

Sie verstummte, und ihre angewiderte Miene verriet, dass er etwas höchst Unpassendes gesagt hatte. Sverre wusste nicht, wie es ihr immer wieder gelang, alle in ihrer Umgebung in die Defensive zu drängen. Wollte sie, dass er sich dafür schämte, weil er für Parfüm Reklame machte? Vermutlich.

Er durchquerte das Zimmer und holte einen Packen Skizzen und Textentwürfe, die auf dem Tisch eines Kollegen lagen. Es handelte sich um eine Werbekampagne für das Waschmittel Persil. Ihr Auftrag bestand darin, den Marktanteil des Unternehmens auf über dreißig Prozent zu verdoppeln.

»Schau!«, sagte er und breitete die Skizzen und Textentwürfe auf einem leeren Tisch aus. Christas Neugier war rasch geweckt.

Auf den Skizzen waren Frauen dargestellt, die sich sehr

von Christa in der Parfümaufmachung unterschieden. Sie waren gesund, stark und blond mit Kopftüchern und hochgekrempelten Ärmeln. Außerdem wirkten sie hochzufrieden, nachdem sie zu Persil gewechselt hatten.

Christa griff zu einem Textentwurf und las ihn laut, als trüge sie eine politische Resolution vor.

»Gesunde Frauen – ein gesundes Volk! Ist es der Gesundheit förderlich, dass sich unsere Frauen über den Waschzuber beugen, um die Wäsche auf althergebrachte Weise zu schrubben und zu misshandeln? Das ist nicht nur unangemessen, sondern auch dumm. In Zeiten moderner Gesundheitsaufklärung bietet Persil die Möglichkeit, die Wäsche glänzend weiß wie Schnee zu waschen! Frauen, wascht mit Persil!«

Christas Miene gab zu verstehen, dass sich jeglicher Kommentar erübrige, aber Sverre wartete schweigend ab.

»Diese Reklame stellt also einen wichtigen Beitrag zur Entwicklung der Gesellschaft dar?«, fragte sie schließlich. Ihre Ironie war nun nicht mehr zu überhören.

»Ja, davon bin ich überzeugt«, erwiderte Sverre wie auf eine ernst gemeinte Frage. »Der Text ist, wie deine Art ihn vorzulesen bereits verrät, viel zu lang. Aber wenn wir ihn beispielsweise folgendermaßen kürzen: *Persil befreit von Müh und Kummer, Persil, das Waschmittel der modernen Frau.* Dann müsste es doch passen?«

»Findest du, dass dadurch die Botschaft besser wird?«, fragte Christa mit derselben Ironie.

»Ja, das finde ich. Und noch besser wird sie, wenn wir erst einmal die neuen Waschmaschinen entwickelt haben. Denk nur dran, wie viel Zeit das Waschen kostet, eine Arbeit, die nur von Frauen verrichtet wird. Stell dir vor, was geschieht, wenn es uns in ein paar Jahren gelungen ist, diese Zeit zu halbieren. Wir müssen mit alten Gewohnheiten brechen.«

Christa schwieg und schien tatsächlich nachzudenken.

»Bist du etwa meiner Meinung?«, fragte er erstaunt.

»Ja …«, erwiderte sie. »Ich denke schon. Wenn die Frauen nur halb so viel Zeit aufs Waschen verwenden müssten …«

Er nutzte ihr Zögern, die Diskussion abzubrechen. Rasch stellte er eine Staffelei mit einem großen Zeichenblock auf, dann bat er sie, auf einem Stuhl konservativeren Stils Platz zu nehmen, den er aus einem anderen Teil des Hauses geholt haben musste. Gehorsam setzte sie sich, und er betrachtete sie forschend einige Augenblicke lang. Dann schien ihm eine Idee zu kommen, und er verschwand in seine privaten Räume. Als er zurückkehrte, hielt er ein langes schwarzes Zigarettenmundstück und eine brennende Zigarette in den Händen und reichte ihr beides wortlos.

Sie schlug die Beine in bewusst aufreizender Pose übereinander, lehnte sich vor und betrachtete den Künstler mit halb geschlossenen Augen durch den aufsteigenden Zigarettenrauch. Rasch skizzierte er sie mit sicherer Hand.

Als sie nach etwa einer halben Stunde das Resultat betrachten durfte, verblüffte es sie, mit welcher Leichtigkeit er sie auf verschiedene Arten abgebildet hatte. Das war sie zwar und dann doch wieder nicht. Sie konnte sich diesen Eindruck nicht erklären und fragte daher Sverre.

Der Mund war der Grund, sie hatte keinen kleinen roten Kirschmund. Dieser entspräche aber nun mal dem momentanen Schönheitsideal, behauptete Sverre. Außerdem müsse das Bild so allgemein sein, dass sich möglichst viele Frauen damit identifizieren konnten. Kein herkömmliches

Porträt also, obwohl sie dafür das perfekte Modell darstellte, sondern die Abbildung einer Universalfrau. Einer Universalfrau, wohlgemerkt, die Parfümkäufe tätigte.

Um seinen Gedankengang zu verdeutlichen, versah er eine der Skizzen mit einem anderen Mund. Als er sie ihr zur Betrachtung überreichte, nahm sie erneut verblüfft zur Kenntnis, welch frappante Veränderung durch eine derart kleine Maßnahme erzielt wurde. In der neuen Skizze erkannte sie sich mühelos wieder.

»Du bist außerordentlich geschickt, Sverre! Solltest du dich nicht als richtiger Künstler betätigen?«, fragte sie gedankenlos und bereute ihre Worte im selben Moment.

»Vielleicht«, antwortete er, mit einer Miene, die nicht verriet, ob sie ihn verletzt hatte. »Die Kunst hat mich viele Jahre intensiv beschäftigt. Die Malerei war neben der Liebe das Wichtigste in meinem Leben.«

Er begann, seine Zeichenutensilien zusammenzupacken. Seine gelassene Miene passte schlecht zu seinen dramatischen Worten.

»Magst du mir eines deiner Bilder zeigen?«, fragte sie, nachdem die Neugier und die Rücksichtnahme einen schweren Kampf miteinander ausgefochten hatten.

Zögernd sah er zu ihr hoch. Aber just in dem Moment, als er antworten wollte, trat sein Kollege Max ein, hängte seinen Mantel auf und kam auf die beiden Anwesenden zu, um sie zu begrüßen. Sie plauderten kurz über das Wetter und die Inflation, ehe sich Max entschuldigte und sich an seinen Tisch zum Persil-Werbefeldzug begab.

»Komm, dann zeige ich dir eins der Bilder«, meinte Sverre und deutete auf die Tür, die zu seinen Privaträumen führte.

Sie betraten einen Salon, der mit zwei Sofas in einer Art älteren Biedermeierstils, einem großen blau-beigen Perserteppich und einem runden türkischen Metalltisch und arabischen Sitzpuffs sparsam möbliert war. An den Wänden hingen Ölgemälde, die Christa nicht sonderlich ansprachen. Zypressen und Sonnenblumen, einige Stillleben mit Früchten, Schlittschuhläufer vor einer mittelalterlichen Stadt, zweifellos das Gemälde, das Sverre mit so fatalen Folgen auf der Straße gekauft hatte, und dort, wohin der Blick als Erstes fiel, ein großes blaues Bild, eine Nachtszene mit Meer und einem Strand, an dem warm und einladend gelbe und rote Lichter funkelten. Sverre deutete schweigend darauf.

Sie hatte noch nie etwas Vergleichbares gesehen, ein Stimmungsbild, in das man hineinsinken konnte, und es unterschied sich massiv von der politischen Kunst, die sie kannte.

»Komm, setz dich!«, sagte Sverre und deutete auf eins der großen Sofas. »Von hier aus verändern sich das Bild und die Stimmung.«

»Ist es eine Fantasie oder ein wirkliches Motiv?«, fragte Christa, um irgendetwas zu sagen.

»Das ist Brighton im Herbst, genauer gesagt im letzten Kriegsherbst, die Nacht vor dem Frieden«, sagte er.

»Brighton? Wo liegt das?«

»An der englischen Südküste. Ich habe in der Nähe gewohnt.«

»So ein Bild habe ich noch nie gesehen«, sagte sie.

»Ich eigentlich auch nicht. Gegen Ende befand ich mich in einer Phase, in der ich wie besessen mit verschiedenen Blautönen experimentierte.«

»Gegen Ende wovon?«

»Gegen Ende meiner Zeit als Maler. Das ist mein letztes Bild.«

Er verstummte und senkte den Blick. Sie zögerte. Obwohl seine Stimme nicht die geringste Gefühlsregung verriet, war ihr nicht entgangen, dass er ein schwieriges Thema angeschnitten hatte. Gleichzeitig lud die Bemerkung »mein letztes Bild« geradezu zu weiteren Fragen ein.

»Hast du jemals jemandem anvertraut, was damals geschah?«, fragte sie vorsichtig.

»Nein, eigentlich nicht«, erwiderte er mit abgewandtem Gesicht. »Margie, also meine Schwägerin, oder wie immer man sie bezeichnen möchte, die gleichzeitig meine beste Freundin war, war zugegen, als es geschah. Danach verließ ich England recht umgehend. Nein, ich habe in der Tat bislang niemandem davon erzählt.«

»Versuch's mit mir, schließlich bin ich auch deine Schwägerin.«

Er nickte, schwieg aber weiterhin. Schließlich beugte er sich vor, stützte sein Kinn in die linke Hand und begann seine Erzählung.

Nachdem Albie am letzten Kriegstag oder sogar, wofür einiges sprach, am Tage des offiziellen Waffenstillstands von einem Schuss in den Kopf niedergestreckt worden war, hatte die schlimmste Trauer seines Lebens alles um ihn herum in nachtschwarze Dunkelheit gehüllt. Diese Trauer ließ sich einzig mit dem Gefühl vergleichen, als er als Achtjähriger Vater und Onkel auf See verloren hatte.

Aber Kinder waren offensichtlich besser gewappnet, solche Verluste zu überwinden. Nur wenige Jahre nach dem Tod des Vaters hatte er wie alle anderen Jungen wieder ein recht sorgloses Leben geführt. Die Erinnerung an seinen Vater war verblichen und wurde zu einer Heldensage von vielen.

Aber mit Albie war es ganz anders. Sie hatten vorgehabt, der Kunst und der Schönheit huldigend zusammenzuleben, bis ans Ende ihrer Tage. Aber dass der Tod so schnell kommen würde, damit hatte keiner von beiden gerechnet.

In gewisser Hinsicht schämte er sich seines Selbstmitleids. Millionen von Menschen, überwiegend Frauen natürlich, befanden sich in einer ähnlichen Situation. Die geliebten Männer waren in Flandern, in der Türkei, in den Wäldern Russlands, in den Sümpfen Polens, in Frankreich oder sogar in Afrika gefallen, Millionen von Männern in den Armeen aller Länder. Trotzdem erhob sich die Welt aus der Asche, alles musste wieder aufgebaut und es musste weitergelebt werden. Wie viele Male hatte er nicht versucht, sich gut zuzureden!

Albies Tod hatte, abgesehen von der schwarzen, bodenlosen Trauer, die er mit so vielen anderen teilte, noch eine weitere Katastrophe mit sich gebracht, die sich leider nur mithilfe eines trivialen Exkurses beschreiben ließ.

Albie war der 13. Earl of Manningham gewesen, also das Oberhaupt der Familie in allen Fragen, angefangen von den Finanzen bis hin …

Sverre unterbrach sich zum ersten Mal und sah Christa mit einem verlegenen Lächeln an. Die bizarren Verhältnisse des europäischen Adels brauchte er ihr nicht näher zu erläutern. Sie nickte leise lächelnd, dass sie ihn verstanden habe, und bedeutete ihm mit einer behutsamen Handbewegung fortzufahren.

Also erschien der neue 14. Earl of Manningham, eine

Art Cousin, und führte radikale Veränderungen ein. Besser gesagt, er kam nicht persönlich, sondern schickte seine Anwälte.

De jure gehörten alle Kunstwerke auf Manningham, auch jene, die Sverre gemalt hatte, zum Gut. Albie hatte ihm zwar alle eigenen und gemeinsam erworbenen Werke vermacht, ehe er an Bord des Dampfers nach Mombasa gestiegen war, aber dieser Umstand schien nach seinem Tod kein sonderliches Gewicht zu haben. Er könne natürlich, hatte ihm einer der Anwälte hochnäsig vorgeschlagen, bei Gericht eine Klage einreichen.

Die Gegenpartei hatte nämlich alle Kunstwerke, die keine Vorfahren darstellten, verbrennen lassen, weil ihnen die Neuzugänge offensichtlich pervers, französisch oder sowohl als auch erschienen.

Fast alles, was Sverre während seiner achtzehn Jahre in England gemalt hatte, war zu einem qualmenden Haufen Asche vor Albies und seinem Haus reduziert worden.

Man hatte die gesamte Kunstsammlung, Gemälde van Goghs, Gauguins, Cézannes, Monets, Renoirs, Picassos, Manets und Degas', verbrannt, weil der 14. Earl und seine Anwälte typisch englische Idioten waren, was zumindest in zivilisierten Ländern als mildernder Umstand galt. Sie hatten Kunstwerke zerstört, deren Wert heute bereits das Doppelte von Manningham betrug.

Im Kreise seiner Leidensgenossen befand er sich also in guter Gesellschaft. Aber diese Tatsache bot ihm keinen Trost, im Gegenteil. Als er in einem der pyramidenförmigen Aschehaufen gestochert hatte, war er auf einen Leinwandfetzen mit den Resten einer Signatur gestoßen, vielleicht der von Matisse, er erinnerte sich nicht mehr so genau. In diesem Augenblick war in seinem Inneren etwas zerbrochen.

Das sentimentale Bild vom gebrochenen Herzen war nur eine Metapher, die ihn jedoch physisch heimgesucht hatte. Ein schneidendes Geräusch war aus dem Körperinneren aufgestiegen, als wäre in seiner Brust tatsächlich etwas zerrissen.

Von dieser Stunde an hatte er keine Palette mehr angerührt.

Er verstummte. Jetzt hatte er also doch noch alles erzählt.

Christa saß unschlüssig da. Was ließ sich dazu sagen? Sverre sah nicht in ihre Richtung, als schämte er sich seiner psychischen Blockaden.

Sie musste etwas sagen, um das Schweigen zu brechen.

»Könntest du, rein handwerklich gesehen«, begann sie und schluckte, ehe sie fortfuhr, »das blaue Ölgemälde nochmals malen?«

»Ja, vermutlich«, meinte er. »Ich beherrsche nach wie vor die Überlagerung von Farbschichten, die Terpentinverdünnung, die Schabemethode, die Pinselführung und alle anderen technischen Details. Aber auf das Gefühl kommt es an, auf Albie, England, die Trauer, den Irrsinn, alles.«

»Als ich dir beim Zeichnen zugesehen habe … Ich bin in diesen Fragen natürlich keine Expertin, aber die Technik steckt doch wohl in den Händen?«

»Ja, aber hier geht es um die neue Sachlichkeit, Reklame und Politik, das hat, wie du so treffend festgestellt hast, nichts mit wahrer Kunst zu tun.«

»Hasst du alle Engländer?«

Sie versuchte, von ihrer eigenen Blamage abzulenken, dessen war sie sich sehr wohl bewusst. Aber sie schämte sich ihres verletzenden Kommentares, als sie seine vermutlich außergewöhnliche Fähigkeit, Frauen zu porträtieren, so unterschätzt hatte.

Er durchschaute sie natürlich, lächelte und wirkte sogar erleichtert und amüsiert.

»Ob ich die Engländer hasse?«, wiederholte er mit aufgerissenen Augen, und sie wusste nicht recht, ob das eine scherzhafte Miene sein sollte.

»Ja?«, wiederholte sie, da ihr nach solch einer kategorischen Frage nicht viel anderes übrig blieb.

»Natürlich hasse ich die Engländer«, fuhr er fort, als erleichtere es ihn, dass alles Schwere gesagt war. »Einige Engländer hasse ich fast so sehr, wie Oscar in seiner prinzipientreuen Art sämtliche Engländer der Geschichte, der Gegenwart und der Zukunft hasst. Wie du dir denken kannst, kann ich für den 14. Earl of Manningham und seine einfältigen Anwälte keine Milde aufbringen. Auch nicht für das Gros der englischen Oberklasse und die an Paviane erinnernden englischen Kunstkritiker. Aber ich habe in England auch wunderbare Freunde gefunden, von denen etliche sicher als *the best and the brightest of our time* gelten können, Pazifisten, Intellektuelle, Kunstkenner, Künstler und Autoren, alle weitaus begabter als ich. Kurz gesagt, man kann kein ganzes Volk hassen, genauso wenig, wie man alle Deutschen lieben kann, nicht wahr?«

Bei dem Gedanken daran, wie viele Deutsche sie aus ganzer Seele hasste, musste Christa lachen.

*

Es war schwieriger als erwartet, Deutscher zu sein, besonders wenn man die unterste Klasse der Jungdeutschen Akademie für Naturwissenschaften besuchte. Auf seine Schule gingen nur die Begabtesten, und bereits zu Beginn des Schuljahres zeigte es sich, dass er in Mathematik bedenklich hinterherhinkte.

Glücklicherweise konnte er sich zu Hause in der Tiergartenstraße von seinen Onkeln helfen lassen, die beide geborene Mathematiker zu sein schienen, aber sehr unterschiedliche Lehrer waren. Legte Harald Onkel Sverre eine Gleichung vor, griff dieser sofort zum Rechenschieber und schrieb dann das Ergebnis aufs Papier, als sei die Angelegenheit damit erledigt.

Onkel Oscar verhielt sich ganz anders. Erst schrieb er die Gleichung auf und erklärte dann jeden Schritt zur Lösung. Aber beide nahmen sich seiner Probleme mit demselben Eifer an, obwohl sie gleichermaßen beschäftigt waren, und widmeten sich ihm von Beginn bis fast ans Ende des Schuljahres abwechselnd täglich mindestens eine Stunde. Obwohl es anfänglich aussichtslos gewirkt hatte, merkte Harald recht bald, dass er Fortschritte machte.

Sein zweites Problem war die Sprache und ihre Rechtschreibung. Er hatte sich ganz und gar als heimkehrender Deutscher gefühlt und Norwegen mit Freude den Rücken gekehrt. Aber ganz so einfach war auch das nicht.

Vom ersten Tag an machten sich seine Klassenkameraden über ihn lustig, weil er, sobald er den Mund aufmachte, klang, als käme er aus der Provinz, genauer gesagt aus einem sächsischen Dorf. Gelegentlich bereitete es ihm tatsächlich Mühe, den schnellen, frechen Berliner Dialekt zu verstehen. Dazu kam die Rechtschreibung, denn obwohl er sein ganzes Leben lang Deutsch gesprochen hatte, hatte er sehr viel mehr auf Norwegisch und sogar auf Schwedisch gelesen als auf Deutsch. Dieses Defizit machte sich im Schriftlichen deutlich bemerkbar.

Er musste sich also gewaltig anstrengen, um sowohl in der Sprache als auch in der Mathematik ein ordentlicher Deutscher zu werden, was eine höchst unerwartete Herausforderung darstellte. Er hatte sich eingebildet, zum Deutschen geboren zu sein und dass es sich mehr als alles andere um eine Geisteshaltung handelte. Aber so einfach war es nun einmal nicht, obwohl es rein rassenbiologisch nicht übel war, halber Norweger zu sein. Trotzdem verspotteten ihn seine Klassenkameraden zu Beginn des Schuljahres als Ausländer.

Dem Umstand bereitete Tante Christa rasch ein Ende. Am Frontsoldatentag, an dem die meisten Männer Paradeuniform trugen, holte Onkel Oscar Harald nach der Schülerparade auf dem Schulhof ab, wie es ihm Tante Christa aufgetragen hatte.

Onkel Oscar verweilte ein wenig und unterhielt sich mit den Lehrern. Mehr war nicht nötig. Die Offiziersuniform des Afrikakorps und die Eisernen Kreuze brachten alles Gerede darüber, dass Harald kein Deutscher war, zum Verstummen.

Bereits nach wenigen Monaten beherrschte Harald den Berliner Dialekt so gut, dass kaum einer seine Herkunft erraten hätte.

Aber damit war es nicht getan. Um ein richtiger Deutscher zu sein, musste man sich im Sport hervortun, weil in einem gesunden Körper ein gesunder Geist stecke, wie es hieß. Man musste Prügel einstecken können und durfte nicht jammern, was nicht allzu schwer war, wenn man eine der oberen Klassen besuchte, in denen in diesem Punkt große Einigkeit herrschte. Schlimmer war es für Schüler der unteren Klassen, die ständig beweisen mussten, dass sie Prügel ertragen konnten.

Aber auch mit diesen Prüfungen ließ sich leben, und zwar in der Tat besser als mit Mathematik und Rechtschreibung. Um Prügel zu ertragen, waren innere Stärke, Konzentration, Entschlossenheit und Mut erforderlich, also typisch deutsche Eigenschaften, mit denen er zur Welt gekommen war.

Problematischer war da schon sein Streben, auch im Sport ein vollkommener Deutscher zu werden. Alle Klassenkameraden waren Sportfanatiker und sprachen in den Pausen von nichts anderem. Hauben war 100 Meter in 10,6 Sekunden gelaufen. Würde Körnig 10,3 schaffen? Würde ein Deutscher 400 Meter endlich unter 48 Sekunden bewältigen? War Peltzer in der Lage, Nurmi zu schlagen?

Anfänglich konnte er mit diesen lebenswichtigen Fragen nichts anfangen und blamierte sich, weil er nicht wusste, dass Nurmi Finne und kein Deutscher war. Daraufhin begann er, die Sportseiten im Berliner Tageblatt mit derselben Disziplin zu lesen, mit der er Mathematik mit seinen Onkeln übte.

Laufen war eine der beiden wichtigsten Sportarten, und an der Schule hieß der Läuferverein, dem praktisch alle angehörten, Rennbund Altpreußen. Das kurze und schlagkräftige Motto lautete: »Anti-Spartakus Sport und Politik.«

Die Bedeutung dieser Worte wollte sich Harald anfänglich nicht erschließen. Dass Altpreußen irgendwie feiner war als das gegenwärtige Preußen, verstand sich von selbst, und er hätte sich nur blamiert, wenn er danach gefragt hätte. Anti-Spartakus bedeutete vermutlich, gegen die Bolschewisten zu sein, und das kannte er bereits von zu Hause aus Saltsjöbaden. Sport und Politik hieß, in kleinen Gruppen Schüler anderer Schulen zu verprügeln, die Anhänger der Republik waren. Aber daran war er selten beteiligt, da fast nur die ältesten Schüler sich mit solchen Spezialeinsätzen befassten.

Der andere wichtige Sport war zu seinem Glück das Schießen. Nach nur wenigen Monaten sonntäglicher Übungen mit Onkel Oscar am Wannsee schoss er sehr gut, allerdings nicht einmal annäherungsweise so treffsicher wie sein Onkel, der nie ein Ziel verfehlte, ein sehr guter Lehrer war und alle noch so kleinen Fehler korrigierte. Bald konnte Harald sich mit seinem Können ausgezeichnet im Scharfschützenverein der Schule behaupten. Dadurch wurde das Laufen weniger wichtig. Als Läufer war er nicht sonderlich begabt, obwohl er auch nicht zu den schlechtesten Läufern gehörte, die immer gehänselt wurden.

Der Scharfschützenverein trainierte an Dienstagen und Samstagnachmittagen. Munition für Mausergewehre gab es in Unmengen, die die Reichswehr lieferte.

An einem Samstagnachmittag im November, als sich die anderen Schüler auf den Heimweg machten, nahmen ihn die Vorsitzenden des Vereins beiseite. Im kleinen Büro des Schießplatzes teilten sie ihm feierlich seine Aufnahme in den Jungdeutschen Orden mit, was er für eine große Ehre hielt. Er schwor auf einen Dolch und auf die Fahne des Kaiserreichs, keine Geheimnisse preiszugeben.

*

»Ab und zu beim Scheine einer Leuchtkugel sah ich Stahlhelm an Stahlhelm, Seitengewehr an Seitengewehr blinken und wurde von dem stolzen Gefühl erfüllt, einer Handvoll Männern zu gebieten, die vielleicht zermalmt, nicht aber besiegt werden konnten. In solchen Augenblicken triumphiert der menschliche Geist über die gewaltigsten Äußerungen der Materie, der gebrechliche Körper stellt sich, vom Willen gestählt, dem furchtbarsten Gewitter entgegen.

Den überstandenen Gefahren ein Landsknechtslachen, den künftigen ein Schluck aus voller Flasche, ob Tod und Teufel dazu grinsten, wenn nur der Wein gut war. So war von je rechter Kriegsbrauch.«

Harald lag mit der Taschenlampe unter der Decke und las mit klopfendem Herzen: **»Der Grabenkampf ist der blutigste, wildeste, brutalste von allen, doch auch er hat seine Männer gehabt, Männer, die ihrer Stunde gewachsen waren, unbekannte, verwegene Kämpfer.**

Der Endkampf, der letzte Anlauf schien gekommen. Hier wurde das Schicksal von Völkern zum Austrag gebracht, es ging um die Zukunft der Welt. Ich empfand die Bedeutung der Stunde, und ich glaube, daß jeder damals das Persönliche sich auflösen fühlte und daß die Furcht ihn verließ.«

Ernst Jünger war der Lieblingsautor aller seiner Klassenkameraden. Es hieß, er sei mittlerweile der meistgelesene Autor Deutschlands, und zwar aller Zeiten. Wie es sich tatsächlich damit verhielt, war allerdings schwer zu sagen. Konnte er wirklich mehr Leser als Goethe haben?

Aber was spielte das schon für eine Rolle, in der Jungdeutschen Akademie für Naturwissenschaften galt er als der mit Abstand bedeutendste Autor.

Besonders gut gelang es ihm, das Kriegsgeschehen zu

beschreiben, das Licht der Leuchtspurmunition wie Glühwürmchen in der Nacht und die Flugzeuge, die wie hübsche Schmetterlinge oder kleine, funkelnde Libellen am Himmel tanzten. Das Schlachtfeld voller Schönheit, die baumlose Landschaft, die in der Morgensonne glänzte, duftende Wiesenblumen in den Schützengräben, die Schönheit der Natur, die sich nur in Gegenwart des Todes, mittels männlicher Tugenden und durch das Töten erleben ließ.

Nicht ganz so überzeugend waren seine Erläuterungen, dass der Krieg einen neuen Menschentypus geschaffen hätte, der die Beschwerden des grauen Alltags hinter sich gelassen habe, eine neue Rasse, eine »Elite aus stählernen Männern, die mit dem Tod jonglieren, prächtigen Raubtieren«, Männern, die im Unterschied zu den pazifistischen und verweichlichten Memmen der Demokratie das neue Deutschland erschaffen würden. Aber erst musste die verhasste Demokratie genannte Pest schonungslos ausgemerzt werden.

Zwischendurch wurde die Lektüre recht einförmig und erinnerte an die Sonntagspredigten in der Kirche Saltsjöbadens, in die Vater ihn immer mitgeschleift hatte. Aber dann übersprang er einfach einige Seiten oder überflog sie rasch, bis er zur nächsten spannenden Geschichte gelangte. Ein Problem war, dass er unmöglich einschlafen konnte, wenn er sich mitten in einer spannenden Episode befand. So gesehen war es einfacher, die Lektüre mitten in einer Passage über die Memmen und Pazifisten, die das Grab des neuen Deutschland gruben etc., abzubrechen.

Seit er Jüngers Bücher, zerlesene Exemplare, geliehen hatte, war es abends immer sehr spät geworden, was zur Folge hatte, dass er morgens sehr müde war. Irgendwann sah er ein, dass er dem Schlaf sein Recht nicht verwehren konnte.

Aber das war nicht so einfach. Wenn er die Taschenlampe löschte und das Buch unter sein Kopfkissen schob, flimmerten schöne Worte und noch schönere Bilder an seinem inneren Auge vorbei. Maschinengewehr-Scharfschützenabteilung, abgekürzt MGSS, war so ein schönes Wort und außerdem das längste, das er auf Deutsch kannte.

Diesen Verbänden gehörten die allerbesten und härtesten Männer an. Sie kämpften meist nachts in unermüdlicher Ausdauer. Sie kamen zum Einsatz, um ihre eingekesselten Kameraden zu befreien. Sie hatten einen stählernen Willen und fürchteten nichts und niemanden.

In seinen Wachträumen schlich er mit einem solchen Verband immer näher an die englischen Linien heran, um seine eingeschlossenen deutschen Kompaniekameraden zu befreien, die sich, um nicht niedergemäht zu werden, wie Flundern auf die Erde drückten. Es galt, sich ungesehen an die englischen Positionen heranzupirschen und den Feind mit einem überraschenden und vernichtenden Feuerüberfall bis auf den letzten Mann niederzukämpfen, um dann den eigenen Kameraden ein Zeichen zu geben, dass sie, ohne um ihr Leben fürchten zu müssen, in die Geborgenheit der eigenen fünfhundert Meter entfernten Schützengräben zurückkehren konnten.

Manchmal war er ein Scharfschütze, wartete geduldig auf den richtigen Augenblick und ließ sich weder von Hunger, Kälte oder Leichengestank beeinträchtigen, bis schließlich einer der französischen Generäle, die an den mit Goldborten verzierten lächerlichen Kasketten zu erkennen waren, seinen Kopf in die Höhe streckte. An die englischen Generäle war nicht heranzukommen, da sie sich feige stets weit hinter der Front versteckten.

Onkel Oscar war ein richtiger Held gewesen, obwohl er darüber leider nie sprechen wollte. Aber ein Klassenkamerad hatte erzählt, es sei allgemein bekannt, dass Hauptmann Lauritzen über fünfhundert englische Offiziere getötet hatte und auf Kopfschüsse spezialisiert gewesen war.

Er war sich nicht mehr so sicher, ob er im nächsten Krieg am liebsten Flieger werden wollte.

Als Harald drei Tage später aus der Schule nach Hause kam, waren die Bücher unter seinem Kopfkissen verschwunden. Zwei davon hatte er sich von Klassenkameraden geliehen, die sie so oft gelesen hatten, dass sie sie beinahe auswendig konnten. Es handelte sich um »In Stahlgewittern« und »Das Wäldchen 125«*. Das waren die besten und neuesten Bücher. »Der Kampf als inneres Erlebnis« hatte er von seinem eigenen Geld gekauft. Dass Letzteres abhandengekommen war, stellte also kein größeres Problem dar. Außerdem hatte es ihn enttäuscht. Im Gegensatz zu den richtigen Kriegsromanen bestand es aus einer Reihe von Auslassungen, denen er nur mit Mühe folgen konnte: über die neuen Formen des Sozialismus, den »preußischen Sozialismus« und den »Frontsozialismus«. Dazu kam viel Gerede darüber, dass Deutschland den Krieg verloren habe, weil man nicht hart genug und die Rasse nicht rein genug gewesen sei. Hart genug mussten die deutschen Soldaten aber doch gewesen sein, darüber war doch so viel in den anderen Büchern geschrieben

* erschienen 1925

worden. Und dass Deutschland den Krieg wegen der Juden verloren hatte, wussten schließlich alle.

Wie auch immer, die Bücher waren weg, konfisziert also, da die Dienstboten niemals klauten.

Dass entrüstete Eltern Bücher konfiszierten, war nichts Neues, das war bereits mehreren seiner Klassenkameraden widerfahren, wobei es sich allerdings um unanständige Literatur gehandelt hatte.

Aber Ernst Jünger war alles andere als unanständig. In seinen Büchern kamen kaum Frauen vor und nackte schon mal gar nicht.

Eigentlich kam es einer Beleidigung gleich, die Bücher Jüngers zu konfiszieren, als handele es sich um unanständige Literatur.

Er erwog, sich ins Büro im Erdgeschoss zu begeben und Onkel Oscar klar und bestimmt seine berechtigte Beschwerde vorzutragen.

Aber da er nicht wirklich verstand, warum die Bücher konfisziert worden waren, wusste er auch nicht recht, wie er seine Beschwerde formulieren sollte. Wenn er einfach abwartete, würde er wahrscheinlich früher oder später eine Erklärung erhalten.

Das geschah dann auch recht umgehend. Nach der täglichen Mathematikstunde bei Onkel Oscar, die inzwischen nur noch halb so lange dauerte wie zu Anfang, nahm dieser seine Lesebrille ab, lehnte sich im Sessel zurück und bat seinen hochverehrten, jungen Herrn Neffen, wie er ihn im Scherz nannte, sitzen zu bleiben, da es noch etwas zu besprechen gebe.

»Ich hatte heute nicht sonderlich viel zu tun«, begann er, »und habe den größeren Teil des Tages damit verbracht,

Jünger zu lesen. Sei unbesorgt, du wirst die Bücher zurückbekommen. Mir fiel auf, dass zwei davon geliehen sind. Tante Christa wäre es vermutlich am liebsten, wenn ich sie mithilfe zweier Stöckchen wie Hundedreck aus dem Hause trüge, aber sie ist in diesen Dingen extrem empfindlich. Also! Dann wollen wir über diesen Dreck einmal sprechen. Was schätzt du denn an diesem kriegsgeschädigten Irren Jünger ganz besonders?«

Harald zögerte. Es fiel ihm nicht leicht, nach solcher Rede das Wort zu ergreifen. Onkel Oscar schien seinen Fehler ebenfalls einzusehen.

»Entschuldige«, sagte er seufzend. »Lass uns an einem konkreteren Punkt beginnen. Glaubst du an das, was Jünger beispielsweise in den ›Stahlgewittern‹ erzählt?«

»Er weiß, wovon er spricht. Er hat vier Jahre lang gekämpft und als Held überlebt«, antwortete Harald mürrisch und sah dabei zu Boden.

»Mein Eindruck war eher, dass diese Texte von jemandem verfasst wurden, der seinen Fuß nie auf ein Schlachtfeld gesetzt hat. Oder vielleicht auch von einem Irren. Glaubst du wirklich, dass man dort wie ein Mann Stahlhelm an Stahlhelm dasteht und sich die Brust vor dem kommenden Sturmangriff mit Stolz und Freude füllt?«

»Leutnant Jünger wurde auf Beschluss des Kaisers mit dem Pour le Mérite, dem höchsten preußischen Orden, ausgezeichnet«, erwiderte Harald trotzig.

Oscar schüttelte den Kopf und musste hinter vorgehaltener Hand verbergen, dass er nur noch mit Mühe ein Lachen zurückhalten konnte. Dann sah er ein, dass ihn dieses Kreuzverhör nicht weiterbrachte und er seine Taktik ändern musste.

»Wenn Orden für Glaubwürdigkeit bürgen, dann bin ich Leutnant Jünger weit überlegen. Aber hier geht es nicht um Orden, sondern um Vernunft. Selbst wer seinen Fuß noch nie in einen Schützengraben gesetzt hat, muss sich Gedanken darüber machen können, was vernünftig, was möglich und vor allen Dingen, was menschlich ist. Darin stimmst du mir doch sicherlich zu?«

Harald antwortete nicht. Oscar schämte sich ein wenig, seine Überlegenheit in Sachen militärischer Auszeichnungen ins Feld geführt zu haben. Es war unsinnig, sich auf das Niveau eines hitzigen Vierzehnjährigen zu begeben. Und was noch schlimmer war, er machte sich damit nur lächerlich. Also musste er noch einmal einen neuen Weg einschlagen.

»Ich werde ein wenig vom Krieg erzählen«, fuhr er fort. »Ich habe genauso lange gekämpft wie Leutnant Jünger, aber unter beträchtlich härteren Umständen. Davon habe ich nie gesprochen, weil ich das Vergangene hinter mir lassen und mich stattdessen der Zukunft zuwenden wollte. Aber jetzt will ich dir zumindest von den wichtigsten Dingen erzählen. Danach kannst du mir Fragen stellen, statt dass ich dich verhöre. Ist das besser? Was meinst du?«

Harald strahlte. Die Aussicht auf Berichte, die jene von Jünger an Markigkeit noch übertrafen, erfüllte ihn mit Freude.

Aber Onkel Oscar ließ ihn in dieser Hinsicht im Stich. Er argumentierte wie Jünger in dem schlechten Buch, allerdings mit umgekehrten Vorzeichen.

Die Wahrheit bleibt in allen Kriegen als Allererstes auf der Strecke, begann Oscar mit leichtem, jedoch deutlich spürbarem Zögern. Als Zweites verende auf dem Schlachtfeld die Vernunft, denn wie ließe sich sonst erklären, dass Millionen von Männern unter wehenden Fahnen und zu Blasmusik der eigenen Schlachtbank entgegenmarschierten? Zu dieser Schlachtbank begäben sich jedoch keine Generäle, keine Präsidenten, keine Kaiser, keine Politiker, keine Zeitungsredakteure und überhaupt keiner jener Menschen, die den Krieg herbeiwünschten. Auf dieser Schlachtbank verendeten einzig die Machtlosen und Unschuldigen.

Diese Einsichten hatte er nicht in Afrika gewonnen, sondern später, als er sich mithilfe von Büchern über die Geschehnisse in Europa informiert hatte. In Afrika hatte es keine nationalistische Presse gegeben, keine feierlichen politischen Reden, sondern nur den nackten Kampf ums Überleben. Zum Überleben war in erster Linie Glück nötig. Man konnte am ersten Tag sterben oder nach zwei Jahren oder sogar die Hölle überleben, mit oder ohne Orden. Das hing vom Glück und sonst von nichts ab. Wer bis zum letzten Tag überlebte, war deswegen noch lange kein größerer Held als derjenige, den alle vergessen hatten, weil er bereits am ersten Tag gefallen war.

Aber eines war sicher. Man wartete nie im Frühnebel Stahlhelm an Stahlhelm, mit Herzklopfen und erfüllt vom großartigen Schauspiel des Krieges und der Schönheit des Schlachtfelds, denn dann hätte man nie überlebt, dann wäre man nicht einmal aus dem kleinsten Gefecht siegreich hervorgegangen.

Oscar ertappte sich dabei, dass er eine Moralpredigt hielt, ein Umstand, der ihn möglicherweise mehr überraschte als Harald.

»Also, junger Mann«, schloss er mit einer gewissen Entmutigung. »Das war jetzt, was man eine kurze Einführung nennt. Jetzt bist du an der Reihe. Frage mich, was du willst zum Thema Krieg, und ich verspreche dir eine ehrliche Antwort.«

Noch ehe ihm Harald die erste Frage stellen konnte, bereute er sein Versprechen, ahnend, dass die Unterhaltung sehr leicht eine unerwünschte Wendung nehmen konnte.

»Ist es wahr, dass du mehr als fünfhundert englische Offiziere getötet hast, Onkel Oscar?«, fragte Harald eifrig.

»Nein. Es waren recht viele, aber so viele auch wieder nicht.«

»Und alle mit einem Kopfschuss?«

»Nein, nicht alle, aber die meisten.«

»Sollte man immer auf den Kopf zielen?«

Oscar zögerte. Aber dann fuhr er fort, denn schließlich hatte er versprochen, die Wahrheit zu sagen, und bald würden dem Jungen wohl auch wichtigere Fragen einfallen.

»Das kommt darauf an«, antwortete er. »Ein Kopfschuss führt fast immer zum unmittelbaren Tod, insbesondere mit der Munition, die wir damals verwendeten, da die englischen Offiziere Helme trugen. Die Kugel öffnet sich, sobald sie den Helm durchschlägt, die Wirkung ist fürchterlich. Der Kopf explodiert förmlich im Helm. Daher nannten wir diese Treffer Melonenschüsse. Andererseits stellt der Kopf ein kleineres Ziel dar als der Körper, und jeder Körpertreffer mit Kaliber 9,3 mm setzt den Feind außer Gefecht und macht ihn zu einer Belastung für seine Kameraden, und das ganz besonders im Busch. Das traf ganz besonders auf die Engländer zu, da ihre Sanitätseinheiten viel schlechter waren als unsere.«

»Warum habt ihr dann immer auf den Kopf gezielt? Wart ihr immer so treffsicher wie du bei den Übungen am Wannsee?«

»Nein, natürlich nicht. Rein logisch wäre es besser gewesen, immer auf den Körper zu zielen und den Feind so außer Gefecht zu setzen, dass er seinen Kameraden zur Last wird. Aber das ist die Logik. Wir waren zahlenmäßig unterlegen und kämpften immer gegen eine Übermacht. Es ging uns also darum, möglichst großen Schrecken zu verbreiten. Wenn der Kopf deines Nebenmannes plötzlich explodiert und du von Kopf bis Fuß mit Blut und Hirnmasse besprüht wirst, löst das ein großes Entsetzen, wenn nicht gar Schock oder Hysterie aus. Und dieses Gefühl vermittelst du deinen Kameraden. Keinem ist da nach patriotischem Jubel zumute, glaub mir.«

»Das war dann also psychologische Kriegsführung?«

»Stimmt, so heißt das. Du weißt ja allerhand!«

»Kann der Krieg die Rasse reinigen?«

Oscar seufzte erleichtert auf. Endlich eine Frage, die die Jünger'sche Idiotie betraf.

»Nein, junger Mann«, erwiderte er mit plötzlicher Munterkeit. »Die Kugeln treffen ganz willkürlich Tapfere, Feige, Dumme und Kluge. Nach einem Krieg ist die Rasse unverändert, aber dezimiert. Das ist ein mathematisches Axiom.«

»Aber laufen dumme Soldaten nicht größere Gefahr zu sterben?«

»Doch, obwohl es manchmal auch umgekehrt sein kann. Die Dummköpfe rennen in eine unerwartete Richtung und überleben. Aber vereinzelt habe ich Männer auch ihrer Dummheit wegen sterben sehen. Oder wegen ihrer idiotischen Vorstellung von der Überlegenheit der eigenen Rasse. Dein Ernst Jünger hätte durchaus einer der viertausend weißen Südafrikaner sein können, die aufgrund ihres Glaubens an die Überlegenheit ihrer eigenen Rasse, also aus Dummheit, gestorben sind.«

»Davon habe ich noch nie gehört. Aber du warst also dabei, Onkel Oscar?«

»Es gibt sicher viele Dinge, von denen du noch nie gehört hast, da sehr vieles aus dem Krieg verschwiegen wird. Ja, ich war dort. Es war zu Beginn des Krieges im Norden von Tanganjika oder im Süden von Kenia, je nachdem, wie man es betrachtet. Wir hatten uns auf einer steilen Anhöhe verschanzt, die an eine Savanne und den Busch angrenzte. Südafrika war gerade in den Krieg eingetreten, um die Engländer in Afrika zu unterstützen. Das erste südafrikanische Kontingent marschierte am helllichten Tag geradewegs auf uns zu. Sie sangen, um sich Mut zu machen. Wir erwarteten sie hinter unseren Maschinenpistolen verschanzt und konnten unseren Augen kaum trauen. Als sie nahe genug herangekommen waren, schlachteten wir sie wie Vieh ab.«

»Aber ihr wart doch Deutsche und sie südafrikanische Engländer ... Das verstehe ich nicht. Glaubten sie, den Deutschen so überlegen zu sein?«

»Nein, nicht den Deutschen, aber den Afrikanern. Unsere Soldaten waren Afrikaner, und alle Südafrikaner glauben, dass Weiße den Schwarzen in allem überlegen sind. Deswegen haben sie auch eine Armee, die nur aus Weißen besteht. Sie glaubten, einfach zu unseren Soldaten gehen, sie auspeitschen und dann nach Hause schicken zu können. Sie sind aufgrund ihrer idiotischen Idee von der Überlegenheit ihrer eigenen Rasse gestorben. Das Resultat war die größte Niederlage einer weißen Armee gegen Schwarze in Afrika.«

Haralds Augen waren vor Entsetzen geweitet, nachdem er diesem unerhörten Bericht gelauscht hatte.

»Gab es Negersoldaten in unserem Heer?«, fragte er zweifelnd.

»Ja. Gegen Ende waren wir nur noch hundert deutsche Offiziere in einer Armee von bis zu zwanzigtausend Afrikanern, fantastische Krieger, von denen viele mit dem Eisernen Kreuz ausgezeichnet wurden. Mein bester Freund Kadimba, Leutnant Kadimba, erhielt das Eiserne Kreuz sowohl 2. als auch 1. Klasse.«

Harald schwieg. Dass Neger in der deutschen Armee gekämpft hatten, war ihm vollkommen neu. In Berlin hingen seit Wochen nationalistisch-konservative Plakate, auf denen die Bedrohung des besetzten Ruhrgebiets durch das Bild eines gigantischen schwarzen Mannes versinnbildlicht wurde, der zur Hälfte ein Gorilla mit spitzen Reißzähnen war, weil afrikanische Soldaten bei den französischen Besatzungstruppen dienten.

Jetzt waren die Rechtsparteien bei ihrer Kampagne gegen die Regierung Gustav Stresemanns, die Verräterrepublik, Mitläuferrepublik und Judenrepublik, wieder zu ihrer normalen Hetze gegen die Juden übergegangen.

Der junge Harald hatte offenbar genau dieses Gedankengut angenommen, sozusagen von Negern bis hin zu Juden, was aus seiner nächsten Frage hervorging.

»Findest du es richtig, Onkel Oscar, dass wir den Widerstand an der Ruhr aufgegeben haben?«, fragte er voller Ernst.

Jetzt galt es, die Worte sorgsam zu wählen. Dem Jungen war seine unterdrückte Entrüstung anzumerken, und Oscar konnte sich unschwer vorstellen, wie Klassenkameraden und Lehrer an seiner von den Rechten dominierten Schule redeten.

»Ich bin ein unpolitischer Mann, und ich glaube, das weißt du«, begann Oscar vorsichtig, während er über einen Ausweg nachdachte. »Aber ich bin ebenfalls Hauptmann der Reichswehr, und als Soldat habe ich eine bestimmte Auffassung. Man muss seine Kämpfe richtig wählen, mit einer zu kleinen Truppe und ohne Waffen anzugreifen führt zur Niederlage. Niederlagen sollte man vermeiden. So haben wir in Afrika gekämpft und wurden daher nie besiegt.«

Er war mit seiner Antwort recht zufrieden, hatte das politische Minenfeld umgangen, indem er die Frage militärisch auslegte. Aber der Junge schien sich nicht mit dieser Antwort zufriedenzugeben. Trotzdem wurde Oscar von Haralds nächster Frage überrumpelt.

»Ist der neue Kanzler Jude?«, fragte er.

»Bitte? Stresemann? Das kann ich mir nicht vorstellen. Wie kommst du auf diese Idee?«

»Weil sein Name auf –mann endet wie Goldmann und Silbermann.«

»Schon möglich. Aber wenn der Kanzler Jude wäre, hätten uns Zeitungen, Karikaturen und Plakate schon längst darüber in Kenntnis gesetzt.«

Die Unterhaltung nahm eine für Oscar ungemütliche Wendung, aber er sah keinen Ausweg und konnte auch nicht einfach aufstehen und seiner Wege gehen. Harald schien intensiv nachzudenken.

»Der Kanzler ist also kein Jude?«, wiederholte er.

»Nein.«

»Aber ein Verräter?«

Die Naivität und Dummheit dieser Frage war fürchterlich, aber Oscar konnte sich ihr nicht entziehen. Wenn er sich ihr nicht stellte, würde er den Respekt des Jungen verlieren. Er musste unverzüglich einen Weg finden, unpolitisch über Politik zu sprechen.

»Lass uns das Problem mathematisch angehen«, begann er verbissen, »und als mathematische Gleichung betrachten. Auf der linken Seite: Im Januar besetzten die Franzosen das Ruhrgebiet und …«

»Obwohl das ungerechtfertigt war! Nicht einmal der verräterische Friede von Versailles gab ihnen das Recht, den Krieg fortzusetzen und …«

»Immer mit der Ruhe! Wir wollen logisch vorgehen. Gefühle bringen uns nicht weiter. Was wir vom Frieden von Versailles halten, spielt hier keine Rolle. Also: Im Januar besetzten die Franzosen das Ruhrgebiet. Und wozu führte das?«

Der Junge zögerte. Wie gerne er es auch gewollt hätte, er konnte schlecht behaupten, der passive Widerstand habe gesiegt. Sofort ergriff Oscar wieder die Initiative.

»Deutschland finanzierte den Widerstand mit Papiergeld und Inflation. Da hast du die rechte Seite der Gleichung. Wirtschaftliche Katastrophe.«

»Aber die Spekulanten und Juden steckten doch hinter der Inflation!«

»Nein, unsere eigene Regierung. Sie hat versucht, den passiven Widerstand an der Ruhr zu unterstützen, indem sie immer mehr wertlose Geldscheine druckte. Dass Leute damit spekulierten, ist nicht die Ursache, sondern die Konsequenz. Zurück zur Gleichung. Wir haben zwei Seiten. Besetzung und Inflation. Und wie sieht die Lösung aus?«

»Heldenhafter Widerstand lautet die Lösung! Sich mit der Demütigung nicht abzufinden und bis zum letzten Mann zu kämpfen.«

»Also Selbstmord? Deutschland soll, um seine Ehre zu retten, Selbstmord begehen?«

Der Junge wirkte plötzlich den Tränen nahe. Oscar sah ein, dass jegliche Logik auf einem Schulhof, auf dem alle zu viel Jünger und Ähnliches gelesen hatten, vermutlich in infantiler Gewaltverherrlichung ertrank.

»Sollte die Schlussfolgerung nicht eher lauten, dass wir eine funktionierende Wirtschaft brauchen, damit sich die Räder wieder drehen und Deutschland erneut erstarkt?«

Harald starrte auf den Fußboden und antwortete nicht.

»Das haben Stresemann und seine Regierung in der Tat erreicht«, fuhr Oscar ungerührt fort. »Die Inflation ist beseitigt, es gibt eine funktionierende Währung, die Produktion läuft wieder, die Franzosen ziehen ab, und die Besetzung des Ruhrgebiets wird aufgehoben. Und das sollte bewiesen werden.«

Oscar nutzte die Gelegenheit, sich mit der Entschuldigung zu erheben, dass er sich noch zum Abendessen umkleiden müsse. Er tätschelte Harald tröstend die Wange und ging hinaus in den Korridor.

Als er sich wenig später im Rasierspiegel betrachtete, musste er sich eingestehen, dass er sich um Harald größere Sorgen machte, als er zugeben wollte. Der Junge war ganz offenbar nicht auf den Kopf gefallen. Er war ein schlaksiger norwegischer Blondschopf, dem die Schule nicht schwerfiel, der in Mathematik rasch aufholte und amüsanterweise inzwischen Deutsch mit Berliner Akzent sprach. Er besaß gute Anlagen, und diese Schwärmerei für Jünger würde sich vermutlich mit der Zeit legen, eine blühende Fantasie gehörte zu diesem Alter. Was hatten Lauritz, Sverre und er als kleine Jungen nicht alles für Träume gehegt! Unter anderem waren sie in einem Langschiff bei schwerem Sturm über den Atlantik gesegelt, um Amerika zu entdecken. Heutzutage hätten sie vermutlich ebenfalls für den roten Baron Manfred von Richthofen geschwärmt.

Die Befürchtung, seiner Verantwortung nicht gerecht zu werden, quälte ihn ständig. Harald war sein Neffe, hier in Berlin vertrat er seinen Vater, und in diesen Bereich fiel leider auch die verdammte Politik.

Es war bedauerlich, wenn auch verständlich, dass sich Christa und Harald nicht sonderlich gut verstanden. Bei politischen Debatten verhielt sie sich wie ein Panzer auf dem Schlachtfeld, und Harald misstraute ihr wegen ihres offenbar marxistischen Sprachgebrauchs. Christa wiederum misstraute Harald, da er sich der Sprache der nationalistischen Rechten bediente und von der Republik der Kollaborateure und Verräter und dem jüdischen Dolchstoß in den Rücken der Armee sprach, die nicht auf dem Schlachtfeld besiegt, sondern verraten worden sei, als sie ihren rechtmäßigen Sieg habe ernten wollen.

Diese Sichtweise würde er ihm hoffentlich bei Gelegenheit ausreden können. Deutschland hatte in dem Augenblick verloren, als Amerika in den Krieg eingetreten war. Man brauchte sich nur die Bevölkerungszahl, die Wirtschaft und die industriellen Möglichkeiten anzusehen. Im Krieg siegten nicht die Tapfersten, denn dann wären alle afrikanischen Kolonien längst befreit, im Krieg siegten die Reichsten. Das hatte nichts mit Politik zu tun und musste sich eigentlich überzeugend erklären lassen.

Schuld war diese Eliteschule. Der Unterricht war sicherlich höchst anspruchsvoll und entsprach so weit Lauritz' und Ingeborgs Wünschen. Gleichzeitig wurden hier übelster Rechtsnationalismus, einfältigste Kriegsromantik und Judenhass propagiert. Die gesamte Rechte war von der Judenfrage wie besessen. Ihre Zeitungen waren voll davon, und wer zufällig in eine ihrer Versammlungen im Freien geriet, was sich kaum vermeiden ließ, musste sich ihre Hasstiraden über die Juden anhören. Am wirtschaftlichen Chaos der vergangenen Jahre oder an der Niederlage im Krieg waren entweder das internationale Finanzjudentum oder, worin ein gewisser Widerspruch bestehen mochte, die jüdischen Marxisten schuld.

Diese Parolen waren im Grunde zu dumm, als dass er sie im Ernst hätte diskutieren wollen. Er war der Aufgabe, Harald zur Vernunft zu bringen, schlicht nicht gewachsen, verstand ja noch nicht einmal wirklich die zugrunde liegende Problematik.

Hätte es ein internationales, Deutschland beherrschendes Finanzjudentum gegeben, wäre ihm dieser bemerkenswerte Umstand in seinen vier Jahren als Industrieller und bei seinen Treffen im Herrenclub, in dem sich die wirtschaftlichen Machthaber trafen, ganz sicher aufgefallen.

Schlimmer war, dass er, um ehrlich zu sein, selbst nicht recht wusste, was mit *Jude* eigentlich gemeint war. Im Hinblick auf die unerhörte Bedeutung, die die rechten Parteien der Judenfrage beimaßen, war es peinlich, nicht zu durchschauen, worum es genau ging.

Er zögerte, diese Frage erneut mit Christa zu erörtern. Beim letzten Mal hatte sie nur verächtlich geschnaubt, es sei sinnlos und mehr als einfältig, die Menschen in Rassen statt in Klassen einzuteilen. Sie selbst könne sehr wohl als Jüdin, geradezu als jüdische Marxistin gelten, wenn es nach der Rechten ginge. Erstens gebe es gar keine jüdische Rasse. Zweitens gebe es auch arme Juden aus dem Osten, die sich in der Grenadierstraße in der Nähe des Alexanderplatzes drängten, deren Masseneinwanderung die Rechte beklage und die nichts mit den jüdischen Familien zu tun hätten, die seit vierhundert Jahren in Deutschland ansässig seien.

Diese Erklärung hatte ihm auch nicht weitergeholfen. Es gab die jüdische Religion. Das war Christentum minus Messias. Synagogen für die Gläubigen existierten auch. Und »jüdischen Ursprungs« waren auch Leute, die an nichts Spezielles oder sogar an Jesus Christus glaubten. Aber eine jüdische Rasse gab es nicht?

Diese Frage war weder in seiner Kindheit in Westnorwegen noch in Afrika ein Thema gewesen. Bisher hatte er in seinem Leben zweimal mit Juden zu tun gehabt, ohne sich dessen bewusst zu sein. Gottfried Goldmann war einer der wenigen Männer in Tanganjika gewesen, die er vorbehaltlos bewundert hatte. Der Professor aus Heidelberg war aus Idealismus nach Afrika gereist, um für Gesetz und Ordnung und gegen die Barbarei einzutreten. Er war also Jude gewesen?

Und welche Schlüsse ließen sich aus diesem Umstand ziehen?

Judith Kreisler, in die er bis über beide Ohren verliebt gewesen war und die ihn betrogen hatte, die seine Examensprämie in Dresden gestohlen und ihm eingeredet hatte, sie sei die Gräfin Maria Theresia, womit sie ihn fast in den Selbstmord getrieben hatte, war eine Jüdin aus Posen gewesen. Zumindest hatte ihm das ein müder und zynischer Polizist des Sittlichkeitsdezernats äußerst überzeugend mitgeteilt.

Zwei Juden hatte es seines Wissens in seinem Leben gegeben, einen Guten und eine Böse. Welche Schlüsse konnte er daraus ziehen? Natürlich überhaupt keine, am allerwenigsten, da er ein unpolitischer Mann war.

Als er sich rasiert und umgezogen hatte und zum Abendessen nach unten gehen wollte, erfasste ihn eine ebenso starke wie unerwartete Melancholie, ein Gefühl der Unzulänglichkeit. Die Verantwortung, die die Familie ihm aufgebürdet hatte, erschien ihm zu groß. Er gehörte nach Afrika und nicht nach Deutschland. Lauritz hatte die Veräußerung fast aller Industriebeteiligungen sehr erzürnt, und es war noch viel zu früh, um beurteilen zu können, ob er richtig oder falsch spekuliert hatte. Lauritz war sich in dieser Frage allerdings vollkommen sicher.

Es war ihm nicht gelungen, Harald auf die richtige Seite zu ziehen, indem er eine höchst politische Diskussion entpolitisiert und den Jungen so scheinbar schachmatt gesetzt hatte. Er wäre nicht in der Lage, in kommenden Gesprächen, die unweigerlich folgen würden, über Juden zu sprechen. Gegen Haralds Klassenkameraden und diesen verdammten Jünger konnte ein afrikanischer Onkel nicht viel ausrichten. Das war unschön, ließ sich aber nicht von der Hand weisen.

Während des Essens war er schweigsam und zerstreut,

was Christa natürlich auffiel. Als Harald, selig darüber, seine abartige Literatur zurückerhalten zu haben, in sein Zimmer verschwand, sprach sie ihn darauf an.

Oscar gestand ihr seine Unzulänglichkeit und seine Befürchtung, das deutsche Vermögen der Familie verspielt zu haben und mit Harald nicht zurechtzukommen. Sie tröstete ihn und versprach ihm, mit ihm Argumente einzuüben, die die Rechte und die Rassenfrage betrafen. Sie versicherte ihm, dass ihn Harald mit kindlicher Naivität vergöttere, und zwar aus einem einzigen für irregeleitete Jungen seines Alters ausschlaggebenden Grund: weil er ein Kriegsheld sei.

Er ließ sich nicht überzeugen, trank stattdessen an diesem Abend zu viel Brandy, was am nächsten Tag seine Laune beeinträchtigte.

Eine Woche später hatte Harald Geburtstag und durfte drei Klassenkameraden zum Abendessen einladen. Nach dem Essen, während dem die Jungen je ein Glas Eiswein zur Torte trinken durften, zogen sie sich ins Spielzimmer zurück.

Oscar und Christa begaben sich in einen der Salons in der zweiten Etage und hörten die Jungen im darüberliegenden Stockwerk lärmen. Plötzlich wurde es jedoch vollkommen still.

Oscar fand das seltsam, also schlich er auf Zehenspitzen hinauf, um nach dem Rechten zu sehen, und entdeckte die Jungen in seinem Schlafzimmer. Harald hatte die Schatulle mit seinen Orden hervorgesucht und zeigte sie seinen Kameraden. Alle waren natürlich entsetzt, als Oscar sie auf frischer Tat ertappte.

»Entschuldigung, Onkel Oscar, aber … Ich wollte nur

etwas beweisen«, sagte der unglückliche Harald mit schwacher Stimme.

»Und zwar?«, fragte Oscar, den dieses Eindringen in sein privates Schlafgemach eher erstaunte als erzürnte.

»Dass du ein Pour le Mérite mit Eichenlaub hast, das besser ist als Ernst Jüngers Orden. Und dass du auch ein Eisernes Kreuz 1. Klasse besitzt und Jünger nur eins 2. Klasse«, erklärte Harald errötend, aber ehrlich.

Überraschenderweise erfüllte die Erkenntnis, worum es hier ging, Oscar mit Stolz. Harald hatte offenbar seine Jünger-Kritik in der Schule vorgetragen und eine unvermeidliche Diskussion ausgelöst, wer der größere Held sei und somit auch die größere Autorität in Kriegsfragen besäße, sein Onkel oder Jünger. Harald hatte soeben den formalen und unkonventionellen Beweis geführt.

»Ja«, sagte Oscar ernst. »Es besteht ein beträchtlicher Unterschied zwischen einem Blauen Max mit Eichenlaub, mit dem Freiherr von Richthofen und ich ausgezeichnet wurden, und einem einfachen Blauen Max, ganz zu schweigen von dem Unterschied zwischen einem Eisernen Kreuz 1. und 2. Klasse.«

Die Jungen betrachteten ihn andächtig.

Wenig später saß er wieder bei Christa im blauen Salon und war glänzender Laune. Er hatte eine Flasche ihres Lieblingsweins aus dem Rheingau geöffnet und gab aufgekratzt eine gelinde gesagt komische Geschichte, die er im Berliner Tageblatt unter der Überschrift »Ende des Kasperletheaters in München« gelesen hatte, zum Besten.

Es handelte sich in der Tat um ein in seiner Einfalt äußerst komisches Kasperletheater. General Ludendorff hatte ein weiteres Mal mit einer der kleinen rechtsextremistischen Narrengruppen gemeinsame Sache gemacht. Offenbar hatte man sich in einem Bierkeller in Rage geredet und war danach durch die Straßen Münchens gezogen und hatte die Revolution ausgerufen. Der Anführer, ein österreichischer Gefreiter mit Namen Hippler, hatte in einer wirren Rede die Regierung in Berlin für abgesetzt erklärt, sich selbst zum Reichskanzler ausgerufen und die Öffentlichkeit aufgefordert, sich sofort ihrem Marsch auf Berlin anzuschließen. Der Zuspruch hatte sich in Grenzen gehalten, und alle Männer aus dem Bierkeller saßen jetzt im Gefängnis.

Fast ebenso komisch war das Detail, dass besagter Hippler ganz im Ernst den Chef der Reichswehr, General von Seeckt, bezichtigt hatte, sich von Marxisten und Juden gängeln zu lassen. Wer den Preußen von Seeckt einmal nicht nur mit seinem obligatorischen Monokel, sondern auch in seinem Korsett für eine absolut aufrechte Haltung gesehen hatte, konnte darüber nur lachen. Ludendorff würde wie schon nach dem Kapp-Putsch auch dieses Mal wieder davonkommen.

Christa amüsierten die Vorfälle nicht so sehr wie Oscar. Leute wie Herrn Hippler gab es zuhauf, auf die brauchte man keine Gedanken verschwenden, aber Ludendorff war General und Kriegsheld, und Christa hatte das unbehagliche Gefühl, dass er recht bald wieder auftauchen würde. Die alte preußische Rechte war offensichtlich nicht kleinzukriegen.

III

SALTSJÖBADEN

1924

Die Einführung der Demokratie war nicht so schwierig gewesen, wie viele erwartet hatten. Sie hatten den Niedergang des Wallenberg'schen Schärenparadieses befürchtet, wenn alle Männer ungeachtet ihrer Einkommensverhältnisse das Wahlrecht erhielten. Schließlich stellten die Arbeiter in Saltsjöbaden die Mehrheit und wählten zweifelsohne die Sozialdemokraten. Solange die Stimme eines Eisenbahndirektors für die Rechte fünfhundert Arbeiterstimmen für die Sozialdemokraten aufgewogen hatte, war alles gut gewesen.

Aber dann führte der Reichstag das allgemeine auch für Frauen geltende Wahlrecht ohne jedwede ökonomische Einschränkungen ein. Da damit zu rechnen war, dass die Arbeiterfrauen, zumindest solange sie nicht übertrieben religiös waren, die Sozialdemokraten oder eine noch schlimmere Partei wählten, stand also der Untergang Saltsjöbadens bevor.

Lauritz erzählte mit beabsichtigter Ironie, dass Ingeborg seit ihrer Volljährigkeit für das Frauenwahlrecht gekämpft habe und außerdem Sozialdemokratin, und zwar deutsche

Sozialdemokratin, sei, was ihm bedeutend eleganter vorkam. Er war sich ziemlich sicher, dass ihre beiden Kinder Rosa und Karl nach ihren großen Vorbildern benannt waren, hatte sie aber nie direkt gefragt. Dagegen war, solange es sich nicht herumsprach, nicht viel einzuwenden.

Sie saßen im Erker am offenen Fenster mit Aussicht über die gesamte Bucht und einen großen Teil des Baggensfjärden. Die Juninacht war wie verzaubert, und das erste Vogelgezwitscher erklang. Die Gäste waren nach Hause gegangen, die Kinder schliefen, und die Dienstboten räumten die letzten Sachen in der Küche weg. In einer Novembernacht wären sie nach Aufbruch des letzten Gastes sicher sofort zu Bett gegangen. Aber diesen hellen Juninächten konnte Ingeborg nicht widerstehen, ganz gleichgültig, wie müde sie war.

Lauritz fand das Licht weniger romantisch. Zur Mittsommerzeit fand, wenn das Wetter es zuließ, zu Hause auf Osterøya die Heuernte statt. Es wurde Tag und Nacht gearbeitet, um dem nächsten Regen zuvorzukommen. Das war für die drei Brüder recht hart gewesen, besonders in jenem ersten Sommer, nachdem Vater und Onkel auf See geblieben waren. Die Jungen hatten arbeiten müssen, bis sie buchstäblich umgefallen waren.

Das Licht der Mittsommernacht war nichts im Vergleich zu Ingeborg. Selbst nach all diesen Jahren, fern aller zwischen Hoffnung und Verzweiflung pendelnde Zerrissenheit seiner Jugend, erschien es ihm als große Gnade, mit ihr allein so dasitzen zu dürfen. Nichts hatte darauf hingedeutet, dass dies je möglich sein würde. Ihr Vater, der Baron, hatte sich einen wohlhabenden Schwiegersohn erhofft. Ein unerfüllbarer Wunsch, da er sich der Verpflichtung, als Eisenbahningenieur auf der Hardangervidda zu arbeiten, nicht hatte entziehen können.

An seiner Stelle aber hatte Oscar durch Gottes Vorsehung ein Vermögen in Afrika erworben. Wie in einer Wikingersaga hatten höhere Mächte anschließend alles in beste und glücklichste Bahnen gelenkt, und noch jetzt, so viele Jahre später, fiel es ihm schwer, ob so viel Vorsehung nicht zu erschauern. Gott hatte ihnen ihren Vater genommen, ihnen dafür aber etwas geschenkt, was sie ansonsten niemals erhalten hätten. Die Wege des Herrn waren unergründlich.

Sie kosteten von der kleinen Flasche Moselwein, die sie eigentlich nur hervorgeholt hatten, um etwas vor sich auf dem hübsch geschnitzten Esstisch stehen zu haben, und er hatte, wie er hoffte, amüsant und voller Humor von der gefürchteten Machtübernahme in Saltsjöbaden berichtet. Einige Nachbarn, höhere Bankangestellte, glaubten allen Ernstes, dass sie jetzt ihre Sachen zusammenpacken und in die Stadt ziehen mussten. Als ob die sozialistischen Schurken ihre Villen an der Strandpromenade konfiszieren oder Schlimmeres unternehmen könnten.

Vom Erker aus hatten sie einen guten Blick auf den Steg. Dort lag ihr neues Boot, das nur sehr entfernt an die Ran erinnerte. Die von der Brandstiftung leicht geschwärzte Ruderpinne hatten sie für das neue Boot übernommen, weil sie in ihrem gemeinsamen Traum, einmal zusammen im Cockpit eines solchen Bootes zu sitzen, eine ganz besondere Rolle gespielt hatte. Jetzt also lag die Beduin auf dem vollkommen blanken Wasser.

Er war ins Träumen geraten und verstummt.

»Erzähl mir von der Saltsjöbaden-Vision dieses Wallenberg«, ermahnte ihn Ingeborg und trank einen kleinen

Schluck Moselwein. »Nach solchen Selbstverständlichkeiten, die alle kennen, kann ich die Leute hier nicht fragen, da würde ich mich nur lächerlich machen. Kannst du sie mir nicht von Grund auf erläutern?«

Er überlegte, wie sich die Geschichte kurz und politisch interessant zusammenfassen ließ. Die Fakten kannte er, da Knut Wallenberg sie ihm persönlich erzählt hatte.

Eigentlich war es ganz einfach. Zwei wohlhabende junge Männer unternehmen einen Ausflug in die unberührte Natur der Stockholmer Umgebung, die um 1890 vollkommen unbebaut ist. Sie erklimmen den höchsten Hügel, auf dem bald eine Sternwarte errichtet werden soll, falls sich Politiker und andere Beteiligte zu einem positiven Beschluss durchringen können. Die beiden Männer sind kurz zuvor in Karlsbad in Böhmen gewesen und taufen den Berg daher Karlsbaderberg.

Irgendwie fühlen sie sich an die Orte Trouville und Deauville in Frankreich erinnert und kommen auf die verrückte Idee, an ebendiesem Flecken einen Badeort anzulegen. Am Strand ein weißes Hotel! Und siehe, da kommt auch schon die Eisenbahn aus Stockholm! Und schau, eine Strandpromenade mit weißen Villen und großen Sommerhäusern aus Holz!

Und auf der anderen Seite der Eisenbahngleise richten wir ein kleines Paradies für die Arbeiter ein. Das Geld für ihre Eigenheime können sie sich bei meiner Bank leihen oder meinetwegen auch bei deiner! Sie arbeiten bei der Eisenbahn, auf den Baustellen oder in einer unserer Fabriken in Nacka. Dorthin gelangen sie zum ermäßigten Preis mit der Eisenbahn. Die Bahn benötigt also sowohl erste als auch zweite Klasse.

Wie soll der Ort heißen? Ein französischer Name kommt nicht infrage, aber doch einer, der an einen Badeort, an die Ostsee, das salzhaltige Meer, Saltsjön, denken lässt. Dort drüben ist ein idealer Platz für ein Herren- und ein Damenbad nebeneinander!

Saltsjöbaden! Und Duvnäs an der geplanten Eisenbahnstrecke benennen wir einfach in Saltsjö-Duvnäs um und Boo in Saltsjö-Boo.

Mit diesem Einfall hatte es begonnen. Der Einfall wurde in die Tat umgesetzt, der Grund, eine wertlose Schärenlandschaft, in der nichts in größerem Umfang angebaut werden konnte, von einem Familienfideikomiss erworben, und damit war der Stein ins Rollen gebracht. Eine Volksschule für die Arbeiterkinder in Neglinge sowie eine gemischte Schule und ein Gymnasium für die Kinder der Wohlhabenderen in Tattby wurden gebaut. Das Grand Hotel stand bereits 1893, zehn Jahre darauf auch das Sanatorium. Große Villen wurden auf der Südseite der Eisenbahngleise errichtet, die Eigenheime der Arbeiter auf der Nordseite. Recht bald hatte sich ein autarkes System entwickelt. Die Arbeiter waren bei der Saltsjöbanans Eisenbahnaktiengesellschaft angestellt, die von allen nur die Eisenbahngesellschaft genannt wurde. Die Abzahlung der Hypotheken wurde direkt vom Lohn abgezogen, da Stockholms Enskilda Bank die Eisenbahngesellschaft gehörte.

Knut Wallenberg schaltete und waltete nach eigenem Gutdünken. Aus einem Einfall heraus ließ er sich und seiner Frau Alice eine Begräbniskirche zu seinem sechzigsten Geburtstag errichten, rief zu diesem Zweck einfach einen Architekten seiner Wahl an, bestellte das Gebäude und garantierte, für alle Kosten aufzukommen.

Und dann wählten die undankbaren Arbeiter die Sozialdemokraten. Eine Weile hatte es den Anschein, als wolle Knut seiner Schöpfung den Rücken kehren. Er bot der Gemeinde das restliche Bauland für zwei Millionen Kronen, einen sehr günstigen Preis, zum Kauf an. Diese lehnte jedoch, von plötzlichem Misstrauen gepackt, ab. Daraufhin beschloss Knut Wallenberg mithilfe von Schenkungen, an denen selbst der sturste Gemeinderat nichts auszusetzen haben konnte, weiterzubauen. Das betraf das neue Rathaus und die Sternwarte. Wallenberg zahlt, ich baue, der Gemeinderat dankt misstrauisch, nimmt aber an.

Oscar hatte seine Erzählung in fröhlich-spöttischem Ton fortgesetzt, und Ingeborg wirkte amüsiert.

»Mir scheint, der Klassenkampf der Genossen folgt hier keiner klaren Linie«, stellte sie fest.

»Nein, das kann aber auch nicht so einfach sein, wenn der kapitalistische Klassenfeind beharrlich gutherzig und großzügig auftritt. Schließlich greift da die Theorie der Ausbeutung nicht mehr. Gottfrid hat recht lustig erzählt, wie die eigentliche Übergabe der Macht vonstattenging. Wenn man bedenkt, dass ich ihn noch vor wenigen Jahren mit Mauser, Bajonett und Dreispitz in der alten Tennishalle bewacht habe! Heute kommt mir das vollkommen grotesk vor.«

»Hier im friedlichen Skandinavien, allerdings.«

»Du meinst, dass es in Deutschland anders wäre?«

»Ja, genau das meine ich. Stell dir vor, dass man Ludendorff für den Putsch in München freigesprochen hat! Und dieser österreichische Gefreite, wie hieß der noch gleich?«

»Ich glaube, Adolf Hitler.«

»Richtig. Hitler soll bereits in einem halben Jahr wieder aus der Haft entlassen werden. Das sind zwei Gesellen, die wirklich hinter Gitter gehören.«

»Da würde es aber eng werden. In Deutschland gibt es schließlich um die hundert rechtsorientierter Narrengruppen. Jedenfalls wusste laut Gottfrid niemand, was zu tun war, nachdem die Sozialdemokraten die Mehrheit errungen hatten. Beratungen zwischen den Rechten und den Liberalen ergaben schließlich, dass, wie schockierend es auch sein mochte, die Demokratie so gedeutet werden müsse, dass die Gruppe mit den meisten Stimmen die Wahl gewonnen habe. Selbst im Falle eines sozialdemokratischen Sieges. Gesagt, getan. Die konstituierende Sitzung des neuen Kommunalrats übergab die leitenden Posten mit der schriftlichen Bitte, die guten Traditionen Saltsjöbadens sowie den Charakter des Ortes als blühender Villenvorort beizubehalten, jedenfalls etwas in diesem Stil.«

»Und so kam es dann auch?«

»Allerdings. Das Problem der Arbeitermehrheit bestand darin, dass niemand die für die politischen und administrativen Posten nötige Ausbildung besaß. Also musste die gegnerische Seite um Hilfe ersucht werden. Seither wird gelassen in allen Fragen zusammengearbeitet. Es war also gar nicht schlimm. Ich habe diese Angst vor den Sozialisten noch nie verstehen können. Eine Einigung ist immer möglich. Ich habe in dieser Hinsicht jedenfalls noch nie Probleme gehabt.«

»Denkst du an Johan Svenske und deine anderen Kameraden beim Eisenbahnbau?«

»Genau. Die einzigen Klassenfeinde bei der 1.-Mai-Feier

der Bahnarbeiter auf der Hardangervidda waren wir Ingenieure, also blieben wir im Haus, wenn sie vor dem Bahnhof in Finse ihre Kampflieder sangen und demonstrierten. Am nächsten Tag wurde wieder normal gearbeitet. Und wie gewöhnlich einigte man sich problemlos. Wir Ingenieure zeichneten und rechneten, die Arbeiter bauten. Ich sehe da keine Schwierigkeiten.«

»Vielleicht sind aber nicht alle Kapitalisten so rücksichtsvoll wie Herr Wallenberg und du? Wie steht es übrigens mit Gottfrids Ausschmückung des Dienstbotenhauses?«, fragte Ingeborg und gähnte, wenn auch diskret und um Entschuldigung heischend.

Oscar lobte Gottfrids Tischlerarbeiten an den beiden neuen Dienstbotenwohnungen auf dem oberen Teil des Grundstückes neben dem Haus für den Chauffeur und dem Spielhaus. Wie Oscar erwartet hatte, erhob sich Ingeborg wenig später, küsste ihn auf die Stirn, dankte für den unterhaltsamen Abend und zog sich in das Stockwerk mit den Schlafzimmern zurück. Er wünschte ihr eine Gute Nacht und versprach, nicht mehr lange aufzubleiben.

Ein Gespräch über politische Themen wirkte sich stets nachteilig auf die Stimmung aus, und Lauritz hatte nie so recht verstanden, weshalb. Oscar hatte einmal erwähnt, er habe mit Christa dasselbe Problem, falls es denn ein Problem war. Den beiden Freundinnen bedeutete Politik mehr als vielen anderen. Vielleicht hing es ja mit ihrem Kampf für das Frauenwahlrecht zusammen, für das sie sich schon seit ihrer Jugend einsetzten. Aber jetzt, wo es so weit war, hätten doch alle zufrieden sein können. Zumindest in Saltsjöbaden.

Nein, irgendetwas stimmte nicht. Entweder hatte er sich

allzu sorglos über die gefügigen Sozialdemokraten in Saltsjöbaden ausgelassen, oder es hing mit Harald zusammen.

Falls Ingeborgs Reserviertheit auf das Thema Politik zurückzuführen war, ging es vermutlich um ihren Antrag auf Mitgliedschaft in der Arbeiterkommune, den sie gestellt hatte, ohne dies vorher mit ihm zu besprechen.

Gottfrid Lindau hatte ihn darauf aufmerksam gemacht. Als er eines Samstagnachmittags mit seinen beiden Gehilfen erschienen war, um Überstunden zu machen, hatte er die Verzierung des Spielhausgeländers als Vorwand genommen, um am Haupthaus zu klingeln und darum zu bitten, eine Detailfrage mit dem Herrn Ingenieur besprechen zu dürfen.

Das taten sie dann auch eine Weile, und Gottfrid führte verschiedene Schablonen für Wichtel, Hasen, Schweine und Sterne vor, mit denen er das Geländer zu verzieren gedachte. Erst danach kam er auf sein eigentliches Anliegen zu sprechen.

Es sei nichts dagegen einzuwenden, dass Angehörige der Oberschicht mit der Arbeiterbewegung sympathisierten, begann er. Ganz ungewöhnlich sei das nicht. Der Parteivorsitzende und Ministerpräsident Hjalmar Branting stamme ja ebenfalls nicht aus der Arbeiterklasse. Die Arbeiterkommune habe selbstverständlich auch nichts gegen Frau Lauritzen einzuwenden. Ganz im Gegenteil. Ihr Einsatz in Neglinge in den letzten Kriegs- und Hungerjahren sei allen in bester Erinnerung geblieben.

Hier unterbrach ihn Lauritz, weil er nicht wusste, was unter Arbeiterkommune zu verstehen war. Gottfrids lange Erklärung fasste er so auf, dass es sich um eine beratende

Versammlung der sozialdemokratischen Mehrheit im Kommunalrat handelte. Sich um eine Mitgliedschaft zu bewerben war also in etwa gleichbedeutend mit einer Parteimitgliedschaft.

Innerhalb der Arbeiterkommune sei Ingeborgs Antrag auf Ablehnung gestoßen, fuhr Gottfrid verlegen fort und versuchte endlich, zur eigentlichen Frage zu kommen. Eine feine Dame von der Strandpromenade und noch dazu eine Doktorin passe nicht zu den anderen Frauen, die im Folkets Hus, im Volkshaus, ihre Versammlungen abhielten. Gottfrid erhob keinen Anspruch, sich mit den Ansichten des Bürgertums auszukennen, er könne sich jedoch vorstellen, dass es dem Herrn Ingenieur Unbehagen bereiten könne, wenn seine Frau so offen in Arbeiterkreisen verkehre. Die Leitung der Arbeiterkommune erwöge also, Frau Lauritzens Antrag auf Mitgliedschaft abzulehnen.

Lauritz' erste Reaktion war Zorn, er fühlte sich im Namen seiner Frau, die schließlich in drei Ländern für das Frauenwahlrecht gekämpft hatte, gekränkt. War sie nicht gut genug, um von den Arbeitern in Neglinge akzeptiert zu werden? Das wäre nicht nur eine Beleidigung Ingeborgs, sondern auch der Arbeiter selbst gewesen.

Nachdem sich sein Zorn gelegt hatte, dachte er nach. Was Gottfrid mehr ahnte als wusste, entbehrte nicht einer gewissen Wahrheit, dass Ingeborgs eventuelle Mitgliedschaft in der Arbeiterkommune nämlich auch anderweitig Probleme mit sich ziehen könnte. Während des letzten Sonntagsessens im Grand Hotel hatten sich zwei Nachbarsfrauen lautstark und ausgiebig darüber beklagt, dass die Konsumgenossenschaft eine Arbeiterweiterbildungsschule mitten im Herzen Saltsjöbadens und nur einen Steinwurf vom Grand Hotel entfernt eröffnen wollte. Wer den Damen zuhörte, konnte fast den Eindruck gewinnen, als würden die gefürchteten roten Horden nun wirklich aus Russland anmarschieren, um diesen Ort des Friedens einzunehmen.

Ingeborg und er hatten sich nur einen kurzen, vielsagenden Blick zugeworfen und aus reiner Höflichkeit zugestimmt, dass Saltsjöbaden einer schrecklichen Bedrohung ausgesetzt sei.

Es konnte kein Zweifel daran bestehen, wie diese Frauenzimmer und deren Bekannte reagieren würden, wenn ruchbar würde, dass sich Ingeborg zur Sozialdemokratie bekannte.

Die Aussicht, auch in Saltsjöbaden wie schon in Bergen geächtet zu werden, war alles andere als erfreulich. Ihre drei Kinder besuchten die Schule in Tattby und radelten jeden Morgen unbekümmert und fröhlich den Källvägen hinauf Richtung Tattbybrücke. Johanne, Karl und Rosa hatten keine Probleme in der Schule, weder weil sie Ausländer waren noch aus irgendwelchen anderen Gründen. Inzwischen sprachen sie auch, soweit er das beurteilen konnte, fehlerfrei Schwedisch. Aber soweit er wusste, hatten die Kinder keinen einzigen Klassen- oder Schulkameraden, dessen Eltern Sozialdemokraten waren.

Es würde sicherlich nicht so furchtbar werden wie damals, als die Bergenser Jungen Harald, das »deutsche Blag«, beinahe totgeschlagen hätten, aber ungemütlich konnte es trotzdem werden.

Die Diskussion mit Ingeborg fiel kurz aus, da er das Gespräch mit den möglichen Folgen für die Kinder einleitete.

Sie gab sofort nach und entschuldigte sich beinahe dafür, dass sie so unbedacht gewesen war oder vielleicht auch nur zu deutsch gedacht hatte. Er tröstete sie oder versuchte es zumindest, indem er ironisch anmerkte, keine ihrer vornehmen Nachbarinnen habe etwas dagegen einzuwenden, dass sich eine anständige Frau karitativ für die Arbeiterkinder einsetze. Im Gegenteil sei dies geradezu vorbildlich. Die Klassengesellschaft hatte zweifellos ihre ebenso absurden wie abstrusen Seiten, in dieser Hinsicht musste er den Sozialisten beipflichten.

Die Sache mit Harald war was ganz anderes. Da hatte er in seiner Eigenschaft als Vater und Familienoberhaupt einen Entschluss gefasst, noch ehe die Diskussion Ingeborgs Auffassung nach beendet gewesen war.

Harald wollte mit dem Turnverein seiner Schule eine Sommerwanderung durch Deutschland unternehmen. Dagegen war an sich nichts einzuwenden, da im Sommer in allen deutschen Ländern junge Wandervögel fröhlich singend und mit eigenhändig verfertigten Fahnen unterwegs waren. Die Bewegung hatte etwas Epidemisches und vielleicht auch Überspanntes, aber immerhin war es ein gesunder und harmloser Zeitvertreib. Harald war vierzehn, und es wären ältere Anführer dabei. Lauritz fand daran nichts auszusetzen. Ingeborg hingegen war ausgesprochen skeptisch und hatte sich Unterstützung bei Christa geholt. Die Einwände der beiden waren rein politischer Art.

Nun gut, Harald würde sowohl die Regatta in Saltsjöbaden im Juni sowie das Wettsegeln nach Gotland versäumen und erst Ende Juli nach Schweden kommen, um mit der Familie zu Großmutter Maren Kristine nach Osterøya zu reisen. Das war ihm allemal lieber, als dass der Junge in

Schweden vor sich hin schmollte, nur Deutsch sprach und allen damit in den Ohren lag, dass er sich »heim« nach Deutschland sehnte.

Dass Ingeborg sein Beschluss nicht gefiel, war recht deutlich. Und Lauritz musste zugeben, dass er ihn zu rasch gefasst hatte. Er hätte die Angelegenheit ruhig etwas eingehender besprechen können. In dieser Hinsicht hatte er sich ihr gegenüber nicht korrekt verhalten, und darauf war wohl, wie er jetzt einsah, ihre distanzierte Art zurückzuführen.

Weiter würden ihn seine Gedanken nicht bringen, es war also ratsam, hoch und zu Bett zu gehen.

Leise, um Ingeborg nicht zu wecken, ging er die Treppe hinauf und zog die Schuhe aus, bevor er das Bad und ihr Schlafzimmer passierte. Die Sonne war aufgegangen, und das Morgenlicht strömte von zwei Seiten in den Korridor, sodass er sich nicht die Mühe zu machen brauchte, das Licht einzuschalten.

Als er sein Schlafzimmer betrat, entdeckte er, dass beide Fenster weit geöffnet waren und die raue Feuchtigkeit des Morgennebels hereingelassen hatten. Einen Fischerssohn aus Westnorwegen kümmerte dies nur wenig. Er zog sich aus, wusch sich mit kaltem Wasser, putzte die Zähne und schlüpfte unter die dicke norwegische Daunendecke. Draußen schwoll das Vogelgezwitscher zum Morgencrescendo an, er konnte aber nur den Gesang der Amseln und Drosseln heraushören. Unter der Decke wurde ihm rasch warm, aber er fand keine Ruhe, was an der Helligkeit oder am Gezwitscher liegen mochte. Bald war ihm zu warm, und er warf die Decke beiseite, dann war ihm wieder zu kalt.

An Schlaf war nicht zu denken, was ihn verwunderte, da er diesen Zustand nur aus Zeiten großen Kummers kannte. Meist, wenn es ihm am nötigen Geld gefehlt hatte. Das Geld, um um die Hand der Tochter des Barons von Freital anhalten zu können. Welche Bagatellen waren dagegen Ingeborgs Antrag auf Mitgliedschaft in der Arbeiterkommune Saltsjöbadens und Haralds Sommerwanderung durch Deutschland mit Hunderttausenden anderen jungen Leuten!

Selbst wenn Oscar im schlimmsten Fall mit seinen gewagten Spekulationen den größten Teil des Familienvermögens verloren haben sollte, würde das Geld durchaus reichen, um in Schweden gut leben zu können. Unten am Steg lagen eine 12er Rennjacht und ein zu einem günstigen Preis erworbenes Motorboot. Ingeborg war noch immer seine Frau, und dafür dankte er Gott jeden Abend vor dem Einschlafen. Harald hatte in der Schule in Berlin gute Fortschritte gemacht, obwohl es ein Wagnis gewesen war, ihn dorthin zu schicken. Die anderen drei Kinder fanden sich sehr gut in der schwedischen Schule zurecht. Es gab keine dunklen Wolken am Himmel, alle Kriege waren beendet, und Deutschland würde erneut erstarken.

Außerdem würde Plyms Varv in Neglinge in zwei Tagen seine neue Rennjacht der Sechs-Meter-Klasse liefern, die er Scheiken taufen wollte, eine Beduin hatte er ja bereits.

Er faltete seine Hände über seinem etwas zu runden Bauch und hielt eine Weile Zwiesprache mit Gott, wie er sein Gebet nannte. Zuerst dankte er Gott wie immer für Ingeborg, die bewundernswerteste aller Frau, dann für die Gesundheit seiner Familie und bat abschließend, Harald auf seiner Wanderung durch Deutschland zu beschützen.

Für materielle Dinge dankte er Gott nicht, nicht für Segelboote, Häuser, Bauaufträge oder anderes Weltliches.

Kurz bevor er zu guter Letzt doch einschlief, flimmerten Seglerfantasien durch seinen Kopf. Er sah sich mit seinen Brüdern zum ersten Mal mit einem großen Boot an einer schwierigen Regatta teilnehmen. Als er tiefer in die Traumwelt hineinglitt, sah er drei kleine Jungen in einer Jolle mithilfe eines Ruders Segel setzen und bei sehr schwachem Wind und starker Sonne auf den Fjord hinaustreiben.

*

Drei Taxis waren erforderlich, um sie alle vom Stockholmer Hauptbahnhof zum Slussen-Kai zu bringen, an dem Lauritz' Motorboot vertäut lag. Christas und Sverres Schrankkoffer hatten das Gepäck über alle vernünftigen Proportionen hinaus anschwellen lassen, zumindest war Oscar dieser Meinung. Seine Sachen, einschließlich seiner neuen Seglerbekleidung sowie der Abendgarderobe, fanden in zwei Reisetaschen Platz. Seine Sorge, dass das Motorboot zu klein sein könnte, erwies sich jedoch als völlig unbegründet.

Die Erwartungen waren hoch. Lauritz war zwar recht oft nach Berlin gereist, aber immer nur geschäftlich und ohne Familie. Die harten Nachkriegsjahre hatten Berlin in eine traurige und wenig gastfreundliche Stadt verwandelt, fand er. In dieser Frage gab es allerdings auch andere Auffassungen. Für Leute mit Geld war selbst während des ersten und schwersten Nachkriegsjahres genug Unterhaltung geboten, aber solche einfachen Vergnügungen hatten Lauritz noch nie sonderlich interessiert.

Für Oscar, der sich um die deutschen Investitionen der Familie gekümmert hatte und dem verrückten Karussell nicht einfach den Rücken zuwenden wollte, hatte jeder Tag in Berlin einen Kampf ums nackte Überleben bedeutet.

Sverre hatte in ökonomischer Hinsicht zu keinem Zeitpunkt Probleme gehabt, das Werbegeschäft wuchs stetig dank langfristiger Projekte. Die neue Konsumgüterindustrie war auf Reklame angewiesen, sie bot Gelegenheit, durch Investitionen die Krise zu überwinden, und zwar auf moderne Art und Weise.

Obwohl Sverre seine Arbeit und Berlin durchaus für ein oder zwei Wochen hätte verlassen können, ohne eine finanzielle Katastrophe zu riskieren, wäre er nie auch nur auf den Gedanken gekommen, seinen ältesten Bruder alleine zu besuchen. Sverres Wunden waren noch lange nicht verheilt. An eine göttliche Vorsehung, die die drei Brüder an jenem kalten Apriltag fünf Jahre zuvor zusammengeführt haben sollte, glaubte er keine Sekunde. Das war purer Zufall, ganz ohne Beteiligung eines Gottes. Die Vernunft ließ keine andere Sichtweise zu.

Selbst Lauritz müsste das einsehen, sosehr er auch versuchte, seine religiöse Überzeugung mit allen großen und kleinen Ereignissen des Lebens in Verbindung zu bringen. Aber bei Lauritz siegte immer Gott über die Vernunft.

Dieser irrationale Charakterzug hatte auch zu seinem bizarren Beschluss geführt, den Namen seines Bruders nie wieder in den Mund zu nehmen, nachdem er von Sverres unaussprechlichen Neigungen erfahren hatte, die in den Augen Gottes ein Gräuel waren und Sverre zur ewigen Verdammnis verurteilten.

Ebenso irrational war der Beschluss, seinen Standpunkt

zu ändern und alles zurückzunehmen, nachdem sie durch Gottes Fügung in Berlin wieder zusammengeführt worden waren.

Diese Religion war ein Gift für die Vernunft. Mutter Maren Kristine hatte auf ihre bibeltreue Art anfänglich genauso reagiert wie Lauritz. Aber nach Überwindung des ersten Schreckens hatte sie sich beruhigt und ihm nach einigen Jahren verziehen. Irgendwann hatte er ihr sogar Albie vorstellen dürfen.

Wie es um Lauritz' Vergebung bestellt war, wusste sie jedoch nicht so genau. Der Gott, an den er sich hielt, schien höchst unzuverlässig und konnte sich alles Mögliche einfallen lassen.

Es wäre also eine zu große Herausforderung des Schicksals oder dieses Gottes gewesen, ohne Begleitung in den Norden in diesen Badeort zu reisen und sich dort Lauritz' christlicher Launenhaftigkeit auszuliefern.

Jetzt aber, umringt von fast seiner ganzen Familie, glaubte er sich in Sicherheit. In Gesellschaft von Frauen und Kindern würde der prüde Lauritz sicher nicht auf die Frage seiner sexuellen Neigungen zu sprechen kommen. In den folgenden Wochen würde niemand dieses Tabuthema berühren, und deswegen konnten sich alle auf die Wiedervereinigung der Familie nach dem langen Krieg freuen.

Die Fahrt von der Stockholmer Innenstadt nach Saltsjöbaden ging in Lauritz' Motorjacht rasend schnell, wobei der Lärm jede Unterhaltung unmöglich machte.

Auf dem Privatsteg unterhalb des Hauses warteten die Dienstboten mit Bollerwagen und Schubkarren, um sich des Gepäcks anzunehmen.

Christa und die Kinder zogen sich vor dem Abendessen ein paar Stunden zurück, denn die zweitägige Reise mit Bahn und dänischen Fähren war anstrengend und rußig gewesen. Lauritz begab sich unterdessen mit seinen Brüdern auf einen Spaziergang durch den Park. Dabei ließ er sich detailliert über alle möglichen Bagatellen aus wie beispielsweise, dass einige Nachbarn sich echauffierten, weil er, wie auch heute, die norwegische Fahne hisste.

Die Stimmung war leicht beklommen, als bereite es ihnen Mühe, ernsthaft miteinander zu reden, und als existierten Berlin und die verlorenen Industriebeteiligungen gar nicht. Eine gewisse Anspannung lag in der Luft, da sowohl Oscar als auch Sverre durchaus bewusst war, dass Lauritz momentan nichts brennender interessieren dürfte als die neuen finanziellen Verfügungen in Deutschland.

Doch Lauritz blieb beharrlich bei seinem Programm. Nachdem sie den Park besichtigt hatten und sich von Lauritz alle Baumsorten, insbesondere die so weit nördlich selten vorkommenden, hatten beschreiben lassen, führte er sie durch das Haupttor an der Strandpromenade zu dem Steg, an dem sie wenige Stunden zuvor an Land gestiegen waren.

Jetzt dozierte er über die beiden Rennjachten, die 6er Scheiken und die 12er Beduin. Oscar und Sverre waren die beiden eleganten Segelboote bereits bei ihrer Ankunft aufgefallen, sie hatten sie aber nicht mit Lauritz in Verbindung gebracht.

Nun erfuhren sie, dass die Scheiken eine ausgeprägte Rennjacht und von einer Werft in Saltsjöbaden gebaut worden sei. Die 12er Beduin ließ sich allerdings nicht mit der Ran vergleichen, Lauritz' letztem Boot dieser Klasse, mit der er vor dem Krieg mehrere Male bei der Kieler Woche gesiegt hatte.

Das Kompromissboot, die Beduin, eine ehrenwerte ältere Dame, 1909 in Glasgow gebaut und alles andere als eine Rennmaschine, sei eher ein Schmuckstück auf See, auf dem sich ganz vorzüglich mit der ganzen Familie segeln ließe. Deswegen hatte er als Zweitboot ein reines Rennboot bauen lassen, die 6er Scheiken.

Während sie die beiden vertäuten Segelboote besichtigten und auch an Bord gingen, wurde der Vortrag unermüdlich fortgesetzt. Oscar und Sverre warfen sich des Öfteren ratlose Blicke zu. Fast hatte es den Anschein, als rede Lauritz aus reiner Nervosität wie ein Wasserfall, was ihm ganz und gar nicht ähnlich sah.

Als man sich zu guter Letzt wieder an Land begab, hielt er plötzlich schweigend auf dem Steg inne, atmete tief ein und kam schließlich auf sein eigentliches Anliegen zu sprechen.

Er hatte die Beduin, die drei Brüder und zwei sehr tüchtige Jungen aus den Schären für den Visby-Pokal, Schwedens bedeutendste Langstreckenregatta, eine Art blaues Band der Ostsee, angemeldet. An der folgenden Sandhamn-Regatta würden sie mit der Scheiken teilnehmen. Die 6er wurde mit drei Mann Besatzung gesegelt und benötigte keine zusätzlichen Matrosen. Nur drei norwegische Brüder, die endlich auch wieder auf dem Meer vereint sein würden!

Lauritz umarmte seine beiden Brüder mit Tränen in den Augen.

Oscar und Sverre bemühten sich, diesen höchst unerwarteten Gefühlsausbruch des sonst so barschen und bodenständigen Lauritz, zu dem sich noch seine erstaunliche Vorstellung von ihren Kompetenzen als Regattasegler gesellte, mit Gelassenheit zu quittieren. Sie protestierten nicht, verkniffen sich jegliches Lachen und schwiegen.

Nachdem Oscar ein paar Stunden geruht, den Reisestaub abgewaschen und sich umgezogen hatte, berichtete er Christa von der eigenartigen Geschichte, während er ihr mit ihrem Korsett behilflich war, das ihre Formen bändigen sollte. Anschließend knöpfte er die lange Reihe Perlmuttknöpfe auf dem Rücken ihres gerade geschnittenen, smaragdgrünen Seidenkleides zu. Das Kleid entsprach ganz ihrem Geschmack und der Mode, gefiel ihm aber nicht sonderlich, denn er fand, dass der Busen einer Frau zur Geltung kommen sollte.

Er bekannte, dass er nicht recht wusste, was davon zu halten war. Der geplante Sommeraufenthalt in den äußeren Schären vor Stockholm würde nicht so geruhsam ausfallen, wie er es sich erhofft hatte. Es gab keinen Grund, sich zu beklagen, aber etwas seltsam war es schon.

»Aber Sverre und du, ihr könnt doch segeln?«, wollte Christa wissen, während sie mit geschickten Fingern seine Fliege band.

»Ja, natürlich«, erwiderte Oscar. »In der Hinsicht, dass wir am Meer aufgewachsen sind und schwimmen können. Aber eine Regatta ist etwas ganz anderes!«

»Wettsegeln liegt euch also nicht im Blut?«

»Lauritz scheint diese romantische Überzeugung jedenfalls zu vertreten, die sich meines Erachtens mit der Behauptung, alle Afrikaner könnten Löwen jagen, vergleichen ließe.«

»So wie du?«

»Ja, wie ich. Aber es ist eine schwierige Tätigkeit, die Erfahrung erfordert und, wie du weißt, mit Risiken behaftet ist.«

Er ergriff scherzhaft ihre linke Hand und fuhr sich damit über die hervortretenden Narben, die drei Löwenkrallen auf seiner Wange zurückgelassen hatten.

»Kommt Zeit, kommt Rat«, meinte Christa unbeschwert. »Ihr müsst halt segeln, so gut es euer norwegisches Erbe erlaubt. Lass uns jetzt die Kinder in Augenschein nehmen! Sind die Geschenke schon unten?«

»Nein, aber darum kümmere ich mich, während du die Inspektion durchführst!«

Er lachte, schüttelte den Kopf und trat auf den Korridor, um die Dienstboten zu suchen.

Wenig später versammelten sich alle im Salon mit der Leipziger Standuhr und dem großen offenen Kamin. Lauritz ließ den Erwachsenen ein Glas deutschen Sekt servieren, wobei er brummelte, französischer Champagner käme ihm nicht mehr auf den Tisch. Die kleinen Kinder bekamen hausgemachten Holundersaft. Haralds jüngere Geschwister Johanne und Karl wurden sehr großzügig als halb erwachsen eingestuft und bekamen demgemäß je ein halbes Glas Sekt, schließlich waren Sommerferien, und sie feierten, dass die ganze Familie zusammengefunden hatte. Christas wegen sprachen die Anwesenden, auch die Kinder, Deutsch.

Als alle Erwachsenen und Kinder ihr Glas in der Hand hielten, hielt Lauritz eine kurze, sehr nordische Rede, die die Gedanken der beiden Brüder sofort auf ihre Mutter lenkte.

»Eine große Dunkelheit kam über uns.
Die Winde des Krieges zerstreuten uns,
aber ein Wunder des Herrn führte uns in Berlin wieder zusammen,
nun wird endlich wieder Licht.
Hier stehen wir wieder vereint.
Skål!«

Sie tranken schweigend und mit ernster Miene. Die Stille hielt eine Weile an, da niemand die Stimmung nach Lauritz' karg poetischer Rede zerstören wollte.

Sverre löste die Anspannung, indem er sich an seine Nichten Johanne und Rosa und an seinen Neffen Karl wandte, die in ihren Sonntagskleidern auf einem Rokokosofa saßen, und fragte, ob sie gar nicht neugierig auf die Mitbringsel aus Berlin seien. Als sie freudig in die Hände klatschten und »Ja!« riefen, ohne das Stirnrunzeln ihres Vaters über dieses unerzogene, frivole Benehmen zu bemerken, ging Sverre mit theatralisch langen Schritten auf die Schiebetüren zum großen Speisezimmer zu, öffnete sie geheimnisvoll einen Spaltbreit und flüsterte etwas.

Daraufhin wurden die Geschenke für die Kinder hereingetragen. Rosa, die Jüngste, bekam eine möblierte Puppenstube, Karl das aufziehbare Modell eines offenen Mercedes mit zwei Gängen und Rückwärtsgang, Johanne ein rotes, gerade geschnittenes Kleid, der letzte Schrei der Berliner Mode, sowie rote Schuhe aus Kalbsleder mit halbhohen Absätzen und goldenen Spangen.

Die kleinsten Kinder Carl Lauritz, Hans Olaf und Helene Solveig, die ebenso brav auf dem zweiten Sofa saßen, das so hoch war, dass ihre Füße nicht bis auf den Boden reichten, schienen aufrichtig bemüht, keinen Neid erkennen zu lassen. Als Christa zu ihnen trat und ihnen ein paar Worte zuflüsterte, erhellten sich ihre Mienen unverzüglich.

Als sich der Lärm der jungen Beschenkten zu legen begann, trat Oscar an die Schiebetüren und flüsterte etwas durch den Spalt. Wenig später wurden zwei stabile, mit Holzwolle gefüllte Holzkisten hereingetragen und vorsichtig auf dem türkischen Seidenteppich abgestellt. Die fröhliche Unterhaltung ging in gespannte Erwartung über, als sich Oscar über eine Kiste beugte, seine Hände ausstreckte, vorsichtig darin herumwühlte und zwei violette Kristallgläser heraushob, die er vor Lauritz und Ingeborg auf den Marmortisch stellte.

»Edelstes böhmisches Kristall, das einmal dem Kaiser gehört hat, dann aber versteigert wurde. Wir haben zwei Dutzend davon ergattert. Wie ihr seht, ist unsere Liquidität in Berlin nicht so schlecht, wie ihr angenommen habt«, erklärte er.

»Um die Geschäfte kümmern wir uns später«, fiel ihm Lauritz beinahe ins Wort, ohne den Blick von den beiden Weingläsern abzuwenden, die dunkel schimmernd vor ihm standen. »Aber ich muss schon sagen … Das sind bei Gott die schönsten Weingläser, die ich je gesehen habe!«

Die Erwachsenen umstanden bewundernd die Gläser, während die Kinder wohlerzogen auf ihren Sofas sitzen blieben.

Oscar schlug vor, die Gläser des Kaisers bereits zum Abendessen einzuweihen, eine Idee, die auf begeisterte Zustimmung stieß. Hektische Aktivität brach aus, die kleineren Kinder verschwanden mit Rosa, die die Gastgeberinnenrolle übernahm, im Kinderesszimmer, die Weingläser des Kaisers wurden in die Küche gebracht, dort gespült und dann statt der bescheideneren Römer auf die große Tafel gestellt.

Ingeborg und Lauritz hatten das Willkommensmahl so norwegisch wie möglich gestaltet. Als Vorspeise gab es eingelegten Hering und Branntwein, gefolgt von gekochtem Dorsch mit zerlassener Butter, schließlich Hammelbraten und zum Nachtisch Apfelkuchen mit Vanillesoße. Einfach und schlicht.

Die Stimmung war ausgelassen, es wurde über das norwegische Alkoholverbot gescherzt, und das Essen zog sich für Johanne und Karl natürlich unerträglich in die Länge. Sie zählten nun zu den Erwachsenen, mussten daher mit an der Tafel sitzen, ordentlich bis zur Nachspeise mitessen und durften erst dann in das kleine Esszimmer hinübergehen.

Nach dem Essen forderte Lauritz die Damen freundlich, als handele es sich wirklich nur um einen Vorschlag, dazu auf, sich in einen der Salons zurückzuziehen, wo nach Wunsch Erfrischungen serviert würden.

Christa war aufrichtig verblüfft, dass sie als »Dame« nach einem guten Essen weggeschickt wurde, obwohl alle gute Laune hatten und es sicher vieles zu besprechen gab, was die ganze Familie, Männer sowohl wie Frauen, betraf. Aber sie fing sich rasch und fragte, vielleicht mit einem etwas säuerlichen Unterton, ob es in einem dieser Damensalons ein Grammofon gebe, da sie auch ein Geschenk für Ingeborg dabeihabe.

Es gebe ein Grammofon, ein elektrisches, das neueste deutsche Modell, versicherte Lauritz jovial, als sei ihm die verstohlene Kritik vollkommen entgangen. Der Damensalon habe natürlich auch einen Flügel und alles andere, was das Herz begehre. Dann verbeugte er sich, fasste seine Brüder um die Schultern und führte sie ins Herrenzimmer.

Vollkommen unvorbereitet betraten Oscar und Sverre nun einen Raum, der sich stilmäßig radikal vom Rest des Hauses unterschied. Hier war es so dunkel, dass mehrere elektrische Lampen angezündet werden mussten, denn die Fenster waren mit schweren türkischen Kelims verhängt. Sverre fühlte sich an englische Herrenzimmer erinnert, in die aus Gründen, die Lauritz sicherlich empört hätten, kein Einblick erwünscht war.

Der Raum wurde von Jugendstillampen erhellt, die Ledersessel waren riesig, der Tisch war aus Walnussholz gefertigt, und an der Wand standen zwei zusammengeklappte Spieltische. Auf einem großen, dunkel gebeizten Eichentisch standen frisch poliert die Pokale, die Lauritz beim Segeln errungen hatte, und in der Mitte thronte der hässliche Kaiserpokal, der für immer bei Lauritz bleiben würde.

Am meisten überraschten jedoch die Kunstwerke, die dicht an dicht an den Wänden hingen und denen Sverre bald seine gesamte Aufmerksamkeit zuwendete. Es handelte sich um nationalromantische Gemälde von Adolph Tidemand und Hans Gude, die sicher ein hübsches Sümmchen gekostet hatten. Fjorde, Berge und ein strenger Pfarrer, der bei einer armen Fischerfamilie in Westnorwegen den Katechismus abfragt, alles in allem eine recht repräsentative Auswahl, natürlich vollkommen passé, aber historisch interessant.

»Dies ist unser Ursprung, dies sind wir, wir dürfen unsere Wurzeln nicht vergessen«, erklärte Lauritz kurz, als er Sverres intensives Interesse bemerkte. »Dort drüben hängt auch ein modernes Gemälde, ein Munch. Ich mag ihn nicht besonders, habe mir aber sagen lassen, dass er Norwegens berühmtester Maler ist.«

Lauritz fing Sverre ab, der sich dem Munch-Gemälde nähern wollte, und drückte ihn freundlich, aber nachdrücklich in einen der Ledersessel. Mit einer Handbewegung bot er Oscar den Nachbarsessel an, ging dann auf ein Silbertablett mit Kristallkaraffen zu und fragte, was gewünscht werde: Whisky oder Cognac, obgleich man französischen Cognac eigentlich auch nicht mehr kaufen dürfe, deutscher Weinbrand, Portwein oder etwas anderes? Und eine Zigarre vielleicht?

Als sie es sich mit ihren Gläsern und Zigarren bequem gemacht hatten, wappneten sich Oscar und Sverre gegen weitere Kindheitsbetrachtungen und Erinnerungen, oder wozu alle diese Fjorde, Berge, Wasserfälle und Leute in ihren Kirchbooten an den Wänden Lauritz auch immer inspirieren mochten.

Aber sie irrten sich gründlich.

»Nun. Endlich sind wir allein. Zum Geschäftlichen!«, befahl Lauritz ebenso knapp wie unvermittelt.

Oscar und Sverre sahen sich aus den Augenwinkeln an, um zu entscheiden, wer von ihnen beginnen sollte. Oscar hob entschuldigend an, dass er erst noch ein paar Stadtpläne holen müsse, da er noch nicht mit dieser Unterhaltung gerechnet habe. Damit verschwand er. Lauritz schwieg, rauchte gelassen seine Zigarre, nippte an dem Weinbrand und betrachtete demonstrativ den grün schimmernden Kronleuchter aus buntem Glas und Bronze. Sverre nutzte die Gelegenheit, sich die Kunstsammlung ein weiteres Mal anzusehen, und durfte dieses Mal auch vor dem Munch-Bild verweilen, ein bekanntes Motiv, das Munch in vielen

Variationen gemalt hatte. Diese Fassung war hervorragend. Eine Frau mit schwarzen Haaren und roter Baskenmütze, die die böse Verführerin, genauer gesagt den Vampir, darstellte. Ein größerer Unterschied zu Gude und Tidemand war kaum vorstellbar.

»Das Bild hat in meinen Augen etwas Unfertiges«, brummte Lauritz in seinem Sessel. »Es besteht aus einer Menge unbemalter, leerer Flächen.«

Sverre antwortete nicht. Es war ihm schon immer sinnlos vorgekommen, Kunst mit Leuten zu diskutieren, die nichts davon verstanden. Aber Munchs Gemälde sprach ihn an, und er hatte das Gefühl, selbst etwas Ähnliches malen zu können. Er sah eine Idee, die sich von Regeln und Traditionen befreit hatte, und sehnte sich zum ersten Mal seit sechs Jahren wieder nach der Malerei.

Oscar kehrte mit Akten und Landkarten zurück und breitete einen Stadtplan des Berliner Zentrums auf dem Rauchtisch aus. Er wies eine Vielzahl roter Punkte auf und war stellenweise rot schraffiert, was den Eindruck erweckte, Berlin habe die Masern bekommen.

Es handelte sich um den Immobilienbesitz der Familie. Die Rendite lag etwa zehn Prozent unter jener der Industrieanteile, wobei die Instandhaltung, Sanierung sowie die Verbesserungen bereits eingerechnet worden waren. Der Besitz war außerdem hypothekenfrei, weil diese während der Hyperinflation getilgt worden waren. Vermutlich würde die Wertsteigerung der nächsten Jahre mit vielleicht fünf Prozent bescheiden ausfallen. Aber, und dieses Aber war wichtig, der Wertzuwachs würde sich beschleunigen und ein momentan unvorstellbares Niveau erreichen, falls sich Deutschland so gut erhole, wie allgemein angenommen werde. Der Wert würde sich verzehn-, verfünfzigfachen, wenn nicht sogar mehr.

Lauritz sagte nichts und rauchte einfach weiter.

Oscar griff zum Dresdener Stadtplan. Im Unterschied zu dem Berlinplan bildete die rote Fläche ein fast zusammenhängendes Feld und deckte beinahe das gesamte historische Zentrum ab.

Hier gab es mehr zu restaurieren, da Dresden eine der am besten erhaltenen Barockstädte Europas war. Die Liegenschaften befanden sich allerdings insgesamt in einem besseren Zustand, die Mieter waren in der Regel wohlhabend und zahlten regelmäßig ihre Miete. Die Rendite war prozentuell höher als in Berlin, aber die Wertsteigerung würde vermutlich langsamer verlaufen.

Lauritz verzog immer noch keine Miene.

Oscar beschloss, ganz einfach abzuwarten. Er zog nachdenklich an seiner Zigarre, blickte an die Decke und machte keine Anstalten weiterzusprechen. Das Schweigen wurde bald drückend und dehnte sich länger als erwartet aus.

»Die Kehrseite der Medaille ist also«, sagte Lauritz zu guter Letzt, »dass so gut wie alle unsere Industriebeteiligungen weg sind?«

»Ganz richtig«, antwortete Oscar mit Nachdruck. »So gut wie alle unsere Industriebeteiligungen habe ich abgewickelt. Alles, was wir in der Auto-, Flugzeug- und Elektroindustrie besessen haben. Dafür verfügen wir über den größten privaten Immobilienbesitz Deutschlands, eine kleine Werbefirma, die immer größer wird, und eine Gleisbaufirma. So sieht es aus.«

»Aber die Zukunft gehört all jenen Branchen, die abgewickelt wurden. Autos, Flugzeuge, Technik. Darin müsst ihr mir doch zustimmen?«, wandte Lauritz ein.

Die beiden anderen nickten schweigend.

»Ihr seid also meiner Meinung?«

Sie nickten erneut. Lauritz schwieg lange.

»Es geht nicht nur um Geld«, sagte er nach einer Weile spürbarer innerer Zerrissenheit. »Davon haben wir, wie es aussieht, genügend. Aber ich habe es immer höchst stimulierend gefunden, die Zukunft mitzugestalten. Wir waren uns doch von unserem Examenstag an einig, dass das 20. Jahrhundert das Jahrhundert der großen technischen Fortschritte sein würde, nicht wahr?«

»Ja, das ist ein schöner Traum, an den wir heute sicher genauso sehr glauben wie damals«, gab Oscar zu. »Aber in der gegenwärtigen Situation galt es, einen kühlen Kopf zu bewahren. Hätten wir an unseren Industriebeteiligungen festgehalten, hätten wir womöglich alles verloren oder uns bis über alle Fabrikschornsteine verschuldet. Stellt euch nur einmal vor, Krupp wäre einer unserer Konkurrenten geworden. Du hast ihn vor dem Krieg bei der Kieler Regatta besiegt, aber das hier wäre ein anderer Kampf geworden. Denkt euch einmal folgendes Szenario: Krupp kauft die Aktienmehrheit einer Flugzeugfabrik, an der wir eine Minderheitsbeteiligung besitzen. Dann beschließt er eine Neuemission und schmälert auf diese Weise unseren Besitz. Sofern wir nicht mitziehen und amerikanische Kredite aufnehmen, denn so kapitalkräftig sind wir nicht. Aber diese Kredite sind alles andere als gratis. Wir haben die Folgen selber gesehen: Alle kleinen und mittelgroßen Unternehmen sind ausgeschieden, und die größten haben alles übernommen. Die deutsche Industrie ist von nun an ein Oligopol. Wir wären wie alle anderen von den großen Elefanten zermalmt worden. Ach ja, übrigens, bedenkt, dass unser ursprünglicher Einsatz auch nur Elfenbein und Mahagonistämme waren!«

Da nickte Lauritz endlich, erst mit einem zurückhaltenden Lächeln, dann aber brach er in ein für alle drei befreiendes Gelächter aus. Die unumstößliche und außerdem komische Wahrheit war, dass es Oscars afrikanische Geschäfte waren, die die Grundlage ihres gesamten Besitzes bildeten.

Jetzt war das Eis gebrochen, und Oscar und Sverre konnten mit umso größerem Eifer die Vorteile von Immobilienbesitz darlegen. Schließlich waren sie Ingenieure und kannten sich mit dem Baugeschäft aus, mit dem Spiel gegen das deutsche Großkapital jedoch nicht.

Nicht nur waren sie fähig, älteren Immobilienbesitz zu unterhalten und zu sanieren, sie konnten auch neu und modern bauen. Sie hatten viele aufregende Ideen und gerade ein neues Wohnviertel vor den Toren Berlins in einem neuen, experimentellen Stil in Angriff genommen. Außerdem unterhielten sie Kontakte zu einigen unerhört interessanten und innovativen Architekten. Apropos: Wäre es eventuell möglich, das Nachbargrundstück auf der anderen Seite des Källvägen in Saltsjöbaden zu kaufen, um dort eine Villa zu errichten, wie sie noch niemand in Schweden gesehen hatte? Diese könnte dann dem deutschen Teil der Familie zur Verfügung stehen. Glas, Beton und ein Torfdach, eine Mischung aus alt und neu, viel Licht, klare Linien, Teppichböden und Textilien als Kontrast zu Beton, funktionell, schlicht und schön auf eine ganz neue Art.

Lauritz ließ sich, anfangs eher widerwillig, anstecken. Die Stimmung wurde ausgelassener, und Lauritz störte sich nicht einmal daran, dass die Grammofonmusik im angrenzenden Salon immer lauter wurde, bemerkte nur beiläufig, das klinge ja »mitreißend«, und widmete sich dann ganz der Experimentalvilla.

Während aus dem Damensalon das kommunistische Musikrepertoire Deutschlands und Russlands dröhnte, tranken die drei wiedervereinten Brüder immer mehr Weinbrand und wurden immer lauter, vielleicht auch, um die Musik zu übertönen.

Die Hemmungen und die Verlegenheit zu Beginn ihres Wiedersehens wurden von Gelächter, lustigen Kindheitserinnerungen aus Westnorwegen, Osterøya und Bergen weggefegt.

*

Ingeborg und Christa saßen bequem zurückgelehnt in Liegestühlen an einem Strand in Sandhamn im äußeren Stockholmer Schärengürtel. Mit nur zwei Booten sechs Kinder, fünf Erwachsene, Dienstboten und etwa eine Tonne Gepäck sowie Proviant von Saltsjöbaden auf diese Insel im Meer zu transportieren war einer logistischen Operation militärischen Ausmaßes gleichgekommen. Aber dieser Mühe unterzog man sich offenbar gerne, denn »alle« Stockholmer nahmen dieses Unterfangen mindestens zweimal pro Jahr in Angriff.

Der Strand hieß Skärkarlshamn und war etwa fünfzehn Gehminuten vom Clubhaus und dem Hafen des Königlichen Schwedischen Segelvereins entfernt. Am entgegengesetzten Ende von Skärkarlshamn hatte Lauritz ein Grundstück gekauft und ein paar provisorische Seglerhütten, mit denen an sich nicht viel anzufangen war, darauf errichten lassen. Es war ihm aber auch gelungen, eines der drei großen Holzhäuser, auch Krähenschlösschen genannt, am oberen Ende des Strandes zu mieten.

Jetzt verbrachten die Männer die meiste Zeit auf See, trimmten Segel und bereiteten sich mit fanatischem Eifer auf die große Langstreckenregatta vor. Die Kinder badeten, bauten Sandburgen oder beschäftigten sich, womit sich Kinder an einem schönen Sandstrand mit kristallklarem Wasser eben zu beschäftigen pflegten.

Christa behauptete, diesen modernen als »Ferien« bezeichneten Zustand noch nie so genossen zu haben. Sandstrände, Badevergnügen und ähnliche Meeresgerüche gab es auch an der deutschen Ostseeküste, aber hier war alles so angenehm anders, da es eben nicht Deutschland war. Das ständige Unbehagen war von ihr gewichen, sie hatte sich schlicht und ergreifen von Deutschland freigenommen, und dieser Zustand erschien ihr gleichzeitig wie die Vision einer glücklicheren Zukunft. Und obwohl die beiden Freundinnen fast demonstrativ politische Gesprächsthemen zu meiden versuchten und lieber darüber sprachen, wie das Haar nach der letzten Mode in einem Bubikopf getragen wurde oder dass den Männern die neueste Garçonne-Mode nicht gefiel, als hätten sie ebenfalls Ferien von der Politik genommen, so war es doch unvermeidlich, früher oder später auf ernsthaftere Themen zu sprechen zu kommen.

So verhedderte Christa sich in einer langen Auslassung über das Theater der Klassen. Sie meinte in Lauritz ein glänzendes Beispiel gefunden zu haben, ohne allerdings etwas Böses über ihn sagen zu wollen, das sei keinesfalls ihre Absicht. Er sei nur einfach eines der vielen Opfer dieser eigenartigen Form von Schauspielerei. Die lustigsten

Beispiele seien jedoch anderweitig zu finden. In der kommunistischen Bewegung sei sie auf den einen oder anderen Genossen mit ihr ähnlicher Herkunft gestoßen, so etwas ließ sich schließlich nie ganz verbergen, auf Männer, die Arbeiter spielten, sich so kleideten, wie es Arbeiter ihrer Vorstellung nach taten, sich einer ungehobelten Sprache befleißigten, vulgäre, deftige Ausdrücke verwendeten und sich in die Finger schnäuzten. Das sei lächerlich, wenn nicht gar peinlich. Das extreme Gegenstück dazu sei Lauritz, der bereits die Oberschichtmanier verinnerlicht habe, dass Damen in einem eigenen Salon zu verweilen hätten, während die Männer weise und klug miteinander verhandelten, dass die Dienstboten zwar kurzgehalten, aber mit Respekt behandelt werden mussten, dass die Kinder kleine, gehorsame Puppen seien, die in Gesellschaft der Erwachsenen den Mund zu halten hätten, und eine Vielzahl weiterer Regeln und Restriktionen, mit denen auch sie selbst und Ingeborg aufgewachsen seien. Es sei doch ausgesprochen seltsam, wie rasch man durch Geld in die Rolle eines Angehörigen der Oberschicht schlüpfe.

Ingeborg hatte mit gerunzelter Stirn, nachdenklich und konzentriert, zugehört. Als Christa ihre »Klassenanalyse aus Theaterperspektive« beendet hatte, brachte sie eine Reihe von Einwänden vor, die Christa gänzlich überrumpelten und, wie sie sich eingestand, ausgesprochen niederschmetternd waren.

»Alles, was du soeben aufgezählt hast«, begann Ingeborg, »was dir wie eine Imitation des sächsischen Adels erscheint, entspricht Lauritz' wahrer Natur. Die armen Fischer an der norwegischen Westküste verhalten sich genau so, aber nicht, um adlig zu wirken, eher im Gegenteil.

Unter den Fischern ist der Familienvater das unangefochtene Familienoberhaupt, wie auch dein oder mein Vater. Der älteste Bruder bestimmt über die anderen Geschwister. Bei Tisch wird nie über Geld gesprochen. Kommt dir das vielleicht irgendwie bekannt vor? Knechte und Mägde, so es welche gibt, unterstehen Zucht und Ordnung des Herrn wie alle anderen Mitglieder des Haushalts, müssen aber darüber hinaus respektiert werden. Lauritz tritt in Bergen einfach nur wie der älteste Bruder in einer Fischerhütte auf. In dieser Rolle fühlt er sich am wohlsten. Hinzugekommen sind Kleinigkeiten, die die drei sich in ihrer Dresdener Zeit angeeignet haben, Tischmanieren, Sinn für Wein und solche Dinge. Aber du hast trotzdem unfreiwillig eine interessante Beobachtung angestellt. Männer sind Männer, in Hütten wie in Palästen.«

Sie mussten über diese fast blasphemische Umdeutung der gängigen Klassenkampftheorie lachen.

Aber als hätte dieser unvermittelte Ausflug in die Politik automatisch einen gewissen Ernst fern aller Badekleidungs- und Frisurenmode hervorgerufen, nahm Christa ihren Mut zusammen und bat darum, ein schwieriges Thema anschneiden zu dürfen.

Es ging um Harald. Die »Sommerwanderung«, derentwegen der Junge ein paar Wochen länger in Deutschland bleiben durfte, sei nicht so harmlos, wie er es selbst dargestellt habe und wie Oscar und Lauritz glauben wollten. Es gab natürlich harmlose Wandervögel, die der diffusen Idee anhingen, in der Natur den Geist der Schöpfung zu finden, möglicherweise auch durch Nacktbaden oder das Nachahmen heidnischer oder angeblich heidnisch religiöser Bräuche. Die extreme Rechte nutze jedoch derartige Wanderungen auf effiziente Weise zur Mobilisierung der Jugend. Harald sei ganz einfach in schlechte Gesellschaft geraten, und es gab allen Grund zur Besorgnis, da Christa ein von ihm verlegtes Liederheft in die Hände gefallen sei, dessen Texte von vom Messer tropfenden Judenblut und anderen wenig erbaulichen Dingen handelten.

Ihr Problem bestehe darin, dass sie im Unterschied zu den beiden Onkeln nicht direkt mit Harald verwandt sei. Er bewundere Sverre, aber Oscar vergöttere er, leider für eine Eigenschaft, die als die am wenigsten hervorstechende gelten sollte, und zwar für sein nachgewiesenes Talent, andere Menschen zu töten.

Oscar wische ihre Bedenken stets beiseite. Aber Harald verabscheue sie aus rein politischen Gründen. Sie könne also zu Hause in Berlin nicht viel ausrichten. Dies zugeben zu müssen falle ihr schwer und stimme sie traurig, aber nun sei es endlich heraus.

Ingeborgs Gesicht war vor Sorge blass geworden. Christa litt mit ihrer Freundin, bereute aber nicht, dass sie alles erzählt hatte. Eine lange und hoffnungslos schwierige Diskussion lag vor ihnen, denn die Erkenntnis war eine Sache, ein Aktionsplan gegen die Gefahr eine ganz andere.

»Lass uns später darauf zurückkommen«, meinte Ingeborg und sah vielsagend auf die Uhr. »Der Start nähert sich.«

Sie begaben sich mit den sechs widerstrebenden Kindern in das wunderbar nach Holz duftende Sommerhaus hinauf, zogen sich um und setzten ihren Weg zum Dansberget, dem höchsten Punkt der Insel, fort. Von hier aus bot sich eine gute Sicht auf die Startlinie, das offene Meer und unzählige Inseln und Inselchen. Die größten Boote würden zuerst starten und manövrierten bereits, um für den Startschuss eine möglichst vorteilhafte Position zu ergattern. Ingeborg deutete auf die Beduin, die wegen der Segelnummer 12 S 1 auf dem Großsegel leicht zu erkennen war, als das Boot wendete und sich dem Dansberget näherte. Drei Männer erhoben sich und winkten mit ihren Seglermützen. Der Abstand war jedoch zu groß, um die identisch gekleideten Brüder unterscheiden zu können. Auch sie konnten vermutlich niemanden im Publikum auf dem Dansberget erkennen, aber Ingeborg, Christa und die Kinder winkten trotzdem eifrig zurück.

Die Startpistole knallte, und die Beduin glitt als zweites Boot über die Startlinie, was, soweit Christa es einschätzen konnte, gar nicht übel war. Vermutlich, räumte Ingeborg ein, aber bei dem ersten Boot mit der 10 S 2 auf dem Segel handelte es sich um die Refanut, den Favoriten, Lauritz' ernsthaftesten Konkurrenten Wallenberg, allerdings nicht den Saltsjöbaden-Gründer Wallenberg, sondern um seinen Neffen Jacob.

Nun befanden sich die Segler jedenfalls auf dem Weg nach Gotland und würden erst am übernächsten Tag entweder als verstimmte Verlierer oder als jungenhaft übermütige Sieger zurückkehren. Zurück zum Strand also!

Sie aßen am Wasser ihr Mittagessen und sahen dabei die letzten Segel Richtung Grönskär und Almagrundet und schließlich in der gleißenden Sonne verschwinden.

Die Unterhaltung verlief jetzt schleppend, die Leichtigkeit, über harmlose und unbedeutende Dinge sprechen zu können, war verschwunden und wollte sich nicht wieder einstellen. Harald stand im Begriff, sich im rechtsextremen Dschungel zu verirren. Christa hatte erzählt, was Sache war, und war sich nicht mehr sicher, ob es eine gute Idee gewesen war. Sie wagte jedoch nicht, ein unschuldiges Gesprächsthema aufzugreifen, da sie Ingeborg ihre unterschwellige Unruhe anmerkte. Nun musste also Ingeborg entscheiden, ob sie weiter über Harald oder über etwas anderes sprechen sollten.

Nach einer geraumen Weile schnitt Ingeborg entschlossen, fast aggressiv, als wolle sie sich unbewusst an Christa rächen, ein anderes Thema an.

»Eine Sache will mir einfach nicht in den Kopf«, begann sie. »Wir sind seit unserer Kindheit beste Freundinnen. Ich bin Sozialdemokratin, und das wird sich auch nicht ändern. Wir beide hassen und fürchten die Rechten, die die ganze Zeit die Demokratie abschaffen und Leute wie uns am liebsten umbringen möchten. Aber du hasst die Sozialdemokratie mehr als alles andere und bist trotzdem meine Freundin. Wie um alles in der Welt ist das möglich?«

Christa schwieg eine Weile, malte mit dem großen Zeh Kreise in den Sand und warf ab und zu einen wachsamen Blick zu den Kindern, die eine riesige Sandburg bauten, als könnte sie sich durch mütterliches Eingreifen dieser Frage entziehen. Dass ihr die Antwort nicht leichtfiel, war deutlich zu erkennen.

»Tja«, meinte sie schließlich seufzend. »In gewisser Hinsicht ist das einfach zu beantworten. Du bist meine beste Freundin, und nicht alle Sozialdemokraten sind Schurken. Du bist eine gute Sozialdemokratin, in etwa so, wie meiner Einschätzung nach auch Oscar.«

»Aber?«

»Aber inzwischen wissen wir, was geschehen ist. Bereits im November 1918 haben sie sich geeinigt. Ein Hindenburg direkt unterstellter General rief die Führung der Sozialdemokraten an und unterbreitete ihnen ein einfaches Angebot. Wenn sich die Armee auf die Seite der Sozialdemokraten und der Republik stellte, könne man doch gemeinsam die Kommunisten niederschlagen? Die Antwort lautete: ja. Im Januar begannen dann die Morde der Armee und der Freikorps, während die Sozialdemokraten im Hintergrund insgeheim applaudierten.«

»Ganz so einfach wird es wohl nicht gewesen sein?«

»Doch. So einfach war es. Am 6. Januar ernannte der Sozi Ebert seinen engen Freund Noske zum Volksbeauftragten für Heer und Marine, eine Arbeit, die dieser gerne und mit der Begründung übernahm, schließlich müsse ja einer den Bluthund spielen. Er wusste also genau, worum es ging. Dann legte er los. Hunderte von uns wurden bereits am ersten Tag ermordet. Wie du weißt, war ich dabei. Am 15. Januar war alles vorbei. Rosa Luxemburg und Karl Liebknecht wurden ins Hotel Eden geschleift, erschossen und in den Kanal geworfen. Fünftausend unserer Genossen wurden in diesem ersten Jahr ermordet. Ja, ich hasse die Sozialdemokraten, weil sie das zuließen und sich an eine Macht klammerten, die sie zu nichts anderem nutzten, als zuzuschauen. Ja, ich hasse die Sozialdemokraten, aber ich liebe dich. Außerdem hast du mich damals in Moabit aus dem Gefängnis und vor dem Erschießungskommando gerettet.«

»Ich glaube, du übertreibst. Die allermeisten Gefangenen hat man damals wieder freigelassen und nur einige erschossen.«

»Unter denen auch ich hätte sein können.«

»Ja, entschuldige. Meine Güte, was soll nun geschehen?

Ich meine, wie sollen wir diese alten Geschichten nur verwinden?«

»Das geht nicht. Also lass uns stattdessen ein Weilchen mit den Kindern spielen.«

*

Am Abend wurden die ersten Segler aus Gotland zurückerwartet. Ingeborg, Christa und die Kinder trugen für den Fall, dass die Männer früh genug erscheinen würden, um sie in den Club mitzunehmen, sicherheitshalber Seglerkleidung. Man konnte schließlich nie wissen.

Ingeborg hatte ein großes Zeissfernglas mitgenommen, wie es auf deutschen U-Booten verwendet wurde. Der Wind war recht stark, und oben auf dem Dansberg flatterten Kleider und Hosenbeine. Das ließ hoffen, da die Beduin bei starkem Wind am besten segelte.

Weit draußen auf See tauchte ein einzelnes Segel auf, aber selbst mit dem U-Boot-Fernglas ließ sich nur ausmachen, dass es sich um eines der größeren Boote handelte. Ob es die Beduin, die Refanut oder die Mariska war, ließ sich einstweilen nicht erkennen.

Fast eine Stunde lang mussten sie warten, während die ungeduldigen Kinder die mitgebrachten Butterbrote aßen und sie sich alle möglichen Spiele einfallen ließen. Nach intensivem Spähen konnte Ingeborg zu guter Letzt die schwarze Nummer auf dem Segel des sich nähernden Bootes entziffern: 12 S 1.

»Gott sei Dank, da kommen doch tatsächlich eure Väter!«, rief sie den Kindern zu, die in die Luft sprangen und Hurra brüllten. Bald verbreitete sich das Gerücht auch unter den anderen Zuschauern. Sie gratulierten Ingeborg und ließen sich bei dieser Gelegenheit Christa vorstellen.

Als die Beduin immer noch unter vollen Segeln und bei kräftigem, raum-achterlichem Wind am Skanskobben vorbeiglitt, dröhnte das Zielsignal, und die Zuschauer auf dem Dansberg stießen Hurrarufe aus. Gleichzeitig entdeckten sie weit draußen am Almagrund ein weiteres Segel.

»Ich kann nicht behaupten, dass ich sonderlich erstaunt bin«, sagte Ingeborg und begann in Richtung des Clubhauses und der für die Boote, die um den Visby-Pokal gekämpft hatten, reservierten Stege zu gehen. »Du weißt doch noch, wie Lauritz, als wir jung waren, in Kiel eine Regatta nach der anderen gewonnen hat.«

»Ja, aber damals ging es für ihn auch um Leben und Tod. Er wollte den Widerstand deines Vaters brechen und mehr als alles andere dich gewinnen. Jetzt ist das Ganze doch wohl ein Spiel?«

»Ich bin mir da nicht so sicher. Sag nie zu Lauritz, dass du Segeln für ein Spiel hältst. Männer sind Männer, in Hütten wie in Palästen. Sind wir am Strand nicht zu diesem Schluss gelangt?«

Lachend und Arm in Arm gingen sie den steinigen Hang zum Clubhaus hinunter. Mit Ausnahme der kleinen Helene, die von einem Kindermädchen getragen wurde, sprangen die Kinder in ihren schönen Kleidern fröhlich um sie herum.

Die Beduin legte gerade an, als Ingeborg, Christa und die Kinder den größten Steg vor dem Clubhaus erreichten. Einer der mitsegelnden Sandhamner Buben war bereits auf den Steg gesprungen und hatte die Vorleine festgemacht, während ein weiterer Mitsegler mit einem Bootshaken die Boje heranholte. Die drei Brüder saßen jedoch unrasiert und seltsam zurückhaltend im Cockpit. Sverre sprang auf, hob die Kinder eines nach dem anderen zu Oscar hinunter und reichte dann seinen Schwägerinnen die Hand, die, da sie schon in ihrer Jugend gesegelt waren, leichtfüßig über die Reling sprangen. Als sie gratulieren wollten, hob Lauritz warnend die Hand.

»Zur Freude ist es noch zu früh. Wallenberg hat ein Handicap von einer Stunde und 23 Minuten, ihm bleibt also fast noch eine Stunde. Außerdem glaube ich, dass die Refanut an zweiter Stelle lag, als wir Nynäshamn verlassen haben.«

Das Handicap wurde nach der Segelfläche berechnet. Die Beduin besaß bedeutend größere Segel als die Refanut, daher wurde nun gespannt abgewartet, während die Männer von ihren Strapazen berichteten. Der Wind war auf der Fahrt nach Visby günstig gewesen und hatte auf dem Heimweg gedreht, was ihnen glücklicherweise das Kreuzen erspart hatte, denn sowohl die Mariska als auch die Refanut waren bei einem Amwindkurs schneller. Und so weiter.

Schließlich war die Stunde um, und die Gratulanten versammelten sich um die Beduin. Es gab Champagner, und für die Kinder wurde die neue Modelimonade Pommac bestellt.

Das Bankett im Clubhaus würde erst am nächsten Abend stattfinden, und während die Mitsegler die Segel zu verstauen begannen, machte sich die ganze Familie auf den Weg zum Krähenschlösschen in Skärkarlshamn. Ingeborg war rasch noch ins Clubhaus geeilt und hatte die Köchinnen von dort aus telefonisch angewiesen, die bessere der beiden Menü-Alternativen zuzubereiten.

Es wurde ein wundervolles, fröhliches Fest in der Glasveranda mit Aussicht aufs Meer, auf dem die anderen Regattateilnehmer nacheinander heranglitten. Der Wind war, wie so oft in den Sommernächten, abgeflaut, was für die anderen Segler natürlich ärgerlich war.

Als es Zeit für den Whisky war, schlich sich Lauritz zum Telefonieren hinaus, was den anderen ein wenig seltsam erschien. Dann kehrte er strahlend zurück und erzählte, er habe bei der Redaktion der Zeitung *Tidens Tegn* in Kristiania angerufen und mit einem Sportreporter gesprochen. Jetzt könne er feierlich mitteilen, dass Norwegen an diesem Tag sowohl in der Sechs-Meter-Klasse als auch in der Acht-Meter-Klasse zwei olympische Goldmedaillen errungen habe. Dies sei der Tag der norwegischen Segler! Obwohl Lauritz, sei es aus Rücksichtnahme oder Vergesslichkeit, nicht erwähnte, dass die Olympiade in Frankreich stattfand, regte sich Oscar trotzdem auf, als er an die Olympiade erinnert wurde, auf der sich die Siegermächte tummelten. Deutschland war von der Teilnahme ausgeschlossen. Im Jahr 1920 war den Belgiern die Ehre zuteilgeworden, die Spiele auszutragen. Ausgerechnet die Belgier! Dieser Abschaum der Menschheit, diese Volksmörder, die als die mörderischste Nation der Menschheit in die Geschichte hätten eingehen müssen, weil sie sechs Millionen Menschen im Kongo ermordet hatten. Und jetzt waren sie für ihre vorbildliche Art, ihre Kolonialmacht auszuüben, auch noch mit neuen Gebieten belohnt worden, die man Deutsch-Ostafrika abgezwackt hatte …

Hier gelang es Christa, ihren Mann zu bremsen. Sie hatte schon früher diese Ausbrüche erlebt, insbesondere, wenn er zu viel getrunken hatte. Sie hob ihr Glas und stellte die rhetorische Frage, ob sie nicht noch einmal auf die Hauptsache anstoßen sollten, den Sieg bei der wichtigsten Ostsee-Langstreckenregatta, was eine bedeutend größere Leistung sei als ein Olympiasieg. Rasch stimmten ihr alle zu, die dunklen Wolken verzogen sich, und es wurde weiter in die helle Nacht hinein gefeiert.

Das Siegesbankett, das am darauffolgenden Abend im Clubhaus stattfand, war natürlich ebenfalls ein glänzendes Ereignis. Gemäß KSSS-Satzung trugen die Männer statt Smoking dunkelblaue Seglerjacketts. Den Frauen wurde jedoch große Abendgarderobe empfohlen.

Nach diesem Ereignis kehrten die Frauen und Kinder wieder zu ihren gewohnten Strandvergnügungen zurück, während sich die drei Brüder auf die richtig große Herausforderung, mit ihrem Boot Scheiken bei der Sandhamn-Regatta in der harten Sechs-Meter-Klasse eine gute Platzierung zu erringen, vorbereiteten.

Das Debüt der Scheiken war jedoch nicht von Erfolg gekrönt. Nachdem sie bei der ersten Wettfahrt den dritten Platz belegt hatten, erlitten die in Führung liegenden Brüder bei der zweiten einen Mastbruch. Damit war die Regatta für sie vorüber.

Aus den ellenlangen Diskussionen, denen Ingeborg und Christa mit zunehmendem Überdruss lauschten, ging jedoch nicht hervor, wen die Schuld für dieses Missgeschick traf. Männer waren eben Männer.

IV

BERLIN

1926

Franz Glücklich löste in Oscar größtes Unbehagen aus, was aber nicht daran lag, dass er Polizist und Kommissar war. Uniformen und Dienstränge verunsicherten Oscar nicht, im Gegenteil.

Es war Glücklichs devote Art, seine übertriebene Verbindlichkeit und sein weicher Tonfall, die paradoxerweise bedrohlich wirkten. Am Telefon hatte er sich mehrfach für seine Aufdringlichkeit entschuldigt, als er um eine private Unterredung möglichst im Büro in der Tiergartenstraße gebeten hatte, die ihm hoffentlich nicht allzu ungelegen komme. Im nächsten Atemzug hatte er hinzugefügt, es könne jedoch recht unangenehme Folgen haben, wenn sich bis zum Abend keine Gelegenheit für ein Gespräch ergäbe.

Eine, wenn auch verhüllte, Drohung also. »Recht unangenehme Folgen« konnte alles bedeuten.

Jetzt saßen sie in Oscars Büro im hinteren Teil des Verwaltungstraktes in der Tiergartenstraße, und der untersetzte Polizeichef hatte sich zu Oscars Erstaunen sowohl einen Brandy als auch eine Zigarre anbieten lassen, als ginge er von einem längeren, freundschaftlichen Beisammensein aus. Oscar fand die Situation höchst befremdlich, und dieses Gefühl wurde durch die übertriebene Uniform des Polizeioberen Glücklich noch verstärkt. Wie ein General trug er Reithosen und glänzende Stiefel. Seine kleinen Augen verschwanden fast gänzlich hinter einer runden Nickelbrille, und seine Frisur machte die Sache nicht besser. Seine Haare waren an den Schläfen und im Nacken rasiert und wiesen oben einen ordentlichen Scheitel auf.

»Eine wirklich hervorragende Zigarre«, lobte der Polizist. »Ich habe mir sagen lassen, dass sich die Geschäfte im Immobiliensektor sehr positiv entwickeln.«

»Durchaus. In Berlin ist der Bedarf an Wohnungen sehr groß, und das haben unsere Politiker endlich eingesehen. Unser Unternehmen ist voll ausgelastet«, erwiderte Oscar abwartend. Was immer der Mann mit dem Schlangenblick bei ihm wollte, es hatte sicher nichts mit dem Wohnungsmarkt zu tun. »Aber diese Besprechung wurde ja wohl kaum anberaumt, um mit mir darüber zu diskutieren, Herr Kommissar?«, fuhr Oscar fort, fest entschlossen, sich nicht auf ein Katz-und-Maus-Spiel einzulassen.

Vor einigen Jahren, als fast alle Geschäfte mit schwarzem Geld und illegaler ausländischer Währung abgewickelt wurden und niemand eine saubere Weste hatte, hätte ein überraschender Besuch von der Polizei einschüchternd wirken können, jetzt aber sah die Situation ganz anders aus.

»Natürlich nicht, es fiel mir nur auf, dass es mit dem Wohnungsbau in Riesenschritten vorangeht, und das ist ebenso erfreulich wie interessant«, erwiderte der Polizist, sog genüsslich an seiner Zigarre und fuhr dann fort: »Ich habe Sie aufgesucht, Herr Direktor Lauritzen, um Sie um einen persönlichen Gefallen zu bitten.«

Oscar tat sein Bestes, sich seine Überrumpelung nicht anmerken zu lassen.

»Wie unerwartet«, sagte er. »Und worin könnte so ein Gefallen bestehen?«

»Es wäre mir sehr recht, Herr Direktor Lauritzen, wenn Sie mich für die Mitgliedschaft im Herrenclub empfehlen könnten. Wie bekannt, sind drei Unterschriften erforderlich. Zwei habe ich bereits.«

Oscar fehlten die Worte. Wer im Herrenclub ein Mitglied vorschlug, bürgte damit auch für dessen Lebenswandel, folglich wurden solche Bürgschaften nicht leichtfertig ausgestellt. Niemand wollte dazu beitragen, dass ein korruptes Subjekt in den hehren Kreis aufgenommen wurde.

Kommissar Glücklich rauchte gelassen weiter, als sei sein unerwartetes Ansinnen nicht weiter bemerkenswert.

»Sie wissen vermutlich«, begann Oscar vorsichtig, »dass eine solche Empfehlung eine heikle Angelegenheit ist, man sollte den Vorgeschlagenen nach Möglichkeit sehr gut kennen, und wir sind ja, mit Verlaub gesagt, nur sehr flüchtig miteinander bekannt. Aber unter den Mitgliedern gibt es mehrere Polizeioberen, sollten Sie sich nicht besser mit Ihrem Anliegen an Ihre Kollegen wenden?«

»Ich habe bereits zwei Unterschriften von Kollegen. Es könnte als eine Art Nepotismus aufgefasst werden, wenn die Empfehlungen ausschließlich aus dem Kollegenkreis stammen. Sie, Herr Lauritzen, sind ein mit vielen Orden ausgezeichneter Offizier mit keinerlei Verbindung zur Polizei. Ihr Name hat Gewicht. Ich wäre Ihnen also sehr verbunden, wenn Sie mir diesen kleinen Gefallen erweisen könnten.«

Die Erklärung war von der Logik her korrekt und stimmte in allen Punkten mit den Aufnahmekriterien des Herrenclubs überein. So gesehen war also nichts dagegen einzuwenden.

Es ließ sich auch unschwer denken, warum dieser ehrgeizige kleine Polizist Mitglied des Herrenclubs werden wollte.

Unverständlich war jedoch der Preis. Der werte Herr Polizist bat gelassen und selbstbewusst um einen riesigen Gefallen, noch dazu einen korrupten. Was veranlasste ihn zu der Annahme, dass ein ihm gänzlich unbekannter Unternehmer aus der Immobilienbranche ohne Weiteres unterschreiben würde? Um Bestechung konnte es sich kaum handeln, blieb also nur Erpressung oder etwas Ähnliches. Er konnte ihn genauso gut unumwunden danach fragen.

»Damit kommen wir zu der äußerst interessanten Frage, was Sie von mir erwarten, damit ich mich Ihrer Dankbarkeit verdient mache?«, fragte Oscar angestrengt freundlich.

»Diese Frage lässt sich sehr leicht beantworten«, erwiderte der Polizist lebhaft. »Wenn Sie unterschreiben, bin ich Ihnen wirklich sehr dankbar. Aber die Frage, die Sie eigentlich stellen wollten, lautet doch wohl eher, was ich Ihnen zur Vertiefung unserer Freundschaft anzubieten habe?«

»Ja, so ist es wohl präziser formuliert«, gab Oscar zu.

Er spürte, wie ihm das Unbehagen das Rückgrat hinaufkroch. Wenn einer so fest davon überzeugt war wie dieser unangenehme kleine Mann, ihn so einfach in Dankesschuld nehmen zu können, musste er irgendwo eine große Blöße vermuten, wegen der er riskierte, angeklagt oder festgenommen zu werden. Aber ein solch dunkles Geheimnis wäre ihm selbst ja wohl kaum verborgen geblieben. Schließlich beging man keine Verbrechen, ohne es zu merken, jedenfalls nicht in einer Demokratie wie Deutschland.

»Ich gehe davon aus, dass Ihnen die Organisation Consul ein Begriff ist?«, erkundigte sich der Polizist milde, als sei diese Frage vollkommen harmlos.

Oscar nickte nur, aber der andere insistierte.

»Wie gut kennen Sie die Organisation Consul?«, fragte er, immer noch mit demselben verbindlichen Tonfall.

Oscar ahnte eine Falle, beschloss aber, ehrlich zu antworten, weil er keine Veranlassung sah, mit seiner von den meisten anständigen Menschen geteilten Meinung über diese Mörderbande hinterm Berg zu halten.

»Bis vor einigen Jahren gehörte die Organisation Consul zu den vielen überwinternden Freikorps, die politische Gegner, also Demokraten und Anhänger der Republik, sehr ambitiös ermordeten«, begann er und versuchte, zu erkennen, wie der Polizist auf seine Wortwahl reagieren würde.

»Ich höre«, erwiderte der Polizist, ohne eine Miene zu verziehen, und sog an seiner Zigarre.

»Aber die Ermordung Walther Rathenaus vor vier Jahren stieß auf große internationale Entrüstung, zu Recht, muss ich sagen«, fuhr Oscar vorsichtiger fort, immer noch, ohne aus der Miene seines Gegenübers etwas ablesen zu können. »Und nicht nur die internationale Entrüstung war groß«, fuhr er fort. »Der Mord an Rathenau sorgte auch im Reichstag für sehr viel Wirbel, die Regierung war außer sich und die Jagd auf die Mörder aus der Organisation Consul überraschend effektiv. Sie wurden gefasst und verurteilt, die Drahtzieher flüchteten ins Ausland. Das war vermutlich das Aus der Organisation Consul. Aber jetzt muss ich wirklich fragen, worauf Sie mit dieser Frage abzielen, Herr Kommissar?«

»Sie irren in gewisser Hinsicht«, stellte der Polizist gelassen fest. »Die Mörder wurden zwar gefasst, aber mit Rücksicht auf ihre Jugend und ihren Idealismus recht milde bestraft. Die meisten befinden sich schon lange wieder auf freiem Fuß. Außerdem, aber in diesem Punkt kann man Ihnen Ihre Unkenntnis nicht zum Vorwurf machen, denn die teilen Sie mit den meisten Deutschen, ist die Organisation Consul heute in Berlin wieder in höchstem Grade aktiv.«

»Ich gehe davon aus, dass ich nicht zum Kreis der Verdächtigen gehöre?«, sagte Oscar erbost. Langsam war er es leid, dass der andere die ganze Zeit um den heißen Brei herumredete.

»Nein, ganz sicher nicht, Herr Direktor Lauritzen«, antwortete der Polizist mit seinem unveränderlichen Lächeln.

»Hätten Sie vielleicht die außerordentliche Güte, jetzt endlich und ohne Umschweife zur Sache zu kommen, Herr Kommissar?«

»Natürlich, allerdings nicht mit Vergnügen, aber ohne Umschweife. Hören Sie mir bitte gut zu. Es handelt sich um hochvertrauliche, der Geheimhaltung unterliegende Polizeiinformationen.«

Was auch immer Oscar jetzt zu erfahren fürchtete, und alles schien möglich zu sein, so erleichterte es ihn doch, dass man endlich zur Sache kommen würde. Er versuchte, sich zu wappnen, und lehnte sich demonstrativ zurück, um einfach zuzuhören.

Anfänglich schien der bürokratisch wortreiche Bericht des Polizisten nichts mit Oscar oder seiner Familie zu tun zu haben. Die Organisation Consul hatte ihre Aktivitäten wieder aufgenommen und führte politische Hinrichtungen durch. Nicht nur in Berlin, sondern auch an anderen Orten in Deutschland. Die Motive waren die gleichen geblieben. Jeder ehrliche Gegner der Demokratie musste sich im Namen Gottes und im Namen Deutschlands aufopfern, Risiken eingehen und Deutschlands Wohl vor seine eigene Sicherheit stellen und so weiter. Das idealistische Fundament war unverändert.

Die Vorgehensweise hatte sich jedoch geändert. Die Organisation war geheimer und dadurch unangreifbarer geworden, außerdem hatte man die Rekrutierung junger Männer intensiviert. Geplant war, die stahlharte Elite der Zukunft heranzubilden et cetera, et cetera.

Während der vergangenen Sommermonate und zu Beginn des Herbstes hatte die Organisation Consul, soweit sich das bestimmen ließ, etwa hundert politische Hinrichtungen durchgeführt. Aber da die Opfer keine Politiker oder bekannte Verfechter der Republik gewesen waren, hatte dies nur begrenzt Aufmerksamkeit erregt. Die Feinde wurden eher zufällig aufgegriffen, für gewöhnlich Leute, die Flugblätter verteilten. Die Gefangenen wurden mit Lastwagen und Lieferwagen in verschiedene Wäldchen in der Umgebung Berlins gebracht, in einer Reihe aufgestellt und erschossen.

Diese Aktivität hatte eigentlich eher den Charakter einer

Übung als politisch zielgerichteter Hinrichtungen, deren Hauptzweck darin zu bestehen schien, ein loyales und diszipliniertes Jugendbataillon aufzubauen. Die meisten Rekruten waren Schüler. Die Absicht war, dass die Jungen, die einen politischen Gegner erschossen hatten, anschließend absolut loyal dem heiligen Zweck verbunden sein würden. Schließlich hatten sie eine Tat begangen, auf die rein theoretisch die Todesstrafe stand.

Dass es sich um bloße Übungen und die Rekrutierung von Nachwuchs handelte, war daran zu erkennen, dass man sich mit der Ermordung zufällig gewählter Flugblattverteiler begnügte, natürlich nur der linken, Fehler in diesem Punkt waren vermutlich unverzeihlich. Entscheidend war der Akt, den Feind zu töten, nicht die Stellung des Opfers.

Das lief jetzt schon seit einiger Zeit so, aber die Polizei hatte die Angelegenheit trotz zunehmender Kenntnis … wie sollte man es formulieren … nicht für bedeutend genug gehalten, um ihre begrenzten Ressourcen darauf zu verschwenden. Mittlerweile war es allerdings bis zur Regierung durchgedrungen, was die Situation radikal veränderte. Plötzlich hatte diese Angelegenheit höchste Priorität.

In den kommenden Tagen stand die Festnahme eines großen Teils der Mitglieder der Organisation bevor, und es war zu vermuten, dass die Behörden dabei keine Samthandschuhe verwenden würden.

Bereits in der kommenden Nacht wollte die Polizei sieben Kilometer nordwestlich von Berlin zuschlagen, wo laut polizeilichem Sicherheitsdienst die Hinrichtung von etwa zwanzig Flugblatt verteilenden Arbeitern und also

Sozialdemokraten geplant war. Das Erschießungskommando setzte sich aus zwischen sechzehn und neunzehn Jahre alten Oberschülern zusammen. Möglicherweise würde die Polizei erst eingreifen, nachdem die Schüsse gefallen waren, damit sämtlichen Festgenommenen die Straftat nachgewiesen werden konnte. Die genaue Taktik stand noch nicht fest, da in dieser Frage noch eine gewisse ethische Uneinigkeit zwischen Polizei und Regierungsvertretern bestand.

Damit beendete Kommissar Franz Glücklich seinen langen Vortrag, trank demonstrativ einen Schluck Brandy und schaute sein Glas dann erstaunt an, weil es auf einmal leer war.

Oscar, der aschfahl im Gesicht geworden war, erhob sich mechanisch, holte die Flasche und goss dem Polizisten ordentlich nach. Dann schenkte er sich selbst ein, trank dem anderen schweigend zu und starrte auf die Tischplatte.

»Gehe ich recht in der Annahme, dass Sie mir all dies erzählt haben, Herr Kommissar«, begann Oscar mit einem leichten Zittern in der Stimme und musste noch einmal ansetzen, »weil sich mein junger Neffe Harald in Gefahr befindet?«

»Eine vollkommen korrekte Schlussfolgerung. Aspirant Harald Lauritzen, Tarnname Norwegen, hat sich im Alter von vierzehn Jahren hier in Berlin dem Jungdeutschen Orden angeschlossen. Jetzt ist er sechzehn und damit laut … ja, entschuldigen Sie, der Jungdeutsche Orden hier in Berlin ist mittlerweile die Jugendabteilung der Organisation Consul. Wir haben es mit einem Wolf im Schafspelz zu tun, mit einer listigen Tarnung, mit einer Mörderbande, die sich als scheinbar gemäßigte Jugendorganisation ausgibt. Jetzt, mit seinen sechzehn Jahren, steht also die ordentliche Aufnahme des jungen Harald an, der damit seinen ersten Rang erhalten wird, und zwar heute Nacht gegen ein Uhr.«

»Wie sind Sie an derart präzise Informationen gelangt?«

»Herr Hauptmann Lauritzen, ich bitte Sie! So ausführliche Informationen über Pläne und Aktivitäten des Feindes erhält man nur auf eine Art, nicht wahr?«

»Durch Infiltration.«

»Ganz richtig. Wir besitzen Informationen von innen.«

»Wissen Sie auch, wie Harald es anstellt, an diesen … Übungen teilnehmen zu können?«

»Ja, in der Tat. Er legt eine Puppe in sein Bett und verlässt das Haus heimlich über die Feuertreppe auf der Hofseite. Das ist offenbar die Standardmethode dieser Jungspunde.«

Oscar schaute auf die Uhr. Halb sieben. Bald Abendessen im großen Esszimmer im ersten Stock und noch einige Stunden, bis sich Harald auf den Weg zum törichtesten und vielleicht auch letzten Streich seines jungen Lebens aufmachen würde.

Oscar zögerte. Der Polizist wartete gelassen ab und nippte zufrieden an seinem Brandy.

»Was soll ich um alles in der Welt unternehmen, Herr Kommissar?«, fragte Oscar verzweifelt. Es gefiel ihm nicht, diesem widerlichen kleinen Mann in seiner lächerlichen Uniform gegenüber Schwäche und Nervosität zu zeigen, aber er schob dieses Gefühl beiseite.

»Wenn Sie sich zusammenreißen und ein wenig nachdenken, dürfte Ihnen die Entscheidung nicht schwerfallen.

Sie besitzen dem jungen Mann gegenüber einen beträchtlichen Informationsvorsprung«, stellte der Polizist immer noch in seinem milden, verbindlichen Ton fest. »Sollte sich Ihr Neffe heute Nacht auf den Weg machen, wird er wahrscheinlich nicht mehr zu Ihnen zurückkehren, weil er entweder von der Einsatzgruppe erschossen oder von einem Gericht verurteilt wird, das von der Regierung angewiesen ist, sehr strenge Strafen zu verhängen. So sieht die Lage aus. Ihnen steht also keine schwere Entscheidung bevor. Dem habe ich nicht mehr viel hinzuzufügen, Herr Direktor. Trotz des betrüblichen Themas war es eine sehr angenehme Unterhaltung. Der Umstand, dass ich der Geheimhaltung unterliegende polizeiliche Informationen weitergegeben habe, könnte mir natürlich zum Vorwurf gemacht werden. Aber immerhin hat dies zur Rettung eines jungen Mannes beigetragen. Nun möchte ich mich gerne empfehlen. Ich danke für den außerordentlich guten Brandy und für Ihre Zeit.«

Oscar erhob sich steif.

»Ich begleite Sie nach draußen, Herr Kommissar«, sagte er.

Schweigend durchschritten sie die fünf im Dunkeln liegenden Büroräume, aus denen die inzwischen eher bescheidene Zentrale des Lauritzen-Konzerns bestand. Einige Sekretärinnen hatten ihre Schreibtischlampen brennen lassen, was kurz Oscars Missfallen erregte, ehe er sich beschämt fragte, wie er an die Stromrechnung denken konnte, während ihm eine Entscheidung bevorstand, bei der es um Leben und Tod ging.

Der Portier war bereits nach Hause gegangen. Oscar öffnete die Tür und streckte die Hand aus. Nach dem Händeschütteln salutierte der Polizist, machte aber keine Anstalten zu gehen.

»Richtig«, sagte Oscar. »Wenn Sie so freundlich wären, mir die Unterlagen für die Empfehlung zuzusenden, dann unterschreibe ich und schicke sie postwendend zurück.«

»Ich wusste, dass ich mich auf Sie verlassen kann, Herr Direktor Lauritzen. Sie sind ein sehr anständiger Mann, und ich freue mich außerordentlich, Ihre Bekanntschaft gemacht zu haben.«

»Ganz meinerseits«, erwiderte Oscar.

Oscar sah dem Polizisten nach, der beschwingten Schrittes auf das schmiedeeiserne Tor zueilte, dieser zutiefst unsympathische kleine Mann, der sich durch einen Verrat eine Mitgliedschaft im Herrenclub verschafft hatte. Ob Harald oder andere junge Männer ihr Leben verloren, war ihm vollkommen gleichgültig.

Oscar schaute auf die Uhr. Die Zeit wurde knapp. Er eilte die große Treppe hinauf, um noch rasch vor dem Abendessen das Jackett zu wechseln und sich zu rasieren, falls Gäste anwesend waren. Er hatte nicht mehr mit Christa sprechen können, da der Besuch des Kommissars bedeutend länger gedauert hatte als erwartet.

Sie hatten keinen Besuch und aßen daher auch recht einfach, was Oscar erleichterte. Christa erzählte fröhlich, dass Dr. Döblin einen Freund, der gerade als Dramatiker Erfolge feiere, zum Salon dieses Abends mitbringen wollte. Sie hoffe, dass alle erscheinen würden. Sverre hob die Hand und meinte, er habe seinen Freund George Grosz eingeladen. Oscar nickte geistesabwesend, er könne ebenfalls kommen, da abends nun nicht mehr so viel zu tun sei.

Während des Essens betrachtete er Harald und sah ihn plötzlich mit ganz anderen Augen. Dem verdrossenen, nicht mehr ganz so schlaksigen jungen Mann, der regelmäßig unter Sverres Anleitung im Turnsaal auf dem Dachboden trainierte, war nichts anzumerken. Er war schweigsam, jedoch höflich und bemühte sich, wie ein junger Herr aufzutreten. Er mied alle politischen Themen und enthielt sich jeglichen Kommentars, wenn Christa agitierte.

An diesem Abend wollte er also als Mörder debütieren. So sah der Plan aus. Wie konnte er da einfach nur so dasitzen und essen, nach rechts und links lächeln und sich aufführen, als sei es ein Abend wie jeder andere?

Für Harald war dies das letzte Mahl vor der Schlacht, über die er so viel in seiner Idiotenliteratur gelesen hatte. Saß er insgeheim mit stolzgeschwellter Brust da, von nun an zum Kreis der auserwählten Elite zu gehören, die Stahlhelm an Stahlhelm das wunderbare Stahlgewitter erwartete?

Sein Auftrag bestand darin, ein paar gefangen genommene sozialdemokratische Arbeiter zu erschießen.

Vielleicht betrachtete er die ihm bevorstehende Aktion als nicht ganz einfache, aber durchaus zu bewältigende Aufnahmeprüfung? Hatte diese abstoßende Hetzliteratur seine Wahrnehmung so pervertiert und verzerrt?

Wie zum Teufel sollte er Lauritz und Ingeborg davon erzählen?

Oder sollte er besser Schweigen bewahren und mit Harald eine Abmachung treffen? Wenn Harald mit diesem Unsinn aufhörte, würde Oscar seine Eltern verschonen. Denn sobald sie davon erführen, würden sie Harald zweifellos nach Schweden zurückkommandieren. Diese Drohung würde sicherlich einiges bewirken. Aber wie zuverlässig waren Leute, die nur unter Drohung nachgaben?

Oscar wusste während des Abendessens nicht viel zum Gespräch beizutragen und war sich dessen auch bewusst, ehe ihn Christa für seine Zerstreutheit rügte. Er entschuldigte sich natürlich und versuchte, sich ebenfalls zu dem neuen Chaplin-Film, den inzwischen fast alle Berliner gesehen hatten, zu äußern. Höhepunkt des Films war laut Sverre die Szene, in der Chaplin seine Schuhe kochte und dann versuchte, sie ordentlich mit Messer und Gabel zu verspeisen.

Diese Szene wurde anderthalb Stunden später im roten Salon für noch genialer erklärt. Der Freund Dr. Döblins, Bert, hielt einen langen Vortrag darüber, wie sich Armut, Leiden und die unerreichbaren Ziele der kapitalistischen Welt, wie in diesem Fall die Goldgräberei in Alaska, ohne Weiteres mit drastischem Humor vereinbaren ließen.

Nach diesem langen, teilweise komplizierten Vortrag wollte Oscar auch etwas sagen und griff auf das gerne von ihm zitierte Sprichwort zurück. Ob es nun um Gold oder das Essen von Schuhen gehe, eines stehe fest: Erst komme das Fressen, dann die Moral.

Christa verdrehte die Augen ob dieser abgedroschenen Worte, aber der junge Dramatiker sah verblüfft auf, beugte sich dann jäh vor und begann auf eine seltsame Art, als würde er gleich ersticken, leise und nach innen zu lachen. Dann nahm er die Brille ab, trocknete sich mit beiden Handrücken die Augen und schlug sich begeistert mit den Händen auf die Knie.

»Gott im Himmel«, sagte er mit erstickter Stimme.

»Erst kommt das Fressen, dann kommt die Moral. Das muss ich irgendwann verwenden.«

Oscar vermutete, dass dieser Kommentar als eine Art Lob aufgefasst werden konnte, zuckte dann an Christa gewandt entschuldigend die Achseln und meinte, er wolle wegen plötzlicher Kopfschmerzen einen Spaziergang unternehmen.

Er verließ die Gesellschaft, ohne das Gefühl zu haben, eine allzu große Lücke zu hinterlassen. Christas Salon war in den Kreisen, die derartige Veranstaltungen besuchten, einer der beliebtesten Berlins. Man trank Bier, führte tiefsinnige Diskussionen, ging ins Kino und kehrte dann zurück, trank mehr Bier und setzte den Tiefsinn fort. Das neue Talent Bert hatte zumindest die Freundlichkeit besessen, über seinen uralten Scherz zu lachen.

Warm gekleidet trat er aus dem Haus. Es war erst kurz nach zehn, aber er wollte lieber etwas zu früh dran sein als zu spät, immerhin ging es um Leben und Tod.

Er ging jedoch nicht zum Tor, sondern zurück durch die Durchfahrt in den Hof auf der Rückseite des Hauses und setzte sich dort auf einen ausrangierten Stuhl, der praktischerweise hinter den Mülltonnen stand.

Auf der Lauer. Wie früher.

Anfänglich hatte er nur die Pferde erschossen. Er hatte sich der deutschen Schutztruppe in Tanganjika als Ingenieur und Gleisbauer unter der Bedingung angeschlossen, nie einen Menschen töten zu müssen. Die Pferde der angreifenden Kavallerie hatte er abgeschossen, indem er auf die Brust der Tiere zielte, was wie bei angreifenden Büffeln der schwierigste Schuss war. Es wäre sinnvoller gewesen, auf die Nüstern des Pferdes zu zielen, wie man es bei Büffeln in vergleichbar prekärer Lage tat. Dann wäre jedoch das Risiko, den Reiter zu treffen, zu groß gewesen.

Was natürlich Selbstbetrug und Heuchelei war. Der heranstürmende englische Kavallerist mit gesenkter Lanze und tapfer geschwellter Brust, wie Harald sich das vorstellte, starb, wenn er das Pferd unter ihm abschoss, nur qualvoller, als wenn er direkt von einem Schuss getroffen wurde.

Zwei fette Ratten watschelten unverfroren an ihm vorbei. Dagegen musste er bei Gelegenheit auch etwas unternehmen.

In den letzten beiden Jahren in Afrika hatte er dann nur noch geschossen, um zu töten. So war das. Jeder Treffer und der Anblick des tödlich verwundeten Feindes, der zuckend zu Boden ging wie eine Antilope nach einem Kopfschuss, erfüllte ihn mit genüsslicher Genugtuung.

Das war also aus ihm geworden, und er hatte jetzt acht Jahre darauf verwendet, zu vergessen und zu verdrängen.

In Haralds Zimmer brannte Licht. Wie bereitete sich der Junge wohl in seinem Zimmer vor? Hatte er sein Mauser-Gewehr auf den Knien und fettete es ein, wischte er jede einzelne Patrone ab, ehe er sie ins Magazin schob? Vermutlich.

Oder lag er auf dem Bett und las diese Hetzschriften, um für sein Debüt als heldenhafter Mörder in Stimmung zu kommen? Vielleicht auch das.

Es war leicht gewesen, Engländer zu hassen, am Ende so leicht, dass es ihm Freude bereitete, sie zu töten. Es beschämte ihn ungemein, sich dies eingestehen zu müssen, aber es war die Wahrheit. Die Engländer und ihre Verbündeten hatten Hunderttausende Afrikaner abgeschlachtet, sowohl die aus den eigenen Reihen als auch aus denen des Feindes, sie waren die rücksichtslosesten menschlichen Bestien der Erde. Deswegen konnte man sie auch so mühelos hassen. Insbesondere in Situationen, in denen es darum ging, wer überlebte, der Engländer oder man selbst.

Aber Harald? Entführte, gefesselte Landsleute am Rande eines ausgehobenen Grabes erschießen? Oder wie immer die Rechten das rein praktisch organisieren mochten.

Als Aspirant war Harald sicher schon beim Debüt seiner älteren Kameraden dabei gewesen. Und das fand er nachahmenswert?

Nein, zu verstehen war das nicht.

War Harald ganz einfach böse? Ein Teufel in Menschengestalt, den man in sein eigenes Verderben ziehen lassen sollte?

Ein furchtbarer Gedanke, aber wenn man den Gedanken freien Lauf ließ, konnte alles Mögliche darin auftauchen. Nein. Harald war sechzehn Jahre alt, sein Neffe und Lauritz' und Ingeborgs geliebter ältester Sohn, ein Junge, den sie seiner Obhut und seinem Schutz anvertraut hatten. Alles andere war irrelevant. Harald durfte nicht sterben.

Ab und zu warf er einen Blick zu Haralds Schlafzimmerfenster hoch, hinter dem die ganze Zeit das Licht brannte. Von dort führte die Feuertreppe im Zickzack nach unten.

Plötzlich ging das Licht aus. Oscar spürte sein Herz wie auf der Jagd schneller klopfen. Ein leises Quietschen des Fensters, erste gedämpfte, schleichende Schritte auf der Feuertreppe.

Es stimmte also. Dieser verfluchte, widerliche und gleichzeitig gesegnete Polizeikommissar, der bald Einzug in den Herrenclub halten würde, hatte die Wahrheit gesagt.

Die dunkle Gestalt bewegte sich rasch und leise die Feuertreppe hinunter. Oscar erhob sich, reckte sich und machte ein paar Dehnübungen, als wollte er auch in den Kampf ziehen.

Als Harald die letzte Stufe erreichte, legte Oscar die Hände auf beide Treppengeländer und versperrte ihm den Weg. Harald blieb abrupt stehen. Er trug eine Art Militärmantel und hatte sein Gewehr in einem Futteral über die Schulter gehängt. Seine Augen waren vor Schrecken geweitet.

»Guten Abend, Aspirant Lauritzen, jetzt hat der Spuk ein Ende!«, kommandierte Oscar.

»Du hast kein Recht, mich aufzuhalten, Onkel!«, antwortete Harald.

»Wir gehen jetzt auf demselben Weg zurück in dein Zimmer. Das ist ein Befehl!«

Harald zögerte.

Oscar überlegte, ob er seinem eigenen Neffen gegenüber handgreiflich werden musste.

»Wie gesagt«, wiederholte er. »Du hast von einem Leutnant der Reichswehr gerade einen Befehl erhalten.«

Die militärische Anrede zeigte schließlich Wirkung. Harald ließ die Schultern sinken, drehte sich um und erklomm schwerfällig die Feuertreppe.

Sie kletterten durch Haralds Schlafzimmerfenster ins Haus. Oscar machte alle Lampen an, ließ seinen Mantel zu Boden gleiten und deutete auf das Sofa. Harald ließ sich mit zugeknöpftem Militärmantel darauf nieder.

Oscar zog den Schreibtischstuhl heran und nahm

Harald gegenüber darauf Platz. Er warf einen Blick auf das Bett und stellte fest, dass ein paar zusammengeknüllte Decken darauf drapiert worden waren, die man zur Not für einen schlafenden Menschen halten konnte. Auf dem Kissen lag halb unter einer Decke verborgen eine blonde Perücke.

Harald saß mit verschränkten Armen und in seinem Waffenrock unklarer Herkunft schweigend auf dem Sofa. Oscar erriet den Grund und beschloss, an einem anderen Ende zu beginnen. Er erhob sich unvermittelt und griff nach Haralds Waffenfutteral, das dieser an das Sofa gelehnt hatte. Harald versuchte nicht, ihn daran zu hindern. Oscar kehrte zu seinem Stuhl zurück, öffnete routiniert den Reißverschluss und nahm das Mauser-Gewehr heraus. Wie er vermutet hatte, war die Waffe sorgfältig eingefettet und poliert. Er öffnete den Verschluss und stellte fest, dass das Magazin zwar mit Patronen gefüllt, das Gewehr jedoch nicht durchgeladen war.

»Gut«, sagte er. »Beim Transport eines Gewehrs darf sich keine Patrone im Lauf befinden. Nachlässigkeit in diesen Dingen hat schon zu vielen Unfällen und unnötigen Verlusten geführt.«

Harald verzog keine Miene und schwieg weiter hartnäckig.

Oscar zögerte. Es war nicht sicher, wie er weiter vorgehen sollte. Vielleicht war es ratsam, mit rein praktischen Fragen zu beginnen, und zwar weiterhin auf Deutsch. Intuitiv hatte er das Gespräch in dieser Sprache eingeleitet, obwohl er normalerweise darauf beharrte, mit seinen eigenen Kindern und Harald nur Norwegisch zu sprechen. Dass Harald sich immer noch weigerte, Norwegisch zu sprechen, ignorierte er mittlerweile. Aber für dieses Gespräch eignete sich zweifellos die deutsche Sprache besser.

»Für die Waffen hier im Haus gelten in Zukunft ein paar einfache, aber klare Regeln«, begann er, nahm die Patronen aus dem Mauser-Gewehr und schob dieses zurück ins Futteral. »Ich werde im Büro einen Waffenschrank aufstellen, in dem wir unsere Waffen verwahren. Bei Bedarf nehmen wir sie heraus, beispielsweise wenn wir zum Üben an den Wannsee fahren oder wenn du an einem Wettkampf oder einer Übung der Schule teilnimmst, vorausgesetzt, dass diese tagsüber stattfinden und es Zielscheiben gibt. Ist das klar?«

Harald nickte stumm.

»Weitere Fragen dazu?«

Harald schüttelte den Kopf.

»Gut! Dann kommen wir zum nächsten Punkt. Sei so nett und zieh den Waffenrock aus!«

Harald zögerte kurz und schüttelte dann den Kopf.

Oscar wartete ab, bis klar war, dass Harald nicht gehorchen würde.

»Ich werde dich kein zweites Mal bitten«, sagte er, hielt dann aber inne, weil er im Begriff stand, eine Drohung auszusprechen. Unvermittelt beschloss er, die Taktik zu ändern.

»Hör mir genau zu, Harald. Das Gespräch, das wir jetzt führen, wird das wichtigste deines Lebens sein. Es wird dein Leben in der einen oder anderen Art verändern. Du wirst äußerst schmerzhafte Dinge erfahren. Halsstarrigkeit ist gänzlich unangebracht. Zieh jetzt endlich den Waffenrock aus!«

Harald zögerte einige Sekunden, sprang dann abrupt

hoch, riss den Mantel auf und warf ihn verächtlich zu Boden.

Wie Oscar befürchtet hatte, trug der Junge darunter eine der Fantasieuniformen, mit denen die rechten Gruppen herumstolzierten: braunes Hemd, schwarzer Schlips, schwarze Hose und ordentlich geputzte schwarze Stiefel. Keine Schulterklappen.

»Falls die Polizei hier morgen eine Razzia durchführt, darf sie diese Uniform nicht finden. Zieh sie aus, leg sie auf den Waffenrock und zieh deinen Schlafanzug an!«, befahl Oscar.

Vermutlich war es die Erwähnung der Polizei, die ihn gehorchen ließ, dachte Oscar, während sich Harald wie befohlen umzog und seine Uniform ordentlich auf dem Waffenrock zusammenlegte. Er bewegte sich demonstrativ langsam, als gehorche er nur unter Zwang. Das passte Oscar ausgezeichnet, denn er sah keinen Grund, das Gespräch zu beschleunigen.

Als Harald seinen Flanellpyjama angezogen hatte, nahm er erneut auf dem Sofa Platz, schlug nonchalant die Beine übereinander und lehnte sich zurück, als trüge er normale Abendgarderobe. Offenbar war es ihm wichtig, eine Art Würde zu bewahren.

»Nun denn!«, sagte Oscar. »Es gibt einige Dinge, die du erfahren musst. Wenn du morgen in die Schule kommst, werden einige deiner älteren Kameraden fehlen. Ich fürchte, dass du sie nie mehr wiedersiehst, denn entweder sind sie dann tot, oder die Polizei hat sie festgenommen. Man wird sie verurteilen, schlimmstenfalls, und falls sie über achtzehn Jahre alt sind, zum Tode oder, wenn sie jünger sind, zu langen Gefängnisstrafen. Du bist jetzt nicht mehr der Aspirant Norwegen, kein sonderlich verschleiernder Deckname im Übrigen, sondern ab morgen wieder ein ganz normaler Gymnasiast. Hast du mich verstanden?«

Harald hatte die Augen aufgerissen, und ein Mundwinkel zuckte, ob aus Schrecken oder Verzweiflung, war nicht zu entscheiden, denn er schien noch nicht recht begriffen zu haben, was sein Onkel gerade gesagt hatte.

Oscar legte eine Pause ein, um seinen Neffen zum Reden zu bewegen. Es hatte damit keine Eile, denn das Todesdrama im sieben Kilometer entfernten Wäldchen würde noch eine geraume Weile andauern, und sie konnten ohnehin nichts dagegen unternehmen.

Die Zeit stand still. Harald schwieg. Oscar wartete. Vielleicht fünf Minuten verstrichen, die ihnen beiden wie Stunden erschienen, dann öffnete der Junge den Mund.

»Wir sind verraten worden!«, rief Harald mit bebender Stimme. Seine Gesichtsmuskeln zuckten, und er schien voller Zorn gegen die unbezwingbaren Tränen anzukämpfen.

»Man ist euch auf die Spur gekommen«, berichtigte ihn Oscar. »Außerdem seid ihr von einer Gruppe extrem rechter Narren betrogen und ausgenutzt worden, die immer noch glauben, man könne die Uhr mithilfe willkürlicher Mordaktionen zurückdrehen. Ihr Jungen seid ganz einfach die Opfer politischer Dummheit. Wer rumrennt und unschuldige Menschen ermordet, mit dem verliert der Staat, ganz gleichgültig, welcher, irgendwann die Geduld. Wer glaubt, den Staat mit Gewalt bekämpfen zu können, ist verrückt. Zum Schluss wäre die gesamte Reichswehr hinter euch her gewesen. Das Ganze konnte nur auf eine Art enden.«

»Wir sind also verraten worden?«, beharrte Harald, der seine Tränen nun offenbar unter Kontrolle gebracht hatte.

»Verräter und Spitzel sind in unseren Reihen und können keine Gnade erwarten.«

Oscar verlor beinahe die Fassung. Der Junge war mit knapper Not dem Tod entronnen und dachte trotzdem nur an den Einsatz, an die Niederlage, die Konsequenzen, die Umgruppierung, das Aufräumen unter Verrätern, den Neuanfang. Stand er unter Schock, dass er nicht mehr klar denken konnte? Das wäre allerdings höchst verständlich.

»Eines musst du verstehen, Harald«, sagte Oscar so ruhig wie möglich. »Es gibt für dich kein Wir mehr, was diese unsäglich heimtückische Abteilung des Jungdeutschen Ordens angeht. Ab morgen wird diese Organisation aufgelöst und verboten sein. Die geheimen Verstecke werden ausgeräuchert, alle Dokumente, alle Mitgliederlisten beschlagnahmt, und diejenigen von euch, die überlebt haben, werden unter besondere Aufsicht der Polizei gestellt. Ihr habt verloren, weil ihr von Anfang an dazu verurteilt wart zu verlieren. Wer sich mit weiteren Morden rächen will, wird zweifellos festgenommen und verurteilt werden. Ich habe es schon früher gesagt und sage es jetzt wieder. Gewalt ist sinnlos, wenn man nicht stark genug ist.«

Oscar bereute diesen letzten Satz, noch ehe er ihn ausgesprochen hatte, und noch mehr, als er den Trotz in Haralds Augen aufblitzen sah.

»Gewalt ist angebracht, wenn man für eine gute Sache kämpft«, sagte Harald mit neuer Kraft in der Stimme. »Gewalt war das akzeptierte Mittel unserer Afrikatruppen, die vier Jahre lang gegen eine hoffnungslose Übermacht angekämpft haben. Weil ihr recht hattet, und wenn man recht hat, dann geht es nicht ums Risiko, sondern ums Prinzip.«

Das klang auswendig gelernt. Oscar verfluchte seine Unbedachtsamkeit.

»Und welche hehren Prinzipien veranlassen euch dazu, Menschen zu erschießen, die Flugblätter verteilen und Plakate kleben?«, wollte er wissen.

»Wir kämpfen dafür, das wahre Deutschland wieder erstehen zu lassen, wir kämpfen gegen die Verräter, gegen die Anhänger von Versailles, gegen die Anhänger der Judenrepublik und alle, die Deutschlands siegreicher Armee den Dolch in den Rücken gestoßen haben!«, sagte Harald, und seine Stimme überschlug sich.

Oscar empfand mehr Trauer als Wut. Der Junge war verrückt, es ließ sich mit ihm nicht diskutieren.

»Und wie und wann hast du das alles erfahren, Onkel Oscar?«, fragte Harald, als hätte nun er die Leitung der Unterhaltung übernommen.

»Vor einigen Stunden aus wohlunterrichteter Quelle, sonst hätte dieses Gespräch schon viel früher stattgefunden. Wenn man bedenkt, was in diesem Moment geschieht, war es buchstäblich in letzter Sekunde.«

»Und was geschieht in diesem Moment?«, fragte Harald, dem seine frisch gewonnene Selbstsicherheit schlagartig wieder abhandenkam.

»Gerade jetzt sterben vermutlich einige deiner Parteikameraden, und andere werden gefangen genommen. Gerade jetzt werden hoffentlich ein Dutzend Gefangene befreit, die heute Nacht von euch hätten ermordet werden sollen«, stellte Oscar mit einem Blick auf die Uhr fest. »Aber wieso glaubst du, dass ich dir erzählen würde, wie ich euch auf die Schliche gekommen bin?«

»Weil ich eine überzeugende Entschuldigung brauche.«

»Wofür?«

»Ich hätte mich heute Nacht zu einem wichtigen Einsatz einfinden sollen. Ich bin nicht erschienen. Morgen muss ich erklären, warum nicht. Es könnte so wirken, als sei ich der Spitzel. Darf ich also sagen, dass du etwas spitzgekriegt und mich gehindert hast?«

Oscar brachte dieses Ansinnen aus dem Gleichgewicht. Er musste nachdenken. Ungeachtet aller Moral, Politik und Anständigkeit war Haralds Frage höchst relevant. Er hatte den Jungen gerade noch vor dem Regen bewahrt. Jetzt musste er zusehen, dass er nicht in die Traufe geriet.

»Die ganze Wahrheit kannst du nicht sagen«, erwiderte er nachdenklich. »Wenn herauskommt, dass ich schon vorher bestimmte Informationen besaß, gibt das nur böses Blut, und du bekommst Ärger. Du darfst nur die halbe Wahrheit erzählen, dass ich dich erwischt habe, als du bewaffnet und in Uniform auf dem Weg nach draußen warst.«

»Und wenn mir niemand glaubt? Wieso sollte ich ausgerechnet vor der Katastrophe das Pech gehabt haben, dir in die Arme zu laufen?«

Leider hatte Harald recht. Warum sollte er das wahnsinnige Pech haben, dass ihn sein Onkel ausgerechnet jetzt erwischte und nicht schon vor zwei Wochen oder drei Tagen oder wann auch immer? Warum ausgerechnet an diesem Abend?

Oscar musste angestrengt nachdenken, bis ihm die zündende Idee kam. Am nächsten Tag würde er zusammen mit Harald den Rektor der Schule aufsuchen und sich entrüstet darüber auslassen, dass er seinen Neffen in einer Art Freikorpsuniform erwischt habe und dass es die Aufgabe der Schule sei, solche Dinge zu unterbinden.

Die Schulleitung würde dann über die Ereignisse der Nacht bereits informiert sein, aber sie beide konnten unwissend spielen. Das könnte klappen.

Harald schlug Oscar vor, seine Uniform anzuziehen und am besten auch noch seine Orden anzulegen.

Oscar erwog das Für und Wider, stimmte dem Plan dann aber als dem einzigen möglichen Weg aus dem Dilemma zu. Es war nicht leicht und außerdem absurd. Er konspirierte mit seinem rechtsextremen Neffen, um eine fürchterliche Schuld zu verschleiern.

Jetzt war die Zeit für Haralds Kameraden im Wald abgelaufen, sie waren entweder tot oder befanden sich in polizeilichem Gewahrsam. Oscar klaubte Haralds Uniform zusammen, hängte sich das Waffenfutteral über die Schulter und verließ das Zimmer, seinem Neffen ermattet eine Gute Nacht wünschend.

In der Küche brannte noch einer der Kohlenherde. Er legte die Uniform, ein Kleidungsstück nach dem anderen, hinein und betrachtete die Flammen, bis alles verbrannt war, dann schloss er die Klappe und begab sich betrübt in sein Schlafzimmer. Aus Christas rotem Salon waren Stimmengewirr und fröhliches Lachen zu hören.

*

Das Leben konnte nie mehr wie früher werden, aber Sverre konnte ein neues Leben beginnen, selbst wenn er sich das bislang nicht hatte vorstellen können. Die Erkenntnis kam ihm fast unmoralisch oder zumindest beschämend vor, aber er war wieder ein ausgeglichener Mann.

Es war nicht so, dass die Trauer um Albie oder die Sehnsucht nach den guten Seiten seines englischen Lebens, nach Margie und den Freunden in Bloomsbury, jemals abklingen würde. Diese Akkorde würden ewig in ihm nachhallen.

Ausgerechnet in Berlin, so weit entfernt von Bloomsbury, war er zu einem erfolgreichen Mann geworden. Die Werbeagentur hatte zwei Jahre hintereinander ihren Umsatz verdoppelt, zur Arbeit zu gehen war wie ein Fest, an dem schöpferische und geistreiche Kameraden teilnahmen. Die neuen Wohnviertel entstanden in einer konsequent radikalen, modernen Form, die unaufhaltsam die Vorstellungen darüber veränderten, wie Menschen wohnen sollten. Der Immobilienbestand wurde in rasantem Tempo renoviert, Hunderttausenden von Menschen wurde ein reineres und besseres Leben ermöglicht, dem Fortschritt waren offenbar keine Grenzen gesetzt.

Seinen wirklichen Volltreffer hatte er jedoch gelandet, als es ihm gelungen war, den Architekten Bruno Taut zwecks intensiver Zusammenarbeit von Magdeburg nach Berlin zu locken. Danach stellten sich die wirklich großen Erfolge ein, ein Bauprojekt nach dem anderen wurde begonnen.

Und trotzdem, Lauritz hätte es vermutlich als ein Wunder des Herrn bezeichnet, waren es die Jungen, die ihm im letzten Jahr die größte Freude bereitet hatten. Die Zwillinge Carl Lauritz und Hans Olaf waren vor Kurzem sechs Jahre alt geworden, und Sverre hatte alle Kostüme entworfen, in denen sie die Familie an ihrem Geburtstag mit Torte, Geschenken und Gesang geweckt hatte.

Carl Lauritz und Hans Olaf waren keine wertvollen Puppen mehr, um die sich auserwähltes Personal kümmerte, sondern kleine Menschen, und das war eine entzückende Entdeckung. Außerdem waren sie bereits im Alter von sechs Jahren höchst unterschiedlich. Hans Olaf war schüchtern und introvertiert, dunkelhaarig und künstlerisch begabt, sein zwei Stunden älterer Bruder hingegen das Gegenteil. Er war blond, kräftig wie sein Vater und seine Onkel, extrovertiert und legte ein vorbildliches Interesse für Meccano an den Tag.

Es war der kleine Hans Olaf gewesen, der nach Sverres lang andauernder Trauer mit verzweifelten Ausflügen in die Berliner Nacht gewissermaßen diese organische Harmonie herbeiführte.

Am Tag nach dem Geburtstagsfest der Jungen machte Sverre allein im Werbeatelier zuoberst im Haus Überstunden, als es so schüchtern und vorsichtig an die Türe klopfte, dass er es beinahe nicht gehört hätte. Als er erstaunt die Türe öffnete, stand Hans Olaf mit gesenktem Kopf vor ihm und streckte ihm ein Bild entgegen, das er mit seinen neuen Wasserfarben gemalt hatte. Er bedankte sich murmelnd für den schönen Geburtstag und sah sich um, als wollte er sich aus dem Staub machen, sobald Sverre das Bild in Empfang genommen hatte.

Sverre fing den Jungen jedoch ein und nahm ihn mit ins Atelier, legte das Aquarell auf einen Tisch und schaltete eine Arbeitslampe ein.

»Nun wollen wir mal sehen, was du da gemalt hast …«, sagte Sverre gutmütig und setzte seine Lesebrille auf.

Er vertiefte sich in die Komposition des Bildes, das ein Schiff auf stürmischem Meer zeigte. Es unterschied sich von allen anderen Kinderbildern, die er bislang gesehen hatte, denn es war nicht statisch. Schiff und Wellen bewegten sich.

Hans Olaf, dessen Nasenspitze kaum über die Tischkante reichte, stand schweigend neben ihm. Sverre holte einen Stuhl und ein Kissen, setzte den Jungen resolut, aber freundlich an den Tisch und holte dann richtige Aquarellfarben, Pinsel und ein paar Gläser Wasser.

Er wollte gerade mit eifrigen Erklärungen beginnen, beherrschte sich dann aber.

»Hans Olaf, mein lieber kleiner Neffe«, sagte er. »Das ist wirklich ein sehr schönes Bild, es gibt sicher nicht viele, die das so gut hingekriegt hätten. Aber es geht noch besser, und jetzt will ich dir ein paar Tricks zeigen!«

Er nahm ein leeres Blatt, legte es neben das des Jungen, tauchte einen Pinsel erst ins Wasser, dann in blaue Farbe und begann, das Bild rasch zu kopieren. Hans Olaf machte große Augen, als er sah, wie schnell etwas entstehen konnte, wozu er vermutlich mit viel Nachdenken und großer Anstrengung viele Stunden benötigt hatte.

Als die Kopie fertig war, nahm Sverre einen neuen Pinsel, tauchte ihn in Weiß und versah die Wellenkämme mit Schaum. Dann nahm er Dunkelblau und versah die Wellentäler mit Schatten. Anschließend verstärkte er die Konturen des Schiffes mit Schwarz.

Mit offenem Mund sah ihm Hans Olaf zu, als handele es sich um Zauberei.

»Hier«, sagte Sverre und reichte ihm die Pinsel. »Das kannst du mit deinem eigenen Bild auch machen!«

So fing es an. Bei diesem ersten Mal vergaßen sie das Abendessen und mussten schließlich von der Kammerzofe geholt werden.

Damit begannen nicht nur Hans Olafs fleißige und immer kühnere Malversuche, auch auf Sverre war ein Funke übergesprungen.

Am nächsten Tag rief er seinen Freund George an, erkundigte sich, welches Geschäft den besten Künstlerbedarf anbot, und begab sich spornstreichs dorthin und erwarb die gesamte Ausrüstung: Farben, Terpentin, Pinsel, Leinwand, Holz für die Rahmen, Nägel mit flachen Köpfen, Staffelei, Palette, Palettenmesser und alles andere, woran er sich in seiner Erregung erinnern konnte.

Es war ein traumhaftes, besonderes Gefühl, die erste Farbe auf einer vollkommen sauberen Palette zu verteilen. Er begann mit Schwarz, Weiß und drei Blautönen, um sich an einer japanischen Welle zu versuchen. Bruno Taut interessierte sich sehr für Japan, und falls das Bild gelang, konnte er ihn mit einem Geschenk überraschen.

Er scheiterte immer wieder, aber jedes Misslingen brachte eine Verbesserung mit sich. Er verbrauchte viele Leinwände, aber schließlich konnte er es sich leisten. Trotz seiner wiederholten Misserfolge hoffte er, sich zumindest gefühlsmäßig auf dem Weg zurück zu sich zu befinden. Falls die Zeit wirklich alle Wunden heilte, dann würde sie ihm vielleicht auch helfen, das künstlerische Niveau seines englischen Lebens zurückzuerobern.

Meccano hatte eine Entwicklung durchgemacht. Außerdem sahen die Bestandteile der Baukästen jetzt noch schöner aus. Sie waren rot und grün, und alle Schrauben und Muttern waren aus funkelndem Messing gefertigt.

Für die inzwischen Sechsjährigen war es das ideale Geburtstagsgeschenk, anders als damals zu ihrem dritten Geburtstag.

Carl Lauritz wollte sofort das ehrgeizigste Projekt der skizzierten Vorschläge in Angriff nehmen und einen Kran bauen, und zwar den größten. Er ließ sich nicht zu etwas anderem und Einfacheren überreden.

Also ein Kran.

Sverre wollte sich aus der Affäre ziehen und fragte, wozu er denn einen Kran benötige. Natürlich zum Heben von schweren Gegenständen, antwortete der Junge fast gekränkt über so eine dumme Frage.

Sie suchten die Hauptkomponenten eines Krans zusammen, eine Winde, ein dünnes Drahtseil und einen Haken, die Sverre auf den Fußboden legte. Daraufhin legte Carl Lauritz die Baupläne für die Kräne daneben und deutete auf die anspruchsvollste Konstruktion.

Damit würden sie einen halben Arbeitstag beschäftigt sein und fluchen und schwitzen, selbst wenn Sverre beide Ingenieursbrüder um Hilfe bat.

Missmutig betrachtete er die komplizierte Konstruktion mit dem schrägen, stabilen Hebearm, der an der Grundplatte des eigentlichen Turms begann und sich mithilfe eines Drahtseils bewegen ließ. Die Seitenbewegung wurde über ein großes Zahnrad ausgeführt, das unter der Grundplatte und der Kabine für den Maschinisten montiert war.

»Wir machen es ganz anders und erfinden einen eigenen Kran«, sagte Sverre schließlich.

Und das taten sie. Wenig später war ein gerader und hoher Turm fertig, an dem sie oben einen Tragarm von fast derselben Länge befestigten, der auf beiden Seiten gleich weit überragte. Die Winde wurde unten befestigt.

Die Konstruktion sah aus wie ein großes T.

Das Ganze musste sich nur noch drehen lassen.

Auch das war nicht schwierig. Sie montierten den Turm

auf dem großen Zahnrad. Aber eine wichtige Funktion fehlte noch.

Der Arm musste sich vorwärts und rückwärts bewegen lassen oder zumindest das Rad, über das das Stahlseil mit dem Haken lief, je nachdem wie schwer die Last war oder wie weit entfernt.

War die Last zu weit vom senkrechten Kranmast entfernt, konnte die gesamte Konstruktion kippen.

Sofern man nicht ein Gegengewicht am entgegengesetzten Ende des Tragarmes montierte.

Das ließ sich mit einem schweren Spielzeugauto bewerkstelligen.

Der Kran funktionierte und war innerhalb zweier Stunden statt mehrerer Tage errichtet worden. Aber Carl Lauritz war trotzdem noch nicht ganz zufrieden und fast enttäuscht darüber, dass diese einfache Konstruktion funktionierte, da er die Kräne in den Meccano-Anleitungsbüchern viel schöner fand.

Darin musste Sverre ihm zustimmen. Die üblichen Kräne waren schöner und dienten deswegen auch gerne Künstlern als Motiv, eine Reihe von Hafenkränen im Frühnebel beispielsweise, die aussahen wie Giraffen an einer Wasserstelle. Aber Schönheit war eine Sache, Effektivität und Kosten eine andere. Sie hatten in viel kürzerer Zeit einen Kran gebaut, der ebenso gut funktionierte wie der schöne, außerdem ließ er sich leicht bewegen und in der Höhe verstellen.

Als der etwas missmutige Carl Lauritz in das Kinderesszimmer gerufen wurde, blieb Sverre nachdenklich im Schneidersitz sitzen und betrachtete das Ergebnis ihrer Bastelstunde.

Es dauerte eine Weile, bis er begriff, was er da vor sich hatte.

Er sah einen Baukran. Statt Häuser Stockwerk um Stockwerk mit jeweils neuen Betongussformen auf jeder Etage, die abgerissen werden mussten, ehe es weiterging, konnte man auf dem Boden fertige Segmente gießen, diese hochziehen und an Ort und Stelle fixieren. Dadurch musste sich doch die Bauzeit eines modernen Wohnviertels halbieren oder gar noch mehr verkürzen.

Noch mehr, wie sich herausstellte, nachdem die Ingenieursfirma in Stockholm einige Monate später die Idee geprüft, verbessert und zum internationalen Patent angemeldet hatte. Sie tauften den Kran Carl Lauritz und erprobten den Prototyp bereits auf einer Baustelle in Britz.

Sverre sah sich von Neuem in der Auffassung bestätigt, sich in einer Lebensphase zu befinden, in der alles nach Wunsch verlief. Zu diesem Glücksgefühl trugen in hohem Grade die Malerei mit Hans Olaf und die immer kühneren Meccano-Bauten mit Carl Lauritz bei. Ihm war bislang nicht bewusst gewesen, dass er Kinder mochte. Er war in seiner Kindheit immer der Jüngste gewesen. Ihre Mutter hatte ihnen verboten, mit den Mädchen, ihren Cousinen vom Nachbarhof zu spielen, ohne dass sie so recht verstanden hätten, warum.

Christa hatte ihm eine recht unverfrorene Frage hinsichtlich seines auffälligen Interesses an kleinen Jungen gestellt, die ihn sehr gekränkt hatte. Sie war danach allerdings nie mehr auf dieses Thema zurückgekommen.

Ansonsten segelte er mit Rückenwind. Sogar seine heimliche Malerei wurde immer besser, und er war endlich ganz banal ein Mann, der jeden Morgen glücklich aufstand, ohne länger Reue darüber zu empfinden, was in der vorhergegangenen Nacht geschehen war.

*

Christa war natürlich nicht entgangen, dass Oscar sich verändert hatte, schließlich waren sie seit sieben Jahren verheiratet. Sieben gute Jahre übrigens, wie kleinbürgerlich das auch immer klingen mochte.

Er brütete über etwas, obwohl die Zeiten der großen finanziellen Sorgen seit Langem vorüber waren. Daher war sie enttäuscht, aber nicht erstaunt, als er beim Sonntagsfrühstück mitteilte, dass er an dem Ausflug zu den Baustellen in Britz und Onkel Toms Hütte nicht teilnehmen würde, weil er Harald versprochen hatte, mit ihm auf den Schießplatz am Wannsee zu gehen.

Aber schließlich war es ja Sverre, der die Architekten angeheuert hatte und sich deswegen mit der Materie am besten auskannte. Außerdem verfügte er im Augenblick über einen eigenen Wagen, also stellte es kein Problem dar, dass Harald und Oscar mit dem Mercedes an den Wannsee fuhren.

Harald hatte mit keiner Miene erkennen lassen, was er von den Plänen hielt. Während des Frühstücks hatte er überhaupt nur wenig geredet und mit Christa schon mal gar nicht. Anfänglich war er nur distanziert gewesen, aber mittlerweile geradezu offen feindselig. Zum Abschied war ihm Christa nur ein kurzes Kopfnicken wert.

Christa verfiel ins Grübeln. Sie ließ sich eine weitere Tasse Kaffee bringen, womit sie strikt gegen ihre Gewohnheiten verstieß. Kaffee war bei Frauen, die sich den Wechseljahren näherten, nicht gut für die Haut.

Etwas Düsteres oder Beschwerliches musste geschehen sein, das nichts mit den inzwischen mehr als lukrativen Geschäften zu tun hatte. Obwohl die Immobilien wegen der notwendigen Reparaturen und Restaurierungen nur eine geringe Rentabilität aufwiesen, zeichnete sich die Reklameagentur durch das Gegenteil aus. Sie war ein Füllhorn, in das das Geld hineinströmte, ohne dass andere Kosten entstanden als Löhne und Zeichenmaterial.

Es ging also nicht um Geld. Kein Unglück hatte die Familie heimgesucht, keiner der Männer war mit Syphilis nach Hause gekommen, kein Sohn hatte ein Dienstmädchen geschwängert, keine der Töchter hatte der Familie Schande bereitet, jedenfalls bislang nicht, keine der Ehefrauen war untreu gewesen, es gab weder Krankheit noch Kriminalität.

Irgendetwas Skandalöses hatte sich offenbar an Haralds Schule ereignet, aber die Zeitungen hatten kaum davon berichtet, da Stresemanns außenpolitische Fortschritte alles überschatteten. Endlich war eine Einigung mit Frankreich erzielt und Deutschland in den Völkerbund gewählt worden. Neben so wichtigen Meldungen verblassten natürlich Jungenstreiche und die Umtriebe der Freikorps an einer Schule der besseren Gesellschaft, obwohl das wenige, das publik geworden war, es durchaus in sich gehabt hatte. Mehrere Schüler waren aus der Geheimhaltung unterliegenden Gründen festgenommen, andere ohne weitere Erklärung relegiert worden.

Nur Harald hatte man erwiesenermaßen weder festgenommen noch der Schule verwiesen.

War Oscar ihr untreu, hatte er eine Affäre, wollte er sich scheiden lassen?

Nein, das konnte sie sich nicht vorstellen, wo hätte er die Zeit hernehmen sollen? Nächtliche Eskapaden wie bei Sverre gab es bei ihm nicht.

Außerdem waren sie zusammengewachsen, so war es einfach. An jenem kalten Apriltag vor über sieben Jahren, als sie sich begegnet waren, waren sie beide in gewisser Weise verletzt gewesen. Oscar sogar buchstäblich. Beide hatten sie dem Tod ins Auge gesehen, beide die Hoffnung auf die Zukunft bereits aufgegeben und sich gegenseitig ins Leben zurückgeholt.

Oscar hatte in Afrika ein ganz anderes, für sie unvorstellbares Leben geführt, von dem er nicht erzählen wollte. Wenn sie einmal alt seien und mit einer Decke auf den Knien vor dem offenen Kamin säßen, pflegte er zu scherzen, dann würde er ihr von seinem Leben in Afrika erzählen, von seinem anderen Leben, in dem es nicht um Krieg und Elefantenjagd gegangen sei.

Damals, als er dieses ihr unbekannte Leben in Afrika geführt hatte, hatte auch ihr Dasein sich gänzlich von ihrem jetzigen unterschieden, und auch sie wollte davon lieber erst erzählen, wenn sie alt waren und vor dem Kaminfeuer saßen.

Nein, Oscar und sie gehörten zusammen, bis dass der Tod sie schied, wie die Christen sagten. Es kam ihr fast lächerlich vor, nach einer Erklärung für Oscars eigenartige Launen zu suchen. Sie hatte jetzt das schlimmstmögliche Unglück in Erwägung gezogen, und damit war die Sache für sie erledigt.

Aber irgendetwas machte ihm zu schaffen. Und sie würde nicht herausfinden, was, indem sie mit einer kalten Tasse Kaffee in der Küche saß und grübelte. Wäre es nicht einfacher, eine Flasche Wein zu öffnen und sich mit ihm in den kobaltblauen, von Sverre eingerichteten Salon zu setzen und ihn direkt danach zu fragen? Bislang hatte das in ihrem gemeinsamen Leben immer funktioniert.

Und so würde es auch dieses Mal sein. Sie würde die Frage später ganz formal auf die Tagesordnung setzen, denn jetzt stand erst einmal ein aufregender Ausflug an.

Sverre hatte seinen Architektenfreund Bruno abgeholt und hielt pünktlich mit seinem kleinen, geliehenen Auto vor dem schmiedeeisernen Tor in der Tiergartenstraße. Bruno saß bereits auf der engen Rückbank, öffnete ihr die Beifahrertür und fiel dabei beinahe aus dem Wagen.

Sverre erzählte fröhlich lachend von dem Steyr, mit dem sie durch den ruhigen Sonntagsverkehr fuhren. Er war als Volkswagen gedacht, den sich auch Arbeiter, zumindest gut bezahlte Arbeiter, leisten können sollten. Dies war gewissermaßen ein revolutionärer Gedanke, viele billige Autos herzustellen statt wenige teure. So wie Ford in Amerika die Vorteile der Massenproduktion nutzte. Vermutlich war das die Strategie der Zukunft.

Ihr Reklamebüro hatte den Auftrag erhalten, den Steyr zu lancieren, was anfänglich nicht ganz einfach schien. Die Arbeiterklasse war in Bezug auf Autos eine ganz neue Zielgruppe. Die Idee war daher, am anderen Ende zu beginnen und die Linksintellektuellen dazu anzuregen, das Auto zu kaufen, besonders jene, die sich als Kulturarbeiter bezeichneten und wie kommunistische Demonstranten Schirmmütze, Lederjacke und blaue Hosen trugen. Und auf wen in ihrem Freundeskreis traf diese Beschreibung perfekt zu?

»Bert natürlich!«, kicherte Christa und klatschte in die

Hände. »Er ist klein, trägt Lederjacke und Schirmmütze und ist außerdem granatenmäßig linksintellektuell!«

Es erübrigte sich für Sverre, diese Selbstverständlichkeit zu kommentieren. Sie hatten sich mit dem Hersteller geeinigt, dass Bert, dessen Bekanntheit in linken Kreisen immer weiter zunahm und der inzwischen recht anerkannt war, ein Gedicht auf den Steyr, den Wagen für die Massen, schreiben, sein Bild mit Mütze und Jacke für Reklamezwecke zur Verfügung stellen und dafür ein Auto erhalten würde. Die Farbe konnte er sich aussuchen. Steuerlich war das für alle von Vorteil. Bert passte dieses »Arbeiterauto« hervorragend. Es handelte sich um einen richtigen Wagen, aber um einen, den die Oberschicht nicht ernst nahm.

Sie begannen im Südosten von Britz, das so hieß, weil die adlige Familie gleichen Namens das Land unter der Bedingung verkauft hatte, dass die neue Vorstadt nach ihnen benannt wurde.

Sverre parkte den Wagen mitten im Hufeisen, um Aussicht in alle Richtungen zu haben.

»Licht, Luft, Sonne!«, rief Bruno, als sie ausstiegen, wobei sie darauf achteten, nicht im Morast zu versinken. »Wie ihr seht, sind die Wohnungen im Gegensatz zu denen in den dunklen, engen Straßen der Stadt sehr hell.«

Christa war beeindruckter, als sie erwartet hatte. Alles wirkte sehr modern. Nachdenklich stimmte sie jedoch Brunos begeisterte Erklärung, die Hufeisenform genehmige allen Bewohnern einen recht guten Einblick bei den Nachbarn, was das Zusammengehörigkeitsgefühl stärke. Als sie vorsichtig einwandte, dass der ständige Einblick der

Nachbarn in gewisse private Bereiche vielleicht nicht unbedingt ideal sei, schienen ihr weder Sverre noch Bruno zuzuhören, so mitgerissen wurden sie von ihrer eigenen Begeisterung. Sverre hatte bereits seine gesamte Aufmerksamkeit auf einen T-förmigen, nach Carl Lauritz benannten Prototyp eines Krans gerichtet, der die Bauarbeiten revolutionieren sollte.

In etwa einem Jahr wäre das Projekt Hufeisen abgeschlossen, aber bereits jetzt konnten die ersten fertigen Wohnungen im Erdgeschoss besichtigt werden. Auf dem Weg zur Haustür redeten Bruno und Sverre eifrig weiter. Es sei wichtig, Bäume und Büsche stehen zu lassen und den kleinen Teich in der Mitte der Siedlung zu vergrößern. Die Natur solle organisch mit der Architektur und mit den Spielplätzen und Spazierwegen verschmelzen.

Eine moderne Wohnung sah eine Familie mit zwei Kindern vor. Das Leben des modernen Menschen wurde vollkommen neu organisiert. Das wichtigste Prinzip des modernen Wohnens, berichtete Bruno, als sie eine der Musterwohnungen betraten, sei die vollkommene Trennung der Küche von der übrigen Wohnung. Die Küche sei das funktionelle Zentrum der Wohnung, und dort müssten sich die Türen schließen lassen. In einer modernen Küche hätten Herd und Spülbecken außerdem die richtige Höhe, damit sich die Hausfrau bei ihren Verrichtungen weder bücken noch auf die Zehenspitzen stellen müsse. Von Regalen sei man abgekommen, an den Wänden hingen und ständen geschlossene Schränke, damit Glas und Porzellan vom Bratendunst nicht mit einer Fettschicht überzogen würden. Fließendes Wasser sei von jetzt ab eine Selbstverständlichkeit, und zwar nicht nur in der Küche, sondern,

Bruno schob Christa eifrig auf den Flur, auch im Badezimmer mit Dusche und eingebauter Badewanne!

Von dort begab man sich ins Zentrum der Wohnung, ein kombiniertes Ess- und Wohnzimmer. Zwei Türen verbanden dieses mit dem Kinder- wie auch dem Elternschlafzimmer.

Christa fiel es schwer, alle neuen Eindrücke zu verarbeiten, und sie war sich unschlüssig, was sie von dem Gesehenen halten, geschweige denn, wie sie es kommentieren sollte. Es war natürlich alles funktionell, ein Wort, das die beiden Männer ständig wiederholten, und selbstverständlich auch hygienisch. Kaum eine Arbeiterfamilie aus den beengten Behausungen in der Grenadierstraße hätte das Angebot ausgeschlagen, sich hier niederzulassen, sofern sie es sich leisten konnte.

Gleichzeitig lag etwas Steriles und allzu Strenges über dem Ganzen. Das Gebäude erweckte den Eindruck einer Wohnfabrik. Und wohin mit allen Blumen, wenn die Fensterbretter wegrationalisiert waren?

Menschenfreundlicher, zumindest im romantischen Sinne, kamen ihr da schon die Reihenhäuser in der Nachbarschaft vor. Vor allen Dingen gefiel ihr die Farbgebung der Häuser, die alle in unterschiedlichen Farben gestrichen waren, was ihnen die Gleichförmigkeit der identischen Wohnungen des großen Hufeisenkomplexes nahm. Als sie sich dazu äußerte, war Bruno sofort Feuer und Flamme und hielt einen kürzeren Vortrag über die Stellung der Farbe in der Moderne, insbesondere der deutschen Moderne.

Weiß sei hoffnungslos, Weiß passe in die klare Luft des Mittelmeers. Jeder Versuch, weiße Häuser in Berlin zu bauen, sei zum Scheitern verurteilt, weil der Rauch der Briketts während der langen, nebeldüsteren Wintermonate das Weiß innerhalb weniger Jahre in ein schäbiges Grau verwandele. Es mache wenig Freude, nach Feierabend in ein Haus zurückzukehren, das mit der allgemeinen Tristesse verschmelze.

Dunkelrote und graugrüne Fassaden seien ideal, den ergrauenden Kräften Berlins etwas entgegenzusetzen. Die Fensterrahmen und Türen der grünen Häuser sollten gelb, rot und weiß abgesetzt sein, die der roten Fassaden gelb und rot, natürlich einem helleren Rot.

Das sei ein himmelweiter Unterschied zu den einheitlich kasernengrauen Wohnhäusern Berlins in dem artifiziellen historisierenden Stil.

Als sie im Auto zur Onkel Toms Hütte-Siedlung fuhren, die nach einem Ausflugslokal benannt war, fühlte sich Christa optimistisch, geradezu ausgelassen, allerdings nicht ganz so optimistisch wie Sverre und Bruno.

Die Onkel Toms Hütte-Siedlung war Brunos persönliches Projekt, die Hufeisen-Siedlung in Britz baute er zusammen mit Martin Wegner. In Onkel Toms Hütte hatte er keine Kompromisse eingehen müssen. Sverre und Oscar hatten ihm vollkommen freie Hand gelassen und die Leute von der Stadtverwaltung überzeugt, das ebenfalls zu tun.

Die Ähnlichkeiten der beiden Siedlungen waren natürlich größer als die Unterschiede, und Christa musste Bruno geradezu ermuntern, ihr die Besonderheiten zu erklären. Er gehe sehr viel freier mit dem funktionalistischen Dogma der geraden Linien um, meinte Bruno. Eine leicht gewölbte Fassade suggeriere dem Auge Bewegung und damit mehr Lebhaftigkeit. Monotonie ließe sich ebenfalls vermeiden, indem man eine gerade Fassade durch runde Treppenhäuser auflockere. Das verstoße zwar gegen die Regeln einiger Modernisten, vor allen Dingen jenen des rabiaten Gropius, aber Regeln seien nun einmal dazu da, gebrochen zu werden, das Wichtigste sei immer noch, dass Form, Farbe und Funktion organisch zusammenwirkten.

Das Wort organisch verwendete er unentwegt. Soweit Christa es verstanden hatte, beinhaltete es etwas Erstrebenswertes, konnte aber alles Mögliche bedeuten.

Da es Zeit zum Mittagessen war, quetschten sie sich wieder in ihr Auto und fuhren an den Schlachtensee, an dem es ein Ausflugslokal gab, das so beliebt war, dass sie eine Weile auf einen Tisch warten mussten.

Sie nahmen ein einfaches Gericht zu sich, Knackwurst, Sauerkraut und Brot, und tranken dazu bayrisches Bier, das einzig Positive, was aus Bayern kam. Bruno verrannte sich bald hoffnungslos in der vehementen Behauptung, die Architektur sei nicht nur die politischste aller Kunstarten der Gegenwart, sondern auch eine Verschmelzung sämtlicher Kunstarten, also Allkunst. Christa und Sverre bombardierten ihn von ihren jeweiligen Standpunkten aus mit Einwänden. Politik, durchaus, verschmolzen mit Farbe und Form, durchaus, aber verschmolzen mit der Musik? Oder der Dramatik? Bruno musste recht bald aufgeben.

Es bereitete ihnen jedoch keine große Mühe, sich darauf zu einigen, dass es sich bei der Architektur in hohem Grade um Politik handelte. Die rechte Presse ließ sich immer wieder von Neuem darüber aus, dass Schönheit und Geschichte untrennbare Größen seien. Damit ein Gebäude schön genannt werden könne, müsse es ewige Werte repräsentieren und an eine stolze, vergeistigtere Vergangenheit erinnern. Außerdem seien Flachdächer undeutsch.

Einige von Brunos Häusern in der Onkel Toms Hütte-Siedlung hatten etwas ausgelöst, was die Zeitungen den »Zehlendorfer Dächerkrieg« nannten. Die Rechte hatte also offenbar begriffen, dass der Modernismus der Gegner des Konservativismus war.

»Es kann noch bedeutend schlimmer sein«, meinte Sverre und zog eine zusammengefaltete Zeitung aus der Jackentasche. »In Dresden hatte ich einen guten Freund im Opernclub des Studentenvereins, einen gewissen Emil Högg. Er ist inzwischen Professor für Architektur. Als ich sah, dass er sich zur Architekturfrage äußert, war ich natürlich erst einmal freudig überrascht. Aber das, was er vor einigen Tagen geschrieben hat, spottet jeder Beschreibung, es lässt sich schier nicht referieren, ihr würdet es mir nicht glauben. Ich werde es euch vorlesen. Habt ihr so viel Geduld? Es ist allerdings wenig erbaulich.«

Der Angriff des ehemaligen Kommilitonen und heutigen Architekturprofessors war wirklich nicht von schlechten Eltern. Er handelte von »nomadischer Architektur«, die zu »Entwurzelung, geistiger Verflachung und Proletarisierung« führte und dem Unterschied zwischen »völkischer Architektur« und »bolschewistischer Architektur«, die eine direkte Folge davon sei, dass das jüdische Blut das deutsche Volksmaterial verdorben habe.

Das wahrhaftig deutsche Haus solle den Eindruck entstehen lassen, aus dem Boden zu wachsen wie ein Baum, der seine Wurzeln ins Innere der Erde gesenkt habe und mit dieser eine Vereinigung eingegangen sei. »Das weckt unser Gefühl für Heimat und das Band von Blut und Erde.«

Das war ein fantastischer Text, und zwar nicht zuletzt deswegen, weil der ehemalige Freund Sverres darin die meisten Signalwörter der extremen Rechten untergebracht hatte: nomadisch, entwurzelt, proletarisch, bolschewistisch, jüdisches Blut, deutsches Volksmaterial, Heimat, Blut und Boden.

Als Sverre, der mit amüsiert ironischer Betonung vorgelesen hatte, verstummte, schwiegen auch die anderen beiden und starrten auf die Tischplatte. Sverre hatte keinen einzigen erhofften Lacher geerntet. Die Verstimmung der anderen färbte sofort auf ihn ab.

Die beunruhigende Frage laute ja wohl, ob man sich nicht, statt zu lachen, gruseln müsse, meinte Christa, als das Schweigen fast schon peinlich wurde. Solche lächerlichen Beiträge in den fragwürdigen Blättern der extremen Rechten zu lesen, die überwiegend von verblendeten Schuljungen konsumiert würden, sei eine Sache. Eine bayrische Zeitung, die Harald nach Hause gebracht habe, sei voller derartiger grotesker Betrachtungen gewesen, Völkischer Beobachter oder so habe sie geheißen. Sie hatte vergessen, welche dieser Spinnersekten sie herausgab. Solange es sich um Demagogie irgendwelcher Narren handele, die kein vernünftiger oder gebildeter Mensch ernst nähme, könne man darüber noch lachen, aber wenn sich ein Architekturprofessor desselben Vokabulars bediene, werde es gefährlich.

»Da muss natürlich mein jüdisches Blut, sofern solches in meinen Adern fließt, hinter den Flachdächern der Onkel Toms Hütte-Siedlung stecken«, versuchte Bruno die Sache mit einem Scherz abzutun.

Niemand lachte.

»Heute Abend ist in der Tiergartenstraße Sonntagssalon, du bist wie immer herzlich eingeladen, Bruno, vielleicht finden wir ja dort etwas zum Lachen«, beendete Christa demonstrativ das Gespräch, nahm ihre Handtasche und erhob sich.

Während der Rückfahrt in die Innenstadt verlief die Unterhaltung in dem lärmenden Auto stockend.

Umso lebhafter war sie am Abend, als Bert gleich zu Anfang unter Beschuss geriet, als von dem Fiasko bei der Premiere seines Jugendstückes »Baal« die Rede war. Die Rechten hatten während der gesamten Vorstellung gepfiffen, und es war recht unbegreiflich gewesen, wovon das Stück eigentlich handelte. Man hatte sich auch nicht direkt nach der Aufführung darüber unterhalten können, weil die Schlägereien bereits im Foyer begonnen hatten, während das Publikum den Theatersaal verließ.

»Ich verstehe nicht, wie es dir gelungen ist, die Rechte so zu reizen«, meinte Poulette zuckersüß. »Soweit ich verstanden habe, geht es um ein junges, missverstandenes Schriftstellergenie in Bayern, das vermutlich dir in jungen Jahren ähnelt, dem seine von Rechts wegen strahlende Karriere verwehrt bleibt. Dann stirbt er in tragischer Einsamkeit und fällt der Vergessenheit anheim. Ende der Geschichte.«

»Wenn du mein Stück so deutest, habe ich versagt«, erwiderte Bert mit unverhohlener Munterkeit, denn er liebte Kritik. »Was das rechte Theaterpublikum betrifft, das eigentlich ein interessanteres Problem darstellt, so haben diese Menschen noch weniger begriffen als du und hätten, selbst wenn wir stattdessen den Faust gegeben hätten, Tomaten geworfen und gejohlt, denn sie hätten es nicht einmal gemerkt. Die Rechten sind gegen mich, und darauf bin ich stolz.«

»Aber die Linken vielleicht auch, zumindest ich«, warf Christa rasch ein, um den Männern, die schon in den Startlöchern standen, mit ihrer Wortmeldung zuvorzukommen. »Sverre hat vor einigen Jahren ›Trommeln in der Nacht‹ empfohlen.«

»Oje!«, rief Bert und hielt sich beide Ohren zu. »Ich glaube, ich weiß, worauf du hinauswillst.«

»Mag sein. Das Stück handelt von einem Mann, der aus dem Krieg heimkehrt, die Problematik mit dem Ersatzmann klammere ich hier aus. Als seine Frau sich der Revolution anschließt, will er nicht mitmachen, weil er der Gewalt überdrüssig ist. Aber sie zieht los, wahrscheinlich ihrem eigenen Tod und dem ihrer Kameraden entgegen, während der vorbildliche Mann zu Hause bleibt und der Gewalt überdrüssig ist. War das so geglückt?«

Plötzlich wagte sich keiner der Männer mehr in die Arena. Alle sahen Bert an. Niemand pflegte so über ihn herzufallen.

»Du hast verdammt noch mal recht«, sagte er, nachdem er nachgedacht hatte, während die anderen gespannt warteten. »Es war folgendermaßen. Ich habe dieses Stück unmittelbar nach dem Krieg geschrieben, erfüllt von der Tragik der heimkehrenden Soldaten. Das Schöne am Theater ist jedoch, dass ein Stück nie fertig wird, Theater ist dynamisch und außerdem kollektive Arbeit. Ich bedanke mich also ganz im Ernst für deinen Beitrag. Das Stück muss, wie im Übrigen alle Stücke, umgeschrieben werden.«

Der Abend hatte unerwartet damit begonnen, dass zwei Walküren den gefeierten Dramatiker niedergekämpft hatten, aber jetzt ging es in gewohnten Bahnen weiter. Das große Gesprächsthema der nächsten Stunde war wieder der Film. Jemand wusste zu berichten, dass im Jahr zuvor in Berlin vierhundert Millionen Kinokarten verkauft worden waren. Bei vier Millionen Einwohnern eine erstaunliche Zahl.

Die beiden großen Filme dieses Jahres waren zweifellos Chaplins »Goldfieber« und Eisensteins »Panzerkreuzer Potemkin«, der nach langem Streit, ob es sich um bolschewistische Propaganda handelte, von der Zensur endlich freigegeben worden war.

Es handelte sich bei beiden Werken um großartige Kunst, darüber bestand kein Zweifel. Die aufregende Frage lautete, worin sie sich unterschieden.

Chaplin arbeitete mit übertriebenem Humor, Eisenstein mit übertriebener Tragik. Wieder einmal begann ein Szenenvergleich. Der proletarische und natürlich betrogene Glückssucher Chaplin versucht, um nicht zu verhungern, seine Stiefel zuzubereiten, sich bei der Mahlzeit aber trotzdem ein Quäntchen menschlicher Würde zu bewahren: Serviette, Messer und Gabel. Welch ein Unterschied zur Kinderwagenszene in Panzerkreuzer Potemkin! Die zaristischen Truppen waren grausam und rücksichtslos, das war nichts Neues. Sollte man sich nachträglich aufregen und von Gefühlen berauscht zur Revolution schreiten?

Zumindest im Theater seien Gefühle Unfug, erklärte Bert. Das Theater und eigentlich auch der Film müssten die Vernunft des Publikums ansprechen, nicht seine Gefühle. Das japanische Theater verfüge über eine effektive Verfremdungsmethode, um solche Fallen zu umgehen. Vor einer aggressiven Szene werde eine gelbe Fahne geschwenkt, um das Publikum vorzubereiten. Bei Eifersucht sei die Fahne grün, vielleicht auch umgekehrt. So würden die Gefühle des Publikums gelenkt und die Vernunft gewinne die Oberhand. Aber das sei jetzt alles zweitrangig, da die große Attraktion des Abends bevorstehe!

Die Filmversion des Kampfes um die Schwergewichtsweltmeisterschaft im Boxen zwischen Gene Tunney und Jack Dempsey hatte an diesem Abend Premiere. Bert hatte einen poetischen Prolog geschrieben, der von einem äußerst kraftvollen Schauspieler gelesen werden sollte.

Unter großem Tumult erhoben sich die hochgradig intellektuellen Männer, zumindest schätzten sie sich selbst so ein, und stürzten los, um Taxis zu organisieren.

»Merkwürdig«, meinte Poulette. »Sie wissen doch, wie es ausgeht. Jack Dempsey war der Favorit, und der andere siegte nach Punkten. Auch die Filmfassung wird daran nichts ändern. Wieso begeistert sich Bert eigentlich so fürs Boxen?«

»Vielleicht, weil er selbst ein lausiger Boxer wäre?«, meinte Christa nachdenklich. »Ein kleiner, dicklicher Typ mit Brille, einer von denen, die immer Prügel bezogen haben. Wenn man ihn so zwischen Oscar und Sverre sitzen sieht, drängt sich einem dieser Gedanke förmlich auf.«

»Hat das nichts mit Ideologie zu tun? Bert hat doch sicher eine Erklärung parat, warum ausgerechnet Prügeleien mit bandagierten Händen das Größte sind?«

»Arbeitersport. Demokratisch. Mann gegen Mann, ungeachtet der Klasse. Ich vermute, dass unsere linken Männer so argumentieren, wenn sie diese Schlägereien für den besten Sport erklären.«

Sie waren allein in dichtem Qualm zurückgeblieben.

Bert hatte seine Zigarre im Aschenbecher brennen lassen, als alle hektisch aufgebrochen waren, und irgendjemand hatte in der Eile sogar einen Stuhl umgeworfen.

»Männer sind Männer«, sagte Poulette.

»Ich weiß, aber erzähl das niemand anderem«, meinte Christa. »Sonst haben wir sie alle auf dem Hals, und sie schlagen uns den Klassenkampf um die Ohren.«

Nachdem Poulette gegangen war und Christa zum Lüften die Fenster aufgerissen und dafür gesorgt hatte, dass sämtliche Gläser, Flaschen und halbvollen Biergläser in die Küche gebracht wurden, lenkte sie ihre energischen Schritte Richtung blauer Salon. Sie war sich sicher, dass er dort war, da sie leise, aber deutlich, Brahms gehört hatte, seine Musik für schwermütige Stunden.

Die Musik, eines der Violinkonzerte, war noch immer aus dem Salon zu hören. Christa begab sich in die Küche hinunter und bestellte eine Flasche Silvaner vom eigenen Weinberg in Sachsen und kehrte dann wieder zum blauen Salon mit den ostentativ geschlossenen Türen zurück. Eigentlich saß Oscar gerne bei ihnen im roten Salon, aber an diesem Abend hatte er sich ohne Erklärung zurückgezogen.

»Ich würde dir gerne eine Weile Gesellschaft leisten«, sagte sie beim Eintreten und schloss die Tür hinter sich. »Der Wein kommt gleich.«

»Du bist mir wie immer sehr willkommen, Christa«, sagte er und sah dabei weder aufrichtig noch unaufrichtig aus.

»Du hörst Brahms«, stellte sie fest, als sie Platz nahm. »Das ist kein gutes Zeichen.«

»Ja«, erwiderte er. Dann erhob er sich und stellte das

Grammofon ab. »Die neue Verstärkertechnik hat zu einer fantastischen Verbesserung der Tonwiedergabe geführt.«

Es klopfte leise. Oscar öffnete. Einer der Küchenburschen brachte zwei Gläser und den Wein, schenkte ein und verschwand.

Schweigend tranken sie einander zu.

»Du verschweigst mir etwas«, kam Christa sofort zur Sache.

»Dir kann ich vermutlich nichts auf Dauer verheimlichen.«

»Was ist passiert?«

»Eine traurige Geschichte. Wir haben ein großes Problem. Es geht um Harald.«

»Oh weh! Das müssen wir aber sofort in Angriff nehmen.«

»Mein Leben hätte kaum einen Sinn, wenn es dich, meine geliebte Christa, nicht gäbe. Ohne dich wäre ich ein altes Kriegswrack. Ich hätte es nicht mehr an Land geschafft, sondern wäre wie so viele andere einfach von der Strömung mitgerissen worden.«

Seine Worte taten ihr gut, boten aber auch ihrer Entschlossenheit, die Wahrheit zu erfahren, Einhalt.

»Du bist auch der Sinn meines Lebens, Oscar. Ich schäme mich fast, das zu sagen, weil es so vieles gibt, das im menschlichen Dasein rein objektiv größer ist als das private Glück des Einzelnen. Aber dir will ich es, wenn wir alleine sind, gerne sagen. Und bist du nun bereit, mir zu erzählen, worin unser großes Problem mit Harald besteht?«

»Ja.«

V

SALTSJÖBADEN – KIEL – SANDHAMN

1927

Lauritz fiel es schwer, sich mit der neuen Villa auf der anderen Seite des Källvägen anzufreunden. Falls man sie überhaupt als Villa bezeichnen konnte. Er hatte das Gebäude nach den Plänen bauen lassen, die Oscar und Sverre aus Berlin geschickt hatten, in Gussbeton, der Spezialität ihrer eigenen Firma, die mittlerweile über die Hälfte ihrer Kapazität auf den Brückenbau in ganz Schweden verwendete.

Böse Zungen nannten es das Betonaquarium neben der Villa Bellevue oder einfach nur Betonaquarium, ohne auf den Kontrast zu Lauritz' Villa Bellevue einzugehen. Die Bezeichnung Ziegenstall war in diesem Zusammenhang auch schon gefallen, aber das war sehr weit hergeholt und bezog sich vermutlich auf das flache Torf- und Rasendach.

Dieses Detail gefiel Lauritz noch am ehesten, die höchst ungewöhnliche Begegnung von Ultramodern-Deutschem und Traditionell-Norwegischem.

Bereits beim Anblick der ersten Entwürfe waren ihm unzählige Einwände eingefallen. Im Obergeschoss würde es im Sommer wegen der riesigen, sich vom Fußboden bis zur Decke erstreckenden Glasfenster, die sich der Rundung des Berges anpassten, unerträglich heiß werden wie in einem Gewächshaus, außerdem würde sich den Leuten unten auf der Strandpromenade ein freier Einblick bieten.

Seine Berliner Brüder hatten diese Einwände nicht gekümmert. Glas, Beton und Stahl waren die Baumaterialien der neuen Zeit, der Lichteinfall ließ sich mit Tüllgardinen und dickeren Vorhängen regulieren und die Temperatur mit der neuen Kühltechnik, die bereits in den modernen Warenhäusern Verwendung fand.

Unterhalb der gewölbten Glasfassade, dem eigentlichen Aquarium, lagen die Wohnräume der Villa, Schlafzimmer, Küche, Bad und andere private Räume. Hier waren die Fenster zwar kleiner, obwohl immer noch recht groß, aber nicht annäherungsweise so indiskret überdimensioniert.

Seine Auffassung hing ganz von seiner Laune ab. Das Gebäude steckte voller innovativer und fantastisch interessanter Ideen, das musste er zugeben, beispielsweise, dass sie nicht einfach einen planen Bauplatz gesprengt, sondern den Felsen belassen hatten, um das Haus »organisch« mit der Landschaft verschmelzen zu lassen. Das war in der Tat recht kühn gewesen.

Aber der graue, brutal raue Beton erweckte den Eindruck von etwas Unfertigem. Darin hatten ihm sogar seine Brüder in Berlin recht geben müssen. Sie hatten mit ihrem Architekten diskutiert, die Betonwände graugrün oder dunkelrot zu streichen.

Lauritz hatte nachdrücklich für Dunkelrot plädiert, weil das am besten nach Saltsjöbaden passte, wo viele der Häuser im nationalromantischen Stil rot gestrichen waren. In Berlin wurde über diese Frage noch nachgedacht.

Ungefähr dieselben Gefühle hatten ihn befallen, als er zum ersten Mal die neuen Siedlungen in Britz und Onkel Toms Hütte gesehen hatte. Das war alles sehr aufregend, aber er stellte sich trotzdem die Frage, ob er selbst dort wohnen wollte. Eher nicht.

Und Oscar und Sverre ebenfalls nicht, wenn man etwas gemein sein wollte. Das Haus in der Tiergartenstraße 27 B war architektonisch und, was seine Einrichtung betraf, in höchstem Grade traditionell, Sverres Etage mit dem Reklameatelier natürlich ausgenommen.

In der Tiergartenstraße konnte man sich jedenfalls wohlfühlen und anständig wohnen, obwohl dort nachts viele seltsame, rauchende und angetrunkene Leute verkehrten, die sich jedoch hauptsächlich in der ersten Etage aufhielten.

So jedenfalls hatten sich Oscar und Sverre ihre schwedische Residenz gewünscht, und nach diesen Vorstellungen war sie nun einmal erbaut worden, schließlich waren sie gleichberechtigte Teilhaber. Ihr Geschmack, der ja möglicherweise die Zukunft vorwegnahm, war ihre Sache. Er selbst jedenfalls wohnte in Saltsjöbaden ungefähr so, wie sie in Berlin wohnten.

Er hatte also allen Grund anzunehmen, dass seine beiden Brüder in Ohnmacht fallen oder zumindest nach Luft ringen würden, wenn sie das neue Haus in Sandhamn sahen. Es war ganz und gar im Stil der Nationalromantik gebaut, allerdings der norwegischen und nicht der schwedischen.

Dass er in Sandhamn ein norwegisches Langhaus, wenn auch mit Torf- statt mit Schindeldach, gebaut hatte, lag am Königshaus. Es kam nicht oft vor, dass er eine solche Begründung vorbringen konnte, aber dieses Mal entsprach sie der Wahrheit.

Im Frühjahr hatte es im Vorstand der KSSS zwei Streitfragen gegeben. Die eine betraf Deutschland, die andere Kronprinz Olav von Norwegen.

»Die norwegische Minderheit«, wie die Vorstandskameraden ihn und Carl Matthiessen spöttisch nannten, hatte sich in beiden Fragen stark gemacht. Schweden sah keine Veranlassung mehr, weiterhin am Sportboykott der Siegermächte gegen Deutschland teilzunehmen. Traditionell stellte die Kieler Woche eine der bedeutendsten Regatten der Ostsee dar. Der Kaiserliche Yacht-Club, der sich lustigerweise immer noch so nannte, hatte die Schweden zur Teilnahme eingeladen. Nahmen sie an, wäre damit der Boykott aufgehoben.

Schweden hatte nicht am Weltkrieg teilgenommen. Norwegen war zwar ebenfalls neutral gewesen, hatte aber auf See schwere Verluste erlitten. Wenn die Welt allen Ernstes den Frieden für unsere Zeit, wie die neue Parole lautete, einführen wollte, dann wäre es doch nur natürlich, dass ein neutrales Land als erstes den Boykott brach? Dass die Siegermächte die Olympischen Spiele nach dem Krieg unter sich aufgeteilt hatten, war ihre Sache, ihre Rache. Aber für die Königliche Schwedische Segelgesellschaft gab es keinen Grund, diese Politik zu unterstützen.

Im Vorstand gingen die Meinungen auseinander. Einige stimmten zu, andere fanden, Segeln und Politik hätten nichts miteinander zu tun, und dass es daher ratsam sei abzuwarten. Als es danach aussah, als würde die Ja-Fraktion die Mehrheit stellen, brachte die Nein-Fraktion praktische Einwände vor. Kiel liege doch am südlichsten Ende der Ostsee, schwedische Boote und Mannschaften dorthin zu verfrachten sei mit allzu großem Aufwand verbunden. Außerdem gäbe es vielleicht gar nicht genug Leute, die die nötigen Voraussetzungen besäßen und noch dazu Lust hätten. Diese Frage müsse zuerst einmal geklärt werden.

Daraufhin garantierte Lauritz, mit zwei Booten teilzunehmen, der Scheiken und der Beduin. Woraufhin Carl Matthiessen erklärte, mit seiner Mariska in der 12mR-Klasse teilzunehmen. Damit war die Frage so gut wie entschieden, abgesehen davon, dass sich eine englandfreundliche Minoritätsfraktion sträubte und wissen wollte, unter welcher Flagge denn diese Boote segeln sollten, da die Skipper beide norwegische Staatsbürger seien.

Unter derselben Flagge, unter der nach Gotland oder Sandhamn gesegelt wird, entschied der Vorsitzende von Heidenstam. Ausschlaggebend sei, dass die Boote zum KSSS gehörten, somit werde unter schwedischer Flagge gesegelt.

Die andere Frage behandelte die umstrittene Einladung des Kronprinzen Olav von Norwegen zur Sandhamn-Regatta, wobei es hier nicht um politische Motive, sondern um königliche Etikette ging, denn man war der Meinung, dass den Hochadeligen kein ausreichend standesgemäßes Quartier in Sandhamn zur Verfügung gestellt werden könne. Früher hatten die gekrönten Häupter aus Dänemark und Schweden auf ihren eigenen Jachten übernachtet, aber Kronprinz Olav segelte in der Sechs-Meter-R-Klasse, und dass ein Prinz auf einem so engen Boot wohnte, kam nicht infrage.

Aus einer Laune heraus hatte Lauritz sich daraufhin erboten, auf seinem eigenen Grundstück in Sandhamn ein norwegisches Langhaus zu errichten, da es ohnehin an der Zeit sei, die provisorischen Seglerhütten durch etwas Anständiges zu ersetzen.

Damit war auch diese Frage entschieden. Lauritz konnte versichern, dass es seit der Wikingerzeit keine standesgemäßere Unterbringung für norwegische Segler gebe als ein Langhaus.

Der Vorstand beschloss, die Entscheidung des Vorsitzenden abzuwarten und, sobald dieser die Baupläne geprüft und für gut befunden hatte, eine Einladung an das norwegische Königshaus zu entsenden, was allerdings nur noch eine Formsache darstellte. Als späterer Punkt der Tagesordnung, möglicherweise als Scherz seiner Bereitwilligkeit geschuldet, bis nach Kiel zu segeln, wurde Lauritz zum Vorsitzenden des Langstreckenausschusses ernannt.

Nach der Vorstandssitzung nahmen Lauritz und Carl Matthiessen gemeinsam ein Taxi zu Lauritz' Lieblingsrestaurant Blanche in der Hamngatan, das nur einen Block entfernt von seinem Büro in der Västra Trädgårdsgatan lag. Beide waren guter Laune und scherzten, dass wieder einmal die norwegische Minderheit gesiegt habe.

Möglicherweise versetzte dies Lauritz einen kleinen Stich, denn so hatten sie auch vor der entscheidenden Wettfahrt um den Visby-Pokal im Vorjahr gescherzt. Drei Boote hatten je zwei Siege errungen, Jacob Wallenbergs Refanut, Carl Matthiessens Mariska und die Beduin. Wer im dritten Durchgang siegte, durfte den Pokal behalten. Die Mariska hatte gesiegt, wogegen nichts einzuwenden war. Sowohl die Beduin als auch die Refanut hatten sich auf der letzten Amwindstrecke von Nynäshamn bei der Routenplanung verschätzt.

Bislang waren ihre Begegnungen immer von einer gewissen Reserviertheit geprägt gewesen, obwohl sie Landsleute waren, die nicht darauf beruhte, dass sie bei Regatten gegeneinander antraten, sondern auf etwas weniger Greifbarem. Vielleicht hatten die Werbetexte, die Carl Matthiessen als »Bananenkönig« und »Den Mann, der den Schweden das Bananenessen beibrachte« vorstellten, einen abkühlenden Effekt auf Lauritz gehabt. Es war ihm lächerlich, wenn nicht gar unwürdig erschienen, mit so etwas Primitivem wie Bananen ein Vermögen zu erwerben.

Aber was immer man von der Seriosität von Bananen halten mochte, so hatte sich die AB Banankompaniet zu einem Großunternehmen mit Millionenumsatz entwickelt. Und große, expandierende Firmen benötigten oft Neubauten.

Bereits bei der Vorspeise im Blanche, die zur Feier des Sieges bei der Vorstandssitzung aus Austern mit Champagner bestand, kam Matthiessen darauf zu sprechen, dass er im Stockholmer Frihamn ein neues großes Zentrallager bauen lassen müsse. Er benötige Kühlräume, die mindestens 20 000 Bananenbüschel fassten, es handele sich also um keine kleine Baumaßnahme. Ein neuer Vertrag mit Somalia garantierte dem Unternehmen in den nächsten Jahren beträchtliche Lieferungen, und dafür wurden ausreichende Lagerkapazitäten benötigt.

Beim Hauptgericht, Beefsteak mit Zwiebeln, dazu Bier und Schnaps, waren sie sich handelseinig.

Bei der Nachspeise, Feigen in Kognak, war ihre Laune so gut, dass sie begannen, Pläne für die Kieler Woche zu schmieden. Sie würden Matrosen anheuern, um ihre 6er nach Kiel bringen zu lassen, und die großen Boote selbst segeln. Außerdem wollten sie sich auch zur norwegischen Regatta in Hankø anmelden und vielleicht auch in Marstrand und Lysekil, da sie dort auf dem Weg nach Hankø vorbeikamen. Lauritz zog einen Rechenschieber aus der Tasche und kam nach ein paar Berechnungen rasch zu dem Schluss, dass sie, wenn sie in Sandhamn oder Saltsjöbaden lossegelten, den alten KSSS-Distanzrekord von 1896 brechen könnten. Damit würde er es den Vorstandskameraden heimzahlen, dass sie ihn zum Vorsitzenden des Langstreckenausschusses gewählt hatten.

Bei Kaffee und Kognak wurde Lauritz von einer gewissen Sentimentalität ergriffen, als er sich an die Kieler Woche vor dem Krieg erinnerte. Damals hatte er als Segler richtige Erfolge gefeiert. So weit würde er es nie wieder bringen, und ein Boot wie die Ran würde er auch nie mehr besitzen. Offen gestanden sei er langsam zu alt.

Er habe seinen fünfzigsten Geburtstag ohne große Feier begangen. Den Zenit des Lebens erreicht zu haben sei nicht nur positiv, jedenfalls nicht für einen Regattasegler. Die lange Fahrt nach Hankø in Norwegen über Kiel und zurück würde die eigentliche Feier darstellen, ein Abschiedssalut an das harte Regattaleben. In Zukunft würde er dann nur noch sonntags mit der Familie segeln und am Strand in Skärkarlshamn in einer Hängematte liegen und sich von dort den Start der Regatta nach Gotland ansehen. Es sei wirklich zu betrüblich.

Der zehn Jahre jüngere Bananenkönig tröstete ihn und lobte kollegial seine Leistungen als Segler. Dann schlug er vor, den Abend im Kreise galanter Damen ausklingen zu lassen. Er kenne ein außerordentliches Etablissement, Stockholms bestes.

Dieser Gedanke entsetzte und ernüchterte Lauritz, denn so viel hatte er nun auch wieder nicht getrunken. Er entschuldigte sich damit, am nächsten Tag sehr viel zu tun zu haben. Er müsse Holz und Arbeitskräfte in Norwegen bestellen, die Transporte in die Schären im Mai organisieren, eine Baugenehmigung beantragen, das Haus entwerfen sowie Möbel im norwegischen Stil. Außerdem müsse die künstlerische Ausschmückung geplant werden. Es bleibe ihm nichts anderes übrig, als in der Morgendämmerung aufzustehen.

Die frischgebackenen Freunde beschlossen den Abend auf bescheidene Weise mit einem Whiskysoda und einer Zigarre, wobei sich ihre Laune wieder erheblich besserte.

*

Die Deportation oder Strafversetzung auf die Beduin zum Segeltörn erstaunte Harald nicht im Geringsten. Dass seine Eltern, ganz zu schweigen von Onkel Oscar und diesem Kommunistenweib, seiner Frau, eine weitere Sommerwanderung mit den Kameraden vom Jungdeutschen Orden gestatten würden, war nach den jüngsten Ereignissen natürlich undenkbar, was er, wie er sich eingestand, durchaus nachvollziehen konnte. Jetzt, weitaus später, nach langem Nachdenken und vielen Schießübungen mit Onkel Oscar, während denen sie über alles sprechen konnten, weil niemand um sie herum etwas verstand, blickte er auf seine Zeit als Patriot im Untergrund nicht unbedingt mit Stolz zurück. Einzelne Arbeiter zu erschießen führte zu nichts. Das neue Deutschland benötigte ganz andere, größere Maßnahmen.

Damals hatte er sich mit Kindereien abgegeben, was ebenso unreif gewesen war wie seine Weigerung, Norwegisch zu sprechen, das schließlich eine germanische Sprache war.

Was auch immer das zukünftige Deutschland für ihn bereithalten mochte, so war Schießen unter allen Umständen eine nützliche Fähigkeit. Außerdem förderte es die Konzentrationsfähigkeit und das Vermögen, Niederlagen zu überwinden und erneut auf die Beine zu kommen. Onkel Oscar war nicht nur ein echter deutscher Soldat, dessen Worte er sehr ernst nahm, er war auch ein ausgezeichneter Schießlehrer, und, was am wichtigsten war: Er hatte nichts gegen Haralds Pläne einzuwenden, Berufssoldat zu werden und sich nach dem Abitur in zwei Jahren zur Offiziersausbildung zu bewerben. Hatte er dann immer noch so gute Noten, würde er überall angenommen werden. Es fragte sich nur, was er wählen sollte. Als Kind hatte er Flieger werden wollen, später Scharfschütze wie Onkel Oscar, aber jetzt war er sich nicht mehr so sicher. Die Bewerbung an der Kaiserlichen Marineschule war eine ganz neue Idee, die von Onkel Oscar unterstützt wurde. Deutschland war, teils im Verborgenen, damit beschäftigt, eine neue Kriegsmarine aufzubauen. Da die deutschen Ingenieure weltweit führend waren, würde hier die modernste und effektivste Marine aller Zeiten entstehen, die selbst jene Englands übertraf. Für seine Bewerbung bei der Marineschule war es von Vorteil, 2500 gesegelte Seemeilen nachweisen zu können.

Die genaue Entscheidung musste er erst in zwei Jahren treffen, die Hauptsache war, dass er sich über die allgemeine Richtung im Klaren war. Er hatte keine Lust, wie ein

Jude im Büro zu sitzen und den ganzen Tag Mieteinnahmen zu kassieren, und noch weniger erstrebenswert erschien es ihm, hässliche und undeutsche Häuser in einem Stil zu bauen, der ausradiert werden würde, sobald sich das neue Deutschland erhob.

Die Reise von Berlin nach Schweden gestaltete sich, sowohl in der Fantasie als auch in der Geografie, zu einem herrlichen Abenteuer. Er hatte sich von Onkel Sverre zum »Gentleman« ausstaffieren lassen, reiste erster Klasse mit kultivierten Reisegefährten und versuchte, ebenfalls kultiviert aufzutreten. Er fühlte sich im roten Samt des Erste-Klasse-Abteils ausgesprochen wohl, und als er zum ersten Mal flog – eine neue Fluglinie von Hamburg nach Malmö verkürzte die Reisezeit um einen Tag –, versuchte er sich den Anschein größter Routine zu geben. Er tröstete sogar ein Mädchen aus Bremen, das kaum älter war als er selbst, dass das Wasser, falls es zum Äußersten käme, bereits Badetemperatur habe. Als das Wasserflugzeug startete, blätterte er erst nachdenklich in einer Zeitung, bis das kreidebleiche Mädchen neben ihm ganz fest seine Hand umklammerte. Da musste er die Zeitung beiseitelegen und ihm erneut versichern, dass kein Grund zur Beunruhigung bestehe. Die Gefahr, auf einer Berliner Straße überfahren zu werden, sei unendlich viel größer.

Leider wollte sie nur nach Malmö, wo sie Verwandtschaft hatte.

Er war strahlender Laune, als er in Saltsjöbaden aus der Bahn stieg und von seiner Mutter und dem Chauffeur Karlsson empfangen wurde. Seine Mutter machte kein Hehl aus ihrer Erleichterung darüber, dass er trotz dieser

»Zwangsabordnung« so munter war, und er versicherte bereits im Auto auf der kurzen Fahrt zur Villa Bellevue, dass er sich aufrichtig auf die lange, vorzugsweise strapaziöse Segelfahrt freue, weil er nach dem Abitur Offizier bei der Marine werden wollte.

Ingeborg nahm diese Neuigkeit gefasster als erwartet auf. Was seine Mutter von Soldaten im Allgemeinen und von preußischen Soldaten im Besonderen hielt, war innerhalb der Familie kein Geheimnis. Aber sie schien dieses Thema nicht debattieren zu wollen, zumindest nicht jetzt.

Für seinen Vater hielt er noch eine weitere positive Überraschung bereit. Nicht nur war er guter Laune und versicherte, sich wirklich auf die abenteuerliche Segelfahrt zu freuen. Nach der Umarmung schob sein Vater ihn überrascht von sich weg und betrachtete ihn neugierig.

»Du bist ein richtiger Mann geworden, sehe ich. Muskeln wie ein Ringer, unglaublich! Was steckt hinter dieser Verwandlung?«, sagte sein Vater sichtlich stolz und erstaunt.

»Tägliches Training mit Onkel Sverre«, antwortete Harald knapp, als sei das eine Selbstverständlichkeit.

Während des letzten Jahres hatten die beiden gemeinsam jeden Tag eine Stunde lang hart und konsequent trainiert, außer sonntags, was nichts mit Religion zu tun hatte, sondern damit, dass der Körper laut Onkel Sverre einen Tag in der Woche Erholung benötige. Dazu eigne sich der Sonntag besonders gut, da man ohnehin vom Samstagabend ausruhen müsse.

Onkel Sverre war derjenige der drei Brüder, der sich um seine Konstitution bemühte. Hätte man sie nebeneinandergestellt und einen Außenstehenden gefragt, wer der Offizier und Kriegsheld sei, wäre die Wahl auf Onkel Sverre gefallen.

Die beiden Onkel hatten sich nach dem Verrat und der Auslöschung seiner heimlichen Abteilung des Jungdeutschen Ordens die Erziehung ihres Neffen aufgeteilt. Onkel Sverre war für Stil, Kleidung und körperliche Ertüchtigung, Onkel Oscar für Schießen und Moral verantwortlich. Diese Einteilung hatte Harald ebenso sehr wie ihnen gepasst. Was sie ihm beibrachten, würde ihm in Zukunft als deutscher Offizier sehr nützen.

Nach dem Willkommensmittagessen legte er die Uniform der Besatzung an, marineblaue Hose, weißer Pullover mit dem aufgestickten Wimpel der Beduin in Grün und Weiß und eine Seglermütze mit demselben Abzeichen. Die beiden Kapitäne an Bord, sein Vater und Bananendirektor Matthiessen, trugen schwarze Schirmmützen mit dem KSSS-Wappen in Emaille.

Harald fühlte sich sofort heimisch, er trug gerne Uniform und wusste auch den kräftigen Händedruck der drei Matrosen zu schätzen, dreier harter und selbstbewusster Schärenbuben, die das Segeln genauso im Blut hatten wie sein Vater. Er fühlte sich wie der Kadett einer Marineschule und hoffte auf der Fahrt nach Kiel auf schwere See.

Auf Kiel und die Kieler Woche freute er sich wirklich. Ein paar Schulkameraden, ausnahmslos aus den reichsten und vornehmsten Familien, gaben damit an, dass sie selbstverständlich an den Regatten teilnähmen und im Familienkreis Spitznamen für die wichtigsten Männer Deutschlands verwenden würden wie beispielsweise *Kruppie* für Gustav Krupp von Bohlen und Halbach.

Harald hatte instinktiv stets vermieden, ebenfalls groß

aufzutragen, obwohl er alle Voraussetzungen dazu mitbrachte. Sein Vater kannte die sogenannten Seglerfamilien und die bessere Gesellschaft Kiels, außerdem hatte er sechs Mal in der höchsten kaiserlichen Klasse gesiegt, und damit nicht genug: Sein Vater Lauritz hatte den großen Pokal Kaiser Wilhelm II., der jetzt in Saltsjöbaden im Herrenzimmer stand, für immer erobert. Auch Haralds Großvater, Baron von Freital, gehörte zum harten Kern der Seglerfamilien.

All das entsprach der Wahrheit. Aber beim Prahlen, das hatte Harald rasch an seiner Schule, an der gerne geprahlt wurde, gelernt, war Wahrheit nicht unbedingt ein Plus. Alles ließ sich infrage stellen, aber die wildesten Lügengeschichten wurden nie angezweifelt. Beispielsweise, wenn ein Klassenkamerad seinen andächtigen Zuhörern erzählte, dass er mit seinen eigenen Händen drei Judenweiber, denen er nachts zufällig begegnet sei, erdrosselt habe. Diese Lüge schluckten alle. Niemand fragte nach, wie sich diese unwahrscheinliche Begegnung hatte ereignen können. Was hatte denn der Würger nachts alleine im jüdischen Viertel bei der Grenadierstraße zu suchen gehabt? Wie hatte er dort im Gewimmel und weit weg von zu Hause drei Mal das Glück haben können, passende Opfer vollkommen allein anzutreffen?

So etwas wurde kritiklos geglaubt. Die Kameraden interessierten sich mehr dafür, wie die Judenweiber die Augen verdreht und geröchelt hatten, als für die praktischen Umstände. Es stand einem also frei, hemmungslos draufloszulügen.

Hätte er jedoch erzählt, dass seine frisch verlobte Mutter in Kiel beim Kaiser an der Ehrentafel saß, nachdem sein

Vater zum ersten Mal den großen Pokal errungen hatte, hätte er sich nur zum allgemeinen Gespött gemacht.

Aber jetzt bot sich ihm vielleicht eine Gelegenheit zur Revanche. Zum ersten Mal seit dem Krieg würden ausländische Segler an der Kieler Woche teilnehmen. Falls sein Vater einen seiner früheren Triumphe wiederholte, selbst ein zweiter Platz genügte, hätte er eine wahre Geschichte zu erzählen, die nicht angezweifelt werden konnte, weil in sämtlichen Zeitungen nachzulesen war, dass der norwegische Seglerheld wieder einmal in Kiel zugeschlagen habe.

Wäre er gläubig gewesen, hätte er um einen Sieg gebetet, aber Religion war veralteter Aberglaube, besonders das Christentum, das die germanische Kultur erstickt hatte. Aber hoffen konnte er schließlich immer.

Er ruderte die Jolle im Pendelverkehr zwischen dem Steg und der Beduin, die an der grün-weißen Muringboje schwojte, hin und her. Die drei Jungs aus den Schären amüsierten sich, wenn sie sich von ihm unbeobachtet glaubten, über seine Ruderkünste. Vieles musste verstaut werden, am wichtigsten waren die neuen Segel in weißen, sorgfältig verschnürten Säcken von Ratsey & Lapthorn in New York, die, wie ihm sein Vater erklärt hatte, die besten Regattasegel herstellten. Ratsey & Lapthorn war Ende des 18. Jahrhunderts auf der Isle of Wight gegründet worden, aber jetzt ein amerikanisches Unternehmen. Die vulgären Amerikaner hatten inzwischen leider den Platz der besten Seglernation erobert.

Außer den Segeln mussten enorme Lasten von den drei Schärenburschen zum Boot gerudert und verstaut werden. Kisten mit Eis, Konserven, ganze Schinken, Brote, Bier, Branntwein, Wein, Whisky und Kognak, Regensachen,

Südwester, Kisten mit Eiern, Kleidersäcke, Schrankkoffer mit hängenden Kleidern für festliche Anlässe, Rasiersachen, Bettwäsche, alles. Es war unglaublich, was dieses Boot alles schlucken konnte.

Am Nachmittag des 17. Juni machten sie bei strahlender Sonne und schwacher Brise von der Boje los, glitten majestätisch auf den Hotellviken hinaus und winkten allen zu, die am Ufer standen, um ihrer Abfahrt beizuwohnen.

Das Abenteuer konnte beginnen, dachte Harald. Sie segelten nach Kiel, neuen Siegen entgegen.

Die Fahrt verlief anfänglich sehr ruhig und trug mitnichten dazu bei, einen zukünftigen Kadetten zu stählen. Still glitten sie durch die südlichen Schären, und überall winkten Leute aus kleinen Booten und aus Glasveranden ufernaher Villen. Nach ein paar Stunden brach die weiße Mittsommernacht an, und sie waren allein auf See. Einer nach dem anderen verschwand in der Koje, die Wachen waren im Voraus eingeteilt worden. Bei diesem Wetter waren nur ein Rudergänger, entweder Vater oder der Bananenkönig, dem dieser Spitzname nichts ausmachte, und ein Matrose vonnöten. Im Falle eines Wetterumschlags würde man weitere Männer wecken.

Der Bananenkönig hätte eigentlich seine eigene 12er Mariska nach Kiel segeln sollen, war mit ihr aber auf Grund gegangen und musste sie nun reparieren lassen. Wie auch Vater besaß er aber eine 6er, die Matrosen nach Kiel überführten, wie Harald erfuhr, als er alleine mit seinem Vater im Cockpit saß.

Harald blieb lange auf, bis sein Vater ihn schließlich ermahnte, sich hinzulegen. Hier in den geschützten Schären habe es vielleicht nicht den Anschein, aber ihnen stehe noch eine raue Segelfahrt bevor, denn die Wolken ließen auf einen Wetterumschlag schließen.

Die Schlafplätze der drei Matrosen befanden sich in der Vorpiek zwischen den Segelsäcken, Harald hingegen verfügte über eine recht bequeme Koje im vorderen Salon, den er mit niemandem teilen musste. Die beiden Rudergänger hatten bedeutend engere Kojen weiter achtern ganz in der Nähe des Cockpits.

Als Harald das Ohr aufs Kissen legte, hörte er das Wasser am Schiffsrumpf glucksen, was zwar einschläfernd war, aber auch seine Fantasie anregte. Die Koje war für den Fall, dass er sich festbinden musste, mit Riemen versehen. Er atmete den Duft von Holz, Teer, Meer und andere unergründliche Gerüche ein und mochte fast nicht einschlafen, obwohl er nach der zweitägigen Reise eigentlich sehr müde war, weil ihm im Schlaf womöglich entging, was den schönsten Träumen gleichkam. Das letzte Bild, das vor seinem inneren Auge auftauchte, war das eines modernen Torpedobootes, das mit einem Tempo von dreißig Knoten durch die Wellen pflügte, um zwei englische Kreuzer zu versenken.

Er erwachte davon, dass er aus der Koje auf die Planken fiel. Verschlafen rappelte er sich auf und versuchte, sich zu orientieren. Der Geruch von Spiegeleiern und Speck stieg ihm in die Nase.

Er zog sich an und ging der schweren See wegen mit wiegendem Gang ins Cockpit, in dem bereits betriebsame Geschäftigkeit herrschte.

»Wir wollten dich nach deiner langen Reise noch etwas schlafen lassen!«, rief sein Vater durch den donnernden Wind.

Harald nahm neben den anderen im Cockpit Platz und versuchte, sich zu orientieren. Die Wellen waren hoch und der Wind stark, wie stark, wusste er nicht zu beurteilen.

»Wir haben Landsort passiert, jetzt geht es bis Kalmar über offene See!«, rief sein Vater. »Wir haben das Großsegel gerefft. Steife Brise aus Westsüdwest. Wir müssen kreuzen.«

Die Beduin ritt schräg gegen die Wellen, auf und ab, auf und ab. Einer der Jungen aus Sandhamn brachte einen Frühstücksteller mit Eiern und Speck, den Harald dankbar in Empfang nahm, wobei es ihn erstaunte, dass sich der junge Mann mit einem Teller in der Hand bewegen konnte, ohne umzufallen. Er aß rasch und mit gutem Appetit, wobei es ihm schwerfiel, nicht zu kleckern.

Ihn fröstelte und er stellte fest, dass er als Einziger im Cockpit den weißen Pullover vom Vorabend trug. Alle anderen trugen dicke, bis zum Hals zugeknöpfte blaue Seglerjacken. Harald klemmte Messer und Gabel zwischen Daumen und Teller, erhob sich resolut und schwankte einem Betrunkenen gleich in die Kajüte, um das Frühstücksgeschirr wegzustellen und seine Jacke zu holen. Wenig später saß er mit einem Becher Kaffee wieder bei den anderen, die sich mit unverständlichen Ausdrücken über das Wetter und verschiedene, ebenfalls unverständliche Manöver unterhielten. Zwei der Matrosen begaben sich Richtung Vorpiek, vermutlich um zu schlafen. Wenig später zog sich der norwegische Bananenkönig ebenfalls zurück. Vater betrachtete den Himmel in Fahrtrichtung und erteilte dem letzten noch anwesenden Matrosen einen Befehl. Dieser verschwand sofort in der Kajüte und kehrte mit zwei Regenanzügen und zwei Südwestern zurück. Dann zog auch er sich zurück.

»Gleich gibt es Regen und Nebel«, erklärte der Vater, während er mithilfe einer Winsch eines der Vorsegel dichtholte. »Ich habe mir sagen lassen, du willst die Marineoffizierslaufbahn einschlagen.«

»Ja, Vater! Ich glaube nicht, dass ich mich zum Brückenbauer eigne. Ich will Bedeutendes verrichten, einen Einsatz für Deutschland leisten.«

»Deinen Großvater, dem du nie begegnet bist, hat das Meer geholt, seinen Großvater und viele andere aus unserer Familie ebenfalls. Trotzdem lieben wir das Meer. Das hast du von mir geerbt.«

Harald fiel keine passende Antwort ein. Außerdem bereitete es ihm Mühe, den Sturm zu übertönen. Sein Vater schien zudem vollauf damit beschäftigt, die Segel und das Wetter im Auge zu behalten.

Sie segelten auf eine schwarzgraue Mauer aus Regen und Nebel zu. Lauritz rief einen Befehl, worauf zwei Matrosen erschienen und sich mit größter Selbstverständlichkeit auf Deck begaben, das Großsegel ein Stück herabließen und es um den Großbaum rollten. Jetzt wurde nur noch mit einem Drittel der Fläche gesegelt.

»Wir müssen reffen, um die Geschwindigkeit im Nebel zu verringern«, erklärte Lauritz.

Die Matrosen verschwanden wieder in der Kajüte, und Vater und Sohn streiften die Regenkleider über und setzten die Südwester auf. Wenig später peitschte ihnen der Regen ins Gesicht.

Harald genoss es in vollen Zügen. Das war das Abenteuer, das er sich erhofft hatte. Meer und Sturm, Entschlossenheit und Mut.

Meer und Sturm wurden ihm dann mehr als genug beschert, in einem Maße, das sowohl seinen Mut als auch seine Entschlossenheit um einiges dämpfte. So schlechtes Wetter wie in diesen Juniwochen hatte es zu dieser Jahreszeit noch nie gegeben, zumindest nicht, seit Wetteraufzeichnungen existierten. Das waren regelrechte Herbststürme.

Der erste Nothafen, den sie nach zweitägigem Kampf anlaufen mussten, war Borgholm auf Öland. Ein Ausbruchsversuch musste abgebrochen werden, und so saßen sie vier Tage lang fest. Problematisch war nicht nur der Sturm, sondern auch die Richtung des Windes, der aus Südwest, also direkt von vorne kam. Wäre der Wind aus der entgegengesetzten Richtung gekommen, hätte er sie in rasendem Tempo nach Kiel gebracht.

Als sie Borgholm endlich verlassen und nach Kalmar weitersegeln konnten, wurde Schiffsrat abgehalten. An diesem Morgen war der Startschuss für die erste Wettfahrt der größten Schiffsklasse in Kiel gefallen. Eigentlich hätten sie bereits seit zwei Tagen dort sein müssen. Die Beduin konnte nun also nicht mehr teilnehmen.

Aber Lauritz' und Carl Matthiessens beide 6er lagen bereits in Kiel, und vermutlich warteten die Besatzungen schon ungeduldig. Mit der Bahn könnte man noch rechtzeitig zum ersten Start der 6er nach Kiel gelangen. Es war jedoch undenkbar, dass beide Skipper von Bord der Beduin gingen und den Freiwilligen Harald mit drei Matrosen alleine ließen. Entweder Lauritz oder der Bananenkönig musste an Bord bleiben.

Es war eine schwierige Wahl, denn von einer guten Platzierung bei der Kieler Woche träumte jeder Segler. Sie vermochten nicht zu entscheiden, wer die Expedition verlassen und die Bahn nehmen und wer an Bord bleiben sollte. Lauritz meinte, er als Gastgeber müsse selbstverständlich auf die Regatta verzichten. Der Bananenkönig wandte ein, dem Gastgeber gebühre der Vortritt. Schließlich beschlossen sie zu losen.

Lauritz gewann. Harald hatte gehofft, sein Vater würde verlieren, so sehr waren seine kühnen Hoffnungen, in der Schule mit einem Sieg angeben zu können, vom Sturm und peitschenden Regen in Mitleidenschaft gezogen worden.

Man einigte sich darauf, dass Lauritz Kiel telegrafisch sein verspätetes Eintreffen mitteilte. Carl Matthiessens Matrosen sollten in seinem Namen segeln, falls es ihnen gelang, kurzfristig einen dritten Mann aufzutreiben.

Die Segelfahrt nach Kiel wurde unter fast unveränderten, höllischen Wetterbedingungen fortgesetzt.

Bei Windstärke 11 durchquerten sie die Hanöbucht, was erträglich, wenn nicht gar erfreulich gewesen wäre, wenn es sich um Rückenwind gehandelt hätte. Aber jetzt mussten sie sowohl gegen Wind als auch Seegang ankämpfen, gegen Wogen, die über dem Vordeck der Beduin zusammenschlugen und das Cockpit in regelmäßigen Abständen mit Wasser füllten. Die Lenzpumpen waren unentwegt in Betrieb, zum Reden blieb keine Zeit, nur für gebrüllte Befehle, und da ihnen ein Mann fehlte, musste Harald an Schoten und Pumpen mit anpacken.

Ein einziges Mal wurde er gelobt, als er durchnässt neben dem Bananenkönig im Cockpit saß und so gut wie möglich einen Befehl auszuführen versuchte.

»Du bist verdammt noch mal der geborene Segler, Harald. Man merkt, wessen Sohn du bist, kein Freiwilliger auf seiner ersten Tour hätte so eine Fahrt überstanden, ohne seekrank zu werden.«

Die schlichten Lobesworte des Meisterseglers wärmten Harald fast buchstäblich. Er klapperte nicht mehr mit den Zähnen, schöpfte Mut und beschloss, mit stählernem Willen durchzuhalten.

Als sie am 30. Juni, nach einem Hagelschauer, das Kieler Feuerschiff sichteten, legte sich der Wind, und eine totale Flaute trat ein, als wollten die Wettergötter sie ein letztes Mal verhöhnen. Sie sahen die Lichter Kiels, lagen aber in der langen Dünung vollkommen still und mussten alle Hoffnungen, noch rechtzeitig zum Abendessen einzutreffen, fahren lassen.

Schließlich wurden sie abgeschleppt und legten gegen ein Uhr nachts im Hafen des Kaiserlichen Yacht-Clubs an. Aus dem Clubhaus waren Musik, Stimmen und Gelächter zu hören, zumindest schafften sie es noch rechtzeitig zur Nachfeier, und vielleicht würde es ja auch noch etwas zu essen geben.

Sie zogen sich rasch notdürftig um und fanden recht bald Lauritz und seine Brüder, die nicht mehr ganz nüchtern an einem mit Gläsern und den Resten eines fürstlichen Mahls übersäten Tisch im Clubhaus saßen. Harald, der weder seinen Vater noch seine Onkel je so erlebt hatte, beobachtete erstaunt, wie die Brüder mit geröteten Gesichtern krakeelten und Wein becherten.

Der Grund für dieses höchst ungewöhnliche Benehmen stand mitten auf dem Tisch, ein riesiger Silberpokal neben einem zweiten, der allein durchaus schon durch seine Größe bestochen hätte.

Als sich die allgemeine Überraschung gelegt hatte, fand

eine herzliche Verbrüderung statt. Stühle wurden gebracht, etwas zu essen bestellt. Lauritz, Oscar und Sverre versuchten gleichzeitig zu erzählen, was geschehen war, aber da sie durcheinanderschrien, war nichts zu verstehen, bis der Bananenkönig die Faust auf den Tisch knallte und um Ruhe und nur einen Referenten bat. Die Ordnung war wiederhergestellt, und Lauritz begann zu erzählen.

Sie hatten nicht nur gesiegt, sondern auch noch mit Abstand. Die Scheiken hatte vier von sechs Wettfahrten und somit in der Sechs-Meter-Klasse gewonnen. Zum ersten Mal in der Geschichte der Kieler Woche hatten drei Brüder einen solchen Sieg errungen. Aber nicht genug damit. Man hatte ihnen auch noch den Ehrenpokal des Kaiserlichen Yacht-Clubs, der früher vom Kaiser persönlich überreicht worden war, für die beste Leistung bei der Kieler Woche zugesprochen. Die Preisverleihung, die früher am Abend stattgefunden hatte, war eine strahlende Veranstaltung gewesen.

So lautete kurz und gerafft Lauritz' Geschichte. Sie wurde jedoch in einer bedeutend ausführlicheren Version präsentiert, als sich die ausgehungerten Kameraden von der Beduin Fisch, Braten, Bier und Wein schmecken ließen, während Lauritz, Oscar und Sverre interessante Details über die Krisen während der Regatta ihres Lebens zum Besten gaben. Denn selbst Lauritz war der Meinung, dass diese Regatta alles übertraf, was er zu den guten alten Zeiten in Kiel erlebt hatte.

Es wurde eine lange Nacht.

Am nächsten Morgen, genauer gesagt am Vormittag, versammelte man sich auf der Beduin, um die weniger erfreulichen Aufgaben in Angriff zu nehmen. An Bord wurde aufgeräumt und die Wäsche ins Clubhaus gebracht, Segel wurden zum Trocknen aufgehängt, Proviantlisten geschrieben, das Deck mit Süßwasser geschrubbt und das stehende und laufende Gut überprüft.

Dann wurde die Übernachtung im Hotel Kaiserhof besprochen. In der ersten Nacht hatten die drei Matrosen aus Sandhamn an Bord geschlafen, nach allem, was sie getrunken und gegessen hatten, vermutlich recht gut und tief, obwohl es zwischen den Segelsäcken in der Piek recht feucht gewesen sein musste. In der nächsten Nacht würden sie Lauritz' Hotelzimmer übernehmen, während dieser zusammen mit Harald als Wache an Bord blieb.

Da reichlich Hände auf der Beduin mit dem Aufräumen beschäftigt waren, schlug Lauritz also vor, Oscar solle Harald doch den Club zeigen. Dort gebe es für jemanden, der sich noch nicht auskenne, schließlich recht viel zu entdecken. Er ermahnte sie jedoch, sich ordentlich anzuziehen: Seglerjacke und weiße Hosen.

Während des Rundgangs konnte Oscar es natürlich nicht bleiben lassen, die Geschichte ihres Triumphs zu rekapitulieren, der im Wesentlichen auf das Boot und Lauritz zurückzuführen sei. Sverre und er selbst hätten einfach nur Lauritz' Kommandos ausgeführt, obwohl dieser natürlich behaupte, das Segeln läge ihnen im Blut. Bloß weil man aus Westnorwegen stamme, sei das noch lange nicht wahr, und Lauritz hätte auch mit einer anderen Crew jederzeit gewonnen.

Als sie zu guter Letzt Krupps neuen 12er bewunderten, trat ein groß gewachsener, kräftiger Mann an sie heran und bat darum, ihnen zu dem schwedischen Sieg gratulieren zu dürfen. Sein Revers zierte ein Schmuck, den an diesem Tag viele trugen: zwei gekreuzte Fahnen, die deutsche und die schwedische. Auch überall im Hafen flatterten schwedische Fahnen. Der Fremde stellte die Frau an seiner Seite als seine Gattin Carin vor.

Das Erstaunliche war nicht, dass er sie als Schweden identifiziert hatte, schließlich trugen sie den Wimpel ihres Bootes in Miniatur am Revers, sondern die Mischung aus Schwedisch und Deutsch, die er sprach. Seine Gattin Carin war gebürtige Schwedin und erzählte, dass sie in Stockholm in der Odengatan wohnten. Ihr Mann sei ein großer Schwedenfreund und habe sich freigenommen, um an dem großen Ereignis teilzunehmen, dass Schweden als erste Nation den Sportboykott gegen Deutschland brach.

Erst jetzt fiel den beiden auf, dass Oscar und Harald Norwegisch sprachen, was eine gewisse Verwirrung verursachte, da die Scheiken unter schwedischer Flagge segelte. Als Oscar erklärte, das liege an der Nationalität des Bootes und nicht der Besatzung, stellte der große Mann eine neue Beobachtung an, die Oscar mit Stolz erfüllte.

»Mein Herr, Sie sind ja Deutscher!«, rief er in dezentem Bayrisch und deutete auf das Ordensband des Pour le Mérite, das Oscar im Knopfloch trug. Dann deutete er auf sein eigenes Knopfloch mit dem identischen Symbol.

»Nicht ganz, aber ich habe im Krieg auf deutscher Seite gekämpft«, antwortete Oscar reserviert.

»Erfolgreich, wie ich sehe, wo haben Sie den Orden erworben?«

»Beim Afrikakorps, und Sie selbst?«

»Bei der Luftwaffe, beim Jagdgeschwader 1, das als Jagdgeschwader Richthofen bekannt ist.«

Harald glaubte, vor Begeisterung ohnmächtig zu werden.

Hier stand also einer der Helden vom unbezwingbaren Geschwader des Roten Barons leibhaftig vor ihm!

»Kannten Sie Manfred Freiherr von Richthofen persönlich, mein Herr?«, rief er, ohne daran zu denken, wie sich Kinder und junge Männer im Beisein von Erwachsenen zu benehmen hatten.

»Ja, natürlich«, bestätigte der Fliegerheld bescheiden. »Von Richthofen war zwei Jahre lang mein Vorgesetzter, also bis April 1918, als er leider abgeschossen wurde. Ich habe nach ihm das Kommando übernommen.«

Ein kurzer Augenblick der Verlegenheit entstand, niemand wusste, was er sagen sollte. Als Erster fing sich der deutsche Fliegerheld.

»Entschuldigen Sie«, sagte er. »Ich habe ganz vergessen, mich vorzustellen, äußerst unschicklich. Mein Name ist Hermann Göring, würden die Herren mir vielleicht die Freude machen, sich von mir zum Mittagessen einladen zu lassen?«

*

»Natürlich war das ein Schock«, gab Ingeborg auf Christas Frage hin zu. »Ich hätte mir nie träumen lassen, dass einer meiner Söhne den Wunsch hegen könnte, Berufssoldat zu werden. Andererseits bin ich natürlich auch dankbar, dass er nicht zur Armee, sondern zur Marine will. Marineoffiziere kommen mir geradezu wie anständige Soldaten vor, wenn man sie mit den Landsknechten von der Armee vergleicht.«

»Da bin ich ganz deiner Meinung«, sagte Christa. »Es war die Kriegsmarine in Kiel, darunter viele junge Offiziere, die mit der Revolution begonnen hat. Die Marine scheint am wenigsten mit dem Rechtsextremismus zu liebäugeln, diese betrübliche Sache hat also auch ihr Gutes.«

Sie saßen in Sandhamn an ihrem privaten Strand in einer Hollywoodschaukel. Das neue Langhaus war fertig, und man erwartete den norwegischen Kronprinzen. Er würde in einer Art Heimatmuseum wohnen, da das Gebäude, mit Ausnahme einer Veranda an der einen Schmalseite, konsequent eingerichtet war. Der Rasen auf dem Dach sah aus, als würde er dort schon seit Jahren wachsen, und nichts ließ darauf schließen, dass er erst vor einigen Wochen in fertigen Grassoden angepflanzt worden war.

Am Ufer spielten Christas Zwillinge und stritten darüber, wie eine Brücke konstruiert werden sollte. Es war zu vermuten, dass ihnen ein Ingenieur ein paar Tipps gegeben hatte.

Ingeborgs Kinder hatten sich auf den Weg zum großen Sandstrand Trovill am anderen Ende der Insel gemacht. Ingeborg schüttelte über sich selbst den Kopf, als sie Christa erzählte, wie sie naiv argumentiert hatte, Strand sei Strand und der Sand drüben in Trovill auch nicht grüner als auf dem eigenen Grundstück. Es sei schon erstaunlich, wie schnell man mit zunehmendem Alter vergesse, wie es in jungen Jahren gewesen sei.

Johanne war fünfzehn Jahre alt geworden und hatte vor einem halben Jahr ihre erste Menstruation gehabt. Man konnte sich unschwer vorstellen, was sie an den beliebtesten Strand Sandhamns lockte, denn dort trafen sich alle jungen Leute. Der Luxus, ungestört am eigenen Strand zu sitzen, spielte da keine Rolle.

Irgendwie war das Ganze auch komisch. Denn als Johanne die Erlaubnis erhielt, nach Trovill zu gehen, statt am eigenen Strand zu baden, verlangte ihr zwei Jahre jüngerer

Bruder Karl zu ihrem großen Verdruss, sie zu begleiten. Diese Bitte konnte ihm nicht ausgeschlagen werden. Als die beiden großen Geschwister die Erlaubnis erhalten hatten, behauptete die elfjährige Rosa, das sei ungerecht. Sie durfte also ebenfalls nach Trovill, aber nur unter der Bedingung, dass sie Christas jüngste Tochter Helene Solveig mitnahm.

Rosa protestierte und sagte, Helene Solveig sei zu klein, die weite Strecke könne man einer Fünfjährigen nicht zumuten.

Einstweilen konnten die Mütter ihre Kinder noch leicht überlisten. Rosa durfte mitgehen und setzte Helene Solveig in einen Wagen, der ohnehin benötigt wurde, um Proviant und Decken zu transportieren.

»Und was glaubst du, wird geschehen, wenn die Expedition in Trovill eintrifft?«, fragte Christa.

Sie sahen sich kurz an und mussten lachen, denn sie waren beide überzeugt davon, dass Johanne den Platz sehr sorgfältig aussuchen würde. Sie würde den kleinen Geschwistern dabei helfen, die Decken auszubreiten, den Proviant und die Saftflaschen vor der Sonne schützen und dann Karl die strenge Anweisung erteilen, auf die Kleinen aufzupassen, während sie etwas erledigen ginge. Dann würde sie ihre Altersgenossen aufsuchen, die etwas weiter oben im Strandhafer verborgen lagen.

So hätten sie sich jedenfalls in ihrem Alter verhalten, wenn sich die Gelegenheit dazu geboten hätte. Aber in ihrer Kindheit hatte sich die nur selten ergeben, da man sie niemals unbeaufsichtigt an einen Strand gelassen hätte.

Eines der Dienstmädchen kam mit einem Brief aus dem Haus und teilte mit, das Mittagessen werde in einer halben Stunde auf der Veranda serviert.

Lauritz' Brief kam aus Helsingborg, wo sie auf dem Weg nach Hankø und der KNS-Regatta zum Bunkern angelegt hatten. Ingeborg überflog ihn rasch, lächelte und faltete ihn dann zusammen.

»Sie haben das Langstreckensegeln Kiel-Travemünde ebenfalls gewonnen, und zwar mit einem zeitlichen Abstand von dreieinhalb Stunden. Recht gut, wie weit ist es überhaupt von Kiel nach Travemünde? Sechsundsechzig Seemeilen?«

»Ja, so in etwa. Wirklich ein überragender Sieg. Denk mal, wie lange das schon zurückliegt, es war eine ganz andere Welt. Kaum zu glauben, dass wir auch einmal dabei waren.«

»Wo?«

»In Kiel, im Sommer. Die behütetsten Backfische Deutschlands. Wir hatten nichts gegen die Kieler Woche, solange wir Gelegenheit erhielten, junge Männer anzupeilen, was wir ja auch taten, allerdings nur aus der Ferne.«

»Und zwar nur Mitsegler, die arm, nicht von adliger Herkunft und in den Augen unserer lieben Väter vollkommen unakzeptabel waren.«

»Die uns stattdessen einem Idioten nach dem anderen vorstellten, allerdings Idioten mit Stammbaum. Ja, das war wirklich eine andere Welt.«

»Du bist mit einem Kommunisten durchgebrannt, und ich habe einen Fischerjungen geheiratet. Wie unsere Väter jetzt wohl darüber denken?«

»Ich glaube, sie haben sich seit Langem damit abgefunden. Und wenn sie zurückdenken, sind sie sicherlich erleichtert, dass diese Ereignisse der Vergangenheit angehören. Ich habe ja meinen Kommunisten gegen einen wohlhabenden Kriegshelden eingetauscht und du deinen Fischerjungen gegen einen Seglerhelden. Es hätte, mit Verlaub, schlimmer kommen können, zumindest in meinem Falle. Aber du warst ja immer ganz sittsam.«

»Ja, Lauritz bekam meine Unschuld. Oder von bekommen kann nicht die Rede sein. Ich zwang ihn förmlich, sie sich zu nehmen, und seither hat es in meinem Leben nur ihn gegeben.«

»Meine Güte, welch einförmiges Leben!«

»Unsinn! Meine Jugend war spannender als deine. Und jetzt sitzen wir hier wie die braven Mädchen, die sich unsere Väter einst wünschten, denn dein Leben kann ja wohl kaum als ausschweifend bezeichnet werden.«

»Nein, durchaus nicht. Ich verstehe nicht, warum, aber so ist es nun einmal. Aber bei dir fängt ja jetzt alles wieder von vorne an.«

»Das würde mich doch sehr wundern. Oder was meinst du damit?«

»Johanne ist im fruchtbaren Alter. Du bist ein moderner Mensch, lebst im 20. Jahrhundert, vertrittst nicht die Auffassung, dass Töchter heutzutage so überwacht werden sollen, wie es mit uns geschah. Wenn sie also jetzt schwanger wird, was dann?«

»Darüber zerbreche ich mir den Kopf, wenn es so weit ist. Momentan käme wohl nur ein Schwangerschaftsabbruch infrage. Wie würde dein Rat lauten? Du beschäftigst dich ja mit Sexualaufklärung. Was erzählst du denn deinen Zuhörerscharen am Alexanderplatz?«

»Ich empfehle Gummi, vor allen Dingen Gummi, ungeachtet Alter.«

Das Mittagessen wurde serviert, es gab frühmorgens im

Hafen erstandene, gebratene Sandhamn-Flunder. Sie hatten den Auftrag erhalten, für den Besuch des norwegischen Kronprinzen Weine zu verkosten, und waren sich rasch einig gewesen, dass der trockenere französische Wein besser passte als der deutsche.

Sie saßen an einem Tisch aus dezimeterdicker Eiche, und auch die Stühle waren so massiv, dass eine Frau ohne Tischherrn Probleme gehabt hätte, mühelos Platz zu nehmen. Das Gebäude war zweifellos ein Männerhaus, wogegen der norwegische Prinz sicherlich nichts einzuwenden hatte. Aber wenn Sverre und Oscar, ganz zu schweigen von ihrem Freund Bruno Taut dieses Haus zu Gesicht bekamen, würden sie sich bestimmt totlachen.

Oder vielleicht auch nicht, vielleicht fanden sie es ja »organisch«, ein Haus für die Wildnis und für ein Leben in der Wildnis, für Segler mit schwieligen Händen, die mit der Faust auf den Tisch schlugen.

Dieses Jahr würden Oscar und Sverre diese Freilichtmuseumsparodie jedoch noch nicht in Augenschein nehmen. Nach dem langen Törn wollten sie vermutlich schleunigst nach Berlin zurückkehren, um sich ihren Geschäften zu widmen. Auch Christa und die Kinder wollten sich auf den Weg machen, nicht nur, um dem Prinzen von Norwegen Platz zu machen, sondern weil die Saison in Berlin allmählich begann. Alle Freunde aus dem Salon hatten Berlin über den Sommer verlassen. Bert war wie immer nach Augsburg gefahren. Christa fand außerdem, dass sie Dr. Döblin nicht länger mit der ganzen Arbeit alleine lassen konnte, am allerwenigsten jetzt, wo die Rechte dafür propagierte, die Sexualerziehung zu verbieten.

Eines stand jedenfalls fest: Wenn man keine größeren

Sorgen hatte, als dass der Sohn Admiral werden wollte, war das Leben recht angenehm. Berlin würde sich zwar nie in eine Idylle verwandeln, in der man barfuß am Strand sitzen und sich nostalgisch sentimentalen Gedanken hingeben konnte, aber Berlin entwickelte sich in eine erfreuliche Richtung, und am Horizont wurde es heller.

VI

BERLIN

1928

Sie träumte, bewusstlos zu sein, was ein seltsames Erlebnis war, weil sie sich bewusst war, dass es sich um einen Traum handelte. In ihrem Kopf herrschte keine Ordnung, Bilder wirbelten ohne ein erkennbares Muster oder eine erkennbare Logik durcheinander.

Sie stand an einem Rednerpult und hielt einen ihrer gewohnten Vorträge, und wie auch sonst waren alle Plätze besetzt.

Die Zuhörerschaft bestand aus Arbeiterfrauen, die in der Nähe wohnten. Es war eine sehr friedliche Versammlung, wie üblich, denn Fragen des Zusammenlebens eigneten sich nicht für lautstarke Agitation.

Etwas war geschehen, etwas Entsetzliches. Widerliche Lieder.

Oscars Gesicht nahe an ihrem. Er hielt einen Waschlappen in der Hand, vielleicht schon zum hundertsten Mal. Kaltes Wasser im Gesicht.

Oder war das Dr. Döblin? Nein, Alfred, die anderen nannten ihn Dr. Döblin, aber für sie war er einfach Alfred.

Sie stand am Rednerpult, und alles war wie immer. Nein,

überhaupt nicht. Etwas geschah, dieses Lied, Knüppel und Eisenstangen, braune Uniformen.

Die Straße frei den braunen Bataillonen, die Straße frei dem Sturmabteilungsmann! Es schau'n aufs Hakenkreuz voll Hoffnung schon Millionen.

Sie strömten in zwei Reihen rechts und links am Publikum vorbei auf sie zu. Vielleicht hatten sie ja auch erst anschließend gesungen.

Wieder war da Oscars Gesicht. Nein, sie sah es nicht wirklich, sie spürte nur seine Nähe, hörte seine Stimme, spürte den kalten Waschlappen.

Dann neue Träume. Später. Ein ganz anderer Tag. Oder war es Nacht?

Sie war wach, konnte aber nicht sehen, wer bei ihr saß. Sie versuchte etwas zu sagen, brachte aber kein Wort über die Lippen. Träumte sie, blind und stumm zu sein?

»Du hast noch Glück gehabt«, sagte Alfred. »Ich weiß, dass du mich hören kannst, drück meine Hand, einmal für Ja, zweimal für Nein.«

Sie drückte einmal. Das war kein Traum mehr. Der Schmerz im Gesicht und in einem Arm war zu deutlich zu spüren.

»Die Diagnose ist einfach«, sagte Alfred. »Du hast eine schwere Gehirnerschütterung erlitten und warst zwei Tage bewusstlos. Aber die Gefahr ist vorüber. Du wirst dich erholen. Verstehst du, was ich sage?«

Sie drückte einmal.

»Erinnerst du dich, was passiert ist?«

Sie drückte zweimal.

»Dein Vortrag wurde von SA-Schlägern unterbrochen. Sie waren mit Knüppeln und Eisenstangen bewaffnet und haben so viele Leute wie möglich misshandelt, hatten es aber vor allem auf dich abgesehen. Viele Frauen aus dem Publikum haben dir geholfen und dafür Prügel bezogen, und nur deswegen hast du überlebt. Leider hatten nicht alle solches Glück. Willst du schlafen, oder soll ich noch mehr erzählen? Entschuldige, es funktioniert natürlich nur eine Frage nach der anderen. Willst du schlafen?«

Sie antwortete mit einem zweifachen Händedruck.

»Soll ich mehr erzählen?«

Ein Händedruck.

»Ausgezeichnet. Ich werde dir deine Verletzungen beschreiben. Dein rechter Oberarm ist gebrochen, das tut möglicherweise weh, ist aber nichts, was dich beunruhigen muss. Dein Gesicht hat einige Platzwunden abgekriegt, die ich, so gut es ging, genäht habe. Ob Narben zurückbleiben, lässt sich noch nicht absehen. Wegen der Schwellungen hast du einen Verband vor beiden Augen, den wir gelegentlich mit Wasser kühlen. Die Zunge ist genäht. Vermutlich fühlt sich das unbehaglich an, aber das ist nicht bedrohlich. In ein paar Tagen wird die Schwellung zurückgegangen sein, und ich kann die Fäden ziehen. Oscar und ich haben uns an deinem Bett abgewechselt. Du bist die Einzige aus der Familie, der etwas zugestoßen ist, alle anderen sind wohlauf. Willst du sonst noch etwas wissen?«

Ein Händedruck.

»Medizinischer Art?«

Noch ein Händedruck. Aber statt ihren guten Freund und jetzt noch dazu ihren Arzt lange raten zu lassen, deutete sie mit ihrer beweglichen Hand auf die Nase und die freiliegenden Schneidezähne, die ebenso trocken waren wie ihre Zunge, dann deutete sie mit noch größerer Anstrengung stöhnend oberhalb der Taille auf ihre Seite.

»Nichts, worüber du dir sonderlich Sorgen machen müsstest«, sagte er. »Du hast einen halben Backenzahn verloren und eine Plombe, außerdem ist das Nasenbein angebrochen. Im Augenblick ist deine Nase, wie Oscar es schön beschrieben hat, breit wie die einer Löwin. Was deine Rippen angeht, hast du ein paar Tritte abbekommen, einige sind angebrochen, aber es liegt keine richtige Fraktur vor. Alles in allem kann die medizinische Lage also als recht positiv bewertet werden. In ein paar Wochen bist du komplett wiederhergestellt. Willst du sonst noch etwas wissen?«

Christa tastete nach seiner Hand und drückte einmal.

»Etwas anderes als medizinische Fragen?«

Sie ließ seine Hand los, legte einen Finger an die Lippen, deutete dann auf ihr Ohr und dann in seine Richtung.

Dann summte sie mehr stöhnend als singend die Melodie. Über eine Textzeile, die sich in ihre Erinnerung eingebrannt hatte, erinnerte sie sich an die Melodie: *Die Straße frei den braunen Bataillonen, die Straße frei dem Sturmabteilungsmann!*

Alfred lauschte aufmerksam, dachte einige Sekunden nach und verstand dann, worum es ihr ging.

»Du willst wissen, was aus diesem SA-Pack geworden ist?«

Sie versuchte zu nicken, aber da durchzuckte sie der Kopfschmerz wie ein Blitz.

»Lieg still!«, ermahnte er sie. »Die Polizei behauptet, von den Tätern fehle jede Spur und die Zeugenaussagen seien unbrauchbar, weil nur die Uniformen beschrieben worden seien. Die Wache am Alexanderplatz ist für die Ermittlung zuständig, die im Sande verlaufen wird. Die politische Diskussion sollten wir uns für eine bessere Gelegenheit aufheben, finde ich. Dir würde es ohnehin nicht gefallen, nur mit Ja oder Nein antworten zu können. Ich gebe dir jetzt ein wenig Wasser, damit du dir die Lippen befeuchten kannst. Dann bekommst du eine Spritze und wirst vermutlich sechs oder sieben Stunden schlafen, also bis zum Abendessen ungefähr.«

Beim Wort Abendessen stöhnte Christa.

»Flüssiges Abendessen«, erklärte Alfred und strich ihr vorsichtig über die Wange. »Gute Nacht, meine liebe, tapfere Kameradin, zähl jetzt bitte von zehn rückwärts.«

Sie spürte einen Stich im Arm und zählte rückwärts bis fünf, dann verschwanden die Schmerzen, alles verschwand, und die ersten Traumbilder tauchten hinter ihren bandagierten Augen auf.

*

Das war der beste Tag meines Lebens, dachte er. Nach dem langen und üppigen Mittagessen in Kiel im Jahr zuvor hatte er Onkel Hermann versprechen müssen, sich in etwa einem Jahr, wenn dieser mit seiner Frau von Stockholm nach Berlin umgezogen sei, zu melden. Sie rechneten damit, und er würde Harald auf einen Rundflug mitnehmen, den er so bald nicht vergessen würde.

Was für ein fantastisches Versprechen. Aber vielleicht hatte er das ja auch einfach nur so dahingesagt, man wusste nie, ob derartige Angebote ernst gemeint waren und nicht sofort wieder vergessen wurden.

Ein Jahr war vergangen. Als Harald mit klopfendem

Herzen die Nummer wählte, die er vor einem Jahr in Kiel erhalten hatte, machte er sich keine großen Hoffnungen. Dennoch wäre es dumm gewesen, es nicht einmal zu versuchen.

Eine zackig militärische Stimme meldete sich und brüllte etwas Unverständliches. Dann wurde gefragt, wer denn verlangt werde.

»Hauptmann Göring«, antwortete Harald mit leiser, verängstigter Stimme.

»Entschuldigen Sie, wer?«

»Herr Hauptmann Hermann Göring!«, wiederholte er laut und den Tränen nahe.

»Wie war noch gleich der Name?«

»Harald Lauritzen.«

»Wie bitte? Sprechen Sie gefälligst deutlich, Mensch!«

»Gymnasiast Harald Lauritzen!«

»Bitte warten Sie!«

Während er wartete, schwand sein Mut noch mehr. Es dauerte unwahrscheinlich lange, und er bereute seinen Anruf bereits. Aber er hatte sein Versprechen gegeben, und ein Mann hielt immer sein Wort.

Schließlich hörte er etwas, das wie unterdrückte Flüche im Hintergrund klang, dann Geraschel, ehe zum Telefonhörer gegriffen wurde.

»Hallo? Harald, bist du das?«

»Ja, Herr Hauptmann! Ich hatte doch versprochen …«

»Sehr gut! Hast du heute Zeit? Die Schule hat doch noch nicht angefangen? Das Wetter ist ausgezeichnet. Dann fliegen wir!«

Eine Viertelstunde später holte ihn ein Mercedes 260 D mit dem Emblem der Reichswehr ab, und eine Stunde später befand er sich auf einem der geheimen Flugplätze Berlins, auf dem Jagdflugzeuge eines neuen Typs in einer langen funkelnden Reihe aufgestellt waren. Dass er vom Fliegerheld Hermann Göring herzlich auf einem Flugplatz empfangen wurde, war vielleicht nicht weiter verwunderlich, aber auch alle anderen Offiziere, denen er vage als junger Verwandter vorgestellt wurde, behandelten ihn mit übertriebener Zuvorkommenheit. Rasch wurden sie mit Overalls und Fliegermützen ausgerüstet.

Harald hatte auf eines der schnittigen Jagdflugzeuge gehofft, doch die Wahl fiel auf einen zweisitzigen älteren Focke-Wulff-Doppeldecker mit zwei offenen Cockpits. Das vordere wurde Harald zugewiesen.

»Dies ist ein Schulflugzeug mit Doppelsteuerung«, erklärte Göring. »Du siehst, dass sich die Hebel auch vorne bei dir bewegen, aber ich steuere! Gilt die Wette aus Kiel immer noch?«

»Ja, Herr Hauptmann!«

»Gut! Aber mach mir anschließend keine Vorwürfe ...«

Die letzten Worte wurden vom Lärm des aufheulenden Motors verschluckt. Das Flugzeug rumpelte über die Wiese und auf die große Startbahn aus Beton zu.

Harald sah alle Flieger des Stützpunktes herbeieilen, um der Vorführung des berühmtesten lebenden Piloten Deutschlands beizuwohnen, die jetzt offenkundig stattfinden würde. Harald bereute fast schon seine Teilnahme, aber dafür war es jetzt natürlich zu spät.

Während des ausgedehnten Kieler Mittagessens im Vorjahr hatte Onkel Hermann versucht, ihn davon zu überzeugen, dass die Marine nicht die Truppengattung der Zukunft sei. Die Luftwaffe werde die Marine ablösen und ihre entscheidende Rolle übernehmen. Während des Krieges habe sich die Flugtechnik noch in den Kinderschuhen befunden, und ein Kampfpilot habe nicht viel mehr unternehmen können, als seine Kollegen abzuschießen. Wenn er Pech hatte, starb er, wenn er Glück hatte, wurde er mit einer Menge Orden ausgezeichnet. Den Ausgang des Krieges habe man dadurch nicht entscheidend beeinflussen können. Die Zukunft würde anders aussehen. Harald solle sich also die Grillen mit der Marine aus dem Kopf schlagen und umdenken, er solle auf die Zukunft statt auf die Vergangenheit setzen. Vielleicht dürfe er ihn ja mal zu einem Rundflug einladen? Traue er sich so etwas zu?

Darauf konnte es nur eine Antwort geben.

Aber würde er auch einen akrobatischen Flug überstehen, ohne sich zu übergeben?

Auch auf diese Frage hatte es nur eine Antwort gegeben, immerhin hatte er die dramatische Segelfahrt von Saltsjöbaden nach Kiel überstanden.

Dann hatten sie gewettet. Der Verlierer sollte nach dem Flug das Mittagessen bezahlen.

An einem Sommertag am Meer im Restaurant selbstbewusst über sein höchst hypothetisches Talent als Flieger zu sprechen war eine Sache gewesen.

Jetzt in der Maschine eines Jagdpiloten von Weltruhm zu sitzen, während dieser auf der Startbahn noch einmal die Steuerung überprüfte, eine ganz andere. Aber hier ging es ums Prinzip. Er würde Wort halten.

Die Bremsklötze wurden weggezogen, und die Maschine, die einem eifrigen Rennpferd in der Startbox gleich dagestanden hatte, wurde mit voller Kraft nach vorne geschleudert und stieg dann sofort steil in den Himmel. Bereits jetzt drehte sich Harald der Magen um, aber er biss die Zähne zusammen.

Als Harald den Kopf hob, sah er über sich die Hangars, die aufgereihten Jagdflugzeuge und die zuschauenden Piloten. Auf dem Gipfel des Loopings nahm Onkel Hermann das Gas weg, und es wurde bis auf das Pfeifen des Windes in den Drahtseilen zwischen den Tragflächen ganz still. Nach einem scheinbar erstaunten Innehalten begann die Maschine, Heck voran, Richtung Erde zu trudeln. Da gab Onkel Hermann wieder Vollgas, fing die Maschine auf und schoss kontrolliert in zwanzig Metern Höhe voran. Im nächsten Augenblick flogen sie in gedrosseltem Tempo eine gesteuerte Rolle.

Harald versuchte, sich in den kleinen Jungen zurückzuversetzen, der vom Steg in Saltsjöbaden Stichlinge geangelt und sich dabei in den Freiherrn von Richthofen verwandelt hatte. Diese Fantasie wirkte wie eine Wundermedizin gegen jeden Anflug von Übelkeit. Jetzt waren seine Träume Wirklichkeit geworden! Als er die Hände an die Steuerknüppel legte und behutsam den Bewegungen folgte, hatte er das Gefühl, selbst zu fliegen.

Nachdem sie sich nach einer neuen Serie akrobatischer Nummern in hundert Metern Höhe wieder im Horizontalflug befanden, erhielt er von hinten den Befehl zugebrüllt, die Hebel, die er bereits in den Händen hielt, nun alleine zu betätigen und erst einen Schwenk nach links, dann einen nach rechts zu fliegen und so steil wie möglich anzusteigen. Er gehorchte.

Nach etwa zwanzig Minuten, die Harald wie zwanzig Stunden vorkamen, landeten sie. Er befand sich in einem noch nie erlebten Rausch, einem Rausch ohne Trunkenheit. Alle Farben und Details waren so deutlich, als sähe er sich selber in einem kolorierten Film.

Als sie der Maschine entstiegen, klatschten die versammelten Kampfpiloten Beifall, wobei der Beifall nicht nur dem Fliegerhelden, sondern auch Harald galt.

Onkel Hermann, der zu diesem Zeitpunkt eigentlich noch gar nicht Onkel Hermann war, legte Harald einen Arm um die Schultern und schüttelte ihn liebevoll.

»Wer von euch Kameraden hätte diese Tour mitgemacht, ohne anschließend zu schwanken?«, fragte er lachend die versammelte Pilotenschar. Alle schüttelten lächelnd den Kopf.

»Mein junger Schützling, ich bin dir ein Mittagessen schuldig!«, rief Onkel Hermann mit ausgebreiteten Armen, als stünde er auf einer Opernbühne.

Während dieser Mahlzeit, die zusammen mit dem Chef des Stützpunktes und seinem Stellvertreter eingenommen wurde, erhielt Harald die Order, in Zukunft keine Anreden wie Herr Hauptmann oder Ähnliches zu verwenden, sondern ganz einfach Onkel Hermann zu sagen. Eines war von jetzt an sicher: Hier auf Deutschlands heimlichstem Flugplatz würde man einen Fliegerkadetten Lauritzen mit offenen Armen empfangen!

Die beiden Chefs nickten zustimmend und hoben ihre Biergläser.

Und dieser glücklichste Tag seines Lebens lag noch gar nicht lange zurück!

Jetzt, knapp eine Woche später, hatte er den unglücklichsten Tag seines Lebens erlebt. Es war eine reine Formalität gewesen, dass er sich der ärztlichen Untersuchung ein Jahr im Voraus unterzogen hatte, um sich im darauffolgenden Jahr nach dem Abitur direkt zum Stützpunkt begeben zu können.

Niemals hätte er erwartet durchzufallen. Er war so durchtrainiert wie Onkel Sverre und hätte als Boxer im leichten Schwergewicht antreten können. Er war stark, ein schneller Läufer und einer der drei besten Schützen der Berliner Jugendwettkämpfe. An einem schlechten Tag belegte er den dritten Platz, und an einem guten siegte er.

Mit dem rechten Auge, das man zum Schießen brauchte, sah er wie ein Falke, aber nicht auf dem linken, das die Bergenser Schulkameraden aus Hass auf die Deutschen mit Tritten verletzt hatten und auf dem sein Sehvermögen stark herabgesetzt war.

Er hatte diese Schwäche, vielleicht weil er sich ihrer schämte, stets geheim gehalten. Er wollte keine Brille tragen, und auf Mitleid konnte er verzichten. Er konnte mühelos lesen und noch besser schießen, weshalb er seiner Sehschwäche bislang keine Bedeutung beigemessen hatte.

Die Medizinalräte waren da ganz anderer Meinung. Mit einer Maschinenpistole aus einem fliegenden Flugzeug zu schießen hatte nichts mit Scheibenschießen zu tun. Für einen Piloten war entscheidend, gleich gut mit beiden Augen sehen zu können, weil sich nur so Abstände korrekt abschätzen ließen.

Wie wunderbar seine Voraussetzungen, ganz abgesehen von einer exzellenten Empfehlung von höchster Stelle, auch sonst aussehen mochten, so war die Sache leider entschieden. Er würde nie Kampfflieger werden.

Das also war der unglücklichste Tag seines Lebens, den er ein paar die Deutschen hassenden norwegischen

Kindern zu verdanken hatte, die mit ihren Tritten sein linkes Auge ruiniert hatten, was nicht ungeschehen gemacht werden konnte.

Er musste sich sehr zusammennehmen, um nicht zu weinen, als er Onkel Hermann im Reichstag anrief, um ihm die ebenso überraschende wie traurige Neuigkeit mitzuteilen.

Sofort lud Onkel Hermann ihn zu sich ins Reichstagsgebäude ein.

»Ich bin mir sicher, dass du einer der besten Flieger Deutschlands geworden wärst«, seufzte Onkel Hermann. »Entfernungen beurteilen zu können war früher wichtiger, heute sind andere Dinge maßgebend und entscheidend. Hätten wir einen größeren Einfluss in diesem verdammten Reichstag, hätte sich da vielleicht was deichseln lassen. Wollen wir erst einmal die Lage beurteilen. Deutschland darf einen so ausgezeichneten jungen Mann nicht verlieren. Was Deutschland braucht, sind arische Vorbilder wie dich. Junge Männer mit Mut und Entschlossenheit, und daran mangelt es dir nicht. Nicht zuletzt ist ein Wille aus Stahl nötig, Deutschland wiederauferstehen zu lassen. Den besitzt du auch. Es lässt sich in vielen Bereichen etwas ausrichten. Hegst du möglicherweise einen anderen Berufswunsch?«

Nein, sein höchster Wunsch war zerschlagen.

»Du darfst keinesfalls aufgeben, Harald«, sagte Onkel Hermann. »Ich brauche dich an meiner Seite, ich setze große Hoffnungen in dich, musst du wissen. Darf ich dir einen Vorschlag unterbreiten?«

*

Fünf Tage verbrachte Christa mit Franz Biberkopf, der Hauptperson in Alfreds neuem Roman, der im nächsten Jahr erscheinen sollte. Alfred saß jeden Nachmittag ein paar Stunden lang an ihrem Bett, bevor seine abendliche Sprechstunde als Armenarzt begann. Er wechselte zwischen Vorlesen und Kommentaren ab, als wollte er seinen Text sowohl vor sich selbst als auch ihr gegenüber verteidigen. Christa glaubte jedenfalls, diesen ungewöhnlichen Séancen entnehmen zu können, dass er dieses Mal mehr riskiert hatte als in seinen früheren und offen gestanden nicht sonderlich erfolgreichen Romanen.

Die Situation entbehrte nicht einer gewissen Komik, denn wenn nun Alfred ein so dringliches Bedürfnis verspürte, über sein Buch zu diskutieren, warum wählte er dann eine Gesprächspartnerin, deren Zunge genäht worden war und die kaum mehr als Ja oder Nein sagen konnte? Auch, nachdem er die Fäden gezogen hatte, konnte sie noch nicht sprechen, zumindest konnte sie den Mund wieder schließen, sodass die Mundhöhle nicht ständig austrocknete.

Franz Biberkopf hätte ohne Weiteres einer der SA-Schläger sein können, der sie und eine unbekannte Anzahl Arbeiterfrauen, von denen zwei nicht überlebt hatten, misshandelt hatte. Sie sah ihn mühelos vor sich. Leute wie ihn gab es überall.

Da stand er nun, ohne einen Pfennig und arbeitslos, in der Nähe des Alexanderplatzes mit einer Hakenkreuzbinde am Arm, und verkaufte nationalsozialistische Zeitungen, und zwar nicht, weil er Nationalsozialist gewesen wäre, er konnte diese kaum von anderen ähnlichen Gruppierungen unterscheiden, sondern weil er dafür eine Provision bekam.

Hätte er eine Provision für den Verkauf kommunistischer Zeitungen erhalten, hätte er diese verkauft. Er begriff nicht einmal, wie unschicklich, wenn nicht gar gefährlich es war, sich nach beendetem Tagewerk mit der Hakenkreuzbinde in die Stammkneipe in der Elsässer Straße zu begeben, um ein paar ersehnte Gläser Bier zu trinken. Dort saßen seine Freunde aus der Zeit vor dem Krieg, die ebenso arbeitslos waren wie er selbst, jedoch Kommunisten. Und als sie begannen, über sein Hakenkreuz zu schimpfen, fehlten ihm die passenden Gegenargumente, da er von Politik keine Ahnung hatte. Stattdessen ging er zum Gegenangriff über, indem er sie alle des Verrats bezichtigte. Die Republik habe die aus dem Krieg in die Arbeitslosigkeit Heimgekehrten im Stich gelassen. Auch im Frieden habe man ein Recht auf ein anständiges Leben, selbst wenn man an der Front nicht verstümmelt worden sei.

Als die Kameraden über die verratene Revolution sprachen, verspottete er sie. Und als sie ihre Einigkeit zu demonstrieren suchten, indem sie den einzigen in der Kneipe anwesenden Klassenfeind, der nicht einmal einer war, durch Singen der Internationale zum Schweigen brachten, so wusste Franz Biberkopf darauf eine noch lächerlichere Antwort. Da er keine nationalsozialistischen Lieder beherrschte, stimmte er das provozierendste Lied an, das ihm einfiel:

Die Wacht am Rhein, fest steht und treu die Wacht, die Wacht am Rhein …

Christa versuchte zu lachen, aber nur ein heiseres Röcheln drang aus ihrer Kehle.

Alfred versicherte, dass es keineswegs seine Absicht sei, diese traurige Gestalt ins Lächerliche zu ziehen. Man müsse Mitgefühl haben, sich in ihn hineinversetzen. Überall im ganzen Land säßen ähnlich bedauernswerte Gestalten in Hinterzimmern von billigen Kneipen, in denen sie umsonst Bier, einen geringen Lohn und Suppe bekamen. Die Uniform werde abgestottert. Aus heiterem Himmel kämen SA-Figuren in Reithosen reingestiefelt und bliesen in ihre Trillerpfeifen, woraufhin alle hinauseilten, um jemanden zu verdreschen, eine Versammlung zu stören, eine Demonstration zu unterwandern, oder andere der Sache dienliche Dinge zu tun.

Die das Ganze finanzierenden Hintermänner seien der Hauptfeind. Kurz gesagt, die Rechte. Aber davon hätten Leute wie Franz Biberkopf keine Ahnung.

Welche politischen Einwände hatten jene Leuchten, die Christas Versammlung zur Frauenfrage angegriffen hatten, eigentlich? In welcher Hinsicht war diese Versammlung so bedrohlich gewesen, dass man zu Eisenstangen greifen musste?

»Schmutz und Schund«, hatten ein paar der Braunhemden gerufen, was seit einigen Jahren eine Parole der katholischen Zentrumspartei war. Dieser war es zur Rettung der deutschen Jugend gelungen, etwa hundert Bücher, glücklicherweise bescheidener Qualität, verbieten zu lassen, um die Moral der deutschen Jugend zu schützen. Es wäre logischer gewesen, den Angriff gegen eine Erbauungsversammlung des Zentrums zu richten. Die Judenfrage hatte in diesem Zusammenhang ausnahmsweise keine Erwähnung gefunden, da nicht einmal die Holzköpfe der angreifenden Sturmabteilung auf die Idee kommen konnten, dass Sexualität eine jüdische Erfindung sei.

Unter Freunden konnte man sich über alle Franz Biberkopfs lustig machen, erlaubte man sich Gleiches in der Öffentlichkeit, so wurde nur das Vorurteil von der Obrigkeit bestätigt, die den kleinen Mann nicht respektierte. Eine solche Auffassung konnte Widerstand, Entschlossenheit und Gewalttätigkeit hervorrufen.

Die große Frage, die sich der deutschen Gegenwartsliteratur stelle, laute, sinnierte Alfred weiter, wie mit den Folgen der Niederlage und dem zunehmenden Revanchismus, also dem Wunsch nach einem neuen und besseren Krieg, umzugehen sei und wie man verhindern könne, dass Verzweiflung, Armut und Not die rechtsextremistischen Strömungen verstärkten.

Christa hätte diese literaturpolitische Frage niemals so stringent formulieren können. Außerdem konnte sie ihre Zustimmung nur durch gurgelnde Laute und eifriges Nicken ausdrücken, nachdem ihre Kopfschmerzen fast gänzlich verschwunden waren. Sie bedeutete ihrem Freund mit der Hand, dass er fortfahren solle.

Eine wesentliche Aufgabe bestehe darin, gegen Jünger anzuschreiben, setzte Alfred seine Argumentation fort, und den Grabenkrieg realistisch und nicht als himmlischen Tapferkeitstraum zu schildern. Er wisse mehr als viele andere über die Ereignisse in den Schützengräben, obwohl er sich nie dort aufgehalten habe. Als Militärarzt im Elsass habe er vier Jahre lang die Verstümmelten aus Verdun und von anderen Kriegsschauplätzen gepflegt. Er habe im Schnitt acht Beinamputationen pro Tag durchgeführt, das seien 240 im Monat und 2080 im Jahr. Unter Berücksichtigung von Feiertagen und Heimaturlaub belief sich das also auf etwa 10 000 Beinamputationen, Arme und andere Körperteile nicht eingerechnet.

Feiertage seien im Übrigen irreführend. Natürlich war sowohl an Wochen- wie auch an Sonntagen amputiert worden, aber die Ärzte hätten sich nach zwei Jahren Dienstzeit das Recht erkämpft, jeden zweiten Sonntag freizunehmen.

Diese grauenvolle Monotonie ließ sich nicht in Literatur umsetzen, außerdem eignete sie sich nicht für Polemik, da nicht einmal Jünger und ähnliche Schwachköpfe den Verstümmelungen im Krieg eine schöne Seite abgewinnen konnten. »Dort lagen wir Bein an Bein und unsere Brust füllte sich mit dem Rausch des wilden Sturms im Angesicht der Skalpelle und Knochensägen des Feldschers.« Nein, das ging nicht.

Andere würden die Hölle der Schützengräben besser beschreiben können als er, seine Kriegserfahrungen eigneten sich nicht dazu. Aber seine Erfahrungen als Armenarzt in der Frankfurter Allee eigneten sich umso besser für die Beschreibung der Lage nach den Schützengräben.

Nun, dieser Art seien seine Gedanken. Christa nickte zustimmend und flüsterte: »Viel Glück mit dem Roman, ich liebe ihn jetzt schon.«

Zum ersten Mal, seit die Fäden in ihrer Zunge gezogen worden waren, hatte sie wortähnliche Laute über die Lippen gebracht. Alfred war nicht anzusehen, ob er sie wirklich verstanden hatte, denn er lächelte nur freundlich, sammelte seine Manuskriptblätter ein, strich ihr über die Wange und verließ sie mit einer Verbeugung.

Alfred, Bruno und Bert, dachte Christa. Drei Zwerge. Dieser Eindruck drängte sich besonders auf, wenn sie an den Salonabenden beisammensaßen. Runde Köpfe, ähnliche Brillen, manchmal einer Meinung, manchmal vollkommen uneinig. Diese drei Männer vereinten in sich die gesamte künstlerische Intelligenz der modernen Zeit. Diese drei Zwerge, das war ein rührender Gedanke, und es erfüllte sie mit Freude, sie zu ihren Freunden zählen zu dürfen. Mit ihnen im Haus war das Leben viel aufregender und sinnvoller.

Sie konnte jetzt nicht mehr einschlafen. Alfred hatte die Morphiumbehandlung mit vielen moralisierenden Ermahnungen, was alles geschehen könne, wenn man das Mittel zu lange nehme, beendet. Er hatte sicher recht, außerdem hatte sie kaum noch Schmerzen, nur die Narben und der Schorf juckten noch. Obwohl ihre Augen nicht mehr verbunden waren, hatte sie noch nicht gewagt, um einen Spiegel zu bitten.

Ihr fiel ein, dass sie wieder mit dem Lesen beginnen könnte, und sie streckte die Hand nach der Klingel aus, um die Krankenschwester zu rufen.

Da klopfte es. Harald trat ein und machte einen Diener. Kein Besuch hätte sie mehr überraschen können. Es hätte sie weniger erstaunt, wenn sie ihn unter den SA-Schlägern entdeckt hätte.

»Entschuldige bitte, Tante Christa, dass ich mir die Freiheit nehme, einfach so bei dir reinzuplatzen, aber ich habe mir sagen lassen, dass du dich auf dem Wege der Besserung befindest, und ich verspreche dir, dich nicht unnötig zu ermüden.«

Meine Güte, dachte sie, was für ein eleganter junger Mann aus ihm geworden ist. Er sieht aus wie von einem Wahlkampfplakat entstiegen, leider der falschen Partei, das Inbild des jungen, starken, arischen Helden, der blonde Wikinger.

»Darf ich Platz nehmen?«, fragte er und streckte die Hand nach einem Stuhl aus.

Christa nickte gnädig. Harald zog sich den Stuhl an die Bettkante. Es hatte den Anschein, als müsse er sich sammeln und nachdenken, um sein Anliegen vorbringen zu können.

»Ich habe nicht genug Worte, um auszudrücken, wie sehr ich diesen Vorfall bedaure«, begann er dann energisch. »Und mir fehlen die Worte, die meine Abscheu vor der SA-Truppe, die diese Schandtat begangen hat, zum Ausdruck bringen könnten. Die Gewalt, die sie gegen dich gerichtet haben, haben sie auch gegen mich gerichtet.«

Damit schien seine wohldurchdachte Stellungnahme beendet zu sein. Ausgesprochen abgewogene Worte, dachte Christa. Er muss sie vorher auf dem Papier formuliert haben.

Sie deutete auf ein Glas und eine Wasserkaraffe, und Harald schenkte ihr rasch und elegant ein. Sie nahm einen Schluck Wasser und rollte ihn im Mund. Die Schmerzen hatten schon bedeutend nachgelassen.

»Wann endet die Schule?«, fragte sie, überzeugt, dieses Mal deutlich artikuliert zu haben.

»In zwei Wochen. Und wie es jetzt aussieht, wirst du mit ein wenig Schminke wie immer zu den hübschesten Teilnehmerinnen der Feier gehören«, antwortete er.

Christa versuchte zu lächeln, was ihr sogar gelang. Nur dort, wo Alfred genäht hatte, spannte es etwas.

»Wie sehen deine Sommerpläne aus?«, fragte sie fast schon wieder so deutlich wie früher. Sie trank noch einen Schluck Wasser.

»Erst will ich die Eltern in Sandhamn besuchen und

eventuell als Mitglied der Crew an einer Regatta teilnehmen, dann begebe ich mich nach Kiel zur Grundausbildung, dem obligatorischen Sommerkurs für alle, die in die deutsche Marine eintreten.«

»Es wird … also doch die Marine?«

»Nicht ganz. Wie du weißt und missbilligst, habe ich einen hohen Beschützer.«

»Diesen Göring?«

»Den ehemaligen Kommandanten des Jagdgeschwaders Richthofen, Hauptmann Hermann Göring, korrekt. Du verabscheust seine Partei, obwohl sie so klein ist. Mir ist sein Status als deutscher Held wichtiger. Dank seiner Verbindungen wurde ich bei der Abwehr angenommen, allerdings im Rahmen des Marinenachrichtendienstes, deswegen beginnt mein vorbereitender Sommerkurs auch in Kiel. Nächstes Jahr nach dem Examen werde ich wahrscheinlich hier in Berlin stationiert.«

»Du willst also Offizier der Kriegsmarine werden?«

»Ja. Aber nicht zur See, sondern innerhalb der Marineabteilung des Abwehrdienstes.«

Sie verstand nicht recht, was das bedeutete, beschloss aber, sich in dieser Frage später von ihrem alten, geliebten Reserveoffizier und Ehemann aufklären zu lassen.

»Kommen deine Eltern … auch zur Abschlussfeier?«, fragte sie, wobei es ihr beinahe gelang, den ganzen Satz ohne Unterbrechung hervorzubringen.

»Natürlich. Ich habe heute mit ihnen telefoniert. Sie lassen grüßen und hoffen auf rasche Genesung«, sagte Harald, erhob sich, machte einen Diener und ging.

Christa stellte fest, dass Harald inzwischen ein Mann und ebenso elegant wie Sverre gekleidet war. Was nicht weiter erstaunlich war mit Sverre als Haralds Mentor in Belangen des Stils und der Körperertüchtigung.

Sie musste zugeben, dass ihr das Gesamtergebnis imponierte. Harald war nicht nur ein Mann, er war ein *Gentleman*, wie Sverre es ausgedrückt hätte. Und er befleißigte sich einer Sprache, die aus dem Munde eines Achtzehnjährigen fast komisch elegant klang.

Das Beste war jedoch, dass ihn die blaue Offiziersuniform deutlich von allen vulgären SA-Schlägern unterscheiden würde. Das würde Ingeborgs Besorgnis hoffentlich ein wenig dämpfen. Ihr Sohn hatte endlich seinen Heimathafen gefunden, falls man das über einen angehenden Marineoffizier, der nicht zur See fahren würde, sagen konnte. Welch große Erleichterung! Ein Offizier und – um Sverres englischen Ausdruck zu verwenden – ein Gentleman.

Ironischerweise war der Mann, der zu dieser glücklichen Wandlung beigetragen hatte, der irre Hermann Göring, stellvertretender Vorsitzender jener Nationalsozialistischen Partei mit der Sturmabteilung, an deren kompletten Namen sie sich gerade nicht erinnern konnte. Die Abkürzung lautete jedenfalls NSDAP oder etwas in dieser Art.

Kein Unglück, das nicht auch was Gutes hätte.

»Meine Güte, du siehst ja aus wie Franz Diener am Tag danach!«, rief Poulette spontan, als sie den kleinen gelben Damensalon im zweiten Stock betrat. »Aber schlimmer auch nicht. Deine Ich-will-keinen-einzigen-Menschen-treffen-Attitüde hat mich Schlimmstes befürchten lassen«, lenkte sie rasch ab.

»Und wer zum Teufel ist Franz Diener?«, wollte Christa wissen.

»Der, der von Max Schmeling, Berts neuestem Idol, Prügel bezogen hat und ergo nicht deutscher Schwergewichtsmeister wurde.«

»Berts neuestes Idol? Ach so, ein Boxer. Danke für das Kompliment.«

Man durfte sich Poulettes schnoddrigen Journalistenjargon nicht zu Herzen nehmen. Nach zwei Wochen war es vielleicht ohnehin an der Zeit, über die ganze Sache zu scherzen. Die Schwellungen im Gesicht waren abgeklungen, aber die Narben waren hier und da noch deutlich zu sehen. Christas Gesichtsfarbe changierte ins Grüngelbe. Laut Alfred würde noch eine Woche verstreichen, bis sie wieder ihr gewohntes Aussehen hatte.

»Was trinken wir?«, fragte Poulette, ließ sich in einen Sessel fallen und hängte ein Bein über die Armlehne. »Ich nehme an, du warst in letzter Zeit abstinent?«

»Ja, aber damit ist es jetzt vorbei. Was willst du haben?«

»Einen leichten Frühlingswein, gerne aus deiner wilden Heimat.«

»Also einen Silvaner.«

Wenig später wurde der Wein serviert. Christa nippte vorsichtig und stellte fest, dass er tatsächlich nach Frühling und gleichzeitig nach Hoffnung schmeckte, ein deutliches Signal, dass das Leben jetzt wieder zur Normalität zurückkehren konnte.

Und noch normaler wirkte alles, als sie sich ihren üblichen, eifrigen Diskussionen über Gut und Böse und vor allen Dingen über das Fiasko dieser Sturmabteilungspartei hingaben.

Vor der Wahl hatten ihre Aktionen in der rechten Presse sehr viel Aufmerksamkeit erhalten und waren so indirekt unterstützt worden. Die Sturmabteilungen hatten in ganz Berlin gewütet, während sich die Polizei in der Regel rein zufällig woanders aufhielt. Der Überfall auf Christas Versammlung war nur einer von unzähligen ähnlichen Angriffen oder »Strafexpeditionen« gewesen, wie die Rechtsextremisten selbst den Versammlungsterror nannten. Viele befürchteten, dass sie damit bei einer breiten Masse Punkte sammeln konnten und so ihren Wahlerfolg sichern würden. Angesichts ihrer eigenen Erwartungen und jener der rechten Presse dürfte ihre Enttäuschung dann vermutlich recht groß gewesen sein. Von bislang vierzehn Mandaten im Reichstag waren ihnen nur zwölf geblieben, sie waren in die totale Bedeutungslosigkeit abgedrängt worden. Sozialdemokraten und Kommunisten hatten gemeinsam 42 Prozent der Stimmen errungen.

Christa befürchtete jedoch, dass sich einer populistischen Partei dieser Art ungeahnte Möglichkeiten auftaten, jetzt, wo sich dort draußen ungefähr eine Million Menschen in vollkommener Unsicherheit herumtrieb. Ungefähr ebenso viele Stimmen waren in der Reichstagswahl auf diverse obskure Splitterparteien, wie die Unpolitische Liste der Kriegsopfer, den Volksblock der Inflationsgeschädigten, den Evangelischen Volksdienst und wie sie alle noch heißen mochten, von den Konkurrenten der Sturmabteilungspartei ganz zu schweigen, verschwendet worden.

Die Überlegung drängte sich auf, ob es eine Kraft gab, die all diese enttäuschten, ausgeplünderten Menschen vereinen konnte. Die gängigen Rechtsparteien und selbst die Zentrumspartei waren antisemitisch, diese Einstellung brachte also vermutlich keine weiteren Stimmen ein.

Poulette beugte sich übertrieben konspirativ vor, hielt die Hände wie einen Trichter vor den Mund und verkündete mit einer Art Theaterflüstern, man habe eine »Judenzählung« durchgeführt, aber die Reichswehr halte das Ergebnis unter Verschluss.

Das war seltsam, denn diese Zählung hatten sich alle gewünscht, sowohl die Antisemiten als auch die Juden selbst. Die Antisemiten suchten nach Beweisen für ihre Lieblingsthese, dass es den Juden mit ihrer großen, ihrem Persönlichkeitstyp entsprechenden Gerissenheit gelungen sei, sich dem Militärdienst zu entziehen. Fast täglich veröffentlichte die rechte Presse ein Beispiel dafür, wie sich ein vorzugsweise aus einer reichen Familie stammender junger jüdischer Mann vor dem Militärdienst gedrückt hatte.

Jetzt war die Zählung jedenfalls durchgeführt worden, und wie viele andere Journalisten kannte Poulette das Ergebnis. Von 560 000 Juden in Deutschland, was etwa einem Prozent der Bevölkerung entsprach, mehr Juden waren es also nicht, hatten 100 000 in der Armee gedient, 80 000 von ihnen an der Front. 35 000 waren mit einem Orden ausgezeichnet worden. Gemessen an diesen Zahlen, waren die wehrdienstleistenden Juden im Gegenteil vielleicht sogar überrepräsentiert gewesen.

Warum die Reichswehr diese ersehnten Informationen für sich behielt, lag auf der Hand. Der Grund war nicht, wie behauptet wurde, »die Sicherheit des Reiches«, sondern das Bedürfnis, das im Volke verwurzelte Vorurteil am Leben zu erhalten.

Nun stellte sich die Frage, welche Zeitung dieses Geheimnis als erste lüften würde. In Poulettes Redaktion hatte man sich noch nicht einigen können, da die rechtlichen Konsequenzen einer solchen Enthüllung sich nur schwer absehen ließen. Schlimmstenfalls konnte sich die Obrigkeit auf einen Spionageparagrafen berufen und behaupten, die Zeitung habe der Sicherheit des Reiches geschadet. Bestenfalls würde niemand den Artikel beachten. Das Problem bestand darin, dass sich die Reaktion der Reichswehr nicht vorhersagen ließ.

Früher oder später würde die Wahrheit schon ans Licht kommen, meinte Christa. Es handele sich schließlich um ein vielbesprochenes Thema.

In Bezug auf den Rechtsextremismus wirklich von Interesse seien jedoch die rein objektiven Verhältnisse, die sich hinter diesen Zahlen verbargen. Nur ein Prozent der Bevölkerung waren Juden, und davon habe sie ehrlicherweise keine Ahnung gehabt. Sie hätte sich peinlicherweise von der Propaganda einer jüdischen Bedrohung suggerieren lassen, die Zahl der Juden betrüge ein Vielfaches. Aber ein Prozent!

Eine Politik, die sich darauf versteife, einen Kampf gegen ein Prozent der Bevölkerung zu führen, sei zum Scheitern verurteilt, weil sie schlicht und ergreifend zu dumm sei. Auch das Gerede von der jüdischen »Masseneinwanderung«, die die deutsche Identität aufzulösen drohte und so weiter, machte sie nicht glaubwürdiger. Derartiges Gerede sei einfach nur lächerlich und würde keine nennenswerten Konsequenzen haben.

Sofern keine äußere Bedrohung, keine Katastrophe Deutschland erneut heimsuchte, meinte Poulette nachdenklich.

In der Theorie sei das durchaus denkbar, räumte Christa

ein. Aber was um alles in der Welt könnte das sein? Ein neuer Weltkrieg? Recht unwahrscheinlich. Wer würde die Hölle des Krieges noch einmal erleben wollen? Nicht einmal die Siegermächte und am allerwenigsten ihre Wählerschaft.

Eine neue Hyperinflation? Klar, wenn man die Mittelschicht ein weiteres Mal sämtlicher Ersparnisse beraubte, wäre diese vermutlich allein schon der Rache wegen willens, den Teufel höchstpersönlich zu wählen.

Aber die deutsche Wirtschaft war endlich wieder in Gang gekommen und übertraf bereits das Vorkriegs-Bruttoinlandsprodukt. Alle Kurven zeigten nach oben, die industrielle Produktion wuchs, die Bautätigkeit sogar noch mehr, Konsum und Wohlstand stiegen täglich unübersehbar an. Am wichtigsten war jedoch, dass die Arbeitslosigkeit sank.

Keine Katastrophe braute sich zusammen, die Sturmabteilung konnte sich mit ihren Armbinden den Hintern abwischen, Frauen misshandeln und sich allgemein schlecht benehmen, zu mehr sei sie jedoch nicht fähig. Es sei natürlich peinlich für Deutschland, dass zwölf rechtsradikale Narren schlimmster Sorte im Reichstag säßen, aber ihre Zahl sei zumindest rückläufig, und bald würden sie gänzlich aus der Politik verschwinden.

Nachdem sie die politische Frage des Tages abgehandelt hatten, besprachen sie, ob Christa für den letzten Salon vor der Sommerpause ihre Verletzungen mit Schminke kaschieren sollte. Alfred hatte sie bislang vor Infektionen, die den Heilungsprozess verzögern könnten, gewarnt, inzwischen war aber alles verheilt. So stellte sich nun die Frage, ob im engsten Freundeskreis solch ein kosmetischer Eingriff überhaupt nötig sei, da ja ohnehin alle wussten, was vorgefallen war.

Oder würde sie ungeschminkt wie eine Märtyrerin wirken, was sie auf keinen Fall wollte?

Die beiden Freundinnen widmeten dieser Frage unbedeutend mehr Zeit als vorher der Analyse der schwindenden rechtsextremistischen Bedrohung.

*

Sverre war natürlich kein ernst zu nehmender Theaterdirektor, es handelte sich tatsächlich um einen Scherz. Sverre hatte die Immobilie aufgrund ihrer zentralen Lage hinter dem Bahnhof Friedrichstraße im Tauschhandel erworben und war auf diese Weise in den Besitz eines Theaters gelangt. Was mit diesem in die Jahre gekommenen Theater am Schiffbauerdamm geschehen sollte, würde die Zukunft erweisen. Es gab verschiedene Möglichkeiten. Das Naheliegende wäre, das Gebäude abzureißen und ein neues zu errichten, die zentrale Lage eignete sich hervorragend für ein Warenhaus.

Sowohl bei ihm als auch bei Oscar hatte sich jedoch hinsichtlich von Geschäftsleuten als Mieter eine gewisse Ernüchterung eingestellt, seit sie vier Jahre zuvor ihre Industriebeteiligungen in einen Immobilienbesitz mit Zehntausenden von zahlungsunwilligen Mietern umgewandelt hatten. In weiten Teilen des Berliner Zentrums hatten die Mietshäuser im Erdgeschoss Ladenlokale, Lebensmittelgeschäfte, kleine Schneidereien, Antiquitätengeschäfte, Gemüseläden und Trödler, große und kleine Läden, ohne erkennbares System.

Sie hatten recht bald erkannt, dass es sinnvoll war, die Ladenbesitzer wirtschaftlich am Leben zu halten, indem man ihnen die Miete erließ, damit sie nicht irgendwann gezwungen waren, ihre Läden zu schließen. Ein Haus mit geschlossenen Läden und brettervernagelten Schaufenstern, um Steinewerfer abzuhalten, vermittelte einen heruntergekommenen, düsteren Eindruck. Das wirkte sich negativ auf die Mieter und letztendlich die Stimmung im gesamten Viertel aus.

Oscar schlug vor, sich mit den Ladenbesitzern darauf zu einigen, dass sie die Kosten für Renovierung und Verschönerung ihrer Läden von der Miete abziehen konnten.

Die Ladenbesitzer stimmten dem Vorschlag natürlich zu, ihr Geld lieber für die Verschönerung ihrer Geschäfte auszugeben, als es dem Vermieter in den Rachen zu werfen. Jeder vernunftbegabte Mensch konnte sich natürlich ausrechnen, dass diese Abmachung zu Betrug einlud und dass einige Mieter bedeutend höhere Renovierungskosten von der Miete abzogen, als tatsächlich entstanden waren.

Die Kunst bestand also darin, sich in einem gewissen Umfang betrügen zu lassen, ohne wie ein vollkommener Idiot dazustehen. Denn florierende Läden waren in jedem Fall lohnender als aufgegebene, ganz unabhängig von den Mieteinnahmen. Geschlossene Läden erweckten schnell den Eindruck eines Slums und zogen womöglich Forderungen nach Mietsenkungen der zunehmend militanteren Berliner Mieter nach sich. Außerdem lockten leere Ladenlokale unerwünschte, nicht zahlende Gäste an, was noch schlimmer war, da das zu Kriminalität und Streit mit den zahlenden Mietern führte.

Die Rechnung war sehr einfach. Ein freundlicher, gutgläubiger und entgegenkommender Vermieter vermied Ärger, Mietstreiks und, was das schlimmste Szenario war, von der Polizei unterstützte Zwangsräumungen. Wer solches Unbehagen zu vermeiden wusste, konnte sich steter Mieteinnahmen erfreuen. Man verdiente also mehr, wenn man nett und dumm statt, wie von vielen Mitgliedern des Berliner Immobilienbesitzervereins mit Nachdruck gefordert, unnachgiebig und prinzipientreu war. Wer am vehementesten auf Recht und Ordnung pochte, handelte sich den größten Ärger ein.

Die Mieteinnahmen der Lauritzen-Gruppe waren geringer als der Wertzuwachs des Immobilienbestandes, denn die Immobilienpreise stiegen inzwischen dramatisch. Je mehr die Mieter für die Verschönerung der Häuser taten, desto höher stieg ihr Wert. An diesem Geschäft verdienten beide Seiten.

Die Liquidität der Lauritzen-Gruppe war von anderen Bereichen, dem Werbeatelier und dem Bauunternehmen, gewährleistet.

All diese Dinge funktionierten einwandfrei und gemäß bewährter Logik, bis sie nun plötzlich ein Theater am Hals hatten. Ein Theater am Schiffbauerdamm, das trotz der zentralen Lage heruntergekommen und fast vergessen war. Ein im 19. Jahrhundert erbauter Musentempel in Rot, Weiß und Gold, mit Plüsch, Spiegeln, Nymphen und Stuckengeln und sogar dem kaiserlichen Wappen an der Decke. Ein großes Renovierungsprojekt, wenn der Saal wieder in den Originalzustand versetzt, und ein noch größeres, wenn er modernisiert werden sollte.

Einige Zeit lang enthielt sich Sverre jeglicher Entscheidung und begnügte sich damit, engen Freunden gegenüber als »Theaterdirektor« aufzutreten. Eines Tages suchte ihn jedoch ein gewisser Ernst auf. Der ehemalige oder gerade beschäftigungslose Schauspieler hegte den Wunsch, Theaterdirektor zu werden, und war zu dem Schluss gekommen, dass sich das Theater am Schiffbauerdamm für diese neue und entscheidende Lebensphase besonders gut eignete.

Ernst suchte Sverre zwecks Verhandlung im Reklameatelier auf, und die Begegnung geriet fast zu einem hochmodernen, expressionistischen Theater, bei dem sich das Absurde förmlich überschlug.

Gewiss, Ernst, der sehr gut aussah und vermutlich ein Gleichgesinnter war, wie Sverre beiläufig bemerkte, hatte kein Geld und beabsichtigte deswegen, das Theater auf Kredit zu mieten. Er wollte mit einer neuen Art Theater für eine Sensation sorgen, um so im Nachhinein die recht hohe Miete aufbringen zu können.

Sverre wollte wissen, worin denn dieses neue Theater rein dramaturgisch bestehe, und erhielt erst eine lange, mit den Theaterfloskeln der Zeit gespickte, unbegreifliche Antwort, in der es von Begriffen wie Szenenbild, Direktheit, absurder Realismus, organischer Zusammenhang, Distanzierung und vielem anderen nur so wimmelte.

Als er den nervösen, überaus begeisterten Ernst dazu zwang, sein Projekt zu konkretisieren, erfuhr er, dass dieser beabsichtigte, ein englisches Werk, »Die Bettleroper«, ins Deutsche zu übertragen. Die Musik sollte ausgetauscht und möglicherweise auch die Handlung verändert werden.

Bislang fand Sverre Ernsts Darlegung auf wohlwollende Weise überaus amüsant. Er hatte keinesfalls die Absicht, irgendwelche Träume und Seifenblasen platzen zu lassen, sondern er wollte sich die schöne Fantasie gerne weiter anhören.

Aufrichtig interessiert erkundigte er sich, wie sich diese Umwandlung eines englischen Stückes aus dem 18. Jahrhundert vollziehen solle, wenn Musik und Handlung ausgetauscht wurden.

Es gebe einen Dramatiker, erklärte Ernst geheimnisvoll, der dieses Material in ein zeitgenössisches Meisterwerk verwandeln könne, natürlich auch mit einer anderen Musik. Dieser Dramatiker sei eines der jungen Genies Deutschlands, obwohl bislang nur wenige Leute zu dieser Einsicht gelangt seien, außerdem ein recht fähiger Musiker, der sofort das Potenzial des Stückes erkennen würde. Beiße er an, so sei der Erfolg garantiert.

Sverre glaubte zu wissen, von wem die Rede war, erkundigte sich aber trotzdem, wer denn dieses junge, noch nicht gänzlich anerkannte Genie sei.

Sein Name laute Bertolt Brecht. Ob er den schon einmal gehört habe?

Freund Bert also.

Doch, antwortete Sverre, der jetzt unrettbar als Darsteller in dieses absurde Theater der Wirklichkeit hineingezogen wurde. Der Name sei ihm bekannt.

Aber, fragte er und tat so, als müsse er Für und Wider abwägen, kannte er denn diesen Brecht überhaupt? Offenbar sei doch die entscheidende Voraussetzung für dieses wunderbare Projekt, dass besagter Brecht a) von dieser wunderbaren Idee mit der englischen Bettleroper erfuhr und b) sich auch bereit erklärte, das Theater am Schiffbauerdamm jeden Abend mit Zuschauern zu füllen.

Ganz richtig. Aber das sei ein kleineres Problem und in

der Tat nur eine Frage der Zeit. Mit leuchtenden Augen und unerschütterlichem Optimismus erklärte Ernst, über den weiß lackierten Zeichentisch gebeugt, er habe das sichere Gefühl, dass er jemandem begegnen würde, der den Kontakt vermitteln könnte. Damit sei dann, wie gesagt, alles geritzt.

Die Szene war ungeheuer charmant. Sverres abschließende Bemerkung verstand sich beinahe von selbst. Er erklärte, noch am selben Abend das nötige Treffen zu arrangieren. Ernst sei von nun an Mieter auf Kredit und müsse erst zahlen, wenn sich der Welterfolg einstelle.

Als ihm Ernst um den Hals fiel und mit Tränen der Erleichterung erklärte, er habe die ganze Zeit das Gefühl gehabt, dass eine Schicksalswende bevorstehe, war Sverre noch überzeugter, es mit einem Gleichgesinnten zu tun zu haben.

Und so hatte das Ganze begonnen.

Diese Begegnung lag nun schon über ein Jahr zurück, und an diesem Abend wollte Bert im letzten Salon des Frühsommers einige Entwürfe seiner »Bettleroper«, so lautete allerdings nur der Arbeitstitel, vortragen und zur Diskussion freigeben. Der endgültige Name stand noch nicht fest, eventuell sollte das Stück »Die Dreigroschenoper« heißen.

Schlimmstenfalls erwartete ihn ein sehr eintöniger und langer Abend im roten Salon. Aber so war es schließlich mit einigen seiner Freunde.

Dann würden alle den Sommer über ihrer eigenen Wege gehen, um zu schreiben, jedenfalls diejenigen, die Schreiben als Beruf hatten, oder, wie die Leute mit den eher prosaischen Berufen, um sich zu erholen. Oscar, Christa und die Kinder würden, solange der norwegische Prinz noch nicht dort war, nach Sandhamn und dann nach Dresden zu den Großeltern fahren. Sverre hegte den einstweilen noch geheimen Plan, einen Abstecher nach England zu unternehmen. Aber er war sich noch höchst unsicher und würde in Oscars Anwesenheit kein Wort darüber verlauten lassen.

Genug gegrübelt. An diesem Abend würde sich Christas roter Salon in ein Kabarett verwandeln.

*

Die Premiere war mit so geringen Erwartungen verknüpft, dass mehrere Schauspieler unmittelbar danach schon neue Engagements angenommen hatten. In der Stadt hieß es gerüchteweise, dass dieses Stück ohnehin nur einen Abend überdauern würde. Die Schauspielerin in der Rolle der Spelunken-Jenny meldete sich am Tag vor der Premiere krank, weil sie den Gedanken nicht ertrug, dass man sie mit Eiern und Tomaten bewerfen könnte.

Die Frau des Komponisten Kurt Weill musste einspringen, schließlich war sie während der ganzen Schaffenszeit an der Riviera dabei gewesen und hatte jeden Liedtext in allen Variationen Probe gesungen. Da sie jedoch so kurzfristig vor der Premiere einsprang, waren die Programmblätter bereits gedruckt, und ihr Name fehlte. Glück für sie, flüsterten einige.

Kurt war ebenfalls ein Fall für sich. Dass er mit Bert gut befreundet war, war eine Sache, obwohl nicht ganz nachvollziehbar, weil er nie etwas Interessantes beizutragen hatte und außerdem ein außerordentlich moderner Komponist war, der sich überwiegend mit unbegreiflicher, atonaler Musik befasste, die sich kein Mensch, jedenfalls kein normaler Mensch, anhören wollte. Das Ensemble bestand im Übrigen hauptsächlich aus Kabarettkünstlern, die noch nie auf der Bühne eines Theaters gestanden hatten, was Berts Überzeugung einer direkteren und aggressiveren Spielweise solcher Künstler entsprang.

Man konnte also durchaus davon sprechen, dass sich vor der Premiere dunkle Wolken über dem Theater zusammenbrauten.

Wenn Sverre die halblauten Gespräche des Premierenpublikums richtig verstand, hofften die meisten voller Schadenfreude auf ein riesiges Fiasko, um nachher zu den wenigen Augen- und Ohrenzeugen zu gehören, die von dem Skandal erzählen konnten.

Dass Oscar wie eine Gewitterwolke auf der anderen Seite Christas saß, hatte ebenfalls seine guten Gründe.

Die Ursache war ein Auftritt während des letzten Salons vor der Sommerpause gewesen. Vor Berts und Kurts Erscheinen war alles wie gewohnt verlaufen. George hatte ein paar für die Aufführung des »Braven Soldaten Schwejk« angefertigte Skizzen mitgebracht, um das Urteil und den Rat seiner Freunde einzuholen, da sein Verleger die Befürchtung geäußert hatte, es könnte Anklage erhoben werden. Zwei der Skizzen stießen bei den Freunden auf besonders große Begeisterung. Die eine, »Die Ausschüttung des Heiligen Geistes«, zeigte einen besonders fetten Geistlichen, der Granaten spuckte, die andere, »Maul halten und weiter dienen«, Jesus Christus in Gasmaske und Marschstiefeln am Kreuz.

Die Satire war präzise und deutlich, darin waren sich

alle einig. Keine Armee Europas kam ohne ein Bataillon Geistlicher aus, die das Kanonenfutter segneten, ehe es aufs Schlachtfeld marschierte. Problematischer war, dass der juristische Angriff auf die Bilder vermutlich nicht mit politischen, sondern mit religiösen Argumenten erfolgen würde. Die Anklage würde auf Gotteslästerung lauten. Sich rein juristisch dagegen zur Wehr zu setzen war nicht nur schwierig, sondern erforderte eine ganz besonders ausgeklügelte politische Rechtfertigung. Ein allgemeiner Hinweis auf die Freiheit der Kunst und der Meinungsäußerung als Eckpfeiler der Demokratie pflegte vor Gericht erfahrungsgemäß wenig auszurichten.

Die Diskussion war gerade bei Oscars und Sverres Versprechen angelangt, eine eventuelle Geldstrafe zu übernehmen, als Bert, eine Virginiazigarre paffend, mit dem reservierten Kurt im Schlepptau Einzug hielt. Natürlich dominierte er sofort die Bühne mit einem unerwarteten Standpunkt.

»Man sollte das Rauchen im Theater erlauben und es regelrecht empfehlen!«, rief er, nahm Platz, ließ die verblüffte Pause verstreichen und erläuterte dann, dass das Rauchen die gedankliche Tätigkeit fördere. Im Theater seien die Überlegungen der Zuschauer das Wichtigste, nicht ihre Ergriffenheit, Verzückung oder, noch schlimmer, dass sie vollständig in den Bann gezogen würden. Vor allen Dingen sollten sie nicht dasitzen und sich einbilden, man würde ihnen etwas vorsetzen, woran sie glauben könnten.

Damit hatte Bert das Kommando über den Abend übernommen, und niemand hatte etwas dagegen einzuwenden, da alle wissen wollten, worin denn das Neue an dieser Bettleroper bestand. Das Risiko, dass jemand an diesem Abend die Tiergartenstraße verließ, ohne vollständig darüber informiert worden zu sein, war äußerst gering, denn wenig später wurden verschiedene Auszüge rezitiert, es wurde wild erläutert und vor allen Dingen doziert.

Bert und Oscar gerieten auf Kollisionskurs, als Bert eine der absoluten Schlüsselszenen des Stücks vorlas, Mackies Worte unter dem Galgen:

»Wir kleinen bürgerlichen Handwerker, die wir mit dem biederen Brecheisen an den Nickelkassen der kleinen Ladenbesitzer arbeiten, werden von den Großunternehmern verschlungen, hinter denen die Banken stehen. Was ist ein Dietrich gegen eine Aktie? Was ist ein Einbruch in eine Bank gegen die Gründung einer Bank? Was ist die Ermordung eines Mannes gegen die Anstellung eines Mannes?«

Vereinzelter, vielleicht etwas zögernder Applaus folgte. Bert hatte das Gefühl, die Dinge noch eingehender darlegen zu müssen.

»Es handelt sich um den Irrtum, dass der Räuber kein Bürger ist«, sagte er, legte eine theatralisch ausgedehnte Kunstpause ein und fuhr dann fort. »Dieser Irrtum ist der Vater eines anderen Irrtums, nämlich dass der Bürger kein Räuber ist. Diesem Irrtum muss abgeholfen werden.«

Jetzt explodierte Oscar.

»Ich bin verdammt noch mal kein Räuber!«, brüllte er. »Was soll das? Wenn ich einen Pförtner anstelle, töte ich ihn dann? Das solltest du mal jemandem erzählen, der zwei Jahre lang arbeitslos war, dem man gerade die Wohnung kündigen will und der von einer Pförtnerstelle gerettet wird!«

Andere hätten bei einem solchen Ausbruch den Kopf

eingezogen, aber Bert natürlich nicht, im Gegenteil wirkte er geradezu ermuntert. Mit funkelnden Augen lobte er Oscar dafür, dass er mitgedacht hatte. Das sei die wichtigste Anforderung ans Publikum. Dann folgte eine lange Erklärung, was Realismus sei und wie sich ein Bühnenbild in eigene Gedanken übersetzen lasse, wenn nur Huren, Zuhälter, Mörder und Diebe zu sehen seien, als gäbe es keine anderen menschlichen Alternativen.

Aber Oscar ließ sich nicht besänftigen, obwohl er natürlich bei einem Streit über Theatertheorie gegen Bert chancenlos war. Das galt auch für die anderen, was Oscar, der die Auffassung vertrat, dass sich Bert wie gewöhnlich hinter einer Wolke aus Theorie verschanzte, kaum zum Trost gereichte.

So war es an jenem Abend gewesen.

Jetzt, einige Monate später, saßen sie also hier und warteten darauf, dass die Premiere begann. Oscar hätte gerne darauf verzichtet, war aber von Christa überredet worden. Man müsse sich den wenigen Freunden gegenüber, die man habe, solidarisch zeigen, selbst wenn man gelegentlich unterschiedlicher Meinung sei. Aber Oscar war immer noch verärgert. Sverre befürchtete, dass er insgeheim jener schadenfrohen Mehrheit angehörte, die auf ein Fiasko hoffte.

Die Vorstellung begann, und das Publikum war bis zum ersten Lied unentschlossen abwartend. Aber dann war ein schleichender Wandel zu spüren, und ab dem zweiten Lied forderte das Publikum lautstark ein Dacapo. Sverre freute sich, dass sein Bruder immer begeisterter klatschte und jedes Mal lachte, wenn sein eigenes Motto, das jetzt zur hohen Kunst erhoben worden war, vorgetragen wurde:

»Erst kommt das Fressen, dann kommt die Moral!«

Anschließend applaudierte das Publikum im Stehen, und immer wieder schwirrten Kommentare durchs Auditorium, wie wunderbar doch die Spelunken-Jenny gesungen habe, wer das wohl sei?

Die eigentliche Inhaberin der Rolle hatte allen Grund, ihre taktische Erkrankung zutiefst zu bereuen. Kurt Weill ließ sich auf der Premierenfeier wiederholt über den skandalösen Umstand aus, dass Lottes Name nicht auf dem Programmzettel stand.

Als sich Christa, Oscar und Sverre in strahlender Laune zur Premierenfeier begaben, scherzte Oscar gutmütig, dass die kapitalistische Ausbeutung schon seltsame Formen annehmen könne, wenn man bedenke, wie dieses Stück finanziert worden sei und wer dem genialen Genossen Bert das Theater zur Verfügung gestellt habe.

Sverre berichtete, an diesem Abend dasselbe erlebt zu haben wie fünfzehn Jahre zuvor in Paris bei der Premiere von Strawinskys »Frühlingsopfer«. Obwohl das Publikum damals in zwei Lager gespalten gewesen sei. Eines stand für ihn jedoch fest, »Die Dreigroschenoper« stellte eine ganz neue Verschmelzung von Theater und Musik dar, und er wettete darauf, dass das Stück noch wochenlang ausverkauft sein würde.

VII

SALTSJÖBADEN

1931

Sie hatte das kupferrote Haar ihrer Großmutter väterlicherseits und sich während des vergangenen Jahres von einem jungenhaften Mädchen im Stil der 20er-Jahre in eine junge Frau verwandelt, die eher an einen amerikanischen Filmstar erinnerte. Eine höchst bemerkenswerte Metamorphose.

Johanne war seine Tochter, aber kein Kind mehr. Diese unvermeidliche Beobachtung war ihm peinlich, und er gebot weiteren Gedanken Einhalt.

Lauritz saß in seinem privaten Arbeitszimmer in der Villa Bellevue und betrachtete die Fotos von Johanne mit Abiturientenmütze und weißem Kleid, die bereits im Voraus in einem Fotostudio in Stockholm aufgenommen worden waren. Es gab Leute, die meinten, es bringe Unglück, diese Fotos so früh anfertigen zu lassen, aber Johanne konnte nicht viel passieren. Sie war ein begabtes Mädchen, vor allem in Sprachen, was für Schüler, die den lateinischen Zweig gewählt hatten, besonders wichtig war. Nicht einmal Latein, dieses vollkommen unnötige Fach, bereitete ihr Mühe. In der wichtigsten Sprache, Deutsch, hatte sie die beste Note, schließlich war sie zweisprachig aufgewachsen. In Französisch und dem Wahlfach Englisch lag sie eine Note darunter. Das bedeutete, dass sie fünf Sprachen beherrschte, da sie wie ihre Geschwister mühelos vom Norwegischen ins Schwedische wechseln konnte, eine Fähigkeit, die weder er noch seine Brüder Oscar und Sverre beherrschten. Carl Matthiessen hatte von ähnlichen Schwierigkeiten berichtet, er könne das Norwegische nicht ablegen, wohingegen seine Kinder mühelos von einer Sprache in die andere wechselten.

Es war sechs Uhr morgens, die Sonne stand bereits hoch am Himmel, es war windstill, und das Gezwitscher vor seinem offenen Fenster nahm schon fast ekstatische Dimensionen an. Am lästigsten waren die Buchfinken. Es würde ein schöner Examenstag für Johanne werden. Aus den Küchenregionen hörte er leises Klappern, aber die Familie schlief noch.

Er konnte sich seine Melancholie nicht erklären. Er hatte allen Grund, froh und stolz zu sein. Johanne legte das Abitur, die Reifeprüfung, ab. Nach dem Sommer würde sie sich an der Universität Uppsala immatrikulieren und das Nest verlassen.

Trauerte er, weil dann ein Familienmitglied weniger beim Abendessen saß? Nein, so war das Leben.

War er unzufrieden, weil sie das falsche Studium gewählt hatte? Vielleicht. Sie hatte sich für unnütze Fächer wie Französisch und Kunst- und Literaturgeschichte entschieden, Fächer, die hauptsächlich für junge Frauen bestimmt waren, die standesgemäß heiraten würden. Wie die Töchter der Wallenbergs, die fast alle adlige Männer heirateten und offenbar etwas klassische Bildung benötigten, um später bei Tisch konversieren zu können. Dieses einfache Geschäft betrieben die Wallenbergs systematisch: Geld gegen Stammbaum.

Solche geschäftlichen Arrangements waren nichts Neues, auch Ingeborg und Christa waren mit ähnlich traditionellen Vorstellungen erzogen worden. Aber beide hatten sich gegen ihre Väter aufgelehnt und auf eine Liebesheirat bestanden. Und dennoch war das Leben dann so verlaufen, dass weder Graf Moltke noch Baron von Freital Grund hatten, mit ihren Schwiegersöhnen, norwegischen Fischerjungen, unzufrieden zu sein. Sie waren wohlhabend und besaßen Geld, dem die gerade in Deutschland wütende, orkanartige Börsen- und Industriekrise nichts anhaben konnte. Ihr Immobilienbesitz war hypothekenfrei, was anfangs wie finanzielle Torheit gewirkt hatte, sich jetzt aber als genialer Schachzug entpuppte. Daraus ließ sich die Lehre ziehen, dass man sich, nicht zuletzt in Schweden, vor Spekulationen an der Börse und vor Krediten hüten sollte. Hier rissen sich alle wie verrückt um die Aktien des Streichholzkönigs Kreuger. Solchen Versuchungen durfte man gar nicht erst nachgeben.

Nein. An einem feierlichen Tag wie diesem durfte er nicht an Geld denken. Es war Johannes großer Tag, ihr erster Schritt in ein selbstständiges Leben.

Vielleicht war es ja doch dieser Umstand, der seine Melancholie ausgelöst hatte. Er begann alt zu werden, in ein paar Jahren waren alle Kinder ausgezogen. Mit der Beduin würde er bei den großen Regatten nicht mehr siegen. Der Bananenkönig hatte seine Mariska umgebaut und verbessert, und Jacob Wallenbergs Refanut II hatte sich seit einigen Jahren als allen anderen Booten überlegen erwiesen.

Eine 6er zu segeln war für einen 54-Jährigen körperlich zu anstrengend. In nicht allzu ferner Zukunft würde die nächste Generation die Firma übernehmen. Harald hatte bereits einen anderen Weg eingeschlagen, Johanne würde das ebenfalls tun. Karl hatte sich glücklicherweise auf Naturwissenschaften verlegt und konnte ein technisches oder wirtschaftliches Studium anstreben, aber es würden noch mindestens acht Jahre vergehen, bis er in die Leitung des Unternehmens eintreten konnte.

Jetzt war er schon wieder an diesem Punkt angelangt. Es war Johannes Tag, und heute drehte sich alles nur um sie. Ihre Zukunft war ein unbeschriebenes Blatt.

Insbesondere seit sie mit ihrem Schulkameraden Jonas Axelson aus Neglinge »Schluss gemacht« hatte.

Als Vater konnte er nicht leugnen, dass ihn diese Entwicklung erleichterte, obwohl ihn die Verhältnisse, die vor Beendigung der Beziehung vermutlich geherrscht hatten, immer noch irritierten. Ein enges privates Verhältnis war der Verlobung vorangegangen, eine Vertraulichkeit, über die »moderne und freidenkende« Jugendliche nach eigenem Gutdünken entschieden. Ingeborg hatte die beiden als »modern und freidenkend« beschrieben. In Lauritz' Ohren klang das nicht nur positiv, aber diese Ansicht hatte er weise für sich behalten.

Seine Einwände gegen den jungen Herrn Axelson hatten nicht die Intimsphäre des jungen Paares betroffen, an diese Dinge wollte er gar nicht erst denken. Es hatte ihn auch nicht gestört, dass der Vater des Jungen Bahnarbeiter war und seine Familie in einem Siedlungshaus in Neglinge wohnte. Ganz und gar nicht. Einige seiner besten Jugendfreunde waren Bahnarbeiter gewesen. Und dass die Gemeinde dem Jungen den Besuch des Gymnasiums finanziert hatte, daran war natürlich auch nichts auszusetzen. Für diese geradezu vorbildliche Kommunalpolitik bezahlte er gerne Steuern. Für ererbte Armut brauchte man sich nicht zu schämen, ebenso wenig wie man auf ererbten Reichtum stolz sein konnte.

Was ihn an dem Jungen gestört hatte, waren seine Schriftstellerambitionen. Nicht genug damit, dass er Autor werden wollte, er wollte »Arbeiterschriftsteller« werden, also vermutlich eine Art besserer Schriftsteller, der über die Arbeiterklasse schrieb. Diese literarische Strömung schien leider gerade stark auf dem Vormarsch zu sein.

Kurz gesagt, er hätte Johanne nie versorgen können. Also hätte sie ihn versorgen müssen, und im Hinblick auf ihre Studienfächer wäre ihr nichts anderes übrig geblieben, als Lehrerin zu werden. Daran war an sich nichts auszusetzen, denn das war eine verantwortungsvolle und wichtige Arbeit. Das Verkehrte bestand darin, dass eine Frau ihren Mann versorgen musste, der sich aus bloßer Eitelkeit weigerte, einer richtigen Arbeit nachzugehen. Wenn der Junge zumindest so viel Verstand besessen hätte, erst einmal etwas Vernünftiges zu lernen, ehe er sich seiner Arbeiterschriftstellerei widmete, denn begabt war er. Er hatte das von der Gemeinde finanzierte Abitur mit Bestnoten bestanden. Aber nein, er wollte nicht weiterlernen, sondern sofort schreiben.

Ingeborg hatte mit überraschender Schärfe an dieser Diskussion teilgenommen. Was daran auszusetzen sei, dass eine Frau einen Mann versorge, wenn eine Lehrerin nun einmal besser verdiene als ein Schriftsteller? Und wenn der Junge begabt sei, dann müsse man ihm die Zeit geben, dies auch unter Beweis zu stellen. Es gebe doch wohl kein Naturgesetz, das besage, dass ein Schriftsteller immer über das Bürgertum schreiben müsse? Sollten etwa alle so schreiben wie der Langweiler und frischgebackene Demokrat Thomas Mann, ganz gleichgültig, ob er jetzt den Nobelpreis erhalten habe? Wer die Welt verstehen wolle und insbesondere das gegenwärtige Deutschland, dem könne doch wohl nichts wichtiger sein, als die Arbeiterklasse zu verstehen? Im letzten Jahr hätten Millionen Arbeitslose dem wiederauferstandenen Hanswurst Adolf Hitler ihre Stimme gegeben. Was sei wichtiger, als zu versuchen, dieses Paradox zu begreifen?

Natürlich hatte er Ingeborgs Argumenten nichts entgegensetzen können, wie auch sonst nie, wenn sie auf Politik zu sprechen kamen. Sein einziger lahmer Einwand war gewesen, dass Literatur über Arbeiter nichts einbringen könne, da Arbeiter keine Bücher lasen, keine Bücher kauften und somit auch nicht zur Versorgung des Arbeiterschriftstellers beitragen konnten. Und die Mittelschicht, die Leute, die Bücher kauften, wollten doch wohl nicht lesen, wie sich die Arbeiter abrackerten?

Die Gespräche über dieses Thema waren nicht sonderlich erbaulich gewesen. Umso besser, dass sich das Problem durch Johannes »Schlussmachen« von alleine gelöst hatte. Somit war man jetzt, was Heiraten betraf, wieder am Ausgangspunkt angelangt.

Heute war also ihr großer Tag.

Er hörte die Stimmen seiner Brüder, Ingeborgs und der Kinder. Sie nahmen gerade den Tag in Angriff und freuten sich auf das Fest und über den strahlenden Frühsommertag. Alle waren am Vortag aus Berlin angereist mit Ausnahme Haralds, der irgendwo auf der Ostsee an einem heimlichen Manöver teilnahm. Der Besuch aus Deutschland hatte ihnen ein Foto Haralds mitgebracht, das ihn als frischgebackenen Leutnant der deutschen Kriegsmarine zeigte. Mit gemischten Gefühlen hatten Ingeborg und er das Foto ihres Sohnes betrachtet, aber überwiegend mit Stolz. Sie konnten nicht leugnen, dass Harald seine Uniform sehr gut stand.

Aber das sollte ihn jetzt nicht kümmern, heute war Johannes großer Tag.

*

Johanne hatte sich für diesen Tag fest vorgenommen, jeglichen Ärger zu vermeiden und einfach nur nett und artig zu sein. Wenn sie ihren Vater umstimmen wollte, geschah das am besten während der Feierlichkeiten, wenn er hoffentlich allerbester Laune war.

In den meisten Fällen gelang es ihr, ihrem Vater gegenüber ihren Willen durchzusetzen. Aber als er erfahren hatte, dass sie mit ihrer besten Freundin Birgitta im Sommer nach Paris, London und an die Riviera fahren wollte, hatte er sofort abgewunken. So junge Mädchen dürften nicht alleine in diese gefährlichen Großstädte reisen, Ende der Diskussion.

Sie hatte sich bei ihrer Mutter Ingeborg ausgeweint. Schließlich war es ein so aufregender Plan. Wer sein Abitur gemacht habe, sei doch wohl erwachsen? Harald hätte der Vater ein solches Ansinnen niemals abgeschlagen, und bei Karl würde er das auch nicht tun, wenn dieser im nächsten Jahr einen ähnlichen Wunsch vorbrächte.

Es war einfach ungerecht. Ihr ganzes Leben lang war sie

sommers immer herumkommandiert worden. Ging es nicht nach Dresden, dann eben auf die Osterøya. Bei den Großeltern hatte sie im Matrosenkragen das artige kleine Mädchen spielen müssen. Waren sie nicht in Berlin, dann in Sandhamn, und nie hatte sie etwas entscheiden dürfen. Es war auch deswegen ungerecht, weil Birgittas Eltern ihrer Tochter die Reise erlaubten.

Diese Behauptung entsprach nicht ganz der Wahrheit. Ein Anruf bei Birgittas Mutter hatte ergeben, dass man sich die Sache überlegt hatte und zu dem Schluss gekommen war, dass man die Reise nicht unbesorgt und widerstrebend gestatten würde, falls auch Johannes Eltern einwilligten. Ein Nein von Johannes Eltern galt also auch für Birgitta.

Jetzt hing alles davon ab, einen günstigen Augenblick abzupassen, Vater doch noch umzustimmen.

Ihre Noten stellten in dieser Hinsicht kein Problem dar, durchfallen konnte sie auf keinen Fall. Sie hatte den nötigen Durchschnitt, um an der Universität Uppsala mühelos angenommen zu werden. Die mündlichen Examina an diesem Tag waren also eine reine Formsache. Sie wurde in ihren beiden Hauptfächern Latein und Deutsch geprüft und außerdem in einem der weniger wichtigen Fächer, ihrem Wahlfach Englisch, in Erdkunde oder in Religion. Nichts konnte schiefgehen.

Mutter und Tochter saßen zusammen vor dem großen Frisierspiegel in Ingeborgs Badezimmer und besprachen erneut die Voraussetzungen, während Ingeborg Johannes langes dunkelrotes Haar bürstete. Johanne wollte es offen tragen, so wie es unter erwachsenen und freien Frauen inzwischen gebräuchlich war. Ihre Mutter hatte einen

Kompromiss vorgeschlagen, während der Prüfung das Haar ordentlich hochzustecken, da schließlich nicht ihr Ziel war, die Prüfer zu verführen, sondern sie von ihrem Fleiß und ihrem Können zu überzeugen. Hochgesteckte Zöpfe seien vielleicht eine gute Idee?

Nein, sicher nicht, da sehe sie ja aus wie ein deutsches Schulmädel, protestierte Johanne.

Ingeborg gab nach, weil sie keine Lust hatte, sich wegen solch einer Bagatelle zu streiten. Sie ließen das Thema auf sich beruhen und gingen die Tagesplanung ein weiteres Mal durch. Um zehn Uhr sollten sich die Abiturienten in der Schule einfinden. Die ersten Prüfungen würden zwei Stunden lang dauern. Karlsson würde Johanne natürlich fahren, damit ihr weißes Kleid keine Flecken bekam.

Nach dem Mittagessen schlossen sich zwei weitere Prüfungsstunden an, und um zwei Uhr erwarteten alle, dass die frischgebackenen Abiturienten mit ihren weißen Mützen die Treppe auf den Schulhof hinunterrannten.

Anschließend fand ein Empfang zu Hause statt, zu dem auch von Haus zu Haus ziehende Klassenkameraden erwartet wurden. Gegen sieben Uhr fand für Schüler, Lehrer und Eltern ein Galadiner im französischen Speisesaal des Grand Hotels statt. Gegen zehn Uhr würden sich die Eltern und die meisten Lehrer, jedoch nicht alle, *Ordnung muss sein*, zurückziehen und ein Jazzorchester zum Tanz aufspielen. Gegen Mitternacht wurden die Schüler abgeholt. Wer dann noch Kraft und Lust hatte, konnte den Tag im Kreise der Familie ausklingen lassen.

Und das wäre wahrscheinlich der geeignete Augenblick für einen letzten Überredungsversuch, insbesondere da Johanne dann mit der Unterstützung aller anderen Erwachsenen rechnen konnte. Christa und Sverre waren definitiv auf ihrer Seite. Alles würde gut gehen, sofern sie nicht im Laufe des Tages eine ihrer unvermeidlichen Szenen heraufbeschwor.

Eine eigene Meinung zu haben sei wichtig, mahnte Ingeborg. Es sei hingegen nicht immer klug, diese auch kundzutun. Johanne versprach, den Rat zu beherzigen, und vergaß ihr Gelöbnis, kaum dass sie es ausgesprochen hatte. Angesichts des späteren Skandals spielten ihre Vorsätze vermutlich sowieso keine Rolle.

Ihre erste mündliche Prüfung fand im Fach Erdkunde statt, was sie etwas nervös machte, weil sie irgendwo auf dem Globus landen konnte, mitten im chinesischen Bürgerkrieg mit seinen unklaren Grenzverläufen, in Südamerika oder in Britisch-Ostafrika, das sie keinesfalls Deutsch-Ostafrika nennen durfte!

Drei Prüflinge, zwei in weißen Kleidern, einer im dunklen Anzug, saßen mit einem nervösen Fachlehrer und einem streng dreinschauenden staatlichen Prüfer, der die Endnote festlegen würde, in einem Klassenzimmer. Die Noten der eigenen Lehrer mussten vom staatlichen Prüfer genehmigt werden.

Die Prüfung begann damit, dass der Prüfer Johannes Klassenkamerad Göran mit Fragen nach den verschiedenen Provinzen und großen Seen Kanadas quälte. Göran schlug sich wacker, und Johanne freute sich, dass ihr dieses Thema erspart blieb. Anschließend musste ihre Freundin Louise die Grenzen Afrikas vor und nach dem Weltkrieg erläutern, was ihr wie am Schnürchen gelang. Eine Landkarte ohne Bezeichnungen teilte sie rasch in englische, französische, belgische und portugiesische Besitzungen ein.

Als Johanne ihr Thema erhielt, traute sie kaum ihren Augen, weil es ihr beinahe wie ein abgekartetes Spiel vorkam. Sie musste die deutschen Länderstaaten benennen, was fast so war, als hätte der Prüfer sie nach Adressen in Saltsjöbaden gefragt, auf der richtigen Seite der Bahn.

Die Lateinprüfung eine Stunde später verlief etwas formeller, hier musste sie nur einen Text über den Zweiten Punischen Krieg vorlesen und übersetzen, was kein Problem war.

Während des Mittagessens hatte Johanne bereits das Gefühl, alles hinter sich zu haben, denn jetzt kam nur noch Deutsch, und das war ja wie zu Hause zu sitzen und sich zu unterhalten.

Es hätte sie nachdenklich stimmen sollen, als ihr Lehrer, der ihr aus dem einfachen Grund, dass Deutsch eine ihrer zwei Muttersprachen war, immer ein A gegeben hatte, sie beiseitenahm und vor dem Prüfer und seinen cholerischen Ausbrüchen, mit denen er die Schüler völlig verängstigen konnte, warnte.

Sie hätte sich die Warnung zu Herzen nehmen sollen, aber was sie erwartete, erschien ihr allzu einfach, genauso gut hätte sie ein Schwede in Norwegisch prüfen können. Der berüchtigte Oberlehrer Ljunghed sah allerdings wirklich bösartig aus. Im Unterschied zu allen anderen Lehrern der Schule trug er eine Weste, einen hohen Stehkragen älteren Modells und einen Plastron statt eines Schlipses zu seinem dunklen Anzug. Hinter seiner goldenen Brille verbargen sich kleine, stechende Schlangenaugen. Er sprach Deutsch mit einem putzigen schwedischen Akzent, was auch durch seine Verkleidung als deutscher Konservativer nicht überspielt werden konnte.

Die Prüflinge wurden wie schon vorher in alphabetischer Reihenfolge aufgerufen. Bereits die Befragung Görans war eine unerfreuliche Angelegenheit, unentwegt unterbrach ihn der Prüfer und korrigierte jeden noch so kleinen Versprecher, selbst als Göran gar nichts falsch gemacht hatte. Göran begann vor Nervosität zu schwitzen, und ihm unterliefen nach einiger Zeit sogar Fehler bei Fragen, die er eigentlich beherrschte.

Mit Goethes und Schillers Weimar kannte er sich ehrlich gesagt nicht sonderlich gut aus, aber schließlich handelte es sich um eine Sprachprüfung und nicht um Kulturgeografie. Görans Prüfung endete mit der höhnischen Bemerkung, dass man die Note vielleicht nicht nur um einen, sondern zwei Punkte hätte senken müssen, was einer Katastrophe gleichgekommen wäre, denn dann hätte Göran das Abitur nicht bestanden. In diesem Falle wäre ihm nichts anderes übrig geblieben, als die Schule durch den Hinterausgang zu verlassen, während alle anderen in ihren weißen Mützen die Vordertreppe hinunterrannten.

Danach war Louise an der Reihe und wurde zum Nobelpreisträger Thomas Mann befragt. Dieses Thema war zu erwarten gewesen, und die meisten Prüflinge hatten sich gut darauf vorbereitet.

Nervös erzählte Louise etwas über Die Buddenbrooks und Den Zauberberg, und dann begannen die Fangfragen. Die Grammatik bereitete ihr keinerlei Probleme, denn für eine Schwedin war Louise ungewöhnlich sicher im Deutschen. Aber nun ging es dem Prüfer darum, dass Mann vor 1922 ein so viel besserer Denker gewesen sei. Oder sei die Abiturientin da etwa anderer Meinung?

Louise wirkte vollkommen ratlos, was nicht weiter verwunderlich war. Johanne hätte auch nichts begriffen, wenn sie nicht Brecht und den anderen aus der Berliner Clique zugehört hätte, als diese von Manns heuchlerischer Kehrtwende 1922 erzählt hatten. Damals hatte er gemerkt, woher der Wind wehte, hatte sich vom Konservativismus abgewandt und begonnen, die Republik zu unterstützen. Aber solche Kenntnisse waren doch wohl kaum von schwedischen Schülern einzufordern?

Es gab glücklicherweise keine Veranlassung, sich um Louise Sorgen zu machen. Ihre Noten im Schriftlichen waren sehr gut und ihre Konversation sehr flüssig, obwohl ihre Aussprache wie die des Prüfers recht schwedisch klang.

Johanne hoffte daraufhin, über einen modernen deutschen Autor befragt zu werden, vorzugsweise einen, der ihr schon einmal in der Tiergartenstraße begegnet war, den der als deutscher Konservativer verkleidete Prüfer somit hassen musste. Warum nicht Brecht, Piscator oder Döblin. Oder noch lieber Erich Maria Remarque, obwohl sie Letzterem noch nie begegnet war. Das würde sicher interessant werden.

Aber das Thema war politische Landeskunde. Johanne wurde aufgefordert, die parlamentarische Lage in Deutschland zu erläutern.

Es hätte durchaus Interessanteres gegeben, aber es blieb ihr nichts anderes übrig, als in den sauren Apfel zu beißen. Das größte parlamentarische Problem stellten natürlich, so hob sie mit einem Seufzer an, die nationalsozialistischen Strolche dar, die zum allgemeinen Entsetzen und zur Schande Deutschlands bei der vergangenen Wahl zur zweitgrößten Partei aufgestiegen waren. Das sorge für Unordnung und schwache Koalitionen, da die bürgerliche Rechte und die Sozialdemokraten versuchen müssten, Formen einer funktionierenden Zusammenarbeit zu finden.

Weiter kam sie nicht.

»Mit welchem Recht bezeichnen Sie die Parlamentsabgeordneten der wichtigsten deutschen Partei als Strolche, Fräulein Lauritzen?«, unterbrach sie der Prüfer.

Nur nicht wütend werden und keinen Streit vom Zaun brechen, dachte sie.

»Im deutschen Parlament oder, korrekter, im deutschen Reichstag«, berichtigte sie ihn, während sie nachdachte, »stellen die Nazis nicht die größte, sondern nach den Sozialdemokraten die zweitgrößte Partei.«

»Darf ich Sie darauf hinweisen, Fräulein Lauritzen, dass es meine Aufgabe ist, Sie zu korrigieren und nicht umgekehrt!«, brüllte der Prüfer, noch ehe sie sich überlegen konnte, wie sie den Ausdruck Strolche rechtfertigen sollte.

»Das mag sein, Herr Oberlehrer, aber Sie haben sich nun einmal versprochen«, antwortete sie und fuhr dann fort: »Der fraglichen Partei gehören zweifellos Strolche an, genau genommen hunderttausend. Sie misshandeln ihre Gegner und schrecken nicht davor zurück, Frauen zu ermorden. Das erklärt meine Wortwahl, Herr Oberlehrer.«

»Sie zögern also nicht, die wichtigste Partei Deutschlands des Frauenmordes zu bezichtigen, Fräulein Lauritzen?«, fragte der Prüfer mit bedrohlich gesenkter Stimme.

»Ich zögere nicht, diese Nazistrolche als Frauenmörder zu bezeichnen«, berichtigte sie ihn mechanisch, »denn es ist die Wahrheit.«

Im Zimmer war Gewitterstimmung aufgezogen, und ihr Deutschlehrer und ihre beiden Mitprüflinge zogen die

Köpfe ein, als wünschten sie sich in weite Ferne. Der zornige Prüfer versuchte sie mit seinem Schlangenblick zu durchbohren.

»Und aus welcher Propagandaschrift beziehen Sie diese zweifelhaften Information, Fräulein Lauritzen?«, fragte er mit einem Lächeln, das eher wie ein höhnisches Grinsen wirkte, was sicher auch beabsichtigt war.

»Diese zweifelhafte Information, meinen Sie doch wohl, Herr Oberlehrer Ljunghed«, berichtigte sie ihn. »Dazu sind wahrhaftig keine Propagandaschriften nötig. Im Wahlkampf haben die Nazis allein in Berlin über hundert politische Gegner ermordet. Das stand in allen deutschen Zeitungen. Meine eigene Familie hat in Berlin ebenso fürchterliche wie erhellende Dinge erlebt. Aber mit Verlaub, Herr Ljunghed, Sie sind doch wohl hier, um mein Deutsch und nicht meine politischen Überzeugungen zu prüfen?«

»Um die deutsche Sprache zu beherrschen, ist mehr als nur die Grammatik nötig. Man muss eine Beziehung zur deutschen Kultur haben und sich allgemein mit den deutschen Verhältnissen auskennen. Und da versagen Sie ganz offenbar, Fräulein Lauritzen.«

»Mehr als Grammatik, gesunder Menschenverstand und ein allgemeiner Überblick«, berichtigte sie ihn. »Ist es nicht seltsam, Herr Oberlehrer, dass Sie mich in meine Schranken weisen wollen, obwohl Sie viel schlechter Deutsch sprechen als ich, und zwar aus dem einfachen Grund, weil Sie ein Faible für die Nazis haben?«

Da platzte dem externen Prüfer der Kragen, und somit war der Skandal eine Tatsache.

Hochrot im Gesicht, rannte er zur Tür, drehte sich noch

einmal um, deutete auf Johanne und brüllte: »Durchgefallen!« Dann verließ er das Zimmer und knallte die Tür so fest hinter sich zu, dass die Türfüllung einriss.

Die Konferenz des Kollegiums währte über eine Stunde länger als sonst. In dem schönen Frühsommerwetter vor dem Portal warteten die besorgten Eltern. Gerüchte kursierten, dass es zu einem Skandal gekommen und einer der Abiturienten überraschend durchgefallen sei.

Zu guter Letzt strömten die Abiturienten doch noch jubelnd aus dem Portal, und die besorgten Eltern kamen recht rasch zu dem Schluss, dass alle bestanden hatten.

Johanne war so hübsch in ihrer Abiturientenmütze, dass Lauritz beinahe ein paar Tränen verdrückt hätte, was er auch bei seiner Ansprache in der Villa Bellevue erwähnte. Dies war als höchstes Lob gemeint, da er oft behauptete, dass in seiner Familie nie jemand weine, am allerwenigsten die Männer.

Ingeborg spürte jedoch bereits im Auto auf dem Weg nach Hause, dass etwas im Argen lag. Ihre Tochter war alles andere als euphorisch, wie man es von einer frischgebackenen Abiturientin erwarten konnte. Sie wirkte im Gegenteil eher angespannt. Auf dem Heimweg sagte sie nicht sonderlich viel. Da sich Lauritz fröhlich über seine eigene Abiturprüfung ausließ und die Fahrt außerdem recht kurz war, merkte er nichts.

Als sie auf dem Garagenvorplatz aus dem Auto stiegen, um zum Haus hinunterzugehen, vor dem die gesamte Familie Lauritzen bis auf den Leutnant zur See Harald mit norwegischen, deutschen und schwedischen Fähnchen vor dem Kücheneingang wartete, nahm Johanne allen Mut zusammen und fasste ihren Vater am Arm, als er sie gerade auf norwegisch männliche Art hochheben und wie ein Kind zu den anderen tragen wollte.

»Warte!«, sagte sie. »Es ist etwas Unerfreuliches vorgefallen, von dem ich dir lieber gleich erzähle.«

»Ja?«, sagte er und entließ sie aus seiner Umarmung. Ingeborg erkannte, dass ihr Gefühl sie nicht getrogen hatte. Das durfte doch nicht wahr sein! Schon wieder ein Skandal?

»Ich habe einen Skandal verursacht«, sagte Johanne beschämt.

Lauritz war so verblüfft, dass er die Frage, die sich von selbst verstand, fast nicht gestellt hätte.

»Inwiefern?«

»Meine Deutschnote hat sich von einem großen A zu einem kleinen a verschlechtert.«

»Wie bitte? Das ist doch nicht möglich! Deutsch ist doch deine Muttersprache!«, rief Lauritz auf Deutsch. »Was ist geschehen? Ich meine, worin besteht der Skandal?«

»Der Prüfer ist ein Idiot.«

»Nun, das ist ganz offensichtlich. Aber worin besteht der Skandal?«

»Es ging um die Zusammensetzung des deutschen Reichstags, und er … Ich habe ihn einen Nazi genannt, und da gab es wirklich Ärger.«

»Wie bitte? Du hast den Prüfer als Nazi beschimpft? Aber meine Kleine …«

»Nicht so direkt, aber nachdem er erst meine Klassenkameraden terrorisiert hatte, fiel er über mich her und behauptete, dass ich nichts über Deutschland wisse. Und da erwiderte ich, dass es doch seltsam sei, dass jemand, der so viel schlechter Deutsch spräche als ich, mich in die

Schranken weisen wolle, bloß weil er ein Faible für die Nazis habe.«

Die wartende Verwandtschaft war zu weit entfernt, um ihre Worte hören zu können, aber alle mussten inzwischen gemerkt haben, dass etwas nicht stimmte, denn sie waren verstummt und schwenkten nicht mehr ihre norwegischen, deutschen und schwedischen Fähnchen.

Lauritz stand wie versteinert da, Ingeborg drückte Johanne tröstend die Hand.

»Und das hast du dem Prüfer gesagt?«, fragte Lauritz finster.

»Ja, Vater, wörtlich.«

»Und dafür haben sie deine Note von groß A auf klein a gesenkt?«

»Ja, Vater.«

Mutter und Tochter betrachteten ihn aufmerksam, während er diese Information verarbeitete. Ingeborg drückte Johannes Hand noch fester. Dann veränderte sich das Gesicht ihres Vaters, erst wirkte es, als sei er zu Tode betrübt, dann brach er in schallendes Gelächter aus.

»Aber das ist ja großartig, mein mutiges kleines Mädchen!«, rief er, jetzt auf Norwegisch. »Was für eine wundervolle Geschichte! Die werden wir in unserer Familie noch in hundert Jahren erzählen. Fantastisch! Lass dich umarmen!«

Er hob sie triumphierend hoch und trug sie leicht wie eine Feder die ersten vierzig Meter Richtung wartender Verwandtschaft, die wieder ihre Fähnchen schwenkte.

Auf den letzten dreißig Metern machte ihm seine Last ganz offensichtlich zu schaffen, aber er gab sich nicht geschlagen.

Während des Empfangs floss der Champagner, und die Geschichte wurde unter Jubel und Hurrarufen immer wieder erzählt.

Von allen möglichen und unmöglichen Methoden, sich die mündliche Note zu ruinieren, musste Johannes Leistung als die lustigste und heldenhafteste einer Abiturientin überhaupt zählen. Diese Auffassung äußerte Lauritz immer wieder aufs Neue, und in diesem Punkte herrschte laut Christa vollkommene politische Einigkeit.

Einige Stunden später packte der Rektor während der Eröffnungsrede des Studentenballs den Stier bei den Hörnen, wie er die Sache eher unelegant ausdrückte, und erzählte die ganze Geschichte, um so mögliche Gerüchte auszuräumen.

Er könne nicht rückgängig machen, dass der Prüfer, der die Sprache weniger gut beherrschte als die Schülerin, ihre Deutschnote gesenkt habe. Hier galten staatliche Regeln, über die sich das Gymnasium Saltsjöbaden nicht hinwegsetzen könne. Das Kollegium habe jedoch eine Lösung gefunden. Auf schriftliche Fächer hätten die staatlichen Prüfer keinen Einfluss. Daher habe das Kollegium in größter Einhelligkeit, das müsse er unterstreichen, beschlossen, vorsätzlich eine ungerechte Note zu geben. Man habe Johannes kleines a in dem allerdings unwichtigeren Wahlfach Englisch in ein großes A verwandelt, was die verschlechterte Deutschnote ausgleiche. Der Gerechtigkeit sei Genüge getan.

Das Publikum lachte und applaudierte, Champagnerkorken knallten, und wenig später spielte das Orchester auf.

*

In der späten Dämmerung kehrte man in die Villa Bellevue zurück, erleichtert, endlich die langwierige Veranstaltung im Grand Hotel hinter sich zu haben. Die bombastischen Ansprachen über eine leuchtende Zukunft, über die Segnungen und Gefährdungen der Jugend vor dem großen Schritt ins Leben, hatten zu guter Letzt ihre Geduld sehr auf die Probe gestellt. Vermutlich hatten die frischgebackenen Abiturienten, die sich jetzt zumindest ein paar Stunden lang im Ballsaal des Hotels mit einem Jazzorchester amüsieren konnten, das ebenso empfunden.

Es war eine laue Frühsommernacht, und Karlsson hatte das Verdeck des großen Mercedes geöffnet, was zwar einiges hermachte, aber übertrieben wirkte. Schließlich waren es vom Grand Hotel zum Portal der Villa Bellevue nur fünf Minuten zu Fuß. Andererseits war im Laufe des Tages viel Champagner getrunken worden, und außerdem eigneten sich moderne Damenschuhe kaum, um mit ihnen im Dämmerlicht die lange Granittreppe von der Strandpromenade zu erklimmen.

Als sie auf dem Garagenvorplatz aus dem Auto stiegen, schlug Christa vor, in der Grotte noch etwas zu trinken. Lauritz fand zwar, dass es dafür noch etwas früh im Jahr sei, aber bei den anderen stieß der Vorschlag auf allgemeine Begeisterung. Wenig später standen die Gartenmöbel bereit, und Decken und Petroleumöfen wurden gebracht. Alles, was im großen Esszimmer bereitgestanden hatte, wurde in große Körbe gepackt und hinausgetragen, Karaffen mit gekühltem Branntwein, Bier und gebratene Würste für die Herren, Moselwein und Kuchen für die Damen. Ein Feuer wurde am Ende der Grotte angezündet, und wenig später hatten sich alle dicht im Halbdunkel darum geschart. Die Bediensteten brachten die Petroleumlampen, die sie vom Speicher geholt hatten.

Lauritz hob sein beschlagenes Branntweinglas und sagte zu seinen Brüdern, jetzt sei es langsam an der Zeit. Aus Rücksicht auf die jungen Leute war bislang kein Schnaps serviert worden, zum Galadiner hatte es nur Wein gegeben. Als Sohn Karl etwas mürrisch erschien, musste er sich mit einem Glas Wein begnügen, schließlich war es bis zu seiner Reifeprüfung noch ein Jahr, ein Hinweis, den er nicht sonderlich lustig fand. Er richtete Grüße von seiner jüngeren Schwester Rosa aus, sie habe sich mit Kopfschmerzen zurückgezogen.

Dieser Bescheid überraschte Ingeborg nicht. Rosa war höchst gesellig, wenn sie sich im Mittelpunkt der Aufmerksamkeit befand, sonst jedoch eher reserviert. Ihrer großen Schwester nochmals zu gratulieren und ein weiteres Mal mit ihr anzustoßen kam ihr sicher übertrieben vor.

Die Damen saßen mit großblumig gemusterten norwegischen Decken um ihre nackten Schultern und die Herren im Smoking mit Decken im Rücken da, und es gab eigentlich keinen Grund, sich nicht wohlzufühlen. Die Unterhaltung verlief jedoch seltsam schleppend, nachdem man sich den ganzen Tag über Johannes mutigen und bewundernswerten Skandal und seine komischen Folgen ausgelassen hatte. Dem gab es nicht mehr viel hinzuzufügen.

Ebenso, wie beim Essen grundsätzlich die Themen Politik, Geld oder Krankheiten gemieden wurden, wollte man an diesem Festtag die wichtigen Fragen der Zeit übergehen, obwohl sie sich unerbittlich aufdrängten. Johanne würde sich ihnen erst in ein paar Stunden anschließen. Ihr würde es also nichts ausmachen, wenn sie in ihrer Abwesenheit über die deutsche Katastrophe sprachen. Zumindest schienen alle diesen Gedanken zu haben, denn plötzlich brachen alle Dämme der Höflichkeit, und das verbotene Gesprächsthema bahnte sich seinen Weg.

Deutschland befand sich zwar nicht am Rande des Untergangs, aber erneut in einer tiefen Krise, was natürlich auf den Börsencrash in New York im Oktober 1929 zurückzuführen war. Es handelte sich um eine Kettenreaktion, die damit begonnen hatte, dass sich nach dem Schwarzen Donnerstag fünfzig Millionen Dollar in Luft aufgelöst hatten. Dem Börsencrash hatte Hitler seinen Erfolg bei den Wahlen zu verdanken. Plötzlich besaß er statt zwölf 107 Mandate, was wirklich unerhört peinlich war.

Als logische Folge wurde das internationale Bankensystem in Mitleidenschaft gezogen. Die Bankenkrise betraf nicht nur Deutschland, wo die Darmstädter Bank und die Nationalbank als Erste aufgegeben hatten, sondern auch die größte Bank Österreichs, die Credit-Anstalt, die bereits nach einigen Monaten Konkurs angemeldet hatte. Kurz darauf waren die Banque de Genève und alle anderen Banken an der Reihe gewesen.

Bereits die Bankenkrise und der große Einbruch der Aktienkurse überall in Europa waren für die deutsche Industrie sehr schlimm gewesen, der Todesstoß war allerdings erst gekommen, als die Amerikaner ihre anfänglich so großzügigen Kredite mit kurzer Laufzeit fällig gestellt hatten. Damit war alles zum Stillstand gekommen.

Im Jahr zuvor war die Arbeitslosigkeit auf 4,4 Millionen angestiegen, jetzt betrug sie schon über 5 Millionen und stieg stetig weiter. Deutschland stagnierte. Die Industrieproduktion war innerhalb von zwei Jahren um 40 Prozent eingebrochen.

Der unbeherrschte Impuls der Amerikaner, das Geld zurückzufordern, war nachvollziehbar, obwohl die brutale Vorgehensweise unvernünftig wirkte, da sie nur weitere Konkurse mit sich brachte. Auf diese Weise ging alles verloren. Das Schlimmste war, dass die Millionen von Arbeitslosen, die in den goldenen Jahren 1927 bis 1929 wieder Hoffnung geschöpft hatten, erneut in die Arbeitslosigkeit und totale Armut gestürzt wurden. Konnte man ihnen vorwerfen, dass sie in letzter Verzweiflung auf diesen Hitler setzten, der ganz frech versprach, Simsalabim, allen Arbeit zu verschaffen?

Hitlers Bluff würde natürlich gnadenlos aufgedeckt werden. Seine beschämend starke Stellung in der Politik würde bald unterhöhlt sein, vor allem, weil er ein so bizarrer Mensch war. Die Zuhälterfrisur, der Wiener Vorstadtdialekt, das Gewäsch, das er von sich gab, die wilden Gesten, der teils unstete, teils stiere Blick, die Drohungen und die Hinrichtungsfantasien, kurz gesagt, als Politiker war er untragbar. Die Scharen verzweifelter Arbeitsloser, die ihm im Sportpalast zujubelten, würden sich nicht einmal Feuer von ihm geben lassen, wenn sie ihm auf der Straße begegneten.

Die Frage lautete also nicht, wer dieser Hitler war, sondern was nach ihm kommen würde. Die antirepublikanische Rechte witterte Morgenluft.

Wichtiger als die Erfolge dieses Irren war, wie es Heinrich Brüning erging, der sich gerade auf dem Weg nach London und Paris befand, um über die Stundung der Reparationszahlungen zu verhandeln.

Dazu kam noch die augenscheinlich unüberwindbare Schwierigkeit, eine Koalition aus Sozialdemokraten und Rechten ohne die Nazis zu bilden. Die Rechte wollte wie immer die Steuern für die Industrie und die Reichen und die Zahlungen der Wohlfahrt senken, die Sozialdemokraten strebten das Gegenteil an. Höhere Steuern und erhöhte Wohlfahrtszahlungen.

Auf diese Weise wurde das Gespräch fortgesetzt, die unerfreulichen Themen nahmen kein Ende und brachen wie eine Flut aus ihnen hervor, bis der Mercedes vor der Garageneinfahrt hielt, eine Autotür zuschlug und das Auto den Källvägen hinauffuhr.

Verlegenes Schweigen machte sich breit, als die Anwesenden die weiß gekleidete Johanne erblickten. Da stimmte Sverre, obwohl er den Text noch nicht gelernt hatte, das Abiturientenlied an. Die anderen standen auf und stimmten ein. Johanne kam lachend auf sie zu und umarmte alle nacheinander, nahm dann Platz und legte sich eine Decke um die Schultern, mit der sie auch einen großen Rotweinfleck auf dem Oberschenkel kaschierte, den ohnehin schon alle bemerkt, aber geflissentlich ignoriert hatten.

Sie stießen, wie Lauritz behauptete, zum hundertsten Mal auf das sehr gute und erste schwedische Abitur in der Familie an, und die allgemeine Laune stieg schlagartig, als hätte das weiß gekleidete Mädchen durch seine bloße Anwesenheit alle schwarzen Dämonen verjagt. Trotzdem entging Johanne die leicht verzagte Stimmung nicht und die erfolglosen Bemühungen, die Unterhaltung auf eine natürliche Art in harmlosere Bahnen zu lenken.

»Aha!«, sagte sie. »Kaum kehre ich euch den Rücken zu, fangt ihr an, über Politik und Geld zu sprechen. Da kann ich ja vielleicht die Gelegenheit nutzen und zum letzten Mal eine mir sehr wichtige Frage stellen.«

Nein, dachte Ingeborg, nicht jetzt, wo wir alle marschierende Sturmabteilungen vor unserem inneren Auge sehen. Oder vielleicht gerade deshalb …

»Etliche meiner Klassenkameraden reisen im Sommer ins Ausland«, begann Johanne, und alle außer ihren Eltern sahen sie neugierig an. Christa, Oscar, Sverre und sogar ihr jüngerer Bruder Karl waren auf das, was kommen würde, unvorbereitet.

»Nun ist es so, dass Birgitta, also meine beste Freundin, die Karlsson gerade nach Hause fährt, und ich eine wunderbare Idee haben«, fuhr sie, ohne zu zögern, fort. »Wir wollen eine Reise nach Paris und London unternehmen, um endlich einmal echtes Französisch und Englisch zu sprechen, und da könnten wir vielleicht auch noch einen Abstecher an die Riviera unternehmen. Wir wären rechtzeitig zur Sandhamn-Regatta wieder zurück, um dort Kronprinz Olav und Märtha zu treffen.«

Johanne hatte sich nicht ausschließlich an ihren Vater gewandt, sondern sah sich in der Runde um, als erzähle sie von wunderbaren Sommerplänen, die alle erfreuen würden.

Jetzt richteten sich alle Blicke auf Lauritz, der alles andere als begeistert aussah.

»Ich finde es äußerst unpassend, zwei junge Damen alleine in diese Großstädte reisen zu lassen«, antwortete er langsam, aber nachdrücklich, als sei die Sache damit entschieden.

»Aber Berlin ist ja wohl viel gefährlicher«, protestierte Johanne.

»Schon möglich«, gab Lauritz zu. »Aber in Berlin wärt ihr nicht allein. Das ist etwas ganz anderes.«

Anfänglich hielten sich noch alle zurück. Niemand wollte sich einmischen, außer erstaunlicherweise der kleine Bruder Karl.

»Nächstes Jahr nach dem Abitur würde ich auch gerne so eine Reise unternehmen«, sagte er. »Würdet ihr mir das auch verbieten?«

»Nächstes Jahr bist du ein erwachsener Mann, Karl«, erwiderte Lauritz ruhig, aber unerschütterlich. Johanne seufzte und senkte den Kopf. Es war vollkommen still geworden. Niemand rührte sich.

»Ich hätte da eine Idee«, meinte Sverre, und alle Blicke richteten sich auf ihn. »Ich habe in der Tat selbst vor, im Sommer eine ähnliche Reise zu unternehmen. Auf dem Berliner Immobilienmarkt tut sich gerade nichts, und der Betrieb der Werbeagentur läuft auf Sparflamme. Es ist also die perfekte Gelegenheit. Es ist lange her, dass ich in Paris und London war, obwohl ich behaupten möchte, in diesen Städten recht heimisch zu sein. Falls du also nichts dagegen hast, Lauritz ... Es wäre mir ein großes Vergnügen, die beiden Damen auf dieser Reise zu begleiten. Natürlich nur, wenn die Damen selbst mit einem solchen Arrangement einverstanden wären?«

Diese Frage richtete er an Johanne, die einen Aufschrei unterdrückte und ihrem Onkel begeistert zunickte.

»Ausgezeichnet«, sagte Sverre. »Ich kann dir versichern, dass ich euch bedeutend mehr als nur den Eiffelturm und den Tower zeigen kann. Ich habe ein paar charmante alte Freunde in London und in Paris vermutlich auch.«

Johannes Augen glänzten vor Begeisterung. Sie stellte

sich bereits ganz deutlich eine Begegnung mit Virginia Woolf vor.

Alle Blicke richteten sich von Neuem auf Lauritz, der sich dessen sehr bewusst war. Fast amüsiert sah er in die Runde, während er sich mit seiner Antwort Zeit ließ, um die Spannung zu erhöhen.

»Eines steht fest«, sagte er ernst und legte anschließend, um alle zu ärgern, eine lange Kunstpause ein. »Birgitta von Vegesack und du könnt in Paris und London kaum einen besseren Fremdenführer finden. Ich wünsche schon jetzt eine gute Reise, wie auch immer das auf Französisch heißen mag.«

»Bon voyage!«, meinte Sverre und hob sein Glas in Johannes Richtung. »Et à votre santé, Mademoiselle Lauritzen. Cheers!«

*

Als sie am nächsten Tag aufstanden, herrschte dasselbe gute Sommerwetter wie am Vortag. Es war Freitag, der 15. Mai, ein Datum, das bei einigen Mitgliedern der Familie Lauritzen, nämlich denjenigen, die in Schweden wohnten, einen tiefen Eindruck hinterlassen würde, während die anderen, in Deutschland ansässigen, es mit einem Schulterzucken quittierten.

Die für diesen Tag geplante Saltsjöbaden-Exkursion war von Lauritz im Detail vorbereitet worden. Er wollte seinen Brüdern zwei Gebäude in vollkommen unterschiedlichen Stilen zeigen. Johanne würde sie nicht begleiten, davon gingen die Brüder jedenfalls aus, da sie immer noch schlief. Ingeborg, die alles schon gesehen hatte, blieb ebenfalls zu Hause, um nach der Feier des Vortages aufzuräumen. Da das Wetter dazu einlud, nahmen die Brüder den großen offenen Mercedes.

Mit dem Bau des Rathauses in Neglinge war erst kürzlich begonnen worden, es sollte erst im Sommer des folgenden Jahres eingeweiht werden. Das Fundament war jedoch gegossen, und die ersten Mauern standen. Auf der Baustelle gab es Pläne, die Lauritz seinen Brüdern und Christa, die sich in letzter Zeit zunehmend für Architektur interessierte, zeigen wollte. Es handelte sich um eine Art Funktionalismus in dunkelrotem Backstein, keinen Betonguss. Die Formen waren strikt, gerade Linien und so weiter.

Die Konstruktion hatte etwas verborgen Komisches oder vielleicht eher Ironisches. Wieder einmal und wie so oft hatte Wallenberg, der richtige Wallenberg also, die entscheidende Spende geleistet, exakt 372 132 Kronen und 80 Öre. Lauritz war sich nicht sicher gewesen, den Auftrag zu bekommen, und hatte deswegen ebenfalls 20 000 Kronen für das Projekt gespendet. Die Rechnung war aufgegangen.

Eine wohlüberlegte Spende funktionierte fast immer. Diese Taktik hatte er auch angewendet, um den Auftrag für den Bau der Sternwarte an Land zu ziehen, die ihr nächstes Ziel sein würde. Den Bau des Stockholmer Marinemuseums hatte er sich nach jahrelangem Hin und Her ebenfalls auf diese Weise gesichert. Wallenberg hatte eine sehr große Summe und Lauritz eine halbwegs große Summe gestiftet und damit tatsächlich den Auftrag erhalten. Es war erstaunlich, was ein wenig Geld gelegentlich zu bewerkstelligen vermochte, und zwar nicht nur bei den allmächtigen Finanzfürsten, sondern auch bei den Politikern, vor allem wenn diese und ihre finanziellen Ratgeber plötzlich das Gefühl hatten, dass es in schweren Zeiten ratsam sei, gewisse Bauprojekte einzustellen. Eine Theorie besagte, dass die Wirtschaft zu sehr angeheizt werden könnte. Aber das galt natürlich nicht für Baumaßnahmen, über die die Politiker selbst entschieden. Wenn man das Geld in diesem Zusammenhang nicht mehr als Spende, sondern als heimlichen Parteibeitrag bezeichnete, ließ sich alles deichseln.

Wie auch immer, das Komische an diesem absolut rechteckigen Rathaus war, dass Wallenberg entschieden hatte, es in funktionalistischem Stil zu erbauen, weil in diesem Rathaus überwiegend Sozialdemokraten sitzen und entscheiden würden und ihnen ein derartiges Gebäude sicherlich zusagte. Wallenberg hatte ebenfalls entschieden, neben den Rathaus-Kasten einen ebenso kastenförmigen Konsum bauen zu lassen, damit die Sozis es nicht so weit zum Einkaufen hatten. Gelegentlich legte Wallenberg ebenso exzentrische wie großzügige Charakterzüge an den Tag.

Aber hinsichtlich des Marinemuseums auf Djurgården in Stockholm ließ er sich nicht reinreden. Da kam kein Schuhkarton infrage, dort sollte etwas Schönes entstehen. Den Auftrag hatte er an den Architekten Ragnar Östberg, der das Stockholmer Rathaus entworfen hatte, vergeben.

Lauritz und Östberg waren sich einig, dass sich gewisse Elemente des Funktionalismus wie die großen Fenster, die viel Licht in die Säle ließen, für Museen besonders gut eigneten. Sie beschlossen also, ein wenig zu mogeln, indem sie das Gebäude in klassisch italienischem Stil bauten, aber mit überdimensional großen Fenstern ausstatteten, was dem Alten ohnehin nicht auffallen würde.

Auf dem Weg vom Rathaus zur fertigen Sternwarte am

höchsten Punkt Saltsjöbadens diskutierten sie die Auffassung Wallenbergs, dass Sozialdemokraten dem modernen Funktionalismus den Vorzug gaben. Vielleicht war ja tatsächlich etwas dran. Schließlich hatten sie gerade selbst in Berlin Tausende von Arbeiterwohnungen in diesem Stil errichtet. Aber die Frage, die Christa fast aggressiv stellte, lautete, ob sie den Arbeitern nicht einen Stil aufdrängten, von dem sie nur glaubten, dass er zu ihnen passte. Hätten sich die Arbeiter aus freien Stücken dafür entschieden, in solchen Schuhkartons zu wohnen?

Zum Funktionalismus wusste Lauritz beizutragen, dass ein verpönter Architekt namens Markelius vor ziemlich genau einem Jahr die Presse zusammengetrommelt habe, um ein Einfamilienhaus vorzuführen, das er in Nockeby ganz »nach den Gesetzen des Funktionalismus« errichtet habe. Das Besondere daran? Ganze Sektionen waren in Beton gegossen worden, und die Kanaille hatte behauptet, diese Methode in Schweden eingeführt zu haben. Wahrscheinlich hatte er anlässlich der Stockholmer Ausstellung, die einen Monat später eröffnet werden sollte, auf diese Weise für sich werben wollen.

Lauritz hatte den Prahlhans daraufhin angerufen und ihn gefragt, ob er schon einmal die Villa Aquarium in Saltsjöbaden mit ihren Glas- und Betonwänden in Augenschein genommen habe.

Hatte er. Aber das sei kein echter Funktionalismus, da die Villa geschwungene Linien aufweise.

Oscar und Sverre lachten höflich und versuchten sich nicht anmerken zu lassen, dass sie ihren älteren Bruder etwas weitschweifig fanden.

Oben bei der Sternwarte angelangt, wurden sie allerdings wieder munter. Das Gebäude stellte eine interessante Mischung aus klassizistischem Stil, Bogen aus Granit und dunkelroten Ziegelgewölben dar.

Gewisse Elemente seien vorgegeben gewesen, dozierte Lauritz weiter. Das Dach einer Sternwarte müsse schon allein des enormen Fernrohrs wegen eine Kuppel wie die einer Moschee oder griechisch-orthodoxen Kirche haben. Der Rest ergebe sich dann mehr oder minder von selbst.

Obwohl der Bau fertiggestellt war, fand die Einweihung erst in einem Monat statt, da König Gustav V. erst Mitte Juni Zeit hatte. Glücklicherweise sei das noch vor der Saltsjöbaden-Regatta.

Mit einem Seufzer der Erleichterung, der weder ihnen selbst noch Lauritz auffiel, sahen Oscar, Sverre und Christa, wie sich das Auto dem Grand Hotel näherte, wo sie das Mittagessen einnehmen würden, wobei sie rasch noch einige Höflichkeiten über die schöne Sternwarte äußerten.

Als sie an dem Tisch mit Aussicht aufs Wasser Platz nahmen, hob sich ihre Stimmung, und sie beugten sich erwartungsvoll über die Speisekarte, als ein Oberkellner, der eher wie ein Bestattungsunternehmer aussah, an ihren Tisch trat und Lauritz diskret ein zusammengefaltetes Exemplar des *Svenska Dagbladet* überreichte und flüsterte, die Vorfälle vom Vortag könnten möglicherweise ihren Appetit beeinträchtigen.

Lauritz schlug mit lässiger Geste die Zeitung auf, las ein wenig darin und erblasste sichtlich.

»Es ist etwas Fürchterliches geschehen«, sagte er heiser und räusperte sich.

Die anderen sahen ihn bestürzt an und ließen die Speisekarten sinken.

»Es wurden Arbeiter erschossen«, fuhr Lauritz von Gefühlen überwältigt fort. »In Ådalen in Nordschweden. Das Militär war zur Stelle, um Streikbrecher zu beschützen, und alles endete in einer Katastrophe.«

»Wie viele Tote?«, fragte Oscar finster.

»Fünf«, antwortete Lauritz heiser. »Fünf Tote und fünf Verletzte. Furchtbar ...«

»Ach, nur fünf Tote. Ein Glück, dass es nichts Ernsteres war«, sagte Christa, griff erneut zur Speisekarte und entschied sich für die gebratene Seezunge.

VIII

BERLIN – TRAVEMÜNDE

Mai 1933

Schlesischer Sandstein, glasierte Ziegel, Terrakotta, romanische Bögen: Der Lehrter Bahnhof erinnerte an eine Kathedrale. Das Bahnhofsgebäude erweckte den Eindruck vollkommener Normalität, als ob Deutschland immer noch Deutschland wäre. Kinder zankten sich auf dem Bahnsteig, ein Träger trug sein Gepäck, ein verliebtes Paar winkte sich zum Abschied zu. Scheppernde Lautsprecher verkündeten Abfahrten und Ankünfte, als sei nichts Nennenswertes vorgefallen.

Am Morgen hatte er sich mit dem naiven Vorhaben, Reiselektüre zu erwerben, in eine exklusive, etwas versteckt gelegene Buchhandlung in einer Seitenstraße der Leipziger Straße begeben und gehofft, dass sie von der Sturmabteilung vielleicht übersehen worden war, da sich diese Männer, was Buchhandlungen betraf, nicht unbedingt so gut auskannten.

Die SA hatte nichts übersehen und war mit Universitätsleuten und langen Listen mit Titeln und Autoren angerückt. In der Buchhandlung sah es aus, als hätte eine Bombe eingeschlagen. In den Regalen herrschte gähnende Leere, das eine oder andere Buch lag auf dem Fußboden, wobei es sich überwiegend um Reisebeschreibungen, Biografien von Generälen und Haushaltsratgeber handelte. Der ruinierte Buchhändler erzählte, dass der Anführer der Aktion seine Leute unentwegt dazu aufgefordert hätte, lieber ein Buch zu viel als eines zu wenig zu verbrennen.

Sie hatten alles verbrannt, was Bert, Alfred, George und alle anderen Freunde sowie deren Freunde, die regelmäßig in den Salon in der Tiergartenstraße gekommen waren, geschrieben hatten. Sie hatten sogar die Werke Einsteins, Freuds, André Gides, Marcel Prousts, James Joyces und Jack Londons verbrannt. Über Nacht hatte sich Deutschland in ein Land ohne moderne Literatur verwandelt. Und die Bibliotheken waren ebenso ausgeplündert worden wie die Buchhandlungen.

Jetzt waren alle Freunde verschwunden. Die meisten waren viel vorausschauender gewesen als er selbst. Bert hatte zum Zeitpunkt des Reichstagsbrandes mit einer beschwerlichen Magensache im Krankenhaus gelegen. Sobald er am nächsten Morgen davon erfahren hatte, war ihm klar gewesen, was es geschlagen hatte, woraufhin er barfuß und in weißem Krankenhaushemd die Flucht ergriffen hatte. Er hatte nicht einmal gewagt, in seine Wohnung in der Hardenbergstraße 1A zu gehen, um seine neuesten Manuskripte zusammenzuraffen. Stattdessen war er in die Tiergartenstraße gefahren, hatte sich Geld und Kleider geliehen und war in den nächsten Zug Richtung Süden und Prag gestiegen, was zu jenem Zeitpunkt völlig paranoid gewirkt hatte.

Am nächsten Morgen zeigte es sich, wie recht er gehabt

hatte. Alle Straßen nach Norden waren bereits in der ersten Nacht gesperrt worden. Hätte er sich nach Hause getraut, wäre er festgenommen worden, seine Häscher hatten dort schon auf ihn gewartet und seine Manuskriptberge durchwühlt. Er hätte einer der viertausend sein können, die bereits in der ersten Nacht festgenommen wurden. Wäre er bei Freunden untergeschlüpft, hätte er zu den 20 000 gehört, die in der folgenden Woche verhaftet wurden, und wäre nach Oranienburg bei Berlin geschafft worden. Nur eine Woche nach dem Brand war das erste Konzentrationslager aufnahmebereit gewesen. Noch schlimmer wäre gewesen, wenn er in eines von Tausenden privater SA-Gefängnisse geraten wäre, die überall aus dem Boden geschossen waren. Man musste schon sagen, dass die Nationalsozialisten auf den Reichstagsbrand erstaunlich gut vorbereitet gewesen waren.

Ein strahlender Sommer war angebrochen. Die inzwischen gleichgeschalteten Zeitungen waren sich einig, dass es ein Sommer zu werden versprach, der bis September andauern konnte, und dass ein ungewöhnlich gutes Weinjahr bevorstand.

Alles wirkte pervers normal. Der Zug, der sich vom Lehrter Bahnhof in Bewegung setzte, glich jedem anderen deutschen Zug, obwohl die Fahrgäste, die in die Kurswagen nach Travemünde einstiegen, besonders gründlich kontrolliert wurden. Auch das war normal, schließlich standen sie im Begriff, das Land zu verlassen. Ein Ausreisevisum war erforderlich, und deutsche Staatsbürger mussten nachweisen, dass sie die Ausreisesteuer bezahlt hatten, was nicht ungewöhnlich, sondern auch fast normal war.

Die Tür des Abteils wurde vom Schaffner aufgerissen. Er half einer eleganten Dame Anfang fünfzig mit erstaunlich wenig Gepäck zu dem Sverre gegenüberliegenden Platz. Sverre erhob sich, half ihr mit ihrer Tasche und stellte sich, wie es die Situation erforderte, vor.

»Sverre Lauritzen, angenehm, gnädige Frau.«

»Maria Theresia von Brauner«, antwortete sie unengagiert, reichte ihm die Hand, nahm rasch Platz, zog einen Spiegel hervor, tupfte sich ein paar Schweißtropfen von der Stirn und puderte sich. Sie schien nervös.

Auch das war in Deutschland inzwischen normal.

Sverre betrachtete sie neugierig, denn sie bot die denkbar beste Ablenkung, die sich für diese fürchterliche Reise nur wünschen ließ. Der nicht sehr deutsch klingende Name Maria Theresia rief eine vage Erinnerung in ihm wach. Er hatte diesen Namen schon einmal gehört, wusste aber nicht recht, in welchem Zusammenhang, und sicherlich lag es auch sehr lange zurück. Der Nachname, von Brauner, sagte ihm nichts, da hätte er schon Christa oder Ingeborg fragen müssen, ob es sich um falschen oder echten Adel handelte.

Sie war elegant gekleidet, und er erkannte ihr Parfüm, weil er selbst die Werbekampagne dafür entworfen hatte. Es war für ein deutsches Parfüm teuer, aber eben kein französisches.

Ihre Schuhe hingegen wie auch ihr Seidenschal stammten eindeutig aus Frankreich. In ihrer Jugend war sie eine Schönheit gewesen und um die fünfzig noch immer eine schöne Frau. Sie reiste mit leichtem Gepäck, obwohl sie sich auf dem Weg ins Ausland befand, denn es war wenig wahrscheinlich, dass sie in Travemünde aussteigen würde.

Sie befand sich auf dem Weg nach Schweden oder nach Dänemark. Sie hatte die grauen Strähnen in ihrem schwarzen Haar nicht getönt, was entweder auf guten Geschmack, Selbstbewusstsein oder beides schließen ließ.

Ergo befand sie sich wie er auf der Flucht. Ebenso wenig wie er konnte sie, wie es früher üblich gewesen wäre, ein Buch aus ihrer Tasche nehmen und sich demonstrativ in den Seiten versenken, denn heutzutage war das allzu riskant. Wer ein unpassendes Buch zur allgemeinen Betrachtung in die Höhe hielt, und die meisten Bücher waren inzwischen unpassend, die Listen unendlich lang, riskierte es, von pflichterfüllenden Mitbürgern an den nächsten Trupp SA-Schläger gemeldet zu werden.

Auch in diesem Zug saß die SA, Sverre hatte sie in den Zweite-Klasse-Wagen nach Travemünde einsteigen sehen.

Man konnte sich also nicht, wie es in allen anderen Ländern möglich gewesen wäre, hinter einem Buch verstecken.

Man konnte schweigend aus dem Fenster schauen, die Sommerlandschaft, in der die Heuernte gerade begann, Kühe, Pferde, spielende Kinder, Pferdefuhrwerke und sogar das eine oder andere Auto betrachten, all das Normale, das den Eindruck erweckte, nichts sei geschehen.

Man konnte sich wirklich fragen, ob Hitler John Maynard Keynes' Bücher gelesen hatte. Man musste sich überhaupt fragen, was dieser Mann las. Aber ganz augenscheinlich war nur ein Jahr nach der Machtübernahme die Arbeitslosigkeit kräftig gesunken, vielleicht hatte sie sich sogar bereits halbiert, so wie es Hitler versprochen hatte. Und das anhand des Grundmodells keynesianischer Theorien. Überall gab es Investitionen der öffentlichen Hand,

Straßenbau, Unterhalt und Arbeiterbrigaden, die kreuz und quer im ganzen Land unterwegs waren. Ließ Hitler erst alle Sozialdemokraten festnehmen und wie Kriminelle behandeln, um anschließend ihre Ideen umzusetzen?

Schweigend aus dem Fenster zu starren und die vorbeigleitende deutsche Sommerlandschaft bis nach Hamburg-Altona zu betrachten, wo man ihren Waggon abkoppeln und an einen Zug nach Travemünde anhängen würde, würde nicht nur sehr anstrengend werden, sondern ihn auch noch schwermütig stimmen.

Einen Vorteil zumindest hatte seine späte Emigration. Das Gesetz über das Eigentum von Flüchtlingen, über das bislang nur Gerüchte zirkulierten, das aber sicher irgendwann verabschiedet werden würde, konnte nicht mehr gegen die Familie verwendet werden. Oscar hatte Sverres Immobilienaktien übernommen, und dafür war die gesamte Werbeagentur auf ihn überschrieben worden, mitsamt der nötigen Exportlizenz.

Der irrsinnige und sinnlose Export einer Werbeagentur kam in etwa dem Export eines Schriftstellers gleich, war aber formal korrekt. Ebenso korrekt war es, dass Max und zwei weitere jüdische Mitarbeiter an dem Umzug teilnahmen. Zucht und Ordnung, Stempel auf allen Dokumenten, Stempel mit Hakenkreuzen.

Diese Stempel waren zwar nur ein kleines Detail, aber es war erstaunlich, wie schnell sie aufgetaucht waren, ebenso rasch wie die neuen Hakenkreuzfahnen.

So konnte er nicht weitergrübeln und auf gleiche Weise wie sein Gegenüber aus dem Fenster starren. Sicherlich bereiteten auch ihr diese Stempel Sorgen.

Außerdem hatte sie Angst vor ihm. Heutzutage konnte

man selbst in der ersten Klasse nicht mehr wissen, wem man in einem Eisenbahnabteil gegenübersaß. Man konnte sich nicht einmal sicher sein, dass das Abteil nicht abgehört wurde. Christa hatte erzählt, inzwischen wage es kaum noch jemand, in einer Berghütte zu übernachten, aus Angst, im Schlaf das Falsche zu sagen und am nächsten Tag angezeigt zu werden. Vermutlich war es technisch unmöglich, ein Eisenbahnabteil während der Fahrt abzuhören, aber Angst war nur selten rational.

Merkwürdig, dass das Denunzieren so rasch in Gang gekommen war. Aber vielleicht handelte es sich auch nur um Schreckensfantasien und bloße Gerüchte.

Wie konnte man mit einer Frau auf der Flucht eine Unterhaltung beginnen, ohne sie zu verängstigen oder ihr Misstrauen zu wecken? Das war wirklich ein ganz neues deutsches Problem.

In der alten Welt hätte eine Dame wie sie, bürgerlich oder aus dem niederen Adel, in guten, wenn auch nicht sehr guten Umständen, seine Kleider betrachten und zu dem Schluss kommen können, dass sie es mit einem ausländischen Gentleman zu tun hatte. Tweed war zwar in Deutschland bekannt, aber nicht sonderlich beliebt. Das galt im Übrigen für alles Englische, Meccano einmal ausgenommen, aber das hielten ohnehin alle für ein deutsches Erzeugnis.

Das Meccano-Bauen mit Carl Lauritz würde ihm sehr fehlen. Als Abschiedsprojekt hatten sie Oscar mit einem Modell seiner größten Brücke in Afrika überrascht. Auch der empfindsame Hans Olaf würde ihm fehlen, der in einigen Jahren sicherlich an jeder Kunstakademie Europas zugelassen wurde. Er und die Jungen hatten wirklich liebevolle Stunden zusammen verbracht, aber er vermied es tunlichst, die Sache so auszudrücken. Auch Nahestehende könnten das leicht missverstehen.

»Wenn wir nach Travemünde kommen, gnädige Frau, beabsichtigen Sie dann, nach Schweden oder Dänemark weiterzureisen?«, fragte er, als er das Schweigen nicht länger ertragen konnte, das zu sehr von bösen Ahnungen und Angst erfüllt war.

»Nach Schweden«, antwortete sie, presste die Lippen zusammen und schaute weg.

»Haben Sie die Absicht, in Schweden zu bleiben, oder reisen Sie von dort aus weiter?«, versuchte er es erneut.

»Ich reise weiter. Und Sie?«

Simple Höflichkeit, wie sie in Deutschland bis vor Kurzem noch üblich gewesen war, hatte sie veranlasst, die Gegenfrage zu stellen, und ohne es selbst zu wollen, hatte sie ihm damit den kleinen Finger gereicht.

»Ich reise nach Norwegen weiter, nach Hause«, sagte Sverre. »Ich bin eigentlich Norweger und will unter anderem meine Mutter auf einer Insel bei Bergen besuchen. Kennen Sie Bergen an der norwegischen Westküste?«

»Sie sind also Norweger?« Ihre Miene hellte sich überraschend auf. »Das ist Ihnen aber nicht anzuhören.«

»Vielen Dank. Ich war geschäftlich lange in Deutschland tätig.«

Der Schatten eines Verdachts huschte über ihr Gesicht.

»Könnten Sie diesen Satz auch auf Norwegisch sagen? Ich finde, Norwegisch ist so eine schöne Sprache«, bat sie.

»Natürlich. *Takk for det, men jeg har hatt forretninger i Tyskland i ganske mange år*«, erwiderte er.

»Entschuldigen Sie, das klingt vielleicht unverschämt,

aber könnten Sie nicht auch ›Ich liebe dich‹ auf Norwegisch sagen?«

»*Jeg elsker deg*«, antwortete er etwas aus der Fassung gebracht. Seine Neugier war geweckt.

»Diese schöne Sprache klingt fast wie Gesang!«, sagte sie und schlug, als wolle sie applaudieren, die Hände zusammen. »Sie ruft so viele Erinnerungen in mir wach, obwohl ich kein Wort verstehe. Meine Jugendliebe war Norweger.«

»Dann haben Sie in jungen Jahren Norwegen bereist?«, fragte Sverre vorsichtig.

»Nein, ganz und gar nicht. Ich lernte ihn in Dresden kennen.«

Sie sah glücklich aus, als sie das sagte.

Sverre saß wie versteinert da. Die mathematische Wahrscheinlichkeit war unbestreitbar. In diesem Moment lag es in seiner Entscheidung, ob er diese Gelegenheit verstreichen ließ oder einem Rätsel auf den Grund ging, das seine ganze Familie geprägt hatte.

»Die Welt ist manchmal seltsam klein«, meinte er. »Der Norweger, von dem Sie sprechen, muss mein Bruder Oscar sein.«

Sie legte ihre Hand an den Mund, als hätte sie schon zu viel gesagt, was streng genommen auch stimmte.

»Entschuldigen Sie, ich habe Ihren Nachnamen nicht richtig verstanden, Sie wissen ja, wie das ist, wenn man sich vorstellt«, meinte sie.

»Lauritzen. Mein Bruder Oscar hat vor genau 32 Jahren das Examen an der Technischen Hochschule in Dresden abgelegt, ich übrigens auch. Ich heiße Sverre, und unser ältester Bruder heißt Lauritz. Und Sie sind die legendäre Maria Theresia, die spanische Gräfin, die unglückliche

Umstände dazu zwangen, vorübergehend im Bordell zu arbeiten. Sehen Sie bitte nicht so erschrocken aus, nicht einmal die Gestapo vermag Eisenbahncoupés während der Fahrt abzuhören. Hier gibt es nur Sie und mich, und worüber wir sprechen, liegt 32 Jahre zurück und geht außer uns niemanden etwas an. Möglicherweise Oscar.«

»Was ist aus Oscar geworden?«, fragte sie mit Tränen in den Augen, wobei sich Sverre nicht sicher war, ob sie auf echten Emotionen beruhten.

»Oh, Sie wissen schon, gnädige Frau von Brauner. Oscar war jung und romantisch, er war 24 Jahre alt und überzeugt davon, außer Ihnen nie mehr jemanden im Leben lieben zu können. Er erwog, Selbstmord zu begehen, und stand in der Tat bereits auf der Brücke, ich habe vergessen, welcher, um in die Elbe zu springen. Im Mai führt der Fluss aber nicht so viel Wasser, und Oscar ist ein ausgezeichneter Schwimmer. Er wäre nur nass, nüchtern und zornig geworden. Dann hätte die Geschichte vermutlich einen anderen Verlauf genommen. Stattdessen verließ er uns Brüder Hals über Kopf und zutiefst beschämt und fuhr nach Afrika. Dort verbrachte er die folgenden neunzehn Jahre, wurde reich und schuf so die Grundlage unseres blühenden Familienunternehmens.«

»Es tut mir wirklich fürchterlich leid«, sagte sie und zog ein Taschentuch hervor, um sich eine Träne aus dem Augenwinkel zu tupfen.

Sverre konnte nicht entscheiden, ob sie ihm etwas vorspielte, aber in diesem Augenblick war es ihm auch gleichgültig. Die Situation war surreal. Mitten im unwirklichen Deutschland sprachen sie über etwas Wahres, aber gleichermaßen Unwirkliches.

»Dazu besteht keine Veranlassung«, sagte Sverre. »Sie hatten Ihre Gründe. Ich kann mir vorstellen, dass Sie unter dem Einfluss eines schlechten Menschen standen, möglicherweise eines Mannes aus Posen. Sie stammen doch aus Posen?«

»Das stimmt. Aber glauben Sie mir, diese Erinnerung hat mich mein ganzes Leben lang verfolgt, und ich habe alles fürchterlich bereut. Ich war eine dumme Gans, wollte reich heiraten. Das wollten wir alle, von diesem Ausweg haben wir alle geträumt.«

»Und ist es Ihnen gelungen?«

»Ja, halbwegs. Zu guter Letzt.«

»Mit Oscar wäre das nicht der Fall gewesen.«

»Aber Sie sagten doch, er habe die Grundlagen für das Familienvermögen geschaffen?«

»Durchaus. Nachdem ihn die Liebe seines Lebens verraten hatte, ist er in die Welt gezogen und reich geworden. Aber das hatte er nicht beabsichtigt, das war ein Irrtum. Wenn Sie ihn nicht verraten hätten, hätten Sie ihn auf die baumlose Hochebene der Hardangervidda begleiten müssen, die eine Art Hölle auf Erden ist. Wenn Sie es dort fünf Jahre lang ausgehalten hätten, wären Sie vermutlich in ein Häuschen in Bergen gezogen zu äußerst christlichen und moralischen Leuten und hätten den Rest Ihres Lebens Norwegisch gesprochen. Und nicht genug damit. Wäre Oscar damals nicht kopflos in die Welt geflohen, hätte mein ältester Bruder nicht seine Angebetete heiraten können. Erst Oscars Geld hat das möglich gemacht. Lauritz und seine Ingeborg leben, soweit ich weiß, in einer sehr glücklichen Ehe. Sie haben vier Kinder, die es nicht gäbe, wenn Sie nicht an einem Maitag vor zweiunddreißig Jahren

Oscars Dasein auf den Kopf gestellt hätten. Man könnte sagen, dass Ihnen unsere ganze Familie sehr zu Dank verpflichtet ist.«

»Schon seltsam«, meinte sie, »welche Wendungen das Leben nehmen kann.«

»Ja. Und jetzt sind Sie auf der Flucht vor den Judenverfolgungen.«

»Woher wissen Sie das?«

»Weil mir plötzlich Ihr richtiger Name eingefallen ist. Sie hießen Kreisler, genau wie der beste Geiger unserer Zeit, Judith Kreisler. Haben Sie Familie? Ist diese gerade auf dem Weg in die Freiheit?«

»Ich habe einen Mann und zwei Kinder. Er ist kein Jude, aber die Kinder gelten natürlich als Juden. Ich konnte erst abreisen, nachdem sie in Prag eingetroffen sind. Wir sind in Paris verabredet und wollen von dort wahrscheinlich nach Amerika weiterreisen.«

»Ich wünsche Ihnen wirklich viel Glück. Was könnte schiefgehen?«

»Sie meinen, in Travemünde?«

»Ja, in Travemünde. Gibt es etwas an Ihren Papieren zu beanstanden?«

»Das weiß man nie. Ich habe eine Ausreisegenehmigung nach Schweden.«

»Aber haben Sie auch eine Einreisegenehmigung für Schweden?«

»Nein, brauche ich die?«

»Ich weiß nicht, aber schließlich bin ich Bürger eines skandinavischen Landes, und da brauche ich so etwas nicht.«

»Werden Sie Oscar berichten?«

»Ich weiß nicht, was meinen Sie?«

»Tun Sie es nicht.«

»Warum nicht?«

Ihr blieb keine Zeit zu antworten, da die Abteiltür von zwei rotgesichtigen SA-Männern aufgerissen wurde. Sie hoben die Arme, brüllten »Heil Hitler!« und traten ein.

Sverre erhob sich eilig, hob den rechten Arm und brüllte ebenfalls »Heil Hitler!«. Einer der Männer hielt ihm mit drohender Miene eine rote Sammelbüchse hin. Sverre lächelte, nickte, holte seine Brieftasche hervor, nahm einen Zwanzigmarkschein heraus, faltete ihn sorgfältig zusammen und steckte ihn in die Büchse.

»Es ist immer eine Freude, der Jugend Deutschlands auf dem Marsch zu begegnen!«, rief er mit so überzeugender Begeisterung, dass die ehemalige Judith Kreisler und heutige Maria Theresia von Brauner, eine Jüdin auf der Flucht aus Deutschland, erbleichte und fürchtete, gerade einen der schlimmsten Fehler ihres fehlerreichen Lebens begangen zu haben.

»Sitzen Sie in der zweiten Klasse nicht beengt?«, fragte Sverre freundlich. »Hier ist viel Platz. Wir können meine Gemälde auf den Gang stellen. Ich habe eine Fahrkarte für sie gelöst, daher stehen sie auf den Sitzen. Aber mit der Sturmabteilung in der Nähe kann ihnen ja nichts zustoßen!«

»Zu freundlich von Ihnen, mein Herr. Ja, bei uns ist es in der Tat recht eng. Macht es Ihnen etwas aus, wenn wir unseren Proviant mitbringen?«, fragte der Ranghöhere der beiden.

»Keineswegs!«, erwiderte Sverre lächelnd. »Vielleicht könnten Sie uns ja sogar einen Schluck Bier abtreten?«

»Da können Sie Gift drauf nehmen, mein Herr! Heil Hitler!«

»Heil Hitler!«, verabschiedete sich Sverre, schob die Abteiltüren hinter den beiden Braunhemden zu und nahm wieder Maria Theresia alias Judith Kreisler gegenüber Platz. Sie starrte ihn mit weit aufgerissenen Augen entsetzt an.

»Beruhigen Sie sich, Frau von Brauner«, sagte Sverre. »Bedenken Sie, dass uns diese Bestien gerne totschlügen, mich allerdings aus anderen Gründen als Sie, wenn sie wüssten, wer wir sind. Bedenken Sie außerdem, dass wir nur noch wenige Stunden in Deutschland verweilen, vorausgesetzt, dass wir uns nicht verraten. Heil Hitler!«

Diese letzte Ironie quittierte sie nicht einmal mit einem Lächeln.

»Sie haben ihnen zwanzig Mark gegeben!«, sagte sie vorwurfsvoll.

»In Anbetracht der Umstände halte ich das für eine billige Versicherungsprämie. Ich glaube nämlich, dass wir diese Männer bei der Zollabfertigung in Travemünde wiedersehen werden. Genauso wie sie inzwischen als *Hilfspolizisten* auftreten, werden sie vermutlich auch als *Hilfszöllner* in Erscheinung treten. Sie sind vermutlich eine recht begabte Schauspielerin, wenn ich die herzerweichende Geschichte meines Bruders richtig verstanden habe. Bedienen Sie sich dieses Talents, wenn unsere Reisegefährten zurückkehren.«

Sie nickte schweigend und strich sich mit beiden Handflächen übers Gesicht, als wolle sie so zu einer neutralen Miene gelangen.

»Heil Hitler!«, dröhnte es erneut, als die SA-Männer zurückkehrten.

»Heil Hitler!«, antwortete Sverre und erhob sich mit ausgestrecktem rechtem Arm.

»Heil Hitler«, sagte Maria Theresia und hob den Arm, ohne sich zu erheben.

Sverres Gepäck, die in Segeltuch eingenähten und mit Holzwolle gepolsterten Bilder, wurden vorsichtig auf den Gang gehoben, damit die vier SA-Leute, die sich nur mit ihren Vornamen vorstellten, Platz fanden. Sie öffneten ihre Butterbrotpakete und reichten Sverre eine Flasche Bier. Maria Theresia lehnte weiblich reserviert ab.

»Ist Ihre korrekte Anrede Rottenführer?«, fragte Sverre den Großen, der der Anführer zu sein schien. Von allen seltsamen Dienstgraden, die die SA und SS verwendeten, war dieser, der in etwa einem Obergefreiten entsprach, Sverres absoluter Favorit. Als Norweger hörte er aus Rotte das Wort Ratte heraus.

»Nicht ganz, aber unter Freunden sind wir nicht so formell, sagen Sie einfach Franz«, erwiderte der Große.

Franz Biberkopf, dachte Sverre. Franz Biberkopf aus Berlin Alexanderplatz, so sieht er also aus, und so klingt er. Es ist wie im Film, aber die Wirklichkeit.

»Prost!«, sagte Franz Biberkopf und hob seine Bierflasche in Sverres Richtung, der zurückprostete.

Erst jetzt fiel ihm auf, dass die vier SA-Männer nagelneue Uniformen trugen statt verwaschener, lappiger gelber Hemden und beliebiger brauner Hosen. Die Uniformen waren jetzt einheitlich braun und gut verarbeitet. Es musste ein Vermögen gekostet haben, 400 000 Männer so auszustatten.

»Die letzte Zeit muss recht anstrengend gewesen sein. Ist immer noch so viel zu tun?«, fragte Sverre.

»Ja, es war wirklich eine ziemliche Schinderei mit langen Arbeitstagen, dazu recht einförmig und nicht so lustig wie noch vor einigen Jahren«, seufzte Franz.

»War es vor einigen Jahren lustig?«, erkundigte sich Sverre verblüfft und dachte daran, wie diese Franzen beinahe Christa ermordet hatten, weil sie einen Vortrag über Sexualkunde gehalten hatte.

»Ich erinnere mich besonders an diese Sache mit den weißen Mäusen. Das war lustig«, sagte Franz, wobei sich seine Miene aufhellte. »Die Lage war taktisch schwierig, denn Polizeipräsident Grzesinski war sowohl Sozi als auch Anhänger der Judenrepublik. Er hatte große Polizeitruppen auf den Nollendorfplatz befohlen, um diesen pazifistischen Verräterfilm zu schützen. Damals stand die Polizei nicht immer auf unserer Seite, um es einmal so auszudrücken, aber wir lösten das Problem galant und mit Humor.«

»Humor?«, fragte Sverre höflich, obwohl er die Zusammenhänge bereits verstanden hatte.

»Eine Prügelei mit dem großen Polizeiaufgebot hätte uns nur eine blutige Nase eingebracht. Also griffen wir nicht am Premierenabend an. Am nächsten Abend kauften wir jedoch fünfzig Karten, kleideten uns in Zivil und nahmen jeder eine Kiste mit weißen Mäusen ins Kino mit. Als der Film begann, ließen wir sie auf ein verabredetes Signal hin frei. Mann, das hätten Sie sehen sollen!«

Das hätte ich beinahe auch, dachte Sverre, wenn ich nicht bei der Premiere von »Im Westen nichts Neues« gewesen wäre, der da zum ersten und letzten Mal gezeigt wurde.

»Ich habe nur eine vage Erinnerung an den Vorfall«, erwiderte Sverre. »Natürlich brach wegen der Mäuse Panik aus, aber das hätte doch wohl kaum alle weiteren Vorführungen verhindert?«

»Wir haben natürlich mit weiteren Mäusen und sogar Ratten gedroht. Daraufhin wurde der Film dann mit Hinweis auf die Aufrechterhaltung der allgemeinen Ordnung verboten. Man hätte ihn verbieten sollen, weil er pazifistisch war, aber schließlich zählte nur das Ergebnis.«

Franz sah seine grinsenden Kameraden an, die zustimmend nickten.

»Die Sache mit den Mäusen war wirklich komisch, jetzt ist alles so viel anstrengender«, sagte einer der SA-Leute.

Sverre dachte an eine George-Grosz-Zeichnung im Simplicissimus, die die Nazis bis aufs Blut gereizt hatte. Auf dem Bild war ein Stiefel zu sehen, umgeben von marschierenden weißen Mäusen mit Hakenkreuzbinde um die linke Pfote, die Rechte zum Hitlergruß erhoben. Allein für dieses Bild hätten sie ihn, wäre er nicht am selben Tag wie Bert geflüchtet, getötet.

Sverre erwog, das Thema zu vertiefen, aber vielleicht war es ja nicht so schlau, als Außenstehender übertriebenes Interesse zu zeigen. Andererseits war es auch nicht ratsam, plötzlich gleichgültig zu wirken.

»Aus welchem Bezirk Berlins kommen Sie denn? Ich gehe davon aus, dass Sie in Berlin stationiert sind?«, fragte er neutral.

»Köpenick«, seufzte Franz. »Leider gibt es da nur wenige Juden. Aber es ist uns gelungen, ein Weibsbild aufzutreiben, das laut sicheren Informationen mit einem Juden geschlafen hatte. Wir haben also ein Schild gemalt, auf dem stand: *Ich schlafe mit einem Juden*, und ihr die Haare abgeschnitten. Dann haben wir sie vor dem alten

Rathaus vorgeführt und sie schließlich in einen unserer Vernehmungsräume gebracht. Da haben wir sie noch mal ordentlich verprügelt und ihr demonstriert, wie man so richtig arisch rangenommen wird. Entschuldigen Sie, meine Dame.«

Die Entschuldigung war an Maria Theresia gerichtet, die errötete und aufrichtig verlegen wirkte.

»Aber solche Belustigungen sind leider eher selten, wir haben wie gesagt kaum Juden«, klagte Franz. »Schwule gibt es auch nicht viele. Das meiste sind Sozis. Aber die können verdammt hartgesotten sein. Zwei meiner besten Freunde wurden von einem Sozi ermordet, eine fürchterliche Geschichte.«

Franz seufzte und schüttelte in aufrichtiger Trauer den Kopf. Sverre zögerte. Er vermutete, dass jetzt eine anteilnehmende Frage nach der sozialdemokratischen Mörderbande von ihm erwartet wurde. Er schielte zu Maria Theresia hinüber, die interessiert wirkte. Sie war in der Tat eine gute Schauspielerin!

»Ja, die Sozialdemokraten können verdammt lästig sein«, seufzte Sverre mitfühlend. »Ich kenne einige näher, ich weiß also, wovon ich spreche.«

Damit war der Ball wieder bei Franz. Es stand ihm frei, mit der Geschichte seines eigenen Leids fortzufahren oder das Thema zu wechseln. Schlimmstenfalls entschied er, sich nach Sverres Problemen mit den Sozialdemokraten zu erkundigen.

Franz beschloss, weiter von den Mühen der Sturmabteilung in Köpenick zu erzählen. Zwei SA-Leute, beides Freunde von ihm, waren wie gesagt ermordet worden. Sie hatten eines Abends einen bekannten Sozialdemokraten festnehmen und abführen wollen, aber das Schwein habe sich gewehrt und die beiden SA-Männer erschossen.

Am nächsten Tag hatten sich alle Köpenicker SA-Männer an den Tatort begeben, den Sozialdemokraten und seine Familie aus dem Haus gezerrt und auf der Straße aufgeknüpft. Das dumme Schwein hatte um Polizeischutz gebeten, aber da hätte er lange warten können.

Einen Tag später hatten sie dann Strafexpeditionen in ganz Köpenick durchgeführt und alle Sozialdemokraten getötet, die sich nicht rechtzeitig aus dem Staub gemacht hatten.

Schwule gab es nicht so viele, aber ihre effektiven Verhörmethoden führten doch ab und zu zu einer Denunziation. Am besten war es, zwei auf einmal festzunehmen. Und dann ab in einen Keller mit ihnen und weg mit den Kleidern. Dann fesselte man sie mit einem Stahldraht um die Eier aneinander und band ihnen die Hände mit Handschellen auf den Rücken. Wem es gelang, den anderen zu kastrieren, der rettete seinen eigenen Sack und sein Leben, wurde ihnen in Aussicht gestellt. Die Schwulen waren in der Regel recht unwillig, sich für ihre Kronjuwelen ins Zeug zu legen. Dem war aber meist mit ein paar wütenden Schäferhunden abzuhelfen. Dann brauchte man dem Sieger nur noch den Sack abzureißen und ihn zu erschießen.

Ja, das war wirklich eine arge Plackerei.

Sverre brach der kalte Schweiß aus. Maria Theresias Lächeln erstarrte.

Es waren nur noch wenige Stunden bis Travemünde gewesen, als Franz seine lange Litanei über die täglichen Mühen der armen, hart arbeitenden Sturmtruppen begonnen hatte. Ab und zu ergänzten seine Kameraden die Geschichten mit einem besonders exotischen Detail, das ihrer Meinung nach nicht ausgelassen werden durfte.

Wenige Stunden nur, die zur längsten Bahnreise wurden, die Sverre und Maria Theresia je erlebt hatten. Als sie sich herzlich von ihren SA-Begleitern verabschiedet hatten, die sich jetzt zum Dienst melden mussten, war nicht mehr als ein kurzer Blickwechsel nötig. Maria Theresia fuhr sich mit den Händen über das Gesicht, um ihre Miene zu ordnen. Sie verabschiedeten sich einstweilen und verabredeten sich zum Abendessen auf der Fähre.

Ausländer und deutsche Staatsbürger gingen nämlich getrennt durch den Zoll.

Die Sonne schien, und ein paar Wolken standen am Himmel, als er sich in die verdammte Normalität begab, in der nichts darauf schließen ließ, dass die Welt aus dem Lot geraten war. Die Passagiere schleppten ihr Gepäck zu zwei langen Tischen, hinter denen blau uniformierte Zollbeamte standen. Eine Rangierlokomotive schob währenddessen den Kurswagen Berlin-Travemünde-Stockholm fünfzig Meter weiter, bis er hinter einem hohen Zaun verschwunden war. Neben dem Gleis fand sich eine kleine Pforte im Zaun, das also war das Tor zur Freiheit.

Die meisten Reisenden, die nach Schweden weiterfahren wollten und durch die Pforte mussten, um wieder in den Waggon einzusteigen, waren Deutsche, vermutlich überwiegend Juden. Ihnen stand eine anstrengende Zollkontrolle bevor.

Die sperrigen Gemälde hatten Sverre aufgehalten, und er näherte sich als einer der Letzten dem Kontrollposten für Nicht-Deutsche. Hier wurde man höflicher und vor allen Dingen schneller abgefertigt als an der Sperre für die Deutschen.

Nachdem zwei weitere Nicht-Deutsche abgefertigt worden und durch die kleine Pforte im Maschendrahtzaun verschwunden waren, hatte immer noch keiner der Deutschen die Kontrolle passiert. Auf der deutschen Seite herrschte außerdem ein lauter und aggressiver Ton.

Wie Sverre geahnt oder befürchtet hatte, standen die vier SA-Oberen breitbeinig mit auf dem Rücken verschränkten Armen und strengen Mienen aufgereiht hinter den Zöllnern. Hinter diesen Rottenführern standen dann noch einmal zehn gewöhnliche SA-Mitglieder in derselben strammen Haltung.

Sverre redete sich gebetsmühlenhaft ein, dass er nichts zu befürchten hatte. Hätte ihn die erste Woge der Strafexpeditionen gegen Homosexuelle erfasst, wäre er möglicherweise in Oranienburg oder in einem der privaten Kellerlöcher der SA verschwunden. Da hätte ihn auch seine Nationalität nicht retten können, weil nur seine sexuellen Neigungen eine Rolle gespielt hätten. Stahldraht um …

Er hielt einen echten norwegischen Pass in der Hand. Seine Papiere waren vollkommen in Ordnung, nichts konnte geschehen.

Drei weitere Nicht-Deutsche wurden abgefertigt, man salutierte, wünschte ihnen eine gute Reise und entließ sie durch die Maschendrahttür. Aus der deutschen Abteilung war eine immer lautere Diskussion darüber zu vernehmen, wie viel Gepäck erlaubt sei. Jemand weinte, musste aber trotzdem die Hälfte seines Gepäcks zurücklassen. Die SA-Männer nahmen es rasch an sich.

Er war unter den Letzten, die auf einen der Zöllner zutraten.

Höflicher Salut und die Frage, ob er etwas zu verzollen habe.

»Ja«, sagte er. »Ich führe vier Gemälde mit mir, bei denen es sich um meinen privaten Besitz handelt. Die Bescheinigungen habe ich hier.«

Er lehnte das sperrige Paket mit den Gemälden an den Tisch, entnahm die Papiere seiner kleinen Reisetasche und legte sie vor dem Zollbeamten auf den Tisch. Dieser setzte seine Lesebrille auf, weil es hier etwas zu überprüfen galt, und wo etwas überprüft werden musste, tauchten immer kleine Fehler auf.

»Hier habe ich ein Zeugnis aus dem Jahr 1919, dass ich zwei holländische Gemälde, die mit Vincent signiert sind, eingeführt habe«, fuhr Sverre unbekümmert fort und atmete ein. »Und hier ist eine Ausfuhrgenehmigung des Handelsministeriums für dieselben Gemälde.«

Ehe er weitersprechen konnte, hob der Zöllner die Hand und gebot ihm Schweigen. Eingehend prüfte er die Papiere mit ihren Hakenkreuzstempeln.

Das Meer war blau, die Möwen kreischten, die Brise war behaglich, alles wirkte vollständig normal.

»Gut«, sagte der Zöllner schließlich. »Und was noch?«

»Ich habe hier noch die Ausfuhrerlaubnis für ein Gemälde, das mit Sverre Lauritzen signiert ist, das bin ich selbst.«

»Sie haben das fragliche Gemälde also selbst gemalt?«

»Ja, korrekt.«

»Und weiter?«

»Schließlich ist da noch ein älteres deutsches Gemälde

eines unbekannten Künstlers, das ich in Berlin erworben habe. Ich habe jedoch vom Handelsministerium die Genehmigung zum Export erhalten. Das geht aus dieser Bescheinigung hervor.«

Eine erneute eingehende Prüfung begann.

Die Behauptung, der Künstler sei unbekannt, stimmte nicht, aber da ihm das Handelsministerium diese Behauptung abgenommen hatte, war es jetzt keine Lüge mehr. Das Schlimmste, was geschehen konnte, war, dass es beschlagnahmt wurde und er es nicht ausführen durfte. Er war bereit gewesen, dieses Risiko einzugehen, als er sich mithilfe von Christas Kontakten das nötige Papier beschafft hatte. Jetzt war er sich nicht mehr so sicher.

»Gut. Die Bescheinigung ist in Ordnung. Dann wollen wir uns die Gemälde einmal ansehen!«, befahl der Zollbeamte.

Sverre war erst erstaunt, sah dann aber ein, dass er einen gedanklichen Fehler begangen hatte. Wer kam schon auf die hirnrissige Idee, Kunstwerke unter dem Namen Vincent oder, was noch lächerlicher wirkte, unter dem eigenen Namen schmuggeln zu wollen?

Eine Kontrolle war natürlich vollkommen in Ordnung, das war ganz normal. Das wäre in jedem anderen Land auch passiert.

Er öffnete das Segeltuch, in das die Gemälde eingeschlagen waren, nahm vorsichtig die Holzwolle heraus und legte sie auf einen Haufen. Inzwischen fertigten die Zöllner die letzten Nicht-Deutschen ab und packten dann ihre Papiere und Stempel zusammen.

Zu guter Letzt standen die vier Gemälde an den wackligen Zöllnertisch gelehnt in der Sonne.

»Mal sehen«, sagte der Zöllner gebieterisch und schaute auf seine Papiere. »Also: zwei Gemälde, die mit Vincent signiert sind. Das scheinen die großen Bilder mit den Sonnenblumen, den Wacholdersträuchern und was weiß ich noch alles zu sein. Stimmt das?«

»Ganz richtig«, bestätigte Sverre.

Ein älteres Paar, der Mann mit Schläfenlocken, näherte sich mit deutlich reduziertem Gepäck mühsam über den Schotter. Verblüfft blieben sie stehen und deuteten auf die Gemälde.

»Und diese blaue Sache hier ist also Ihr eigenes Gemälde?«, fuhr der Zöllner fort und hielt dann inne, um das jüdische Paar wegzujagen.

»Stimmt, das ist mein eigenes Gemälde«, bestätigte Sverre und atmete erleichtert auf. Die Juden hatten den Maler erkannt. Ein Glück, dass der Zöllner sie verscheucht hatte.

»Und bei dem letzten handelt es sich also um ein älteres deutsches Werk eines unbekannten Malers, jenes mit den winzigen Figuren, die Schlittschuh laufen oder was immer das sein mag?«, beendete der Zöllner ungeduldig die Inspektion. »Gut, alles in Ordnung. Sie können zusammenpacken.«

Er kehrte zu seinem Stuhl zurück und stempelte hastig die Papiere und Sverres Pass ab.

Damit hätte die Prozedur ausgestanden sein können, war sie aber nicht. Rottenführer Franz kam aufgebracht mit seinen ungehobelten Handlangern durch den Kies gestiefelt.

»Sie da!«, brüllte er und deutete auf Sverre. »Warum haben Sie sich bei uns eingeschmeichelt, wenn Sie mit einer Jüdin unterwegs sind?«

Sverre blieb vor Staunen der Mund offen stehen. Wie hatte der Rottenführer das gemerkt? Sein Erstaunen gab ihm genügend Zeit zum Nachdenken.

»Wie bitte?«, sagte er. »Davon hatte ich wirklich keine Ahnung. Die Dame hat sich mir als Maria Theresia von Brauner vorgestellt, heißt sie denn nicht so?«

»Doch. Aber sie ist Jüdin, und die wissen sich bekanntlich zu verstecken. Sie reisen also nicht zusammen?«

»Wir saßen rein zufällig im selben Abteil, das ist alles.«

»Und diese Kunstwerke, die Sie mitführen, sind die wertvoll?«

»Durchaus.«

»Sie schmuggeln also zusammen mit der Jüdin Kunstwerke?«

»Keinesfalls! Das ist mein Privatbesitz, und zwar schon sehr lange.«

»Die Papiere sind in Ordnung ...«, mischte sich der Zöllner ein.

»Schnauze! Mit Ihnen rede ich nicht! Also, Herr ...«

Er schnappte sich Sverres Pass.

»... Lauritzen. Wir sehen uns gezwungen, stichprobenartige Kontrollen durchzuführen. Nennen Sie mir eine Referenz in Berlin. Jemanden, der für Ihren Wandel bürgen kann, jemanden, den wir telefonisch, und zwar nicht in einer Synagoge, erreichen können!«

Sverre dachte fieberhaft nach. Die meisten seiner Berliner Freunde, die ihm einen untadeligen Lebenswandel bestätigen konnten, waren schon lange geflüchtet. Und das Wort derer, die noch nicht geflüchtet waren, hätte bei einem Rottenführer nichts gegolten. Sein Bruder war einfach sein Bruder, Christa war seine Schwägerin und außerdem mit größter Wahrscheinlichkeit mutmaßliche Kommunistin.

»Sie können sich an meinen Neffen Harald Lauritzen wenden«, sagte Sverre mit trockenem Mund.

»Und wo erreichen wir den?«

»Beim SS-Hauptamt in Berlin. Fragen Sie nach Obersturmführer Harald Lauritzen. Erreichen Sie ihn dort nicht, dann hält er sich im Büro Reichsminister Hermann Görings auf. Er arbeitet für ihn.«

Rottenführer Franz zögerte. Sverre war sich sicher, dass er klein beigeben würde. Solche Angaben zu überprüfen war löblich, wenn sie sich als falsch erwiesen, entsprachen sie jedoch der Wahrheit, musste, wer sich erkundigte, mit Schwierigkeiten rechnen.

»Keine schlechte Referenz«, sagte Rottenführer Franz und kniff die Augen zusammen. »Sollte sie echt sein, werde ich Sie auf bloßen Knien um Entschuldigung bitten. Falls Sie gelogen haben, werden Sie und diese Judenhure dran glauben müssen, und die Gemälde werden beschlagnahmt. Verstanden?«

»Verstanden«, sagte Sverre. »Gehen Sie schon und rufen Sie an!«

Rottenführer Franz stiefelte davon und erteilte dabei einigen seiner Handlanger Befehle, wobei er wütend auf Sverre deutete. Drei Männer eilten herbei, um ihn zu bewachen. Der Zöllner war ratlos an seinem Tisch sitzen geblieben. Sverre begann, seine Gemälde wieder einzupacken. Einer der SA-Leute zog seine Pistole und forderte ihn auf, dies zu unterlassen, da die Gemälde möglicherweise beschlagnahmt würden.

»Höchstwahrscheinlich reisen diese Gemälde gleich

mit mir weiter«, antwortete Sverre, »und in diesem Falle will ich, dass sie gut verpackt sind, oder sie werden ganz unerwartet doch beschlagnahmt, und dann sollten sie ebenfalls gut eingewickelt sein. Darf ich jetzt weitermachen?«

Der SA-Mann dachte einige Sekunden lang scharf nach, nickte dann zustimmend und schob seine Luger in das Gürtelholster. Sverre war über seine eigene fatalistische Ruhe ebenso wie die Tatsache erstaunt, dass ein normaler SA-Schläger mit einer Luger, die er bislang immer für eine Offizierswaffe gehalten hatte, ausgerüstet war. Aber was wusste er schon über das neue Deutschland, in dem ohnehin alles kopfstand.

An den Zolltischen warteten nur noch zwei Reisende. Am Ariertisch, wie ihn Sverre mit ironischer Verzweiflung nannte, er selbst, am Judentisch nur noch sie. Alle anderen Reisenden waren abgefertigt, und keiner war abgeführt worden.

Es dauerte nicht so lange, wie er befürchtet hatte.

Rottenführer Franz kehrte, begleitet von einem Handlanger, eilig und stolpernd zurück. Atemlos blieb er vor Sverre stehen.

»Obersturmführer Harald Lauritzen von Görings Stab lässt grüßen und wünscht eine gute Heimreise nach Schweden«, meldete er salutierend. »Heil Hitler«, fügte er sicherheitshalber hinzu.

Dann geschah etwas Erstaunliches. Er fiel auf die Knie oder zumindest auf ein Knie.

»Ein SA-Mann hält sein Wort«, sagte er. »Es sind allerdings nicht meine bloßen Knie. Ich bitte vielmals um Entschuldigung.«

»Akzeptiert!«, erwiderte Sverre, der versuchte, dasselbe militärische Stakkato zu verwenden.

»Gut«, seufzte Franz und erhob sich schwerfällig. »Die Judenhure hat also gelogen, als sie behauptete, Ihre Familien seien seit Langem miteinander bekannt?«

Sverre versuchte sein Zögern hinter einem ironischen Lächeln zu verbergen. Die Behauptung war sowohl wahr als auch unwahr. Wenn er die Frage bejahte, räumte er ein, gelogen zu haben oder dem Anschein nach gelogen zu haben.

»Natürlich hat sie gelogen, Leute wie die lassen sich alles Mögliche einfallen, wenn sie emigrieren wollen«, sagte er.

»Allerdings. Aber vielleicht wollen Sie sie ja freikaufen?«

»Wie bitte?«

»Wollen Sie sie freikaufen? Für eines der Gemälde darf sie Sie begleiten.«

Eine letzte Kontrollfrage, um sich zu vergewissern, dass ich wirklich nichts zu verbergen habe, dachte Sverre.

»O nein, das ist sie wirklich nicht wert, Hure hin oder her«, antwortete er und versuchte zu lächeln, so wie sich Männer anlächelten, wenn sie über gewisse Frauen sprachen. Sverre hasste das.

»Das dachte ich mir«, antwortete Rottenführer Franz und lachte herzlich, zumindest wirkte es wie ein aufrichtig herzliches Unter-uns-Männern-Lachen. »Dann bleibt sie heute Nacht bei uns, wir haben hier in der Stadt einen schönen Keller.«

»Aber ihre Papiere waren doch wohl in Ordnung, und sie hatte alle fälligen Ausreisegebühren bezahlt?«, wandte Sverre so unengagiert wie möglich ein.

»Durchaus, aber sie hat den deutschen Behörden gegenüber falsche Angaben gemacht, die Sie betreffen. So etwas wird im neuen Deutschland nicht toleriert. Gute Reise, Herr Lauritzen. Heil Hitler!«

»Heil Hitler!«, antwortete er automatisch und, wie er annahm, zum letzten Mal in seinem Leben.

Die Wache an der kleinen Maschendrahtpforte salutierte, als Sverre mit seinen Gemälden passierte und zu dem Kurswagen eilte, der sich bereits langsam Richtung Fähre und Freiheit in Bewegung setzte.

IX

BERLIN

1934

Die Vorladung kam mit der Post, ein Umschlag mit Leinenstruktur und dem Aufdruck »Geheime Staatspolizei« in schwarzer Fraktur in der unteren linken Ecke. Der Name des Adressaten stand in eleganter Handschrift und in schwarzer Tinte auf dem Umschlag.

Der gefürchtetste Brief Deutschlands. Er konnte jeden jederzeit ohne Vorwarnung erreichen. Es hieß, niemand sei gefeit. Trotzdem erstaunte es Oscar, als er das Schreiben in seinem Poststapel auf dem Schreibtisch entdeckte. Nachdem sich seine Überraschung gelegt hatte, war sein erster Gedanke, dass es sich um einen Irrtum, eine Einladung zu einer Feier oder ein militärisches Jubiläum handeln müsse.

Aber er täuschte sich. In dem Umschlag lag nur die knappe, mit der Schreibmaschine geschriebene Aufforderung, sich am Dienstag, den 6. März 1934, 20 Uhr, in der Prinz-Albrecht-Straße 8 einzufinden und bei der Wache zu melden.

Das war das heutige Datum und somit eine extrem kurzfristige Einladung. Wer zur Gestapo zitiert wurde, musste alle anderen Pläne für den Abend absagen, ganz gleichgültig, ob es sich um eine Geburtstagsfeier im Familienkreise, einen Hochzeitstag oder einen Leichenschmaus handelte. Die glasklare Botschaft war unmissverständlich. Der Gestapo sagte man nicht ab.

Aber acht Uhr abends? Geschah das aus Rücksichtnahme, um einen beschäftigten Mann nicht zu inkommodieren? Oder zielte die späte Stunde darauf ab, den Vorgeladenen zusätzlich in Schrecken zu versetzen? Gerüchte über die fürchterlichen Dinge, die sich im Keller der Prinz-Albrecht-Straße 8 zutrugen, kursierten seit Monaten in Berlin. Etliche Menschen, die das Gebäude betreten hatten, waren nie wieder gesehen worden.

So würde es für ihn nicht sein. Als Christa vorsichtig die Möglichkeit angedeutet hatte, dass sie vielleicht wie Sverre ihre Sachen packen sollten, hatte er abgelehnt. Allein schon der Gesetzesvorschlag zu Besitztümern von Flüchtlingen sprach dagegen. Sie hätten die Beschlagnahmung von Immobilien im Wert von zweistelligen Millionensummen riskiert. Und eine Flucht kam einem Schuldeingeständnis gleich, auch wenn er nicht wusste, welchen Vergehens. In Sverres Fall lagen die Dinge ganz anders, ihn hätte ein Bleiben das Leben kosten können. Und das galt auch für Bruno und andere Gleichgesinnte aus ihrem Freundeskreis. Auf eine derartige Veranlagung stand inzwischen die Todesstrafe. Vielleicht nicht formal und sicherlich nicht vor einem ordentlichen Gericht, aber in jedem privaten Kellergefängnis der SA. Dies galt auch für Juden, Kommunisten und sozialdemokratische Politiker.

Aber nicht für ihn, denn er war ein unpolitischer Mann, weder Freund noch Feind. Er war zweifellos ein Vollblutarier, seine Kinder Hans Olaf, Carl Lauritz und Helene sahen aus wie die Kinder auf nationalsozialistischen Propagandaplakaten, und seine Frau stammte aus sächsischem Adel. Unbefleckter konnte eine Familie im gegenwärtigen Deutschland gar nicht sein. Außerdem war er Reservehauptmann der Reichswehr und mit dem Eisernen Kreuz beider Klassen und dem Pour le Mérite ausgezeichnet worden. Kurz gesagt, sie konnten ihm nichts anhaben. Nicht bis zu Hitlers Fall auszuharren wäre eine Dummheit und schlimmstenfalls sogar eine ungeheuer teure Dummheit.

Jetzt hatte er dieser lächerlichen Sorge schon viel zu viel Zeit gewidmet. Höchste Zeit, das nicht mehr sonderlich aufwendige Tagewerk in Angriff zu nehmen. Die Bautätigkeit war praktisch gänzlich zum Erliegen gekommen. Die Firma hatte sich vor allem mit dem Wohnungsbau beschäftigt und ihre Aufträge für moderne Gebäude meist von sozialdemokratischen Kommunalpolitikern erhalten. Dieses Geschäft war leider im Sande verronnen, denn es gab keine sozialdemokratischen Kommunalpolitiker mehr. Außerdem hassten die Nazis alles Moderne, Bruno und die anderen Architekten waren geflohen, und Bruno war zudem noch die Ehre zuteilgeworden, dass man seine Schriften verbrannte.

Also war die Lauritzengruppe inzwischen nur noch der größte private Vermieter Berlins. Diese Arbeit war nicht übermäßig inspirierend, geradezu geisttötend, aber brachte recht viel ein. Statt das Personal in der Zentrale zu reduzieren, hatte er die Tagesarbeitszeit um zwei Stunden gekürzt, es wurde also erst um neun Uhr begonnen und um vier Uhr Feierabend gemacht. Die meisten Angestellten hatten diese Reform befürwortet, obwohl einige über die damit zusammenhängende Lohnsenkung geklagt hatten. Kaum jemand hatte über die Alternative, Entlassungen, sprechen wollen.

Es kostete ihn eine gewisse Mühe, sich bis Feierabend mit bürokratischen Nichtigkeiten zu beschäftigen, ehe er das Büro im Erdgeschoss verließ und nach oben ging, um nach Christa zu suchen, die nunmehr fast immer zu Hause war. Er fand sie wie erwartet in der Bibliothek, wo sie mit angezogenen Beinen in einem der größten Ledersessel saß.

»Achtung! Verbotene Literatur!«, begrüßte er sie, als er die Bibliothek betrat.

Sie hielt ihm gespielt unterwürfig das Buch hin.

»Aber mein lieber Herr Bücherpolizist. Maxim Gorki kann doch wohl nicht als undeutsch gelten?«, fragte sie.

»Durchaus. Schließlich ist er Russe. Russische Literatur ist undeutsch und damit verboten«, antwortete er, trat auf sie zu, küsste sie auf beide Wangen und reichte ihr die Vorladung von der Gestapo, ehe er auf dem Sessel neben ihr Platz nahm.

Sie las und erbleichte.

»Man hat uns denunziert. Das könnte das Ende sein«, flüsterte sie.

»Denunziert?«, schnaubte Oscar. »Und weswegen?«

»Selbst zu Hause ist es verboten, von den Grausamkeiten und Verbrechen der SA-Schläger zu sprechen, es ist verboten, Witze über das Gewäsch des Führers oder über Goebbels Klumpfuß zu reißen, alle Witze über die Nazis sind verboten. Du siehst ein, dass die Liste unserer Vergehen lang ist.«

»Mag sein. Aber das trifft auf Millionen anderer Leute auch zu. Außerdem gibt es in Millionen Haushalten undeutsche Literatur. Unsere gesamte Bibliothek stellt ein einziges Vergehen dar. Aber wer hätte uns denn anzeigen sollen?«

»Wir haben eine neue Hausangestellte. Den Kindern vertraue ich, schließlich ist Harald keine dreizehn mehr. Damals wäre er vermutlich zu den nächsten SA-Leuten gerannt.«

»Ja, schon möglich. Aber sag mal, dieses neue Mädchen, wie heißt sie noch gleich?«

»Eva.«

»Glaubst du wirklich, diese Eva könnte zur Gestapo gegangen sein, um einen Witz über Goebbels und seinen Klumpfuß zu melden? Ganz zu schweigen von dem, dass der Führer einer der Ersten bei einer eventuellen Sterilisierung von Geisteskranken wäre. So etwas wird diese Eva doch wohl kaum der Gestapo hinterbracht haben?«

»Nehmen wir einmal an, sie hat es getan. Und?«

»Was hätte sie davon?«

»Ideologische Befriedigung vielleicht?«

»Und das Risiko, gefeuert zu werden. Ich würde höchstens einen Verweis erhalten. Außerdem stünde ihr Wort gegen meines.«

»Versprich mir eins.«

»Ja?«

»Zieh deine Uniform an, volles Ornat, du weißt schon.«

»Ich fühle mich in Uniform ohnehin immer wohler, obwohl ich mir wegen der Bauchweite ein Paar neue Hosen habe nähen lassen müssen. Aber du hast vollkommen recht, Uniform und Eisernes Kreuz sind das Einzige, was bei Nazis greift.«

Die Uniform war sein mentaler Panzer, als er sich in der kühlen Abenddämmerung in die Prinz-Albrecht-Straße begab. Inzwischen brauchten abendliche Spaziergänger keine Diebe und Räuber mehr zu fürchten. Bei den umherstreifenden Banden handelte es sich jetzt um SA-Männer, die Streit suchten und die Passanten mit ihren roten Sammelbüchsen belästigten. Wer protestierte, musste mit Prügeln rechnen. Aber ein Reichswehrmann in Uniform war nicht verpflichtet, auf ihr Heil-Hitler-Gejohle zu antworten, ein kurzes Salutieren reichte, denn die Nazis hatten eine Heidenangst, den Zorn der Reichswehr auf sich zu ziehen. Wer die Nazis entmachten wollte, konnte das nur mithilfe des Militärs tun. Dort lag der Schlüssel zur weiteren oder verlorenen Macht.

Keine einzige SA-Bande belästigte ihn während seines Spaziergangs.

Punkt acht Uhr betrat Oscar das Gestapo-Hauptquartier, eine ehemalige Kunsthochschule, was dem Gebäude noch anzumerken war, denn es handelte sich nicht um den dunklen Kerker, den man vielleicht hätte erwarten können.

Das Gebäude war hell und licht, und die Beschäftigten liefen in fröhlicher Unterhaltung mit Papieren in den Händen die Treppen hinauf und hinunter. Hier ist man auch noch über die üblichen Bürozeiten hinaus fleißig, dachte Oscar. Er meldete sich bei der Wache. Sofort erhob sich ein schwarz gekleideter Unteroffizier und begrüßte ihn mit »Heil Hitler!«. Oscar salutierte. Dann wurde er die Treppe hinauf und durch einen dunklen Korridor eskortiert, der vor einem Chefbüro endete.

Oscars Begleiter klopfte, wartete die Aufforderung zum

Eintreten ab, öffnete die Tür und trat mit großen Schritten ein. Die Heil-Hitler-Prozedur wurde wiederholt. Dann hörte Oscar seinen Namen.

Der Begleiter trat wieder auf den Korridor, bat Oscar einzutreten, verabschiedete sich mit dem Hitlergruß und verschwand.

Oscar trat ein und schloss die Tür hinter sich.

»Willkommen … Hauptmann Lauritzen. Ich freue mich, dass Sie kommen konnten. Ich bin Rudolf Diels«, begrüßte ihn der höchste Gestapochef und kam mit ausgestreckter Hand auf ihn zu.

Er sah gut aus, ein dunkelhaariger, eleganter Mann um die fünfunddreißig in einer schwarzen Majors- oder Generalsuniform. Sein Gesicht war von Schmissen entstellt.

»Ich hoffe, Sie hatten wegen dieser kurzfristigen Vorladung keine Unannehmlichkeiten«, fuhr der Gestapochef fort und betrachtete die Narben auf Oscars Wange. Seine Miene hellte sich auf.

»Ich sehe, dass wir einen ähnlichen Hintergrund haben. Das war mir nicht bewusst. Ich habe an der Universität Marburg Rechtswissenschaften studiert, und Sie?«

Oscar wusste nicht, was gemeint war.

»Entschuldigung?«, sagte er. »Ich verstehe nicht so recht …?«

»Die Narben!«, erklärte der Gestapochef und deutete erst vielsagend auf seine Wange, dann auf Oscars.

»Ach so, jetzt verstehe ich«, erwiderte Oscar erleichtert. »Nein, meine Narben stammen nicht vom Mensurfechten, sondern von Löwenkrallen. Damals fehlte wirklich nicht viel, und es hätte mich mein Leben gekostet.«

Der Gestapomann sah ihn verblüfft an und lachte dann.

»Meine Güte! Das ist wirklich etwas anderes. Und ich dachte schon, uns verbinde etwas, das meine Informanten sträflich übersehen hätten. Wollen Sie nicht Platz nehmen?«

Er deutete auf zwei Sessel an einem runden Tisch und trat an seinen großen Schreibtisch, um etwas zu holen. Oscar setzte sich.

Erst jetzt wagte er sich einzugestehen, dass er bereits mit einem Kellerverlies, grellen Lampen und SA-Schlägern gerechnet hatte. Stattdessen saß er beim höchsten Chef am Teetisch und nicht vor dem großen Schreibtisch auf einem niedrigen Stuhl.

»Ich habe hier Ihre Akte. Sie ist recht dünn, wie Sie sehen«, sagte der Gestapochef, als er zurückkehrte. »Darf ich Ihnen etwas anbieten? Einen Brandy vielleicht?«

»Ja, vielen Dank, aber nur einen kleinen, ich habe noch nicht zu Abend gegessen.«

»Ich auch nicht. Ich schlage also vor, dass wir nach unserem vertraulichen Gespräch essen gehen. Wäre Ihnen das recht?«

»Unter einer Bedingung«, antwortete Oscar ernst, obwohl er insgeheim erleichtert lächelte.

»Und die wäre?«

»Dass ich vorher noch meine Frau anrufen darf, um ihr zu sagen, dass ich auswärts esse, damit sie sich wegen eines allzu langen nächtlichen Besuchs in der Prinz-Albrecht-Straße keine Sorgen macht.«

»Akzeptiert!«, sagte der Gestapochef lachend, trat an seinen Schreibtisch und bestellte über die Wechselsprechanlage zwei Gläser Brandy. »Und sehr wohlbedacht«, meinte er auf dem Weg zurück zu seinem Sessel. »Da ich

Ihnen derartige Unannehmlichkeiten bereite, bestehe ich darauf, Sie einzuladen.«

»Akzeptiert!«, sagte nun auch Oscar, und zwar mit größter Erleichterung.

»Mal sehen«, sagte der Gestapochef und schlug Oscars Akte auf. »Machen Sie sich wegen dieser Akte keine Gedanken, das meiste betrifft Ihren militärischen Einsatz in Afrika, Orden und Auszeichnungen. Aber nun rasch zu dem kleinen Ärgernis. Uns wurde berichtet, dass Sie im vergangenen Jahr wiederholte Male den Gruß der SA-Truppen auf der Straße nicht erwidert haben.«

»Das gebe ich zu«, antwortete Oscar. »Andererseits sind Ausländer seit einer neuen Verordnung vom 19. Juni nicht mehr dazu verpflichtet. Mein Nachbar, der neue amerikanische Botschafter Dodd, hat sich darüber beklagt, dass mehrere amerikanische Staatsbürger von der SA misshandelt wurden. Und ich bin norwegischer Staatsbürger.«

»Ganz richtig. Sie sind inzwischen von der Grußpflicht befreit. Aber vorher? Vor dem 19. Juni?«

»Damals, Herr … entschuldigen Sie, mit welchem Rang darf ich Sie ansprechen?«

»Am einfachsten mit Oberst.«

»Damals, Herr Oberst, kam ich mir nur verunglimpft vor. Schnösel in schäbigen Uniformen, die ich nicht einmal zum Feldwebel befördert hätte, verlangten, dass ich salutiere, als wären sie meine Vorgesetzten. Das kam einfach nicht infrage. Und obwohl ich jetzt als Norweger von dieser Grußpflicht entbunden bin, muss ich sagen, dass es eine Erleichterung ist, Uniform zu tragen, denn so kommt es gar nicht erst zu Missverständnissen.«

»Ich verstehe Sie ganz und gar. Aber Sie scheinen im

Büro in dieser Hinsicht auch eine eher ungewöhnliche Regelung zu haben?«

»Wieso?«

»Die Zentrale der Lauritzen-Gruppe in Deutschland in der Tiergartenstraße dürfte das einzige größere Unternehmen in Berlin sein, bei dem man sich morgens nicht mit einem kraftvollen ›Heil Hitler!‹ begrüßt. Stimmt das?«

»Stimmt, das ist bei uns nicht gebräuchlich.«

»Aus welchem Grund?«

Oscar ahnte eine Falle. Der junge, freundliche Oberst war plötzlich ernst geworden.

»Ich kann nur berichten, was sich eines Morgens zutrug«, erwiderte Oscar. »Vor einigen Monaten, als ich ausnahmsweise nach dem Personal im Büro eintraf, erhoben sich alle mit ausgestrecktem Arm und brüllten mir ihr ›Heil Hitler!‹ entgegen. Ich muss zugeben, dass ich verblüfft war.«

»Und was haben Sie da zu Ihren Angestellten gesagt?«

»Ich habe ihnen mitgeteilt, mein Name sei nicht Hitler und dass ich mir verbäte, morgens mit einem ›Heil Direktor Lauritzen‹ begrüßt zu werden. Im Übrigen könnten sie mit ihrem ›Heil Hitler‹ nach Gutdünken verfahren.«

Der Gestapochef wirkte jetzt seltsam amüsiert. Oscar war sich nicht sicher, ob das ein gutes oder schlechtes Zeichen war.

»Ein Fräulein Bärbel Niedermayer und eine Frau Jutta Seedorf haben Sie angezeigt«, las der Gestapochef aus seinen Unterlagen vor. »Sie seien empört. Sie sagen, dass Sie den aufrichtigen und patriotischen Willen der Angestellten, unseren Führer zu ehren, sabotieren. Ich schlage vor, dass Sie sie morgen entlassen.«

Oscar fehlten die Worte.

»Natürlich werde ich das tun«, sagte er nach längerem Nachdenken. »Sie haben es dem Unternehmen gegenüber an Loyalität fehlen lassen, das ist Grund genug. Aber wie soll ich erklären, auf welche Weise ich davon erfahren habe?«

»Sagen Sie die Wahrheit.«

»Was für eine Wahrheit?«

»Dass ich es Ihnen erzählt habe.«

»Aber dann werden doch alle glauben, dass man, wenn man sich mit vertraulichen Informationen an die Gestapo wendet …«

»Was ausgezeichnet ist. Mir wäre es recht, wenn es in allen Zeitungen stünde, aber das wäre wohl zu viel verlangt. *So ergeht es Leuten, die falsche Anklage erheben*, das wäre wunderbar. Was Sie betrifft, so können Sie davon ausgehen, dass Sie von nun an weniger Probleme mit der Loyalität Ihrer Angestellten haben werden, oder was glauben Sie?«

»Zweifellos. Ich bin Ihnen natürlich sehr zu Dank verpflichtet. Aber …?«

»Ja?«

»Werden nicht die daraus entstehenden Gerüchte, wie soll ich sagen, Ihrem Informationsfluss abträglich sein? Könnte man dann nicht sogar behaupten, dass ich zu diesem Schaden beigetragen habe?«

Erst jetzt wurde der Brandy gebracht, den sie beide vergessen hatten. Der Gestapochef rügte den Adjutanten, der sie bediente, dann tranken sie einander zu und lächelten sich an, obwohl Oscar immer noch eine Falle befürchtete.

Rudolf Diels, der erste Chef der Geheimpolizei des neuen Deutschlands, hob zu einer Erklärung an. Die Gestapo werde mit Denunziationen geradezu überschwemmt. Die Leute zeigten einander wegen aller möglichen und unmöglichen Vergehen an.

Kürzlich habe man 3000 Anzeigen statistisch ausgewertet und dabei herausgefunden, dass nur zwanzig Prozent der Anzeigen politisch motiviert und damit für die Gestapo von möglichem Interesse gewesen seien. Die Anzeige von Fräulein Niedermayer und Frau Seedorf falle sogar noch unter die Kategorie »motiviert«, da es sich dabei ja rein sachlich um mangelnden Respekt vor dem Führer handele.

Aber selbst mit einer derart großzügigen Einteilung seien über achtzig Prozent der Anzeigen für die Gestapo uninteressant. Diesen Anzeigen lägen meist private Auseinandersetzungen, Eifersucht, Schulden, Streit im Suff und Ähnliches zugrunde. Das bedeute, dass die Ressourcen der Gestapo verschleudert würden, weil man sich mit so viel Dummheiten befassen müsse und seriöse Hinweise dabei möglicherweise übersah. Entweder müsse man diesem Unfug ein Ende bereiten oder 10 000 weitere Ermittler einstellen und ein Gestapohauptquartier, groß wie eine Vorstadt, errichten, um alle Beamten unterzubringen, die dann die meiste Zeit auf Unsinn verschwenden würden. Das sei wirklich keine erbauliche Perspektive.

Folglich müsse man die Qualität der Hinweise aus der Bevölkerung verbessern, was im Augenblick nur durch Abschreckung möglich sei. Wenn es nicht gelang, Gerüchte zu streuen, wie mit unangebrachten Denunziationen verfahren werde – Fräulein Niedermayer und Frau Seedorf gehörten zu den ersten, aber durchaus nicht zu den einzigen Versuchskaninchen in dieser Angelegenheit –, müsse man auf härtere Methoden wie Repressalien, Prügel und Folter zurückgreifen. Die Lust der Menschen, einander anzuzeigen, sei eine Bestie, die um jeden Preis gezügelt werden müsse, wenn nicht aus moralischen, so doch aus praktischen Gründen.

Damit waren sie bei der Frage angelangt, welches Lokal für das Souper gewählt werden sollte. Rudolf Diels schlug das Adlon vor, und Oscar stimmte zu, da es unpassend gewesen wäre, Einwände zu erheben.

Dennoch empfand Oscar das Adlon Unter den Linden als eine seltsame, fast demonstrative Wahl, wo sich Diplomaten, Auslandskorrespondenten und Politiker trafen. Halb Berlin würde sie zusammen sehen, und ganz Berlin würde morgen davon wissen.

Er bat darum, zu Hause anrufen zu dürfen. Rudolf Diels nickte und deutete auf ein Telefon, während er mithilfe der Wechselsprechanlage einen Wagen bestellte und die Anweisung erteilte, sein Kommen im Adlon anzukündigen.

»Guten Abend, ich bin's«, sagte Oscar, als ihm die Gestapo-Telefonistin mitteilte, Frau Lauritzen sei am Apparat. »Gestapochef Rudolf Diels und ich gehen essen. Wir haben uns nett unterhalten. Bärbel Niedermayer und Jutta Seedorf haben uns denunziert, morgen werden wir sie entlassen. Ich werde versuchen, nicht allzu spät nach Hause zu kommen. Du musst nicht auf mich warten.«

Natürlich war sie aufgeblieben und wartete. Er traf sie in der Bibliothek an, als er kurz nach Mitternacht heimkehrte.

»Wie war es mit dem Fressen und mit der Moral?«,

erkundigte sie sich. »Du scheinst jedenfalls halbwegs nüchtern zu sein.«

»Heutzutage schlägt man einem Gestapochef nichts ab. Die Moral kommt erst anschließend. Und was die Nüchternheit betrifft, saßen wir beide in Uniform im Adlon.«

»Im Adlon! Ich dachte immer, die Gestapo sei viel diskreter.«

»Das stimmt, aber heute Abend wurde das Gegenteil angestrebt. Er hat sogar noch Witze darüber gemacht. Entschuldigst du mich, ich würde mich jetzt gerne umziehen?«

»Ja, wenn du mir zuerst noch versicherst, dass kein Grund zur Besorgnis besteht und mir mitteilst, was du trinken möchtest, vermutlich gibt es ja doch einiges zu besprechen.«

»Es besteht kein Grund zur Besorgnis. Ich trinke jetzt gerne einen Burgunder, wir haben den ganzen Abend Rheinwein getrunken. Offenbar liebt er Rheingauweine.«

Oscar deutete einen Kuss an und ging ins Schlafzimmer hinauf, um seine Uniform aufzuhängen, seine Orden in ihr Etui zu legen, seinen Kopf unter kaltes Wasser zu halten und seinen Hausmantel aus roter Seide mit einem schwarzen Kragen aus Maulwurfspelz anzuziehen. Es war ein Weihnachtsgeschenk Christas und die Farbwahl möglicherweise als Scherz gedacht.

Als er in die Bibliothek zurückkehrte, stand der Wein auf dem Tisch. Christa war nervös, obwohl sie sich Mühe gab, dies zu verbergen.

»Er hat kein Wort über Juden verloren?«, fragte sie.

»Nein, warum sollte er?«

»Stattdessen hat er unsere Denunzianten denunziert?«, fuhr sie fort und hob ihr Weinglas.

»Ja, allerdings. Prost!«

»Und warum? Hätte sich das einer seiner Untergebenen herausgenommen, wäre er gefeuert worden.«

»Ja, aber schließlich ist er der höchste Chef. Morgen während unserer kleinen Abschiedszeremonie für Bärbel Niedermayer und Jutta Seedorf werde ich bekannt geben, dass ich die Informationen direkt von ihm erhalten habe. Er hat mich dazu aufgefordert, und es wird mir ein Vergnügen sein.«

»Das ist doch verrückt.«

»Das habe ich auch gesagt. Aber dahinter steckt eine bewusste Strategie. Wir müssen uns in Zukunft keine Sorgen mehr über Denunziationen vonseiten der Angestellten machen, und seiner Geheimpolizei bleiben sinnlose Lappalien erspart. Ich muss sagen, dieser Rudolf Diels ist die überraschendste Bekanntschaft meines Lebens. Anfangs fühlte ich mich allerdings an das afrikanische Märchen von dem Esel erinnert, der sich mit dem Löwen zum Essen verabredet. Der Esel hat natürlich allen Grund zur Annahme, dass er selber das Gericht sein wird …«

»Ich bitte dich! Ich weiß, dass du afrikanische Märchen liebst, aber nicht jetzt! Erzähl mir stattdessen von dem heutigen Abend!«

Glücklicherweise war er noch recht nüchtern, denn es würde ein langer Bericht werden, und viele Zusammenhänge mussten ergründet werden. Wenn es darum ging, sich über das eine oder andere klar zu werden, gab es keine bessere Gesprächspartnerin als Christa.

Am meisten hatte ihn ein Umstand erstaunt, der mit

keinem Wort in den Zeitungen erwähnt worden war. Er hatte nämlich an diesem Abend erfahren, dass die Hauptaufgabe der Gestapo während des vergangenen Jahres darin bestanden hatte, die »wilden« Gefängnisse der SA in allen Städten stillzulegen, die Gefangenen, zumindest jene, die noch eine Überlebenschance hatten, zu befreien und die schlimmsten Schläger einzubuchten. Die private Jurisdiktion der SA stellte laut Diels die größte Schande Deutschlands in der modernen Zeit dar.

Der Tag, an dem es die SA nicht mehr gab, würde für Deutschland ein Segen sein, und dieser Tag sei nicht mehr fern.

Das war eine unfassbare Vorhersage, nicht zuletzt für alle Ohren, die ihnen im Adlon gelauscht hatten. Es hieß, dass Ernst Röhms SA über fast eine Million mehr oder weniger gut bewaffneter, uniformierter Mitglieder verfügte. Der Reichswehr standen nur 100 000 Mann zur Verfügung, die zwar besser ausgerüstet, selbstverständlich besser ausgebildet und disziplinierter, aber trotzdem im Verhältnis von zehn zu eins unterlegen waren.

Übrigens war Ernst Röhm beinahe ihr Nachbar, sein Hauptquartier befand sich nur ein paar Querstraßen entfernt in der Standartenstraße. Der spukhafte Reiter, den Oscar von seiner Bank im Tiergarten aus frühmorgens immer auf seinem schwarzen Pferd aus dem Herbstnebel hatte auftauchen sehen, war Ernst Röhm gewesen.

Prost! Jetzt schweifte er wirklich ab.

Diels interessierte sich sehr für Sigmund Freud, und die Tatsache, dass Freud einer der meistverbrannten und verbotensten Schriftsteller Deutschlands war, schien ihn nicht im Geringsten zu bekümmern.

Sie hatten sogar noch eine lange Diskussion über die Grausamkeit des Menschen geführt, und zwar anlässlich der widrigen Verhältnisse, die durch die Gestapo-Razzien in SA-Privatgefängnissen aufgedeckt worden waren. Oscar hatte von seinen Beobachtungen in Afrika berichtet, die ihn davon überzeugt hatten, dass die Belgier und Engländer grausamere Rassen waren als Deutsche und Skandinavier. Diels war anderer Meinung. Das habe nichts mit Rasse zu tun, auch Deutsche könnten sich in Monster verwandeln.

Das Problem sei psychologischer Art, meinte Diels. Die Aufgabe, Menschen Schmerzen zuzufügen, könne man nicht jedem anvertrauen. Daher habe man Männer rekrutiert, die ein besonderes Talent auf diesem Gebiet besäßen. Leider könne man das in gewissem Maße auch von der Gestapo behaupten. Was man bei diesem Rekrutierungsprozess jedoch übersehen habe, sei der rein freudianische Aspekt.

Rekrutiere man eine Zeit lang Sadisten und unbewusste Sadisten, also Leute, die sich ihrer Neigungen erst bewusst wurden, wenn sie die Möglichkeit erhielten, andere Menschen auszupeitschen oder zu misshandeln, so werde durch Gruppenzwang und Beeinflussung rasch eine Kultur der Barbarei geschaffen. Scheinbar normale Männer und Frauen verwandelten sich in einem solchen Umfeld innerhalb kürzester Zeit in Sadisten. Laut Diels habe nur Freud eine Erklärung für solche menschlichen Eigenheiten, aber er sei überzeugt davon, dass es sich um allgemein menschliche, von Nationalität oder Rasse unabhängige Schwächen und Defekte handele. Folglich könnten sich auch Deutsche so verhalten wie Engländer oder Belgier.

Oscar fand diesen Gedanken erschreckend. Christa stimmte Diels und Freud zu. Ihr Argument war sehr einfach. Sonst müsse man ja im Hinblick darauf, was die SA in den letzten Jahren verbrochen habe, die Schlussfolgerung ziehen, dass die Deutschen das grausamste und barbarischste aller Völker seien, und das sei ja wohl ein unsinniger Gedanke.

Christa wollte wissen, ob dieser seltsame Gestapochef im Laufe des Abends nicht versucht habe, Oscar auszuhorchen oder irgendwie aufs Glatteis zu führen.

Oscar dachte nach. Hatte Diels im Laufe des Abends irgendwelche politisch verfänglichen Fragen gestellt? Vielleicht. Diels hatte erzählt, im ersten Jahr hätten 50 000 Juden panisch das Land verlassen, aber von diesen seien 10 000 wieder zurückgekehrt, weil sie wie so viele andere entweder glaubten, dass es Hitler mit seinem Antisemitismus nicht ernst meinte und es sich nur um eine Art demagogische Komponente der Agitation auf dem Weg zur Macht handelte oder dass er diese Macht ohnehin bald wieder verlieren würde. Gerüchteweise wurden vor allen Dingen General Kurt von Schleicher und der ehemalige Reichskanzler Heinrich Brüning als Hitlers wahrscheinlichste Nachfolger genannt. Diels hatte Oscar nach seiner Meinung gefragt.

Wie immer hatte er keine Meinung gehabt, und was Diels über die Juden erzählt hatte, war ihm neu. Über mögliche Nachfolger Hitlers hatte er sich sicherlich schon mal Gedanken gemacht. Aber er hatte das Thema unauffällig gewechselt, da es so offensichtlich sein Wissen überstieg. Vielleicht hatte er sich sogar damit herausgeredet, Norweger zu sein.

Sie drehten und wendeten alles Gesagte wiederholte Male, während sie den Rotwein leerten. Ihre Analysen wurden zusehends diffuser, wie Christa scherzhaft feststellte, und schließlich begaben sie sich zu Bett.

In dieser Nacht schliefen sie sehr tief und hatten am nächsten Morgen beide leichte Kopfschmerzen. Natürlich hatten sie ein paar Gläser zu viel getrunken, aber so war es in letzter Zeit oft, wenn sie abends und nachts inzwischen nur noch alleine beisammensaßen. Im Haus war es still geworden, und die Zeiten, in denen Stimmen und Zigarrenrauch aus dem roten Salon in der ersten Etage gedrungen waren, wenn er von einer späten Besprechung in der Stadt nach Hause kam, gehörten der Vergangenheit an. Das kam ihm alles so fern vor, dass er es beinahe für eine Fantasie gehalten hätte. Alle Freunde waren verschwunden, nach Prag, Wien, Paris und Amerika, und sie schrieben nie, um sie nicht in Schwierigkeiten zu bringen. Briefe von landflüchtigen Juden oder überzeugten Demokraten zu erhalten war nicht erstrebenswert. Nach dem Reichtagsbrand war eine allgemeine Briefzensur eingeführt worden.

Christas Tage verliefen inzwischen recht eintönig. Sie ging nur ungern aus, um nicht marschierenden SA-Männern zu begegnen und mit gehobenem rechtem Arm stehen bleiben und mit den Wölfen heulen zu müssen oder es zu riskieren, von den Aufsehern misshandelt zu werden, die die Parade begleiteten und kontrollierten, dass auch alle der Pflicht des Hitlergrußes nachkamen. Poulette besuchte sie gelegentlich, und manchmal trafen sie sich auch im Nachbarhaus bei ihrer neuen Freundin Martha, der Tochter des amerikanischen Botschafters Dodd. Der Spaziergang von der Tiergartenstraße 27 B in die Tiergartenstraße 27 A war ungefährlich.

Im Übrigen verliefen ihre Tage ereignislos. Ihre karitative Betätigung bei der Roten Hilfe und ähnlichen Organisationen war inzwischen verboten. Auch Vorträge über nicht genehmigte Themen, und die meisten Themen waren wie die Bücher inzwischen verboten, waren untersagt.

Ab und zu hatte sie erwogen, wie alle anderen für eine Weile, bis Hitler wieder verschwunden war, ins Ausland zu gehen. Schließlich war keiner der Freunde emigriert, alle hatten die Absicht zurückzukehren, sobald der Albtraum vorüber war. Aber Oscar war auf diesem Ohr immer taub gewesen. Er meinte, ausharren zu müssen, damit ihr gesamter Besitz, der ihren Kindern und zukünftigen Enkeln ein gutes Leben garantieren sollte, nicht konfisziert wurde. Diese Überzeugung war unerschütterlich, da er über allen Gefahren zu schweben meinte, insbesondere wenn er Uniform trug. Sein Selbstbewusstsein hatte sich nach seinem privaten Diner mit dem Gestapochef, das ihm eine Art Immunität gegen Denunziationen verlieh, natürlich nicht verringert.

Christa wollte dabei sein, wenn die beiden Denunziantinnen entlassen wurden, sie wollte sehen, wie sie und alle anderen reagierten. Sie wollte ihnen in die Augen schauen, wenn sie entlarvt wurden.

Das gesamte Büropersonal hatte sich im größten Arbeitsraum neben Garderobe und Entree versammelt. Auch das Küchenpersonal und die übrigen Hausangestellten waren aufgefordert worden, sich einzufinden, und standen jetzt die Wände entlang aufgereiht.

Als Oscar mit Christa am Arm eintrat, verstummte die halblaute Unterhaltung, und etwa vierzig besorgte Gesichter wandten sich ihnen zu. Zweifellos befürchteten die Angestellten Sparmaßnahmen und Entlassungen.

Oscars todernste Miene ließ sich zunächst kaum anders deuten. Christa betrachtete die beiden Frauen, deren Gesichtsausdruck sich nicht von dem der anderen unterschied.

»Ich habe schlechte Neuigkeiten«, begann Oscar und wartete ab, bis es vollkommen still geworden war. »Es geht nicht um Lohnkürzungen oder Entlassungen, sondern um ein größeres Problem. Wir haben Gestapo-Denunzianten in unserer Mitte.«

Plötzlich erwachte der Raum zum Leben, allgemeines Entsetzen breitete sich aus, und die Anwesenden musterten einander mit verstohlenen Blicken. Christa stellte fest, dass die beiden Denunziantinnen nicht anders als die anderen reagierten.

»Uns wurde zur Last gelegt, dass wir den Arbeitstag nicht mit einem Hitlergruß beginnen. Dazu möchte ich erst einmal anmerken, dass ausländische Staatsbürger und Offiziere der Reichswehr nicht auf diese Art begrüßt werden müssen. Ich bin beides, also habe ich persönlich mir diesen Morgengruß verbeten. Aber ich habe gleichzeitig unterstrichen, dass es jedem freisteht, andere Personen auf diese Art zu begrüßen. Das gilt weiterhin. Darf ich fragen, ob jemand dagegen etwas einzuwenden hat?«

Es war vollkommen still, und niemand schien etwas erwidern zu wollen. Oscar blickte in die Runde.

»Aber jene Personen, die sich bei der Gestapo beklagt haben, eine recht drastische Maßnahme, wenn ich mir diese Bemerkung erlauben darf, müssen doch wohl dagegen sein?«, fuhr er unerbittlich fort.

Nach wie vor schwiegen alle.

»Ich habe gestern zufällig mit Gestapochef Rudolf Diels zu Abend gegessen«, fuhr Oscar fort, nachdem sich das Schweigen fast unerträglich ausgedehnt hatte. »Er hat mir die Namen der Denunzianten genannt. Ich fordere Sie also zum letzten Mal auf, Ihre Kritik, die Ihnen so wichtig war, dass Sie damit sogar zur Gestapo gingen, noch einmal in Anwesenheit aller vorzubringen!«

Weiterhin Schweigen. Christa starrte eine der Denunziantinnen durchdringend an, aber diese erwiderte ihren Blick nicht und sah nur angestrengt zu Boden.

»Nun gut«, sagte Oscar. »Damit ist die Sache entschieden. Fräulein Niedermayer und Frau Seedorf, wegen Unredlichkeit und mangelndem Vertrauen dem Unternehmen und Ihren Kollegen gegenüber sind Sie hiermit fristlos entlassen. Verlassen Sie bitte umgehend das Gebäude! Ihr Dienstzeugnis mit Entlassungsgrund erhalten Sie per Post.«

Die beiden Denunziantinnen standen wie versteinert da und unternahmen keinerlei Anstalten, zu gehen oder zu protestieren. Die ältere errötete, die jüngere wurde blass.

»Sie haben mich gehört! Verschwinden Sie!«, befahl Oscar und schien damit der Lähmung der beiden Frauen ein Ende zu bereiten. Mit gesenkten Köpfen eilten sie auf die Garderobe und den Ausgang zu.

An der Tür zur großen Eingangshalle drehte sich die Ältere den Tränen nahe noch einmal um.

»Heil Hitler!«, rief sie mit erhobenem Arm.

Einige Arme zuckten leicht, aber niemand erwiderte

ihren Abschiedsgruß. Die beiden Entlassenen verschwanden. Oscar wartete ab, bis er die Haustür ins Schloss fallen hörte.

»Ausgezeichnet!«, sagte er. »Dann kehren wir zur Arbeit zurück.«

Er verneigte sich kurz und verließ mit Christa den Raum.

»Ich denke, in nächster Zeit haben wir keine Denunziationen vonseiten der Angestellten mehr zu befürchten«, sagte er, als sie in der Bibliothek Platz nahmen. Wie auf eine stillschweigende Abmachung hin hatten sie in denselben Sesseln wie am Vorabend Platz genommen.

»Meine Güte, das wird für Klatsch sorgen«, meinte Christa. »Und zwar nicht nur hier im Haus und in der Tiergartenstraße, sondern bald in der ganzen Stadt!«

»Allerdings. Und genau das erhofft sich Rudolf Diels. Aber betrüblich ist es doch, es gefällt mir nicht, Kündigungen aussprechen zu müssen. Die Arbeitslosigkeit ist schon so zu groß. Wie können wir uns nach dieser Geschichte aufmuntern? Wir waren lange nicht mehr im Theater, es muss doch noch irgendeinen alten Klassiker geben, einen, der noch nicht verboten ist. Was glaubst du?«

»Nein«, erwiderte sie. »Oder ja, das eine oder andere klassische Stück ist noch erlaubt und natürlich die Oper, aber man kann nicht mehr ins Theater gehen.«

»Wieso das nicht?«

»Wenn du nicht ›Deutschland über alles‹ singen willst, und zwar alle Strophen, und danach das Horst-Wessel-Lied von Anfang bis Ende, mit erhobenem Arm.«

Oscar sah sie verblüfft an und war sich nicht sicher, ob sie Witze machte.

»Wusstest du das denn nicht?«, fragte sie erstaunt. »Alle Theateraufführungen in Deutschland enden inzwischen auf diese Weise.«

»Kino?«, fragte er vorsichtig.

»Nein, da ist es dasselbe.«

*

Möglicherweise war es etwas despektierlich, dies auch nur zu denken, aber das neue Anwesen Carinhall erfüllte Onkel Hermann mit kindlicher Freude. Und Harald war überzeugt davon, dass er die kurzen Juniwochen als stellvertretender Wachchef des neuen Jagdschlosses einmal für die schönste Zeit seines Lebens halten würde.

Er war sich sicher, dass er schließlich die richtige Entscheidung getroffen hatte, als er seinen Dienst bei der Nachrichten- und Sicherheitsabteilung der Marine quittiert hatte, um als Offizier zur SS zu gehen. Auch das hatte er Onkel Hermann zu verdanken, der ihm die Idee unterbreitet hatte, die Grundausbildung bei der Abwehr der Marine zu absolvieren, um seine Familie zu beruhigen, was diese auch wirklich erleichtert zu haben schien. Von der Marine war er dann, wie von Anfang an geplant, diskret zur SS übergewechselt.

Ein Jagdschloss zu bewachen, das kurz vor der Fertigstellung stand, war natürlich keine übermäßig anstrengende oder anspruchsvolle Aufgabe, sondern recht geruhsam. Die Feuertaufe der Wachtruppe, dann natürlich verstärkt, war die Einweihung Carinhalls zur Sommersonnenwende am 20. Juni. Der Führer, Himmler und Goebbels wurden erwartet, um der Umbettung von Onkel Hermanns verstorbener Frau Carin beizuwohnen. Ihr Mausoleum am Seeufer war bereits fertiggestellt, sechs riesige Bautasteine waren zwischen zwei Eichen platziert worden, in deren Mitte ihr Grab liegen würde.

Als eine Art Generalprobe hatte Onkel Hermann die Botschafter Amerikas, Englands, Frankreichs und Italiens sowie ein paar Dutzend Industrielle an einem Nachmittag eingeladen. Abgesehen von Iwan hatte auch alles wie am Schnürchen geklappt.

Iwan war ein Wisentbulle, einer der wenigen Überlebenden des europäischen Stammes der Bisonochsen. In Onkel Hermanns Plänen, das Gut in einen urzeitlichen germanischen Wald zu verwandeln, spielte Iwan eine herausragende Rolle, da er der Stammvater einer Büffelherde werden sollte.

Im Gehege befanden sich bereits vier Wisentkühe, als Iwan, der den Höhepunkt der Darbietung ausmachen sollte, am 10. Juni in einem Käfig eintraf. Beabsichtigt war, dass er den Kühen vor den Augen der Botschafter und vor allen Dingen ihrer Frauen, ein Gedanke, der Onkel Hermann besonders gut gefiel, erstmals gegenübertreten sollte. Er hoffte, dass Iwan sich sofort und mit überwältigender Kraft auf die Kühe stürzen würde.

Aber dieser Teil der Generalprobe verlief nicht nach Plan, denn als der Käfig geöffnet wurde, weigerte sich Iwan, ihn zu verlassen und sich zu den wenig beeindruckten, wiederkäuenden Kühen zu gesellen. Der Bulle musste mithilfe von Stangen aus dem Käfig getrieben werden. Im Freien angelangt, unternahm er keinerlei Anstalten, seine Kühe zu bespringen, sondern versuchte in seinen Käfig zurückzukehren. Als ihm dies verwehrt wurde, eilte er ans andere Ende der Weide und versuchte sich vor den Kühen zu verstecken.

Mit den Zuchtbestrebungen bei den Menschen sah es schon besser aus. Bereits während der ersten Monate als SS-Offizier hatte Harald mehr Frauen gehabt, als er es sich in den kühnsten Träumen seiner Jugend hätte erträumen können. Es handelte sich um ein geheimes Programm: Junge SS-Offiziere und junge Frauen wurden aufgrund ihres Stammbaums und Aussehens ausgewählt. Die perfekten arischen Kinder würden von der SS erzogen werden.

Aber das Schönste an der Zeit in Carinhall waren die Momente mit Onkel Hermann. Sie spazierten durch den wachsenden germanischen Urwald und saßen manchmal abends vor dem gigantischen offenen Kamin und sprachen über die Zukunft Deutschlands. Oft empfing Onkel Hermann Gäste, mit denen er vertraulich und ohne Zeugen reden wollte, oder er zog sich mit seiner Geliebten Emmy Sonnemann zurück. Aber da man mit dem Auto nur eine Stunde nach Berlin brauchte und Onkel Hermann so kindisch verliebt in sein germanisches Paradies war, fuhr er fast immer nach Feierabend dorthin.

Es kam auch vor, dass er einzelne Gäste seinem jungen Schützling, wie er Harald nannte, vorstellte, obwohl die Gespräche oft von sehr geheimen Dingen, die Deutschlands unmittelbare Zukunft betrafen, handelten. Umwälzende Dinge bahnten sich an.

Eines Abends wurde er dem ehemaligen Gestapochef Rudolf Diels vorgestellt, der erstaunlicherweise seinen Onkel Oscar kannte. Er habe mit diesem ein äußerst erfreuliches Treffen gehabt, was ihm nun, wie er hoffte, da der neue Gestapochef bedauerlicherweise nicht den gleichen Personen gewogen sein würde wie er, nicht zum Nachteil gereichte.

Das klang rätselhaft. Aber als junger Obersturmführer sah sich Harald nicht in der Position, nähere Auskünfte von einem Mann in so gehobener Stellung einzufordern.

An diesem Abend fragte Onkel Hermann Harald unumwunden, was er von der SA halte. Harald versuchte, die Antwort mit der Erklärung zu umgehen, dass ihm kein Urteil über die Regierungsform des Reiches zustehe.

Die beiden Übergeordneten lächelten fast ein wenig spöttisch.

»Harald, mein junger Freund, du vertraust mir doch?«, fragte Onkel Hermann.

»Natürlich, Onkel Hermann!«, antwortete Harald, was hätte er auch sonst sagen sollen.

»Dann will ich, dass du uns ohne Umschweife und Beschönigungen aufrichtig und präzise erläuterst, was du von Ernst Röhm und seiner SA hältst«, befahl Hermann Göring.

Die beiden Männer sahen ihn ernst und ohne jedes Lächeln an.

Also blieb ihm keine Wahl.

»Ich finde, dass die SA …«, begann er, zögerte dann aber, da er jetzt etwas Unerhörtes sagen würde, was für die meisten Deutschen den Tod bedeutet hätte. »Ich finde, dass sie die größte Schande Deutschlands darstellt, das ist ein Haufen vulgärer, mordlustiger Bestien, die mehr als alles andere unsere Bewegung in Misskredit bringen und so die größte Bedrohung des Dritten Reiches darstellen«, sagte er, presste dann die Lippen aufeinander und erwartete, dass sich gleich eine Falltür öffnen und ihn die Unterwelt verschlucken würde.

Die beiden Herren betrachteten ihn nachdenklich, tauschten anschließend Blicke und nickten dann zustimmend.

»Ich hätte meine eigene Meinung kaum präziser formulieren können«, sagte Rudolf Diels. »Ich habe versucht, als Gestapochef meinen Beitrag zu leisten, indem ich zumindest die kleinen privaten Konzentrationslager und Folterkeller der SA räumen ließ, aber das hat mich letztendlich meinen Posten gekostet.«

Harald nickte, konnte aber nicht folgen, denn der Mann, der von sich behauptete, seinen Posten verloren zu haben, trug eine schwarze Generalsuniform.

»Sei zuversichtlich, Harald«, sagte Hermann Göring mit einem breiten Grinsen. »Du bist hier unter Freunden. Ernst Röhm ist größenwahnsinnig. Er will den Befehl über alle Kampfeinheiten Deutschlands an sich reißen, nicht nur über die SA und die SS, sondern auch über die Reichswehr. Er konspiriert, um den Führer abzulösen.«

Das war eine unerhörte Neuigkeit. Oder eine unerhörte Beschuldigung. Harald fehlten die Worte.

»Bereits als ich dir zum ersten Mal bei den Landungsbrücken in Kiel begegnete, wusste ich, dass du aus dem richtigen Holz geschnitzt bist«, fuhr Hermann Göring fort. »Noch sicherer war ich mir nach unserem kleinen Rundflug. Das hätten nicht viele Anfänger geschafft, glaub mir. Daher bist du auch so etwas wie ein Sohn für mich, Harald. Ich werde dir bald eine schwierige und bedeutungsvolle Aufgabe erteilen. Wirst du dich ihr gewachsen fühlen?«

»Jawohl, Onkel Hermann«, sagte er mit Nachdruck. Was hätte er auch sonst antworten sollen?

»Lass dir im Vertrauen gesagt sein, dass die Tage der SA gezählt sind«, fuhr Hermann Göring gelassen fort. »Das ist im Augenblick eines der größten Geheimnisse des Reiches, du darfst es also niemandem, nicht einmal deinen Vorgesetzten, erzählen. Aber erst einmal wollen wir Carinhall einweihen, dann beginnt der große Ernst. Und da rechne ich mit dir, weil du einer meiner engsten Vertrauten bist.«

Rückblickend konnte Harald seine Gefühle jenes Augenblicks nicht anders beschreiben als eine Mischung aus Beben und Stolz.

Danach verstrich eine Woche, ohne dass etwas geschah.

Zur Sommersonnenwende fand das großartige Begräbnis in Carinhall statt. Die SS paradierte, und der Sarg von Görings verstorbener Ehefrau Carin lag auf einem von sechs Pferden gezogenen Wagen. Beethovens Trauermarsch erklang, und Jagdhörner erschallten aus dem Wald, als der Sarg in die Erde herabgelassen wurde. Fackeln erhellten das Dämmerlicht. Alle außer Ernst Röhm waren dort.

Der Akt verlief feierlich, schön und stimmungsvoll, wenn man einmal davon absah, dass SS-Chef Himmler Göring und Hitler zu einer eiligen Besprechung zu sich bestellte. Als Leibwächter Görings stand Harald nur wenige Schritte entfernt und hörte jedes Wort. Himmler, der wirklich aussah wie ein Hühnerzüchter, so hatte ihn Onkel Hermann einmal im Scherz beschrieben, berichtete äußerst aufgebracht, auf dem Weg vom Bahnhof nach Carinhall sei ein Attentat auf ihn verübt worden. Eine

Kugel habe die Windschutzscheibe seines Wagens durchschlagen. Dahinter könnten nur Ernst Röhm und seine SA stecken.

Harald wusste, dass das unmöglich war. Kein Meuchelmörder hätte ungesehen den Bewachungskordon passieren können. Über hundert SS-Leute bewachten die Strecke vom Bahnhof nach Carinhall. Es war einfach undenkbar. Das schien auch Hitler einzusehen, da er das Gespräch rasch beendete und anordnete, zur Tagesordnung überzugehen und den Vorfall zu ignorieren. Es war das erste Mal, dass Harald den Führer in Wirklichkeit und aus einem Abstand von nur wenigen Metern sah.

Zwanzig Minuten später untersuchten Spezialisten der SS Himmlers Wagen. Ihre Schlussfolgerung war eindeutig: Es hatte sich nicht um eine Kugel, sondern um Schotter gehandelt.

Himmler bezichtigte jedoch Ernst Röhm, einen Mordversuch auf ihn unternommen zu haben.

Harald hatte beschlossen, nicht über Onkel Hermanns kürzlich geäußerte Behauptung, die Tage der SA seien gezählt, nachzugrübeln. Jetzt glaubte er jedoch, dass Deutschland etwas Unerhörtes bevorstand. Und ihm selbst.

Eine Woche nachdem Harald und sein Spezialtrupp zu ihrem Dienst nach Berlin zurückgekehrt waren, brach der heißeste Tag des Jahres über die Stadt herein. Es war nicht nur unerträglich warm, sondern auch fürchterlich feucht, und abends hingen große schwarze Gewitterwolken am Himmel. Es war der 29. Juni.

Als Harald und seine Gruppe, die sich, ohne zu wissen, warum, seit 48 Stunden in höchster Bereitschaft befanden, zu Hermann Görings Hauptquartier am Leipziger Platz gerufen wurden, fuhren ihre mit Planen abgedeckten Lastwagen an der Gestapo-Zentrale in der Prinz-Albrecht-Straße vorbei. Die Straße wurde gerade gesperrt, und es wimmelte von SS-Truppen mit Waffen und Kampfanzügen. Ein Ereignis stand bevor, und Harald ahnte, worum es ging.

Sie parkten vor Görings Hauptquartier, Harald befahl seiner Gruppe zu warten und begab sich selbst ins Haus, um seine Anweisungen entgegenzunehmen. Im Eingangsbereich herrschte Chaos, man wollte ihn erst nicht durchlassen. Als er Hermann Görings Dienstzimmer betrat, befanden sich dort sowohl Himmler als auch der neue Gestapochef Heydrich und redeten laut durcheinander. Hermann Göring trug schwarze Stiefel und hellblaue Reithosen, aber keine Uniformjacke. Sein Hemd war schweißnass, aber auch die anderen schwitzten in der Hitze.

Harald hatte noch nicht einmal »Heil Hitler!« gesagt, als Hermann Göring ihn entdeckte, ihm einen Arm um die Schultern legte und ihn näher an seinen riesigen Schreibtisch heranzog.

»Hier, Harald«, sagte er und reichte ihm ein Blatt Papier. »Das ist der Haftbefehl für General Schleicher und seine Frau. Der General hat sich des Hochverrats schuldig gemacht. Zusammen mit Röhm wollte er die Macht übernehmen. Bring ihn her. Er wohnt ganz in der Nähe deiner ehemaligen Wohnung. Beeil dich und nimm nur acht Mann mit. Die ganze Operation hängt davon ab, dass wir am richtigen Ende beginnen. Jetzt kommt's wirklich drauf an, Harald!«

Harald sah vor seinem inneren Auge, wie er in seiner

Leutnantsuniform versuchte, einen Generalobersten festzunehmen, und musste sich regelrecht zu folgender Frage zwingen:

»Kurze Frage, Herr Reichsminister!«, bat er verzweifelt.

»Ja?«

»Wenn General Schleicher nicht kooperiert und sich nicht festnehmen lässt?«

»Dann erschießt du ihn und seine Frau. Aber jetzt voran!«

So fing es also an.

Obwohl die Sonne nicht mehr am Himmel stand, herrschte immer noch drückende Hitze, als der kleine Lastwagen sein Ziel erreichte und Haralds acht Mann von der Ladefläche sprangen. Er befahl vier von ihnen, die Rückseite des Hauses zu sichern, und ging mit den anderen vieren zum Haupteingang der großen Villa und klingelte.

Anschließend wusste er nicht recht, ob er die Tür nicht gleich hätte einschlagen lassen sollen. Ein Dienstmädchen öffnete, und sie stürmten ins Haus. Der General saß in Zivil zusammen mit seiner Frau im Salon und hörte ein Konzert von Beethoven.

»General Schleicher, ich verhafte Sie auf Befehl von Reichsminister Hermann Göring. Bitte begleiten Sie mich ohne Aufheben. Das gilt leider auch für Sie, Frau Schleicher!«, befahl Harald mit einer Sicherheit, die ihn selbst erstaunte. Das konnte nur die Aufregung sein.

Der General machte keinerlei Anstalten, den Befehl zu befolgen.

»Hören Sie, junger Herr Leutnant, oder was auch immer Sie in dieser Verkleidung darstellen mögen, ich nehme von Ihnen keine Befehle entgegen«, entgegnete der General in gewöhnlichem Gesprächston. »Ich bin, wie Sie sicher wissen, General der Reichswehr, und Sie müssen schon die Militärpolizei anfordern und einen schriftlichen Befehl von Präsident Hindenburg vorlegen. Aufrichtig gesagt bezweifle ich, dass Ihnen das gelingen wird.«

Der General wirkte so überzeugt davon, das Recht auf seiner Seite zu haben, dass er nicht einmal Angst zeigte.

Für Harald war dies ein entscheidender Augenblick. Hier und jetzt würde er sich des Vertrauens, das man in ihn setzte, würdig erweisen oder es enttäuschen. »Meine Ehre heißt Treue«, lautete schließlich der Wahlspruch der SS.

Er zog seine Pistole, entsicherte sie und richtete sie auf die Brust des Generals.

»Sie haben einen Befehl erhalten, Herr General«, sagte er und musste Luft holen, ehe er weitersprechen konnte. »Entweder stehen Sie jetzt auf und folgen mir ohne Widerstand, oder ich muss Sie erschießen.«

»Ich wage dies zu bezweifeln«, erwiderte der General.

Da schoss Harald dem Mann zweimal in die Brust, richtete die Pistole anschließend auf seine Frau und erschoss sie ebenfalls.

Seine vier Begleiter standen wie erstarrt da.

»Bringt sie in den Garten. Macht voran! Holt die anderen!«, befahl er.

Sie schleppten die Leichen in den Garten. Harald gab den Befehl, noch einmal zu schießen, dieses Mal Kopfschüsse. Er schwitzte in der feuchten Wärme. Sie schwitzten alle.

Zwanzig Minuten später fand er sich wieder in Hermann Görings Dienstzimmer ein, grüßte mit »Heil Hitler!« und rapportierte knapp, der General und seine Frau seien bei einem Fluchtversuch beziehungsweise wegen Befehlsverweigerung erschossen worden. Die Leichen lägen im Garten neben der Gartenpforte.

Er hätte nicht sagen können, was er erwartete, aber die drei hohen Tiere jubelten sich mit geballten Fäusten zu und gratulierten ihm dann.

Nun war die Operation also in Gang gekommen, und ihnen stand eine arbeitsreiche Nacht bevor.

Haralds nächster Auftrag lautete, sich zu Ernst Röhms Haus in der Standartenstraße zu begeben, eine ebenfalls vertraute Gegend, denn es lag in einer Querstraße von der Tiergartenstraße. Dieses Mal sollten alle dort angetroffenen Personen auf der Stelle hingerichtet werden.

Harald konnte sein Erstaunen nicht verbergen.

Hermann Göring erklärte lachend, Röhm sei bereits im Rahmen einer vom Führer geleiteten Aktion andernorts dingfest gemacht worden. In der Standartenstraße würde nur noch eine kleinere Säuberungsaktion stattfinden, die jedoch rasch und mithilfe seiner gesamten Gruppe durchgeführt werden müsse.

Es ging tatsächlich schnell. Sie stürmten von zwei Seiten das Gebäude, schlugen die Türen mit Vorschlaghämmern ein, jagten hinter allen Anwesenden her, erschossen sie und gaben ihnen zu guter Letzt noch einen Fangschuss in den Kopf. Anschließend kehrten sie zu Hermann Görings Hauptquartier zurück, wo Harald mit derselben Begeisterung wie beim ersten Mal empfangen wurde.

»Jetzt, mein junger Freund«, sagte Hermann Göring und nahm Harald beiseite, »kommt das Schwerste. Dieser Auftrag erfordert einen stahlharten Willen und unverbrüchliche Treue. Ich weiß, dass ich mich auf dich verlassen kann. Begib dich zur Hauptkadettenanstalt in Groß-Lichterfelde. Nimm alle verfügbaren Männer mit. Bis zum Morgengrauen werden wir alle eingefangenen SA-Männer dort abliefern. Alle sollen erschossen werden. Dir steht ein Transportdienst zur Verfügung. Die Leichen werden nach der Exekution weggeschafft. Irgendwelche Unklarheiten?«

»Nein, Herr Reichsminister. Heil Hitler!«

»Ja, ja, Heil Hitler. Sieh nur zu, dass dir das hier auch perfekt gelingt!«

Die Aktion lief recht chaotisch an. Die Kadettenanstalt stand leer, offenbar hatte man sie geräumt. Der riesige, von einer Mauer umgebene Hof war recht dunkel, sie mussten also erst einmal für ausreichende Beleuchtung sorgen, was sich aber ohne größere Mühe bewerkstelligen ließ. Als der erste Lastwagen eintraf und die SA-Leute von den bewaffneten SS-Soldaten heruntergestoßen wurden, lief alles noch relativ glatt. Die SA-Leute wurden an einer Mauer aufgestellt und erschossen.

Aber dann gab es Schwierigkeiten. Als der nächste Lastwagen durch das Tor gefahren kam und eine weitere Wagenladung SA-Männer von der Ladefläche geprügelt wurde, begannen sie wie verschreckte Hühner hin und her zu rennen, als sie ihre toten Kameraden erblickten. Einige wehrten sich, einer bekam sogar ein Gewehr zu fassen und schoss einem SS-Soldaten in den Arm.

Harald erkannte, dass es so nicht ging und er als Befehlshaber dafür sorgen musste, dass sich keine weiteren Peinlichkeiten ereigneten.

Er beschloss, neue Ladungen erst nach vorheriger Säuberung auf den Hof zu lassen. Für den Abtransport der

Leichen musste ein anderes Tor gewählt werden. Ein Hinterausgang wurde gesucht und gefunden und ermöglichte einen reibungslosen Ablauf. Eine Ladung SA-Schläger traf ein, wurde vom Lastwagen geprügelt, an einer Mauer aufgestellt und erschossen. Dann wurden die Leichen auf den Lastwagen geladen, mit dem die Opfer eingetroffen waren, der durch das rückwärtige Tor verschwand. Der Hinrichtungsplatz wurde abgespritzt, die nächste Lieferung traf ein.

Nach Abfertigung der dritten Lieferung sahen die SS-Männer bereits recht mitgenommen und blutig wie Metzgergehilfen aus. Harald beschloss, dass man aus jeder Lieferung vier Mann als Handlanger auswählen und dann mit der darauffolgenden Lieferung erschießen sollte, aus der dann wiederum Handlanger ausgewählt wurden. Und so weiter.

In dieser Nacht führte er seine Arbeit mit einem traumähnlichen Gefühl aus, das zwischen Wirklichkeit und Unwirklichkeit pendelte. Als Schüler hatte er sich einst durch das Erschießen gefangener Sozialdemokraten auf Aufgaben wie diese vorbereiten wollen. Es war gut, dass ihn Onkel Oscar damals erwischt und davon abgehalten hatte, denn sonst hätte er es nie so weit gebracht und wäre als jugendlicher Krimineller gescheitert. Jetzt aber leistete er einen schwierigen und wichtigen Einsatz für Deutschland.

Als die Aktion wunschgemäß voranschritt, nahm er sich die Zeit, einige der SA-Schläger näher in Augenschein zu nehmen. Es handelte sich ausnahmslos um Abschaum, sie waren eine Schande für Deutschland. Sie waren Schläger, Mörder und Vergewaltiger. Sie mussten wie Unkraut ausgemerzt werden. Wenn der Morgen graute, würde ein neues und sauberes Deutschland erwachen.

Einige der Männer trugen nur Unterwäsche, waren unrasiert, schmutzig und hatten Bierbäuche. Manch einer weinte um sein Leben, sie flehten und winselten, andere versuchten sich wie Helden aufzuführen und starben »Heil Hitler!« rufend mit ausgestrecktem Arm.

Es war ein schmutziges Geschäft, das harte Disziplin und die rechte Überzeugung erforderte.

Gegen acht Uhr morgens versiegten die Lieferungen, keine weiteren SA-Schweine oder Munitionskisten trafen ein. Harald und seine Männer fanden Duschen und eine leere Stube mit gemachten Betten. Die Laken waren sauber. Sie ließen sich hineinfallen.

X

DRESDEN

Weihnachten 1934

Nach dem wie üblich üppigen und vor allen Dingen ausgedehnten Weihnachtsessen entschuldigte er sich, ein wenig frische Luft schnappen zu wollen. Er zog sich warm an und begab sich auf einen langen Spaziergang im Schneematsch.

Dresden lag wie ausgestorben da. Die Dächer waren weiß, und in fast allen Fenstern funkelte Weihnachtsschmuck. Auf vielen Plätzen standen Weihnachtsbäume mit elektrischer Beleuchtung, aber nirgends waren Menschen zu sehen, nicht einmal johlende SA-Horden. Dabei pflegten sie sonst gerade in der Weihnachtszeit überall aufzukreuzen, insbesondere nachdem sie das Monopol für den Weihnachtsbaumverkauf an sich gerissen hatten, indem sie alle Konkurrenten misshandelten oder umbrachten. Zumindest war das in Berlin so gewesen, wo sie auch behauptet hatten, der Erlös gehe an die Winterhilfe für die Armen und Arbeitslosen.

Dresden war zweifellos eine der schönsten Städte Europas, er hatte einfach einen zeitlichen Abstand benötigt, um das einzusehen. Während seiner Studienjahre hatte Oscar nie die Muße gehabt, den Blick über die Fassaden gleiten zu lassen oder gemächlich durch die Straßen zu schlendern. Damals hätte er sich auch nie vorstellen können, dass ihm und seinen Brüdern einmal die meisten Häuser im alten Stadtkern gehören würden.

Und doch fiel es ihm schwer, sich darüber zu freuen, als er so allein durch den nassen Neuschnee wanderte. Es war eine traurige Weihnacht.

Christas tiefe, verzweifelte Trauer über Poulettes Selbstmord war unerschöpflich. Er konnte nichts dazu sagen und auch nichts unternehmen. Es erschien ihm auch sinnlos, sich im Nachhinein den Kopf darüber zu zerbrechen, ob Christa und er den Selbstmord hätten verhindern können. An dem Umstand, dass Poulette eine jüdische Großmutter hatte, war definitiv nichts zu drehen. Selbst Poulette hatte diese Tatsache bei dem Versuch, sich den Ariernachweis zu besorgen, den sie benötigte, um weiterhin als Journalistin arbeiten zu dürfen, völlig überrascht. Sie hatte nicht gewusst, dass ihre Großmutter Jüdin war. Man konnte ihren Selbstmord natürlich als Impulshandlung, als eine Überreaktion bezeichnen und meinen, dass sich alles hätte klären lassen, wenn sie nur die Gelegenheit gehabt hätten, mit ihr darüber zu sprechen. Aber was nützte das jetzt noch?

Am besten wäre gewesen, Weihnachten in Saltsjöbaden bei Lauritz, Ingeborg und Sverre zu feiern. Die zweitbeste Lösung wäre gewesen, in Berlin zu bleiben, obwohl das Haus in der Tiergartenstraße inzwischen zu groß und recht unwirtlich war. Aber dann hätten Christas Eltern Weihnachten zum ersten Mal im Leben alleine feiern müssen. Christas Geschwister, Schwägerinnen und Schwager hielten sich alle im Ausland auf. Sie hatten Deutschland in den letzten Jahren verlassen, warum, war Oscar nicht so recht klar, höchstwahrscheinlich aus geschäftlichen Gründen. Es wäre ihnen also schwergefallen, Christas alte Eltern sich selbst zu überlassen.

Sein Optimismus begann allmählich zu schwinden, obwohl er das nie laut sagen würde. Das Gerede, dass der nationalsozialistische Albtraum bald vorüber sei, wurde immer unglaubwürdiger. Nach Hindenburgs Tod hatte sich Hitler zum Diktator ernannt. Er hatte das Präsidentenamt und damit alle zukünftigen Präsidentenwahlen abgeschafft. Es blieben nur noch ein Volk, ein Land, ein Führer.

Hans Olaf und Carl Lauritz in Hitlerjugenduniform in die Schule gehen zu sehen verursachte ihm Übelkeit, obwohl er sich Mühe gab, es sich nicht so zu Herzen zu nehmen. Etwas, das für alle obligatorisch war, verlor an Gewicht, Helene musste sich auch kleiden wie alle vom Bund deutscher Mädel. Was allen auferlegt wurde, verlor an Bedeutung.

Er hatte sich vorgenommen, stur auszuharren. Die Alternative wäre gewesen, den deutschen Besitz zu verkaufen, allem den Rücken zu kehren und zu emigrieren. Aber wohin? Nach Saltsjöbaden oder nach Bergen?

Nein, Lauritz und Ingeborg hatten aufgrund bösartiger Ressentiments gegen die Deutschen aus Bergen fliehen müssen. Die Lage hatte sich inzwischen geändert, aber man konnte nicht genau wissen, ob nicht Hitler eine neue Feindseligkeit gegen Deutsche hervorrufen würde. Außerdem hatte Ingeborg Norwegisch gelernt. Christa hingegen wäre vollkommen isoliert. In Saltsjöbaden hatte sie zumindest Familie und konnte mit allen Deutsch reden. Und

Schweden war nicht allzu deutschfeindlich gesinnt, eher im Gegenteil. Eine Emigration wäre ihm aber wie eine Niederlage vorgekommen.

Seine Gedanken drehten sich im Kreis, er sah kein Licht am Horizont. Vermutlich hatte er deswegen von Moltkes Winterresidenz im Zentrum verlassen und sich auf diese planlose Wanderung begeben. Sie hatten sich nichts zu sagen. Erich von Moltke hatte der alten Rechten angehört, die Hitler zur Macht verholfen hatte, weil sie glaubte, ihn kontrollieren zu können. Dieses Thema war nahezu tabu. Über Hitler durfte nicht gesprochen werden, und jedes andere Thema wäre Heuchelei gewesen.

Er kehrte nach Hause zurück und hoffte, dass alle zu Bett gegangen waren, damit ihm weitere sinnlose Unterhaltungen erspart blieben. Aber der alte Graf war noch auf und saß wartend und mit offener Tür in einem der Herrenzimmer, um die Rückkehr seines Schwiegersohnes nicht zu überhören. Das erstaunte Oscar ein wenig, denn auch der alte Graf dürfte wohl kaum den Wunsch verspüren, sich über Nichtigkeiten zu unterhalten.

»Gut, dass du kommst, Oscar!«, rief der Alte, als dieser versuchte, an der offenen Türe des Herrenzimmers vorbeizuschleichen. »Komm rein und leiste mir eine Weile Gesellschaft.«

Ablehnen kam nicht infrage, also trat Oscar ein, bediente sich aus einer der Karaffen, setzte sich auf den freien Ledersessel neben seinem Schwiegervater und hob sein Glas.

»Ich halte es für angezeigt, dass wir uns einmal unter vier Augen unterhalten«, sagte der alte Mann. »Ich glaube nämlich, dass es bestimmte Umstände gibt, in die ich dich einweihen muss, Dinge, über die du dir meines Erachtens nicht richtig im Klaren bist.«

Oscar konnte sich kein Thema, zumindest kein wesentliches vorstellen, zu dem ihm der alte Aristokrat aus einem anderen Jahrhundert noch etwas hätte beibringen können. Erich von Moltke gehörte der Partei an, die Hitlers Machtübernahme den Weg geebnet hatte. Aber es gab keinen Grund, den offenbar nett gemeinten Vorschlag zurückzuweisen.

»Ich bin ganz Ohr, lieber Schwiegervater«, sagte Oscar.

»Was sagt dir der Namen Sachson, also der Mädchenname meiner Frau?«, fragte der Graf.

»Darüber habe ich ehrlich gesagt noch nie nachgedacht«, antwortete Oscar erstaunt. »Ich bin immer davon ausgegangen, dass er etwas mit Sachsen zu tun hat.«

»Hab ich's doch geahnt!«, rief sein Schwiegervater. »Leider stimmt das nicht ganz. Die Familien Sachs und Sachson sind eine weitverzweigte deutsche Bankiersfamilie. Meine geliebte Lotte erhielt eine große Mitgift, die, das muss ich zugeben, eine Segnung darstellte, nicht zuletzt für den Unterhalt unserer Sommerresidenz. Wie du vermutlich weißt, da dein Bruder Lauritz und du ja in den sächsischen Adel eingeheiratet habt, ist so etwas nicht ungewöhnlich. Abstammung wird durch Geld konsolidiert und Geld durch Abstammung, könnte man wohl sagen.«

»Ja, doch, das klingt nicht ganz unbekannt«, erwiderte Oscar ratlos. Er verstand nicht recht, warum er diese unsinnigen Auskünfte erhielt.

»Jetzt gibt es allerdings ein neues Problem«, fuhr sein Schwiegervater fort. »Bei den Sachsons handelt es sich um eine jüdische Familie.«

Diese Information traf Oscar wie ein Schlag und verursachte einen Kurzschluss in seinem Gehirn. Er war keines klaren Gedankens mehr fähig.

»Der Familienzweig meiner lieben Frau Lotte hat den jüdischen Glauben allerdings seit mindestens hundert Jahren nicht mehr praktiziert«, fuhr sein Schwiegervater fort. »Aber das spielt im heutigen Deutschland keine Rolle und in einigen Jahren erst recht nicht. Ich weiß aus sicherer Quelle, dass die Nazis neue Gesetze einführen werden, die die Anstellung von Juden verbieten. Also anders als heute, wo es nur um einige angebliche Ausnahmen wie Journalisten, Richter, Anwälte, Ärzte, was weiß ich, geht. Juden dürfen überhaupt nicht mehr eingestellt werden, nichts mehr besitzen und eventuell weder ihre Freiheit noch ihre Staatsbürgerschaft behalten. So sieht es aus.«

Oscar fühlte sich wie gelähmt und vermochte nichts zu sagen. Sein betagter Schwiegervater, weißhaarig und elegant, mit gestutztem Schnurrbart und Monokel, ein Aristokrat und bis vor Kurzem ein unbescholtener Bürger, bemerkte, dass Oscar die Worte fehlten.

»Kurz gesagt und um das Ganze zusammenzufassen«, fuhr er unverdrossen fort, »ist meine Ehefrau Lotte Jüdin. Das bedeutet, dass ihre Tochter Christa auch Jüdin ist, und ihre und deine bezaubernden blonden Kinder ebenfalls.«

XI

SALTSJÖBADEN

Weihnachten 1935

»Weihnachtsfrieden«, murmelte er fröhlich sarkastisch, als er seine Pelzmütze aufsetzte, den Kaschmirschal umband und durch den Kücheneingang aus dem Haus schlich. Wenn mit Weihnachtsfrieden Stille und Kontemplation gemeint waren, so bot sich ihm nun eine halbstündige Gelegenheit dazu und vielleicht auch noch ein wenig während der Christmette am nächsten Morgen.

Ausnahmsweise würde er der Christmette nicht alleine beiwohnen, denn er ging davon aus, dass Mutter Maren Kristine ihn begleiten würde. Kein anderes Familienmitglied wollte an der Christmette teilnehmen, nicht einmal Ingeborg. Es war lange her, dass die Kinder es aufregend gefunden hatten, in der Weihnachtsnacht auf zu sein, nicht einmal die Tatsache, dass in diesem Jahr genügend Schnee gefallen war, um Schlitten mit Fackeln und Glöckchen an den Pferdegeschirren zu mieten, hatte sie locken können. Seine erwachsenen Kinder schienen vollkommen die Freude daran verloren zu haben, wie schön es war, sich auf diese Weise zum Hause Gottes zu begeben. Mit ihrem Glauben war es sowieso nicht mehr weit her, was auch für alle anderen Familienmitglieder, außer ihm und Mutter Maren Kristine, galt.

Maren Kristine war zum ersten Mal in Schweden zu Besuch. Sie hatte sich vorher immer geweigert, ins Ausland zu reisen, und behauptet, es sei angemessener, dass die Kinder und Enkel an Weihnachten zu ihr kämen. Aber jetzt hatte sie endlich nachgegeben, nachdem er sie wiederholte Male darauf hingewiesen hatte, dass sie inzwischen ein gutes Dutzend Gäste aufnehmen müsste. Im Langhaus auf der Osterøya wäre zwar genug Platz gewesen, und es hätte auch genug helfende Hände gegeben, aber dann waren da auch noch die Cousinen vom Nachbarhof mit ihren Familien, die die Gästezahl mehr als verdoppelt hätten. Jetzt war sie jedenfalls zum ersten Mal nach Schweden gekommen. Sverre hatte sie in Norwegen abgeholt.

Es hatte zu dämmern begonnen. Er ging trotzdem den Källvägen hoch, um den Spaziergang zumindest um eine halbe Stunde auszudehnen. Er wollte Ingeborg im Kurhotel abholen. Wenn es nicht schon wieder Sanatorium hieß. Das Gebäude änderte des Öfteren seinen Namen, und nur eines war gewiss, dass es sich um kein Hotel handelte, sondern um ein Krankenhaus. Die neue Lage ihrer Praxis hatte sich positiv auf den Zustrom ausgewirkt. Recht bald hatte sich gezeigt, dass die Patienten lieber eine Praxis aufsuchten, die in einem Krankenhaus lag, als in einer Privatvilla, die noch dazu nur über eine unendlich lange Treppe zu erreichen war.

Die Straße war menschenleer, um diese Zeit an Heiligabend befanden sich längst alle zu Hause, um die letzten eiligen Vorbereitungen für das Abendessen zu treffen. In allen Fenstern standen brennende Kerzen, und in den Gärten funkelte neumodische elektrische Tannenbeleuchtung. Das war eine neue Mode. Manche Leute hatten sogar ihre Apfelbäume mit Lampen behängt.

Sein friedlicher Weihnachtsspaziergang ermöglichte ihm, über all das nachzudenken, was sich während der Feiertage nicht als Gesprächsthema eignete: Geld und Politik.

Eine anstrengende Zeit lag hinter ihnen, seit er vor einem Jahr jenes Telegramm von Oscar aus Dresden erhalten hatte, das ihr Leben schlagartig verändert hatte.

Als Erstes hatte Oscar mitsamt Familie mehr oder weniger überstürzt nach Hause geholt werden müssen, was nicht sonderlich schwierig gewesen war, da Oscar in weiser Voraussicht die norwegische Staatsbürgerschaft und einen norwegischen Pass für Christa beantragt hatte. Die Behörden in Oslo hatten sich zwar anlässlich mangelnden »Bezugs zu Norwegen« ein wenig gesträubt, aber Christa war schließlich mit einem Norweger verheiratet und die Mutter von drei norwegischen Kindern. Die Flucht aus Berlin war letztendlich reibungslos verlaufen.

Die finanzielle Abwicklung hingegen war beschwerlicher und in juristischer Hinsicht wahnsinnig kompliziert gewesen. Deutsche Wirtschaftsjuristen neigten nicht nur zu außergewöhnlicher Umständlichkeit, sondern ließen sich auch sehr gut bezahlen, besonders dann, wenn sie Angst und Verzweiflung witterten.

Letzteres hatten Oscar und er selbst jedoch recht gut zu verbergen gewusst. Oscar war, wie er selbst es ausdrückte, bereits Hunderte von Malen gestorben und hatte größere Gefahren als widerwillige Anwälte und unberechenbare Gesetze bewältigt, obwohl die Gesetze in Deutschland willkürlicher waren als in jedem anderen Land.

Was geschehen musste, ließ sich jedoch klipp und klar erläutern. Die Lauritzengruppe musste germanisiert werden, um eine Beschlagnahmung mit der Begründung, sie sei in ausländischem oder gar zum Teil in jüdischem Besitz, oder wie diese irrsinnigen nationalsozialistischen Gesetzgeber das auch immer formulieren mochten, zu verhindern.

Eine Möglichkeit der Germanisierung war, Baron von Freital und Graf von Moltke in den Besitzerkreis aufzunehmen. Aber beide Herren waren über achtzig Jahre alt, und selbst ohne Zynismus musste jederzeit mit ihrem Ableben gerechnet werden. Also mussten Verträge geschlossen werden, die Ingeborgs und Christas Geschwister von der Erbschaft ausnahmen. Natürlich ganz besonders Christas Geschwister, da diese inzwischen als Juden galten und Juden seit einigen Monaten keine Firmen mehr erben durften.

Ein ziemliches Hin- und Hergerechne folgte. Oscar und Lauritz errichteten eine Art Stützpunkt in Zürich und bestellten sowohl die beiden Alten als auch zwei ihrer Söhne dorthin, einen gewissen Albrecht von Freital, der inzwischen so überheblich war, dass es vermutlich in seine Nase hineinregnete, wenn er bei schlechtem Wetter das Haus verließ, sowie den ältesten Sohn von Moltkes, Friedrich Wilhelm Baron von Moltke, dem sie nie begegnet waren und der geradezu schwachsinnig wirkte.

Letzteres führte auch dazu, dass sich die Verhandlungen in Zürich hinzogen. Baron von Moltke wollte nicht recht die Funktion eines Strohmanns begreifen und glaubte, ihm würden so mir nichts, dir nichts zehn Prozent der Lauritzengruppe zustehen. Außerdem war ihm nicht beizubringen, dass er gar nicht als Erbe infrage kam, da er ja selbst als Jude galt, was er immer wieder als Dummheit abzutun versuchte.

Schließlich wurde man sich dennoch einig. Zwanzig Prozent der Aktien der Lauritzengruppe gehörten jetzt pro forma den Familien von Moltke und von Freital. Gemäß den Verträgen, die zusammen mit den überlassenen Aktien in einem Tresorgewölbe in Zürich verwahrt wurden, würde der Besitz unter wohldefinierten Bedingungen wieder an die Lauritzens zurückfallen, der erste mögliche Zeitpunkt war Hitlers Sturz. Diese Vereinbarung zu erzielen war ein schwieriger und aufreibender, aber notwendiger Prozess gewesen.

Als der Källvägen am Neglingeviken endete, bog er links in den Ringvägen ein. In zwanzig Minuten würde er beim Kurhotel eintreffen.

Er überlegte, ob es weitere verbotene Themen gab, die bei der Weihnachtsfeier nicht erwähnt werden durften.

Möglicherweise der Kreuger-Konkurs. Wallenberg hatte ihm geraten, die Aktien des zusammengebrochenen Imperiums zum Schleuderpreis aufzukaufen, schließlich sei gegen Kreugers Firmen nichts einzuwenden, er habe sich einfach mit den Krediten übernommen. Infolge seines Selbstmords sei Panik unter den Anlegern ausgebrochen, die übereilt ihre Aktien abgestoßen hätten. Daher der Kurssturz. Wer klug genug war, diese alles andere als wertlosen, aber momentan außerordentlich billigen Aktien aufzukaufen, könne ein Vermögen machen. Lauritz schloss sich Wallenbergs Prognose an, verzichtete aber dennoch auf eine Investition. Sich auf diese Art zu bereichern wäre ihm geschmacklos vorgekommen. Geld sollte im Schweiße des Angesichts durch Arbeit verdient werden, nicht durch Spekulation und vor allen Dingen nicht auf Kosten der Kleinsparer. Durch diesen Beschluss gingen ihm ein paar Millionen durch die Lappen, er bereute ihn aber trotzdem nicht.

Weitere verbotene Themen?

Natürlich: die Bauprojekte. Mit dem Marinemuseum war begonnen worden, und in drei Jahren würde es fertiggestellt sein. Das war kein Problem. Die Endstation der Saltsjö-Bahn und das neue Bürogebäude der Saltsjö-Bahn Aktiengesellschaft würden im nächsten Jahr eingeweiht werden. Alles lief nach Plan. Wie sich ihr größtes Projekt, die Sandöbrücke, entwickelte, war allerdings noch ungewiss. Es würde der längste Brückenbogen der Welt werden und einen riesigen Auftrag darstellen, ein staatliches Projekt, das sich vermutlich mittels einer »Parteispende« an Land ziehen ließ, denn der Staat, also die Sozialdemokraten, wählte den Bauunternehmer. Aber die Geschäftsmethode war riskant. Ministerpräsident C. G. Ekman war dabei erwischt worden, dass er insgesamt 100 000 Kronen von Kreuger angenommen hatte, und hatte zurücktreten müssen. Seit diesem Skandal waren die Politiker in Bezug auf diese Art von Spenden möglicherweise vorsichtiger geworden. Wie auch immer, es hatte den Anschein, als würde die Firma Skånska Cement beim Bau der Sandöbrücke Generalunternehmer werden, da sie offenbar über erstaunlich gute politische Verbindungen verfügte. Aber als Spezialist für Gussbetonbrücken müsste er, eventuell mithilfe einer passenden »Parteispende«, zumindest Subunternehmer werden können. Die sozialdemokratischen Politiker besaßen im Unterschied zu den Liberalen und

Rechten, die das Amt des Ministerpräsidenten innegehabt hatten, keinerlei Privatvermögen, was sie eigentlich für finanzielle Ermunterungen empfänglicher machen müsste. Aber das würde sich erst zeigen.

Der Staat bereitete der Baubranche keine Probleme, sondern investierte im Gegenteil gerade zehn Millionen in öffentliche Baumaßnahmen. Schwierigkeiten entstanden der Baubranche durch andauernde Streiks. Allein von 1931 bis 1934 hatte das Land zehn Millionen Arbeitstage durch Streiks und Aussperrungen verloren. Nach den Ereignissen in Ådalen, als fünf Arbeiter den Tod fanden, war die Gewerkschaftsbewegung regelrecht übergeschnappt. Alle schienen an dem Ast zu sägen, auf dem sie saßen.

Nein, verdammt, es war Heiligabend, genug der unpassenden Gedanken.

Als er das Kurhotel erreichte, war es bereits dunkel. Der Spaziergang hatte eine reinigende Wirkung gehabt, alle materialistischen Überlegungen waren abgeschlossen, sein Atem stand wie weißer Rauch vor dem Mund, und der Schnee knarrte behaglich unter seinen Stiefeln. Fast in allen Fenstern des Kurhotels standen brennende Kerzen.

Ihn streifte der Gedanke, wie viele Leute an diesem Heiligabend hier arbeiten mussten, da man so viele brennende Kerzen nicht unbeaufsichtigt lassen konnte. Hatte das Krankenpflegepersonal nicht auch eine eigene Gewerkschaft, die alle arbeitslos machen konnte? Die Sozialdemokraten hatten begonnen, die Dienstmädchen in Saltsjöbaden zu organisieren, und diese verlangten jetzt den zehnfachen Lohn. Das würde zu hoher Arbeitslosigkeit in diesem Sektor führen. Er selbst war bereits dazu übergegangen, norwegisches Personal einzustellen, das der Gewerkschaft nicht beitreten und sich so nicht selbst abschaffen konnte.

Nein, jetzt dachte er schon wieder an solche Dinge! Er tat einen tiefen, eisigen Atemzug und trat zwischen zwei mit roten Glaskugeln und elektrischer Beleuchtung behängten Weihnachtsbäumen in das Entree.

Ingeborg saß über Krankenakten gebeugt allein im Sprechzimmer an ihrem Schreibtisch.

»Kommt da mein Chauffeur?«, fragte sie fröhlich, als sie aufschaute. »Ich bin gerade fertig geworden.« Sie schob die Akten beiseite, schaltete die grüne Schreibtischlampe aus und ging mit ausgebreiteten Armen auf ihn zu. »Frohe Weihnachten, mein alter Meistersegler«, sagte sie und küsste ihn leicht auf den Mund.

»Mit Betonung auf alt, vermute ich«, beklagte er sich scherzhaft und umarmte sie fest. »Nein, kein Chauffeur«, fügte er hinzu. »Ich habe einen kleinen Spaziergang unternommen und dachte, dass wir auch zu Fuß nach Hause gehen könnten.«

»Man merkt es, deine Wangen sind eiskalt. Gut, dass du Karlsson nicht zu sehr in Anspruch nimmst, denn er wird doch wohl wieder den Weihnachtsmann spielen?«

»Nein«, erwiderte Lauritz, streckte die Hand nach ihrem Persianermantel auf dem Kleiderständer aus und half ihr hinein. »Der Weihnachtsmann ist abgeschafft.«

»Wirklich? Wirst du auf deine alten Tage radikal?«

»Jetzt nennst du mich ja schon wieder alt«, erwiderte er, ergriff ihren Arm, hielt ihr die Tür auf und schaltete das Deckenlicht aus. »Wir haben keine kleinen Kinder mehr. Carl Lauritz und Hans Olaf sind, wenn ich mich recht entsinne, fünfzehn, und Helene ist dreizehn. Karlsson soll ruhig ungestört mit seiner eigenen Familie Weihnachten feiern. Das hat weder mit Radikalismus noch mit den Gewerkschaften zu tun, das ist einfach normale Rücksichtnahme, an die glaube ich ohnehin mehr.«

Als sie die beiden Weihnachtsbäume im Entree passierten, fiel Ingeborg ein, dass ja kein Auto wartete. Sie entschuldigte sich und lief noch einmal zurück, um ihre Galoschen überzuziehen.

Sie ist wirklich eine bewundernswerte Frau, dachte Lauritz zum sicher tausendsten Mal in seinem Leben. Es ist Heiligabend. Sie ist Ärztin. Sie braucht das Geld nicht, es würde ihr nie im Traum einfallen, sogenannte Überstunden in Rechnung zu stellen. Wenn er sich nicht irrte, hatte ihr Arbeitstag morgens um halb sechs zu Hause mit einer langen Besprechung mit dem Küchenpersonal begonnen, denn ein Weihnachtsessen für zwölf Personen ist rein organisatorisch mit einer kleineren Feldschlacht zu vergleichen.

Sie waren wie immer zu zwölft, obwohl Mutter Maren Kristine angereist war. Das war gut so. So blieb ihnen eine Tafel mit dreizehn Personen erspart, und außerdem würde Haralds Fehlen nicht so spürbar sein.

Ingeborg kehrte zurück und hakte sich bei ihm ein.

»Ich sehe, dass du den Schal trägst, den du letztes Jahr zu Weihnachten bekommen hast«, sagte sie.

»Ja. Was könnte passender sein?«

Gemächlichen Schrittes traten sie den Heimweg an. Der Mond war aufgegangen, der Jupiter leuchtete wie ein Weihnachtsstern, und das Eis auf der Bucht glitzerte stellenweise, wo kein Schnee lag. Im Restaurant des Grand Hotel brannte kein Licht, und auch im Übrigen war es recht dunkel. Die einzigen Gäste, die sich an diesem Abend im Hotel aufhielten, waren der als Läkerol-König bekannte Halspastillenfabrikant mit seiner Familie, die mehr oder weniger permanent dort wohnten.

»Wie es wohl ist, Weihnachten im Hotel zu feiern?«, meinte Ingeborg nachdenklich, die seinem Blick gefolgt war und seine Gedanken erraten hatte.

»Vermutlich recht angenehm, keine Mühe, kein Gehetze«, sagte er. »Der Läkerol-König ist ja etwas eigen. Seine Firma liegt in Gävle, und trotzdem hat er sich fünf Autostunden entfernt im Grand Hotel niedergelassen. Er hätte sich schon vor Jahren eine Villa in Saltsjöbaden kaufen können, wenn er partout hier wohnen möchte. Da drüben in der Villa des Schnupftabakkönigs brennt Licht. Fehlt nur noch, dass der Bananenkönig auch noch hierherzieht. Dann würde man mich vermutlich irgendwann Betonkönig nennen, und das wäre mir, ehrlich gesagt, nicht so recht.«

»Aber darüber wolltest du nicht sprechen«, meinte sie.

»Natürlich nicht«, erwiderte er.

»Also, worüber dann?«

»Woher weißt du, dass ich über etwas Spezielles sprechen will? Vielleicht will ich ja nur einfach einen schönen Winterspaziergang mit meiner Frau unternehmen, ehe die Weihnachtskakophonie ausbricht?«

»Ja, es ist schön. Es ist schön, wenn es unter den Sohlen knarrt. Das fühlt sich dann wie richtiger Winter an. Aber du wolltest über etwas reden?«

»Und ich muss nochmals fragen: Woher weißt du das?«

»Weil wir jetzt 28 Jahre verheiratet sind, weil ich dich kenne, weil ich weiß, dass du alle Unannehmlichkeiten vor dem Weihnachtsfest hinter dich bringen willst, damit während der Feiertage nichts gesagt wird, was nicht gesagt werden soll. Also raus mit der Sprache!«

»Christa«, sagte er. »Wie geht es ihr eigentlich?«

»Wenn ich diese Frage beantworten soll, müssen wir sehr langsam gehen«, sagte Ingeborg in einem Tonfall, der nahelegte, dass dies ihrer Meinung nach wahrhaftig nicht der richtige Zeitpunkt war.

»Dann lassen wir uns eben Zeit«, meinte Lauritz.

Ingeborg holte tief Luft und begann zu erzählen.

Rein medizinisch fehlte Christa nichts. Blutdruck, Puls, Blutwerte, alles war ausgezeichnet. Ihre psychische Verfassung ließ sich hingegen am ehesten als Depression bezeichnen, die sich nach dem Aufenthalt in Sandhamn zunehmend verschlimmert hatte. Wenig verwunderlich, da Sonne, Licht, Schwimmen, Spaziergänge, das Betrachten von Segelbooten und der Umgang mit dem norwegischen Kronprinzenpaar Ablenkungen waren, die antidepressiv wirkten. Aber die dunkelste Jahreszeit mit nur knapp fünf Stunden Helligkeit machte Nicht-Skandinaviern, die dies nicht gewohnt waren, sehr zu schaffen und verstärkte depressive Tendenzen.

Christa pendelte zwischen Selbstbezichtigungen und Vorwürfen an die Umgebung. Sie war äußerst labil, und jeder Versprecher und jede unglückliche Wortwahl konnten zu Tränen führen. So hatte Oscar beispielsweise laut über ihre Lebenslage nachgedacht und dabei das Wort »Eingeständnis« verwendet, indem er andeutete, ein frühes Eingeständnis, Jüdin zu sein, hätte die Dinge vielleicht erleichtert.

Eingeständnis im Sinne von Verbrechen. So hatte Oscar es natürlich überhaupt nicht gemeint, und selbst, wenn ihm eine diplomatischere Formulierung eingefallen wäre, hätte er diesen Ausbruch der Wut und Verzweiflung heraufbeschworen.

Oscar hatte nicht ganz unrecht gehabt, schließlich war es im heutigen Deutschland alles andere als unwesentlich, ob man als Arier, Jude oder »Mischling«, die neueste Erfindung, galt. Sobald er im Bilde gewesen war, hatte Oscar sehr schnell und resolut gehandelt. Der Umzug nach Saltsjöbaden hatte kurz nach dem letzten Silvesterabend stattgefunden, womit die Gefahr gebannt gewesen war.

Aber nicht Christas Problem. Sie sah sich selbst nicht als Jüdin, genauso wenig wie sie sich für eine Adelige hielt, eine derartige Sichtweise ließ sich nicht mit ihren grundlegenden Überzeugungen vereinbaren. Ihre Behauptung, Oscar sehr wohl informiert zu haben, entsprach also nicht unbedingt der Wahrheit.

Dass sie den Kindern nichts erzählen wollte, machte die Sache auch nicht besser. Die Zwillinge und Helene waren davon ausgegangen, dass sie bei den Verwandten in Schweden nur Silvester feiern und Ski fahren würden. Dass es sich um die Emigration in ein fremdes Land mit einer fremden Sprache handelte, in dem sie die Schule besuchen mussten, war ihnen anfänglich nicht klar gewesen. Auch nicht, dass sie alle Freunde und Klassenkameraden ohne Abschied zurücklassen würden. Dies alles war den dreien natürlich vollkommen unbegreiflich.

Vielleicht war ja überhaupt der heikelste Punkt, dass die Kinder nicht erfahren hatten, warum die Familie Deutschland so überstürzt verlassen musste. Den Jungen, die zwei Mal in der Woche in Hitlerjugend-Uniform in die Schule gegangen waren und mindestens fünf oder sechs Mal pro

Schultag den Hitlergruß gerufen hatten, war die antisemitische Hetzkampagne nicht entgangen. Carl Lauritz hatte jedenfalls recht unbekümmert große Teile der gängigen Ausdrucksweise übernommen. Einmal im Frühjahr wäre er beinahe in Uniform und mit Armbinde in die Schule in Tattby gegangen. Glücklicherweise hatte ihn Oscar noch rechtzeitig gesehen, als er sich gerade auf sein Fahrrad schwingen wollte.

Trotzdem beharrte Christa darauf, den Kindern nicht zu enthüllen, dass sie alle drei genau wie ihre Mutter aus deutscher Sicht Juden waren und deswegen das Land hatten verlassen müssen. Und dass sie in Saltsjöbaden als Norweger galten.

Die Kinder einzuweihen wäre nicht so schwierig gewesen. Dieser Punkt führte zunehmend zu Streit zwischen Christa und Oscar. Er wollte den Kindern die Wahrheit erzählen, sie nicht.

Ingeborg hatte Christa wiederholte Male darauf hingewiesen, dass sie im Unrecht sei, aber Christa hatte sich in etwas verrannt, und ihr Leugnen trieb sie in einen Zustand immer größerer Angst und Depression.

Es war bereits so schlimm, dass sie möglicherweise bald in die psychiatrische Klinik des Kurhotels eingeliefert werden musste.

Den definitiven Schlusspunkt dieser inspirierenden Heiligabendunterhaltung setzte Ingeborg, nachdem sie zu guter Letzt vor dem Nachbarhaus, der Villa des Schnupftabakkönigs Ljunglöf, innegehalten hatten. Weihnachtssterne und siebenarmige Leuchter wechselten sich in den Fenstern des riesigen Holzhauses ab, was buchstäblich märchenhaft aussah.

Lauritz hielt schweigend den Kopf gesenkt und zeichnete mit dem Fuß einen endlosen Kreis in den Schnee. Ingeborg fand, dass an diesem Heiligabend genug zu diesem Thema gesagt worden war.

»Wir müssen uns zusammennehmen«, sagte er schließlich. »Wir sind ohnehin schon spät dran, die anderen warten bereits mit dem Glögg, und wir haben uns noch nicht einmal umgezogen. Aber ich verstehe das nicht, ich verstehe das mit den Juden wirklich nicht.«

*

Johanne war vierundzwanzig Jahre alt und hatte ihr Studium in Deutsch, Französisch und Literaturwissenschaft abgeschlossen. Wie diesem Alter eigen, besaß sie einen Blick, der alles und jeden durchschaute, außerdem war sie so radikaler Gesinnung, dass ihr ihre eigene Mutter Ingeborg geradezu bürgerlich und reaktionär vorkam.

Diesen Eindruck hatte zumindest ihr geliebter Onkel Sverre. Ein krasses Urteil, das ihr aber nicht ganz ungerechtfertigt erschien.

Hätte es Onkel Sverre, den einzigen männlichen Intellektuellen der Familie, nicht gegeben, wären die ausgedehnten Weihnachtsfeierlichkeiten mit ihren tagelang andauernden Unterhaltungen über vollkommene Nichtigkeiten unerträglich gewesen. An Weihnachten durfte nämlich über nichts Wesentliches geredet werden, am allerwenigsten bei Tisch. Deutschland wurde gerade von einem schwarzen Strudel in die Hölle gerissen, und die Welt näherte sich wider alle Vernunft vielleicht einem neuen Krieg, aber nein, darüber sprach man nicht. Möglicherweise im Herrenzimmer, aber das konnte sie als Frau schließlich nicht beurteilen.

Es hatte sie nicht viel Mühe gekostet, ihre Mutter Ingeborg dazu zu überreden, beim Weihnachtsessen neben Onkel Sverre sitzen zu dürfen. Ihre Mutter verstand fast alles. Und nur ihr hatte Johanne wahrheitsgemäß von der wunderbaren Reise nach Paris und London erzählen können. Ihrem Vater hatte sie eine stark zensierte, mit berühmten Namen gespickte Fassung übermittelt. Matisse kannte er, Virginia Woolf jedoch nicht. Hätte ihr Vater Genaueres über das gesellschaftliche Treiben in Bloomsbury und unten in Charleston erfahren, hätte er ein zweites Mal mit seinem jüngeren Bruder gebrochen. Die Reaktion ihrer Mutter war praktischer Natur gewesen, sie hatte sowohl ihre Tochter als auch die Freundin Birgitta mit einem Pessar ausgerüstet.

Vor dem Essen hatte Onkel Sverre sie vom Glögg vor dem offenen Kamin entführt – die Eltern hatten sich seltsamerweise verspätet und mussten sich vor dem Essen schließlich noch umziehen – und in Haralds altes Zimmer mitgenommen, in dem die Weihnachtsgeschenke aufbewahrt wurden, um ihr die beiden Porträts ihrer Eltern zu zeigen, die er ihnen zu Weihnachten schenken wollte. Gleichzeitig würden sie auch das Geschenk zum 60. Geburtstag ihres Vaters sein.

Sverre hatte die beiden Porträts an den Kleiderschrank gelehnt und wollte ihre Meinung dazu hören, wobei er betonte, dass sie ihn nicht schonen dürfe.

Ihr fiel sofort auf, dass die Porträts erstaunlich treffend gelungen waren. Ingeborg trug einen weißen Ärztekittel und ein Stethoskop um den Hals. Sie stand vor einem

Fenster mit einer Vase mit verschiedenfarbigen Lupinen. Lauritz saß mit Segleranzug und Seglermütze mit KSSS-Wappen im Cockpit seiner Beduin und hielt eine Zigarre in der einen Hand, während die andere auf der verzierten Ruderpinne ruhte. Sein Bauch war deutlich zu sehen, aber nicht übermäßig betont.

Die Gesichter fesselten sie ganz besonders. Nicht die Ähnlichkeit war das Auffällige, sondern was sie vermittelten. Das Gesicht ihrer Mutter drückte Klugheit, Erfahrung und ein gelassenes Selbstbewusstsein aus. Ihr Vater strahlte vor allen Dingen Willenskraft aus, ein ergrauter Wikinger, der immer noch das Ruder fest in der Hand hielt.

Als Drittes fielen ihr die raschen Pinselstriche auf, mit denen Onkel Sverre die Kleider skizziert hatte. Sie wirkten eher angedeutet, als hätte der Künstler es eilig gehabt oder vorausgesetzt, dass der Betrachter sich nicht für jede einzelne Naht interessierte. Sie kannte diese Art der Pinselführung, musste aber eine Weile nachdenken, bis sie einsah, dass er Zorn imitierte.

Die Umstände, in denen die Eltern abgebildet waren, zogen ebenfalls ihre Aufmerksamkeit auf sich. Sie posierten nicht in Frack und Orden oder in Ballkleidung mit viel Schmuck, sondern waren in für ihr Leben typischen Situationen abgebildet.

Johanne nahm sich Zeit, dann trug sie ganz aufrichtig ihre Beobachtungen vor und zögerte nur etwas bei Punkt drei, der die Nachahmung der Zorn'schen Kleiderdarstellung betraf.

Onkel Sverre sah sie, nachdem sie geendet hatte, lange an. Es streifte sie der Gedanke, dass er als Mann weitaus attraktiver war als seine Brüder. Er sah mindestens zehn

Jahre jünger aus als sie, war durchtrainiert wie ein Athlet und außerdem intellektuell. Ein Glück, dass er homosexuell war, sonst hätte sich hier die Gelegenheit für einen gigantischen Skandal geboten.

»Das hast du von deiner Großmutter«, sagte Sverre schließlich. »Diesen Blick, dieses Gefühl. Das haben ich, Hans Olaf und offenbar auch du geerbt. Lauritz versteht, wie du sehr gut weißt, überhaupt nichts von Kunst. Oscar, Ingeborg und Christa ebenso wenig, obwohl Letztere immerhin eine dezidiert politische Vorstellung davon hat, was Kunst zu sein hat. Du, Hans Olaf und ich, sonst niemand, soweit ich durch die Jahre habe feststellen können. Es ist schon recht merkwürdig mit den Veranlagungen.«

»Entscheidet das darüber, ob man Künstler wird?«, fragte sie unvermittelt, und Sverre ahnte, dass etwas, das sie ihm nie erzählt hatte, dahintersteckte.

»Tja«, begann er zögernd. »Was ich den Blick nenne, das Angeborene, ist nur eine Komponente, außerdem muss man bereit sein, zu arbeiten, zu üben, andere zu studieren und zu lernen. All das war bei mir der Fall. Aber dann gibt es noch eine dritte Komponente, vielleicht die wichtigste, das ist der unbezwingbare Wille, sei er nun ästhetisch ausgerichtet oder meinetwegen auch politisch. In dieser Hinsicht habe ich leider versagt, denn ich habe mich unterdrücken lassen.«

»Glaubst du, dass das auch für Schriftsteller gilt?«, fragte Johanne mit einem Eifer, der sie Sverre gegenüber definitiv entlarvte.

»Ja, das glaube ich«, sagte er. »Erinnerst du dich an Virginia? Als du sie kennenlerntest, war sie eine anerkannte Schriftstellerin. Als ich ihr zum ersten Mal begegnet bin und während der ganzen Zeit, bevor ich England verließ, war sie eine übereifrige, altkluge, viel zu wortreiche junge Frau, die Schriftstellerin werden wollte und die es ungemein erzürnte, wenn man sie verspottete und sie ›zukünftige Schriftstellerin‹ oder etwas in der Art nannte. Ich glaube, ihr Wille war größer als ihr Talent, und das war letztendlich entscheidend. Ist das dein Wunsch? Willst du Schriftstellerin werden?«

»Was? Nein, nicht direkt …«, entgegnete Johanne überrumpelt. »Ich habe einfach nur diesen Blick, und deswegen sitze ich in der Redaktion einer Literaturzeitschrift … Sie heißt Spektrum. Also, ich bin nicht in der eigentlichen Redaktion, aber ich bin dabei und …«

Sie verstummte verlegen.

»Du verkehrst also in der Boheme?«, zog Sverre sie auf.

»Ja, das tue ich. Und wie war das jetzt mit dieser Zornimitation?«, konterte sie.

»Die Zorn-Parodie ist doch recht gut gelungen, oder?«, entgegnete er ganz offensichtlich amüsiert. »Interessant, dass du das gesehen hast. Denn so ist es. Ich will, dass ahnungslose Betrachter, und von diesen wird es viele geben, an Zorn denken, wenn sie diese beiden Porträts sehen. Stell dir das mal vor. Direktor Lauritzen hat zwei Porträts im Esszimmer, vermutlich werden sie einmal über dem kleinen Serviertisch hängen, über dem jetzt dieses etwas zu dramatische Seestück hängt. Alle werden die Porträtähnlichkeit loben und das Alltägliche in der Situation erkennen, was den Eindruck eher abschwächt. Aber dann glauben sie, einen Zorn vor sich zu haben, etwas unglaublich Teures, was nebenbei gesagt in Zukunft einmal billig werden wird, und dann sind sie beeindruckt. Und die Familie wird Lauritz und Ingeborg sehen, wie sie waren, sie die kluge Ärztin und er, tja, der starke Segler, und alle werden sich freuen, das war jedenfalls meine Absicht.«

»Jetzt müssen wir wieder nach unten zum Glögg«, sagte Johanne nach einem erschrockenen Blick auf die Uhr. »Entschuldige, aber wir müssen unsere Unterhaltung über Zorn ein andermal fortsetzen.«

»Es beeindruckt mich wirklich, dass du den Zorntrick sofort erkannt hast«, sagte Sverre, als sie die Treppe hinunter zum großen Esszimmer gingen.

Nachdem ihre Mutter ihr versprochen hatte, sie dürfe neben Onkel Sverre sitzen, hatte sie mühelos die übrige Tischordnung ausrechnen können. Die Brüder Carl Lauritz und Hans Olaf an den Schmalseiten, Großmutter Maren Kristine in der Mitte der einen Längsseite zwischen ihrem Vater und Onkel Oscar, ihre Schwester Rosa auf der anderen Seite von Onkel Sverre, ihr etwas lächerlicher kleiner Bruder Karl, natürlich in der dunkelblauen Ausgehuniform der Marine statt im Smoking, neben Rosa, aber zur Strafe mit einer Dreizehnjährigen, mit Helene, der jüngsten Tochter Onkel Oscars, auf seiner anderen Seite.

Alles war wie immer und doch wieder nicht. Die erste Frage war, wie wohl Großmutter gekleidet sein würde. Sie erschien mit geradezu peinlicher Zuverlässigkeit in ihrer norwegischen Nordhordlandstracht. Die zweite Ungewissheit war, wie das Weihnachtsessen in der Villa Bellevue angesichts der streng religiösen Großmutter vonstattengehen würde. Gegen üppiges Essen hatte sie zwar nichts einzuwenden, das war auch in Norwegen üblich, aber wie verhielt es sich mit Branntwein, Bier und Wein in nicht allzu knappen Mengen? Vielleicht würde es dieses Mal auch ein gewisses Sprachproblem geben. Alle außer Tante Christa und der Großmutter waren wie der Rest der Familie zweisprachig.

Doch die Konversation schien keinerlei Probleme zu bereiten. Lauritz redete einfach mit Tante Christa Deutsch und mit Großmutter, die seltsamerweise am Alkohol keinen Anstoß nahm, obwohl sie selbst nichts trank, Norwegisch. Still, würdevoll und stattlich saß sie am Tisch und war trotz ihrer fast achtzig Jahre immer noch eine auffallende Schönheit mit einer Figur, die sich mit jener Tante Christas messen konnte.

Überraschungen oder Peinlichkeiten gab es während des Essens keine. Die Mahlzeit verlief sehr friedlich, es gab eingelegten Hering, Käse und Branntwein, norwegisches Pökelfleisch und Schafswurst aus Osterøya in riesigen Mengen, da Onkel Sverre beladen wie ein Packesel zusammen mit seiner Mutter von dort zurückgekehrt war. Zum Pökelfleisch gab es Wein aus dem Elsass, niemand wäre auf die Idee gekommen, Alsace zu sagen, zum Weihnachtsschinken, in dessen Brühe sie Brot tunkten, wurde Rotwein serviert. Als Nachspeise gab es Milchreis und zum Fettgebackenen schließlich Eiswein.

Wie immer fand Onkel Sverre die Mandel im Reisbrei, was bedeutete, dass er innerhalb des nächsten Jahres heiraten würde. Wie immer lachten alle herzlich über diese Ironie, obwohl die Kinder an der Tafel vermutlich nicht verstanden, was eigentlich so lustig war.

Den Stockfisch und die Gans hoben sie sich für das Essen am Weihnachtstag auf. Eine Modernisierung, behauptete Lauritz, ein Schritt zur Mäßigung.

Onkel Sverre unterhielt sich bei Tisch überwiegend mit

ihr. Ab und zu wandte er sich aber auch zuvorkommend an ihre kleine Schwester Rosa auf der anderen Seite und tat so, als interessiere er sich für ihr Wirtschaftswissenschaftsstudium an der Sorbonne und ihre Erfahrungen in Paris. Sie war wie Karl, der Marinefähnrich der Reserve, ganz das gehorsame Kind ihres Vaters. Karl wollte an der Handelshochschule studieren und denselben Weg einschlagen wie Rosa. Bürgerpack.

Hinsichtlich langer Diners, allerdings mit anderen Gerichten und Getränken, konnte Onkel Sverre mit etlichen lustigen Geschichten aus England aufwarten. Margie, der sie in Bloomsbury begegnet war, habe einige der kleineren existenziellen Probleme des Daseins auf dieselbe Weise angepackt wie sie, behauptete Sverre. Margie habe an den Geburtstagsdiners und allen anderen obligatorischen Veranstaltungen in ihrem Elternhaus in der ihr angeborenen Ladyrolle teilgenommen und tags darauf in London ein ganz anderes Leben geführt. Sei das nicht die einzige und einfachste Lösung?

Lauritz pflegte die ungewöhnliche Tradition, die Mahlzeit nicht mit einer Willkommensrede zu eröffnen, sondern mit einer anschließenden Dankesrede abzurunden. Jetzt räusperte er sich und klopfte an sein Glas, und an der Tafel wurde es vollkommen still. Aus dem Nachbarsalon war Gekicher und das Rücken von Möbeln zu hören. Johanne vermutete, dass die Dienstmädchen gerade die Christbaumkerzen anzündeten. Vermutlich würde die Anwesenheit Großmutter Maren Kristines ihren Vater von der gewohnten Weitschweifigkeit abhalten.

»Hier haben wir nun alle von Weihnachtsfrieden erfüllt zusammengefunden, um die Geburt unseres Erlösers zu feiern«, begann er leise. »Die ganze Familie ist versammelt und erfreut sich größten Wohlbefindens, und dafür danke ich Gott. Einen größeren Lohn kann sich kein Mann wünschen, und es ist mir eine große Freude, euch alle an unserer Weihnachtstafel zu sehen. Jetzt wollen wir Gott für das Essen danken.«

Damit war die Rede beendet. Als Johanne wie alle anderen die Hände faltete und den Kopf zum stillen Gebet senkte, fiel ihr auf, dass der lakonische und äußerlich triviale Dank ihres Vaters eine seltsame, wenn nicht gar erschreckende Aussage enthalten hatte. Er hatte von der *ganzen* versammelten Familie gesprochen, obwohl das nicht den Gegebenheiten entsprach. Harald fehlte, da er »germanische Weihnacht« in irgendeiner SS-Hochburg feiern wollte. Zählte ihn Papa nicht mehr zur Familie?

Nach dem stillen Gebet erhob sich Mama Ingeborg als Erste und gab damit das Signal zum allgemeinen Aufbruch. Die Schiebetüren zum Salon wurden geöffnet, und alle bewunderten den vier Meter hohen, üppigen Weihnachtsbaum, der nach deutscher Tradition mit brennenden Kerzen geschmückt war. Elektrische Beleuchtung wäre allen frevelhaft vorgekommen.

Der Kamin brannte dekorativ, und alle versammelten sich vor der Krippe, die größer war als je zuvor.

Außer den Figuren, die jedes Jahr wie die Kränze, die roten Kerzenhalter, die grünen und roten Bänder und die nickenden Schweine mit an Seidenbändern um den Hals gebundenen Glöckchen vom Speicher geholt wurden und die das Jesuskind, Maria und Josef flankierten, gab es jetzt noch eine Menagerie aus mit Wasserfarben bemaltem Pappmaschee, Zebras, Kamele, Giraffen und sogar Elefanten und Nilpferde in einem kleinen Teich. Alles sah verblüffend naturgetreu aus. Die Anwesenden gratulierten dem errötenden jungen Künstler Hans Olaf und lobten ihn.

Zwischen Christbaum und offenem Kamin standen in einem Halbkreis Sessel und ein paar zierliche Sofas aus einem der Damensalons. Lauritz setzte sich, eingerahmt von seiner Mutter und Ingeborg, auf seinen Stammplatz und zündete sich wie immer zu Weihnachten eine Zigarre an, was inzwischen fast wie ein bösartiger Scherz wirkte. Johanne erinnerte sich mit einem Lächeln an die Qualen ihrer Kindheit. Erst wenn der Vater seine Weihnachtszigarre geraucht hatte, wurden die Geschenke verteilt, und während alle warteten, mussten sie versuchen, sich möglichst unberührt zu unterhalten.

Bei den Lauritzens galten bei den Weihnachtsgeschenken strenge Regeln. Alle durften sich eine Sache wünschen, mehr nicht. Man sollte Mäßigung zeigen, sich von der vulgären Habsucht der modernen Konsumgesellschaft nicht mitreißen lassen und sich nicht überheben. Die Begrenzung führte jedes Mal zu organisatorischen Problemen, wenn es darum ging, wer was auf der Liste anschaffen sollte, aber irgendwie löste es sich am Ende immer.

Lauritz rauchte zufrieden und redete über Nichtigkeiten, wie schön sein Winterspaziergang gewesen sei, dass der Jupiter zufällig als Weihnachtsstern eingesprungen sei und dass der nächste Tag, hielte der Hochdruck an, sich außerordentlich gut für eine Skiwanderung eignete.

Carl Lauritz, Hans Olaf und Helene saßen in atemloser Spannung auf den Salonmöbeln auf dem hellblau-beigen Nain und spielten wohlerzogen ihre Rolle bei diesem Weihnachtstableau.

Schließlich war es dann wie immer so weit. Natürlich fingen sie mit den Kindern an, alles andere hätte ihre Geduld über Gebühr strapaziert. Helene bekam einen auf Figur genähten Wildledermantel mit bis auf den weißen Kragen blau gefärbtem Schafpelzfutter. Für eine Dreizehnjährige fast übertrieben elegant, fand Johanne. Sie meinte jedoch auch zu sehen, dass Helene leicht enttäuscht war, obwohl sie natürlich ihr Bestes tat, sich das nicht anmerken zu lassen. Vermutlich hatte sie sich einen Persianer- oder Nutriamantel gewünscht, aber Christa hatte vermutlich dagegen eingewandt, dass man nie, nie teurere Kleider tragen dürfe als die Klassenkameraden.

Nachdem Helene die Runde gemacht und allen mit einem Knicks gedankt hatte, kam Hans Olaf an die Reihe. Er bekam das wahrscheinlich am wenigsten überraschende Weihnachtsgeschenk des Abends, einen Holzkasten, der sich in drei Etagen auffaltete, wenn man den Deckel öffnete, und der hundert Tuben Ölfarbe in allen Schattierungen des Regenbogens enthielt. Er strahlte vor Glück und stürmte als Erstes auf Onkel Sverre zu, um ihm zu danken.

Carl Lauritz hatte sich Sprungski gewünscht. In Saltsjöbaden war Skispringen ein wichtiger Sport, und ihre Schule war führend in ganz Schweden. Statt einem Paar Ski bekam er von seinem Onkel Lauritz ein großes, eckiges Paket und riss eifrig das Papier auf. Auf dem Deckel war ein Flugzeug beim Sturzflug abgebildet, ein dramatisches Bild.

»Die Messerschmitt 109! Gibt es die schon als Modell? Die ist doch im Mai zum ersten Mal geflogen«, jubelte und staunte Carl Lauritz.

»Ich war auch erstaunt, als ich letztes Mal in Berlin war

und sah, dass es bereits ein Modell gibt«, sagte Lauritz zufrieden.

»Das beste Jagdflugzeug der Welt!«, jubelte Carl Lauritz und hielt den Karton, damit ihn alle sehen und bewundern konnten, erneut in die Höhe.

Manchmal ist Papa naiver, als die Polizei erlaubt, dachte Johanne, und außerdem unsensibel wie ein Nashorn. Er bemerkte nicht einmal, dass Oscar und Christa ganz bleich geworden waren und die Lippen zusammenpressten.

»Ich weiß, was du denkst, und du hast damit vollkommen recht«, flüsterte Onkel Sverre, der auf dem Stuhl neben Johanne saß.

Die allgemeine Verstimmung, die sich beim Anblick des »besten Jagdflugzeugs der Welt« im Zimmer ausgebreitet hatte, ging an Lauritz vorbei, er wühlte bereits wieder im Haufen Weihnachtsgeschenke unter dem Christbaum. Er fand, was er gesucht hatte, und trat mit einem kleinen länglichen Paket auf seinen Sohn Karl, den Fähnrich der Marine, zu.

Es handelte sich um eine Schweizer Markenuhr aus Gold und Stahl, die bis 25 Meter Tiefe wasserdicht war und außerdem über eine Stoppuhr und andere Finessen verfügte.

Karl freute sich aufrichtig, er nahm sofort seine alte Uhr, deren Lederarmband verschlissen und deren Glas zerkratzt und trübe war, vom Handgelenk, zog die neue Uhr an und hielt sie in die Höhe, damit alle sie bewundern konnten. Ein perfektes Geschenk, genauso passend wie die Ölfarben für Hans Olaf, konstatierte Johanne.

Dann war sie an der Reihe, und als ihr Vater mit einem sehr ähnlichen Paket auf sie zutrat, vermutete sie eine ähnliche Uhr in Damenausführung darin. Aber es handelte sich um ein Armband aus Platin und Gold, rechteckige Plättchen, die mit kleinen Goldösen verbunden waren, sehr modern und viel zu raffiniert, als dass ihr Vater es ausgesucht haben konnte. Das Armband war schwer und wahrscheinlich wahnsinnig teuer. Zu einem Abendkleid würde es teuer aussehen, zu einer Manchesterhose, ungeschminkt und Korrektur lesend, eher billig. Sie hätte lieber eine Uhr gehabt, aber so ging es eben, wenn man keine Wünsche äußern wollte.

Rosa hatte sich ein Armband gewünscht, zeigte sich. Sie bekam eins in derselben Ausführung, aber hier waren die Platten aus Gold und die Ösen aus Platin. Brav führten die Schwestern die Armbänder am ausgestreckten Arm vor.

Onkel Oscar bekam eine Kiste echte Havannazigarren, Onkel Sverre ein Paar ochsenblutroter Schuhe von einer Firma in London, und Onkel Oscar erzählte vergnügt, dass er die Schuhgröße und den Namen des Ladens bei Sverres nachlässig sortierten Papieren gefunden habe.

Die große Überraschung des Abends wurde von Sverre hereingetragen. Ein Stapel gestrickter Pullover, die mit Namensetiketten in Druckbuchstaben versehen waren. Das war Großmutter Maren Kristines Geschenk an alle. Sie hatte sie selbst gestrickt. Es handelte sich um die berühmten Osterøya-Pullover, die bei englischen und deutschen Touristen vor dem Krieg so beliebt gewesen und bis zum Einzug der Strickmaschinen beinahe so etwas wie einen kleinen Industriezweig dargestellt hatten.

Während alle bewundernd ihre Pullover vor sich hielten, sann Johanne darüber nach, warum Sverre die Geschichte der Osterøya-Pullover erzählt hatte und nicht

Großmutter selbst. Vermutlich, weil es sich nicht schickte, sich selbst zu loben. Man sollte nicht prahlen und denken, dass man jemand war. Das hatte Aksel Sandemose geschrieben, auf diese Weise war es in die Literatur gelangt. In Wirklichkeit hatte es aber offensichtlich seinen Ursprung auf Osterøya. Da saß Großmutter, sagte nichts, trank vor allen Dingen nichts und sah weder zufrieden noch unzufrieden aus. Sie wirkte wie eine Sphinx.

Sie hatte unglaublich geschickte Hände und einen Sinn für Farben. Sverre deutete auf das Muster und erläuterte Johanne das Innovative daran. Die Schulterpartie sei eine modernistische Improvisation, die mit der mathematischen Regelmäßigkeit der Heimatkunst nichts mehr zu tun habe. Die Schulterpartie schildere eine Nacht im Spätwinter in Blau, Schwarz, Rot und Orange, und alle Pullover unterschieden sich in dieser Partie voneinander. Der Rest des Musters war traditionell.

»Ist das nicht fantastisch«, murmelte Sverre. »Mutter ist fast achtzig und beginnt plötzlich zu improvisieren. Verstehst du jetzt, was ich meinte, als wir uns die Gemälde angesehen haben und ich vom Auge sprach?«

Johanne nickte. Ja, das verstand sie. Das war ein konkreter Beweis.

Jetzt war nur noch Christas Geschenk übrig. Oscar erhob sich und zog ein ebenfalls längliches, dieses Mal allerdings noch längeres Paket hervor.

Eine Halskette, dachte Johanne.

»Das hier, Christa, ist eine Halskette«, erklärte Oscar feierlich. »Vielleicht hast du sie schon einmal in deiner Kindheit gesehen, denn sie gehörte der Mutter deiner Großmutter väterlicherseits. Es ist also ein Geschenk von deinen Eltern und mir. Mein Beitrag war, sie beim Hofjuwelier Bolin in Stockholm restaurieren zu lassen. Er hat die Steine neu geschliffen, den Verschluss erneuert, die Fassungen ausgebessert und vieles mehr. Gestattest du?«

Er öffnete das Paket, legte Christa den Schmuck um den Hals und trat dann einen Schritt zurück. Es wurde ganz still, nur Lauritz' Stimme war zu vernehmen, der seiner Mutter das Gesagte übersetzte.

Dann folgte ein bewunderndes Raunen. Die Kette bestand aus großen Smaragden und kleine Brillantsternen und funkelte wie neu, obwohl sie mindestens aus dem frühen 19. Jahrhundert stammte. Die einen hätten sie als wunderschön beschrieben, etwas weniger Zartfühlende vielleicht als kolossal imposant. Christas Miene drückte Verwirrung aus. Geistesgegenwärtig eilte Helene aus dem Zimmer und kehrte mit einem Handspiegel zurück.

Alle hielten den Atem an, als Christas düsterer Blick in den Spiegel fiel, und atmeten auf, als ihre Züge von einem schwachen, aber aufrichtigen Lächeln erhellt wurden.

Damit war der Zeitpunkt für das Finale gekommen. Sverre ging ins Esszimmer und kehrte mit den beiden Porträts von Ingeborg und Lauritz zurück. Erst entstand eine verblüffte Stille, dann applaudierte jemand, und alle außer Lauritz und Großmutter Maren Kristine fielen ein.

Verdammt, dachte Johanne. Natürlich war es eine Sünde, an Heiligabend zu applaudieren. Ein Glück, dass sie nicht die Moral von Großmutter geerbt hatte.

Dann hagelte es eifrig Kommentare. Besonders gerührt und begeistert war Ingeborg, die in einer spontanen Dankesrede auf Sverre erklärte, wie wichtig es sei, Frauen auf modernen Porträts in ihrer beruflichen Tätigkeit abzubilden und somit mehr von ihrer Identität zu zeigen. Sverre lauschte mit freundlicher Wertschätzung.

»Fast so gut wie Zorn!«, war Lauritz' erster, spontaner Kommentar, und Sverre und Johanne wechselten einen raschen, entzückten Blick.

Wenig später kehrten alle ins Esszimmer zurück, in dem Sverre bereits heimlich die Platzierung der Gemälde vorbereitet hatte. Er hob das Seestück von der Wand und hängte stattdessen die beiden Eheleute nebeneinander auf. Ein Augenblick der Andacht und Erhabenheit stellte sich ein, als würde sich in diesem Moment endgültig der Erfolg der bürgerlichen Familie manifestieren.

So lautete zumindest Johannes Analyse, die sie Sverre flüsternd kundtat, als sie Arm in Arm wieder in den Salon mit dem Christbaum zurückkehrten.

Die Tradition sah vor, dass man jetzt noch eine Stunde zusammensaß, Nüsse knackte, Datteln, Feigen und Marzipanschweine aß und möglicherweise über die geglückte Wahl der Weihnachtsgeschenke, die herrliche Schafswurst von Osterøya und ähnlich harmlose Dinge sprach.

Das Feuer im Kamin war heruntergebrannt, und Lauritz suchte ein paar Scheite Birkenholz zusammen, die ziemlich genau eine Stunde lang vorhalten würden.

Ausgerechnet Karl löste die Katastrophe aus, was er aber, wie man ihm zugutehalten musste, nicht ahnen konnte. Wahrscheinlich wollte er einfach nur etwas Nettes sagen oder sich mit Christa auf Deutsch unterhalten, da man zur Bewunderung der Porträts ins Norwegische gewechselt hatte.

»Die Smaragde funkeln neu geschliffen wirklich fantastisch«, lobte er Christas restauriertes Familienkleinod.

»Das Grün würde auch Johanne stehen, ihr rotes Haar ist für diese Kombination wie geschaffen«, fuhr er unglücklicherweise fort.

Der Kommentar war so harmlos gewesen, dass außer Oscar und Ingeborg, die rasch einen besorgten Blick austauschten, kaum jemand im Salon ahnte, dass es Ärger geben würde. In diesem Augenblick knackte es im Kaminfeuer, und Lauritz reckte sich zufrieden in seinem riesigen Sessel, um das Wort zu ergreifen, aber er war nicht schnell genug.

»Was du nicht sagst, mein kleiner Offizier«, begann Christa sachte mit tückischer Milde. »Vielleicht sollten wir es ja ausprobieren!«, fuhr sie dann mit lauter, schriller Stimme fort, öffnete die Halskette, trat auf Johanne zu und legte sie ihr wenig zartfühlend um den Hals.

»Bist du jetzt zufrieden, du Faschistenbrut?«, schrie sie. »Natürlich erbt Johanne den Schmuck, sie kann ihn auch jetzt schon haben, als Vorschuss!«

Christa lief stolpernd und schluchzend Richtung Schiebetüren, rutschte aus, stieß mit dem Gesicht gegen den einen Türflügel und taumelte dann in Tränen aufgelöst weiter.

Oscar erhob sich blitzschnell und folgte ihr.

»Ich bringe sie ins Bett. Sie muss sich ausruhen«, rief er den anderen über die Schulter zu und war verschwunden.

Im Salon wurde es vollkommen still.

»Wie gesagt«, sagte Lauritz in die Stille. »Mutter und ich müssen zur Christmette früh aufstehen. Wir bitten also, uns empfehlen zu dürfen.«

Schweigend nahm er den Arm Großmutter Maren Kristines, die nickte und allen zulächelte, dann verließen die beiden langsam den Salon.

Erneute Stille.

»Ich glaube, es ist an der Zeit, dass ich mit den Kindern rüber ins Aquarium gehe«, meinte Sverre und erhob sich. »Kommt, Kinder. Vergesst eure Geschenke nicht.«

Die Kinder erhoben sich gehorsam und folgten ihm mit ihren Geschenken unter dem Arm nach draußen.

Erneute Stille trat ein.

»Das war ein seltsamer Ausbruch«, meinte Karl nachdenklich.

»Idiot!«, fauchte Johanne.

»Ja, also ... Ich glaube, für mich ist es auch höchste Zeit, in die Falle zu gehen«, fuhr er fort, erhob sich, verbeugte sich vor seiner Mutter Ingeborg und ging.

Erneute Stille.

Jetzt befanden sie sich nur noch zu zweit im Salon. Im Kamin, in dem es nach den ingenieursgenauen Berechnungen noch über 45 Minuten lang brennen würde, prasselte es fröhlich.

»Stille Nacht«, meinte Johanne ironisch.

»Ja, aber alles Schlechte hat auch sein Gutes«, seufzte ihre Mutter. »Komm, setz dich zu mir, unterhalten wir uns.«

*

Die Brüder waren gleich gekleidet, als sie nach dem Frühstück in den strahlenden Wintertag traten. Sie trugen bis zum Knie reichende Skihosen, dicke Wollsocken, eingefettete Wanderstiefel und prächtige norwegische Wollpullover mit einem Frühlingswinternachtmuster auf den Schultern. Ski hatten sie keine untergeschnallt. Sverre und Oscar behaupteten, das Skifahren genauso wenig im Blut zu haben wie das Segeln. Sie zogen es vor, zu Fuß zu gehen, und meinten, dass sie mit ihrem älteren Bruder durchaus Schritt halten konnten, was dieser bezweifelte. Zankend zogen sie also mit Rucksäcken ausgerüstet den Källvägen hinauf zu ihrem Ausflug ohne Ski.

Jetzt waren sie ganz unter sich und konnten sich über alles, was ihnen einfiel, unterhalten, ohne auf Frauen und Kinder, Schicklichkeit und Gott, also Lauritz' Gott, den er bei der Christmette aufgesucht hatte, während die anderen noch heidnisch gut unter ihren norwegischen Daunendecken geschlafen hatten, Rücksicht zu nehmen.

Keiner war sonderlich erpicht darauf, sich mit schwierigen oder schmerzhaften Themen auseinanderzusetzen, also begannen sie erst einmal mit einem scheinbar unverfänglichen, den Weihnachtsgeschenken für die Dienstboten. Außer Karlsson, dem Chauffeur, arbeiteten in der Villa Bellevue und im Aquarium im Augenblick sechs Frauen, darunter drei Schwedinnen: Fräulein Klara, Fräulein Astrid und Fräulein Karin, die bei ihren Eltern in Neglinge wohnten, wohin man jetzt auch mit den Weihnachtskörben in den Rucksäcken unterwegs war. Außerdem waren da noch die drei norwegischen Mädchen: Turid, Unn und Sidsel, die über die Weihnachtstage arbeiteten. Der Unterschied zwischen den schwedischen und norwegischen Mädchen bestand weniger in der Nationalität als mehr in der Geografie. Wer in Neglinge wohnte, konnte abends nach Hause gehen und dort auch Weihnachten feiern. Die Wäsche und Aufräumarbeiten konnten zwischen Weihnachten und Neujahr erledigt werden. So die rein äußerlichen Voraussetzungen, die von Geografie und Logistik bestimmt wurden, bald aber würden sicher auch gewerkschaftliche Vorschriften eine Rolle spielen, da es immer weniger schwedisches Personal gab und in naher Zukunft das gesamte Personal aus Norwegen kommen würde.

Die Frage lautete, warum die norwegischen und die schwedischen Mädchen so unterschiedlich behandelt wurden. Ingeborg hatte die norwegischen Mädchen der Tradition gemäß am Weihnachtstag zu einem zeitigen Frühstück bei Kerzenschein in der sonst dunklen Küche versammelt und ihnen ihre Geschenke, astrachanbesetzte Hüte und dazu passende Muffs, überreicht, kurz gesagt, statt Esswaren Luxus im Wert von ein bis zwei Monatslöhnen.

Sie selbst trugen jetzt Weihnachtskörbe mit Nahrungsmitteln für drei Familien. Die bis zur einzelnen Feige identischen Körbe enthielten norwegische Delikatessen, geräucherte Hammelkeule, Rollschinken und Würste von Osterøya sowie traditionelle schwedische Gerichte wie Weihnachtsschinken und Schweinsfüße und diverse Sorten Weihnachtskonfekt und kleine Marzipanschweine. Die beengt wohnenden schwedischen Arbeiterfamilien in ihren Siedlungshäusern in Neglinge würden hoffentlich, nein, offen gestanden, ganz bestimmt, Freude an den Lebensmitteln haben, denn für alle war etwas dabei. Mützen und Muffs für die Mädchen hätten hier Befremden ausgelöst.

Wie kam es also zu diesen unterschiedlichen Weihnachtsgeschenken? Lauritz schien wirklich über dieses Problem nachzugrübeln.

Sverre erstaunte es, dass es Ingeborg nicht gelungen war, den Unterschied in Worte zu fassen, schließlich war die Lage nicht unbegreiflich. Arme, ehrbare Mädchen, die sich auf anständige Weise, aber mit einem kläglichen Lohn selbst versorgten, konnte man mit etwas Luxus eine Freude bereiten. Die norwegischen Mädchen hatten einen Abend pro Woche frei und konnten dann mit der Bahn nach Stockholm fahren. Bei diesen Gelegenheiten elegante Hüte und Muffs zu tragen freute sie sicherlich. Genauso sicher war aber auch, dass ein Muff in Neglinge, wohin sie unterwegs waren, keine solche Freude auslösen würde.

Als sie am Ende des Källvägen das Ufer des Neglingeviken erreicht hatten, betrachteten sie den hohen Turm der Offenbarungskirche auf der anderen Seite der Bucht. Lauritz erzählte, dass es sich um eine Grabkirche handele, die Wallenberg für seine Frau Alice und sich habe errichten lassen, damit sie einmal in einem offenen Grabchor in zwei Sarkophagen nebeneinanderliegen konnten, um sich auch nach ihrem Tod noch von allen bewundern zu lassen. Sei das nicht pervers? Bei allem Respekt vor Wallenberg, schließlich hätten sie viele gute Geschäfte zusammen gemacht, aber eine eigene Grabkirche?

Sverre und Oscar nahmen das Problem nicht weiter ernst, da es eher religiöser Natur sei und damit etwas, was sie im Gegensatz zu ihrem Bruder nicht kümmern müsse, denn selig seien die geistig Armen und so weiter und so fort. Man konnte sein Geld wahrhaft für nützlichere Dinge ausgeben, obwohl es natürlich darauf ankam, wie viel Geld man überhaupt besaß. Denn wer sein letztes Scherflein für eine eigene Grabkirche ausgab, hatte mit berechtigter Kritik der Nachfahren zu rechnen. Lauritz verdross dieser Vergleich, und so ließen sie das Thema fallen. Aber nachdem sie sich inzwischen warmgeredet hatten, kamen sie nun doch auf die ebenso unvermeidlichen wie unangenehmen Dinge zu sprechen.

Im April hatte Hitler verkündet, die allgemeine Wehrpflicht einzuführen und 36 Armeedivisionen, das hieß 500 000 Mann, aufzustellen. Der Friedensvertrag von Versailles erlaubte Deutschland aber nur eine 100 000 Mann starke Armee, ein krasserer Vertragsbruch war also kaum vorstellbar. Die Deutschen jubelten. Deutschland erklärte, mit dem Bau zwölf neuer hypermoderner U-Boote begonnen zu haben. Die Deutschen jubelten. Hermann Göring erklärte, dass Deutschland jetzt, seit man mit der Serienproduktion der neuen Messerschmitt 109 begonnen habe, die schlagkräftigste Luftwaffe der Welt besitze. Die Deutschen jubelten.

Man brauche kein Politiker zu sein, um einzusehen, wo das hinführe, stellte Oscar fest. Hitler wollte den Krieg.

Gegen wen? Gegen Frankreich natürlich, er wolle Elsass-Lothringen so schnell wie möglich zurückerobern, das liege doch auf der Hand.

Lauritz stimmte nachdenklich zu. Wenn weiter nichts dahinterstecke, sei das auch vollkommen in Ordnung. Schließlich handele es sich ja um eigentlich deutsche Provinzen, und die Einwohner sprächen Deutsch. Hätte man dort wie im Vorjahr im Saargebiet eine Volksabstimmung durchgeführt, wäre eine überwältigende Mehrheit für die Wiedervereinigung mit Deutschland gewesen.

Schon möglich, räumte Oscar ein. Aber wenn Hitler nicht in Straßburg haltmachte, sondern nach Paris weitermarschierte? Schließlich habe man es mit einem Verrückten zu tun, und außerdem, wie weise sei es eigentlich, einem Fünfzehnjährigen das neue deutsche Jagdflugzeug zu Weihnachten zu schenken?

Als Lauritz die deutliche Missbilligung seiner beiden

Brüder in diesem letzten Punkt bemerkte, lenkte er rasch ein. Ja, möglicherweise sei es etwas unüberlegt gewesen, aber der Anblick dieses schönen, modernen Flugzeuges habe ihn selbst so begeistert und ihn mit seltsam deutschem Stolz erfüllt: Seht her, in technischer Hinsicht sind wir immer noch weltführend! Den Protest nehme er jedoch zustimmend zur Kenntnis. Carl Lauritz würde also doch noch ein paar Sprungski als verspätetes Weihnachtsgeschenk bekommen, obwohl das gegen die Regeln verstoße.

Sie überquerten die Tattbybrücke und gingen auf die Offenbarungskirche zu, die immer höher vor ihnen aufragte. Lauritz hatte den längeren Weg nach Neglinge gewählt, zurück wollte er Richtung Grand Hotel die Brücke über die Eisenbahn nehmen.

Carl Lauritz habe sich also in Hitlerjugend-Uniform auf den Schulweg machen wollen?

Sverre griff dieses Thema auf, das auch Lauritz' und Oscars Gedanken beherrschte. Auf Dauer ließ sich dieses Problem nicht umgehen.

Carl Lauritz wusste nicht, dass er Jude war, nach jüdischer Regel aufgrund seiner jüdischen Mutter sogar Volljude. Oscar hatte sich kundig gemacht. Ironischerweise waren Carl Lauritz und seine Geschwister in den Augen der Juden Volljuden, in denen der Nazis jedoch nur jüdische Mischlinge. Christa weigerte sich, mit den Kindern darüber zu sprechen. Ob man sich ihr widersetzen sollte?

Das war ein Thema ohne Ende. Vieles sprach dafür, die Kinder, die inzwischen fast erwachsen waren, aufzuklären. Das würde zumindest dem Bedürfnis, als Hitlerjunge zur Schule zu radeln, Einhalt gebieten. Andererseits war Christa ihre Mutter, und ihrer Entscheidung musste Gewicht beigemessen werden. Selbst wenn es sich um eine irrationale und unkluge Entscheidung handelte?

Ja.

Oder vielleicht doch eher nicht.

Sie kamen nicht weiter.

Sie näherten sich dem Rathaus, das inzwischen fertiggestellt war und genauso aussah, wie sie es sich bei ihrer Baustellenbegehung vor ein paar Jahren vorgestellt hatten.

Sverre wechselte das Thema oder variierte es, genauer gesagt. Als er vor zweieinhalb Jahren geflohen war, hatte er befürchtet, in ein Land zu geraten, das ebenfalls dem Nazismus verfallen würde. Bei der letzten Wahl in Deutschland hatten die Nazis 37,8 Prozent der Stimmen errungen, die höchste Zahl jemals, die später vor Abschaffung der Demokratie um einige Prozent sank. Im selben Jahr hatten die schwedischen Nazis nur 0,6 Prozent der Wählerstimmen erhalten, und die Wahl des Vorjahres hatte dasselbe Resultat, nur 26 000 Stimmen im ganzen Land, ergeben.

In Saltsjöbaden gab es, großzügig gerechnet, dreizehn Nazis. Im Vorjahr hatte Sverre einer ihrer Versammlungen im Grand Hotel beigewohnt. Sie nannten sich Saltsjöbadens Nationaler Jugendverband und gebrauchten etliche Ausdrücke, die sie sich bei den Deutschen abgeschaut hatten, wie »Volksheim«, »Mischrasse«, »Bewahrung des Volksstammes«, »fremdes Rassenelement« und so weiter. Aber laut Sverres Berechnungen handelte es sich also nur um dreizehn der 3300 Einwohner Saltsjöbadens, also weniger als 0,6 Prozent.

Ähnliche Zahlen wie damals, als Hitler 1923 seine Karriere mit dem Bierkellerputsch begonnen habe, meinte Oscar trocken.

Ganz und gar nicht, protestierte Sverre. Nach 1923 habe eine wirtschaftliche Katastrophe die andere abgelöst, um dann in dem internationalen Börsencrash zu kulminieren. In Schweden erstarkte die Wirtschaft gerade, und die Arbeitslosigkeit war vergleichsweise niedrig und im Sinken begriffen, unter anderem, weil Schweden inzwischen so viel Eisenerz an die florierenden deutschen Waffenschmieden exportierte. Die Sozialdemokraten hatten die Macht fest im Griff, also bot sich den Nazis keine Gelegenheit.

Lauritz wandte ein, dass es für Freude noch zu früh sei. Wenn Hitler mit den Messerschmitt 109 Jagdflugzeugen seinen Krieg gegen Frankreich einleitete und wieder ein deutsch-französischer Krieg ausbrach, hing alles davon ab, wie er ausging. Falls Deutschland siegte, was wahrscheinlich, aber durchaus nicht sicher war, würden die Nazis Anhänger gewinnen.

Als sie die Schienen überquerten, um ins eigentliche Neglinge zu gelangen, waren sie die Themen leid und politisch so ermattet, dass sie mühelos den Rest der Weihnacht in der Villa Bellevue hätten verbringen können, ohne ein Wort über Hitler oder Messerschmitt zu verlieren.

Sie gingen eine Weile bergauf, bis sie das Herz des Saltsjöbadener Arbeiterviertels erreichten, wo sie innehielten und sich umsahen. Lauritz begann zu erklären. Die Siedlungshäuser der Arbeiter wurden durch großzügige Kredite der Bank finanziert, sofern man ein Grundstück in Neglinge kaufte. Sich andernorts in Saltsjöbaden niederzulassen war ausgeschlossen. Hypotheken wurden nur für Eigenheime in Neglinge vergeben. Da alle Bewohner für die Gesellschaft arbeiteten und der Bank sowohl die Grundstücke als auch die Gesellschaft gehörten, wurden die Raten des Kredits direkt vom Lohn abgezogen, was sich als ausgesprochen praktisches System erwiesen hatte.

Oscar fand die Proportionen der Siedlungshäuser eigenartig. Sie schienen höher als breit zu sein. Das erklärte Lauritz mit den kleinen Grundstücken, so blieb mehr Platz für Gemüsebeete, von Fliederbüschen umgebene Lauben und andere Wünsche übrig. Die meisten Arbeiter bauten ihre Häuser selbst, und zwar nach und nach, wann immer sie das Geld für Bauholz und übriges Material beisammenhatten, und sie halfen sich gegenseitig. Es handelte sich um fleißige und freundliche Leute, auf die er so stolz war, als wären sie seine eigenen Arbeiter und nicht die Wallenbergs. Sie streikten nie, denn in Saltsjöbaden herrschte Ordnung und Einigkeit.

Bei Fräulein Astrid erwartete man sie bereits. Ein kleiner Junge mit Schirmmütze, wahrscheinlich ihr kleiner Bruder, hielt an der Gartenpforte Ausschau und eilte dann aufgeregt ins Haus, als sich die drei Brüder näherten.

Lauritz klopfte an der Tür, die unverzüglich von Fräulein Astrid im Sonntagsstaat geöffnet wurde. Sie bat sie, doch einzutreten. In der Küche hinter der Diele wartete der Rest der Familie. Es duftete sauber nach Scheuersand, Schmierseife und ganz schwach nach Schinkenbrühe.

Lauritz und die Brüder traten den Schnee, so gut es ging, von ihren Stiefeln, um nicht Matsch ins frisch geputzte Haus zu tragen. Lauritz trat als Erster ein und stellte seine Brüder vor. Sie schüttelten Fräulein Astrids Mutter und ihren beiden jüngeren Brüdern die Hand, und Lauritz nahm seinen Rucksack ab, öffnete ihn und stellte den Weihnachtskorb auf den Küchentisch. Fräulein Astrids Mutter schlug mit einem verzückten Ausruf die Hände zusammen.

»Der Herr Direktor ist wirklich zu gütig«, sagte sie.

»Der Herr Direktor ist ja gar nicht mit dem Auto gekommen«, sagte einer der kleinen Brüder vorlaut.

»Nein«, erwiderte Lauritz und konnte die Enttäuschung des kleinen Jungen gut nachvollziehen, der sich darauf gefreut hatte, den einzigen Mercedes 540 K Autobahnkurier von Saltsjöbaden zu sehen und nicht drei langweilige Norweger, die in handgestrickten Pullovern zu Fuß erschienen.

»Darf ich den Herren und Ihnen, Herr Direktor, einen Kaffee anbieten?«, fragte die Hausherrin und deutete unbeholfen Richtung Stube.

Ein Augenblick der Verlegenheit trat ein.

»Danke, gerne!«, fing sich Lauritz dann. »Wir müssen nur erst rasch die Stiefel ausziehen.«

»Das ist überhaupt nicht nötig«, protestierte sie. »Sie dürfen gerne die Stiefel anbehalten.«

»Nein, kommt nicht infrage. Fräulein Astrid soll unseretwegen nicht auch noch bei sich zu Hause putzen müssen.«

Er kehrte demonstrativ in die Diele zurück und entledigte sich seiner nassen und schneeverklebten Stiefel. Oscar und Sverre folgten seinem Beispiel, und wenig später saßen sie in Socken in der Stube, in der zwei Klappbetten an der Längswand unter einem Öldruck der Königsfamilie standen. Es wurden Kochkaffee und Hefegebäck serviert.

»Sie dürfen gerne tunken«, ermunterte sie die Gastgeberin.

Sie folgten ihrer Aufforderung.

»Ein schönes Haus. Haben Sie das selber gebaut, Herr Gustafsson?«, fragte Lauritz den Hausherrn.

»Allerdings. Hat aber eine Weile gedauert. Aber man hat ja seine Freunde, die einem helfen«, antwortete der Mann und starrte dabei in seine Kaffeetasse.

»Ich habe gerade meinen Brüdern erzählt, wie Sie sich hier in Neglinge gegenseitig beim Bauen helfen. Aber Sie sind doch eigentlich Bahnarbeiter, Herr Gustafsson. Wo haben Sie denn das Häuserbauen gelernt?«

»Woher wissen Sie, dass ich Bahnarbeiter bin, Herr Direktor?«, fragte der Mann erstaunt.

»Der Händedruck«, erwiderte Lauritz. »Solche Hände habe ich früher schon geschüttelt, denn in meiner Jugend habe ich selbst beim Eisenbahnbau gearbeitet.«

Niemand erwiderte etwas. Lauritz' Anbiederungsversuch verfing nicht. Die ordentlich geschniegelten Jungen starrten die drei Gäste an, die in keinerlei Hinsicht ihren Erwartungen zu entsprechen schienen. Die Gastgeberin drängte ihnen noch mehr Hefezopf auf. Fräulein Astrid wirkte verlegen, spreizte aber elegant den kleinen Finger ab, als sie vorsichtig an ihrem Kaffee nippte.

Lauritz versuchte sich an einem neuen Gesprächsthema, dem schönen Winterwetter, aber auch das wollte nicht gelingen.

Die Gastgeber saßen wie auf Nadeln und wollten die seltsam gekleideten Direktorengäste so schnell wie möglich loswerden, um freier atmen und die verlockend auf dem Küchentisch stehenden Weihnachtsgaben im Korb endlich näher in Augenschein nehmen zu können.

Auch Lauritz und seine Brüder verspürten das Bedürfnis, so schnell, wie es die Höflichkeit erlaubte, aufzubrechen. Sie hatten je zwei Scheiben Hefezopf gegessen und sogar in den Kaffee getunkt, was ihnen in ihrer Kindheit in

Westnorwegen nicht erlaubt gewesen war. Als ihre Gastgeberin sie ein drittes Mal aufforderte, sich zu bedienen, lehnten sie ab, und Lauritz entschuldigte sich damit, dass sie noch zu den Kolleginnen von Fräulein Astrid weitergehen müssten.

»Wäre es nicht besser gewesen, wenn der Herr Direktor das Auto genommen hätte?«, fragte der vorlaute kleine Bruder erneut.

»Doch, nächstes Jahr Weihnachten werde ich daran denken«, antwortete Lauritz, gab der Gastgeberin die Hand, drückte dann ganz fest die des Bahnarbeiters und vorsichtiger die Fräulein Astrids und ihrer kleinen Brüder.

Sie traten wieder in die Kälte hinaus und atmeten alle drei unbewusst erleichtert auf.

»Wir werden heute viel Selbstgebackenes essen«, stellte Oscar lapidar fest.

Und so war es. Die folgenden Weihnachtsbesuche glichen dem ersten und unterschieden sich nur durch die Anzahl der Geschwister.

Erleichtert überquerten sie anderthalb Stunden später die Neglingebrücke, was mittlerweile auch den Arbeitern ohne besondere Genehmigung gestattet war, und kehrten in den bürgerlichen Teil Saltsjöbadens zurück.

»Es geht ihnen jedenfalls gut«, meinte Lauritz. »Soweit ich weiß, gibt es in Saltsjöbaden keine Arbeitslosigkeit. Und keine Streiks.«

»Und wenn Sverres Nachforschungen zutreffen, gibt es außerdem nur dreizehn Nazis«, ergänzte Oscar.

»Stimmt«, sagte Sverre. »Im Augenblick dreizehn, aber wahrscheinlich ist die Zahl rückläufig. Saltsjöbaden liegt nun einmal sehr weit von Berlin entfernt.«

XII

BERLIN

1936

Die ganze Welt war nach Deutschland gekommen. Eine Verbrüderung, eine zweifellos deutliche und vielsagende und nur zu gerechtfertigte Wiedergutmachung. Über dem Olympiastadion würden bald die Flaggen von über fünfzig Ländern flattern. Das beste Luftschiff der Welt, die Hindenburg, schwebte majestätisch durch die Luft, und 115 000 Menschen applaudierten. Es war unfassbar, dass ein so großes Publikum in einer einzigen Sportanlage Platz fand.

Lauritz beeindruckte das Ausmaß der Veranstaltung, und er musste zugeben, dass es ihn rührte, Deutschland einmal herzlich und in friedlicher Gemeinschaft mit allen anderen zu erleben wie das alte, großartige Deutschland.

Die eigentlichen Sportwettkämpfe interessierten ihn nicht sonderlich, Leichtathletik war nicht sein Fall. Die Winterspiele im Februar in Garmisch-Partenkirchen waren da etwas ganz anderes gewesen. Dort hatte Norwegen als beste Nation mehr Medaillen errungen als die zweit- und drittplatzierten Nationen Deutschland und Schweden zusammen. Ivar Ballangrud war einfach phänomenal gewesen, Gold auf allen Strecken im Eisschnellauf mit Ausnahme der 1500-Meter-Distanz, auf der er Silber errungen hatte. Und dann die einzigartige Sonja Henie, die zum dritten Mal eine olympische Goldmedaille errungen hatte. Er bedauerte sehr, dass er nicht die Zeit gefunden hatte, nach Garmisch zu reisen, wo er sich schon mal in Berlin aufgehalten hatte. Er hatte Oscar abgelöst, um alleine einen dreimonatigen Aufenthalt zu durchleiden, eine »Schicht«, wie sie das nannten. Ein Familienmitglied musste ständig vor Ort sein, um sich um die Geschäfte zu kümmern.

Aber jetzt befand er sich mitten in diesem großartigen Schauspiel und noch dazu auf der Ehrentribüne, nur fünfzehn Meter von Hermann Göring entfernt, der in der Menge mühelos zu erkennen war. Göring hatte seit ihrem Mittagessen in Kiel nach dem Sieg mit der Scheiken ziemlich zugenommen und trug außerdem eine weiße Uniform, die einen krassen Kontrast zu allen schwarzen und braunen Uniformen um ihn herum darstellte.

Ach ja, das Segeln. Vielleicht würde er ja die Zeit für einen Abstecher nach Kiel finden? Norwegen nahm sowohl in der Sechs-Meter-Klasse als auch in der Acht-Meter-Klasse teil, hatte aber, seit Olav vor acht Jahren in Amsterdam gesiegt hatte, kein Gold mehr errungen. Anschließend war er erstaunlicherweise mit seiner Norna bei der Sandhamnsregatta nur Zweiter geworden.

Seine Gedanken schweiften ab, ob das am Alter lag? Aber jetzt passierte endlich etwas. Das Stadion wurde von donnernd brausenden Heil-Rufen erfüllt. Der Führer hatte mit seinem lächerlichen, fast nachlässigen Gruß, bei dem er den rechten Arm wie winkend nach hinten klappte, das Stadion betreten. Er trat auf die riesige leere Fläche hinaus, und ein kleines Mädchen in hellblauem Kleid überreichte ihm einen Blumenstrauß. Er nahm die Blumen entgegen, tätschelte dem Kind vermutlich den Kopf – dumm, dass er kein Fernglas mitgebracht hatte – und ging auf seinen Platz ganz vorne auf der Ehrentribüne zu. Dort blieb er stehen, das Orchester spielte *Deutschland über alles*, und der vielleicht größte Chor, der sich je an einem Ort zusammengefunden hatte, erschallte.

Anschließend begann die nächste Phase des Schauspiels. An 54 Fahnenstangen, die hinter der letzten Platzreihe des Stadions standen, wurden langsam, feierlich und absolut synchron die Fahnen der teilnehmenden Nationen gehisst.

Der Einmarsch und damit auch das politische Spiel konnten beginnen. Die Frage war, wie viele Nationen beim Vorbeimarsch vor der Ehrentribüne den Hitlergruß verweigern würden. In der Presse war darüber ausführlich spekuliert worden.

Es begann gut. Die Griechen machten, wie bei olympischen Eröffnungsfeiern offenbar Tradition, den Anfang, und als sie die Ehrentribüne passierten, streckten sie ihre rechten Arme in dunkelblauem Tuch zu einem strammen Hitlergruß aus. Stürmischer Jubel brandete auf, als der Gruß vom Publikum zehntausendfach erwidert wurde.

Afghanistan hob den Arm, Argentinien nicht. Australien und Belgien ebenfalls nicht, hingegen Bermuda und Bolivien, aber nicht Brasilien. Dann kamen die Bulgaren und hoben den Arm nicht nur zum Hitlergruß, sondern marschierten noch dazu in stramm militärischer Ordnung. Erneuter Jubel und Applaus von den Tribünen.

Am unerwartetsten verhielten sich die Franzosen. Die Teilnehmer mit den blauen Baskenmützen streckten ihren rechten Arm gleichzeitig Hitler entgegen und lösten damit stürmische Begeisterung aus.

Lauritz wurde durch die Kleiderpracht, die mit erstaunlich ärmlichen Ausstattungen wechselte, von seiner Rechnung des Für und Gegen abgelenkt.

Die nordischen Delegationen schlossen sich den Unhöflichen an. Weder Dänemark noch das bunt uneinheitlich gekleidete Finnland oder Norwegen ließen sich dazu herab, einen einzigen Arm zu heben. In der schwedischen Mannschaft wurde ein einziger rechter Arm gehoben, was aber eher aussah, als winke der Mann einem Bekannten zu, statt dem Führer zu huldigen.

Die Parade dauerte eine gute Stunde. Lauritz hatte schon lange den Überblick verloren, wer für und wer gegen Hitler war, als die riesige, weißgekleidete deutsche Truppe schließlich in perfekter Marschordnung das Stadion betrat. Der Jubel in der Arena war ohrenbetäubend, als die deutschen Sportler auf ein Signal hin dem Führer ihren rechten Arm entgegenstreckten.

Mit den Deutschen füllte sich die letzte freie Fläche im Stadion, und die formellen Höhepunkte näherten sich. Ein Schwede hielt eine etwas geschwollene Rede über die Weltjugend, dann wurde nach dem Führer gerufen. Dieser erhob sich, und Stille trat ein.

Über diesen Augenblick war im Vorfeld am allermeisten spekuliert worden. Würde der Führer, wie es seine Gewohnheit war, eine lange hasserfüllte Rede halten und damit allen, die behaupteten, die Olympischen Spiele seien unpolitisch, den Wind aus den Segeln nehmen?

Der Führer wartete ab. Die Spannung stieg.

»Hiermit erkläre ich die elften Olympischen Spiele für

eröffnet«, sagte er monoton in seinem österreichischen Akzent und nahm wieder Platz.

Das war alles, und die nun folgenden Heil-Rufe klangen geradezu zaghaft.

Kanonenschüsse dröhnten und scheuchten viele Tausend Tauben in den Himmel.

Eine Pause folgte. Lauritz schätzte den Abstand zum Rücken des Führers auf fünfzehn Meter. Wäre er bewaffnet gewesen, hätte er den Diktator erschießen können. Es waren keinerlei Waffenkontrollen bei ihm vorgenommen worden, was sich eventuell damit erklären ließ, dass er sich in Gesellschaft eines Hauptsturmführers der SS in schwarzer Uniform befand. Harald war zum Hauptsturmführer befördert worden, was einem Hauptmann der normalen Armee entsprach.

Zwei Zeremonien standen noch bevor. Das Orchester spielte die Olympia-Hymne, und ein weißgekleideter Fackelträger lief eine Runde durch das Stadion die lange Treppe zu der auf drei Füßen ruhenden Feuerschale hinauf, hob die Fackel hoch in die Luft, hielt einen Augenblick inne und senkte die Fackel dann rasch. Das olympische Feuer flammte auf.

Ein in eine Art Rock gehüllter, alter griechischer Mann wurde anschließend zu Hitler geführt und überreichte ihm ein grünes Zweiglein, laut Programm ein Ölbaumzweig aus Olympia. Der Alte war der Sieger des Marathonlaufs der ersten Olympischen Spiele der Neuzeit 1896. Gnädig nahm Hitler das Friedenssymbol entgegen.

Auf der Straße Richtung Innenstadt herrschte anschließend kein nennenswertes Gedränge, und man kam recht schnell voran. Harald stand ein Mercedes 260 D Cabriolet zur Verfügung. Sein Fahrer hatte das Klappverdeck geöffnet, da die bedrohlichen Regenwolken weitergezogen waren.

In der Nähe des Pariser Platzes stiegen sie aus und gaben dem Fahrer für den Rest des Tages frei. Harald erklärte seinem Vater munter, er habe noch ein paar Stunden Patrouillendienst, wobei es nicht um militärisches Patrouillieren ging. Eine Anzahl junger SS-Offiziere, die mehrsprachig und darüber hinaus besonders vorzeigbar waren, waren wie Harald dazu abkommandiert worden, sich während der Olympischen Spiele auf den von den Touristen frequentierten Straßen zu bewegen, um den ausländischen Gästen zur Verfügung zu stehen. Die Hilfeleistenden und ihre Sprachen waren an kleinen Fähnchen unter der linken Uniformbrusttasche zu erkennen. Harald trug drei solcher Fähnchen, ein norwegisches, ein schwedisches und zu Lauritz' großem Erstaunen auch ein englisches. Sie hatten noch nicht viele Meter Unter den Linden zurückgelegt, als einige Amerikaner mit Strohhüten Harald anhielten und Fragen stellten. Soweit Lauritz es beurteilen konnte, sprach Harald fließend Englisch. Als er den Amerikanern die Auskünfte erteilt hatte, salutierte er gemäß Anordnung, statt seinen Arm zum Hitlergruß zu heben.

»Englisch habe ich während der ersten zwei Ausbildungsjahre bei der Abwehr gelernt«, erklärte Harald, als sich sein Vater erstaunt nach den unerwarteten Sprachkenntnissen erkundigte. »Die erste Aufnahmebedingung war, dass man mindestens eine Fremdsprache fließend beherrscht, in meinem Falle war das Norwegisch. Zusätzlich wurden wir zweieinhalb Stunden täglich in Englisch oder

Französisch gedrillt, das durfte man sich aussuchen. Ich entschied mich für das Englische, und wie du vielleicht gemerkt hast, Vater, komme ich recht gut damit zurecht.«

Drei Schweden, die zu viel Bier getrunken hatten, traten auf sie zu und erkundigten sich nach einem bekannten Bierkeller. Harald begegnete ihnen mit ausgesuchter Höflichkeit, erklärte ihnen mit untadeliger Korrektheit den Weg und salutierte dann lächelnd.

Berlin war eine Stadt geworden, in der es sich freier atmen ließ, fand Lauritz. Überall auf dem breiten Boulevard begegneten ihnen, so weit das Auge reichte, fröhliche, unbekümmerte Menschen, rote Nazifahnen flatterten im Wind, und alle antijüdischen Parolen waren verschwunden. An den Zeitungsständen wurden alle ausländischen Zeitungen verkauft, *Le Figaro*, die *Times*, sogar die *New York Times* sowie die norwegische *Aftenposten*, die es immer gab, aber jetzt wurden außerdem noch *Tidens Tegn* und *Svenska Dagbladet* angeboten. SA-Truppen waren nirgends zu sehen. Stattdessen marschierte eine Riesenkolonne Hitlerjugend den Prachtboulevard entlang, ein imposanter Anblick. Viele der ausländischen Touristen blieben stehen und applaudierten, und der eine oder andere hob sogar den rechten Arm.

Harald erzählte, dass zwei Hitlerjugend-Kompanien, insgesamt 28 000 Jugendliche, nach Berlin abkommandiert worden waren. Sie taten während der gesamten Olympiade Dienst und marschierten nicht nur mit Trommeln und Marschmusik an der Spitze durch die Straßen, sondern füllten auch die freien Plätze im Olympiastadion, damit es immer voll war.

Lauritz gab zu, dass die jungen Leute einen sehr positiven und ganz anderen Eindruck vermittelten als die SA-Truppen, die vor noch nicht allzu lang zurückliegender Zeit die Straßen beherrscht hatten.

Harald stimmte seinem Vater zu und erklärte, das SA-Problem habe eine endgültige Lösung gefunden, wurde dann aber von zwei älteren norwegischen Paaren unterbrochen, die auf das norwegische Fähnchen an seiner linken Brusttasche deuteten und erstaunt fragten, ob er wirklich Norwegisch spräche. Harald bestätigte das salutierend mit einem strahlenden Lächeln und musste wenig später beteuern, wirklich Deutscher und kein verkleideter Bergenser zu sein. Die Norweger wollten ihre Frauen zusammen mit Harald fotografieren, was dieser höflich, aber bestimmt ablehnte mit dem Hinweis, dass für bestimmte Offiziere, zu denen leider auch er gehöre, ein Fotoverbot gelte.

Als die enttäuschten Norweger weitergezogen waren, fuhr er fort, dass die SA vor der Machtübernahme eine wichtige Rolle gespielt und das deutsche Volk auf entscheidende Weise wachgerüttelt habe. Diesem Einsatz und auch dem Umstand, dass sie die Kommunisten in Schach gehalten hatten, müsse höchste Anerkennung gezollt werden. Danach war jedoch allerdings alles aus dem Ruder gelaufen, und die SA hatte eine Schreckensherrschaft etabliert, die eine Schande für Deutschland dargestellt hatte. Dieses große, unbehagliche Problem war mit großer Entschlossenheit in Angriff genommen worden. Als Erstes waren die schlimmsten Elemente eliminiert worden. Diese Aufgabe war hauptsächlich der SS anvertraut worden, und er selbst hatte dabei keine unbescheidene Rolle gespielt. Als Nächstes waren einige Hunderttausend SA-Männer, und zwar die nicht vollkommen untauglichen und moralisch unbrauchbaren, in die Reichswehr überführt worden, wobei sich die allgemeine Wehrpflicht als ausgesprochen hilfreich erwiesen hatte. In der Armee ließen sich selbst hoffnungslose Rabauken zur Räson bringen.

Die SA war auf diese Weise in eine andere, disziplinierte Organisation umgewandelt worden, die Deutschland zukünftig nicht mehr in Misskredit bringen würde. Man konnte die SA-Männer bei größeren Veranstaltungen als Hilfspolizisten einsetzen und an besonderen Feiertagen paradieren lassen, denn marschieren konnten sie. Entscheidend war, dass die Herrschaft der SA auf den Straßen gebrochen worden war und dass sie nicht mehr den brutalen Staat im Staate darstellte. Jetzt herrschte, wie allgemein zu erkennen war, Ordnung in Berlin.

Ja, das war durchaus ersichtlich. Der Verkehr floss mühelos dahin, und auf den Straßen flanierten Hunderttausende von Menschen in ruhiger Harmonie. Ab und zu traf Harald einen Kollegen in eleganter SS-Uniform, und sie grüßten einander diskret salutierend, ohne mit dem rechten Arm zu fuchteln. Bei der dritten oder vierten Begegnung dieser Art fiel Lauritz auf, dass die SS-Männer, die sie trafen, genauso aussahen wie Harald, allesamt blonde und blauäugige Prachtexemplare und vermutlich nicht nur wegen ihrer Sprachkenntnisse zur Touristenbetreuung abkommandiert. Sie waren lebendige Propagandabilder des neuen Deutschland.

Immer wieder traten, meist englischsprachige, Touristen an Harald heran, um Fragen zu stellen, die vielleicht nicht immer vollkommen ernst gemeint waren. Lauritz hatte eher den Eindruck, dass sie mal einen echten SS-Offizier aus der Nähe betrachten oder gar anfassen wollten. Harald beantwortete die Fragen auf seine unablässig höfliche Art oder verwies in Einzelfällen auf einen der Informationskioske, die er auf einem Stadtplan, den er bei sich trug, eingezeichnet hatte. Ein einziges Mal ließ er sich zu einem Foto überreden. Zwei junge, schüchterne und bildhübsche Norwegerinnen in der Tracht der Nationalmannschaft stellten sich ihnen als Turmspringerinnen und die einzigen Frauen der norwegischen Truppe vor. Die ältere hieß Inger, die jüngere und schüchternere Tullik, was eher finnisch als norwegisch klang. Harald hakte sich bei den Mädchen ein und überreichte seinem Vater ihren Fotoapparat. Erstaunt und etwas verlegen knipste er ein paar Bilder und entdeckte dabei etwas in den begeisterten Blicken der jungen Frauen, was ihm bislang nicht aufgefallen war. Die SS-Offiziere waren auf mehr als eine Art attraktiv, was die Frauen, wenn er näher darüber nachdachte, die ihnen auf ihrem Spaziergang begegnet waren, höchst direkt, um nicht zu sagen unpassend, gezeigt hatten.

Als sich andere Touristen mit erhobenen Fotoapparaten näherten, entschuldigte sich Harald rasch, salutierte lächelnd, machte kehrt und ging weiter, als habe er es plötzlich eilig.

Sie »patrouillierten« zum Potsdamer Platz, bekamen sofort einen Tisch im Café Josty und ließen sich jeder ein großes Bier bringen.

»So viel zu Deutschland, zumindest bis auf Weiteres«, sagte Harald, als er sich mit seiner Serviette den Bierschaum von der Oberlippe wischte. »Jetzt bist du an der Reihe, Vater. Wie geht es der Familie? Wie geht es Mutter? Ich hoffe, dass ich das einzige schwarze Schaf unter den Geschwistern bin?«

Lauritz überhörte geflissentlich die letzte Frage und begann ruhig und systematisch, die anderen zu beantworten.

Seine Mutter hatte ihre eigene Praxis im Kurhotel in Saltsjöbaden eröffnet und war damit sehr zufrieden. Karl war Leutnant der Marine zur Reserve und würde im Herbst an der Handelshochschule ein Studium aufnehmen. Johanne hatte ihr Magisterexamen abgelegt und war jetzt Doktorandin in Literaturgeschichte. Rosa würde bald an der Sorbonne in Paris ihr Examen machen. Mit den Schwestern war, was das Familienunternehmen betraf, in Zukunft also nicht zu rechnen.

Johanne würde vermutlich in die akademische Welt verschwinden, und Rosa hatte sich in den Kopf gesetzt, Diplomatin zu werden, woran nichts auszusetzen war. Die Firma konnte also nur noch auf Karl hoffen.

Die Cousins Carl Lauritz und Hans Olaf waren erst sechzehn, Helene vierzehn, da ließ sich noch nichts absehen, außer vielleicht bei Hans Olaf, der Künstlerflausen im Kopf hatte. Ein weiterer potenziell verlorener Sohn.

Zu spät bereute Lauritz seine letzten harten Worte. Er sah, wie sich Haralds Miene verdüsterte, da trat ein älteres amerikanisches Paar, beide mit den obligatorischen Strohhüten, an ihren Tisch und wandte sich mit einer Frage an Harald, der sich sofort erhob und salutierte.

Die Unterhaltung zwischen Harald und dem amerikanischen Paar schien sich vor allem um Politik zu drehen. Lauritz konnte dem Wortwechsel aufgrund seines eingerosteten Englisch nicht ganz folgen, aber soweit er verstand, bezichtigte der Amerikaner Deutschland des Antisemitismus und der Diktatur. Harald antwortete höflich und besonnen. Er wies auf die letzte Abstimmung hin, bei der Hitler 99 Prozent aller Stimmen erhalten hatte, und auf den Umstand, dass eine Jüdin Mitglied der deutschen Olympiatruppe war. Den streitsüchtigen Mann überzeugte diese Argumentation nicht, während seine verlegene Frau seinen Ärmel ergriff, um ihn wegzuziehen.

Harald deutete eine Verbeugung an, richtete sich dann aber plötzlich wieder auf, sah den Amerikaner durchdringend an und sagte langsam und mit solchem Nachdruck, dass Lauritz jedes Wort verstand:

»Sir, bedenken Sie eines«, sagte er. »Sie sind Gast in unserem Land und uns als solcher herzlich willkommen. Ich beantworte Ihre Fragen gerne und erkläre Ihnen den Weg. Aber Sie können nicht verlangen, dass ich mit Ihnen über Politik streite.«

Harald salutierte mit einem reservierten Lächeln und nahm wieder Platz. Die amerikanische Ehefrau nutzte die Gelegenheit, ihren Mann wegzuschleifen.

»Amerikaner!«, schnaubte Harald verächtlich. »Wirklich ein rüpelhaftes Volk, aber trotzdem müssen wir sie besiegen.«

»Besiegen?«, fragte Lauritz bestürzt.

»Versteh mich nicht falsch, Vater!«, erwiderte Harald lachend. »Ich meinte natürlich bei den Wettkämpfen. Die USA waren bei den Olympischen Spielen bislang immer die beste Nation, aber dieses Mal ist das neue Deutschland an der Reihe. Sie haben zwar einen Neger, der wahnsinnig schnell läuft und angeblich vier Goldmedaillen erringen könnte, aber das können Alfred Schwarzmann und Konrad Frey auch. Außerdem wurde Max Schmeling kürzlich Weltmeister im Schwergewicht, als er einen amerikanischen Neger besiegte. Die Schlacht ist also noch nicht verloren. Deutschland wird siegen und der Welt zeigen, welche die bedeutendste Nation ist, davon bin ich überzeugt.«

»Ja, lass uns hoffen, dass du recht hast«, sagte Lauritz. »Deutschland braucht jede Aufmunterung, die es bekommen kann.«

»Und wie war das jetzt also mit den verlorenen Söhnen?«, fragte Harald unvermittelt.

»Ach, du weißt schon, was ich meine«, antwortete Lauritz und starrte in seinen Bierhumpen.

»Nein, offen gestanden, nicht. Ich habe mich aus zwei Gründen dafür entschieden, lieber Deutschland als einem Immobilienunternehmen zu dienen. Zum einen, weil ich etwas Wichtiges ausrichten will, etwas, woran ich glaube, und zum anderen, weil ich sicherlich ein lausiger und lustloser Verwalter von Mieteinnahmen wäre. Das macht mich aber noch lange nicht zu einem verlorenen Sohn.«

»Nein, natürlich nicht, so hatte ich das auch nicht gemeint. Ich dachte nur an das Familienunternehmen. Hast du dich übrigens verlobt?«

Lauritz deutete auf den Ring am linken Ringfinger seines Sohnes. Der Versuch, dem peinlichen Thema zu entfliehen, war so offensichtlich, dass beide lächeln mussten.

»Irgendwie schon und irgendwie auch wieder nicht«, sagte Harald und hielt die Hand in die Höhe, damit sein Vater den mit kleinen Totenköpfen und Runen verzierten Silberring näher betrachten konnte.

»Eher unromantisch für einen Verlobungsring«, meinte Lauritz.

Harald lachte.

»Da hast du natürlich recht, Vater«, gab er zu. »Das ist

ein SS-Ring. Nur wenigen von uns ist diese Ehre vergönnt, er entspricht ungefähr dem Eisernen Kreuz.«

»Und wie hast du dir diese Auszeichnung verdient?«

»Durchaus ehrenhaft, aber das ist leider geheim.«

»Verstehe«, sagte Lauritz. »Oder genauer gesagt, tue ich das natürlich überhaupt nicht. Du bist also nicht verlobt?«

»Ich treffe im Augenblick viele Frauen unter Umständen, die du vermutlich moralisch zweifelhaft fändest, Vater, also sollte ich wohl sagen, dass auch das geheim ist. Erzähl mir lieber von unseren Geschäften in Berlin. Vielleicht kann ich dir ja doch irgendwie behilflich sein.«

Diese ausgestreckte Hand konnte Lauritz unmöglich ausschlagen, obwohl ihm nicht klar war, womit ihm ein SS-Offizier helfen konnte. Außerdem hatte Harald von »unseren Geschäften« gesprochen, womit er gewissermaßen recht hatte. Erbberechtigt waren auch SS-Mitglieder. Außerdem erleichterte es Lauritz, eine Weile über Dinge sprechen zu können, mit denen er sich auskannte, konkrete Dinge wie Finanzen, die nichts mit dem Nationalsozialismus zu tun hatten.

Die Lage ließ sich unschwer beschreiben. Er selbst und Oscar hielten den Betrieb in Berlin abwechselnd aufrecht, wobei ihnen die Frauen nicht Gesellschaft leisteten. Christa aus ganz offensichtlichen Gründen, Ingeborg, weil sie ihre Arztpraxis nicht verlassen wollte. Außerdem sagte sie, sei sie mit Deutschland fertig, zumindest solange die ... Die Kinder waren erwachsen und lebten ihr eigenes Leben. Oscars und Christas Kinder waren noch mit der Schule beschäftigt. So sah es aus.

»Tante Christa und Onkel Oscar hätten nicht so panisch

aufzubrechen brauchen«, meinte Harald nachdenklich. »Tante Christa wurde doch bereits 1933 norwegische Staatsbürgerin. Onkel Oscar hat den Antrag am Tag nach dem Reichstagsbrand gestellt. Er selbst ist außerdem einer der Armeeoffiziere, die mit den meisten Orden ausgezeichnet wurden. Sie hätten nichts zu befürchten gehabt.«

»Woher weißt du das alles?«

»Woher ich was weiß?«

»Dass Christa bereits im März 1933 norwegische Staatsbürgerin geworden ist. Und als du mich vorgestern angerufen hast, höchst überraschend, muss ich zugeben, woher wusstest du da, dass ich gerade in Berlin eingetroffen war?«

Harald warf seinem Vater einen langen Blick zu und dachte nach, ehe er antwortete.

»Lieber Vater«, sagte er dann. »Ich bin Sicherheitsoffizier der SS. Wir kontrollieren natürlich alle, die zur größten deutschen Veranstaltung seit der großen Erneuerung anreisen. Nichts Unvorhergesehenes darf geschehen, es darf keine Störungen und keinen Streit geben. Als ich deinen Namen auf der Passagierliste der Maschine aus Bromma sah, beschloss ich, dich anzurufen, weil du mir gefehlt hast und weil ich dich treffen wollte. So einfach ist das.«

»Verstehe«, sagte Lauritz.

»Erzähl jetzt ... Willst du übrigens noch ein Bier?«

»Nein danke, ich vertrage Bier nicht mehr so gut. Aber ein Glas Rheinwein wäre nicht schlecht.«

Während Harald bestellte, betrachtete Lauritz seinen ältesten Sohn eingehender. Schwarze SS-Uniform, rote Hakenkreuzbinde am linken Oberarm, Rangabzeichen und Gürtelschnalle aus Silber, Totenschädel an der Schirmmütze, Orden, auf die er sich keinen Reim machen konnte, perfekt sitzende, maßgeschneiderte Reithosen, glänzende schwarze Stiefel, kurz gesagt der gesamte gefürchtete Schmuck. Trotzdem war er ein höflicher, zuvorkommender Offizier, der aristokratisch auftrat und sich in jeder Hinsicht von den ungehobelten SA-Schlägern unterschied.

Das Monokel vor seinem linken Auge verstärkte den aristokratischen Eindruck zweifellos, hatte allerdings nichts mit dem Snobismus der preußischen Offiziere von früher zu tun. Harald sah auf dem linken Auge sehr schlecht, und das Monokel war wie jede Brille ein Hilfsmittel. Es betonte jedoch das Aristokratische, das er wahrscheinlich von seiner Mutter geerbt hatte, und ließ ihn weniger als einen Schläger erscheinen.

Dieser Eindruck widersprach dem gängigen Bild eines Nazis. Außerdem war Harald seit 26 Jahren sein geliebter Sohn, daran ließ sich nichts ändern. Haralds Auftreten und Äußeres bewies auch, dass der Nazismus allmählich humaner wurde. Es fragte sich allerdings, ob Ingeborg diesen Gedanken teilen würde.

»Lass uns noch einmal von vorne beginnen, Vater. Erzähl vom Geschäft!«, forderte ihn Harald auf, als ihre Getränke auf dem Tisch standen.

Lauritz begab sich erneut auf festen Boden und sprach über das, was konkret und greifbar war. Der Lauritzen-Gruppe war es misslungen, ihre Position im wachsenden Bausektor zurückzuerobern. Möglicherweise schadete es der Firma, dass man sich auf die jetzt ganz und gar in Ungnade gefallene modernistische Architektur spezialisiert hatte. Andererseits befand sich der Immobilienbestand in einem vorbildhaften Zustand, und der Wert war im selben Takt gestiegen, wie die Arbeitslosigkeit gesunken und der

Konsum gewachsen waren, wodurch die Solidität zugenommen hatte.

In Stockholm waren die Probleme größer. In der Zentrale in der Västra Trädgårdsgatan gab es einen Bruder zu viel, und zusätzliches Kapital wurde benötigt, um das Reklamebüro erneut aufbauen oder sich bei einem der größeren Stockholms einkaufen zu können. Sverre hatte es auf sich genommen, einige seiner Angestellten aus Deutschland mit nach Schweden zu nehmen, was sich nun als schwierig gestaltete.

Lauritz' momentane Aufgabe bestand darin, einen Teil des Immobilienbesitzes in Berlin zu veräußern und dabei dezentrale und vereinzelte Gebäude zu wählen, um den Besitz auf zusammenhängende Einheiten zu konzentrieren. Die Dinge schienen sich zufriedenstellend zu entwickeln, da die Preise und Umsätze im Immobiliensektor im Steigen begriffen waren.

Die Schwierigkeiten waren eher bürokratischer Art und betrafen die selbstverständlich legale Ausfuhr der Erlöse aus Deutschland. Es wäre natürlich ein Leichtes gewesen, die Gesetze zur Währungsausfuhr zu umgehen, indem man beispielsweise eine Goldmünzensammlung erwarb und als persönlichen Besitz ausführte. Aber solche Lösungen waren demütigend und diese Trickserei abscheulich, er wollte sich nicht in die Riege der Pfennigfuchser einreihen.

Also brauchte er, einfach ausgedrückt, eine stattliche Anzahl gestempelter Genehmigungen. Die ehemaligen Kontakte der Familie im Handelsministerium in der Wilhelmstraße waren jedoch verschwunden. Lauritz war dort kreuz und quer durch die Korridore gerannt und hatte stundenlang vor den Büros untätiger Chefbeamter warten müssen, ehe man ihn gnädig vorgelassen hatte, nur um ihn aufzufordern, am nächsten Tag wiederzukommen.

Das war ebenso zeitraubend wie ärgerlich. Im Übrigen habe Harald unrecht, wenn er behaupte, Oscar und Christa hätten in Berlin nichts zu fürchten gehabt. Ihre überstürzte Flucht war notwendig gewesen.

»Das war jetzt aber ein abrupter Themawechsel!«, erwiderte Harald und sah aus, als hätte er eine Ohrfeige bekommen, obwohl er doch den Eindruck erweckt hatte, konzentriert Lauritz' Auslassungen über die wirtschaftlichen und bürokratischen Probleme zu lauschen.

»Ja, zugegeben«, räumte Lauritz ein. »Während ich über das Alltäglich-Vertraute sprach, dachte offenbar die andere Hälfte meines Gehirns darüber nach, was du über Christa und Oscar gesagt hast. Du irrst dich.«

»Inwiefern? Oscar ist ein Kriegsheld allerersten Ranges. Tante Christa ist norwegische Staatsbürgerin, und damit spielt es für sie keine Rolle, ob sie Jüdin oder jüdischer Mischling ist. Obwohl sie heute nicht mehr heiraten könnten, ist ihre Ehe legal. Was hätte ihnen zustoßen sollen?«

»Die Kinder«, erwiderte Lauritz lakonisch. »Carl Lauritz, Hans Olaf und Helene, alle blond und deutschsprachig. Die Jungen gehen zwei Tage in der Woche fröhlich in ihren Hitlerjugend-Uniformen in die Schule und außerdem mit einer Begeisterung, die ihre Eltern immer nachdenklicher stimmt. Verstehst du nicht?«

»Aufrichtig gesagt, nein.«

»Dann muss ich sagen, dass es dir an Fantasie mangelt.«

»Warum?«

»Eines schönen Tages spricht es sich in der Klasse herum,

dass sich die Brüder Lauritzen fälschlicherweise als Arier ausgeben, obwohl sie eigentlich Juden sind. Man geht der Sache nach. Die Eltern der Klassenkameraden sind wegen dieser Täuschung besonders aufgebracht. Die Kinder werden relegiert und an eine jüdische Schule verwiesen, an der sie vollkommene Fremde sind. Verstehst du jetzt?«

Harald schwieg anfangs, aber dann nickte er traurig.

»Du hast recht, Vater«, gab er nach einer Weile zu. »Leider hast du recht, Vater. Aber ich muss zugeben, dass ich meine Cousins und meine kleine Cousine nicht als Juden sehe, der Gedanke scheint mir vollkommen bizarr. Diese Judenhysterie geht inzwischen wirklich zu weit. Hier in Deutschland stellen die Juden keine Bedrohung dar, und das glaubt auch niemand. Die Judenfrage ist durch Auswanderung praktisch gelöst und wird in der nächsten Generation nicht mehr existieren. Es steht eine lange, stabile und ruhige Zeit der Macht für die Partei bevor, während Deutschland wie der Phönix … wer wird dann noch Ärger wegen der Juden machen?«

»Wie dem auch sei, du hast dich geirrt.«

»Ich habe das Problem unterschätzt. Wie haben die Kinder den Bescheid, Juden zu sein, aufgenommen?«

»Sie wissen es nicht, man hat ihnen nie erklärt, warum sie Hals über Kopf nach Saltsjöbaden umziehen mussten.«

»Ist das nicht etwas seltsam?«

»Doch, das haben wir auch hin und her überlegt. Aber schließlich ist es so, dass sie, obwohl sie unter den herrschenden Verhältnissen in Deutschland als Juden gelten, in Saltsjöbaden nichts anderes als Norweger sind. Und sie empfinden sich als Norweger und Halbdeutsche. Aber als Juden?«

Harald dachte nach, trank einen Schluck Bier und nickte nach einer Weile nachdenklich, als stimme er dem Beschluss, den Kindern nichts zu sagen, zu.

»Und das ist für dich kein Problem?«, fragte Lauritz hart.

»Was? Dass ich jüdische Cousins und eine jüdische Cousine habe? Besser gesagt Mischlinge.«

»Genau. Ist das kein Fleck auf deinem schwarzen Wappenschild?«

»Nein. Ich bin einer der hundert genetisch und rassenbiologisch am eingehendsten untersuchten Männer Deutschlands, ich bin garantiert reinrassischer Arier seit über 250 Jahren. Falls es dich interessiert, kann ich dir mitteilen, dass sich in der Familie von Freital keine einzige eingeheiratete Jüdin findet, jedenfalls soweit Nachforschungen möglich sind, also bis ins 14. Jahrhundert. Was Osterøya betrifft, ist man davon ausgegangen, dass es sich ebenso verhält. Diese Sache ist genauestens untersucht worden.«

»Ist das nicht etwas übertrieben?«

»Deine ironische Bemerkung mit dem Fleck auf dem schwarzen Wappenschild gefällt mir nicht, Vater. Ich habe meine Cousins und meine Cousine immer gemocht und mich nie im Geringsten von ihnen distanziert. Wenn ich ihnen wieder begegne, werde ich sie in erster Linie als meine Verwandten und in zweiter Linie als Norweger betrachten. Sonst nichts. Sonst nichts!«

»Dann ist es ja gut«, erwiderte Lauritz ohne hörbare Ironie.

Harald leerte seinen Bierkrug, und Lauritz nippte an seinem Römer. Ihre Unterhaltung war in eine Sackgasse geraten, aus der sie irgendwie hinausfinden mussten. Harald machte den Anfang.

»Ich glaube, ich weiß eine einfache Lösung für dein Problem mit dem Währungsexport«, sagte er ruhig.

»Das wäre natürlich ausgezeichnet«, erwiderte Lauritz. »Lass hören.«

»Es wäre doch nur natürlich, wenn ich dich als dein ältester Sohn bei deinem nächsten Besuch zu diesen Paragrafenreitern ins Handelsministerium begleiten würde. Ich meine, schließlich bin ich doch wohl ein zukünftiger Miteigentümer des Unternehmens?«

»Du meinst, du würdest mich in deiner jetzigen Montur begleiten?«

»Natürlich. Ich bin mir sicher, dass die neuen Beamten im Handelsministerium, die natürlich alle Parteimitglieder sind, sehr viel entgegenkommender sind, wenn sie es mit einem SS-Hauptsturmführer zu tun haben.«

Lauritz ließ sich schnell überzeugen. Erst jetzt begriff er oder gestand sich selbst ein, dass ihre ehemaligen, inzwischen entlassenen Kontakte beim Handelsministerium natürlich Juden gewesen waren. Es wäre taktisch äußerst unklug gewesen, sich bei seinen Bemühungen um eine Währungsexportgenehmigung ausgerechnet auf diese Leute zu berufen.

Er warf einen Blick auf die Turmuhr am Potsdamer Platz, auf den gerade eine kreischende Straßenbahn einbog. Es war schon spät, und er merkte, wie hungrig er war. Außerdem wollte er über die einleuchtende Idee nachdenken, die ihm soeben gekommen war. Es war kein leichter Beschluss, und die Familie in Saltsjöbaden würde vermutlich recht kritisch sein. Aber schließlich war Harald sein Sohn.

»Spricht etwas ... wie soll ich das formulieren...«, begann er nachdenklich, verstummte dann aber.

Harald, der bemerkt hatte, dass sein Vater ins Grübeln geraten war, wartete schweigend ab.

»Spricht etwas in euren Ordensregeln, oder wie immer man das nennt, dagegen, dass ein SS-Offizier Aktien eines deutschen Unternehmens besitzt?«, fragte er schließlich.

»Nein, natürlich nicht. Wir sind nicht gegen Privateigentum, im Gegensatz zu den Kommunisten. Wieso?«, antwortete Harald erstaunt.

»Aha, die Kommunisten? Gut. Ganz ausgezeichnet eigentlich. Die Sache ist folgende: Ich hatte vor, das Unternehmen noch weiter zu germanisieren, indem ich zweien unserer engsten Mitarbeiter je zweieinhalb Prozent der Aktien überlasse. Das wäre einerseits recht teuer geworden, andererseits hätte es uns aber der gesteigerten Loyalität unserer beiden besten Mitarbeiter versichert. Jetzt gäbe es jedoch eine andere Möglichkeit: Du übernimmst fünf Prozent der Aktien. Das entspricht einem Vermögen, du kannst sie jedoch nicht auf dem Markt kapitalisieren, sondern nur an die Familie verkaufen. Hingegen erhältst du eine schöne Dividende. Dieses Arrangement würde als Vorschuss auf dein Erbe gelten und entspricht etwa der Hälfte von dem, was du einmal von mir erben wirst. Es wird einige Zeit dauern, bis die blutsaugenden Wirtschaftsjuristen die Verträge vorbereitet haben. Anschließend, aber wirklich erst anschließend, statten wir beide als Firmeneigner dem Handelsministerium unseren Besuch ab. Und du darfst gerne ›Heil Hitler!‹ rufen, wenn du diese Bürokratenbastion betrittst.«

Harald lächelte, überlegte, nickte nachdrücklich und sagte:

»Solange die Olympiade andauert, salutieren wir eigentlich nur«, antwortete er wieder mit seinem breiten Lächeln. »Aber um der guten Sache willen bin ich gerne bereit, eine Ausnahme zu machen. Du bist wirklich sehr großzügig, Vater!«

»Nein, überhaupt nicht«, antwortete Lauritz. »Hingegen wäre es sehr unmoralisch, dich zu enterben. Das wäre ein Unrecht gewesen, denn du bist mein Sohn, mein Fleisch und Blut. Außerdem profitieren ich und ganz besonders Sverre von diesem Geschäft. Also! Wir haben etwas zu feiern. Bist du jetzt bereit, deinen Vater zum Abendessen einzuladen?«

»Natürlich. Wo willst du hin?«

»Ins Adlon.«

»Meine Güte! Warum ausgerechnet ins Adlon?«

»Oscar erzählt immer eine lustige Geschichte, wie er dort einmal mit einem SS-Offizier dinierte. Ich will auch so eine Geschichte erzählen können.«

»Das ist natürlich ein guter Grund. Aber du musst entschuldigen, das kann ich mir nicht leisten.«

»Ach? Es heißt doch immer, dass sich die SS ziemlich bereichert?«

Haralds Miene verdüsterte sich, er wollte schon etwas sagen, besann sich dann aber und holte tief Luft.

»Ich lebe von einem einfachen Hauptmannslohn, Vater, und sonst nichts. Ich habe keine anderen Einnahmen. Das neue Deutschland wird die Korruption ausmerzen.«

»Das ist gut«, erwiderte Lauritz. »Ausgezeichnet. Ich übernehme gerne die Zeche, denn wir haben ja wirklich etwas zu feiern, die Teilhaberschaft des verlorenen Sohnes beispielsweise.«

Beide lachten erleichtert und vielleicht auch ein wenig angestrengt.

Sie verabredeten sich für anderthalb Stunden später im Adlon. Lauritz wollte nach Hause gehen, um sich einen Abendanzug anzuziehen, und auch Harald musste das Hemd wechseln und sich rasieren. Das Adlon betrat man nicht in nachlässiger Garderobe.

Lauritz blieb allein mit seinem halb vollen Römer sitzen. Er hatte es nicht eilig. Die Tiergartenstraße lag nur einen kurzen Spaziergang entfernt, und er brauchte etwas Ruhe, um über seinen Sohn nachzudenken, was in einem Straßencafé auf dem Potsdamer Platz nicht leicht war. Der schlimmste Stoßverkehr war zwar bereits vorüber, aber trotzdem fuhren immer noch 3000 Autos in der Stunde vorbei, wenn man den Zeitungen Glauben schenken wollte. Jetzt in der anbrechenden Dämmerung gingen die ersten Leuchtreklamen an, die den gesamten Platz in eine gigantische Kabarettbühne verwandelten. Warmes rotes Licht erstrahlte vom Schild eines großen Weinlokals, grünes Licht von einem Varieté, gelbes von der Reklame einer Schuhfabrik. Inmitten all dieser Modernität zogen zwei Pferdefuhrwerke mit Ölfässern an ihm vorbei. Er betrachtete die gewaltige, ebenfalls sehr moderne, neun Stockwerke hohe Glas- und Stahlfassade des Columbushauses. Das Gebäude überragte alle anderen Häuser in der Umgebung um mehr als das Doppelte, wirkte aber trotzdem leicht und schien in dem Licht, das es ausstrahlte, regelrecht zu schweben. Gebäude wie dieses hatten Oscar und Sverre errichtet, das war der Stil, den Deutschland jetzt verwarf. Auch der Architekt des Columbushauses war schon lange geflüchtet. Lauritz war sich nicht ganz sicher, was er von diesem Glas- und Stahlstil halten sollte, es erging ihm dabei insgeheim wie mit dem Aquarium auf dem Nachbargrundstück in Saltsjöbaden. Aber die Modernität ließ sich natürlich nicht aufhalten, selbst wenn es wünschenswert wäre. Hier im Herzen Berlins, in dem sich 25 Straßenbahnlinien und die U-Bahn begegneten und sich alles in ständiger Bewegung befand, spürte er das besonders intensiv. Unendliche Menschenmassen und Fahrzeuge drängten unaufhaltsam der Zukunft entgegen. Diese Entwicklung war nicht zu bremsen. Vielleicht war es mit Harald dasselbe. Er ließ sich nicht bremsen, genauso wenig wie Deutschland.

*

Im Flugzeug nach Schweden fasste er das Ergebnis seines Aufenthaltes zusammen. Die Bürokratie zu besiegen hatte viel Zeit in Anspruch genommen, vor allem, was das Vorerbe mit allen seinen Vorbehalten betraf. Wieder einmal hatten sich die blutsaugenden Wirtschaftsanwälte darin übertroffen, alles zu verschleppen und immer neue Hindernisse zu erfinden. Aber schließlich war dann doch alles geregelt worden.

Sobald die zwei Teilhaber, einer davon ein SS-Hauptsturmführer mit dem heimlichen Ring, den alle Parteimitglieder mit Luchsaugen sofort entdeckten, das Handelsministerium in der Wilhelmstraße betreten hatten und Harald seinen Arm zum Hitlergruß erhoben hatte, waren ihnen die Stempel mit Reichsadler und Hakenkreuz sicher gewesen.

Sverre würde also seine Werbeagentur bekommen. Auch die weitere Germanisierung der Lauritzen-Gruppe hatte sich bedeutend vorteilhafter gestaltet als zu Anfang erwartet. In der Geschäftsführung saß jetzt ein SS-Offizier mit offenbar recht guten Karrierechancen.

Solange sich keine katastrophale Entwicklung des Krieges in Spanien abzeichnete. Harald hatte sehr geheimnisvoll getan und eher angedeutet als erzählt, dass er dorthin reisen würde, um sich einer Geheimtruppe, der Legion Condor, anzuschließen. Laut Harald ging es bei diesem Projekt mehr um das Testen moderner Bomber unter echten Bedingungen als um Kriegsführung, was in Bezug auf Harald nicht allzu beunruhigend klang.

Deutschland hatte bei den Olympischen Spielen großartiger abgeschnitten, als irgendjemand zu hoffen gewagt hatte. Deutschland hatte 33 Goldmedaillen errungen, die USA 24, Deutschland 26 Silbermedaillen, die USA 20, Deutschland 30 Bronzemedaillen, die USA 12. In der Geschichte der Olympiade hatte noch kein Land so überragend gesiegt.

Der amerikanische Neger, der so grässlich schnell lief, hatte zwar die vorhergesagten vier Goldmedaillen gewonnen, war aber von dem deutschen Turner Konrad Frey mit drei Gold-, einer Silber- und zwei Bronzemedaillen übertrumpft worden. Er war zum besten Sportler der Olympiade des Jahres 1936 erkoren worden, der großartigsten, bestorganisierten, erfolgreichsten Olympiade bislang. Im Übrigen hatte die deutsch-jüdische Fechterin Helene Mayer eine Silbermedaille errungen.

Über die norwegischen Leistungen ließ sich nicht viel sagen. Beim Segeln in Kiel hatten sich die norwegischen

Boote sowohl in der Sechs-Meter-Klasse als auch in der Acht-Meter-Klasse mit Silber begnügen müssen. Die beiden entzückenden Turmspringerinnen, denen sie Unter den Linden begegnet waren, Inger Nordbø und Tullik Helsing, musste man auf den Ergebnislisten lange suchen, sie waren auf dem zwölften und dreizehnten Platz gelandet.

Das Hauptziel der Reise, den Besitz der Familie in Deutschland zu konsolidieren, hatte er jedoch erreicht. Die Gefahr, den großen Immobilienbesitz in Berlin und Dresden zu verlieren, war ausgeräumt, und die Zukunft sah rosig aus.

Nach seiner Heimkehr – wie wunderbar war doch das Fliegen, morgens war man in Berlin, abends bereits in Saltsjöbaden – hatte keiner der Brüder Einwände gegen das Arrangement erhoben, Harald statt Außenstehender in den Kreis der Teilhaber aufzunehmen. Blut war trotz allem dicker als Wasser.

Oscar erhob jedoch mit Nachdruck Einspruch dagegen, dass der Turner Konrad Frey als bester Sportler der Olympischen Spiele gelten sollte. Er echauffierte sich und bestand darauf, dass »dieser Neger« als einer der besten Sportler in die Geschichte eingehen würde. Außerdem habe »dieser Neger« auch einen Namen: Jesse Owens.

Aber Oscar war nun einmal, wie er war, was Neger betraf.

XIII

STOCKHOLM

31. August 1939

Das ungewöhnlich schwere Gewitter über Stockholm stellte eine reinigende Befreiung dar. Die letzte Sommerwoche war unerträglich heiß gewesen. Alle Theater, Restaurants und Kinos, die den Sommer über geschlossen gewesen waren, würden am nächsten Tag in der vom Regen sauber gewaschenen Stadt wieder öffnen. So auch die Schulen, denn die Ferien waren nun zu Ende. Die Läden hatten sich für den zu erwartenden Ansturm der Ehefrauen und Dienstmädchen gerüstet, die das Haushaltsgeld für den neuen Monat erhalten hatten.

Lauritz saß in seinem Büro ganz oben in dem Verwaltungsgebäude in der Västra Trädgårdsgatan und genoss die kühle Luft, die durch die geöffneten Fenster hereinwehte.

Einer seiner Mitarbeiter hatte ihm die neueste Nummer der Klatschzeitung *Vecko-Journalen* aufgeschlagen hingelegt und einen Satz einer Glosse des bekannten Humoristen Kar de Mumma rot angestrichen:

»Es mutet wahnsinnig an, dass 25 Millionen Menschen sterben sollen, weil England beschlossen hat, den Hitlerismus niederzuschlagen.«

Wie wahr. Er hätte das nicht besser formulieren können. Die sturen Polen widersetzten sich dem höchst verständlichen Anliegen Deutschlands, Zugang zum polnischen Korridor zu erhalten. Verglichen mit allen anderen Streitigkeiten der letzten Jahre über neue deutsche Territorien, handelte es sich um eine Bagatelle und würde natürlich auch dieses Mal nicht zum Krieg führen.

Verärgert warf er die Zeitschrift in den Papierkorb unter seinem Schreibtisch und trommelte dann mit den Fingern einige ungeduldige Takte auf die Schreibtischunterlage. Nichts kam ihm ungelegener, als im Büro gefangen zu sein, denn eigentlich hätte er in Lunde die letzten Gussarbeiten überwachen müssen. Die Sandöbrücke stellte nicht nur sein bislang größtes Brückenprojekt und eine Art Höhepunkt seines langen Berufslebens dar, sondern bestand, soweit sich dies beurteilen ließ, aus dem längsten gegossenen Brückenbogen der Welt, der in vierzig Meter Höhe 264 Meter weit über den Fluss reichte. Bald war die Sandöbrücke fertig, denn es fehlten nur noch etwa zehn Meter, bis der Scheitelpunkt geschlossen wurde.

Und er saß also trotz alledem hier in seinem Büro, weil Ingeborg darauf bestanden hatte. In Saltsjöbaden wurde ein deutscher Schriftsteller namens Bertolt Brecht zum Abendessen erwartet. Eigentlich ging ihn das nichts an, denn der Schriftsteller war ein Freund Oscars, Christas und Sverres aus ihrer Zeit in Berlin, genau wie dieser Journalist, der vor ein paar Jahren den Friedenspreis des norwegischen Stortings, besser gesagt Nobels erhalten hatte, während er im Konzentrationslager war und deswegen den Preis nicht hatte in Oslo entgegennehmen können. Jetzt war er außerdem tot.

Zu Anfang war geplant gewesen, dass Oscar, Christa und Sverre den deutschen Gast ins Grand Hotel in Saltsjöbaden einladen würden, aber das ging jetzt offenbar nicht, weil der Nobelpreisträger Thomas Mann zufälligerweise im Grand wohnte und Brecht und Mann sich aus unerfindlichem Grund hassten. Daher waren die Pläne für das Abendessen geändert und Herr Brecht, seine Frau und ihre beiden Kinder in die Villa Bellevue eingeladen. Dort konnten sie dann auch übernachten, ohne befürchten zu müssen, Herrn Mann beim Frühstück zu begegnen. So verrückt war die Welt, dass sogar deutsche Autoren im Exil verfeindet waren. Nun wurde also in Saltsjöbaden zu Hause diniert, und Ingeborg war der Meinung, dass der Hausherr nicht fernbleiben dürfe. Und all das nur, weil ein anderer deutscher Autor im Grand wohnte. Idiotisch, aber nicht zu ändern.

Er schaute auf die Uhr. Eine gute Stunde würde es noch dauern, bis er den täglichen telefonischen Bericht über das Fortschreiten des Betongusses oben im Norden erhielt.

Er versetzte seinen Bürostuhl in Drehung, lehnte sich mit im Nacken gefalteten Händen zurück und betrachtete die drei gerahmten Fotos, die die drei größten Augenblicke seines erwachsenen Lebens zeigten. Nicht die seiner Jugend, denn das wären das Verlobungsdiner an der Tafel des Kaisers 1907, der Sieg mit der Ran im selben und den darauffolgenden Jahren und vielleicht Haralds Taufe im Bergenser Dom gewesen.

Die drei Fotos hinter seinem Schreibtisch zeigten, dass große Dinge sich auch später im Leben ereignen konnten. Auf dem linken Bild nahm er das Komturkreuz des Sankt-Olav-Ordens entgegen. Von seiner Heimat so geehrt zu werden war ein großer Moment für ihn gewesen. Das Foto rechts zeigte, wie er 1927, zwanzig Jahre nach dem Triumph mit der Ran, in Kiel mit dem Ehrenpokal für seine Siege mit der Scheiken geehrt wurde.

Das im vergangenen Mai aufgenommene Bild in der Mitte zeigte das wohl bedeutendste Ereignis: den Augenblick, als der enorme, 264 m lange, 12 m breite und 41 m hohe Bogen aus 1000 Tonnen Bauholz und 70 Tonnen Nägeln seine endgültige Position einnahm.

Die Konstruktion der Gussform hatte im März des Vorjahres am Flussufer in Lunde begonnen und 14 Monate in Anspruch genommen. Dann war der große Tag gekommen, an dem der gewaltige Bogen mithilfe von Pontons und Zentimeterpräzision an seinen Platz bugsiert werden sollte. Ein regelrechtes Volksfest hatte stattgefunden, und die Ufer waren schwarz von Leuten gewesen, die mit Proviant kilometerweit gewandert waren, um dem Schauspiel, dem bislang größten Transport der Welt, beizuwohnen. Welch eine Erleichterung und Freude, als die Arbeiter vom anderen Flussufer des Ångermanälven her signalisiert hatten, die Gussform sei an dem vorgesehenen Platz fixiert.

Seitdem hatte man die Gussform mit Beton und Armierungseisen gefüllt, Meter um Meter, Tag um Tag. In spätestens zwei Tagen würde die Arbeit erledigt sein, der Rest würde sich dann vergleichsweise einfach gestalten.

Er sann darüber nach, ob er bereit wäre, den großen Sieg mit der Scheiken 1927 gegen diesen Triumph einzutauschen. Ja, das verstand sich fast von selbst. Siege bei Regatten gab es viele, aber eine solche Brücke existierte nur einmal. Sie stellte den Höhepunkt seines Lebens als Brückenbauer dar, das bereits 1901 auf der Hardangervidda begonnen hatte.

Das Telefon blieb nach wie vor stumm.

Deutsche Gäste im Exil, Oppositionelle, waren, was er im Augenblick am allerwenigsten gebrauchen konnte. Das Gespräch würde eine endlose Litanei sein, die nur ein einziges Thema kannte: Hitler, Hitler und nochmals Hitler. Unerhört ermüdend und anstrengend.

Im Frühjahr des Vorjahres waren die Deutschen, ohne auf den geringsten Widerstand zu stoßen, in Österreich einmarschiert und von jubelnden Massen empfangen worden. Ja, wirklich. Österreich war zu einem Teil Deutschlands erklärt worden, zur Ostmark des neuen Großdeutschland. Deswegen war ein schreckliches Gezeter ausgebrochen, wobei niemand erwähnte, dass in der Tat eine Volksabstimmung stattgefunden hatte und 99,75 Prozent der Österreicher für Hitler und den Anschluss gestimmt hatten. Aber diesem Umstand schienen die deutschen Schriftsteller im Exil keine Beachtung zu schenken.

Danach war das Münchner Abkommen getroffen worden. Was gab es daran auszusetzen? Schließlich waren die Sudetendeutschen womöglich noch deutscher als die Österreicher, und die Großmächte hatten sich einverstanden erklärt. Der englische Premierminister Neville Chamberlain war triumphierend und als Held nach London zurückgekehrt und hatte erklärt, das sei das Beste, was habe geschehen können, denn es garantiere »Frieden in unserer Zeit«. Wenn sogar Deutschlands Erzfeinde der Wiedervereinigung der alten deutschen Länder zustimmten und wenn alle Deutschen, die diese Sache schließlich in erster

Linie betraf, diese Reformen ebenfalls befürworteten, wieso mussten sich dann Außenstehende dagegen auflehnen?

Als Hitler, wie von allen erwartet, ganz Böhmen und Mähren, das zu dem fiktiven Land Tschechoslowakei gehört hatte, annektiert hatte, war es zum Zähneknirschen gekommen. England und Frankreich hatten sich jedoch damit begnügt, »Protestnoten« zu schicken, im Übrigen waren alle zufrieden.

Dass am Tag vor dem Einmarsch in Prag ein Schwede, ein gewisser Sven Selånger, als erster Ausländer das Skispringen auf dem Holmenkollen in Norwegen gewonnen hatte, noch dazu mit dem neuen Rekordwert von 62 Metern, war dann doch ein größerer Skandal gewesen.

Die territorialen Korrekturen in Europa, die alle Beteiligten befürworteten und die sich sowohl an Sprachen als auch an Rassen orientierten, waren gar nicht mal das Mühsamste an den monotonen Diskussionen, die ihn in einigen Stunden beim Abendessen in Saltsjöbaden erwarteten.

Schweden hatte gegen Deutschland als Nation nichts einzuwenden, das war es nicht. Warum hätte König Gustav V. sonst Reichsmarschall Hermann Göring mit dem Großkreuz des Schwertordens ausgezeichnet, dem höchsten militärischen Orden, den Schweden überhaupt zu vergeben hatte?

Nicht Deutschland war das Problem, sondern die Judenfrage.

Immer noch kein Anruf von der Brückenbaustelle.

Er versuchte sich vorzustellen, wie der Zement mithilfe des großen Krans emporgehoben wurde, dann, wie die Arbeiter auf dem Scheitel des gewaltigen Brückenbogens den Zement mit Schubkarren weiterbeförderten und auf den letzten Metern mit Schaufeln verteilten. Bald würde dieser Bogen dieselbe Stabilität aufweisen wie eine herkömmliche Steinbrücke, nachdem am Scheitelpunkt der Schlussstein eingefügt worden war.

Die Judenfrage war also das Problem. Da gab es nichts zu beschönigen. Nichts würde während des Abendessens mit dem linksradikalen Autor und seiner ebenso zornigen und undifferenziert antideutschen Ehefrau, einer Schauspielerin, hinzuzufügen sein, am allerwenigsten in Christas und Oscars Anwesenheit. Sverre hatte eigene, allerdings nicht unbedingt stubenreine Gründe, die Nazis zu hassen. Aber das würde am Abend wohl kaum zur Sprache kommen.

Hätte Hitler doch bloß die Finger von den Juden gelassen! Die großartige deutsche Nation zu vereinigen war eine historische Tat gewesen und außerdem nach dem Frieden von Versailles mehr als gerechtfertigt. Diese Auffassung ließ sich durchaus vertreten, nicht zuletzt mit Hinweis darauf, dass die Volksdeutschen, die hinter fremde Grenzen geraten waren, den Anschluss an die Reichsdeutschen wünschten. Wenn 99,75 Prozent der Österreicher für einen Anschluss waren, dann konnten Außenstehende doch wohl kaum etwas dagegen einzuwenden haben.

Aber für die Kristallnacht im Jahr zuvor gab es keine Entschuldigung. Viele Informationen, die darüber zirkulierten, waren natürlich übertrieben oder von antideutschen Elementen geradezu frei erfunden worden, wie beispielsweise die Internierung von 33 000 Juden als Strafe dafür, dass die SA-Schläger, die leider wie früher erneut Amok gelaufen waren, obwohl Harald versichert hatte, dass die SS sie erledigt hatte, ihre Läden kurz und klein geschlagen und ihre Synagogen niedergebrannt hatten. Oder, was noch schlimmer war, dass die Juden eine Milliarde Mark Schadensersatz für die SA-Verwüstungen zahlen sollten. Das war natürlich absurd.

Damals, im vergangenen Jahr, hatte er der offenbar antideutschen Gräuelpropaganda keinerlei Bedeutung beigemessen. Da hatte er sich weitaus mehr für die Saltsjöbadener Vereinbarung interessiert, die für den Arbeitsfrieden zwischen der Gewerkschaftsbewegung und den Arbeitgebern sorgen sollte. In Wallenbergs Grand Hotel war über diesen Meilenstein in der modernen Geschichte Schwedens verhandelt worden. Glücklicherweise hatte man eine Einigung erzielt.

Der Arbeitsfrieden war für Schweden und auch für den Wohlstand der eigenen Familie am wichtigsten. Es war ein Segen, dass diese elenden Streiks endlich ein Ende hatten und dass sich die Arbeiter nach den fünf Toten in Ådalen 1931 endlich beruhigt zu haben schienen.

Wie hieß die Ehefrau dieses Brecht noch gleich wieder mit Vornamen? Wahrscheinlich würde sie seine Tischdame sein, und der Schriftsteller würde die Gastgeberin zu Tisch führen. Er griff zu Ingeborgs Erinnerungszettel. Helene Weigel.

Natürlich war sie eine fanatische Antifaschistin. Worüber würde man mit ihr außer über Juden noch reden können?

Bei der letzten schwedischen Reichstagswahl hatten die Sozialdemokraten 49,5 Prozent der Stimmen errungen. An seinem Zahlengedächtnis war zumindest einstweilen nichts auszusetzen. Die eine der beiden schwedischen Naziparteien war verschwunden, die andere hatte 20 000 Stimmen erhalten, was nicht einmal für ein einziges Mandat gereicht hatte. Schweden war zwar nicht *judenfrei*, aber zumindest *nazifrei*.

Gute Güte, wie dumm! Welch eine Blamage. Bloß nicht über die Juden sprechen, über alles andere, nur das nicht.

Noch immer kein Anruf. Es war bereits 16.30 Uhr, und in Schweden würden bald die Büros schließen. Seltsam.

Wenn Hitler nur auf diese kindische Hetze gegen die Juden verzichten könnte. Viele, auch er selbst und sogar Harald, waren davon ausgegangen, dass er sich eines Besseren besinnen würde, wenn er erst einmal die Macht errungen hatte.

Er musste an etwas anderes denken. Es war fast fünf Uhr, und noch immer war kein Anruf aus Lunde gekommen.

Rosa war vom Außenministerium zur Ausbildung angenommen worden. Das war eine große Auszeichnung, denn die Zahl der Bewerber war groß gewesen. Es fragte sich natürlich, welche Karrieremöglichkeiten sich einer Frau innerhalb der Diplomatie boten. Karl arbeitete zwei Tage in der Woche in der Firmenzentrale und würde in einem Jahr sein Examen an der Handelshochschule ablegen. Als Assistent hatte er systematisch sämtliche Posten durchlaufen, um neben den sicherlich ausgezeichneten theoretischen auch praktische Kenntnisse zu erwerben. Nächstes Jahr würde er als Assistent des Generaldirektors beginnen, einen Platz im Vorstand hatte er bereits. Ab und zu half er auch in Sverres Werbeagentur aus. Im Augenblick arbeiteten sie dort an einem Werbefeldzug für die neue, natürlich amerikanische Waschmaschine Maytag. Dass Maschinen spülten, war nichts Neues, aber jetzt sollten sie auch noch waschen! Wie würde das nur enden? Was blieb den Dienstmädchen dann außer Putzen und Kochen noch zu tun? Seit Mai war es nicht mehr gestattet, sie im Falle einer Schwangerschaft zu entlassen. Die Welt stand kopf!

In der Tat, was aber vermutlich nicht nur daran lag, dass schwangere Hausangestellte, wie die neue Bezeichnung lautete, nicht mehr entlassen werden durften.

Endlich klingelte das Telefon. Er seufzte erleichtert und schaute auf die Uhr. Es war bereits kurz nach fünf, aber er würde es trotzdem bis kurz vor sechs nach Saltsjöbaden schaffen. Ausgezeichnet, dann konnte er sich noch umziehen und den Champagner in der Laube servieren.

Erst verstand er den gebrüllten Bescheid im Telefonhörer nicht und musste zweimal nachfragen.

Die Sandöbrücke, die größte freitragende Brücke der Welt, war eingestürzt. Zwischen zehn und zwanzig Arbeiter, die sich oben auf der Brücke befunden hatten, hatten dabei ihr Leben verloren. Wie das geschehen konnte, wusste zum gegenwärtigen Zeitpunkt niemand. Alle Fenster in Lunde waren von der Druckwelle geborsten, alle Boote auf dem Ångermanälven und alle Stege von der gigantischen Welle, die die herabstürzende Brücke erzeugt hatte, zerstört worden. Trümmer und tote Arbeiter trieben überall herum.

Schreiend fragte er immer wieder nach, aber der Bescheid blieb derselbe.

Die bislang größte Brückenkatastrophe der Welt, der bislang größte Unfall an einem schwedischen Arbeitsplatz und noch dazu in Ådalen, wo wegen fünf getöteter Arbeiter beinahe eine Revolution ausgebrochen war.

Und er selbst hatte nicht die Zeit gehabt, um zum letzten entscheidenden Abschnitt des Betongusses dorthin zu reisen, weil irgendein obskurer Schriftsteller zum Abendessen erwartet wurde.

Deswegen stürzte sein Leben auch auf seinem Scheitelpunkt genau wie diese Brücke ein.

Das war das Ende. Er fasste sich ans Herz und stellte sich vor, dass er in diesem Augenblick tot umfallen würde. Er spürte nichts Besonderes, möglicherweise schlug sein Herz etwas schneller.

Morgen würden alle Zeitungen der Welt ellenlange Artikel über dieses erstaunliche und tragische Versagen bringen. Und er und sonst niemand würde den Kopf dafür hinhalten müssen.

Selbstmord war der falsche Weg. Das war etwas für Japaner. Das Bauunternehmen Lauritzen & Co. musste nach den zu erwartenden Anfeindungen in der Presse natürlich geschlossen werden.

Der größte Brückenbogen der Welt war eingestürzt.

Der Fehler lag bei ihm. Er hätte dort sein müssen.

Er saß reglos mit aufgestützten Ellbogen und in die Hände gelegtem Kopf am Schreibtisch und war keines Gedankens fähig. In seinem Kopf herrschte vollkommene Leere.

Am nächsten Tag erschienen in den schwedischen Zeitungen nur ein paar kurze Meldungen über die Katastrophe und in der internationalen Presse überhaupt nichts. Eine andere Nachricht war ganz offensichtlich wichtiger. Hitler war in Polen einmarschiert. Der Zweite Weltkrieg war eine Tatsache.

LITERATUR

Das weitläufige Thema bringt es mit sich, dass ich unmöglich eine Literaturliste aufstellen kann. Bei belletristischen Werken ist man auch nicht moralisch dazu verpflichtet, seine Quellen zu nennen, und das ist ein Glück.

Aber da ich natürlich Anleihen gemacht, gestohlen, parodiert, fast zitiert, zu sehr verdeutlicht oder verzerrt habe, und zwar Dinge, die ich in Büchern anderer gefunden habe, bin ich schließlich zu dem Schluss gekommen, dass ich eine Art Kompromiss eingehen sollte. Unter Berücksichtigung zweier Kriterien habe ich nur fünf Bücher ausgewählt: Zum einen waren es die, von denen ich sehr profitiert habe, zum anderen solche, die sich mühelos und mit viel Genuss lesen lassen.

Sebastian Haffner
Die Geschichte eines Deutschen.
Die Erinnerungen 1914–1933
Deutsche Verlagsanstalt, München 2003

Erik Larson
Tiergarten – In the Garden of Beasts. Ein amerikanischer Botschafter in Nazi-Deutschland

Aus dem Englischen von Werner Löcher-Lawrence
Hoffmann und Campe Verlag, Hamburg 2013

Ragnar Svanström
Kejsarens arvtagare.
En bok om Weimarrepublikens Tyskland 1919–1933
[Der Erbe des Kaisers.
Ein Buch über die Weimarer Republik 1919–1933]
Norstedts Förlag, Stockholm 1983

Eric D. Weitz
Weimar Germany. Promise and Tragedy
Princeton University Press, Princeton 2007

Lars Westman
Till Saltsjöbaden! En skapelseberättelse
[Nach Saltsjöbaden! Eine Schöpfungsgeschichte]
Carlsson Bokförlag, Stockholm 2012

HILFE HABE ICH NATÜRLICH ERHALTEN

und zwar von vielen Seiten, nicht zuletzt von meinem Verlag. Ich möchte mich trotzdem ganz besonders bei der Kungliga Svenska Segelsällskapet bedanken, die mir behilflich war, dem Einsatz meines Großvaters Oscar Botolfsen als Segler in den 1920er-Jahren auf den Grund zu gehen. Im Roman schreibe ich sie Lauritz Lauritzen zu. Professor Kyösti Tuutti hat mir einiges über den Brückenbau erklärt, Jacob Wallenberg hat mir den Zutritt zum Wallenberg-Archiv gestattet, und mein Kollege, der Reporter im Ruhestand Lars Westman, war mit seinem Buch und auch persönlich mein Führer in dem Saltsjöbaden meiner Kindheit und Jugend.

Lust auf mehr von Jan Guillou?

Dann lesen Sie weiter in

Jan Guillou

SCHICKSALSJAHRE

Roman

ISBN 978-3-453-27029-9

Aus dem Schwedischen von Lotta Rüegger
und Holger Wolandt

LESEPROBE

HEYNE

› Über das Buch

Der Zweite Weltkrieg ist ausgebrochen, und auch für die in Schweden lebende Familie Lauritzen wird der Alltag mehr und mehr zu einem Drahtseilakt. Die Ehefrauen der Brüder Lauritzen besitzen die deutsche Staatsbürgerschaft und überlegen, diese aus Sicherheitsgründen abzulegen. Ein Großteil des Vermögens der Familie ist in Deutschland angelegt und nicht mehr zugänglich. Gleichzeitig verschlechtert sich die Auftragslage. Und auch im Privaten droht der Familie Ungemach. Lauritz' Ehefrau Ingeborg ist schwer erkrankt, was sie ihrem Ehemann so lange verheimlicht, bis es zu spät zu sein scheint. Lauritz' Kinder sind politisch in verschiedenen Lagern aktiv, was eine große Gefahr für die Familie birgt. Lauritz, der als Oberhaupt stets die Geschicke der Familie lenkte, verliert in den Wirren zusehends die Zuversicht, und als er die Nachricht vom Tod seines Sohnes erhält, scheint sein Lebenswille endgültig gebrochen zu sein.

1940

Das Hämmern der Ramme pulsierte zuversichtlich durch seinen ganzen Körper. Die Arbeit schritt langsam, aber unaufhaltsam voran. Dieses Mal würden sie nicht versagen, niemand würde sterben.

Natürlich klagten die Bewohner der Häuser unten am Flussufer über den ständigen Lärm. Und er selbst hatte sich, statt mit den anderen Ingenieuren im Centralhotel in Kramfors, im Obergeschoss eines einfachen, ungestrichenen Holzhauses direkt am Wasser in der Nähe der Baustelle eingemietet, als wollte er damit dem Schicksal trotzen und es herausfordern. Würde das Bauwerk ein weiteres Mal in den Fluss stürzen, konnte die gewaltige Flutwelle die ufernahen Häuser mitreißen oder zerstören.

Aber das würde kein zweites Mal geschehen.

Er wollte dem Hämmern der Ramme nahe sein, wenn der Schlagbär langsam, aber sicher die Holzstämme mit jedem Schlag um sechzehn Millimeter weiter ins Flussbett trieb. In kleinen Schritten ging es stetig voran. Und er wollte dabei sein, jeden einzelnen Schlag mit seinem ganzen Körper spüren.

In seinem Mansardenzimmer, beim wiederholten Durchgehen der Pläne, oder wenn ein in Schräglage geratener Pfahl zunächst durch einen weiteren Pfahl abgesichert werden musste, gönnte er sich ab und zu eine kurze Pause, legte sich auf das gemachte Bett und lauschte dem Hämmern, als sei es Musik von Beethoven oder Brahms.

Das war der eine Grund.

Der andere war das allabendliche Beisammensein im Hotel in Kramfors. Nicht, dass an der Gesellschaft etwas auszusetzen gewesen wäre, die meisten Hotelgäste waren wie er Ingenieure. Hätten die Gespräche nach dem Essen von der Arbeit gehandelt, den Bemessungen oder zu erwartenden Problemen mit der möglicherweise aufwendigsten Fachwerkgerüstkonstruktion der Welt, wäre er gerne dabei gewesen. Solche Unterhaltungen brachten oft ganz neue Ideen hervor.

Aber solch nützliche Gespräche fanden so gut wie nie statt. Nach dem Abendessen wurden im Salon meist zwei unbehagliche Themen erörtert: Frauen und Krieg.

Er fand die Art und Weise, wie die erwachsenen Männer über Frauen redeten, beklemmend und genant. Der in dunkelgrünem Samt gehaltene Salon mit der gedämpften Beleuchtung verwandelte sich in ein Jungenzimmer oder eher noch in einen Kasernenhof und rief Erinnerungen an seine Studentenjahre in Dresden wach. Das despektierliche Verhalten unverheirateter Jungspunde war noch entschuldbar, das verheirateter, gestandener Männer jedoch nicht.

Was das zweite Thema, den Krieg, betraf, herrschte hinsichtlich der bolschewistischen Schandtaten kompakte Einigkeit. Jeder anständige Mensch hatte während des Krieges die Sache Finnlands unterstützt. Und auch jetzt, nach dem teuer erkauften Frieden, der die tapferen Finnen Karelien sowie große Gebiete im Südosten gekostet hatte, gab es nicht viel zu diskutieren. Ein kleiner Lichtblick war, dass Finnland glimpflicher davongekommen war als die Nachbarländer Estland, Lettland und Litauen, die von der Barbarei verschlungen und in Sowjetrepubliken verwandelt worden waren.

Über diese Dinge konnte man reden, denn in diesen Fragen herrschte Einigkeit.

Anders verhielt es sich in Bezug auf die deutsche Offensive an der Westfront. Alle Unterhaltungen über dieses Thema waren ein Minenfeld, auf dem ein unbedachtes Wort eine Explosion des Unbehagens auslösen konnte.

Natürlich stand er aufseiten Deutschlands, was die Eroberung Frankreichs betraf. Endlich hatte man es den Franzosen, diesen unerträglich eingebildeten Gecken, heimgezahlt, die auch dieses Mal ohne akzeptablen Grund den Krieg erklärt hatten. Er hatte geradezu genüsslich in der Zeitung gelesen, dass französische Generäle und Politiker gezwungen worden waren, die Kapitulation im selben Eisenbahnwaggon zu unterzeichnen, in dem sie den Anfang des unchristlichen Friedens von Versailles diktiert hatten. Dank deutscher Organisation und Technik würde auf dem französischen Hühnerhof vielleicht endlich einmal die wünschenswerte Ordnung einkehren.

Frankreich stellte kein Problem dar, Dänemark vermutlich auch nicht. Die Zeitungen hatten ausführlich über das gradewegs gemütliche Verhältnis der dänischen Bevölkerung und der deutschen Gäste berichtet. In Dänemark gab es nach wie vor einen König und eine Regierung, und die germanische Verbrüderung schien reibungslos zu verlaufen.

Auch England war nicht das Problem. Es gab keinen Grund, Mitleid mit den unmenschlichen Engländern zu haben. Sie hatten die Ermordung von Zivilisten eingeleitet, indem sie nicht nur Berlin, sondern auch andere deutsche Städte bombardiert hatten. Dabei hatten die Luftwaffe und das deutsche Heer die unterlegenen Engländer in Dünkirchen mit ausgesprochener Milde behandelt, als fast eine halbe Million Menschen wehrlos auf einem schmalen Küstenstreifen zusammengedrängt worden waren. Hätten die Deutschen sie damals mit Panzern und Flugzeugen angegriffen, wäre es zweifellos in das schlimmste Massaker der Geschichte ausgeartet. Aber die Deutschen hatten sie verschont und ungehindert auf ihre Insel fliehen lassen, um dort ihre Wunden zu lecken. Diese Großzügigkeit beantworteten die Engländer nun also mit massiven Bombenangriffen auf zivile Objekte.

Es war zwecklos, solche Aspekte diskutieren zu wollen. Erstaunlich viele Schweden sympathisierten mit den Engländern, das Gesprächsthema war also äußerst prekär, auch wenn für ihn persönlich England kein Problem darstellte.

Die Norwegen-Frage hingegen quälte ihn umso mehr. Seine Landsleute hatten die deutschen Truppen nicht wie die Dänen mit offenen Armen empfangen. Im Zuge der tapferen, aber sinnlosen Verteidigung waren drei deutsche Kreuzer und mehrere Fregatten versenkt worden, und besonders in Nordnorwegen erlitten die Deutschen schwere Verluste. Das hatte die Voraussetzungen für ein normales und freundschaftliches Verhältnis zwischen Norwegern und Deutschen so gut wie gänzlich zunichtegemacht. König Haakon und der Kronprinz, sein alter

Seglerfreund Olav, hielten sich mit der geflüchteten norwegischen Regierung in London auf.

Darüber konnte man mit keinem Schweden reden, obwohl das unbehagliche Thema auf der Hand lag. Alle Kollegen und Arbeiter auf der Baustelle wussten, dass er Norweger war, so sehr er auch versuchte, wie ein Schwede zu klingen. *Schwedisieren* hatten die Gleisarbeiter auf der Hardangervidda das genannt, aber sobald er den Mund öffnete, hörten alle, dass er Norweger war.

Nein, über die Lage in Norwegen wollte er mit keinem Außenstehenden und eigentlich auch nicht an den Wochenenden beim Abendessen in Saltsjöbaden sprechen.

Hardangervidda. Die Bergenbahn. Dort hatte seine Ingenieurskarriere in sehr jungen Jahren begonnen, und nun, gegen Ende seines Berufslebens, kam es ihm fast so vor, als würde er wieder von vorn anfangen. Vielleicht war ja ein tieferer Sinn darin verborgen.

Es war der kälteste Winter seit hundert Jahren, hieß es. Das Quecksilber sank zwischendurch bis auf fast minus 40 Grad, aber der Wind war nicht so unerträglich wie oben auf der Hochebene. Dennoch fühlte er sich in seine Jugend zurückversetzt, dieses Mal allerdings besser ausgerüstet. Sein alter Wolfspelz leistete ihm gute Dienste, wenn die Arbeit in der frühen, stockdunklen Morgenstunde mit der Erwärmung des Holzes begann.

Das gefroren eintreffende Bauholz ließ sich nicht direkt bearbeiten. Aus den schwedischen Wäldern kamen gerade Stämme von zwanzig Meter Länge, aber zur Pfahlgründung im Fluss war die doppelte Länge nötig. Es mussten also zwei Stämme aneinandergefügt werden. Das war unter normalen Umständen mithilfe von Scheiben und

Schrauben kein Problem, aber die Schrauben zersprengten die gefrorenen Stämme, sie zersplitterten wie Glas. Also wurde das Material erst einmal vorsichtig über dem Feuer rotierend erwärmt. In der Theorie eine simple Lösung, in der Durchführung sehr viel schwieriger. Bei zu schneller und starker Erwärmung begann der Baumsaft zu kochen und das Harz auszuquellen, das weichte die Holzfasern auf, und die Schrauben fanden keinen Halt. Wenn das Holz dann erneut gefror, platzten die Verbindungen, und der Pfahl war wertlos oder stellte, genauer gesagt, eine Gefahr dar. Dieses Mal durfte nichts schiefgehen, jedes noch so kleine Detail musste kontrolliert werden.

Keine der vielen Untersuchungen hatte irgendeinen nachweislichen Fehler aufgedeckt und die Frage beantworten können, warum die erste Konstruktion in den Fluss gestürzt war und achtzehn Bauarbeiter mit in den Tod gerissen hatte.

Aber irgendeinen Fehler musste es geben, der die gesamte Gussform für den Brückenbogen in der Endphase zum Einsturz gebracht hatte. Das war das Einzige, was er sicher sagen konnte.

Dennoch war es fraglich, ob das Unglück hätte verhindert werden können, wenn er persönlich in der Schlussphase des Betongusses anwesend gewesen wäre, in der sie sich einer bewährten und bereits vielfach verwendeten Technik bedient hatten, mit der das leitende Bauunternehmen, Skånska Cement, ebenfalls gute Erfahrungen gemacht hatte. Darum war sein Zorn auf die beiden deutschen Autoren wohl auch völlig ungerechtfertigt, die aus unerfindlichen Gründen nicht zusammen im Grand Hotel in Saltsjöbaden wohnen wollten, weshalb einer von ihnen, bedauerlicherweise der Bolschewik und nicht der Nobelpreisträger, bei ihnen zu Hause in der Villa Bellevue beherbergt wurde. Das wiederum hatte zur Folge gehabt, dass er als Gastgeber zum Abendessen hatte nach Hause fahren müssen. Der Gedanke, dass diese banale Frage der Etikette womöglich den Tod von achtzehn Menschen verschuldet hatte, war unerträglich für ihn.

Jetzt begannen sie also wieder von vorne, und es verstand sich von selbst, bei jedem Schritt auf Nummer sicher zu gehen. Es entbehrte nicht einer gewissen Komik, dass sie auf eine ältere Technik, vor dem Einsatz von Beton, zurückgriffen. Auf der Hardangervidda hatte er Brücken aus Stein gebaut. Dazu wurde aus Holz ein Bogen zwischen den beiden zu verbindenden Punkten gespannt. Damit dieser Bogen extremen Wetterbedingungen standhielt, wurde er durch ein stabiles Gerüst, für das Unmengen an Holz nötig waren, von der Talsohle aus abgesichert. So war es im Jahr 1905 gewesen. Jetzt schrieben sie das Jahr 1940 und wandten immer noch dieselbe Technik wie bei seiner Brücke über den Kleivefoss an. Mit dem Unterschied, dass das Bauholz damals nicht über offenem Feuer erwärmt werden musste. Auf der Hardangervidda hatte im Winter der Brückenbau geruht, stattdessen waren Tunnel gebohrt worden.

So gesehen war er also zum Ausgangspunkt seiner Karriere zurückgekehrt.

Der Geruch der mit Schmierseife gescheuerten Bodendielen und gewaschenen bunten Flickenteppiche erinnerte ihn an seine frühen Jahre auf der Hardangervidda, mit denen alles oder zumindest seine Ingenieurslaufbahn begonnen hatte. Der Specksteinofen wurde mit frischem, im

Überfluss vorhandenen Abfallholz von der Baustelle geheizt, wenn er abends seine Zeichnungen und Berechnungen im Schein einer Petroleumlampe studierte, da es nur im Erdgeschoss elektrisches Licht gab. Schon bald war es so warm, dass er es nur noch im Unterhemd aushielt. Wenn er dann morgens unter seiner warmen norwegischen Daunendecke erwachte, die er von zu Hause mitgebracht hatte, fand sich auf der Kanne mit Waschwasser eine dünne Eisschicht, und gelegentlich war sogar der Urin im blau gemusterten Nachttopf unter dem Bett gefroren.

All das bescherte ihm einen schwer erklärbaren, inneren Frieden. Wie auch die morgendliche Rasur vor dem gesprungenen Spiegel im Schein der Petroleumlampe, der erste Gang vors Haus im Wolfspelz, die ersten tiefen Atemzüge in der eisigen Luft, wo einem bei Temperaturen um minus 40 Grad die Nase zufror.

Er empfand dieses vertraute Gefühl von Kälte, Dunkelheit und harter Arbeit als eine Art Wallfahrt zurück zu den Ursprüngen, ein geistiges und körperliches Reinigungsritual, indem er wie ein normaler Arbeiter lebte.

Als er die Hardangervidda verlassen hatte, nachdem die Bergenbahn allen Unkenrufen zum Trotz fertiggestellt war, hatte ein neues Leben begonnen. Sein Bruder Oscar hatte auf wunderbare Weise, vielleicht aber auch durch göttliche Fügung, in Afrika ein beachtliches Vermögen erworben, die Grundlage des späteren Wohlstands, um nicht zu sagen Überflusses der Familie für alle überschaubare Zukunft.

Zwei Jahre später hatte er mit der schönsten und schnellsten Segeljacht der damaligen Zeit bei der Kieler Regatta den ersten Platz errungen und beim Abschlussbankett frisch verlobt mit seiner Ingeborg am Tisch des Kaisers gesessen.

Es hätte alles ganz anders laufen können. Ingeborgs Vater, Baron von Freital, glaubte nicht an die Liebe, dafür umso mehr an Geld und Abstammung und ganz besonders an lukrative Verbindungen dieser beiden Größen. Ohne das Vermögen, das Oscar mit Mahagoni und Elfenbein in Afrika erworben hatte, wäre Ingeborg niemals die Frau eines einfachen norwegischen Ingenieurs geworden. Dass er an der Technischen Hochschule in Dresden der Beste seines Jahrgangs gewesen war, hatte ihm wenig genützt.

Warum Gott ihm und seinen Brüdern solche Gunst erwies, war ebenso unergründlich wie die Tatsache, dass der Herr in ihrer Kindheit sowohl den Vater als auch den Onkel zu sich gerufen hatte.

Nach seiner Rückkehr von der Hardangervidda nach Bergen wäre eine andere Entwicklung viel wahrscheinlicher gewesen. Ein beamteter Ingenieur verdiente in Norwegen 600 Kronen im Jahr zuzüglich freier Unterkunft, was ihm einen ähnlichen Lebensstandard wie jetzt ermöglicht hätte, nur mit sechs oder sieben Meter hohen Schneewehen vor dem Haus.

Oscar und er hätten in Bergen natürlich eine Firma für Ingenieurbau gründen und es auf diese Weise zu bescheidenem Wohlstand bringen können, allerdings wäre es ihnen sicher nie gelungen, an die Spitze der feinen Gesellschaft Bergens aufzusteigen. Früher oder später hätten sie beide eine Bergenserin geheiratet und ein gänzlich anderes Leben geführt als das gegenwärtige.

Ohne Ingeborg wäre sein Leben ärmer gewesen, so viel war sicher. Er liebte sie mehr als alles andere auf dieser

Welt. Mit Ausnahme Gottes empfand er nur für Ingeborg dieses große Gefühl, das nicht einmal seine Kinder mit einschloss.

Die größte Gnade, die Gott ihm erwiesen hatte, war nicht das Vermögen, sondern Ingeborg, wenngleich er natürlich ohne das Geld aus Afrika keine Chancen bei Baron von Freital gehabt hätte. Bis zum Hochzeitstag hatte der seine Tochter mit demselben selbstverständlichen Besitzanspruch wie seine Segelboote und Schlösser betrachtet.

Der Geruch von Schmierseife, das Knacken des frischen, harzigen Brennholzes im Ofen und die Eisschicht auf dem Nachttopf waren also ein Reinigungsritual für die Seele und die sublime Erinnerung daran, wie viel er Gott zu verdanken hatte.

Vor allem aber erinnerten ihn diese Dinge an all das, was er zumindest in den letzten Jahren zu verdrängen suchte, nämlich wie leicht es doch gewesen war, Armut in Reichtum zu verwandeln. Der Wert des Immobilienbesitzes der Familie in Berlin und Dresden ließ sich kaum mehr berechnen, was allein Oscars Verdienst war, wenn auch mithilfe der deutschen Hyperinflation der Zwanzigerjahre. Er selbst war einfach nur ein von Gottes Gnade in seltenem Maße begünstigter Brückenbauer.

Seine Rückkehr in die Kälte und Dunkelheit war für ihn wahrhaftig eine gesunde Unterbrechung seines gewohnten Lebens, die ihm Zeit zum Nachdenken und Kraftschöpfen gewährte. Nachts träumte er ab und zu vom Leben auf der Hardangervidda. Wenn er im Halbschlaf die Füße auf den eiskalten Dielenboden setzte, um seine Blase zu erleichtern, wie es bei Männern seines Alters nächtens nun einmal nötig war, hatte er oft das Gefühl, dort zu sein.

Aber Britta, seine Wirtin und die Besitzerin des kleinen Holzhauses am Flussufer, war ganz anders als die derben, burschikosen Köchinnen auf der Hochebene, die unangefochtenen Herrscherinnen der Baracken, die mühelos zwei Dutzend Männer in ihre Schranken wiesen, gleichgültig, wie liebeskrank diese nach mehreren Monaten im Gebirge waren.

Britta war in vielerlei Hinsicht das genaue Gegenteil dieser Köchinnen, eine entzückende Frau. Obwohl sich ein Mann in seinem Alter, immerhin war er bereits 65, vielleicht nicht auf diese Weise über eine Frau äußern sollte, um Missverständnisse zu vermeiden. Was ihn jedoch nicht ernsthaft von der unübersehbaren Tatsache abhielt. Und was er in seinem stillen Giebelzimmer dachte, konnte niemanden verletzen oder beschämen.

Sie war in der Tat eine entzückende Frau. Immer fröhlich und munter, immer ein freundliches Lächeln auf den Lippen, niemals verdrossen und äußerst dienstbeflissen und fleißig. Vormittags putzte sie im Hotel in Kramfors, danach kehrte sie mit dem Bus zurück, um nach dem Mittagessen in den Essensbaracken der Arbeiter am Fuß der Brücke aufzuräumen und anschließend zu ihm nach Hause zu eilen, um das Abendessen zu richten. All diese Aufgaben bewältigte sie wie im Flug und mit gleichbleibend guter Laune.

Einen solchen Menschen, der es im Leben sicher nicht allzu leicht gehabt hatte, musste man einfach mögen, geradezu bewundern. Ihr Sohn hatte als Privatist in Härnösand das Abitur abgelegt. Zweifellos hatte sie ihm die Ausbildung mit ihrer harten Arbeit finanziert. Jetzt war der Junge wie alle anderen eingezogen worden, mit voraussichtlich langer Dienstzeit, da er ein Abiturzeugnis besaß und für die Offizierslaufbahn vorgesehen war.

Dies war nach der ersten, vorsichtig herantastenden Phase das erste ungezwungene Gesprächsthema zwischen ihnen gewesen. Beide hatten sie Söhne beim Militär, irgendwo in Schweden. Sie sorgte sich, weil der Militärdienst so viel Zeit verschlang und sie doch so dringend darauf angewiesen war, dass ihr Sohn Hjalmar endlich zu ihrem Unterhalt beitrug. Sein Sohn Karl tat auf unbestimmte Zeit bei der Marine Dienst. Das Studium an der Handelshochschule sowie diverse Praktika im Büro hatte er noch vor Kriegsbeginn abgeschlossen, aber als Leutnant der Marine war er in Kriegszeiten nun einmal unabkömmlich.

Brittas Sohn würde zum Unteroffizier aufsteigen, sah es doch ganz so aus, als würde der Krieg noch mindestens zwei Jahre andauern. Den Engländern war auf ihrer Insel nicht beizukommen. Er hatte Britta erklärt, dass Bewerber mit Offiziersrang nach dem Krieg im Berufsleben besonders gute Chancen hätten, was sowohl für ihren als auch für seinen Sohn galt.

In Wirklichkeit hatten sie natürlich nicht die gleichen Voraussetzungen. Es war ein beträchtlicher Unterschied, den Krieg wie sein Sohn Karl als Hauptmann der Marine der Reserve mit einem Examen von der Handelshochschule und einem garantierten Arbeitsplatz im Familienunternehmen zu beenden oder wie Brittas Sohn Hjalmar als abgedankter Unteroffizier ohne akademische Ausbildung auf Arbeitssuche zu gehen. Und dennoch wies ihre Lebenssituation, mal abgesehen vom Klassenunterschied, gewisse Ähnlichkeiten auf.

Lesen Sie weiter:

SCHICKSALSJAHRE

von Jan Guillou

ISBN 978-3-453-27029-9